Rebekka Weiler
The Moment I Lost You

# REBEKKA WEILER

# The Moment I Lost You

Ravensburger

**TRIGGERWARNUNG:**
Dieses Buch enthält Themen, die potenziell triggern können.
Deshalb findet ihr auf Seite 441 einen Hinweis zum Inhalt.

**ACHTUNG:** Dieser enthält Spoiler für die gesamte Handlung.

3 5 4

Originalausgabe

© 2022, Ravensburger Verlag GmbH,
Postfach 2460, D-88194 Ravensburg

Text © 2022, Rebekka Weiler

Dieses Buch wurde vermittelt von der
Literaturagentur erzähl:perspektive, München
(www.erzaehlperspektive.de)

Cover- und Umschlaggestaltung
unter Verwendung von Motiven von Nero Rosso, Crazy Lady, LivDeco,
Ichpochmak, janniwet (alle von Shutterstock)

Alle Rechte vorbehalten

Printed in Germany

ISBN 978-3-473-58623-3

www.ravensburger.de

Für die Menschen in meinem Herzen.
Nah und fern.
Lebendig und tot.

Und ganz besonders für
Mama, Papa, Nick, Lotte und Mario.

Ich liebe euch!
♥

# Playlist

Wish You Were Here – Delta Goodrem
Flüsterton – Mark Forster
Coldest Water – Walking On Cars
How To Save A Life – The Fray
Lost – Dermot Kennedy
You Don't Know – Westlife
Looking Too Closely – Fink
Waves – Dean Lewis
Heavy – Delta Goodrem
Le Onde – Ludovico Enaudi
Learn To Let Go – Weshley Arms
Don't Look Back In Anger – Oasis
Hearts On Fire – Gavin James
It Is What It Is – Lifehouse
Hold My Girl – George Ezra
Peer Pressure – James Bay
Deep End – Daughtry
Read All About It – Emeli Sandé
Forever – Mumford and Sons
Walk With Me – Måns Zelmerlöw & Dotter

All Of My Friends – Delta Goodrem
Better Man (Orchestra Version) – Westlife
Rescue – James Bay
When We Were Kids – Walking On Cars
Sekundenglück – Herbert Grönemeyer
Breathe Me – Sia
Play – Delta Goodrem
Visiting Hours – Ed Sheeran

# Prolog

Der Bruchteil einer Sekunde kann alles verändern.

In einem Moment lache ich mit meinen Freunden, trinke einen Schluck Bier aus einem Plastikbecher, bewege den Kopf im Takt des Liedes hin und her und singe den Text leise vor mich hin.

Ich bin glücklich.

Aber dann verstummt die Musik auf einmal, und die Menschen um mich herum hören auf, sich zu unterhalten. Verwundert drehe ich mich um. Alle Blicke liegen plötzlich auf mir. Und sie erdrücken mich beinahe, als das Gemurmel beginnt.

»Brant und Nate.«

»Komm schnell.«

»Es ist Brant.«

Brant. Brant. Immer wieder sein Name. Brant.

Ich weiß nicht, wie mir geschieht.

Eine Hand umfasst meinen Arm, zieht mich mit. Automatisch setze ich einen Fuß vor den anderen. Mache Schritt für Schritt für Schritt, stolpere fast durch die Tür dieser fremden Küche.

Sofort ist mir klar, dass ich die marmorierte Arbeitsfläche nie wieder vergessen werde, genauso wenig wie die weißen Schränke. Vermutlich ist die Farbe nicht einmal pures Weiß, sondern so etwas wie Diamantweiß oder Magnolie. Ich habe keine Ahnung, aber es spielt auch keine Rolle.

Mein Gehirn braucht einen Augenblick, um zu realisieren, was ich vor mir sehe.

Rote Flecken.

Überall.

Einen einzigen Herzschlag lang glaube ich, es sei Saft. Kirsche vielleicht. Oder Johannisbeere. Eventuell auch Himbeere. Aber Himbeere wäre wohl zu pink.

Und dann begreife ich, was hier wirklich vor sich geht.

Die vielen Flecken, die Spritzer, die große rote Lache auf den Küchenfliesen. Das ist kein Saft. Das alles ist Blut. Brants Blut.

Mein bester Freund liegt auf dem nackten Boden. Seine Kleidung ist fast vollständig durchtränkt, und in seinem Bauch klafft eine tiefe Wunde.

Mein Blick wandert nach oben, bis zu seinen weit aufgerissenen Augen. Er sieht mich an, bringt kein Wort hervor, weil er es nicht kann. Und trotzdem weiß ich genau, was er mir sagen möchte.

*Hilf mir! Hilf mir, Mia!*

Das ist der Sekundenbruchteil, der mich aus meiner Starre erwachen lässt. Ich reiße mich von der Person los, die mich in die Küche gezerrt hat, und stürze zu ihm. Ich merke den Aufprall in den Knien kaum, als ich mich neben ihn fallen lasse. Und es ist mir vollkommen egal, dass nun auch an meiner Haut Blut klebt.

Meine Finger tasten nach Brants, seine Brust hebt und senkt sich schnell. Er atmet flach, hat Panik. Ich habe keinen Schimmer, was ich tun soll, wie ich ihm helfen kann oder was passiert ist. Ich weiß nur eins mit absoluter Sicherheit: Ich werde ihn nicht allein lassen.

Eine Hand legt sich auf meine Schulter. Ich schüttle sie ab, beuge mich näher zu Brant. Irgendjemand sagt, dass ein Krankenwagen unterwegs ist.

Ein Junge, den ich nicht kenne, drückt mit beiden Händen fest auf Brants Bauch. Mir ist klar, was er tut. Er versucht, die Blutung zu stoppen, aber seine Finger sind vor lauter Rot, Rot, Rot fast nicht mehr zu erkennen.

Ich halte die Hand meines besten Freundes, und obwohl ich kein gläubiger Mensch bin, fange ich stumm an zu beten. Ich bete und bange und hoffe.

*Bleib bei mir, Brant. Bitte.*

In Gedanken versuche ich, den Menschen, mit dem ich aufgewachsen bin, am Leben zu halten. Wir sind Mia und Brant. Brant und Mia. Die besten Freunde, seit ich denken kann.

Wir haben zusammen Fahrradfahren gelernt, sind auf Bäume geklettert, haben Fische in dem Bach, der direkt hinter seinem Haus vorbeifließt, gefangen und wieder freigelassen. Und als wir zwölf Jahre alt waren, haben wir uns geküsst. Nur einmal, aber danach wussten wir beide, dass aus uns niemals mehr werden würde.

Brants Atmung wird immer hektischer. Ich lasse seine Hand nicht los, umklammere sie, so fest ich kann. Mein Blick ruht auf der kleinen Narbe über seiner linken Augenbraue, an der ich schuld bin. Vor vielen Jahren habe ich ihm im Streit eine Fernbedienung an den Kopf geworfen. Er hat geweint, dann habe ich geweint, und am Ende saß ich die ganze Zeit an seiner Seite, als der kleine Riss im Krankenhaus genäht wurde. Ein bisschen wie jetzt, nur ist hier so unendlich viel mehr Blut als damals.

Meine Kehle ist staubtrocken, und dennoch versuche ich, beruhigend auf ihn einzureden.

»Alles wird gut.«

Meine Stimme ist brüchig und kaum zu hören, doch ich sage immer und immer und immer wieder dasselbe zu ihm. Drei Worte, zwölf Buchstaben. Eine Bedeutung.

Alles wird gut. Alles wird gut. *Alles wird gut.*

Ich glaube daran. Mit allem, was ich habe. Mit allem, was ich bin. Ich muss einfach. Mit jeder Faser meines Körpers glaube ich an meine Worte. Und das aus genau einem Grund: Es ist die einzige Wahl, die ich habe.

Die Sekunden vergehen. Ich höre das Getuschel der Leute, registriere die Sorge und die Furcht in ihren Stimmen. Jemand weint. Doch alles, worauf ich mich konzentriere, ist Brant. Sein Bart gefällt mir, auch wenn ich ihn immer deswegen aufziehe. So wie Freunde das nun einmal tun.

Falls das überhaupt möglich ist, drücke ich seine eisige Hand noch ein wenig fester und wiederhole mein Mantra. Ob für ihn oder für mich, weiß ich nicht.

»Alles wird gut.«

Meine Sicht verschwimmt. Ich blinzle ein paarmal, um die aufsteigenden Tränen in Schach zu halten. Ganz kurz wage ich es, den Blick von Brant abzuwenden und in Richtung Decke zu heben. Er soll die Angst in meinen Augen nicht sehen. Ich brauche einen Moment, um die tausend Nadeln, die sich gnadenlos in mein Herz bohren, irgendwie zu ertragen. Weil ich intuitiv weiß, dass das hier nicht gut ausgehen kann.

Als ich den Kopf schließlich wieder senke, sehe ich *ihn*. Er steht nicht weit von uns weg. Einen halben Meter. Vielleicht ist es auch ein ganzer. Er starrt mich an, seine Lippen sind leicht geöffnet, und der Ausdruck in seinem Gesicht lässt mir einen Schauer über den Rücken laufen. Seine Augen sind leer. Einfach nur dunkel und versteinert und kalt.

Doch es ist nicht seine Mimik, die mich panisch nach Luft schnap-

pen lässt. Es ist das Messer in seiner Hand. Ein scharfes, großes Küchenmesser. Die Spitze ist rot. Blut tropft auf den Boden.
   Brants Blut.
   Und mit einem Mal weiß ich genau, was passiert ist.

*Vier Jahre später*

# 1

Der Schnee knirscht unter meinen Sohlen, während ich durch den eisigen Wind laufe. Meine Finger stecken in dicken Handschuhen, um meinen Hals ist ein weicher Schal gewickelt, und trotzdem ist mir kalt. Das ist immer so, wenn ich diesen Weg entlanggehe, denn an seinem Ende erwartet mich Brants Grab. Und nichts könnte falscher sein als diese Tatsache.

Auch nach all den Jahren erfasst mich jedes Mal aufs Neue tiefste Wut, wenn ich auf seinen Grabstein blicke und das Bild sehe, das seine Mutter in regelmäßigen Abständen erneuert, weil die Sonne es verblassen lässt. Er lacht und sieht glücklich aus, und es ist einfach nicht fair, dass er nicht mehr da ist. Seine Eltern haben ihn damals einäschern lassen, und ich weiß noch, wie verblüffend ich es fand, dass eine Urne so klein ist, obwohl sie so etwas Wichtiges, so etwas Großes beinhaltet.

Bei dem Gedanken fröstele ich und ziehe den Schal noch enger um meinen Hals. Trotz des Winters und des hartnäckigen Schneefalls steht ein großer Blumenstrauß in einer gläsernen Vase neben dem Grabstein. Seit drei Monaten wird alle zwei Wochen ein Strauß weißer Callas geliefert. Einmal war ich zufällig dabei, als die Blumen gebracht wurden. Es war ein Lieferservice, der mir nicht sagen durfte, um wen es sich bei dem Absender handelt. Aber wer auch immer es ist, die Person weiß genau, was weiße Callas bedeuten.

Ich gehe vor dem Grab in die Hocke, wie ich es immer tue, wenn ich Brant besuche. Inzwischen komme ich nicht mehr so häufig her wie früher, aber es vergeht trotzdem kaum eine Woche, in der ich nicht vorbeischaue. Manchmal dauern meine Besuche nur ein paar Minuten. An anderen Tagen sitze ich fast eine halbe Stunde auf dem Friedhof und erzähle Brant aus meinem Leben. Ich weiß, dass ich dafür nicht hierherkommen müsste, aber manchmal brauche ich es einfach, um mich ihm nahe zu fühlen.

Heute ist mein Besuch kurz. Ich bin eigentlich nur da, weil der Friedhof auf der Strecke liegt, die ich mit Luna, meiner Hündin, laufe. Ich habe sie vor dem Eingang neben dem eisernen Tor angeleint. Einmal habe ich es gewagt, sie mit zu Brants Grab zu nehmen. Eine ältere Dame hat mich freundlich, aber bestimmt darauf hingewiesen, dass Tiere auf einem Friedhof nichts verloren hätten. Seither wartet Luna draußen auf mich, wenn ich sie dabeihabe.

Einzelne Schneeflocken tanzen vor meiner Nase, und die dunklen Wolken am Himmel verraten mir, dass es nicht mehr lange dauern wird, bis es wieder heftiger zu schneien beginnt. Ich muss mich beeilen, wenn ich es rechtzeitig nach Hause schaffen will.

»B plus und A minus«, sage ich und lächle.

Obwohl er nicht mehr da ist, höre ich Brants Stimme glasklar in meinem Kopf.

*Streberin. Ich wusste es. Herzlichen Glückwunsch.*

Dann hätte er mich umarmt und abends auf irgendeine Party geschleppt, um auf meinen Erfolg anzustoßen. Seit jener Nacht gehe ich kaum mehr feiern. Nicht weil ich nicht gefragt werde, sondern weil es einfach keinen Spaß macht, ohne ihn unterwegs zu sein.

*Du bist jung, Mia. Genieß dein Leben für mich mit.*

Wenn es so leicht wäre, würde ich genau das tun. Aber nichts ist mehr einfach, seit er vor meinen Augen gestorben ist. Die Rettungssanitäter haben noch versucht, ihn wiederzubeleben, doch es war zu spät. Brant ist auf diesen kalten Fliesen verblutet, weil ihn jemand abgestochen hat. Das, was ich bis zu diesem Zeitpunkt nur aus Filmen kannte, ist meinem besten Freund passiert. Es ist *uns* passiert.

Ich weiß nicht mehr, wie lange ich damals in dieser Küche saß und seine Hand hielt, als es schon viel zu spät war, um ihn zu retten. Ich habe keine Erinnerung daran, wie die Polizei kam und sich unsere Namen für die Zeugenbefragung notierte. Das Einzige, was sich vollkommen klar in mein Gedächtnis eingebrannt hat, ist der Moment, als sich eine weitere Hand auf meine Schulter legte. Ich war herumgewirbelt und hatte in das besorgte Gesicht meines Vaters gesehen. Jack hatte ihn angerufen und erzählt, was passiert war.

Ich schrie und tobte, während mein Dad mich von Brant wegziehen wollte, und ich hörte erst auf, mich zu wehren, als Brants Mom mit einem herzzerreißenden Laut neben ihrem Sohn zusammensackte und ihren Kopf auf seinen leblosen Körper sinken ließ. Ich werde nie vergessen, wie mir die Geräusche, die sie von sich gab, durch Mark und Bein gingen. Nie zuvor und nie wieder danach habe ich einen Menschen so sehr schluchzen gehört wie Helen.

Bis heute weiß ich nicht, wie sie in das Haus kam. Mein Dad hatte sie nicht mitgenommen, als er den Anruf von Jack erhielt. Es muss jemand anderes gewesen sein, der sie informierte, aber Helen spricht nicht darüber. Brants Tod hat sie völlig aus der Bahn geworfen. Noch mehr als mich, und ich habe zwei Jahre bei einer Psychotherapeutin auf der berühmten Couch verbracht. Die Couch ist eigentlich ein Sessel und ziemlich unbequem, aber die Therapie hat mir geholfen. Sie hilft mir noch heute. Und ich hoffe, dass sie irgendwann auch Brants Mom helfen wird.

Eine ganze Weile betrachte ich das verschneite Grab. Mittlerweile liegen einige Zentimeter Schnee auf dem hellen Stein. Die weiße Pracht sieht aus wie ein samtweiches Kissen, das dazu einlädt, den Kopf abzulegen und einfach nur zu schlafen. So lange, bis man erholt aufwacht und alles wieder gut ist.

*Alles wird gut.*

Vielleicht war es naiv von mir, doch damals habe ich wirklich daran geglaubt, dass Brant wieder gesund werden würde. Es war überhaupt keine Option für mich, dass er sterben könnte, obwohl ich tief in mir drin wusste, wie schlimm es um ihn stand. Niemand verliert so schnell so viel Blut, wenn es nur eine oberflächliche Wunde ist. Es war kein kleiner Kratzer, der ihn das Leben gekostet hat. Das Messer hatte sich viel zu tief in seinen Körper gebohrt und die falschen Adern erwischt.

Mühsam richte ich mich wieder auf. Inzwischen schneit es dicke Flocken. Mein Zeichen, mich auf den Weg zu machen. Bis zur Dämmerung dauert es nicht mehr lange, und dann möchte ich definitiv nicht mehr unterwegs sein.

»Grüß mir die Sterne«, murmle ich und versuche mich an einem Lächeln. Ich weiß nicht mehr, wann genau ich damit angefangen habe, mich mit diesen Worten von ihm zu verabschieden. Sie erschienen mir passend. Das tun sie nach wie vor, denn ich kann mir nicht vorstellen, dass die Seele eines Menschen genauso zu Staub zerfällt, wie der Körper es tut. Also muss Brant irgendwo bei den Sternen sein. Und wenn nicht dort, dann sind die Sterne vielleicht winzig kleine Löcher, durch die er auf die Erde zu mir herunterschauen kann. Vermutlich ist an diesem Gedanken nichts richtig, aber ich finde ihn irgendwie tröstlich. Und solange er mir hilft weiterzumachen, werde ich daran festhalten.

Luna wedelt aufgeregt mit dem Schwanz, als sie mich durch das knarzende Tor treten sieht. Ihr kastanienbraunes Fell hebt sich dunkel von der schneebedeckten Fläche ab. Nur ihre vier Pfoten und ihr Hals sind genauso weiß wie die Flocken. Sie kommt zu mir gelaufen, ich binde sie los und gemeinsam machen wir kehrt, um den Rückweg zur großen Straße anzutreten.

Sterling ist eine typische Kleinstadt, deswegen brauche ich nicht lange, bis ich zurück im Zentrum bin, wo meine Zweizimmerwohnung liegt. Als ich mit dem Studium angefangen habe, bin ich ausgezogen, doch anstatt wie viele meiner Mitschüler auf eine der großen Unis zu gehen, habe ich mich dazu entschieden, hierzubleiben. In Sterling bin ich aufgewachsen, hier kenne ich mich aus, und das College hat einen guten Ruf. Meine Eltern wohnen nicht weit entfernt am Rand der Stadt, und den Friedhof kann ich zu Fuß erreichen. Ohne Brant irgendwohin zu gehen, hätte sich falsch angefühlt, war der Plan doch immer der gewesen, die Welt zusammen zu entdecken. Ich konnte mir einfach nicht vorstellen, diese Reise allein anzutreten. Auch jetzt nicht, obwohl nur noch ein Semester vor mir liegt. Danach muss ich mich entscheiden, was ich mit meinem Leben anfangen möchte, und jeder Tag, der vergeht, bringt mich diesem Zeitpunkt unweigerlich näher. Denn ich weiß immer noch nicht, was ich dann tun will.

Luna bellt einmal, während ich das Tor aufschließe, hinter dem sich der Apartmentkomplex befindet, in dem meine kleine Wohnung liegt. Unter dem Vordach, bevor es die Stufen nach oben geht, hängt ein altes Handtuch, mit dem ich ihr braunes Fell trocken zu rubbeln versuche. Dann gehen wir wie immer in den ersten Stock, aber dieses Mal bleibe ich überrascht stehen, als wir dort ankommen. Jemand lehnt an der Wand neben meiner Tür. Um seinen Hals hängt eine Kamera, ohne die er so gut wie nie anzutreffen ist.

»Jack, hi.« Ich bin erstaunt, ihn zu sehen. Er taucht selten unangekündigt bei mir auf, weil er genau weiß, dass ich das nicht mag. Der einzige Mensch, bei dem ich das kommentarlos akzeptiere, ist mein Bruder.

»Hey, Mia«, begrüßt er mich, ehe er sich nach unten beugt, um Luna zu streicheln, die sich freudig auf seine Füße setzt und mit ihrem Schwanz den Boden fegt. Sie reicht ihm bis kurz übers Knie.

»Hallo, mein Mädchen«, sagt er lachend und reibt ihr über den Hals. Die Bitte in Lunas Blick ist nicht zu übersehen: *Überschütte mich mit Aufmerksamkeit.* Jack kommt ihrem Wunsch nur zu gern nach. Er liebt meine Hündin genauso sehr wie ich.

»Was machst du hier?«, frage ich und trete neben ihn, um die Tür aufzuschließen.

»Dein Nachbar hat mich mit reingenommen. Er hatte Mitleid mit mir, glaube ich.« Jack befreit Luna von ihrer Leine, sie stürzt in die Wohnung, und wir folgen ihr etwas langsamer. Ich hänge meine Jacke auf, bevor ich mich zu ihm umdrehe. Unschlüssig steht er in dem kleinen Eingangsbereich.

»Nicht, dass ich mich nicht freue, dich zu sehen, aber … alles okay?«, hake ich nach.

»Ja.« Er nickt und fährt sich durch die Haare.

Lange kann er noch nicht gewartet haben. Ich entdecke ein paar Schneeflocken, die immer noch nicht geschmolzen sind. Wahrscheinlich hat er wieder Fotos vom Schnee gemacht. Ich liebe seine Bilder, sie sind unglaublich ausdrucksstark. Nur Jack schafft es, den richtigen Moment so einzufangen, dass jedes Foto seine ganz eigene Geschichte erzählt.

»Wie stehst du zu einem spontanen Ausflug?«

»*Jetzt sofort*?« Automatisch wandert mein Blick in Richtung Fenster. Hat er vergessen, wie sehr es schneit?

»Nein.« Er lächelt. »So spontan auch nicht. Heute Abend.«

»Wohin?«, frage ich misstrauisch.

Jack kennt meine Abneigung gegen Partys. Er war derjenige, der mich zu Brant in die Küche gezogen hat. Dafür werde ich ihm immer dankbar sein. Er hat dafür gesorgt, dass ich meinem besten Freund so lange wie möglich beistehen konnte.

»Wo du willst. Ins *Joe's* vielleicht?«

»Diese alte Spelunke?«

Joes Kneipe ist eine dunkle, verschrobene Bar, in die man eigentlich erst nach Mitternacht geht, wenn alles andere allmählich zumacht oder nur noch auf Hauspartys etwas los ist.

»Warum nicht? Du kannst dir sicher sein, dass wir dort unsere Ruhe haben werden.« Er zuckt mit den Schultern, legt die Kamera behutsam auf meiner Kommode ab und knöpft seine Jacke auf. Mit einer lässigen Handbewegung wirft er sie auf einen der beiden Stühle, die vor meinem kleinen Esstisch in der Kochnische stehen.

»Wer kommt mit?«

»Heißt das, du bist dabei?« Seine Augen beginnen zu funkeln.

»Das entscheide ich, wenn du mir erzählt hast, wer noch kommt«, versuche ich, ihm die Hoffnung zu nehmen.

»Aber du hast nicht sofort abgelehnt. Das ist ein Fortschritt«, erwidert er.

Ganz unrecht hat er damit nicht. Meistens ersticke ich jede Frage diesbezüglich sofort im Keim.

Ich nehme eine Flasche Orangensaft aus dem Kühlschrank und befülle zwei Gläser. Eins davon reiche ich Jack, ehe ich zu meiner Couch gehe.

»Sarah und Peter würden mitkommen, und wenn du willst, kann ich auch noch meine Schwester fragen, ob sie Lust hat.« Jack folgt mir und setzt sich an das andere Ende meines Sofas.

Ich ziehe die Beine an und vergrabe sie unter einer kuscheligen Decke, während ich an meinem Saft nippe und über seine Worte nachdenke. Ich weiß, warum er mich ausgerechnet heute danach fragt. Wir haben endlich unsere Noten bekommen und wissen nun auch offiziell, dass unserem letzten Semester am Sterling College nichts mehr im Wege steht. Er möchte feiern gehen, und während ich bis zum Ende meiner Zeit an der Highschool sofort bei jeder Form von Party dabei gewesen wäre, fühlt es sich seit Brants Tod einfach nicht mehr richtig an, Spaß ohne ihn zu haben.

»Ich weiß nicht …«, sage ich zögernd. Wie immer. Und meistens lässt Jack mich dann in Ruhe. Aber heute sehe ich ihm an, wie wichtig es ihm ist, dass ich mitkomme.

»Du musst auch nichts trinken«, sagt er schnell. »Ich werde dafür sorgen, dass dich die anderen nicht damit nerven. Wir wollen dich einfach nur dabeihaben, Mia.«

In diesem Moment springt Luna zwischen uns auf das Sofa und stupst Jack an. Sie ist so aufgeregt, dass sie sein Glas zum Überschwappen bringt. Der Orangensaft ergießt sich über seine Hand und breitet sich auf seinem Pullover aus.

»Fuck!«, entfährt es ihm. Er springt hastig auf, doch es ist bereits zu spät. Die halbe Vorderseite seines Oberteils ist komplett durchnässt.

Ich kann nicht anders, als loszulachen.

»Sorry«, glukse ich, schiebe die Beine von der Couch und stehe ebenfalls auf. »Meine Hündin ist schlecht erzogen.«

Das ist eine Lüge, und das wissen wir beide, aber ich kann nicht leugnen, dass Luna sich mit dieser Aktion nicht gerade mit Ruhm bekleckert hat. Ganz im Gegensatz zu Jack, der soeben aus seinem Pullover schlüpft. Auch das kurzärmlige T-Shirt, das er darunter trägt, ist nass geworden. Seufzend zieht er es gleich mit aus.

»Darf ich deinen Föhn benutzen?«, fragt er und läuft bereits auf das Badezimmer zu.

»Warte!« Ich beeile mich, ihm hinterherzukommen. Kurz vor der Tür hole ich ihn ein, nehme ihm seine Klamotten ab und husche an ihm vorbei in den Raum, um nach dem Lichtschalter zu tasten. Doch anstatt Jack anschließend den Föhn zu geben, schmeiße ich die beiden Oberteile in das Waschbecken und drehe den Wasserhahn auf.

»Öhm, Mia?« Jack steht verwundert neben mir. »Was machst du da? Sollten wir die Klamotten nicht besser trocknen?«

»Du willst die Sachen ernsthaft föhnen, ohne den Saft vorher auszuwaschen?« Ich schüttle den Kopf. »Kommt nicht infrage. Das Zeug klebt doch fest.«

Ich greife nach der Seife auf der kleinen Ablage vor dem Spiegel, rubble damit energisch über den Stoff und halte ihn dann unter den Wasserstrahl. Nach ein paar Minuten habe ich das T-Shirt so weit bearbeitet und ausgewrungen, dass ich es Jack reichen kann.

Mit einem Kopfnicken deute ich ihm an, wo sich der Föhn befindet. »Im Schrank. Oben rechts.«

Aus den Augenwinkeln sehe ich, wie er sich streckt und nach dem kleinen Gerät angelt. Er steckt es ein und beginnt zu föhnen. Ungefähr dreißig Sekunden lang hält er den warmen Strahl auf sein T-Shirt, bevor ich den Wind auf meinem Gesicht spüre und Jack mir die heiße Luft in die Haare pustet.

»Hey!« Ich kneife die Augen einmal kurz zusammen, ehe ich ihn vorwurfsvoll ansehe.

Jack ignoriert meinen Protest, grinst breit und föhnt statt des T-Shirts weiterhin mich. Ich mache ein paar ausweichende Bewegungen mit dem Kopf, kann aber nicht verhindern, selbst zu lachen. Wir sind so laut, dass Luna angerannt kommt und neugierig zwischen unseren Beinen umhertapst.

»O nein, Missy«, sage ich kopfschüttelnd und schiebe sie mit einem Bein wieder hinaus. »Du hast schon genug Unheil angerichtet, Schätzchen.«

Mit diesen Worten schließe ich die Tür und schaue auf. Jack sieht mich auf eine Art an, die ich so von ihm nicht kenne. Seine Augen wirken mit einem Mal viel dunkler, als sie eigentlich sind. Das nasse T-Shirt hält er in der einen, den eingeschalteten Föhn in der anderen Hand, doch nichts davon scheint ihn zu interessieren. Sein Blick liegt nur auf mir und beobachtet mich ganz genau dabei, wie ich zurück vor das Waschbecken trete.

»Was ist?«, frage ich, als ich nach seinem zweiten Shirt greife und das Wasser erneut anschalte. Mit einem Mal schlägt mir das Herz bis zum Hals.

»Nichts«, antwortet er, doch in seiner Stimme schwingt eindeutig etwas anderes mit.

Ich spüre seinen Blick immer noch auf mir, und es kostet mich alle Mühe, ihn nicht anzusehen und mich stattdessen auf das Kleidungsstück in meiner Hand zu konzentrieren. Plötzlich bin ich mir deutlich bewusst, wie er hier neben mir steht. Oben ohne, mit einem Dreitagebart und nur ein paar Zentimeter von mir entfernt. Ich müsste nur die Hand ausstrecken und schon könnte ich über seine nackte Brust fahren. Seinen Bauch berühren, die Muskeln, von denen ich weiß, dass sie hart wie Stahl sind. Jack trainiert. Nicht jeden Tag und nicht übertrieben, aber seine regelmäßigen Workouts genügen für ein deutlich definiertes Sixpack.

»Mia ...« Das Geräusch des Föhns erstirbt, und Jacks raue Stimme reißt mich aus meinen Gedanken. Nun sehe ich ihn doch an.

»Ja?«

»Komm heute Abend mit«, sagt er leise. »Bitte.«

Und obwohl ich mir wirklich nicht sicher bin, ob das eine gute Idee ist, merke ich, wie ich nicke. Ich kann nicht anders, wenn er mich so anschaut. Irgendwo in den Tiefen meines Kopfes glaube ich, Brants Lachen zu hören.

*Genieß dein Leben einfach für mich mit, Mia.*

# 2

Jack hält mir die Tür auf und wartet, bis ich an ihm vorbeigegangen bin und mir die weißen Flocken aus den Haaren geschüttelt habe. Es schneit noch immer, was den Weg zum *Joe's* deutlich erschwert hat. Die Straßen sind wieder einmal schlecht geräumt, dabei hat der Wetterbericht die neuen Schneefälle seit Tagen angekündigt.

Das Licht ist gedimmt, als wir die urige Kneipe betreten. Trotzdem entdecke ich Sarah und Peter sofort, die in ein Gespräch vertieft an der Theke sitzen. Es ist nicht viel los, nur ein paar Tische sind besetzt, woraufhin ich mich sofort etwas entspanne. Menschenmassen erschlagen mich und geben mir oft das Gefühl, keine Luft mehr zu bekommen. Es ist besser geworden, seit ich bei Dr. Sullivan in Behandlung bin. Aber an schlechten Tagen kostet es mich immer noch Überwindung, das Haus überhaupt zu verlassen und in meine Kurse zu gehen, obwohl ein voller Vorlesungssaal nicht ansatzweise mit dem Trubel auf einer Party vergleichbar ist.

Heute ist einer von den guten Tagen. Ich lächle Sarah an, als sie aufblickt und uns entdeckt. Ehe ich michs versehe, springt sie von ihrem Stuhl, kommt auf mich zu und schließt mich innig in die Arme.

»Mia!« Sie blickt begeistert zwischen Jack und mir hin und her. »Wie hast du es geschafft, unsere kleine Elfe aus dem Haus zu locken?«

»Das bleibt mein Geheimnis.« Er zwinkert ihr zu, bevor er sie begrüßt und mit Peter einschlägt. »Hey, Mann.«

Er setzt sich neben ihn auf einen freien Barhocker, während Peter mich ebenfalls umarmt. Wortlos. Mehr ist von ihm nicht zu erwarten, er ist eher einer von der ruhigen Sorte. Es dauert, bis er mit Menschen warm wird, und da er und Sarah erst seit ein paar Wochen zusammen sind, kennen wir einander noch nicht besonders gut. Aber er ist mir sympathisch und der Erste von Sarahs Freunden, der kein Problem mit ihrem etwas ausgefallenen Geschmack hat. Seit ein paar Tagen trägt sie ihre Haare pink.

Energisch zieht meine Freundin mich von den beiden Jungs weg auf ihre andere Seite, wo sich ebenfalls ein unbesetzter Hocker befindet. Weil ich nicht sehr groß bin, ist es fast schon ein kleines Kunststück, mich so elegant wie möglich auf dem Ding niederzulassen. Sarah winkt eine Kellnerin heran, die ich bei meinen seltenen Besuchen hier noch nie gesehen habe. Ihr rechter Arm ist voller Tattoos, und in ihrem Gesicht steckt mehr Metall, als gesund sein kann. Erstaunlicherweise sieht es trotzdem gut aus und steht ihr. Ich bestelle ein Wasser und drehe mich dann zu Sarah, deren Blick kritisch auf mein Glas gerichtet ist.

»Echt jetzt?«, fragt sie mit hochgezogener Augenbraue.

Bevor ich eine Chance habe, zu reagieren, streckt Jack seinen Kopf sofort an Peter vorbei zu uns.

»Lass sie in Ruhe, Sarah«, sagt er nachdrücklich und nickt mir zu. »Mia muss sich nicht für ihre Getränkewahl rechtfertigen.«

»Okay.« Sie hebt abwehrend die Hände. »Entschuldige. Ich dachte nur ... Wir wollten doch feiern und ...«

»Schon gut«, unterbreche ich sie und lege eine Hand auf ihren Unterarm. »Wir feiern ja auch.« Ich hebe mein Glas in die Luft. »Nur ich eben mit Wasser.«

»Und da es völlig egal ist, womit man anstößt ...« Jack tut es mir gleich und greift nach seinem eigenen Getränk, auf dessen Oberfläche eine kleine Schaumkrone tanzt. Bier. Ohne Zweifel. »Cheers. Auf uns.«

Wir lassen unsere Gläser klirrend aneinanderstoßen und trinken auf die erfolgreich bestandenen Prüfungen. In zwei Wochen startet das neue Semester, und anscheinend sind meine Freunde gewillt, ihre letzten vierzehn Tage »in Freiheit« – Sarahs Worte, nicht meine – mehr als nur zu genießen, bevor sie sich wieder mit kommunikationswissenschaftlichen Themen beschäftigen und Peter sich in sein Wirtschaftsingenieurstudium vertiefen muss. Obwohl ein Kurztrip ans Meer toll klingt, bin ich froh, vor Unibeginn nichts Großes mehr vorzuhaben. Dennoch ist es schön, die Freude in Sarahs Augen zu sehen, als sie mir von Peters Überraschung erzählt.

»Ich habe nichts geahnt, kannst du dir das vorstellen? Rein gar nichts.« Immer wieder nippt sie an ihrem Gin Tonic und futtert Erdnüsse aus der Schale, die Andy, die Kellnerin, vor uns abgestellt hat. »Er hat an Neujahr einfach einen Umschlag aus der Jackentasche gezogen und mir kommentarlos hingehalten.«

Während Sarah weiterplappert, wandert mein Blick an ihr vorbei zu Peter. Er unterhält sich mit Jack und scheint sich wohlzufühlen. Ich gebe zu, dass ich ihn zunächst falsch eingeschätzt hatte. Seine zurückhaltende Art bedeutet nicht, dass ihm Sarah nicht wichtig ist. Ganz im Gegenteil. Er ist einfach nur kein Mann vieler Worte. Und das ist mir wesentlich lieber als jemand, der ständig große Sprüche klopft und seinem Umfeld auf die Nerven geht. Die beiden passen gut zusammen, und ich hoffe sehr für sie, dass ihre Beziehung hält. Peter tut ihr gut, macht sie ausgeglichener und besonnener.

Im Hintergrund dudelt Musik aus den Boxen, die meinen Geschmack zwar um Längen verfehlt, aber trotzdem wippen meine Füße automatisch im Takt mit. Je später es wird, umso mehr füllt sich die Kneipe, und ich merke, wie ich unruhig werde. Ein Engegefühl breitet sich in meiner Brust aus. Ich blicke auf meine Hände und beginne, langsam zu zählen.

Eins. Daumen. Zwei. Zeigefinger. Drei. Mittelfinger. Vier. Ringfinger. Fünf. Kleiner Finger.

Dann mache ich das ganze Spiel rückwärts. Es ist ein Trick von Dr. Sullivan, um bei mir selbst zu bleiben. Ich spüre meinen Herzschlag deutlich und höre das Rauschen in meinen Ohren. Meine Hand liegt auf meinem Schoß, den Blick halte ich gesenkt. Sarah redet die ganze Zeit weiter und merkt mir nichts an. Ich habe diese kleine Übung schon so oft benutzt, dass ich eine Meisterin darin geworden bin, sie so unauffällig wie möglich auszuführen.

Ich wiederhole das Zählen zweimal. Daumen. Zeigefinger. Mittelfinger. Ringfinger. Kleiner Finger. Und wieder zurück. Als ich am Ende ankomme, legt sich eine Hand auf meine Schulter. Ich sehe auf und erkenne Jack.

»Lust auf eine Runde Billard?« *Ist alles in Ordnung?*

Ich nicke. *Ja.* »Gern«, sage ich und rutsche von meinem Hocker.

Sarah folgt mir mit ihrem Glas in der Hand, während Peter die Kugeln bei Andy organisiert.

»Machen wir Mädels gegen Jungs?« Sarah grinst mich verschwörerisch an.

»Auf keinen Fall«, mischt Jack sich ein, ehe ich antworten kann. »Mia spielt mit mir.«

»Vielleicht möchte Mia selbst entscheiden, mit wem sie spielt«, entgegnet Sarah herausfordernd.

Sie sieht nicht böse aus, ich kann den Schalk, der ihr im Nacken sitzt, mühelos erkennen. Sie hat kein Problem damit, wenn ich mit Jack spiele. Nein, sie diskutiert einfach nur gern. Was eine ihrer Eigenschaften ist, die ich weniger mag, aber die ich nach so vielen Jahren unserer Freundschaft akzeptiert habe. Vor allem, weil sie auch praktisch sein kann. Zum Beispiel wenn wir auf irgendwelchen Flohmärkten unterwegs sind und Sarah anfängt zu verhandeln.

»Okay.« Jack seufzt, dreht sich zu mir um und setzt seinen besten Hundeblick auf. »Wer soll deine zweite Hälfte sein, Mia?«

Wie soll ich da widerstehen? Ich seufze. »Es tut mir leid, Sarah …«

»Du brichst mir das Herz, Mia.« Sie fasst sich theatralisch an die Brust. »Aber gut. Ich hoffe, du weißt, was das bedeutet.«

Sie sieht sich suchend nach Peter um. Der steht bereits am Billardtisch und ordnet die bunten Kugeln in einem Dreieck an.

»Nein?«, tue ich unwissend.

»Du wirst verlieren«, verkündet sie, als wäre es das Selbstverständlichste der Welt.

»Das wird sich zeigen, Ms Harper.« Jack lässt die Finger knacken und nimmt einen der Spielstöcke von der Wand. Wie ein Profi reibt er die Spitze mit blauer Kreide ein, bevor er mir den Stab reicht. »Eröffnest du?«

»Klar.« Ich umrunde den Tisch und suche mir eine gute Position für den ersten Spielzug. Hier im hinteren Teil der Kneipe ist es ruhiger. Weniger Menschen, und auch die Musik ist nicht mehr zu hören. Ich bin ziemlich froh drum.

Nach meinem Stoß rollen die Kugeln in alle Himmelsrichtungen. Nummer fünf verschwindet in einer der Taschen. Ein Glückstreffer, aber ich grinse zufrieden und setze erneut an. Wir spielen eine Weile. Irgendwann kommt Andy vorbei und fragt, ob sie uns neue Getränke bringen soll.

Nachdem Jack und ich zweimal gewonnen haben, mischen wir die Paarungen durch. Ich bilde ein Team mit Peter, Jack schnappt sich Sarah. Es ist lustig, den beiden beim Diskutieren zuzusehen. Ich glaube,

Jack ist heilfroh, als er sie nach der Runde wieder abgeben kann und Peter sein neuer Partner wird.

»Tu nicht so, als sei es meine Schuld, dass wir verloren haben.« Sarah schiebt die Kugeln für eine weitere Runde zusammen. »*Du* hast es nicht geschafft, beim Eröffnungsstoß eine Kugel zu versenken.«

»Du hast mich angerempelt!«, protestiert Jack.

»Habe ich nicht.« Sie schnaubt empört und sieht zu mir. »Sag ihm, dass ich ihn nicht angerempelt habe, Mia!«

Ich runzle nur die Stirn. Mein Blick sagt alles.

»Ach.« Sie wirft sich die langen Haare über die Schulter und nimmt ihren Gin Tonic in die Hand. Bevor sie davon trinkt, höre ich sie irgendetwas nuscheln, das wie »schlechter Verlierer« klingt.

Ich kann nicht anders, ich muss grinsen. Sarah ist und bleibt eine Drama-Queen, und Jack ist tatsächlich schlecht darin, nicht zu gewinnen. Mein Blick fällt auf ihn, und ich sehe, wie er sich mit Peter wild gestikulierend berät. Obwohl er schon mal gewonnen hat, scheint es sein neu erklärtes Ziel zu sein, Sarah bei der nächsten Runde nicht den Hauch einer Chance zu geben.

Kopfschüttelnd nippe ich an meinem Wasser und lehne mich neben meine Freundin an die Wand.

»Dir ist klar, dass nun Krieg herrscht?«

»Und wenn schon.« Sie macht eine wegwerfende Handbewegung. »Jack ist dreiundzwanzig. Es wird Zeit für ihn zu lernen, dass man nicht immer gewinnen kann.«

»Da kenne ich noch eine, die das lernen sollte.« Ich stoße mit meiner Schulter leicht gegen ihre.

»Ich bin erst zweiundzwanzig.« Sarah rümpft die Nase und wirkt damit eher wie zwölf. »Ich darf kindisch sein.«

»Wenn du meinst.« Schmunzelnd sehe ich wieder zu den Jungs, die sich immer noch angeregt unterhalten. Wobei vielmehr Jack spricht und Peter einfach nur zuhört und an den offenbar richtigen Stellen nickt.

»Vielleicht sollten wir uns auch eine Taktik zurechtlegen«, schlage ich vor und stelle mein Glas zur Seite. »Ich nehme nicht an, dass du große Lust darauf hast, dir den restlichen Abend heroische Geschichten über ihren Sieg anzuhören, oder?«

»Oh, ganz sicher nicht.« Würde Sarah einen Pullover tragen, wäre nun der Moment, in dem sie ihre Ärmel nach oben krempelt. Da sie sich heute aber für eine hübsche schwarze Bluse mit unzähligen Blumen darauf entschieden hat, begnügt sie sich damit, die Hände diabolisch aneinanderzureiben. Sie nimmt die Herausforderung an.

»Wenn sie Gentlemen sind, lassen sie uns den Vortritt«, sagt sie und grinst mich an. »Wir müssen einfach nur Kugel um Kugel versenken und sie gar nicht erst zum Zug kommen lassen. Und et voilà. Gewonnen.«

Dieser Plan erscheint mir zwar lückenhaft und viel zu sehr vom Zufall abhängig, als dass man ihn wirklich als Taktik bezeichnen könnte, doch Sarah wirkt, als sei sie sich ihrer Sache sehr sicher. Mir ist es egal, ob wir gewinnen oder nicht. Es ist nur ein Spiel. Hauptsache, wir haben Spaß dabei.

Jack lässt uns anfangen, und Sarah legt los. Erstaunlicherweise schafft sie es, wie vorhergesagt, eine Kugel nach der anderen einzulochen. Sie ist hoch konzentriert, wie eine Frau mit einer Mission.

Irgendwann entferne ich mich ein Stück von ihr und trete neben Jack. »Das war nicht besonders klug von dir«, sage ich leise und nicke mit dem Kopf in Sarahs Richtung. »Sie nimmt euch auseinander.«

»Falls wir überhaupt noch zum Zug kommen«, stimmt er mir zu und fährt sich mit den Fingern durch die Haare.

Dieser wilde Look steht ihm. Ich fand Jack schon immer sehr attraktiv, trotzdem habe ich nie mehr von ihm gewollt. Und auch als

Kumpel ist er kein Ersatz für Brant, und das wird er auch nie sein. Niemand wird meinen besten Freund jemals ersetzen können. Aber irgendwann zwischen Weihnachten und seinem ersten Todestag im September habe ich erkannt, dass ich mich nicht vor der ganzen Welt verschließen kann, wenn ich nicht zugrunde gehen möchte. Es war nicht leicht, doch nach einigen Monaten habe ich angefangen, zunächst Sarah und schließlich auch Jack wieder in mein Leben zu lassen. Sie konnten mein Herz genauso wenig zusammensetzen wie meine Eltern, aber dank ihnen verlasse ich immerhin wieder das Haus. Und spiele Billard, wenn Sarah nicht gerade beschließt, einen Alleingang hinzulegen.

»Da sie mich ganz eindeutig nicht braucht … Willst du noch mal Nachschub?« Ich deute auf Jacks fast leeres Bier. »Dann bringe ich dir auf dem Rückweg von den Toiletten eins mit.«

»Ja, gern.« Er nickt, setzt ein letztes Mal an und trinkt den Rest auf einmal aus, bevor er mir die Flasche gibt. Meine Fingerspitzen streifen seine, als ich sie ihm abnehme.

»Bin gleich zurück«, murmle ich und mache mich auf den Weg in den vorderen Teil der Bar. Ich gebe Andy das leere Bier, bitte sie um ein neues für Jack und ein Wasser für mich und gehe weiter zu den Toiletten.

Keine fünf Minuten später bin ich zurück, und die Getränke stehen bereits auf der Theke der Bar. Ich will gerade nach ihnen greifen, als ich eine Stimme höre, die zu singen beginnt. Ich wirble herum und entdecke einen Musiker auf der kleinen, improvisierten Holzbühne neben einer steinalten Jukebox, die nicht so aussieht, als würde sie überhaupt noch funktionieren.

Wie gebannt starre ich zu dem Mann hinauf. Ich kann sein Gesicht nicht erkennen, er hält den Blick eisern auf die Gitarre in seinen Händen gesenkt. Er streicht über die Saiten, als seien sie ein Schatz, den er gerade erst entdeckt hat. Doch sein Spiel ist nicht das, was mich am meisten fasziniert. Es sind auch nicht die schwarzen Jeans oder das dunkle Langarmshirt, das ihm ausgesprochen gut steht. Nein, es ist seine Stimme, die sich klar und hell und doch irgendwie rauchig und tief im ganzen Raum ausbreitet. Er singt die Töne sanft, erzählt von verlorenen Träumen, vergangenen Momenten und Sekundenbruchteilen, die ein Leben verändern können. Und ob ich will oder nicht, ich erkenne mich darin wieder.

Ich merke nicht einmal, wie ich leise seufze und die Augen schließe, während seine markante Stimme die kleine Bar geradezu durchflutet und ich mir für ein paar Sekunden einbilde, er würde nur für mich singen. Es ist mir egal, dass meine Freunde auf mich warten, und ich nicht nur mein Getränk in der Hand halte. Ich brauche diesen Moment für mich. Dieses Lied, diese Stimme, diese Melodie. Alles ist perfekt, und mir wird klar, dass es die richtige Entscheidung war, Jack für heute zuzusagen. Ohne sein Bitten hätte ich einen weiteren Freitagabend auf meiner Couch verbracht. Luna hätte sich wie eine Wärmflasche über meine Beine gelegt, den Kopf so auf meinem Oberschenkel platziert, dass ich sie mit meiner Hand problemlos hinter den Ohren kraulen kann. Vielleicht hätte ich mir ein Eis gegönnt, während wir uns irgendeine unrealistische Schnulze auf Netflix angeschaut hätten. Keine schlechte Vorstellung, doch die Realität gefällt mir in diesem Augenblick um einiges besser. Die *Musik* gefällt mir besser.

Ich lausche den Worten, die er von sich gibt, und spüre in jedem einzelnen davon, wie ernst er sie meint. Ich weiß nicht, woher oder warum, aber ich habe keinen Zweifel daran, dass er das, wovon er singt, selbst erlebt hat. Er spricht aus Erfahrung, und ohne ihn zu kennen, bricht er mir mit seinem Lied das Herz.

*There is a darkness inside of me*
*A secret to keep*
*I long for forgiveness*
*Don't know what it means*
*Just living half a life*
*Being only kind of there*
*Only kind of there*

Als die letzten Töne verklingen, öffne ich meine Augen und sehe direkt in das Gesicht des Musikers. Er erwidert meinen Blick, zeigt keinerlei Regung, doch diese Augen ... Diese Augen würde ich überall erkennen.

Es sind seine.

Nathan Dawsons.

Er ist zurück.

Brants Mörder ist zurück in der Stadt.

# 3

Die beiden Getränke drohen mir aus den Händen zu fallen, als mich die Übelkeit erfasst. Meine Finger zittern, ich schaffe es kaum, die Flasche und mein Glas auf der Theke abzustellen, ehe ich davonstürze. Zurück in den kleinen, dunklen Flur, der zu den Toiletten führt. Ich stoße die Tür auf und verschwinde in der ersten Kabine. Vor der Kloschüssel gehe ich in die Knie und erbreche meinen Mageninhalt.

Es wundert mich nicht mehr, dass ich mich in diesem Lied wiederfinden konnte. Er hat es über den Abend geschrieben, der unsere beiden Leben für immer verändert hat. Und er konnte nur so perfekt darüber schreiben, weil er selbst da war. Ich kann nicht fassen, wie sehr mich die Zeilen berührt haben, wie intensiv dieser Moment war. Heiße Tränen fließen über meine Wangen. Mit einem Mal habe ich das Gefühl, zu ersticken. Ich kann nicht mehr atmen, schnappe nach Luft, huste und würge wieder. Was passiert hier? Warum ist er wieder zurück? Er sitzt im Gefängnis. Es ist nicht möglich, dass er in Sterling ist. Es ist einfach nicht möglich. Und trotzdem habe ich ihn gerade gesehen. Auf dieser Bühne, im gedimmten Licht, mit einer Gitarre und einem Lied, das mir den Boden unter den Füßen weggezogen hat.

Ich presse eine Hand auf meinen Bauch und versuche, nicht durchzudrehen. Es ist so lange her, dass ich ihn gesehen habe. Damals bin ich davon ausgegangen, dass es das allerletzte Mal war und ich ihm nie wieder begegnen muss. Jahrelang war es genau dieser Gedanke, der mir zumindest in Ansätzen so etwas wie Frieden beschert hat. Ich werde Brant nie wiedersehen, aber das Gleiche gilt auch für den Menschen, der ihn umgebracht hat.

Galt.

Bis heute. Bis vor wenigen Minuten.

Am liebsten möchte ich mich hinlegen und zu einer Kugel zusammenkauern. So lange, bis die Übelkeit nachlässt und ich nicht mehr vor Ekel und Scham im Boden versinken will. Das schlechte Gewissen, weil ich sein Lied gemocht habe, erdrückt mich beinahe. Wie kann mein Kopf es wagen, zu Zeilen, die ausgerechnet aus *seinem* Mund kommen, eine Art Verbindung aufzubauen? Es sind die Worte eines Verbrechers.

Ich reibe mir über die Stirn, über die geschlossenen Augenlider, über die Schläfen. Mit einem Mal fühle ich mich kraftlos und leer, mein ganzer Körper schmerzt. Ich sitze schon viel zu lange hier und versuche, meine Atmung zu beruhigen und mein schnell pochendes Herz unter Kontrolle zu kriegen. Es wird mit Sicherheit nicht mehr lange dauern, bis Sarah kommt, um nachzusehen, wo ich bleibe.

Im nächsten Moment geht die Tür auf.

»Mia?« Es ist tatsächlich die Stimme meiner Freundin. »Bist du hier?« Sie klingt besorgt. Hat sie Nathan ebenfalls gesehen und eins und eins zusammengezählt? Sitzt er immer noch auf dieser Bühne und spielt seine Lieder?

Ich balle die Hände zu Fäusten, als ich mich mühevoll aufrapple und *Ja* sage. Ich hoffe, Sarah merkt nicht, wie kratzig meine Stimme klingt. Nachdem ich auf die Spülung gedrückt habe, wische ich mir mit einem Stück Klopapier den Mund ab und bete, dass meine Wimperntusche den Tränen standgehalten hat. Dann verlasse ich die Kabine.

Sarah steht neben dem einzigen Waschbecken, auf das ich nun zugehe. Sie sieht mir wortlos dabei zu, wie ich den Wasserhahn öffne, meine Hände darunter halte und eine kleine Kuhle forme. Anschließend führe ich sie zu meinem Mund und spüle ihn aus. Den unangenehmen Geschmack werde ich trotzdem nicht los.

Als ich in den Spiegel sehe, ruhen Sarahs Augen immer noch auf mir. »Was ist los?«, fragt sie und legt behutsam eine Hand auf meinen Rücken. »Alles in Ordnung? Du bist so blass ...«

Ich nicke. Nur einmal, und bestimmt nicht sonderlich überzeugend, aber ich schaffe es, dabei nicht wieder in Tränen auszubrechen. Mir ist immer noch schlecht, und ich möchte einfach nur nach Hause.

»Können wir gehen?«, frage ich und drehe den Wasserhahn wieder zu. Ich trockne mir die Hände ab, während ich Sarahs Blicken weiterhin ausweiche. Ich will nicht, dass sie sieht, wie durcheinander ich bin.

»Aber ... warum? Die Jungs wollen eine Revanche. Ich habe gewonnen. *Wir* haben gewonnen.« Sie hält inne. »Was ist in den letzten Minuten passiert, Mia?«

Ihre Frage irritiert mich. Sie ist doch nicht blind, sie weiß ganz genau, wer Nathan Dawson ist. Fragt sie mich gerade ernsthaft, warum ich nicht im selben Gebäude wie er bleiben möchte?

»Hast du den Musiker gesehen?«, frage ich und schmeiße das nasse Papiertuch in den Mülleimer.

»Nur gehört«, antwortet sie. »Er klang gut, oder? Schade, dass er nur ein Lied gespielt hat. Bist du deshalb so lange weggeblieben? Weil du ihm zugehört hast?«

Ich schüttle den Kopf, nicke, schüttle ihn wieder. Sarah hat keine Ahnung, in wessen unmittelbarer Nähe sie sich befindet. Das hat niemand da draußen. Doch eine Information in ihren Sätzen lässt mich aufhorchen.

»Er spielt nicht mehr?«, frage ich. »Er hat nur ein Lied gespielt? Ein einziges?«

Sarah nickt, und ich sehe ihr deutlich an, dass sie meinen Gedankensprüngen nicht folgen kann. »Ja. Es war nur das eine. Warum ist das wichtig? Hier treten ständig irgendwelche mittellosen Musiker auf, das weißt du doch.«

»Aber die meisten spielen mehr als nur einen Song.«

»Na und?« Sie ist immer noch verwirrt. »Vielleicht hat er nur dieses eine eigene Lied. Mia, was ist …«

»Es war Nathan«, platzt es in dieser Sekunde aus mir heraus. »Nathan Dawson.«

Ich erkenne genau den Moment, in dem sie begreift, was ich ihr gerade gesagt habe.

»Was?«, wispert sie, und das Blut weicht aus ihrem Gesicht. »Was redest du da? Nathan ist im Gefängnis.«

»Ist er nicht.« Ich lege wieder eine Hand auf meinen unruhigen Magen. »Er ist da draußen und spielt auf seiner Gitarre, als hätte er nicht erst vor ein paar Jahren jemanden umgebracht.« Ich verschweige ihr, wie gut ich sein Lied fand. Dieses Wissen werde ich mit in mein Grab nehmen.

»Aber … Wieso lässt Joe ihn überhaupt auftreten?« Sarah hat sich wieder gefangen, und auch das Feuer in ihren Augen ist zurück. Nur bedeutet es diesmal nichts Gutes. »Er weiß doch, was passiert ist. Die ganze Stadt weiß es, verdammt noch mal.«

Sarah hat nicht unrecht. Brants Tod wurde damals in den Medien regelrecht ausgeschlachtet. Tagelang gab es kein anderes Thema als sein tragisches Schicksal. Abgestochen auf einer Party, kurz vor Beginn seines Studiums, gestorben vor den Augen seiner besten Freundin. Sämtliche Reporter und Fotografen aus Sterling und Umgebung haben bei meiner Familie geklingelt, wollten mich sprechen, ein Bild von mir machen, ein Statement bekommen. Ich habe ihnen alles verweigert, sodass sie schließlich irgendwelche anderen Menschen in der Stadt nach Brant und mir ausgefragt haben. Auch über Nathan wurde so viel wie möglich herauszufinden versucht. Den Mann, der nach seiner Tat von der Party flüchten wollte. Ich erinnere mich noch an die Geschichte über seinen verstorbenen Hasen und die Schlagzeile dazu.

*Nathan Dawson: Hat die kriminelle Energie schon immer in ihm gesteckt?*

Sie haben ihm unterstellt, sein Haustier getötet zu haben, während Brant zu einem Heiligen erhoben wurde. Aber ich wusste damals wie auch heute, dass er kein Heiliger war und auch kein perfektes Leben hatte. Brant war einfach nur Brant, einer der wichtigsten Menschen in meinem Leben. Oft wollte er nicht darüber reden, aber in manchen Nächten, in denen wir stundenlang auf dem kleinen Vordach vor meinem Zimmerfenster saßen, hat er angefangen zu erzählen. Von seinem Vater, der ihn dazu drängte, später einmal die Kanzlei zu übernehmen. Seiner Mutter, die ihren Stress auf der Arbeit mit zu viel Rotwein bekämpfte. Und dann war da auch noch Clara gewesen, seine kleine Schwester und das Prinzesschen der Familie, die ihm manchmal den letzten Nerv geraubt hatte.

Mit niemandem konnte ich so viel Spaß haben, aber auch so gut diskutieren wie mit ihm. Wenn ich Angst hatte, irgendetwas zu tun, hat er so lange nachgebohrt, bis ich über meinen Schatten gesprungen bin. Er war mein Antrieb, und ich war diejenige, zu der er kam, wenn er den Druck seiner Eltern wieder einmal nicht ausgehalten hat.

»Was denkt Joe sich bloß dabei?« Sarahs Frage reißt mich aus meinen Gedanken.

Ich weiß genauso wenig eine Antwort darauf wie sie.

»Lass uns gehen«, sage ich schließlich. »Du kannst gern noch hierbleiben, aber ich muss hier raus.«

»Machst du Witze?« Sie sieht mich entgeistert an. »Wir holen die Jungs, und dann verschwinden wir von hier.« Ein entschlossener Ausdruck erscheint auf ihrem Gesicht. »Dawson kann froh sein, wenn die beiden ihn nicht vor die Kneipe zerren und verprügeln.«

»Wem würde das etwas nützen?« Ich schüttle den Kopf und folge Sarah aus den Toiletten. »Am Ende bekommen Jack und Peter noch eine Anzeige wegen Körperverletzung.«

Und ganz abgesehen davon kann ich mir Peter wirklich nicht in einer Schlägerei vorstellen. Jack durchaus, er ist kräftig genug dafür und kann es mit Leichtigkeit mit einem potenziellen Gegner aufnehmen. Aber das bedeutet nicht, dass ich von ihm verlangen würde, sich zu prügeln. Vor allem nicht mit Nathan Dawson.

Als wir zurück in die Bar treten, ist nichts mehr von ihm zu sehen. Die Bühne liegt verlassen vor uns, und es wirkt nicht so, als hätte vor Kurzem noch jemand darauf gestanden und Gitarre gespielt. Wenn ich Glück habe, ist Nathan bereits gegangen. Wenn nicht, dann lungert er hier noch irgendwo herum. Zum Zerbersten angespannt, folge ich Sarah zu Jack und Peter und scanne dabei aus den Augenwinkeln die ganze Kneipe durch. Keine Spur von Nathan. Und ich bin mir nicht sicher, ob mich das erleichtert oder beunruhigt.

Es schneit schon wieder, als ich am nächsten Morgen meinen Dienst im *Wild Lily's* antrete. Graue, schwere Wolken hängen über Sterling, und ich beeile mich, den kleinen Laden zu betreten, in dem ich die nächsten sechs Stunden verbringen werde. Noch habe ich keine Vorlesungen und deshalb meine Kollegin, die gleichzeitig auch meine Chefin ist, gebeten, mir ein paar zusätzliche Schichten zu geben. Über mir ertönt das melodische Läuten einer kleinen Glocke und kündigt mein Erscheinen an. Alice steht hinter dem Tresen und schaut von den Blumen auf, die sie in ihrer Hand hält und gerade zu einem Strauß anordnet.

»Mia, hey.« Sie lächelt und setzt unbeirrt ihre Arbeit fort.

Kurz lasse ich meinen Blick umherschweifen. Ich liebe das *Wild Lily's*. Alice hat den Laden nach ihrer verstorbenen Großmutter Lilian benannt und ihn genau so eingerichtet, wie es ihr gefallen hätte. Die großen Vasen, in denen sich die Schnittblumen befinden, sind alt und verschnörkelt, der Holztresen mit der Kasse ist an den Seiten mit kunstvollen Schnitzereien verziert, und die Tische und Hocker, auf denen Gestecke und bunte Sträuße verteilt sind, hat sie in Antiquariaten zusammengesammelt und selbst restauriert. Das *Lily's* ist eigentlich viel zu vollgestopft. Aber genau das macht seinen Charme aus.

Außer Alice ist niemand im Laden, und ich husche nach einer kurzen Begrüßung an ihr vorbei in den Personalbereich, um meine Jacke, die Tasche und den Regenschirm abzulegen. Als ich zurückkomme, trage ich eine dunkelgrüne Schürze über meinen Klamotten und habe meine Haare zu einem Pferdeschwanz zusammengebunden. Die Uniform ist der einzige Nachteil an meinem Job. Grün steht mir nämlich überhaupt nicht. Einzig die kleine gestickte Lilie auf der aufgenähten Schürzentasche ist süß.

»Was kann ich tun?«, frage ich Alice und greife nach einem Wischer, um den Boden zu trocknen. Wegen des Schnees sind die Fliesen an manchen Stellen glitschig, und ich möchte nicht, dass jemand ausrutscht. Bevor sie mir antworten kann, ertönt die Glocke, und ich blicke auf.

»Hallo«, begrüße ich den neuen Kunden, stelle mein Putzzeug beiseite und streife meine Hände einmal an der Schürze ab. »Was kann ich für Sie tun?«

Der ältere Herr erzählt mir, dass er seine Ehefrau überraschen möchte und Hilfe bei der Auswahl passender Blumen braucht.

»Ich könnte Ihnen einen klassischen Rosenstrauß binden«, beginne ich und deute auf eine Vase voll roter Rosen, das universelle Symbol für Liebe und Leidenschaft. »Damit können Sie nichts falsch machen«, versichere ich ihm.

Ich nehme ein weißes und rosafarbenes Exemplar in die Hand. »Wenn Sie etwas Zarteres wollen, können wir auch diese Farben hier mischen. Rosa steht für Schönheit und Weiß für Treue.«

Alice hat mir viel beigebracht, seit ich bei ihr arbeite. Ich kenne die Bedeutung aller gängigen Arten und bin inzwischen gut darin, entsprechende Blumen und Gestecke für jeglichen Anlass zusammenzustellen. Es macht mir Spaß, mir immer neue Kreationen zu überlegen.

»Weiße Nelken wären noch eine Idee. Sie stehen ebenfalls für Treue. Genau wie Tulpen. Oder vielleicht bunte Gerbera?« Ich zeige ihm auch diese Sorten und beantworte ausführlich all seine Fragen. Ich mag es, dass er so interessiert ist und mir keine Zeit zum Nachdenken lässt. Bis wir bei den weißen Callas ankommen. Den Trauerblumen.

Bevor ich ihm auch deren Bedeutung erklären kann, geht er zurück zu den Rosen und bittet mich um eine bunte, fröhliche Mischung. »Meine Frau liebt Farben«, sagt er.

»Dann werden wir ihr diesen Wunsch erfüllen«, erwidere ich und ziehe ein paar der Blumen hervor. »Wie viele hätten Sie denn gern?«

»Fünfzehn? Oder ist das zu viel?«

»Nein, das ist kein Problem.« Ich drehe mich um und zähle weitere Rosen aus der großen Ausstellungsvase ab. »Mit Grün drum herum? Und ein bisschen hiervon?« Ich deute auf handtellergroße, saftige Blätter, die sich gut zum Fixieren der Blumen eignen.

Der Mann nickt, und ich bitte ihn, kurz zu warten. Mit den Rosen in der Hand verschwinde ich in den angrenzenden Raum im hinteren Teil des Ladens, wo ich anfange, sie zusammenzubinden. Hier hat Alice einen großen Tisch aufgestellt, unter dem sich unzählige Vasen mit grünen Pflanzenteilen befinden, die zur Dekoration der Sträuße genutzt werden. Meine Hände vollführen mittlerweile jede Bewegung automatisch. Es ist kein Problem mehr für mich, Blumen so zu sortieren, dass der Strauß am Ende gut aussieht. War der Nebenjob zu Beginn meines Studiums als reines Mittel zum Zweck gedacht, ist er im Laufe der Zeit zu einer Leidenschaft geworden, von der ich nicht gewusst habe, dass sie in mir schlummert.

Normalerweise würde ich zu lange Stängel abzwicken und ein Band zur Fixierung darumbinden, ohne darüber nachdenken zu müssen, doch an diesem Morgen will es mir nicht gelingen. Es ist Monate her, dass ich einen Strauß noch einmal von Neuem binden musste, weil ich einfach nicht zufrieden damit war. Allem Anschein nach ist nun mal wieder so ein Moment. Meine Finger zittern, als ich Blume für Blume in etwas Grünzeug einarbeite und arrangiere.

Ich weiß genau, warum es mir heute so schwerfällt, mich auf meine Aufgabe zu konzentrieren. Die Callas haben mich an Brants Grab erinnert und unweigerlich dazu geführt, dass ich an seinen Tod und damit an Nathan denken muss. Seit ich ihn gestern Abend auf dieser Bühne gesehen habe, habe ich Magenschmerzen. Es fühlt sich an, als hätte ich die Kontrolle verloren, und das gefällt mir nicht. Ich will nicht, dass er zurück ist. Ich will nicht einmal in derselben Stadt wie er sein. Und vor allem will ich nicht, dass er sich wieder in meinen Kopf schleicht.

»Fuck.« Ich habe so energisch an einem der Rosenstängel gezogen, dass mir die Blüte abgefallen ist. Ergeben lasse ich den halb fertigen Strauß sinken und besorge mir aus dem Lager ein neues Exemplar. Dann beginne ich zum dritten Mal mit dem Binden.

Meine angekündigten fünf Minuten überschreite ich um Längen, bis ich mit einem Strauß zurückkomme, der meinen Ansprüchen genügt und den ich guten Gewissens verkaufen kann. Der ältere Herr steht noch genauso da, wie ich ihn verlassen habe. Er scheint tief in Gedanken versunken zu sein und bemerkt mich zunächst nicht. Vielleicht hat er etwas angestellt und die Blumen sind eine Art Entschuldigung für seine Frau. Er nimmt mich erst wieder wahr, als ich vor ihm stehen bleibe und ihm den Strauß entgegenhalte.

»Okay so?«, frage ich und drehe die gebundenen Blumen sorgfältig hin und her. Aus den Augenwinkeln sehe ich, wie Alice in unsere Richtung blickt und anerkennend nickt. Ihr gefällt mein Werk.

Der Mann bejaht. »Sehr schön, vielen Dank.«

»Gern.« Ich bemühe mich um ein Lächeln, obwohl mir nicht danach ist. »Dann ... packe ich ihn mal ein, in Ordnung?«

Er nickt, und ich reiße hinter dem Tresen ein großes Stück Papier von der Rolle und wickle die Blumen darin doppelt ein, um zu verhindern, dass sie bei der Kälte kaputtgehen. Zum Schluss befestige ich unsere Visitenkarte mit einem Tacker daran und lege den eingepackten Strauß vorsichtig neben der Kasse auf der Theke ab.

Nachdem er bezahlt und ich ihm einen schönen Tag gewünscht habe, verlässt er den Laden. Doch bevor die Tür hinter ihm wieder zuschlagen kann, kommt ein halber Schneemann hereingestapft. Offensichtlich ist das Wetterchaos draußen immer heftiger geworden.

»Hey, was machst du denn hier?«, frage ich und lache, während ich Jack dabei zusehe, wie er sich von den dicken Flocken zu befreien versucht. Auch Alice kann sich ein Grinsen nicht verkneifen.

»Hallo, Jack«, sagt sie und nickt ihm zu. Sie ist mittlerweile damit beschäftigt, die neuen Blumensträuße im Schaufenster zu arrangieren. Wie immer macht sie eine Wissenschaft daraus, aber ich muss zugeben, dass sie ein Händchen dafür hat.

»Alice.« Er tippt sich an den nicht vorhandenen Hut, ehe er sich wieder mir zuwendet.

Abwartend schaue ich ihn an.

»Wie geht es dir?«, fragt er, und ich weiß intuitiv, dass mehr hinter seinen Worten steckt als nur das Interesse an meinem Wohlbefinden.

Er spielt auf gestern Abend an. Sarah ist vor mir bei ihm und Peter angekommen, und bis ich dazugestoßen war, wussten sie beide schon Bescheid. Ohne zu zögern, haben sie mit uns das *Joe's* verlassen. Ich bin Jack dankbar, dass er keine weiteren Fragen gestellt hat.

»Gut«, antworte ich automatisch und senke den Blick. Wir wissen beide, wie gelogen das ist.

»Mia ...«, beginnt er, doch ich unterbreche ihn sofort.

»Es geht mir ... den Umständen entsprechend, okay?« Ich spreche leise, damit Alice nichts von unserer Unterhaltung mitbekommt.

Obwohl ich sie mag und wir uns gut verstehen, habe ich ihr nie erzählt, dass ich mit Brant befreundet bin. Befreundet *war*. Ich brauche einfach einen Ort in meinem Leben, an dem ich nicht jede Ecke mit ihm in Verbindung bringe. Und das *Wild Lily's* ist ein Laden, in dem wir nie gemeinsam waren. Ganz im Gegensatz zu Jack und mir. Er hat mich schon unzählige Male hier besucht, macht immer wieder neue Fotos für die Homepage und ist im Laufe der Zeit eine Art Stammkunde geworden. Nämlich immer dann, wenn Alice ihn rauswerfen will, weil er nicht vorhat, etwas zu kaufen. An diesen Tagen gehe ich meistens mit einem Strauß loser Blumen nach Hause, die Jack bezahlt hat.

»Wenn du willst, frage ich Joe nach ihm und finde heraus, warum er ...«

»Nein«, lehne ich entschieden ab und streiche mit den Händen ein paar imaginäre Krümel von der Fläche neben der Kasse. »Das musst du nicht tun. Es ist nicht wichtig, warum Joe ihn singen lässt. Vielleicht war es auch nur eine einmalige Sache.«

Ein Blick in Jacks Gesicht verrät mir unmissverständlich, dass er mir nicht glaubt.

»Oder er weiß überhaupt nicht, wer Nathan wirklich ist«, gibt er zu bedenken. »Wenn er ihm einen falschen Namen genannt hat, kann Joe keine Verbindung zu Brant ziehen.«

»Meinst du?« Daran habe ich bisher nicht gedacht. Es könnte eine Erklärung sein, denn ich gehe nicht davon aus, dass Joe tatsächlich einen vorbestraften Ex-Häftling auftreten lassen würde.

»Es wäre möglich, oder? Ich kann mich umhören.« Jack ist der Sohn der Bürgermeisterin und in Sterling bekannt wie ein bunter Hund. Wenn jemand etwas über Nathans Rückkehr in Erfahrung bringen kann, dann er.

Ich merke, wie ich nicke. »Okay. Das wäre toll. Danke.«

»Nichts zu danken«, entgegnet er, und ein sanftes Lächeln lässt seine Gesichtszüge weich werden. Es steht ihm.

Das ist der Augenblick, in dem Alice ihn darauf hinweist, dass er doch bitte nicht seinen heutigen Einkauf vergessen soll.

»Niemals«, gibt er zurück, ohne den Blick von mir abzuwenden. »Worauf hast du Lust, Mia?«, fragt er und zückt bereits seinen Geldbeutel. »Eine Lilie? Wofür stehen Lilien?«

»Liebe«, kommt es fröhlich von Alice. »Und Licht. Aber eigentlich für die echte, wahre Liebe.«

Ein betretenes Schweigen entsteht zwischen Jack und mir.

»Nimm eine Amaryllis«, schlage ich schließlich vor. Sie symbolisiert maximal noch starke Anziehungskraft, aber ganz sicher keine großen Liebesgefühle.

»Okay.« Vielleicht bilde ich es mir nur ein, aber ich glaube, er klingt erleichtert, als ich um den Verkaufstresen herumgehe und eine rote Blume aus einer der Vasen ziehe. Ich lege sie neben die Kasse, tippe den Betrag ein und Jack bezahlt. Dann macht er zwei Schritte rückwärts, wie immer ohne die Blume. Ich werde sie später mit nach Hause nehmen.

»Ich rufe dich an«, verspricht er und imitiert mit seiner Hand einen Telefonhörer. Er wirft Alice einen letzten Blick zu und verabschiedet sich mit einem kurzen Winken von uns beiden. Als er die Tür öffnet, strömt ein Schwall kalter Luft herein. Augenblicklich fröstelt es mich, und ich reibe mir mit den Händen über die Arme.

»Wann erlöst du diesen armen Kerl endlich von seinem Leiden?« Alice tritt einen Schritt vom Schaufenster weg und mustert ihre Anordnung kritisch, ehe sie sich zu mir dreht.

Stirnrunzelnd sehe ich sie an. »Da ist nichts.«

»Ach, Mia.« Sie seufzt und schüttelt den Kopf. »So blind kannst du doch nicht sein.«

»Wir sind nur Freunde«, widerspreche ich. »Wenn da von seiner Seite aus mehr sein sollte, dann mag das sein, aber ...«

»Aber was?« Sie legt den Kopf schief. »Er kommt ständig vorbei, er kauft dir Blumen, er fragt, wie es dir geht und ... Er sieht gut aus. Das musst du zugeben.«

»Ich weiß.« Nichts von dem, was Alice aufzählt, ist mir neu. »Aber wenn da kein Funke ist, ist da kein Funke.« Ich zucke mit den Schultern. »Wir sind Freunde, und das ist genug.«

»Nicht für ihn«, trällert sie und beginnt, ein paar der Blumensträuße noch einmal hin und her zu schieben. Heute ist ein ruhiger Tag, und solche Stunden nutzt Alice jedes Mal für eine Umgestaltung. »Glaub einer alten Dame, du junges Ding«, singt sie weiter und tanzt mit jeweils einem Strauß pro Hand durch den Laden.

Lachend beobachte ich sie dabei. »Nun übertreib mal nicht«, protestiere ich. Sie ist gerade einmal Mitte dreißig und sämtliche Parallelwelten weit davon entfernt, alt zu sein.

»Trotzdem solltest du mir glauben«, sagt sie und tritt wieder einen Schritt von einer Vase weg, um ihr Werk besser betrachten zu können. »Hiermit hast du offiziell die Erlaubnis, ab sofort auf Teufel komm raus während deiner Arbeitszeit mit ihm zu flirten, wenn er dich das nächste Mal hier besucht.«

»Alice!«, entfährt es mir laut, und ich weiß nicht, ob ich empört oder belustigt darüber sein soll, dass sie es sich anscheinend zur Aufgabe gemacht hat, mir Jack schmackhaft zu machen. Dabei ist das überhaupt nicht nötig. Ich bin mir Jacks Vorzügen durchaus bewusst. Aber es ist, wie ich ihr gesagt habe. Ohne diesen einen Funken, und sei er auch noch so klein, funktioniert es nicht. Ohne ihn kann keine Flamme entstehen, und ohne eine Flamme gibt es kein Feuer, und ohne dieses Feuer wird niemals so etwas wie Leidenschaft zwischen uns existieren. Was nicht bedeutet, dass Jack mir nicht wichtig ist.

Meine Freundschaft ist nur einfach alles, was ich ihm geben kann.

# 4

Es ist schon eine ganze Weile dunkel, als ich das Schild an der Ladentür auf *Geschlossen* drehe. Der Tag war für meinen Geschmack zu ruhig und hat mir viel zu viel Zeit zum Nachdenken gegeben. Das Schneetreiben hat nur wenige Mutige aus dem Haus gelockt, und es würde mich nicht wundern, wenn ich bei der Abrechnung gleich herausfinde, dass heute einer dieser seltenen Tage ist, an denen Alice keinen Gewinn gemacht hat. Sie hat sich bereits kurz nach vier Uhr von mir verabschiedet, um die heutigen Vorbestellungen – drei an der Zahl – auszuliefern. Anstatt danach wie immer noch einmal vorbeizukommen, hat sie beschlossen, direkt Feierabend zu machen und mich den Laden allein abschließen zu lassen.

Kurz nachdem sie weg war, habe ich vor Langeweile angefangen, bei leiser Musik aus dem Radio die Fliesen feucht zu wischen und so dem Schneematsch Einhalt zu gebieten. Aber auch mein kleines Putztänzchen hat mein Gehirn nicht davon abgehalten, über Nathan nachzugrübeln. Seit ich ihn gesehen habe, wandern meine Gedanken ständig zu ihm. Und wenn mir auffällt, dass ich ihn für ein paar Minuten aus meinem Kopf verbannen konnte, ist er schon wieder da. Mir ist nicht entgangen, wie sehr er sich verändert hat. Seine Schultern sind breiter geworden, er ist einige Zentimeter gewachsen, seine Haare sind länger, und insgesamt ist er nicht mehr so schmächtig. Nathan ist wesentlich muskulöser als im September vor vier Jahren. Er hat trainiert, wie auch immer das im Gefängnis möglich gewesen ist. Ich habe nicht den Hauch einer Ahnung, was es heißt, einzusitzen.

In dem Moment, als ich mit der Tagesabrechnung beginne, klingelt mein Handy. Jacks Name leuchtet mir entgegen.

»Hey.« Ich klemme mir das Telefon zwischen Ohr und Schulter und zähle die Scheine weiter. Es sind nicht viele. »Hast du schon etwas herausgefunden?« Einen anderen Grund für seinen Anruf kann ich mir nicht vorstellen. Eigentlich schreiben wir hauptsächlich miteinander.

»Nichts«, schnauft er und stößt die Luft kräftig aus. »Rein gar nichts. Niemand hat ihn gesehen oder weiß etwas.« Er klingt frustriert. »Es tut mir leid, dass ich dich das fragen muss, Mia, aber … Bist du dir ganz sicher, dass du *ihn* gesehen hast? Es war Nathan Dawson auf dieser Bühne?«

»*Ja*«, entfährt es mir heftiger als gewollt. »Er war es. Ehrlich.«

»Okay.« Jack lenkt sofort ein. »Ich glaube dir. Und ich werde mich weiter umhören. Vielleicht ist er einfach noch nicht lange wieder in Sterling. Meine Mom versucht, über den Richter etwas in Erfahrung zu bringen, der ihn damals verurteilt hat.«

»Judge Silas?« Auch seinen Namen werde ich für den Rest meines Lebens nicht mehr vergessen. Alles, was mit Brants Tod und der Zeit danach zu tun hat, ist für alle Ewigkeit in mein Gedächtnis eingebrannt.

»Genau«, bestätigt Jack.

»Okay.« Ich spüre, wie sich die Enttäuschung in mir ausbreitet, obwohl ich nicht davon ausgegangen bin, heute überhaupt noch einmal von ihm zu hören.

»Bist du noch im Laden?«

Ich nicke, bis mir auffällt, dass er mich nicht sehen kann. »Ja.« Die Ein-Dollar-Scheine sind mittlerweile durchgezählt und ich widme mich denen mit Abraham Lincoln drauf.

»Hast du Lust vorbeizukommen, wenn du fertig bist? Ich könnte etwas für uns kochen. Pasta vielleicht?«

Für einen Augenblick muss ich an Alice' Worte denken.

*Wann erlöst du diesen armen Kerl endlich?*

Die Antwort darauf ist eine, die ihm nicht gefallen würde.

»Bitte sei mir nicht böse, aber ich habe heute Abend schon ein Date mit einer ganz entzückenden Fellnase.«

Eine faule Ausrede, was auch Jack weiß, schließlich verbringe ich fast jeden Abend mit Luna, aber es ist leichter, als ihn komplett vor den Kopf zu stoßen. Viel leichter. Und feige.

»Luna ist ein echter Glückspilz.« Er wartet darauf, dass ich ihn zu mir einlade. In seiner Welt spräche nichts dagegen, kochen kann er auch bei mir, und ich würde nicht nur Luna, sondern auch ihm Gesellschaft leisten. Aber ich kann nicht. Ich will ihm keine falschen Hoffnungen machen. Nicht, nachdem Alice mir schon wieder aufgezeigt hat, dass Jack sich nicht wie ein normaler Kumpel verhält.

»So viel Glück hat sie auch nicht. Gestern Abend war sie stundenlang allein, weil meine Eltern nicht auf sie aufpassen konnten …«

Und sie würde es morgen wieder sein. Jacks Frage, ob es zweifelsfrei Nathan war, hat etwas in mir ausgelöst. Ich *weiß*, dass ich ihn gesehen habe. Ich bin mir zu eintausend Prozent sicher. Aber offenbar bin ich die Einzige damit. Also gibt es nur einen Weg, um herauszufinden, ob ich eventuell doch an Halluzinationen leide: Ich muss noch einmal ins *Joe's*.

Heute ist der letzte Montag im Monat, was bedeutet, dass die Kneipe geschlossen hat. Inventur, so lautet der offizielle Grund. Normalerweise würde mich das nicht kümmern, aber das heißt, dass ich warten muss. Vierundzwanzig lange Stunden liegen vor mir, bis ich mich auf die Suche nach Nathan machen kann, und ich kann nichts anderes tun, als zu hoffen, dass mein zweiter Besuch in Joes Kneipe erfolgreich sein wird. Auch wenn das bedeutet, Brants Mörder noch einmal in die Augen blicken zu müssen.

Es ist kurz vor Mitternacht, und ich bin gerade auf dem Weg in mein Bett, als es an der Wohnungstür klopft. Wer auch immer davorsteht, hat beschlossen, nicht die Klingel zu benutzen, sondern in einer rhythmischen Folge auf das schwere Holz zu pochen. Und genau dieser Rhythmus ist es, der mir zweifellos verrät, wer sich zu mir verirrt hat. Mit Luna im Schlepptau gehe ich auf die Tür zu. Ohne durch den Spion zu sehen, öffne ich und lasse den nächtlichen Besucher in meine Wohnung. Obwohl das Tor zur Straße wie immer verschlossen ist, hindert das meinen Bruder nicht daran, in solchen Nächten einfach über den Zaun zu klettern und erst zu klingeln, wenn er vor meiner Tür steht.

»Hereinspaziert«, sage ich, wickle meine Strickjacke fester um mich und trete zur Seite.

Luna wedelt aufgeregt mit dem Schwanz und blickt zu ihm hoch. Allmählich glaube ich, dass sie selbst einen Einbrecher freundlich begrüßen würde.

»Hey, Luna, hey, Mimmie.« Er drückt mir einen Kuss auf die Stirn, und ich kann den Alkohol deutlich riechen, als er an mir vorbeigeht. Auch das ist nicht neu, weshalb ich mir jeglichen Kommentar verkneife und nur die Augen verdrehe.

Schweigend sehe ich ihm dabei zu, wie er sich die Schuhe abstreift, ehe ich ihm mit Luna in meine Kochnische folge. Er schmeißt sich auf den linken der beiden Stühle in der kleinen Sitzecke, und ich schalte unaufgefordert die Kaffeemaschine ein. Dann hole ich eine Packung

Hafermilch und nehme eine Tasse aus dem Schrank. Während der Kaffee in den Becher läuft, stelle ich ihm eine Schachtel mit Keksen hin.

»Du bist ein Engel«, seufzt er und schiebt sich gleich zwei davon auf einmal in den Mund.

»Ich weiß«, murmle ich, ehe ich ihm seine Tasse reiche. »Hier.«

Er nimmt mir den Kaffee ab, trinkt gierig einen Schluck und verzieht in der nächsten Sekunde schmerzhaft das Gesicht. »Fuck! Scheiße, Mimmie! Ist das heiß!«, flucht er, und ich kann mir ein Grinsen nur schwer verkneifen.

»Was hast du denn erwartet, Adam? Solltest du nicht eigentlich in Boston sein? Und hör auf, mich Mimmie zu nennen. Ich bin keine Katze. Mein Name ist Mia«, sage ich mit Nachdruck und lehne mich an die Küchenzeile.

Der Blick, den er mir zuwirft, spricht Bände. Es ist ein stummes Versprechen, dass er nie damit aufhören wird, mich mit diesem ungeliebten Spitznamen in den Wahnsinn zu treiben, egal, wie oft ich ihn darum bitte, es nicht zu tun. Der Einzige, der mich früher so nennen durfte, ohne dass ich mich darüber beschwert habe, war Brant.

»Ich kann nichts dafür, dass du damals zu dumm warst, Mia richtig auszusprechen. So schwer ist dein Name doch selbst für ein Kind nicht.« Er grinst breit, ehe er noch einmal an seinem Kaffee nippt. Dieses Mal vorsichtiger.

»Das beantwortet trotzdem nicht meine Frage.« Es ist wie immer zwecklos, mit ihm zu diskutieren. Mein großer Bruder ist ein Idiot. Wann immer er in Sterling ist, zieht er fleißig von Kneipe zu Kneipe, wohl wissend, dass seine Schwester mitten in der Stadt wohnt und viel zu gutmütig wäre, um ihm in seinem betrunkenen Zustand die Tür vor der Nase zuzuschlagen. Genau diese Tatsache nutzt er gern aus. Nur bin ich eigentlich davon ausgegangen, dass er längst zurück in

Boston für seine Ferienkurse ist. Vor ein paar Tagen haben wir mit unseren Eltern gemeinsam zu Abend gegessen, weil sein Flug für den nächsten Morgen gebucht war. Was bedeutet, dass Adam hier im Grunde nichts verloren hat und mindestens fünfhundert Meilen entfernt sein sollte.

»Müssen wir uns davon jetzt die Laune verderben lassen?« Er runzelt die Stirn und gibt sich direkt selbst die Antwort. »Nein, müssen wir nicht.« Mit erhobenem Zeigefinger und geschürzten Lippen schüttelt er den Kopf. »Erfreue dich lieber der Ehre meiner Anwesenheit, holde Maid.«

»Du machst mich fertig«, erwidere ich kopfschüttelnd. Obwohl ich gern wissen würde, wieso er hier in Sterling ist, beschließe ich, nicht weiter nachzuhaken. Adam ist clever und stur, und in Kombination mit Alkohol bedeutet das, dass ich heute Abend keine Chance haben werde, mehr aus ihm herauszukriegen.

»Warte hier, ich hol dir ein Kissen und eine Decke.« Ich stoße mich von der Küchenzeile ab und gehe in mein Schlafzimmer.

»Du bist die Beste, ich liebe dich, Mimmie!«, ruft er mir hinterher, und spätestens jetzt ist mir klar, dass er viel zu tief ins Glas geschaut hat. Liebesbekundungen gibt es von meinem Bruder nämlich immer nur dann, wenn er wirklich ausgiebig getrunken hat.

Ein paar Minuten später habe ich ihm ein provisorisches Bett auf meinem Sofa hergerichtet. Während ich zu Beginn seiner Besuche die Bettwäsche nach seinen Übernachtungen frisch gewaschen habe, spare ich mir das inzwischen. Wenn jemand bei mir übernachtet, ist es sowieso immer nur Adam. Es lohnt sich einfach nicht, den Bezug jedes Mal zu wechseln. Ich erschrecke, als sich auf einmal zwei starke Arme von hinten um mich legen.

»Danke«, nuschelt er an meinem Ohr.

»Ich würde ja wirklich gern wissen, was mit dir los ist.« Grinsend befreie ich mich aus seiner Umarmung. »Morgen früh wirst du mir Rede und Antwort stehen, verstanden?«

»Aye, aye.« Er salutiert. »Mache ich, Captain.« Mit diesen Worten lässt er sich auf das Sofa fallen, streift sich die Socken von den Füßen und strampelt sich die Decke zurecht. »Schlaf gut, Mimmie.« Im nächsten Augenblick schließt er die Augen und fängt an zu schnarchen. Einfach so. Beneidenswert.

Für ein paar Sekunden betrachte ich meinen Bruder und frage mich, was ihn dazu gebracht hat, seine Gedanken in Alkohol zu ertränken. Ausgerechnet in Alkohol. Adam war nicht dabei, als Brant auf dieser Party gestorben ist. Er hat damals schon in Boston studiert und war immer nur in den Ferien zu Hause. Als er von seinem Tod erfahren hat, ist er sofort in ein Flugzeug gestiegen und gekommen. Ich werde es ihm nie vergessen, dass er eine ganze Woche Vorlesungen verpasst hat, um mit mir gemeinsam meinen besten Freund zu beerdigen. Ohne Adam und Jack an meiner Seite hätte ich diesen Tag nicht überstanden. Vielleicht ist das der Grund, warum ich mir Sorgen um meinen großen Bruder mache. Adam ist zwei Jahre älter als ich, und es ist nicht ungewöhnlich, dass er ein, zwei Bier trinkt. Manchmal auch etwas mehr. Er ist immer noch Student, hatte zwischenzeitlich sein Anglistik-Studium für ein Jahr im Ausland unterbrochen und geht gern aus. Doch das tut er normalerweise nicht an einem Montagabend, und schon gleich gar nicht, wenn er eigentlich nicht hier sein dürfte. Irgendetwas ist vorgefallen, doch egal, wie sehr ich grüble, mir fällt nichts ein, das ihn zuerst nach Sterling, dann in sämtliche Bars und anschließend zu mir verschlagen haben könnte.

Mit einem Glas Wasser in der einen und zwei Kopfschmerztabletten in der anderen Hand gehe ich noch einmal zur Couch und stelle beides auf dem Tisch daneben ab. Das wird er morgen früh mit Sicherheit brauchen. Dann mache ich die Stehlampe aus, schnappe mir Luna und verschwinde mit ihr in mein Schlafzimmer. Sie rollt sich sofort auf dem unteren Ende meiner Matratze zusammen und bewegt sich keinen Millimeter mehr. Ich lasse sie nicht oft bei mir im Bett schlafen, doch in den Nächten, in denen Adam hier aufschlägt, darf sie mir Gesellschaft leisten.

Ich lösche das Licht auf meinem Nachttisch, ziehe mir die Decke bis unter die Nasenspitze und starre nach einer Stunde immer noch hellwach an die Zimmerdecke. Die letzten vierundzwanzig Stunden lassen mich nicht los. Adams unerwarteter Besuch. Nathans Rückkehr. Dieses verdammte Lied. Ich will nicht an ihn denken. Es bringt nichts, mir den Kopf darüber zu zerbrechen, warum er wieder da ist. Warum er nicht einfach woanders hinzieht. Vorzugsweise ans andere Ende der Welt. Andererseits sollte es mich überhaupt nicht wundern. Nathan hat es auch damals schon nicht interessiert, welche Folgen seine Taten haben. Also ist es ihm bestimmt auch jetzt egal, was sein Auftauchen für mich bedeutet. Für Brants Familie. Seine Freunde.

Die Gedanken an all diese Menschen lassen mich schließlich einschlafen. Es ist eine schlechte Nacht, und ich finde nur wenig Ruhe. Ich wache immer wieder auf, wälze mich auf meinen Kissen hin und her und trete einmal sogar aus Versehen Luna in die Seite, was meine Hündin mit einem empörten Knurren quittiert.

»Sorry«, murmle ich in den dunklen Raum und ziehe die Beine an. Vielleicht hilft es, wenn ich mich wie sie zu einem Ball zusammenrolle.

Als ich am nächsten Morgen gegen sieben Uhr aufstehe, fühle ich mich wie gerädert. Gähnend betrete ich mein Wohnzimmer und bemerke sofort, dass Adam verschwunden ist. Die Decke liegt fein säuberlich zusammengefaltet auf dem Kissen. Das Einzige, was mir beweist, dass ich seinen Besuch nicht nur geträumt habe, ist das leere Wasserglas auf dem Tisch und eine kurze Notiz.

*Danke, Schwesterherz.*

Das ist alles.

»Scheiße, Adam«, fluche ich und schicke ihm eine Nachricht, doch sie wird nicht einmal zugestellt. Wahrscheinlich sitzt er längst in einem Flugzeug nach Boston und hat frühestens in ein paar Stunden wieder Handyempfang. Kopfschüttelnd lasse ich mich auf meiner Couch nieder und streichle Luna, die ihre Schnauze auf mein Knie gebettet hat und mich nicht aus den Augen lässt.

»Was für ein Chaos«, flüstere ich in die Stille hinein und meine damit nicht nur Adams seltsamen Auftritt.

# 5

Alice ist furchtbar schlecht gelaunt, als ich den Blumenladen betrete. Heute hat sie mich für die erste Schicht eingeteilt, am Nachmittag wird ihre fest angestellte Mitarbeiterin Meghan übernehmen.

»Welche Laus ist dir denn über die Leber gelaufen?«, frage ich, während ich mir die Schürze umbinde.

»Respektlose Kunden«, knurrt sie, schnappt sich zwei große Vasen aus dem Lager und trägt sie nach vorne.

»Wir haben noch nicht einmal geöffnet«, bemerke ich und folge ihr, ebenfalls mit zwei Exemplaren in den Händen.

»Ich weiß. Ich rede von gestern Nachmittag. Die Lieferungen.«

»Okay?« Ich stelle die Vasen neben ihre und drehe sie richtig herum. »So schlimm? Was war denn los?«

»Ach, vergiss es. Nicht der Rede wert.« Alice winkt ab und macht sich an der Wand zu schaffen, an der eine Vielzahl von Grußkarten zu allerlei Anlässen in Haltern angeordnet sind. Hier und da schiebt sie eine Karte zurecht, sortiert falsch zurückgesteckte neu ein und wirkt dabei so unwirsch, dass der Vorfall mit diesen Kunden alles andere als harmlos gewesen sein kann. Trotzdem biete ich ihr an, sich jederzeit ihren Frust bei mir von der Seele zu reden. Dann lasse ich sie in Ruhe, schließlich mag ich es selbst nicht, ausgequetscht zu werden.

Manchmal gibt es einfach Dinge, die man mit sich selbst ausmachen muss.

Eine Weile arbeiten wir schweigend nebeneinanderher. Im Hintergrund läuft das Radio, und draußen hat sich das Wetter endlich ein bisschen beruhigt. Der Himmel ist wolkenlos, die Sonne strahlt, und der viele Schnee, der in den vergangenen Tagen gefallen ist, glitzert wie tausend tanzende Diamanten im Tageslicht. Es sieht unfassbar schön aus.

Im Vergleich zu gestern ist der Morgen heute arbeitsintensiv, die Kunden geben sich die Klinke in die Hand, und was Alice gestern an Umsatz eingebüßt hat, holt sie heute doppelt und dreifach wieder in die Kasse. Ich bin froh darüber, dass die Stunden wie im Flug vergehen und ich keine Zeit habe, groß über meine Abendplanung nachzudenken. Ich habe niemandem davon erzählt, weil ich genau weiß, dass sowohl Jack als auch Sarah darauf bestehen würden, mich zu begleiten. Und auch wenn ich dankbar dafür bin, dass die beiden so bedingungslos hinter mir stehen, ist das etwas, was ich allein tun muss. Nathan hat nicht ihren besten Freund auf dem Gewissen, sondern meinen.

Als ich das *Joe's* am Abend betrete, fällt mir sofort auf, dass ich etwas Wichtiges vergessen habe: Es ist proppenvoll, was daran liegt, dass am Dienstag Karaokeabend ist. Die vielen Menschen wecken augenblicklich ein ungutes Gefühl in meiner Magengrube. Die Wahrscheinlichkeit, Nathan heute hier wiederzusehen, ist nicht sonderlich hoch, aber ich muss es darauf ankommen lassen. Ich brauche Antworten. Und nur ein Besuch hier kann sie mir geben.

Das Mädchen auf der Bühne ist kaum älter als ich, und ihre Version von Britney Spears' *Baby One More Time* ist fürchterlich schlecht. Sie trifft kaum einen Ton, hat aber offenbar trotzdem den Spaß ihres Lebens, während sie voller Inbrunst in das Mikrofon singt.

Mein Herz schlägt fast schon schmerzhaft in meiner Brust, und ich atme flacher, während ich mich durch die Menschenmenge schiebe, stets darauf bedacht, niemanden anzurempeln und den ersten angeschwipsten Menschen aus dem Weg zu gehen. Wieder steht Andy hinter der Theke, doch heute ist sie nicht allein. Mithilfe von Joe und zwei anderen Barkeepern hält sie den Laden am Laufen. Ihre Bewegungen sind schnell, und zu viert scheinen sie alles im Griff zu haben.

Als Ms Britney fertig ist, bemerke ich, wie eine junge Frau einen Mann hinter sich her auf die Bühne zieht. Er weigert sich heftig, doch sie schafft es. Unter tosendem Applaus kündigt sie ihre Songauswahl an: *Shut Up And Dance* von Walk The Moon. Die ersten Takte ertönen, und obwohl auch sie kein Gesangstalent besitzt, ist die Stimmung sofort um einiges besser als davor.

Ich kämpfe mich zu Andy durch, bestelle ein Wasser und drehe mich anschließend so, dass ich mich an die Theke lehnen kann und gleichzeitig einen guten Blick über die gesamte Bar habe. Meine Augen wandern blitzschnell von einer Ecke zur anderen, beobachten Pärchen, Gruppen und auch einen älteren Herrn, der allein an einem Tisch sitzt und ein Bier vor sich stehen hat.

Kein Nathan.

Ich könnte Andy nach ihm fragen. Oder Joe selbst. Aber da ist etwas, das mich davon abhält. Ich will keine Aufmerksamkeit auf mich ziehen und schon gar nicht will ich mit Nathan in Verbindung gebracht werden. Außerdem ist es erst früh am Abend. Vielleicht muss ich einfach noch ein bisschen warten. Sein Auftritt am Sonntag war ziemlich spät, als nicht mehr viele Gäste da gewesen sind.

Ich nippe an meinem Glas und sehe mich weiterhin um. Hin und wieder blicke ich zur Eingangstür, und immer, wenn sie sich öffnet, wächst die Hoffnung, dass er es ist. Ich werde jedes einzelne Mal enttäuscht. Nathan kommt nicht.

Als Joe um kurz nach elf den Karaokeabend für beendet erklärt, wird er mit lauten Buhrufen dafür belohnt. Anscheinend bin ich die Einzige, die froh darüber ist. Gleichzeitig breiten sich Enttäuschung und Frust in mir aus, weil sich die stundenlange Warterei nicht ausgezahlt hat. Von Nathan ist nach wie vor nichts zu sehen. Mein Abend hier war umsonst. Das Einzige, was er mir gebracht hat, sind schweißnasse Hände, einen rasenden Puls und Kopfschmerzen wegen der Lautstärke. Deprimiert trinke ich den Rest meiner Limo. Nach zwei Gläsern Wasser bin ich auf 7 Up umgeschwenkt, aber der Zucker hat mich trotzdem nicht wacher gemacht. Mit einem knappen Nicken gebe ich Andy mein leeres Glas zurück, bevor ich das *Joe's* verlasse.

Es ist eine eisige Nacht, und ich lege den Kopf in den Nacken. Der Himmel ist wolkenlos, über mir funkeln die Sterne. Dumpf dringen Geräusche aus der Kneipe zu mir, aber ich blende sie aus. Ich bin vollkommen allein, nicht einmal irgendwelche Raucher leisten sich gegenseitig Gesellschaft.

*Frieden.* Das ist das Erste, was ich fühle. Hier draußen, umhüllt von der Dunkelheit, ist es friedlich und erstaunlich ruhig, und für einen Augenblick erlaube ich es mir, einfach dazustehen und den Mond zu betrachten. Die Sichel ist nur schwach erleuchtet und noch ziemlich klein, trotzdem stelle ich mir wie so oft vor, dass Brant irgendwo da oben ist und auf mich herunterschaut.

Ich weiß nicht genau, wie lange ich vor Joes Bar stehe und in den Nachthimmel starre, bis mich ein lautes Geräusch zusammenzucken lässt. Erschrocken drehe ich mich um und entdecke den Übeltäter sofort. Eine Seitentür der Bar wurde aufgestoßen und ist gegen die Hauswand geknallt. Ein Mann trägt leere Getränkekisten in einen angrenzenden Holzschuppen. Ich kann nicht verhindern, dass mich das lächeln lässt. Es ist so typisch Kleinstadt. Eine Weile beobachte ich ihn dabei, wie er die Kisten abstellt, umkehrt, zwei neue holt und das ganze Spiel von vorne losgeht. Ich erkenne nicht viel, sehe nur einen dunklen Umriss hin- und herlaufen. Doch mit einem Mal geht das Hoflicht an. Für eine Sekunde bin ich geblendet und muss mehrfach blinzeln. Dann gefriert mir das Blut in den Adern.

Der Mann, der die Kisten schleppt, ist Nathan. Und es ist offensichtlich, dass er mich noch nicht entdeckt hat. Leise höre ich ihn atmen. Ich zähle nicht mit, während ich ihm beim Tragen zusehe, aber es müssen verdammt viele Kisten sein, so oft, wie er in der Bar verschwindet, nur um kurz danach wieder zurückzukommen. Ich weiß nicht, woran es liegt, doch ich kann mich nicht bewegen. Irgendetwas hält mich an Ort und Stelle, zwingt mich geradezu, ihn anzuschauen. Während die Zeit stillzustehen scheint, überschlagen sich die Gedanken in meinem Kopf. Warum schleppt er Kisten? Arbeitet er für Joe? Wieso hat er dann am Sonntag Gitarre gespielt und gesungen? Ich kann mich nicht erinnern, je einen von Joes Mitarbeitern auf der Bühne gesehen zu haben.

Wie von selbst taucht sein Songtext in meinem Kopf auf. Diese Zeilen haben sich in mein Gedächtnis eingebrannt, und ich weiß, dass ich sie nie wieder vergessen werde.

*There is a darkness inside of me*
*A secret to keep*
*I long for forgiveness*
*Don't know what it means*

Ohne die Bestätigung dafür zu haben, weiß ich einfach mit absoluter Sicherheit, dass das Lied von Brant handelt.

Es dauert, bis Nathan mich bemerkt. Abrupt bleibt er stehen und sieht mich ebenso wortlos an wie ich ihn. Das Licht fällt von hinten auf seinen Rücken, sodass sein Gesicht von Schatten verdeckt ist. Und dennoch erkenne ich genau den Moment, in dem er begreift, wer ich bin. Seine Schultern straffen sich, sein ganzer Körper spannt sich an, und er umklammert die Griffe der Kisten so fest, dass seine Knöchel weiß hervortreten. Wir schweigen noch immer. Minutenlang, eine Stunde, vielleicht auch nur ein paar Sekunden. Ich habe jegliches Zeitgefühl verloren, spüre nur noch den Knoten in meinem Magen. Er zieht sich immer mehr zusammen, wird stärker und stärker.

»Nathan«, sage ich schließlich. Es ist keine Frage, und es ist auch keine Aufforderung an ihn, mir zu antworten. Es ist einfach nur eine Feststellung. Nathan Dawson steht wirklich und wahrhaftig vor mir. Ich habe mich nicht getäuscht. Er ist es.

Ich schlucke schwer. Meine Kehle ist von diesem einen Wort staubtrocken geworden. Ich sollte gehen. Nathan und alles, was er mit sich zurückbringt, hinter mir lassen. Ich will nicht an den Tag der Party denken müssen. An das viele Blut in der Küche, Brant auf dem Boden, Nathan mit dem Messer in der Hand. Ich habe die Gewissheit, die ich gebraucht habe. Es gibt keinen Grund für mich, noch länger hier zu stehen. Intuitiv weiß ich, dass diese Begegnung nichts anderes als nur noch mehr Schmerz bringen wird. Denn Nathan ist die lebendige Erinnerung daran, dass es Brant nicht mehr gibt. Seine Abwesenheit ist allgegenwärtig. Er fehlt mir in jeder Sekunde an jedem verdammten Tag, auch ohne ihn in einer Blutlache vor mir zu sehen.

Keuchend mache ich einen Schritt von Nathan weg. Als würde ich jetzt erst begreifen, dass dort tatsächlich der Mann steht, der ihn umgebracht hat. Meine Reaktion scheint ihn nicht zu überraschen. Möglicherweise bin ich nicht die Erste, die sich ihm gegenüber so verhält. Ängstlich und mit Abstand. Als hätte er eine ansteckende Krankheit oder sei gefährlich. Er hat noch kein Wort zu mir gesagt, seit er bemerkt hat, dass er nicht allein hier draußen ist, sieht mich einfach nur an. Abwartend. Unsicher. Und schuldig. So verdammt schuldig.

Er weiß ganz genau, wen er hier vor sich hat. Nicht einfach nur Mia Turner, Studentin am Sterling College. Sondern Mia Turner, beste Freundin von Brant Cooper, seinem Opfer. Die Mia, die dabei war, als er ihn abgestochen hat. Wie ist es möglich, dass er nicht mehr im Gefängnis ist? Es sind erst vier Jahre und ein paar Monate seit seiner Verurteilung vergangen, dabei ist seine Strafe höher ausgefallen. Ich habe damals als Zeugin ausgesagt, keine Minute der Gerichtsverhandlung verpasst und angespannt auf das Urteil von Judge Silas gewartet. Bis Nathan in Handschellen abgeführt wurde. Es war ein schneller Prozess. Nathan hat sich schuldig bekannt, die Jury kam zu derselben Erkenntnis, und der Richter hat sich dem Vorschlag des Staatsanwalts angeschlossen.

Ich werde nie vergessen, wie erleichtert ich war, dass Nathan seine gerechte Strafe erhalten würde. Acht Jahre. Sechs bei guter Führung. Und doch steht er nun vor mir und schweigt mich noch immer an. Er versucht nicht einmal, sich zu rechtfertigen oder zu verteidigen. Er steht einfach nur da und starrt vor sich hin. Das macht mich wütend. Wie kann er so ruhig sein, wenn in mir das reinste Chaos herrscht? Mein Herz droht aus meiner Brust zu springen, und gleichzeitig fühlt es sich so an, als würde Nathan es in seinen Händen halten und langsam zudrücken. Und das halte ich nicht länger aus.

»Sag was!«, stoße ich hervor. Ich weiß selbst nicht, was ich von ihm hören will, aber diese Stille um uns herum erschlägt mich. Er muss endlich den Mund aufmachen.

Als er schließlich redet, wünsche ich mir sofort, er hätte es nicht getan.

»Ich habe nichts zu sagen.«

Seine Worte zerschneiden die Luft zwischen uns, sausen auf mich herab wie das Messer, das er in Brants Körper gestoßen hat. Das Blut in meinen Ohren rauscht so laut, dass ich kurz Angst habe, ohnmächtig zu werden. Mit aller Kraft, die ich aufbringen kann, flehe ich meinen Körper an, durchzuhalten. Ich darf nicht umkippen. Nicht vor Nathan Dawson.

»Fahr zur Hölle!«, entweicht es mir. Meine Stimme ist kaum mehr als ein Wispern und doch sind meine Worte klar und deutlich zu hören. Er weicht keinen Schritt zurück, umklammert nach wie vor die Kisten in seinen Händen und blickt mich weiterhin an. Als suche er in meinem Gesicht nach etwas, das ich ihm niemals gewähren kann. Gnade.

»Du hast kein Recht, in Sterling zu sein.« Ich spreche immer lauter, habe das Gefühl, wahnsinnig zu werden. Hier zu stehen und mit ihm zu reden, ist so unwirklich und falsch, dass es mir die Luft zum Atmen nimmt. Jeder weitere Satz, den ich Nathan ins Gesicht schleudere, gleicht einem Verrat an Brant. Trotzdem kann ich nicht aufhören. »Das hier ist unser Zuhause. Nicht deins.« Ich schreie mir all meinen Frust und die Trauer von der Seele. »Verschwinde!«

Nathan bewegt sich immer noch keinen Millimeter und lässt meinen Wortschwall wie eine kalte Dusche über sich ergehen. Wie kann er so ruhig bleiben? Wie?

»Seit wann bist du zurück?«, verlange ich zu wissen.

»Seit dreieinhalb Monaten.«

*Dreieinhalb Monate?*

»Was?« Wie ist es möglich, dass er schon so lange wieder auf freiem Fuß ist, ohne dass ich etwas davon weiß? Ohne dass überhaupt jemand etwas davon weiß?

Dreieinhalb Monate ... Ich schnappe nach Luft, als es klick macht. Der Zeitpunkt, als die Callas zum ersten Mal auf Brants Grab standen, ist genauso lange her.

»Die Blumen«, entfährt es mir. »Bei Brant. Sie sind von dir.«

Nathan nickt. Ein einziges Mal nur, doch es reicht, dass mir schlecht wird. Die Übelkeit kriecht wie giftige Nebelschwaden in mir hoch, und ich muss meine Hände in die Seiten stützen, um mich aufrecht zu halten. Meine Hoffnung ist gewesen, dass sie von jemandem kommen, der Brant gekannt hat. Der ihn mochte und auch um ihn trauert. Wie seine Familie. Wie ich. Aber Nathan ... Dass er sich tatsächlich anmaßt, Blumen an Brants Grab zu stellen, ist an Ironie kaum zu überbieten.

»Hör auf damit!«, platzt es aus mir heraus. »Niemand will deine Scheißblumen haben.« Am liebsten würde ich ihn wegstoßen. Würde meine Hände so fest gegen seine Brust drücken, dass sich der Abstand zwischen uns nur noch vergrößert. Aber das würde bedeuten, dass ich ihn berühren muss, und das kommt nicht infrage.

»Ich werde dir nie verzeihen, hörst du?«, presse ich hervor und kämpfe mit aller Macht darum, nicht vor lauter blinder Wut auf ihn loszugehen. Meine Augen fangen an zu brennen. »Niemand, der Brant geliebt hat, wird das tun. Niemals!«

Meine Worte prallen einfach an ihm ab. Sie zeigen keinerlei Wirkung. Zumindest keine, die ich sehen kann.

»Die nächsten Callas schmeiße ich weg.« Das ist das Letzte, was ich zu ihm sage, ehe ich mich umdrehe und über den Parkplatz davoneile. Ich muss weg von hier. Weg von *ihm*. Ein Tränenvorhang verschleiert meine Sicht, ich erkenne nur noch die Umrisse meines Autos, als ich darauf zustürze. Ich schließe auf, lasse mich kraftlos auf die Sitzpolster fallen und schlage die Tür mit einem lauten Knall hinter mir zu. Und dann weine ich. Ich weine um alles, was ich verloren habe und nie wieder zurückbekommen werde. Ich weine um alles, was sein sollte, aber niemals sein wird. Und ich weine um das verlorene Gefühl der Gerechtigkeit. Nathan ist zurück in der Stadt, und ich weiß nicht, in welchem Universum das fair sein soll. Ich weiß es einfach nicht.

Zu Hause streift Luna direkt um meine Beine, nachdem ich die Tür aufgeschlossen habe. Wie immer weiß sie sofort, dass es mir nicht gut geht. Sie drückt sich an mich und stupst mich so lange an, bis ich mit meiner Hand durch ihr weiches Fell fahre. Erschöpft lasse ich mich an der Rückseite der geschlossenen Wohnungstür zu Boden gleiten. Luna klettert auf meinen Schoß, und ich bin dankbar, dass sie so zutraulich ist. Das ist sie nicht immer, aber in solchen Momenten kann ich mich auf sie verlassen. Stumme Tränen suchen sich ihren Weg aus meinen Augenwinkeln, fließen über meine Wangen und landen in Lunas Fell. Sie lässt sich nicht davon stören und rollt sich stattdessen noch mehr zusammen, und ich spüre deutlich die Wärme, die von ihrem kleinen Körper ausgeht. Sie lässt mich einfach weinen.

Ich weiß nicht, wie lange ich so auf dem Boden sitze. Es ist mir unbegreiflich, wie immer noch Tränen kommen können, nachdem ich bereits minutenlang in meinem Auto vor mich hingeschluchzt habe. Über vier Jahre ist Brant nun schon tot, aber er fehlt mir immer noch genauso wie am ersten Tag. Ich wünsche mir so sehr, er wäre jetzt hier. Würde mich in den Arm nehmen und sagen, dass alles gut werden wird.

*Alles wird gut.*

Als seine Urne in das Grab hinabgelassen wurde, habe ich nicht geweint. Ich habe auf den kleinen Behälter gestarrt und versucht, mir klarzumachen, dass das nicht mein Brant ist, der dort begraben wird. Der Brant, den ich kannte, ist schon vor diesem viel zu heißen Spätsommertag im September nicht mehr da gewesen.

»Ich hasse das«, flüstere ich in meine dunkle, viel zu stille Wohnung hinein. Lunas sanftes Schnaufen ist das einzige Geräusch. »Ich hasse es so sehr.«

Mein Leben ohne Brant war ein Scherbenhaufen. Als er in dieser Küche gestorben ist, ist mein Herz zerbrochen. Es ist in tausend Teile gesprungen, und ich habe es bis heute nicht geschafft, es wieder vollständig zusammenzusetzen. Ein paar der Scherben sind immer noch da und bohren sich zwar nicht mehr jeden Tag, aber doch oft genug schmerzhaft in meine Brust.

»Und ich hasse ihn«, schluchze ich. »Hörst du mich, Brant? Ich hasse ihn!«

Keine Antwort. Natürlich nicht.

Je länger ich hier sitze, umso stärker werden die Kopfschmerzen. Dieser Abend hat mich aufgewühlt, und ich habe keine Ahnung, was ich dagegen tun soll. Wie kann ich nach all der Zeit noch so viel Wut in mir tragen? So viel Traurigkeit? Ich weiß, dass ich auf einem guten Weg bin, nicht mehr nur zu existieren, sondern mein Leben wieder selbst in die Hand zu nehmen. Doch Nathans Rückkehr zeigt mir, dass ich noch nicht so weit bin, wie ich geglaubt habe. Denn wenn mich allein sein Anblick derart in die Verzweiflung stürzen lässt, bin ich offensichtlich noch viel weiter davon entfernt, mit Brants Tod abzuschließen, als ich angenommen habe.

Mein Nacken schmerzt, und meine Glieder sind schwer, als ich mich endlich aufraffe und meinen Platz auf dem Boden verlasse. Luna ist sofort hellwach und weicht mir keinen Millimeter von der Seite. Sie begleitet mich ins Bad, setzt sich auf den kleinen Fußläufer und beobachtet mich dabei, wie ich mich abschminke, mein Gesicht wasche und die Zähne putze. Jeder Handgriff geht wie mechanisch vonstatten und kostet doch unglaublich viel Kraft. Aber vielleicht ist das gar nicht so ungewöhnlich, wenn die eigene Welt wieder einmal aus den Angeln gehoben wurde.

Es ist bereits nach zwei Uhr, als ich vollkommen gerädert in mein Bett falle. Obwohl ich todmüde bin, Kopfschmerzen habe und Luna sich an mich kuschelt, kann ich nicht einschlafen. Immer wieder wandern meine Gedanken zurück zu meinem Aufeinandertreffen mit

Nathan. Der gläserne Blick, mit dem er mich angesehen hat, erscheint gestochen scharf in meinem Gedächtnis. Er ist nur ein paar Monate älter als ich, aber trotzdem hat er die Augen eines alten Mannes. Nicht nur seine eingefallenen Wangen haben mir verraten, dass er vom Leben gezeichnet ist. Gut so. Er hat es nicht anders verdient. Nicht nach dem, was er getan hat.

Es ist egal, wie sehr ich versuche, nicht an ihn zu denken. Nathan lässt mich nicht in Ruhe. Er geistert durch meinen Kopf und verhindert, dass ich einschlafen kann. Erst, nachdem ich noch einmal aufgestanden bin und im Bad eine Beruhigungstablette genommen habe, fallen mir die Augen zu.

Als ich am nächsten Morgen auf dem Friedhof vorbeischaue, sind die Blumen bei Brants Grab verschwunden.

# 6

Ich bin eine halbe Stunde zu früh dran. Dr. Sullivan hat mir vor ein paar Jahren einen Platz in der Trauergruppe in Gaithersburg besorgt. Etwas mehr als dreißig Meilen Entfernung zu Sterling sind mit dem Auto gut machbar und dennoch weit genug weg, um zu vermeiden, einem bekannten Gesicht über den Weg zu laufen. Niemand weiß, dass ich einmal im Monat, an einem Donnerstagnachmittag, zu diesen Treffen fahre. Nicht, weil ich mich dafür schäme, aber ich habe in der Zeit nach Brants Tod gelernt, dass jeder Mensch anders trauert und man nicht immer auf Verständnis stößt.

*Vier Jahre sind eine lange Zeit.*
*Warum weinst du immer noch?*
*Es ist genug, Mia.*

Diesen Satz hat mein Dad zu mir gesagt, als ich die Therapie bei Dr. Sullivan verlängert habe. Ich weiß, dass man nicht alles auf die Goldwaage legen sollte, aber diese Worte ausgerechnet aus seinem Mund zu hören, hat wehgetan. Seither passe ich auf, was ich sage, sobald Brants Tod zur Sprache kommt. Ja, vier Jahre sind eine lange Zeit. Doch sie sind nicht genug gewesen, um damit abzuschließen. Ich bin mir nicht sicher, ob ich das überhaupt jemals kann. Dr. Sullivan sagt, dass ich geduldig mit mir sein muss. Ich habe gesehen, wie ein Mensch verblutet. Und es war nicht irgendjemand, der vor meinen Augen gestorben ist, sondern mein bester Freund. Es hat lange gedauert, bis ich akzeptiert habe, dass Trauer kein Ablaufdatum hat. Und inzwischen komme ich klar. Mein Alltag ist händelbar, auch wenn da für den Rest meines Lebens ein Loch in meinem Herzen sein wird, das nie wieder gestopft werden kann.

Leichter Schneefall begleitet mich, als ich mein Auto am Straßenrand abstelle. Es ist jedes Mal schwierig, einen Parkplatz in der Nähe zu finden, weshalb ich immer etwas Puffer vor den Treffen einplane. Aber heute ist er nicht nötig gewesen.

Ich steige aus, ziehe den Kragen meines Mantels hoch und lege schnell die paar Meter bis zum Eingang des Gebäudes zurück. Wer hätte gedacht, dass wir in diesem Januar so viele Schneetage bekommen? Ich klopfe mir die Flocken von den Ärmeln, ehe ich aus meiner Jacke schlüpfe und den üblichen Weg nach links einschlage. Am Ende des langen Flurs angekommen, betrete ich den Raum auf der rechten Seite. Die Stühle sind wie immer in einem Kreis angeordnet, und vor der Fensterfront stehen zwei aneinandergeschobene Tische, auf denen ich verschiedenes Gebäck und Thermoskannen mit Tee entdecke. Unweigerlich muss ich lächeln, als ich die kleinen Schildchen lese, die vor den Naschereien aufgestellt sind. *Blaubeer-Muffins* steht auf dem einen, *Orangen-Kekse* auf dem anderen. Susan lässt es sich nicht nehmen, jedes Mal selbst gebackenen Kuchen oder Plätzchen mitzubringen. Vor über zehn Jahren hat sie die Gruppe ins Leben gerufen, nachdem ihr Mann und ihre beiden Kinder bei einem Autounfall gestorben sind.

»Mia!«

Ich wirble herum und erblicke Susan, die aus dem angrenzenden Raum auf mich zugelaufen kommt. Sie zieht mich in eine innige Umarmung.

»Schön, dass du es geschafft hast. Ich habe heute gar nicht mit dir gerechnet.« Sie wirft einen kurzen Blick in Richtung der Fenster. »Das Wetter ist furchtbar.«

Ich erwidere ihr Lächeln, schüttle aber gleichzeitig den Kopf. »Du weißt, dass schon die Welt untergehen müsste, damit ich unsere Treffen sausen lasse.«

»Ach, du.« Sie küsst mich auf die Wange und zeigt auf den Tisch. »Bedien dich schon einmal an den Muffins, bis die anderen kommen. Ich hole noch eben die Tassen.«

»Soll ich dir helfen?«, biete ich an, obwohl ich genau weiß, wie Susans Antwort lauten wird.

»Untersteh dich«, entgegnet sie gespielt streng, fängt jedoch gleich darauf an zu lachen und verschwindet wieder im Nebenraum.

Es ist immer noch erstaunlich für mich, Susan so zu sehen. Ich kenne sie seit fast zwei Jahren, und wüsste ich über ihre Geschichte nicht in allen Details Bescheid, würde ich niemals erahnen, was sie schon alles durchmachen musste. Ich habe weder meine Kinder noch meine große Liebe verloren, und trotzdem schaffe ich es nicht, auch nur in Ansätzen diese Lebensfreude an den Tag zu legen, die Susan aus jeder Pore ihres Körpers versprüht. Ich habe sie schon ein paarmal nach ihrem Geheimnis gefragt, und ihre Antwort war jedes Mal dieselbe.

»Du wirst deinen Sinn wiederfinden, Mia. Jeder Mensch hat eine Aufgabe, und bevor wir diese Aufgabe nicht erfüllt haben, ist unser Leben nicht zu Ende.«

Was wie ein schlechter Spruch aus einem Glückskeks klingt, ist etwas, an das Susan aus tiefstem Herzen glaubt. Ich bin mir nicht ganz sicher, ob ich ihr zustimmen kann, aber ich werde auch nicht darüber diskutieren. Sie hat, wie jeder andere, ihren eigenen Weg gefunden, um mit ihrem Verlust klarzukommen.

Mit einem Muffin in der Hand mache ich es mir auf einem der Stühle bequem und fange an zu essen. Ich habe zwar keinen Hunger, aber Susans Muffins sind nicht von dieser Welt. Sie zu verschmähen, würde einem Kapitalverbrechen gleichen. Ich schiebe mir gerade das letzte Stück in den Mund, als Logan und Paige das Zimmer betreten. Sie winken mir zu, und ich erwidere die Geste automatisch. Genau wie ich marschieren sie direkt auf das kleine Buffet zu und sichern sich eine der Leckereien.

In den nächsten zehn Minuten füllt sich der Raum immer mehr. Ich unterhalte mich zuerst mit Caroline, dann verwickelt John mich in ein Gespräch. Die Stimmung ist ausgelassen, es wird viel gelacht und gescherzt, und ich kann nicht anders, als an mein erstes Treffen zurückzudenken. Ich war zutiefst schockiert, wie fröhlich alle waren, und fest davon überzeugt, mich im Zimmer geirrt zu haben. Ich stand bestimmt eine Minute hilflos im Türrahmen, bis Susan auf mich zukam und mich einfach in ihre Mitte zog. Eineinhalb Stunden später stand für mich fest, dass Dr. Sullivans Empfehlung dieser Gruppe genau das war, was ich gebraucht habe. Seit diesem Tag habe ich kein einziges Treffen verpasst, auch wenn ich bisher erst einmal von Brant erzählt habe. Meistens höre ich zu und bin erleichtert, wenn jemand ausspricht, was auch ich empfinde. Denn es ist nach wie vor nicht leicht für mich, meine Gedanken mit anderen zu teilen und meine Gefühle in Worte zu fassen.

Sie alle haben die unterschiedlichsten Verluste erlitten. Caroline ist mit gerade einmal fünfzehn die Jüngste in unserem Kreis. Ihre Mutter ist vor zehn Monaten an Krebs gestorben, und ich bewundere sie zutiefst dafür, dass sie ihre positive Art nicht verloren hat. Ihre Noten haben eine ganze Weile unter ihrem Verlust gelitten, aber zum Glück hat sie verständnisvolle Lehrer, die sie manchen schlechten Test mit Kurzreferaten ausgleichen lassen. Caroline kommt mit ihren blonden, fast hüftlangen Haaren und den blauen Augen einem Engel gleich, und alles, was sie über ihre Mom sagt, klingt durchdacht, klug und unglaublich stark. Logan und Paige haben vor sechs Jahren einen Amoklauf in einem Einkaufszentrum überlebt und sind seither ein Paar. Ich mag sie und freue mich immer, wenn sie bei unseren Treffen dabei sind. John hat wie Susan ein Kind verloren. Manchmal bringt er seine Frau mit, aber oft kommt er allein.

Es mag etwas makaber sein, aber die Schicksale der Gruppe geben mir Kraft. Die verschiedenen Sichtweisen auf Trauer und der Umgang damit helfen mir, nicht aufzugeben. Und vor allem zeigen sie mir, dass ich nicht die Einzige bin, die schlechte Tage hat. Paige zum Beispiel hat oft Albträume, und John hat Angst vor dem Geburtstag seiner dreijährigen Nichte, weil sein Sohn in diesem Alter starb. Es sind so viele unterschiedliche Kleinigkeiten, so viele alltägliche Situationen, die Erinnerungen wecken und Wunden neu aufreißen können.

Um kurz nach vier Uhr klatscht Susan einmal in die Hände und begrüßt uns offiziell. »Okay, ihr Lieben, lasst uns beginnen.« Sie setzt sich auf den Stuhl zwischen Logan und Caroline. »Möchte heute jemand etwas ansprechen, das ihm wichtig ist?«

Susan gibt uns jedes Mal zu Beginn der Treffen die Möglichkeit, darüber zu reden, was uns auf dem Herzen liegt. Manchmal sind es Todestage, die sich jähren, Geburtstage oder andere Anlässe. Hin und wieder erwähnt jemand einen Film oder ein Buch, der oder das ihn besonders an den Verstorbenen erinnert. Doch heute gibt niemand Susan ein Zeichen, die Sitzung zu eröffnen. Trotzdem wartet sie ein paar Momente, damit wir in uns gehen können. Ich brauche diese Sekunden, um wirklich anzukommen. Hin und wieder kam es vor, dass ich gern etwas gesagt hätte, doch meistens fehlte mir der Mut dazu. Ich stehe nicht gern im Mittelpunkt und mag es nicht, wenn alle Augen auf mich gerichtet sind. Heute schaffe ich es jedoch, über meinen Schatten zu springen und das Wort zu ergreifen.

»Ich möchte anfangen«, sage ich und spüre, wie mein Knie zu zittern beginnt. Automatisch drücke ich eine Hand auf mein Bein, um mich zu beruhigen, doch es funktioniert nicht. Mein Knie wackelt immer noch, als ich ausspreche, was ich seit Tagen mit mir herumtrage. »Nathan, der ... der Mann, der für Brants Tod verantwortlich ist, wurde aus dem Gefängnis entlassen.«

Es ist so leise im Zimmer, dass ich beinahe die Schneeflocken draußen fallen hören kann. Ich halte meinen Kopf gesenkt, während ich weiterspreche. »Er ist zurück in Sterling, und ich habe keine Ahnung, wie ich damit umgehen soll.«

Es bleibt still in unserem Gruppenraum. Als ich aufsehe, blicke ich in sprachlose, entsetzte und ratlose Gesichter. Sie wissen genauso wenig wie ich, wie sie darauf reagieren sollen. Meistens ist Susan diejenige, die in solchen Momenten das Wort ergreift. Doch heute ist es Logan, der seine Hände einmal geräuschvoll auf seine Oberschenkel knallt und damit das Schweigen durchbricht.

»Das ist so unfair«, presst er hervor und ballt seine Hände zu Fäusten. Es ist nicht zu übersehen, wie schwer es ihm fällt, seine Wut zu unterdrücken. »Er hat einen Menschen auf dem Gewissen. Wie kann es sein, dass er nicht für den Rest seines Lebens hinter Gittern sitzen muss?«

Die Frage ist rhetorisch. Jeder aus der Gruppe weiß, dass Nathan nach Jugendstrafrecht verurteilt wurde. Und der Alkohol in seinem Blut hat ihn zwar nicht unzurechnungsfähig gemacht, aber doch für mildernde Umstände gesorgt.

Mir ist klar, dass Logan eigentlich nicht auf Nathan wütend ist, er kennt ihn nicht einmal. Sondern auf den Kerl, der den Amoklauf damals verursacht hat. Er wurde von der Polizei erschossen und hat sich Logans Meinung nach damit seiner gerechten Strafe entzogen. Genau wie wir alle hier hat auch er noch lange nicht damit abgeschlossen, was ihm und Paige widerfahren ist.

»Menschen verdienen eine zweite Chance«, sagt John leise. »Er hat seine Strafe abgesessen.«

»*Mörder* verdienen eine zweite Chance?«, braust Logan auf. Man sieht ihm an, dass er kurz davor ist, von seinem Stuhl aufzuspringen. »Was redest du da, John? Stell dir vor, jemand hätte dein Kind umge…«

An dieser Stelle unterbricht Susan ihn, um zu verhindern, dass die Situation eskaliert. »Wir dürfen alle unsere Meinung haben, Logan«, sagt sie schärfer als gewohnt. »Ich verstehe, dass du wütend bist und dieses Gefühl aus dir rausmuss. Sonst macht es dich kaputt.«

»Ach.« Logan stößt ein Schnauben aus, das mir unmissverständlich verrät, dass er sich einen bissigen Kommentar verkneifen muss.

Paige hat eine Hand auf seine Faust gelegt und versucht, die Spannung in seinen Fingern zu lösen. Sie hat längst erkannt, was mir erst jetzt dämmert. Logan hat heute einen schlechten Tag. Ich weiß immer noch nicht, was ich über Nathans Rückkehr denken soll. Stattdessen starre ich weiterhin auf Logans und Paiges Hände, die mittlerweile verschränkt ineinanderliegen. Sie gibt ihm Halt. Den gleichen Halt, den Jack auch mir geben würde, wenn ich ihn ließe.

»Mia?« Ich sehe auf und direkt in Susans fragendes Gesicht. »Möchtest du uns von dem Moment erzählen, als du ihn wiedergesehen hast?« Ein Lächeln erscheint auf ihren Lippen. Wahrscheinlich will sie mir damit Mut machen und mich zum Reden animieren, nur weiß ich nicht, ob ich das kann.

Die beiden Begegnungen mit Nathan sind glasklar in meinem Gedächtnis gespeichert, und doch fällt es mir wahnsinnig schwer, die richtigen Worte zu finden.

»Er hat gesungen«, beginne ich und erinnere mich daran, dass dieser Raum geschützt ist. Es ist ein bisschen wie bei den Anonymen Alkoholikern. Alles, was hier drin ausgesprochen wird, bleibt auch hier. »Es

war nur ein einziges Lied, aber ... Er stand auf dieser Bühne und ...«
Ich halte inne, denke daran, wie sehr mich der Text berührt hat. Aber das kann ich niemals laut aussprechen. Das vor der ganzen Gruppe zu gestehen, kommt nicht infrage.

»Mir wurde übel«, rede ich weiter und hole tief Luft. »Ich bin auf die Toilette gerannt und habe mich übergeben.«

Als ich den Blick wieder Richtung Boden senke, legt Caroline ihre Hand auf meine. Obwohl sie so jung ist, hat sie ein Gespür dafür, was ich brauche. Die Wärme ihrer Finger und das stumme Signal, dass ich nicht allein bin, tun mir gut. Dankbar lächle ich sie an. Die anderen bewerten meine Reaktion nicht. Das war eines der ersten Dinge, die ich während unserer Treffen gelernt habe. Es gibt kein Richtig oder Falsch, wenn es um Gefühle geht. Was den einen Menschen vollkommen aus der Bahn wirft, macht dem anderen nichts aus und umgekehrt. Manchmal wünsche ich mir, die Welt da draußen wäre überall so wie in diesem kleinen Raum. Verständnisvoll, tolerant und rücksichtsvoll. Leider ist das nicht immer der Fall, und vielleicht ist das der Grund, weshalb mir diese monatlichen Treffen so wichtig sind.

Niemand aus der Runde kann mir einen Rat geben. Aber das ist nicht der Hauptgrund, weshalb ich ihnen davon erzählt habe. Es war mir schlichtweg ein Bedürfnis, es laut auszusprechen. Nicht vor Jack, nicht vor Sarah. Nicht vor Adam, und auch nicht vor meinen Eltern. Sondern vor der Gruppe von Menschen, die am ehesten nachvollziehen kann, was meine Freunde und meine Familie niemals verstehen werden.

Es ist dunkel, als ich mich auf den Weg zurück nach Sterling mache. Ich kann nur langsam fahren, weil es immer noch schneit. Die Scheibenwischer kommen kaum hinterher. Plötzlich ertönt ein lauter

Schlag, mein Auto zieht es nach rechts weg, und ich trete erschrocken auf die Bremse, was keine gute Idee bei den glatten Straßen ist. Ich kneife die Augen fest zusammen, spüre, wie der Wagen schlittert, und hoffe einfach nur, schnell zum Stehen zu kommen. Es können nicht mehr als ein paar Sekunden sein, in denen ich seitlich von der Straße rutsche, doch sie dauern eine gefühlte Ewigkeit. Und dann bewegt sich auf einmal nichts mehr. Ich blicke durch die Windschutzscheibe in die dunkle Nacht. Die Schneeflocken rieseln lautlos auf die Erde und bedecken das Glas, während mein Herz so heftig schlägt, dass ich das Gefühl habe, es könnte mir jeden Moment aus der Brust springen. Ich lege eine Hand an mein linkes Schlüsselbein und versuche, mich zu beruhigen.

Es ist nichts passiert.

*Alles ist gut. Alles ist gut. Alles ist gut.*

Mit zittrigen Fingern mache ich den Motor aus, schnalle mich ab und öffne die Wagentür. Augenblicklich erfasst mich die kalte Luft, und ich ziehe den Kragen meines Mantels ein Stückchen nach oben. Meine Beine sind wie Pudding, als ich aussteige und mich umsehe. Einige Meter von mir entfernt liegt etwas auf der Straße. Ich trete näher und erkenne einen großen Stein, den ich erwischt haben muss. Bei all dem Schnee und in der Dunkelheit habe ich ihn übersehen.

Ich gehe zurück zu meinem Wagen und nehme mein Handy aus der Mittelkonsole. Mit der Taschenlampen-App versuche ich zu erkennen, ob etwas an meinem Auto kaputtgegangen ist. Es dauert nicht lange, bis ich fündig werde. Mein rechter Vorderreifen ist platt.

»Scheiße«, entfährt es mir, und ich gehe in die Knie, um mir den Schaden näher anzusehen. Ich fahre mit dem Finger über das Gummi, obwohl das unnötig ist. Es ist selbst für mich nicht zu übersehen, dass ich eine Reifenpanne habe, und ich habe eigentlich keine Ahnung von Autos.

Ich atme einmal tief durch, dann erhebe ich mich wieder und steige zurück in den Wagen. Mir ist eiskalt, weshalb ich den Schlüssel zurück ins Schloss stecke, um den Motor anzumachen. Nur für eine Minute, damit die Heizung anspringt und die Luft erwärmt. Doch als ich umdrehe, geht nur die Zündung an, und ein kleines Warnzeichen leuchtet auf dem Armaturenbrett auf. Verflucht! Was bedeutet das noch mal? Mein Puls beginnt zu rasen, als ich das Buch mit den Erklärungen für die verschiedenen Symbole aus dem Handschuhfach ziehe. Im Schein der Taschenlampe finde ich schnell, was ich suche. Das kleine Zeichen steht für die Motorkontrollleuchte. Dem Eintrag folgt der dringende Hinweis, so schnell wie möglich eine Werkstatt aufzusuchen. Ich mache die Taschenlampe wieder aus und öffne den Browser auf meinem Handy. Ich brauche die Nummer für einen Abschleppdienst, aber mein Internetempfang ist zu schlecht. Es lädt nichts.

»Scheiße!«, wiederhole ich noch einmal. Ich brauche doch nur ein paar Zahlen!

Meine Finger zittern wieder, als ich die Nummer von zu Hause wähle, aber es meldet sich selbst nach dem gefühlt zwanzigsten Klingeln niemand. Vermutlich sind meine Eltern mit Luna draußen. Seufzend lege ich auf. Als Nächstes rufe ich Jack an, doch auch ihn erreiche ich nicht. »Der gewünschte Gesprächspartner ist momentan nicht zu ...«

Fluchend würge ich die Mailbox ab und spüre, wie sich ein Kloß in meinem Hals bildet. Mir ist kalt, ich bin müde, das Gruppentreffen war anstrengend, und ich will einfach nur nach Hause. Für einen kurzen Moment schließe ich die Augen, lehne mich in meinem Sitz zurück und versuche, die Tränen der Erschöpfung zurückzuhalten. Ich blinzle ein paarmal, dann öffne ich die Augen wieder und will meine Suchanfrage gerade erneut in den Browser eingeben, als mir etwas einfällt. Ich beginne, die Seitenfächer meines Wagens zu durchsuchen. Wenn mich nicht alles täuscht, dann habe ich ...

»Ha!« Ich ziehe eine Visitenkarte hervor, die mein Dad mir zum Bestehen des Führerscheins geschenkt hat. Es ist die Nummer einer Abschleppfirma. Seine Art von Humor war schon immer von der spezielleren Sorte.

Schnell gebe ich die Ziffern in mein Handy ein und hoffe, dass sie noch aktuell sind. Einige Sekunden vergehen, doch schließlich meldet sich ein Mann, dem ich mein Problem mit wenigen Worten schildere. Er verspricht, mir Hilfe zu schicken, kann mir allerdings nicht sagen, wie lange es dauern wird, bis jemand kommt.

»Unfall mit mehreren Autos drüben in Waterford. Der Schnee«, fügt er entschuldigend hinzu.

»In Ordnung. Ich warte.« Was bleibt mir auch anderes übrig? Ich komme hier ohne Hilfe nicht weg, bin viel zu weit von Sterling oder Gaithersburg entfernt.

»Haben Sie eine Decke?«, fragt er, und ich höre, wie er etwas in einen Computer eintippt. »Sie sollten die Batterie nicht in Dauerbetrieb lassen, sonst haben Sie gleich das nächste Problem.«

»Im Kofferraum habe ich eine«, sage ich und bin froh, dass er daran gedacht hat.

Nachdem er sich alle Daten notiert hat, beendet er das Gespräch, und ich mache mich auf die Suche. Selten war ich so dankbar, auf meinen Dad gehört zu haben, als er mir vor Jahren den Tipp gegeben hat, im Winter nie ohne eine Decke und im Sommer nie ohne eine Flasche Wasser loszufahren. Ich wickle mich ein und friere trotzdem noch. In schnellen Bewegungen reibe ich meine Hände gegeneinander und hoffe, dass der Pannendienst sich beeilt.

Es vergehen keine zehn Minuten, bis ich im Rückspiegel Lichter aufleuchten sehe. Sie kommen näher und näher. Mein Puls beschleunigt sich wieder. Es ist zu früh, als dass es bereits der Abschleppwagen sein könnte. Mit rasendem Herzschlag beobachte ich, wie die Lichter direkt hinter mir zum Stillstand kommen. Eine dunkel gekleidete Person steigt aus dem Pick-up und läuft langsam auf mich zu.

# 7

Sicherheitshalber schließe ich das Auto ab und überlege, ob ich irgendetwas in greifbarer Nähe habe, das ich im Notfall als Waffe benutzen könnte. Hektisch sehe ich mich um und zucke im nächsten Moment zusammen, als es an mein Fenster klopft. Mein Blick schnellt zur Seite, doch weil es so dunkel ist, kann ich die Person nicht erkennen. Es klopft noch einmal, und ich höre gedämpft eine Frage durch die Scheibe.

»Alles in Ordnung?« Die Stimme klingt männlich, besorgt und überhaupt nicht bedrohlich. »Kann ich Ihnen helfen?«

Ich mache die Zündung an und fahre das Fenster ein kleines Stück nach unten.

»Der Motor springt nicht mehr an«, sage ich und versuche, das Gesicht des Mannes zu erkennen. Er ist ziemlich vermummt, trägt eine Mütze und hat den Kragen seiner Jacke weit hochgezogen. »Der Abschleppdienst ist unterwegs.«

»Mia?«

Überrascht betrachte ich ihn. Woher kennt er meinen Namen? Als er sich die Mütze vom Kopf zieht, weiß ich die Antwort, und ich habe mit allem gerechnet, nur nicht damit. Fassungslos starre ich mein Gegenüber an.

»*Nathan?*«

Ich kann es nicht glauben. Von all den Menschen, die ständig zwischen Sterling und Gaithersburg hin- und herfahren, muss ausgerechnet er anhalten? Das muss ein Witz sein. Ein absolut schlechter, beschissener Witz. Das Herz in meiner Brust hämmert, und mir wird schlagartig bewusst, dass es keine Möglichkeit für mich gibt, dieser Situation zu entkommen. Ich muss hier sitzen und auf den Abschleppdienst warten, von dem ich keine Ahnung habe, wann er auftauchen wird. Und jetzt ist Nathan da und bleibt einfach neben meinem Wagen stehen.

»Was ist passiert?«, fragt er, und seine Worte klingen seltsam gepresst. Als bereite es ihm körperliche Schmerzen, mit mir zu reden. Sein Blick wandert auf der Suche nach Schrammen oder Dellen an meinem Auto auf und ab.

Ich will ihm nicht antworten, aber ich kann die Worte nicht zurückhalten. Sie rutschen wie von selbst über meine Lippen. »Nichts. Autopanne«, entgegne ich kurz angebunden und ziehe die Decke fester um mich. Mein Wagen kühlt schneller aus, als ich vermutet habe, und das halb geöffnete Fenster verlangsamt den Prozess nicht gerade.

»Dir ist kalt.« Das ist keine Frage, sondern eine Feststellung, die offensichtlicher nicht sein könnte.

Ein bissiger Kommentar liegt mir auf der Zunge, den ich mir nicht verkneifen kann. »Na und?«, fauche ich. »Was kümmert es dich?«

Warum steigt er nicht einfach wieder in sein eigenes Auto und fährt verdammt noch mal weiter?

»Lass mich in Ruhe.« Meine Stimme klingt kratzig und resigniert, und mit einem Mal bin ich schon wieder den Tränen nahe. Ich will nicht in dieser Einöde festsitzen und auf Hilfe warten müssen. Ich will nicht mit ihm reden. Und ich will nicht frieren. Ich habe genug von diesem ewigen Winter. »Geh weg!«

Zu meiner Verwunderung kommt Nathan meiner Aufforderung sofort nach. Er macht zwei Schritte von meinem Fenster weg, dreht um und läuft zurück zu seinem Wagen. Kraftlos, erleichtert und mit einem kribbeligen Gefühl in meinem Magen fahre ich die Scheibe wieder nach oben und lasse die Stirn auf das Lenkrad sinken. Ich schließe die Augen und bewege den Kopf unaufhörlich hin und her. Das darf alles einfach nicht wahr sein. Ausgerechnet er. Ausgerechnet Nathan fucking Dawson muss anhalten und fragen, ob er mir helfen kann. Dieser dämliche Stein. Ich sollte aussteigen, ihn suchen und Nathan an den Kopf werfen.

Ich weiß nicht, wie lange ich so dasitze, aber es ist ein erneutes Klopfen an meine Fensterscheibe, das mich aufschrecken lässt. Wieder steht Nathan neben meinem Auto. Er hält eine dicke Decke in seiner Hand. Wortlos starre ich ihn an. Was soll das? Als ich nicht reagiere, deutet er mir mit einem Fingerzeig an, das Fenster erneut nach unten zu fahren. Ich schüttle den Kopf. Auf keinen Fall. Ich will nicht mit ihm sprechen. Er soll einfach in seinen Wagen steigen und verschwinden.

*Bitte, Mia.*

Ich höre ihn nicht, aber es ist nicht schwer, die beiden Worte von seinen Lippen abzulesen. Und sie machen mich wütend. Er hat kein Recht, mich um irgendetwas zu bitten. Ich brauche seine Hilfe nicht. Ich will sie nicht. »Hau ab!«, entgegne ich und kralle meine Finger in meine Decke.

Doch Nathan bewegt sich nicht. Er schüttelt den Kopf und bleibt einfach stehen. Ich wende den Blick von ihm ab und starre geradeaus auf die verschneite Windschutzscheibe. Mein ganzer Körper zittert. Vor Wut, vor Kälte. Vor all der Ungerechtigkeit. Und auch vor Verzweiflung, weil ich hier nicht wegkann. Irgendwann beginnen meine Zähne zu klappern. Ich reibe meine Hände erneut aneinander, mittlerweile tut es fast schon weh. Aus den Augenwinkeln sehe ich Nathan immer noch neben meinem Wagen stehen. Warum tut er das? Ich ziehe die Beine an meinen Körper, umschlinge sie mit meinen Armen und der Decke. Aber es hilft alles nichts. Mir ist einfach nur kalt.

Und dann klopft Nathan ein drittes Mal. »Bitte nimm die Decke, Mia!« Er spricht jetzt so laut, dass ich ihn durch die geschlossene Scheibe verstehen kann. »Mach auf.«

Alles in mir schreit danach, ihn weiterhin zu ignorieren und so zu tun, als existiere er nicht. Aber diese ganze Situation macht mich so unglaublich wütend und hilflos, dass ich nicht anders kann. Ich schiebe das ungute Gefühl beiseite und ignoriere meine Angst. Ich entriegle das Schloss, stoße die Tür auf und steige aus meinem Wagen. Mit weit aufgerissenen Augen macht Nathan einen Schritt nach hinten. Es ist eindeutig, dass er mit dieser Reaktion nicht gerechnet hat.

»Ich will deine blöde Decke nicht, Dawson«, zische ich und baue mich vor ihm auf. Wenn ich mich auf die Wut in mir konzentriere, bleibt für die Angst kein Platz mehr.

»Mia ...« Er sieht mich flehend an.

»Nein!«, schneide ich ihm jedes weitere Wort ab. »Ich brauche deine Hilfe nicht.« Das Hämmern in meiner Brust wird heftiger und beginnt, unangenehm wehzutun. Es kostet mich all meine Kraft, nicht auszuflippen. Was fällt ihm ein? Was zum Teufel glaubt er, wer er ist? »Verschwinde, oder ich rufe die Polizei!«

»Ich kann nicht, Mia.« Ein gequälter Ausdruck hat sich über sein Gesicht gelegt, und nun bin ich mir sicher, dass es ihm Schmerzen bereitet, mit mir zu reden.

»Es ist ganz leicht«, sage ich durch zusammengepresste Zähne und balle die Hände unter meiner Decke zu Fäusten. »Steig in deinen Wagen und fahr!«

Ich bin kurz davor loszulaufen und die Tür selbst zu öffnen. Er hat hier nichts verloren. Rein gar nichts.

»Ich kann nicht«, wiederholt er und bringt mich damit an den Rand des Wahnsinns.

Tränen sammeln sich in meinen Augenwinkeln. Tränen der Wut und der Hilflosigkeit, weil ausgerechnet der Mann, dem ich nie wieder begegnen wollte, vor mir steht und sich standhaft weigert zu gehen.

»Nathan«, sage ich warnend und taste nach meinem Handy in der Hosentasche. »Ich meine es ernst.«

»Ich weiß.« Er klingt betreten. »Aber ich kann trotzdem nicht fahren.«

»Warum nicht, Herrgott noch mal?«

Keine Reaktion. Er sieht mich einfach nur an, hält meinem wütenden Blick stand und blinzelt nicht einmal, was ich beeindruckend und gruselig zugleich finde. Dass er so beharrlich ist, ergibt keinen Sinn. Was zum Teufel will er von mir?

»Antworte mir, Dawson!«, fordere ich, doch auch das ist zwecklos.

»Du kannst die Polizei rufen, wenn du willst«, weicht er meiner Frage aus. »Ich warte trotzdem mit dir, bis der Abschleppdienst da ist.«

Ich würde ihn am liebsten anschreien, aber dazu fehlt mir die Kraft. Eine eisige Windbö erwischt mich und lässt mich erschaudern. Unweigerlich ziehe ich die Decke fester zusammen. Meinetwegen. Dann soll er eben hier draußen stehen bleiben und erfrieren. Das ist nicht mein Problem.

Ich will mich gerade zurück in meinen Wagen setzen, als er mich erneut anspricht.

»Du kannst in meinem Pick-up warten. Der Motor funktioniert und ...«

Ich wirble zu ihm herum. Ist das sein Ernst? »Warum sollte ich das tun?« Ich habe keinen Schimmer, was in diesem Kerl vorgeht.

»Dir ist kalt, und meine Heizung ...« Er blickt auf die Decke in seinen Händen, ehe er mich wieder ansieht. »Ich kann hier draußen bleiben, wenn du willst.«

Fassungslos starre ich ihn an. »Ich soll mich in deinen Wagen setzen, und du würdest ...« Ich unterbreche mich selbst. Eine einzige Frage hallt unaufhörlich in meinem Kopf nach. *Warum?* Warum bietet er mir das an? Warum würde er mir zuliebe in diesem Schneechaos stehen bleiben?

Ich suche in seinem Gesicht nach etwas, das mir eine Antwort gibt, aber ich finde nichts. Ich weiß nur, dass mir immer kälter wird, je länger ich hier draußen bin. Und ein paar Meter von uns entfernt befindet sich ein Auto mit einer funktionierenden Heizung.

»Fünf Minuten«, knurre ich. Keine Sekunde länger.

»Okay.« Er nickt sofort und zieht seine Schlüssel aus der Jackentasche. »Hier. Fang.« Er deutet an, sie mir zuzuwerfen. Und mir fällt zum ersten Mal auf, dass er keine Handschuhe trägt. Nicht mal einen Schal. Ihm ist also vermutlich genauso kalt wie mir.

Ich greife nach den Schlüsseln und umfasse sie mit beiden Händen. Es ist nett von ihm, mir seinen Wagen anzubieten, das kann ich nicht leugnen. Aber bedeutet sein Angebot auch, dass ich ihn ernsthaft allein zurücklassen kann? Es schneit immer noch dicke Flocken, und der Wind weht unangenehm. Die Kälte, die sich schon längst ihren Weg durch meinen gesamten Körper gefressen hat, ist der einzige Grund, weshalb diese zwei Worte meinen Mund verlassen. »Komm mit«, sage ich, ehe ich zu lange darüber nachdenken kann.

»Was?«

»Es ist eisig hier draußen. Das hast du selbst gesagt.« Ich laufe los und schließe den Pick-up auf. Dann setze ich mich auf den Fahrersitz und starte den Motor. Der Wagen ist noch nicht so ausgekühlt wie meiner, weshalb fast augenblicklich warme Luft in den Innenraum strömt. Einen Moment später öffnet Nathan die Beifahrertür und steigt ein.

Schweigend sitzen wir da. Ich bin zum Zerbersten angespannt, weil ich mich ernsthaft mit dem Mann in ein Auto gesetzt habe, der meinen besten Freund auf dem Gewissen hat. Und gleichzeitig bin ich einfach nur froh, nicht mehr ganz so sehr zu frieren. Ich halte beide Hände vor die Lüfter und reibe meine Finger gegeneinander. Wortlos reicht Nathan mir die Decke, die ich vorhin nicht annehmen wollte. Ich will sie auch jetzt nicht, aber ich habe nur wenige Minuten, um mich aufzuwärmen. Also schlinge ich sie mir um den Körper und rücke dabei ein Stückchen von ihm weg.

»Warum bist du hier?« Es ist meine eigene Stimme, die die eingekehrte Stille durchbricht. Sie klingt selbst in meinen Ohren komisch. Kratzig und überhaupt nicht nach mir.

»Ich habe in Gaithersburg ein spezielles Bier für Joe besorgt. Und ...« Er unterbricht sich für einen kurzen Moment. »Es ist dunkel«, sagt er dann, und es klingt fast schon sanft. Eine zweite Decke liegt auf seinen Beinen. »Und du warst allein.«

»Das meine ich nicht, und das weißt du.« Ich konzentriere mich auf meine Hände, reibe unaufhörlich mit dem einen Daumen über den Fingernagel des anderen. »Was machst du *hier*? In Sterling.«

Es dauert einen Moment, bis er etwas sagt. »Ich lebe bei meiner Gran.«

Damit habe ich nicht gerechnet. »Warum?«

Wieder vergeht eine ganze Weile, bis ich eine Antwort bekomme. »Meine Eltern haben mich rausgeworfen.«

»Wieso?« Vielleicht ist es unfair, ihn zu löchern. Es geht mich nichts an, wo er wohnt, was er in seiner Freizeit macht oder wo er arbeitet. Es sollte mich nicht interessieren. Aber plötzlich ist da ein Drang in mir, den ich selbst nicht verstehe. Ich will mehr wissen, will erfahren, wie sehr sich auch sein Leben verändert hat, nachdem er so einen großen Einfluss auf mein eigenes genommen hat. Vielleicht macht es mich zu einem schlechten Menschen, aber ich brauche die Genugtuung, dass es ihm beschissen ging. Insgeheim rechne ich damit, dass Nathan meine Neugier nicht stillen wird. Er hat auch vorhin keine Frage beantwortet. Wieso sollte er es also jetzt tun? Ich kann die Anspannung, die von ihm ausgeht, förmlich mit den Händen greifen. Er sitzt unbeweglich da, sein Gesicht eine eiserne Maske, den Blick immer noch starr geradeaus gerichtet. Fast so, als hätte er es sich verboten, mich anzusehen. Ich bin kurz davor, mich abzuwenden und wieder auf die verschneite Windschutzscheibe vor mir zu schauen, als er doch zu sprechen anfängt.

»Würdest du dein Haus mit einem verurteilten Verbrecher teilen wollen?«

Seine Worte lassen mich zusammenzucken. So viel Ehrlichkeit habe ich nicht erwartet.

»Dachte ich mir.« Er klingt bitter. Traurig. Und gleichzeitig auch so, als würde er die Tatsache, dass seine Eltern nichts mehr mit ihm zu tun haben wollen, nachvollziehen können.

*Kannst du es ihnen verübeln? Geschieht dir recht. Du bist ein Monster.*

Diese Gedanken sind da. Aber der Wunsch, sie ihm an den Kopf zu werfen, ist es nicht. Und das befremdet mich. Das hier ist meine Chance, ihm zu sagen, was ich von ihm halte, auch wenn es ihn wahrscheinlich nicht interessiert. Ich bin eine Fremde für ihn. Doch anstatt all das loszuwerden, was mir seit Jahren auf der Seele brennt, verfalle ich wieder in Schweigen. Genau wie Nathan. Es sind einzig die Geräusche der arbeitenden Lüftung, die die Stille im Wagen durchbrechen. Inzwischen glaube ich, dass er sich nicht traut, mich von sich aus anzusprechen. Vermutlich bereut er längst, angehalten und nachgesehen zu haben, wer bei diesem Wetter am Straßenrand gestrandet ist.

Ich weiß nicht, was ihm verbietet, mich allein warten zu lassen. Aber vermutlich hätten nur wenige Menschen ein unfreundliches »Geh weg!« ignoriert, um bei der Person zu bleiben, die sie so offenkundig hasst. Nathan hat mir Hilfe angeboten, ich habe abgelehnt, Ende der Geschichte. Und trotzdem ist er hier, obwohl er das nicht müsste, stellt mir seine Heizung zum Aufwärmen zur Verfügung und lässt alles über sich ergehen, was ich zu ihm sage, ohne groß eine Reaktion auf irgendetwas davon zu zeigen. Zum wiederholten Mal frage ich mich, woran das liegt. Ist seine Zeit im Gefängnis daran schuld? Hat sie ihn ... hart gemacht? Aber würde ein harter Kerl sich wirklich von mir anschreien und beschimpfen lassen, so wie ich es Dienstagnacht vor der Kneipe getan habe?

»Du arbeitest bei Joe.«

Er nickt. »Ja.«

»Weiß er von ...«

Ich muss den Satz nicht zu Ende sprechen. Nathan nickt erneut. »Ja.«

»Okay.« Ich imitiere seine Kopfbewegung und bekämpfe den Groll gegen Joe, der in mir aufsteigt. Er hat tatsächlich einen Verbrecher eingestellt. Und nicht nur das, er hat ihn auch noch auftreten lassen.

»Das Lied, das du gesungen hast ...«

Ohne meine Frage richtig gestellt zu haben, versteht Nathan wieder sofort, was ich wissen möchte. Und obwohl seine Antwort nicht das ist, was ich hören will, habe ich sie erwartet.

»Ich habe es selbst geschrieben.«

Jedem anderen Menschen hätte ich gesagt, dass ich den Song mochte. Dass ich ihn *mag*. Aber nicht ihm. Niemals ihm.

Im nächsten Moment überrascht er mich, indem er ungefragt weiterredet. »Die Musik ist das Einzige, was ...« Er hält inne, mein Blick huscht zu ihm, und ich sehe, wie er kurz die Augen schließt, ehe er sie wieder öffnet. »Die Wörter waren auf einmal da und sind einfach aus mir herausgeströmt. Ich musste nur die Hand bewegen und sie aufschreiben.«

Er wagt es nicht, mich wieder anzusehen. Seine Hände spielen nervös an den Enden der Decke. Noch immer geht dieselbe Anspannung von ihm aus, die auch mich fest im Griff hat. Wir wollen beide nicht hier sein, aber auch wenn ich jederzeit aufstehen und gehen könnte, tue ich es nicht. Ich bleibe sitzen, halte meine Finger erneut vor die Heizung und lasse seine Worte in mir wirken. Was er gesagt hat, macht ihn menschlich, und das passt nicht zu der Vorstellung von ihm, die ich in meinem Kopf habe.

Nathan rührt sich nicht. Seit Minuten sitzt er neben mir, als wäre es selbstverständlich für ihn. Als schulde er mir etwas. Und dann trifft mich die Erkenntnis wie ein Schlag ins Gesicht. Genau das ist es! Es ist nicht einfach nur Freundlichkeit oder Anstand. Es sind seine Schuldgefühle, die ihn an Ort und Stelle halten. Deshalb ist er hier, in einem kalten Auto, bei einer Frau, die er überhaupt nicht kennt. Ich habe keine Ahnung, was ich davon halten soll. Denkt er, er kann damit wiedergutmachen, was er getan hat? Ist er wirklich so naiv? Nichts kann auch nur ansatzweise seine Schuld aufwiegen. Nichts! Und trotzdem macht diese Erkenntnis etwas mit mir. Mit einem Mal ist die Stimmung anders als zuvor. Ich bin irgendwie ruhiger. Weniger angespannt. Weniger ängstlich.

Ich habe immer noch unzählige Fragen in meinem Kopf, aber ehe ich auch nur eine davon stellen kann, klingelt mein Handy. Ich ziehe es aus meiner Jackentasche und schaue auf das Display. Es ist Jack.

»Mia«, beginnt er sofort, als ich das Gespräch annehme. »Tut mir leid, dass ich deinen Anruf verpasst habe. War es wichtig?«

Ich bin mir Nathans Anwesenheit deutlich bewusst, als ich Jack erzähle, was passiert ist. Der Stein auf der Straße, das Problem mit dem Motor und dem Reifen, die Aussage des Pannendienstes.

»Scheiße, Mia, wartest du immer noch? Wo genau bist du? Ich fahre sofort los und ...«

»Nein«, unterbreche ich ihn und muss aufgrund seines Übereifers beinahe lachen. »Bis du hier bist, ist der Abschleppdienst bestimmt da. Ich warte schon eine ganze Weile, es kann nicht mehr lange dauern.«

Dass ich außerdem nicht allein bin, verschweige ich. Es ist besser, wenn ich ihm nichts von Nathan erzähle.

»Bist du dir sicher? Ich komme gern, das ist überhaupt kein Problem. Es gefällt mir nicht, dass du ...«

»Jack«, beende ich seinen Redefluss erneut, und dieses Mal lache ich wirklich für einen kurzen Moment. »Es ist okay, du musst nicht herkommen.«

Nathan gibt keinen Ton von sich. Er sitzt regungslos da und starrt nach vorne.

Es dauert mindestens weitere zwei Minuten, bis ich Jack davon überzeugt habe, dass es in der Tat kein Problem ist, wenn er sich nicht in sein Auto setzt und zu mir fährt. Letzten Endes sind es die Lichter in Nathans Rückspiegel und die Ankunft des Pannendienstes, die ihn davon abhalten, doch noch zu kommen. Schnell beende ich das Gespräch und beeile mich, aus Nathans Wagen auszusteigen.

Er wartet so lange, bis der Mechaniker mein Auto auf die Tragfläche des Abschleppwagens geladen hat. Erst, als wir losfahren, setzt auch Nathan sich in Bewegung. Er bleibt den ganzen Weg nach Sterling hinter uns.

# 8

Mein Dad steht bereits vor der Werkstatt, zu der mein Auto gebracht wird, und nimmt mich in Empfang. Ich habe ihn von unterwegs angerufen, um ihn zu fragen, ob er mich abholen kann. Zum Glück ist er diesmal ans Telefon gegangen. Nachdem ich mich beim Fahrer bedankt habe, steige ich in Dads Wagen, während der noch ein paar Worte mit dem Mann vom Abschleppdienst wechselt. Ich gehe davon aus, dass er ihm das Gleiche erzählt wie mir. Nur dass mein Dad ohne Erklärung versteht, was eine kaputte Ölwanne bedeutet.

Seufzend lehne ich mich im Sitz zurück und schließe die Augen. Ich war schon vorher erschöpft, jetzt bin ich regelrecht erschlagen und sehne mich nach meinem Bett. Schlafen. Das ist alles, was ich will. Schlafen und nicht darüber nachdenken, dass ich freiwillig mit Nathan Dawson in einem Auto gesessen habe. Mir war bitterkalt, aber rechtfertigt es das wirklich? Bevor ich weiter ins Grübeln verfallen kann, steigt mein Dad ein. Die Tür fällt laut ins Schloss, und er startet den Motor.

»Ist alles okay, Mia?« Liebevoll sieht er mich an und wartet, bis ich genickt habe. Es geht mir gut. Mir ist nur immer noch kalt. »Am besten trinkst du gleich erst mal eine heiße Tasse Tee bei uns.«

Es dauert nicht lange, bis wir die Straße erreichen, in der ich aufgewachsen bin. In der Küche brennt Licht, und Mom steht am Fenster. Wahrscheinlich ist sie immer noch besorgt, obwohl ich ihnen schon am Telefon versichert habe, dass alles in Ordnung mit mir ist.

Ich habe den Vorgarten kaum betreten, als sie auch schon die Tür öffnet. Luna steht neben ihr und wedelt eifrig mit dem Schwanz. Wie immer, wenn ich den Nachmittag in Gaithersburg verbringe, passen meine Eltern auf sie auf. Meine Mom mustert mich von oben bis unten, ehe sie mich umarmt und einsieht, dass mir wirklich nichts passiert ist.

»Komm rein, Schatz.« Sie zieht mich mit sich in die warme Küche, Luna trottet uns hinterher, und mein Dad schließt die Tür, ehe auch er sich zu uns gesellt. Auf dem Tisch steht bereits eine dampfende Kanne mit frischem Kräutertee. Moms eigene Spezialmischung, die mir augenblicklich das Gefühl von Heimat vermittelt. Dankbar setze ich mich und lasse mir einschenken. Luna legt sich sofort auf meine Füße, und ich fasse unter den Tisch, um sie kurz zu streicheln. Wie immer spürt sie, wenn ich ihre Nähe brauche.

Mit beiden Händen umfasse ich meine Tasse und sehe Dad an. »Der Abschleppdienst meinte, die Ölwanne sei kaputt. Ist so was teuer?«

Dad setzt sich zu mir und legt seine Finger über meine. Kurz drückt er sie. »Mach dir keine Gedanken wegen der Reparatur. Deine Mom und ich übernehmen die Kosten.«

»Das müsst ihr nicht«, protestiere ich sofort und schüttle den Kopf.

»Wir wollen, Mia.« Mom lächelt sanft und schiebt mir zwei mit Käse belegte Brote vor die Nase. Ich habe keinen Hunger, auch wenn mein Magen verräterisch knurrt. »Solange du studierst, unterstützen wir dich.« Aufmunternd reibt sie mir über den Arm, ehe ihr Blick wieder besorgt wird. »Ist wirklich alles in Ordnung?«

»Ja.« Ich nicke, versuche zu lächeln und beiße dann in mein Brot.

Es ist nicht der Unfall, der mir in den Knochen sitzt, sondern das

Aufeinandertreffen mit Nathan. Aber davon werde ich meinen Eltern nichts sagen. Seit Brants Tod machen sie sich viel zu viele Gedanken um mich. Was ich ihnen nicht einmal verübeln kann. Helen und James Cooper, ihre Freunde, haben ihr Kind verloren, und das ist mit das Schrecklichste, was ich mir für Eltern vorstellen kann. Natürlich wären sie alles andere als begeistert, wenn sie wüssten, dass ausgerechnet Nathan Dawson mit mir gewartet hat. Doch das ist nicht der einzige Grund, weshalb ich es ihnen verschweige. Vorsichtig nippe ich an meinem Tee. Ich sage es ihnen auch deshalb nicht, weil ich mich dafür schäme, was passiert ist. Ich hätte nicht in seinem Auto sitzen sollen. Und schon gleich gar nicht mit ihm gemeinsam.

Sarah ist bereits da, als ich am nächsten Tag nach meiner Schicht im *Wild Lily's* das kleine Café betrete, in dem wir uns manchmal treffen. Und sie ist nicht allein. Neben ihr sitzt Jack. Beide blicken mich erwartungsvoll an, als ich vor ihnen zum Stehen komme und mir den dicken Schal vom Hals wickle.

»Hey ...«, begrüße ich meine Freunde und rutsche neben Sarah auf die Bank. »Tut mir leid, dass ich zu spät bin.« Es sind nur zehn Minuten, aber ich hasse Unpünktlichkeit. Nicht nur bei anderen, sondern vor allem bei mir selbst. »Ich wusste gar nicht, dass du auch kommst«, sage ich an Jack gewandt, als ich mir auch den Mantel von den Schultern streife. Eigentlich war ich nur mit Sarah verabredet und bin verwundert, ihn ebenfalls hier zu sehen. »Musst du nicht arbeiten?«

Es ist Freitag und damit einer der Tage, an denen Jack normalerweise in einer städtischen Buchhandlung aushilft. Das war die Bedingung seiner Mutter, als er sein Studium für Fotografie begann und nicht wie der Rest seiner Familie eine politische Karriere anstrebte. Sie bezahlt ihm die Studiengebühren nur, wenn er zumindest ein paar Stunden in der Woche arbeiten geht. Da sie ihm auch im selben Atemzug den Job vorgeschlagen hat und er nicht mal auf die Suche gehen musste, hat Jack sich auf den Deal eingelassen.

Seine Antwort ist ein Kopfschütteln. »Nein. Ich habe auf die Donnerstage gewechselt.«

»Echt?« Das ist mir neu. »Okay. Habt ihr schon bestellt?« Noch steht nichts vor den beiden auf dem Tisch.

»Wir haben auf dich gewartet.«

»Super.« Ich nicke und deute mit dem Finger in Richtung Theke. »Dann lasst uns das ändern.« Ich stehe wieder auf, Sarah folgt mir, und auch Jack schiebt seinen Stuhl zurück.

Nachdem wir uns einen Kuchen ausgesucht haben und ich eine große Tasse Kräutertee bestellt habe, sitzen wir mit unseren Tellern und Getränken wieder an unserem Platz. Jack erkundigt sich nach meinem Wagen, und ich erzähle Sarah von meinem Zusammenstoß mit dem Stein. Genau wie meine Eltern mustert sie mich besorgt und lässt sich dreimal versichern, dass mir nichts passiert ist.

Schließlich ist Jack derjenige, der das Thema wechselt. »Meine Mom hat übrigens herausgefunden, dass Dawson tatsächlich vorzeitig entlassen wurde. Er ist seit fast vier Monaten wieder draußen.«

Für einen kurzen Moment überlege ich, überrascht zu reagieren, entscheide mich aber dagegen. Das hier sind meine Freunde, es gibt keinen Grund, mich vor ihnen zu verstellen oder sie anzulügen.

Ich lasse die Kuchengabel sinken und nicke. »Ich weiß.«

»Es tut mir leid, dass ich an deinen Worten gezweifelt habe, Mia.« Jack sieht mich entschuldigend an. »Ich hätte wissen müssen, dass du ...«

»Das meine ich nicht«, unterbreche ich ihn und umschließe meine warme, dampfende Tasse mit den Händen. Ich nippe an meinem Tee und schinde damit Zeit, bevor ich die Bombe platzen lasse. »Ich bin ... Ich bin am Dienstag noch einmal zu Joes Kneipe gegangen.«

Sarah hebt eine Augenbraue. »Warum das denn?«

»Nach meinem Gespräch mit Jack ...« Ich seufze und stelle die Tasse wieder ab. »Ich musste mich einfach vergewissern, dass ich mich nicht getäuscht habe, und die Bar war der einzige Anhaltspunkt. Also bin ich noch mal hin, in der Hoffnung, ihn dort wiederzusehen.«

»War er da?«

Ich nicke und erzähle den beiden von meiner Begegnung mit ihm auf dem Parkplatz vor dem *Joe's*. »Er ... er stand einfach nur da und hat sich von mir anschreien lassen.« Seine Hilfe nach meinem Unfall verschweige ich.

»Was hast du zu ihm gesagt?«, fragt Sarah interessiert.

Ich rechne es meinen Freunden hoch an, dass sie mir keine Vorwürfe machen, auch wenn ich Jack deutlich ansehe, dass er mit meinem Alleingang nicht einverstanden ist.

»Dass er aufhören soll, die Callas an Brants Grab zu stellen.«

»Die sind von ihm?« Sie reißt überrascht die Augen auf. »Ernsthaft?«

Ich nicke. »Ja. Als ob er sich mit ein paar dämlichen Blumen Absolution verschaffen könnte. Ich werde ihm nicht verzeihen. Niemals.«

»Verdammt richtig«, stimmt Sarah mir zu. Ihre Miene verfinstert sich, als würde ihr gerade bewusst werden, dass wir nun an jeder Ecke und zu jeder Zeit auf Nathan Dawson stoßen könnten. Die Zeit, als das nicht möglich war, ist unwiderruflich vorbei.

»Nächstes Mal nimmst du mich mit«, sagt Jack und sieht mich ernst an. »Okay? Ich will nicht, dass du diesem Kerl allein begegnest. Wer weiß, was er vorhat. Es ist doch Wahnsinn, ausgerechnet in die Stadt zurückzukehren, in der er sein Verbrechen begangen hat. Ich an seiner Stelle würde mindestens ans andere Ende des Staates flüchten. Oder gleich nach Kalifornien.«

»Es wird kein nächstes Mal geben«, erwidere ich, verspreche ihm aber trotzdem, ihm zumindest Bescheid zu geben, falls ich meine Meinung ändern sollte. Wovon ich nicht ausgehe, denn ich habe nicht vor, noch einmal mit Nathan zu reden. Alles, was ich wissen muss, hat er mir bereits erzählt, auch wenn meine Freunde nichts davon ahnen.

»Was machen wir nun?«, fragt Sarah und blickt zwischen Jack und mir hin und her. »Scheiße, Leute, er ist wirklich wieder da.« Ihr Blick kommt auf mir zum Ruhen. »Wissen Brants Eltern es schon?«

»Nicht von mir.« Ich schüttle den Kopf. »Aber ich bin mir sicher, dass sie es wissen.« James und Helen sind *die* Anwälte in Sterling. Wenn jemand vor allen anderen über Nathans Rückkehr Bescheid gewusst hat, dann die beiden. Es wundert mich nur, dass sie mir nichts davon gesagt haben.

»Denkst du, sie sind damit einverstanden?«

»Dass er zurück ist?« Ich schiebe mir ein kleines Stück Kuchen in den Mund. »Nein. Aber sie wissen am besten, wie die Rechtslage diesbezüglich aussieht. Wenn sie etwas dagegen unternehmen könnten, hätten sie es sicher längst getan.«

Sarah stimmt mir widerwillig murmelnd zu. Sie weiß, dass ich recht habe. Das Einzige, wofür Brants Eltern vermutlich sorgen können, ist eine einstweilige Verfügung, damit Nathan sich ihnen nicht nähern darf. Aber solange er das nicht tut, bleibt ihnen nichts anderes übrig, als zu akzeptieren, dass der Mann, der ihren Sohn auf dem Gewissen hat, wieder auf freiem Fuß ist. Nathan ist zurück. Und zwar endgültig.

Gegen vier Uhr verabschiede ich mich von Sarah und Jack. Ich muss noch einkaufen gehen, mit Luna eine kleine Runde Gassi laufen, und danach freue ich mich auf eine lange, heiße Dusche und einen gemütlichen Abend auf dem Sofa. Jack bietet an, mich zu begleiten, aber ich lehne dankend ab. Nach einem Morgen im Blumenladen und zwei Stunden mit meinen Freunden möchte ich Zeit für mich selbst haben.

Nachdem ich die beiden kurz umarmt habe, mache ich mich auf den Weg zum Supermarkt. Ich brauche nicht viel, und mein Korb ist schnell gefüllt. Es fehlen nur noch ein paar Sachen aus dem Kühlregal und die Süßigkeiten für meinen Fernsehabend. Als ich in den nächsten Gang einbiege, bleibe ich wie angewurzelt stehen. Schon wieder ist es ausgerechnet Nathan Dawson, der vor mir steht. Diese verfluchte Kleinstadt. Er stützt eine ältere Dame mit der einen Hand, während er mit der anderen den Einkaufswagen schiebt. Für seine Gran sieht sie zu alt aus. Seine Urgroßmutter? Hat er noch eine? Und warum mache ich mir überhaupt Gedanken darüber? Es kann mir völlig egal sein, wer diese Frau ist.

Nathan ist auf seine Begleitung konzentriert und scheint mich nicht zu bemerken. Ich runzle die Stirn, als die beiden langsam näher kommen und ich ihre Unterhaltung mitanhören kann.

»Als Nächstes brauchen wir Apfelmus, junger Mann«, sagt die alte Frau und blickt von ihrem Einkaufszettel auf. »Das mit viel Zucker.« Ihre Finger zittern, als sie auf das Regal deutet. So wie sie mit ihm spricht, klingt es nicht so, als seien sie miteinander verwandt. Wortlos legt Nathan ein Glas in den Wagen.

»Nehmen Sie gleich noch eins«, bittet sie. »Wenn die Familie zum Essen kommt, muss genug da sein.« Sie lacht leise. »Diese verfressene Meute.«

In diesem Moment entdeckt Nathan mich.

»Mia«, sagt er, und seine Stimme lenkt meine Aufmerksamkeit von der alten Dame auf ihn. Die Überraschung steht ihm ins Gesicht geschrieben. Er hat nicht damit gerechnet, mich hier zu treffen, und doch ist es fast so, als hätte es nicht anders kommen können, dass wir uns wieder begegnen.

Ich halte seinem Blick stand und die Wut in meinem Bauch in Schach. Nathan wirkt wie ein Trigger. Jedes Mal, wenn ich ihn sehe, will irgendetwas in mir explodieren, und ich brauche alle Kraft, die ich habe, um ihn nicht schon wieder anzuschreien. Denn was würde das bringen? Ich habe es mehrfach getan, aber ich bin immer noch wütend und traurig. Und ich kann mir definitiv Schöneres vorstellen, als in einem Supermarkt einen Tobsuchtsanfall zu bekommen, weil ich es nicht aushalte, den Verantwortlichen für Brants Tod zu sehen.

»Stehen wir Ihnen im Weg, Liebes?«, fragt die Frau und lächelt mich so sanft an, wie nur alte Menschen das können.

»Nein.« Ich winke ab. Der Gang ist eng, ja, aber die Regalinhalte verraten mir, dass ich falsch abgebogen bin. Ich wollte nicht zu den Vorratsgläsern, sondern zum Kühlregal.

»Was brauchen Sie denn?«, spricht sie einfach weiter. »Mr Dawson kann es Ihnen bestimmt reichen.«

Bei ihren Worten wandert mein Blick automatisch zurück zu Nathan. Es ist ihm sichtlich unangenehm, dass die alte Dame versucht, mich in ein Gespräch zu verwickeln.

»Ich ... Ich ...« Es gelingt mir nicht, einen Satz zu bilden. Sie ist so nett. Wieso ist sie in Begleitung eines Verbrechers? Weiß sie nicht, was er getan hat? Die ganze Stadt tut das doch. Es war damals unmöglich, nichts von den Geschehnissen mitzubekommen.

»Was brauchst du, Mia?« Es ist Nathans leise Stimme, die mich aus meinen Gedanken zieht. Ich habe die Hände schon wieder zu Fäusten geballt.

Er weiß genau, was ich brauche. Ich brauche meinen besten Freund, aber den hat er mir genommen, und ich werde ihn nie wiedersehen. Mich mit einem Verbrecher in einem Supermarkt zu unterhalten, gehört eindeutig nicht zu den Dingen, die mir helfen.

Kopfschüttelnd sehe ich die alte Frau an. »Ich brauche wirklich nichts«, sage ich und bringe sogar ein halbherziges Lächeln zustande. »Ich habe mich im Gang geirrt.«

Mit diesen Worten drehe ich mich um und eile davon. Weg. Wieder einmal habe ich nur noch einen einzigen Gedanken im Kopf. Ich muss weg von Nathan. Meine Finger umklammern den Einkaufskorb fest, als ich in eine andere Regalreihe einbiege. Schon wieder schlägt mir das Herz bis zum Hals, und das Blut rauscht in meinen Ohren. Immer wenn es um Nathan geht, kann ich einfach nicht aus meiner Haut. Es ist mir nicht egal, dass er wieder in Sterling ist, obwohl er rational gesehen jedes Recht dazu hat. Er wurde verurteilt, er war im Gefängnis, und nun ist er wieder da. Und hilft alten Frauen beim Einkaufen. Mir bleibt die Ironie dessen nicht verborgen. Ein Verbrecher mit Herz. Verflucht noch mal, ich will nicht so etwas wie Respekt oder gar Bewunderung für ihn empfinden. Ich will ihn hassen und weiterhin als das Monster sehen, das viereinhalb Jahre lang in meiner Vorstellung existiert hat. Dann hilft er eben Menschen, die am Straßenrand eine Panne haben oder nicht mehr allein einkaufen gehen können. Na und? Das gleicht seine Tat nicht wieder aus. Nichts kann wiedergutmachen, dass er ein Menschenleben beendet hat. Schon gar nicht Brants.

Stumme Tränen laufen mir über die Wangen. Großartig. Ich stehe in einem Supermarkt und heule, und mit einem Mal erscheint es mir wie eine Mammutaufgabe, meinen restlichen Einkauf zu erledigen und nicht einfach alles auf den Boden zu schmeißen, inklusive mich selbst. Und dann ist da die Stimme meiner Mom, die mir immer wieder dasselbe sagt.

*Brant würde das nicht wollen. Er würde wollen, dass du glücklich bist.*

Es gibt kaum einen Satz, der mich wütender macht. Brant kann viel wollen. Fakt ist, dass er nicht mehr da ist und niemand mit hundertprozentiger Sicherheit sagen kann, was er wollen würde. Er wird mir für immer fehlen. Jeden Tag, in jeder Sekunde, für den Rest meines Lebens, und manchmal weiß ich einfach nicht, wie es sein kann, dass sich die Welt trotzdem weiterdreht. Jeden verdammten Morgen geht die Sonne auf, und jeden Abend geht sie unter. Als wäre nichts geschehen.

Ich schrecke zusammen, als sich wie aus dem Nichts eine Hand auf meine Schulter legt. Ruckartig wirble ich herum und blicke direkt in das Gesicht, vor dem ich gerade noch weggelaufen bin.

»Alles in Ordnung?«

*Nein!* Alles in mir schreit danach, ihm dieses Wort um die Ohren zu schleudern. Nichts ist in Ordnung! Und er ist schuld daran.

»Fass mich nicht an!«, fauche ich und schüttle seine Hand ab. Meine Schulter brennt wie Feuer an der Stelle, wo er mich berührt hat, obwohl ich meinen dicken Mantel trage.

»Entschuldige.« Sofort hebt er die Hände und macht einen Schritt zurück. »Ich wollte nicht ... Ich habe dich angesprochen, aber du hast nicht reagiert.«

»Wieso sollte ich auch?« War ich gerade noch regelrecht teilnahmslos, kommt nun Leben in mich. »Glaub bloß nicht, dass sich irgendetwas geändert hat, nur weil ich ein paar Minuten in deinem Auto saß.« Die Wut, die Nathans Anwesenheit in mir weckt, gibt mir Kraft und macht mir gleichzeitig eine Heidenangst. Es ist nicht normal, dass ich derart stark auf ihn anspringe. So viel Zeit ist vergangen, so unendlich viele Therapiestunden. Ich sollte in der Lage sein, mich anders zu verhalten. Gefasster. Und nicht wie ein hysterisches Häufchen Elend, das keinen besseren Ausweg sieht, als ihn immer und immer wieder anzuschreien. Das macht Brant auch nicht wieder lebendig. »Ich wollte einfach nicht erfrieren.«

Seine nächsten Worte lassen mich erneut zusammenzucken.

»Schlag mich«, sagt er ruhig. Er steht da wie ein Fels in der Brandung. Unbeweglich, stark, fast starr.

»Was?«

»Schlag mich, Mia«, wiederholt er, und ich bin mir wirklich nicht sicher, ob er das ernst meint. Hat er vergessen, wo wir sind?

»Bist du bescheuert?« Ich verschränke die Arme vor der Brust, spüre meine Tränen noch immer auf den Wangen. »Nein.«

»Doch, Mia. Du solltest mich schlagen.«

Hält er mich für blöd? Hier sind überall Kameras. Und ganz abgesehen davon …

»Warum? Damit du dich besser fühlen kannst? Danke, aber nein.« Ich drücke den Einkaufskorb fester an mich. »Geh wieder zu …« Ich habe keine Ahnung, wie die alte Frau heißt.

»Mrs Hastings«, erwidert er tonlos.

»Geh wieder zu ihr.« *Und lass mich in Frieden.*

Ich klammere mich am Griff meines Korbs fest und hoffe, dass er verschwindet. Seine Gegenwart macht mich zu einem Menschen, der ich nicht sein will. Und noch viel weniger will ich wissen, was er in seiner Freizeit macht oder wem er sonst noch hilft.

Nachdem er mir einen langen Blick zugeworfen hat, nickt Nathan und kehrt mir den Rücken zu. Ich bleibe mit klopfendem Herzen allein in meinem Gang zurück und starre ewig auf die Stelle, an der er eben noch gestanden hat.

# 9

Dr. Sullivan hat mir vor vielen Monaten erklärt, dass es Träume gibt, in denen man genau weiß, dass man träumt. Dass die Situation, in der man sich befindet, nicht echt ist, obwohl sie sich wie die Realität anfühlt.

Ich bin wieder in seinem Auto. Es ist dunkel und kalt, und obwohl ich hinter dem Lenkrad sitze, starte ich den Motor nicht. Neben mir ist Nathan, auf seinen Knien liegt dieselbe Decke wie am vergangenen Donnerstag. Doch während er da meistens geradeaus auf die Windschutzscheibe gestarrt hat, sieht er mich dieses Mal mit unruhigen Augen an. Augen, die mich anflehen, ihm zu helfen. Von einer Kraft gesteuert, die ich nicht kontrollieren kann, strecke ich meine Hand nach ihm aus, bis meine Finger seine Wange erreichen. Ganz sanft lege ich meine Handfläche an sein Gesicht. Nathan schließt die Augen und kommt mir entgegen. Seine raue Haut schmiegt sich eng an meine. Eine angenehme Wärme kriecht von meinen Fingerspitzen über meinen gesamten Arm zu meinem Gesicht. Auf einmal zieht sich meine Brust schmerzhaft zusammen, und trotzdem lasse ich Nathans Gesicht nicht los. Erst, als er die Lider wieder aufschlägt und mich aus großen, braunen, hoffnungsvollen Augen anblickt, schrecke ich auf.

Ich liege in meinem Bett unter der Decke, draußen ist es dunkel.

Luna wärmt meine Füße und schnarcht leise vor sich hin. Ich bin allein, und dennoch sitzt mir die Scham fest im Nacken. Da ist dieses Gefühl, Brant betrogen zu haben. Auch wenn es nur ein bedeutungsloser Traum war, fühle ich mich schmutzig. Mein Magen rumort unangenehm.

Luna schläft seelenruhig weiter, als ich aus dem Bett steige und in mein Badezimmer gehe. Das Wasser, das auf mich herunterprasselt, ist sengend heiß. Eine halbe Stunde lang versuche ich, die verstörenden Bilder aus meinem Gedächtnis zu waschen. Es funktioniert nicht. Als ich die Dusche schließlich verlasse und mich in ein Handtuch wickle, ist da immer noch ein ungutes Gefühl in meiner Brust. Ich mache mir einen Tee, aber kriege kaum einen Schluck der dampfenden Flüssigkeit herunter. An etwas zu essen kann ich nicht einmal denken, ohne dass mir schlecht wird.

Es dämmert langsam, als ich mir Luna schnappe, mich warm einpacke und zu einem Spaziergang aufbreche. Die Luft ist eisig kalt, und ich ziehe mir den Schal bis über die Nase. Meine Finger stecken in dicken Handschuhen, und ich bin zügig unterwegs. Aber es ist egal, wie schnell ich laufe, ich kann meinen Gedanken nicht entfliehen. Sie kreisen um Nathan, um Brant, um Jack, um Sarah und bleiben schließlich bei Adam hängen. Ich habe seit seiner Nachricht auf meinem Tisch nichts mehr von meinem Bruder gehört, und das ist ungewöhnlich. Wir haben nicht diese enge Art von Geschwisterbeziehung, dass wir jeden Tag miteinander schreiben, aber im Normalfall vergeht trotzdem keine ganze Woche ohne ein Lebenszeichen von ihm. Ich beschließe, ihn anzurufen, wenn ich wieder zu Hause bin. Vielleicht hilft es, ihn nach seinen Problemen zu fragen und mich somit von meinen eigenen abzulenken.

Mein Weg führt mich automatisch zu Brant. Sein Grab ist zugeschneit, und ich wische die Flocken mit der Hand zur Seite. Die Vase mit den Callas fehlt weiterhin. Nathan hält sich an das, was ich von ihm verlangt habe.

Behutsam gehe ich vor dem Stein in die Knie und befreie auch das kleine Bild meines besten Freundes von der weißen Pracht. Zum Glück schneit es nicht mehr, aber es soll die nächsten Tage kalt bleiben. Bis vor Brants Tod waren Friedhöfe für mich mystische Plätze gewesen. Allein die Vorstellung, nachts oder in der Dämmerung dorthin zu gehen, hat mir jedes Mal einen Schauer über den Rücken gejagt. Inzwischen kann ich darüber nur noch lachen. Ein Friedhof ist ein Ort wie jeder andere. Ich bin noch keinem Geist begegnet, auch nicht in den milden Sommernächten, in denen es mich hierhergetrieben hat. Es ist einfach nur friedlich und still und strahlt eine ganz besondere Art der Ruhe aus. Genau wie an diesem Morgen. Keiner Menschenseele bin ich auf dem Weg zu Brant begegnet. Was nicht sehr verwunderlich ist, wenn man bedenkt, dass es erst kurz nach sieben ist. Grundlos marschiert niemand um diese Zeit über einen Friedhof. Ohne mich bewusst dafür zu entscheiden, zieht es mich immer wieder zu seinem Grab. Ich weiß nicht, ob es Routine geworden ist, weil ich im ersten Jahr nach Brants Tod so oft hier war, oder ob es mir hilft, bei ihm vorbeizuschauen. Am Anfang habe ich mich unwohl damit gefühlt, nicht mehr jeden einzelnen Tag hinzugehen. Aber mit Dr. Sullivans Hilfe habe ich begriffen, dass das schlechte Gewissen nicht daher kommt, weil ich tatsächlich etwas falsch mache, sondern weil ich einer selbst auferlegten Regel nachlaufe, die mit Brant nichts zu tun hat. In diesem einen Fall hat der Satz, dass er das nicht wollen würde, Sinn ergeben.

»Bist du sauer auf mich?«, frage ich in den kalten Himmel.

Insgeheim warte ich auf ein Zeichen meines besten Freundes, aber es ist manchmal gar nicht so einfach, überhaupt eins zu erkennen. Es besteht immer die Chance, dass ich es mir nur einbilde. Ein Lufthauch in diesem Moment kann genauso ein Zufall sein, wie eine einzelne

Schneeflocke, die exakt in der Mitte von Brants Bild landet. Ich stelle mir gern vor, dass es kleine Nachrichten sind, die er mir schickt, aber sicher bin ich mir nie. Auch jetzt weiß ich nicht, ob der Schnee, der kurz nachdem ich meine Frage gestellt habe, von einem Baum gerieselt ist, ein Zeichen von Brant sein sollte. Vielleicht hat er an diesem Ast gerüttelt, um so auf sich aufmerksam zu machen. Die Vorstellung ist tröstlich, aber ich bin nicht so naiv, wirklich daran zu glauben. Es ist Zufall. Etwas anderes kann es nicht sein.

Als ich zurück nach Hause komme, steht Adam vor meiner Tür. Durchgefroren, müde und eindeutig angetrunken. Schon wieder. Was zum Teufel ist mit ihm los?

»Hey …« Ich streife mir Lunas Leine über das Handgelenk, um die Finger freizuhaben. »Wo kommst du denn her? Bist du wieder über den Zaun geklettert?« Eigentlich kann ich mir die Frage sparen. Er lehnt an der Wand neben meiner Wohnungstür, natürlich ist er das.

»Geflogen bin ich jedenfalls nicht.« Er grinst, aber es ist nicht echt. Ich ziehe ihn in eine feste Umarmung, ehe ich mich wieder von ihm löse und ihn kritisch mustere.

»Erzählst du mir freiwillig, was passiert ist, oder muss ich es aus dir herausprügeln?« Was ich Nathan verweigert habe, würde mir bei Adam keine Kopfschmerzen bereiten.

»Ha.« Er lacht auf, aber es klingt seltsam bitter. »Das möchte ich sehen. Schließ schon auf, mir ist kalt.«

»Was du nicht sagst.« Trotzdem komme ich seiner Aufforderung nach, lasse erst ihn und Luna rein, bevor ich anschließend selbst durch die Tür trete.

Adam läuft schnurstracks in mein Badezimmer und verbarrikadiert sich darin. Keine zehn Sekunden später höre ich das Wasser in der Dusche laufen.

Ich gebe Luna etwas zu fressen, das sie gierig verschlingt, bevor sie es sich in ihrem Körbchen bequem macht. Dann wasche ich mir die Hände und gehe in meine Küche. Bis Adam das Bad wieder verlässt, habe ich Kaffee für ihn gekocht und Spiegeleier mit Speck gebraten.

»Du rettest mir mal wieder das Leben, kleine Schwester«, seufzt er und lässt sich auf einen freien Platz in meiner Essnische fallen. Es sieht lustig aus, wie er da mit seinen fast zwei Metern hängt. Als hätte er sich einen Stuhl aus der Kinderabteilung von IKEA ausgesucht. »Du bist die Beste, Mimmie.«

»Wäre ich das, würdest du aufhören, mich so zu nennen.« Es ist ein Kampf gegen Windmühlen, und das wissen wir beide, aber ich gebe trotzdem nicht auf.

Grinsend blickt Adam auf, Messer und Gabel in der Hand, bereit, loszulegen. »Willst du einen Kommentar dazu?«, fragt er und legt den Kopf schief.

»Nein.«

»Gut.« Dann fällt er regelrecht über seinen Teller her. Er ist völlig ausgehungert und schaufelt das Frühstück in einer Geschwindigkeit in sich hinein, die mich schwindelig werden lässt. Kurz beobachte ich ihn dabei, ehe ich selbst zu essen beginne.

»Mir wäre lieber, wenn du mir erzählst, wieso du schon wieder in Sterling bist. Hast du eine Flug-Flatrate gewonnen?«, frage ich, während ich mir ein Stück meines Spiegeleis abschneide.

Adam kaut genüsslich und gibt mir mit einem Schulterzucken zu verstehen, dass er gerade nicht sprechen kann. Eine faule Ausrede, um mir schon wieder nicht zu verraten, was er hier macht.

Ich warte, bis er hinuntergeschluckt hat. »Adam«, sage ich dann, dieses Mal mit mehr Nachdruck in der Stimme. »Wissen Mom und Dad, dass du hier bist?«

Er verdreht die Augen. »Ich bin vierundzwanzig, Mia. Alt genug, um ihnen keine Rechenschaft ablegen zu müssen.«

Beharrlich schaue ich ihn an.

»Nein, sie wissen es nicht«, nuschelt er.

»Erzählst du wenigstens mir, warum?«

»Lieber nicht.« Adam senkt den Blick und konzentriert sich auf das letzte bisschen Speck, das noch auf seinem Teller liegt, indem er mit der Gabel darauf herumstochert.

»Soll ich raten?« Ich schiebe ihm meinen Teller entgegen, weil ich nicht mal ansatzweise so hungrig bin wie er.

»Ich will dich nicht anlügen müssen, Mia ...«, murmelt er.

»Dann sag mir die Wahrheit.«

»Kann ich nicht.«

»Warum nicht?«

»Weil ich es versprochen habe!« Er fährt sich frustriert durch die feuchten Haare und sieht mich betrübt an.

Ich will ihn nicht ausfragen, aber ich mache mir Sorgen. Dieses Verhalten ist nicht typisch für meinen Bruder, und obwohl unsere Eltern keine Geldprobleme haben und uns großzügig unterstützen, bin ich mir sicher, dass Adam sich nicht alle paar Tage einen Flug von Boston nach Washington und wieder zurück leisten kann.

»Okay, dann beantworte mir nur diese Fragen«, komme ich ihm entgegen. »Ein Ja oder Nein reicht.« Ich warte, bis er widerwillig zustimmt.

»Hast du ein Alkoholproblem?«

»Was? Mia! Nein, ich ...«

»Drogen?«, unterbreche ich ihn und halte seinem Blick beharrlich stand.

Er schüttelt den Kopf. Anscheinend habe ich ihn sprachlos gemacht.

»Hast du etwas angestellt? Ist die Polizei hinter dir her?«

»Spinnst du?«

Ich deute auch das als ein Nein. Damit bleibt nur noch eine Frage übrig.

»Bist du krank?« Ich bete, dass auch das nicht zutrifft.

Zum Glück kommt seine Antwort schnell. »Nein«, sagt er, und sein Tonfall lässt keinen Zweifel daran, dass er die Wahrheit sagt. Er scheint also nicht in größeren Schwierigkeiten zu stecken.

»Ist es eine Frau?« Dieses Katz-und-Maus-Spiel ist lächerlich, und wenn tatsächlich eine Beziehung hinter seinem seltsamen Verhalten steckt, dann geht mich das zwar nichts an, aber ich wäre immerhin beruhigt. Liebeskummer ist nicht schön, aber verkraftbar.

Adams Mimik spricht eine eindeutige Sprache.

»Okay, verstehe.« Meine Vermutung ist richtig. »Du bist verliebt.«

Er nickt und sieht dabei mindestens so gequält aus wie Nathan vor zwei Tagen in seinem Pick-up. Unweigerlich erinnert mich dieser Gedanke an meinen Traum, und ich spüre, wie mir das Blut in die Wangen schießt. Nicht jetzt. Mit aller Macht, die ich aufbringen kann, schiebe ich die Gedanken an Nathan beiseite und konzentriere mich auf meinen Bruder.

»Lass mich raten ...« Ich trinke einen Schluck meines Tees. »Einseitige Geschichte?« Ich rechne mit einem weiteren Ja und bereite mich darauf vor, ihm zu sagen, dass das in dem Fall ihr Problem ist und nicht seins. Doch Adams Antwort ist ein halbherziges Schulterzucken.

»Du weißt es nicht?«

Er schüttelt den Kopf. »Sie weiß nicht, was sie will.«

»Aber sie mag dich?«

Wieder nickt er.

»Was ist es dann?« Ich ziehe die Beine an und stelle die Fersen auf der Sitzfläche ab, sodass ich mein Kinn auf den Knien platzieren kann. Gespannt sehe ich ihn an und warte auf eine Erklärung.

»Ich glaube, es liegt am Altersunterschied.«

»Ist sie ein Freshman? Oder …« Ich hebe eine Augenbraue. »Geht sie etwa noch zur Schule?«

Adam prustet los. Ich habe keine Ahnung, was so komisch an meinen Worten ist, aber immerhin habe ich ihn zum Lachen gebracht.

»Gott, nein«, winkt er ab und isst den Rest meines Specks. »Andersrum.«

»Wie kann ich das jetzt verstehen?«

Ein tiefes Seufzen entweicht ihm. »Sie ist älter als ich.«

»Oh«, entfährt es mir. »Okay. Wie viel älter?«

»Zehn.«

»Zehn Monate? Das ist doch kein Weltuntergang.«

»Nein, Mia. Zehn Jahre.«

»Was?«

»Es sind zehn Jahre.«

»Sie ist zehn Jahre älter als du?«

»Ja.«

»Zehn *Jahre*?«, wiederhole ich entgeistert, weil ich meinen Ohren nicht traue.

»Und damit hast du ihr Argument belegt.« Er nimmt erneut einen tiefen Atemzug und lehnt sich in seinem Stuhl zurück. »Du reagierst genauso, wie sie gesagt hat. Niemand würde ein Paar wie uns akzeptieren. Nicht in einer Kleinstadt.«

»Sie ist aus Sterling?«

Er nickt.

Das erklärt zumindest, warum er schon wieder hier ist. »Hast du bei ihr übernachtet?«

»Ja. Aber sie schmeißt mich immer im Dunkeln raus, weil sie Angst hat, dass mich sonst die Nachbarn sehen. Auf dem Weg zu dir gönne ich mir dann ein, zwei Bier. Frust ertränken. Du verstehst?«

Damit hat er es geschafft, mir verschlägt es endgültig die Sprache. Wobei, nein. Das stimmt nicht. Ich hätte sogar eine ganze Menge zu sagen, nur ist nichts davon nett. Es macht mich fassungslos, dass sich eine Frau für meinen Bruder schämt, nur weil *sie* diejenige ist, die ein verdammtes Problem mit seinem Alter hat. Oder mit ihrem eigenen.

»Das ist ein Witz, oder?« Ich lasse zuerst die Tasse sinken, dann stelle ich meine Füße wieder auf den Boden. »Sag mir, dass sie das nicht wirklich macht. Es ist doch völlig egal, was andere Leute denken.«

Wieder bekomme ich nur ein Schulterzucken als Antwort.

»Du bist mehr wert als das, Adam.« Ich kenne die Frau zwar nicht, aber ich weiß, dass niemand, der so mit meinem Bruder umgeht, gut genug für ihn sein kann.

»Ich weiß.« Er lässt seinen Kopf auf die Tischplatte sinken, was es mir schwer macht, seine nächsten Worte zu verstehen. »Aber ich ...« Der Rest wird vom Holz verschluckt.

»Wenn du mir jetzt sagst, dass der Sex gut ist, dann haue ich dir wirklich eine rein, verstanden? Das ist kein Grund, sich so behandeln zu lassen.«

Er hebt den Kopf. »Das habe ich nicht gesagt. Nicht, dass der Sex nicht gut wäre. Er ist gut. Sogar richtig gut. Aber das ist nicht der Punkt.«

»Worum geht es dann?«

»Ich will nicht länger so tun, als würde ich sie nicht kennen. Am Anfang war dieses Versteckspiel ja noch ganz aufregend, aber inzwischen? Es ist lästig, Mia. Es ist einfach nur anstrengend und belastend und ätzend.«

»Wie lange läuft das denn schon zwischen euch?«

»Seit Mitte September.«

»Vier Monate?« Ich blinzle. Wie ist es möglich, dass ich nichts davon gemerkt habe? Als hätte Adam meine Gedanken gelesen, gibt er mir die Antwort.

»Wir haben aufgepasst.« Er hält eine Sekunde lang inne. »*Sie* hat aufgepasst. Wie ein Luchs.«

»Bist du sicher, dass ihr Problem wirklich nur euer Altersunterschied ist?« Ich runzle die Stirn. Irgendetwas an dieser Geschichte passt nicht zusammen. »Oder hat sie Kinder?« Wenn sie zehn Jahre älter ist als mein Bruder, ist sie Mitte dreißig. Damit könnte sie durchaus Mutter sein.

»Was?«

»Kinder. Ich meine, wenn sie Kinder hat, ist vielleicht auch das ein …«

»Sie hat keine Kinder«, stoppt Adam mich.

»Okay.« Ich schweige für einen kurzen Moment. »Es wäre leichter, dir einen Tipp zu geben, wenn du mir verraten würdest, um wen es sich bei dieser mysteriösen Frau handelt.«

»Mia …«

»Ja, ich weiß«, seufze ich. »Du hast es versprochen. Wieso tust du so etwas?«

Wenn es einen Menschen auf der Welt gibt, der immer sein Wort hält, dann ist es mein Bruder. Eigentlich etwas, wofür ich ihn schätze, doch in diesem Fall bin ich sehr dafür, dass er sein Versprechen ein einziges Mal bricht. Aber es ist egal, wie oft ich es versuche, Adam hält dicht. Selbst mit Luna, die uns unaufhörlich um die Beine streift, während wir den Abwasch zusammen machen, habe ich keine Chance. Dennoch verbuche ich diesen Morgen als kleinen Sieg für mich. Immerhin weiß ich nun, warum Adam so häufig in Sterling ist, auch, wenn er mir weiterhin verschweigt, für welche Frau er ein Loch im Portemonnaie in Kauf nimmt.

»Wenn ich dir helfen kann, gib mir Bescheid.« Damit beschließe ich, das Thema zu beenden. Allerdings rechne ich nicht damit, dass Adam mich in eine Bärenumarmung zieht. Im nächsten Augenblick spüre ich, wie er mir einen Kuss auf die Haare gibt.

»Danke«, murmelt er irgendwo über meinem Kopf. Ich kann mir nicht helfen, ich muss grinsen. Jahrelang wollte er den harten Kerl spielen, aber innen drin ist mein Bruder ein wahrer Softie. Und genau das macht ihn aus. Wer sich einmal einen Platz in seinem Herzen erkämpft hat, bleibt auch dort.

Wir verbringen den kompletten Samstag gemeinsam, was wir seit Jahren nicht mehr getan haben. Nicht, seit er ausgezogen ist und ich allein mit unseren Eltern war. Abends laden wir Jack, Sarah und Peter zu mir ein. Wir bestellen Pizza, Jack bringt Bier und seine Kamera mit und Sarah eine große Packung Eis. Adam zwingt uns, *Scrabble* mit ihm zu spielen, Peter besteht auf einen Durchgang *Risk,* und zu guter Letzt schlägt Sarah *Activity* vor. Die Ablenkung tut nicht nur mir, sondern auch meinem Bruder gut. Er lacht viel, was vielleicht eher an den drei Flaschen Bier liegt, die er mittlerweile getrunken hat. Nachdem unser Team, bestehend aus ihm und mir, erneut gewonnen hat, hält ihm Jack seine Flasche zum Anstoßen entgegen, ehe er mir zunickt.

»Glückwunsch, Familie Turner. Ihr habt einen Lauf.«

»Tja.« Adam winkt unbeeindruckt ab. »Du weißt ja, wie es heißt.«

»Nope«, entgegnet Jack. »Wie heißt es denn?«

»Glück im Spiel, Pech in der Liebe.« Adams Blick verdunkelt sich, aber ehe ich die Chance habe, mir Gedanken darüber zu machen, spricht Jack schon weiter.

»Dann hab ich wohl doppeltes Pech.« Sein Blick wandert ungeniert zu mir, doch Sarah rettet mich aus dieser unangenehmen Situation.

»Heißt es nicht anders?« Sie reibt sich die Schläfe. »Im Spiel und in der Liebe ist alles erlaubt? Ging der Spruch nicht so?«

»Das auch, Sarry, das auch. Darauf trinke ich. Prost.« Adam streckt ihr seine fast leere Bierflasche entgegen. Sie stößt mit ihm an, stellt ihr Weinglas aber direkt zurück auf den Tisch, ohne einen Schluck zu nehmen, und sieht mich prüfend an.

»Was hat dein Bruder nur immer mit diesen seltsamen Spitznamen?«

»Frag nicht mich das.« Ich zucke mit den Schultern. »Ich habe keine Ahnung.«

»Merk dir das bloß nicht, Peter«, sagt sie, ehe sie Adam zu einer Revanche auffordert.

Es ist nicht die letzte an diesem Abend. Wir spielen bis weit nach Mitternacht, und es tut unendlich gut, mir mal nicht das Gehirn über Nathan und seine Rückkehr zu zermartern. Stattdessen lache ich und bin unbeschwert. Und zum ersten Mal seit langer Zeit glaube ich die Worte, die ich so oft gehört habe.

*Brant würde wollen, dass du glücklich bist.*

Ein paar Stunden lang bin ich es tatsächlich. Und Jack hält jeden Moment davon mit seiner Kamera fest.

Nach dem Wochenende ist von dem Glück nichts mehr zu spüren. Adam ist wieder weg, ich wurde für die erste Schicht am Montagmorgen im Laden eingeteilt, und mein Wasserkocher hat ausgerechnet heute beschlossen, den Geist aufzugeben. Auf dem Weg ins *Wild Lily's* hole ich mir deshalb einen Tee zum Mitnehmen und beschließe, Alice einen Kaffee mitzubringen.

»Hier.« Ich reiche ihr den Becher, den sie überrascht, aber dankend entgegennimmt.

»Du bist meine Heldin.« Sie seufzt und trinkt sofort einen großen Schluck. Begeistert sieht sie mich an. »Sogar mit Hafermilch?«

»Nur für dich«, erwidere ich und nicke.

»Ich liebe dich, Mia. Habe ich dir das schon einmal gesagt?«

»Zweimal die Woche, mindestens. Kriege ich endlich eine Gehaltserhöhung?«

»Nein.«

»Schade.« Grinsend binde ich mir meine Schürze um. »Einen Versuch war es wert.«

»Das war mindestens schon Versuch Nummer elf.«

»Wir Turners sind geduldig. Irgendwann, Alice, irgendwann.«

»Du kannst Mitarbeiterin der Woche sein, wenn du willst.«

Ich halte in meiner Bewegung inne. »So etwas gibt es? Seit wann?«

»Du hast mir Kaffee gebracht«, sagt sie, als würde das ihre vorherige Aussage erklären. »Soll ich dir eine Urkunde basteln?«

»Ich bitte darum!«

Ich gehe nicht davon aus, dass sie unsere Neckereien wirklich so meint, doch kurz bevor wir den Laden offiziell öffnen, kommt sie aus dem Hinterzimmer, das zu einem provisorischen Büro umfunktioniert wurde, und überreicht mir ein Din-A4-Blatt.

»Ernsthaft?« Lachend nehme ich die Auszeichnung entgegen. »Danke.«

Aus *Mitarbeiterin der Woche* hat sie *Mitarbeiterin des Monats* gemacht und daneben eine Karikatur von mir gezeichnet. Sie sieht mir überraschend ähnlich.

»Ich wusste gar nicht, dass du eine Künstlerin bist.« Beeindruckt lasse ich das Blatt Papier sinken.

»Bin ich auch nicht.« Alice läuft rückwärts zur Ladentür, dreht das Schild auf *Geöffnet* und schließt auf. »Ich habe fünfmal neu angefangen.«

Bevor ich ihr sagen kann, dass ich trotzdem von ihrer Zeichnung begeistert bin, ertönt das vertraute Läuten der Glocke über dem Eingang.

Nathan Dawson. Natürlich. Allmählich wundert es mich nicht einmal mehr, ihn zu sehen.

In diesem Moment klingelt das Telefon. Ich setze an, Alice zu sagen, dass ich rangehe, aber sie ist schneller.

»Ich mach schon«, sagt sie und zwinkert mir zu. Sie zwinkert mir tatsächlich zu, als hätte sie keinen Schimmer, wer da gerade ihren Laden betreten hat.

Andererseits ... Vielleicht weiß sie es wirklich nicht. Nathan hat sich in den vergangenen Jahren verändert, und wenn sie ihn davor nicht kannte, hat sie keinen Grund, hinter dem jungen Mann, der er in ihren Augen sein wird, einen Verbrecher zu vermuten. Alice verschwindet mit dem Telefon nach hinten und lässt mich mit Nathan allein. Wieder ist da sofort ein Ziehen in meiner Magengegend. Seine Anwesenheit beeinflusst mich, ob ich will oder nicht.

»Verfolgst du mich?«, frage ich ohne Umschweife, als er nach kurzem Zögern näher kommt.

»Nein«, sagt er. Einfach nur *Nein*. Vier Buchstaben und doch schwingt in ihnen so viel mehr mit.

Ich warte ab. Warte, dass er mir sagt, warum er hier ist.

»Ich wusste nicht, dass du hier arbeitest ...«, beginnt er zögerlich.

»Jetzt weißt du es.« Mit anderen Worten: *Dann kannst du ja wieder gehen.* Doch Nathan ignoriert die stumme Aufforderung hinter meiner Aussage. Er hält meinem Blick stand.

»Ich soll Blumen abholen.«

Ich verschränke die Arme vor der Brust. »Falls du es noch nicht gemerkt hast, das hier ist ein Blumenladen. Ein paar mehr Informationen musst du mir schon geben.«

»Sie sind auf Perry bestellt.«

»Warum?«

»Warum was?« Er schaut irritiert.

»Warum Perry? Das ist nicht dein Name.« Ich bin neugieriger, als ich sein sollte.

»Die Blumen sind nicht für mich«, antwortet er. »Ich hole sie nur ab.«

»Aha.« Ich bewege mich keinen Millimeter.

»Du musst sie mir nicht verkaufen. Ich kann auch mit deiner Kollegin …«

»Nein!«, wiegele ich ab.

»… sprechen«, beendet er im selben Moment den Satz.

»Weißt du, was für Blumen es sind?«, frage ich und straffe kaum merklich die Schultern. »Lose Schnittblumen? Ein Blumenstrauß? Ein Gesteck?«

»Ein Strauß.«

Wortlos drehe ich mich um und suche im Lager nach einem vorbereiteten Blumenstrauß für *Perry*. Er ist nicht schwer zu finden. Es ist der größte und schönste. Alice hat sich ordentlich Mühe gegeben. Ich nehme die Blumen aus der Vase und gehe damit zurück in den Verkaufsbereich.

Ich sage immer noch kein Wort, während ich ein großes Stück Papier abreiße und den Strauß doppelt darin einwickle. Dann gebe ich den Preis in die Kasse ein. Kommentarlos reicht Nathan mir ein paar Scheine. Ich lege sie in die Lade und gebe ihm sein Wechselgeld, sorgfältig darum bemüht, ihn nicht zu berühren. Anschließend schiebe ich ihm die Blumen über die Theke entgegen. Schweigend schmeißt er ein paar Münzen in die große Glasschale für Trinkgeld, die neben der Kasse steht. Dabei rutscht der Ärmel seiner Jacke nach hinten, und mein Blick fällt wie von selbst auf das Stück Haut, das dadurch freigelegt wird. Aber es ist nicht seine Haut, die mich nach Luft schnappen lässt. Es sind die Narben, die sich deutlich darauf abzeichnen. Kleine, weiße Striche. Er hat sich geschnitten. Oft.

Als er mit einer hektischen Bewegung den Ärmel wieder nach vorn zieht, schrecke ich auf. Die Narben verschwinden wieder unter dem dicken Stoff seiner Jacke, aber das ändert nichts daran, dass ich sie gesehen habe. Dass ich nun weiß, dass sie da sind. Feine Schnitte, und ein einziger davon um einiges dicker als die anderen.

Ein paar Sekunden verstreichen, in denen die Zeit stillzustehen scheint. Doch dann blickt Nathan auf und sieht mir fest in die Augen. Sie sehen genauso unruhig aus wie in meinem Traum. Ein Schauer läuft mir über den Rücken.

»Danke«, murmelt er so leise, dass ich ihn kaum verstehe.

Wofür er sich bedankt, weiß ich nicht. Ich glaube nicht, dass es die Blumen sind. Er nimmt sie in die linke Hand, während er den rechten Arm mit seiner Jacke bedeckt hält. Im nächsten Moment ist er auch schon zur Tür hinaus, begleitet von dem melodischen Läuten der Glocke, das selbst dann noch in meinem Kopf nachhallt, als Nathan längst verschwunden ist.

Zurück bleibt nur das Gefühl, gerade etwas über ihn erfahren zu haben, das ich niemals erfahren sollte.

Sein tiefstes, dunkelstes Geheimnis.

Nathan hat versucht, sich umzubringen.

# 10

Jede meiner Begegnungen mit Nathan hat mir tief in den Knochen gesessen. Doch es ist vor allem unser Aufeinandertreffen in Alice' Laden, das mich in den nächsten zwei Wochen nicht mehr loslässt. Ich träume von ihm. Von vernarbten Unterarmen, traurigen Augen, bunten Blumen und immer wieder von seinem unruhigen Blick, so voller Angst, dass ich anfange, so etwas wie Mitgefühl zu entwickeln.

*Mitgefühl.*

Für *ihn.*

Nathan Dawson ist nicht länger nur ein Name, der Teufel, der Brant getötet hat. Er ist ein Mensch, eine Person mit Gefühlen, und das stimmt nicht mit dem Monster in meiner Vorstellung überein. Ich habe dieses genaue Bild in meinem Kopf, wie er zu sein hat. Kalt, egoistisch, rücksichtslos. Gefährlich.

Doch Nathan ist nichts davon. Er ist ruhig, fleißig, hilfsbereit und nachdenklich. Ein Mensch, der einen schrecklichen Fehler gemacht hat und nun alles versucht, um ihn irgendwie wieder geradezubiegen. Er hat sich alles von mir gefallen lassen und meinen Hass mit einer stoischen Ruhe ertragen, die mich zutiefst überrascht hat. Wie konnte er das? Ich habe keine Ahnung. Ich weiß nur, dass es mich irritiert, dass ich ihn seit diesem Besuch im *Wild Lily's* nicht mehr gesehen habe.

Fünfmal innerhalb weniger Tage, und dann ... nichts. Es ist, als wäre er wie vom Erdboden verschluckt. Sarah und Jack trauen sich nicht, mich auf ihn anzusprechen, und selbst auf meine Nachfrage, ob sie ihm seit unserem Abend im *Joe's* noch einmal über den Weg gelaufen sind, haben sie mit einem verhaltenen Nein reagiert. Als hätten sie Angst, ich könnte daran zerbrechen, wenn ihre Antwort eine andere gewesen wäre.

Mein Blick fällt auf meinen Laptop und den kleinen Bücherstapel, den ich vor mir auf dem Tisch in der Bibliothek aufgebaut habe. Vor einer Woche hat das neue Semester angefangen, was bedeutet, dass ich wieder weniger arbeite und dafür mehr lernen muss. Bisher funktioniert das allerdings überhaupt nicht. Auch heute kann ich mich kaum auf den soziologischen Text konzentrieren und schweife mit den Gedanken ständig ab. Selbst von Sätzen, die ich dreimal lese, kenne ich hinterher den Inhalt nicht. Es ist zum Verzweifeln, aber mir bleibt nichts anderes übrig, als noch einmal von vorn anzufangen. Ich ziehe einen der Wälzer heran und vergrabe die Nase erneut darin. Dieses Mal klappt es zum Glück besser, und ich sehe erst wieder auf, als ein Schatten auf mich fällt.

»Hey«, sagt Cassie und lässt sich auf dem freien Stuhl neben mir nieder. Sie hat Lucy im Schlepptau, die sich mir gegenüber setzt. Damit ist unsere kleine Lerngruppe komplett. Als wir uns vor über drei Jahren im ersten Semester des Soziologie-Studiums kennengelernt haben, haben wir schnell gemerkt, dass zusammen lernen definitiv mehr Spaß macht.

»Hast du schon angefangen?«, fragt Lucy mit einem Blick auf meinen Arbeitsplatz. Ich schüttle den Kopf, klappe das Buch, in dem ich gelesen habe, zu und schiebe den ganzen Kram beiseite.

»Das ist für einen anderen Kurs. Jenkins legt direkt los und hat heute schon die Themen für die Semesterarbeiten verteilt.«

»Ernsthaft?« Cassie hebt eine Augenbraue und holt aus ihrem Rucksack einige Schokoriegel, eine Tüte Gummibärchen und Bonbons hervor. Sie hat sich anscheinend viel vorgenommen.

»Nervennahrung?«, frage ich und schnappe mir einen der Riegel. Schokolade mit Marshmallowstückchen, Erdnüssen und Karamellcreme. Genau das, was ich liebe.

»Jups.« Sie sieht nicht auf, als sie auch ihren Laptop hervorholt und aufklappt. »Gruppenpräsentationen überlebe ich nicht ohne. Nichts für ungut.«

»Schon okay.« Lucy greift nach den Gummibärchen und beäugt sie misstrauisch. »Ohne Gelatine?«

»Natürlich.« Cassies Blick spricht Bände. »Vegetarierin. Schon vergessen?«

»Niemals.« Zufrieden reißt Lucy die Tüte auf und schiebt sich eine Handvoll in den Mund. »Okay«, nuschelt sie. »Lasst uns anfangen.«

In den nächsten zehn Minuten googeln wir nach möglichen Unterpunkten für unsere Präsentation, damit wir eine halbe Stunde Vortrag inhaltlich ausfüllen und eine sinnvolle Reihenfolge für die soziodemografischen Merkmale zur Beschreibung von Sozialstrukturen festlegen können.

Lucy ist die Erste, die frustriert aufgibt. »Das wird nie was«, stöhnt sie und lehnt sich so weit in ihrem Stuhl zurück, dass sie fast nach hinten kippt.

»Was ist das denn für eine Einstellung?« Cassie schiebt ihr die Gummibärchen vor die Nase. »Iss und mach weiter!«, befiehlt sie.

Wie schon im Semester zuvor, als wir ebenfalls zusammen in einer Gruppe waren, ist sie definitiv die treibende Kraft. Cassie hat ein Stipendium, für das sie ständig gute Leistungen abliefern muss. Alles, was schlechter als ein A minus ist, kommt in ihren Augen einem Kapitalverbrechen gleich. Sie hängt sich so sehr in ihre Aufgaben, als hinge ihr Leben davon ab. Während ich das anfangs noch bewundernswert fand, verstört es mich inzwischen, wenn sie uns in erschreckender Regelmäßigkeit mitten in der Nacht Nachrichten schreibt. Manchmal ist ihr die Lösung für ein Problem eingefallen, oder sie beruft ein Treffen ein, weil sie die perfekte Literatur zu unserem Thema gefunden hat. Man könnte sie für eine Streberin ohne Hobbys halten, doch das Gegenteil ist der Fall. Cassie hat Ehrgeiz und Durchhaltevermögen, aber sie weiß auch, wie man Spaß hat und schafft es ganz nebenbei sogar noch, in einer Eisdiele zu jobben, die die verrücktesten Kreationen verkauft. Lucy hat sie einmal gefragt, ob sie Drogen nimmt. Während andere so eine Frage vermutlich als Beleidigung empfunden hätten, hat Cassie nur gelacht und ihr erklärt, dass sie das nicht nötig hätte.

Brant hätte sie gemocht. In manchen Momenten erinnert sie mich ein bisschen an ihn. Er hat es auch mit Leichtigkeit geschafft, seine unzähligen Aktivitäten unter einen Hut zu kriegen. Das Lauftraining, seine ehrenamtliche Arbeit im Tierheim, die Partys. Und trotzdem hat er noch genug Zeit fürs Lernen gefunden, weil seine Eltern auf gute Noten bestanden haben.

»Mia?«, höre ich jemanden meinen Namen sagen, doch ich reagiere nicht. Die Erinnerungen an Brant halten mich in meinen Gedanken gefangen.

Ich sehe ihn mit einem breiten Grinsen vor mir. Er hat mich mit seinen Witzen oft zum Lachen gebracht, und das vermisse ich am meisten. Die gute Laune, seine positive Ausstrahlung. Sein Lachen. Brant wurde von jedem gemocht, und das war etwas, wofür ich ihn immer bewundert habe. Er hat sich nicht verstellt, und genau deswegen kam er bei den Menschen gut an. Seine Beerdigung war riesig. Die vielen Leute haben gar nicht alle in die Kirche gepasst, und auch der Friedhof war regelrecht überfüllt. Es war ein warmer, sonniger Tag, und trotzdem war mir eiskalt. Ich hatte das bunte Kleid an, das Brant so an mir mochte, und habe das Flüstern darüber, dass ich kein Schwarz trug, einfach ignoriert. Weil es nicht wichtig war.

»Mia?«

Seine Familie wollte keine Beileidsbekundungen und dennoch mussten sie unzählige Hände schütteln. Brants Schwester Clara hat so bitterlich geweint, dass ich irgendwann zu ihr hingegangen bin und sie umarmt habe. Sie hat sich an mich geklammert, als würde nur das sie auf den Beinen halten. Dieser Moment, Clara in meinen Armen, gehört zu den wenigen klaren Erinnerungen, die ich an diesen Tag habe. Nicht die belanglosen Worte des Pfarrers, der Brant sowieso nicht gekannt hatte, und auch nicht das Lied, das von so vielen Menschen gesungen wurde. Einfach nur Claras dünne Arme, die um meine Taille geschlungen waren, weil ihre Eltern selbst nicht in der Lage waren, ihrer Tochter Trost zu spenden. Ich verurteile sie nicht dafür. Der Grund, warum ich Clara festgehalten habe, war purer Egoismus. In diesem Moment habe ich Brants Schwester genauso sehr gebraucht wie sie mich.

»Mia!«

»Ja?« Ich hebe den Blick und sehe in zwei besorgte Gesichter.

»Alles in Ordnung?«, fragt Cassie.

»Sicher.« Ich bemühe mich um ein Lächeln und setze mich aufrechter hin.

»Worüber hast du denn nachgedacht? Du hast ausgesehen, als wärst du meilenweit weg gewesen.« Lucy legt den Kopf schief.

»Wirklich?« Natürlich haben sie recht, aber ich möchte mit ihnen nicht über Brant reden. Sie sind beide erst nach seinem Tod nach Sterling gezogen und haben das ganze Drama damals nicht mitbekommen. Deshalb behandeln sie mich nicht wie ein rohes Ei, wenn sich besondere Jahrestage nähern. Weil sie nichts davon wissen. Und das soll auch so bleiben.

»Ja.« Lucy sieht mich stirnrunzelnd an. »Dein Handy vibriert übrigens schon seit einer halben Ewigkeit.«

Mein Blick folgt ihrem, und tatsächlich leuchtet Adams Name auf dem Display auf.

»Oh.« Ich greife danach. »Das ist mein Bruder. Ich bin gleich wieder da. Passt ihr so lange auf meinen Kram auf?«

Ich warte die Antwort der beiden gar nicht erst ab, sondern stürze aus der Bibliothek und nehme noch im Gehen den Anruf entgegen.

»Lass mich raten«, begrüße ich Adam. »Du brauchst am Wochenende wieder Asyl, falls dich deine mysteriöse Affäre rauswirft?«

»Macht es mich zu einem schlechten Bruder, wenn ich Ja sage?« Ich höre ihn seufzen.

»Nein«, entgegne ich und schlinge einen Arm um mich. Es ist kalt draußen, und ich habe meine Jacke nicht mitgenommen. »Nur zu einem blinden Trottel.«

»Blind?«

»Blind vor Liebe.« Ich grinse. »Vergiss es. Du bist herzlich eingeladen. Das Sofa wartet auf dich.«

»Danke, Schwesterherz.«

»Soll ich dich vom Flughafen abholen?«

»Das ist lieb, aber ich nehme den Bus.«

»Alles klar.« Ich frage nicht nach, wieso er den Bus meinem Auto vorzieht, denn die Antwort ist klar. Er will direkt zu ihr, und da ich nicht wissen darf, um wen es sich handelt, kann ich ihn auch nicht dorthin fahren.

Als ich zurück zu unserem Tisch komme, sind Cassie und Lucy nicht am Arbeiten, sondern haben kichernd die Köpfe zusammengesteckt. Verwundert setze ich mich zurück auf meinen Platz und reibe meine Hände fest aneinander, um sie aufzuwärmen.

»Okay, was verpasse ich gerade?«, frage ich und blicke zwischen den beiden hin und her. Inzwischen sitzen sie nebeneinander und starren auf Lucys Handy.

»Hier.« Sie schiebt mir ihr Telefon entgegen. Auf dem Bildschirm ist eine Grafik zu sehen, die wohl einen Flyer darstellen soll. Ich überfliege den Inhalt kurz, ehe ich wieder aufsehe.

»Eine Party?«

»Nicht irgendeine Party, Mia. *Die* Party«, verbessert mich Lucy und nimmt mir das Handy wieder aus der Hand. »Am Freitag. Wir gehen hin. Kommst du mit?«

Mein erster Impuls ist es, abzulehnen. Sie wissen, dass ich Partys nicht mag. Aber ich habe ihnen nie gesagt, woran das liegt, weshalb sie immer wieder fragen. Ich bin nicht so eng mit ihnen befreundet wie mit Sarah oder Jack, aber ich mag die beiden mittlerweile echt gern. Vielleicht ist es an der Zeit, nicht jedes Mal abzusagen. Es ist unser letztes planmäßiges Semester am College, und der einzige Grund, um wieder nicht mitzukommen, ist Angst. Angst davor, in Panik zu geraten, wenn die Menschenmenge zu groß wird. Aber wenn ich die Küche meide und Sarah mitnehme, die jederzeit mit mir nach Hause gehen würde, wenn ich sie darum bitte …

Ich will stark sein. Ich kann eine Party aushalten. Ich *weiß*, dass ich es kann. Also tue ich etwas, das ich selbst nicht für möglich gehalten hätte.

»Okay. Bin dabei.«

Einen Augenblick lang sehen Cassie und Lucy mich an, als hätte ich Chinesisch gesprochen. Mir entgeht nicht, wie sie sich einen schnellen Blick zuwerfen, um sich zu vergewissern, dass ihre Ohren ihnen keinen Streich gespielt haben. Als die Erkenntnis durchsickert, dass sie sich nicht verhört haben, fallen sie mir gleichzeitig um den Hals. Sie quietschen so laut, dass von irgendwoher ein genervtes »Sssscchhh!« ertönt, was die beiden nur noch mehr kichern lässt. Und auch ich kann ein Grinsen nicht verhindern, während ich mich aus der Umarmung befreie.

»Aber nur, wenn wir jetzt weitermachen«, drohe ich und nicke in Richtung unserer Laptops. »Ich habe keine Lust, die halbe Nacht hier zu sein.«

Meine Worte genügen, dass Cassie sofort zurück in ihren Arbeitsmodus switcht. Lucy lacht immer noch vor sich hin, doch nach einem strengen Blick unserer Gruppenchefin vertieft auch sie sich wieder in unsere Aufgabe.

Eine knappe Stunde später haben wir zumindest eine grobe Gliederung und einen Zeitplan erstellt, wer bis wann welchen Teil bearbeitet haben muss.

»Darauf stoßen wir auf der Party an«, sagt Cassie und boxt mich mit dem Ellbogen sanft in die Seite. »Ich kann nicht glauben, dass du wirklich kommst, Mia.«

*Ich auch nicht*, denke ich. *Ich auch nicht.*

Am Freitagabend stehe ich trotz aller Bemühungen, mir eine Ausrede einfallen zu lassen, pünktlich vor dem größten Studentenwohnheim Sterlings und warte auf die Mädels. Cassie und Lucy sind noch in ihren Zimmern am anderen Ende des Campus. Sie versprechen mir zwar, sich zu beeilen, werden aber laut ihrer gekicherten Sprachnachrichten wohl noch eine Weile brauchen. Umso froher bin ich, als auch Sarah sich meldet. Ich öffne den Chatverlauf, halte mir das Handy an mein Ohr und lausche ihrer Stimme.

»Hey, Mia. Sorry, ich komme ein paar Minuten später. Die Waschmaschine ist explodiert, und ich muss mich jetzt erst mal um die ganze Sauerei kümmern. Sie ist natürlich nicht wirklich explodiert, aber irgendwas stimmt mit dem Abfluss nicht, und die ganze Brühe steht in der Trommel und …« Sie unterbricht ihren Redeschwall selbst. »Ach, egal, ich schaff es nicht pünktlich.« Ich kann mir regelrecht vorstellen, wie sie eine Schnute zieht. »Geht ruhig schon einmal vor, ich finde euch bestimmt, sobald ich da bin. Ich schreib dir, wenn ich mich auf den Weg mache, okay? Tut mir wirklich leid.«

Scheiße. Ich lasse das Handy sinken und bin unschlüssig, was ich machen soll. Reingehen, wie Sarah vorschlägt, oder warten, bis wenigstens Lucy und Cassie da sind? Ich will nicht unbedingt allein auf einer Party auftauchen, auf die ich eigentlich gar nicht gehen will, aber ich habe es versprochen, und es ist verdammt kalt hier draußen. Mit klopfendem Herzen beschließe ich, doch drinnen auf die drei zu warten.

Es ist nicht schwer, das richtige Stockwerk zu finden. Ich muss einfach nur der immer lauter werdenden Musik folgen. Da das nicht die erste Party ist, die hier geschmissen wird, scheint die Wohnheimleitung ziemlich entspannt zu sein. Oder es gibt irgendeine Abmachung. Falls nicht, wird es nicht lange dauern, bis hier die Polizei auf der Matte steht.

Mir ist mulmig zumute, als ich den Flur entlanglaufe und mich an unzähligen Menschen vorbeidrücke. Es ist noch nicht einmal zehn, und trotzdem ist bereits die Hölle los. Der Bass dröhnt in meinen Ohren, es ist stickig und heiß, und ich entdecke niemanden, den ich aus einem meiner Kurse kenne.

Ich bin gerade dabei, mir die Jacke auszuziehen, als ich angerempelt werde. Ein großer, bullig aussehender Kerl dreht sich zu mir um. Seine Augen sind glasig, und ich bin mir nicht sicher, ob er wirklich nur Alkohol intus hat.

»Sorry, Süße«, lallt er und lässt seinen Blick an mir auf- und abgleiten, ehe er mir seinen Becher entgegenhält. »Bier?«

Ich schüttle den Kopf. »Danke, nein.«

Er zuckt mit den Schultern, setzt den Becher an seine Lippen und leert ihn mit einem Zug. Dann wischt er sich mit dem Handrücken über den Mund und grinst mich breit an. Falls diese Geste lasziv oder sexy wirken soll, schlägt das gründlich fehl. In Wahrheit ist es einfach nur widerlich. Ich wende den Kopf ab und sehe mich suchend um. Überall stehen Türen zu unterschiedlichen Zimmern offen, und ich beschließe, in eins davon zu gehen. Hoffentlich ist die Luft dort besser als auf dem Flur. Und vielleicht sind dort weniger Menschen. Hauptsache, weniger Menschen.

Der erste Raum, den ich ansteuere, entpuppt sich sofort als Fehler. Die Musik wird noch lauter, und es ist auch hier drin so voll und eng und warm, dass mein Shirt sofort an meinem Rücken kleben bleibt. Ich will kehrtmachen, als sich eine Gruppe voll grölender Leute ebenfalls in den Raum schiebt. Ich kann nicht genau erkennen, wie viele es sind, aber das spielt auch keine Rolle. Es sind eindeutig *zu* viele. Sie drängen herein und versperren mir den Weg.

Ich versuche, Luft zu holen, tief durchzuatmen, mich zu beruhigen, aber es funktioniert nicht. Das Blut rauscht in meinen Adern, wird schneller und schneller. Zu schnell. Es rast durch meinen gesamten Körper, und ich spüre einen Druck auf meiner Brust und meinem Hals. Er wird fester und fester, bis ich glaube, ersticken zu müssen.

Raus. Ich muss hier raus. Raus aus diesem Zimmer. Weg von diesem Stockwerk. Und den Menschen. Dem üblen Geruch nach Schweiß, Deo, fettigem Essen und Bier.

Mir wird schlecht.

Ich muss weg. Einfach weg.

In meinen Ohren beginnt ein Rauschen, das immer lauter wird.

Etwas stimmt nicht. Ich weiß nicht, was es ist. Aber etwas stimmt ganz und gar nicht. Schlagartig entweicht jegliches Wärmegefühl aus meinen Fingern. Ich versuche, einen Schritt nach vorn zu machen. Schaffe es nicht.

Zur Tür. Ich muss zur Tür. Und weg. Einfach weg. Es sind viel zu viele Menschen. Die Musik dröhnt, der Bass vibriert in meinem Körper. Vermischt sich mit dem rasenden Blut in meinen Adern.

Nicht jetzt. Bitte nicht jetzt. Nicht *hier*.

Für einen kurzen Moment schließe ich die Augen. Aufhören. Das alles muss aufhören. Doch die Dunkelheit macht es nur noch schlimmer. Sie ist wie eine unsichtbare Gefahr, die mich umgibt. Die ich nicht greifen, nicht von mir schieben kann.

Panisch reiße ich die Augen wieder auf. Sarah. Wo ist Sarah? Ich brauche sie. Ich brauche sie, bevor das hier … bevor alles zusammenbricht. Über mir. Unter mir. In mir. Hektisch blicke ich mich um, aber da ist niemand. Kein bekanntes Gesicht. Nur zu viele Menschen. Fremde. Niemand kann mir helfen. Das Blut rauscht in meinem Kopf. Es ist lauter als die Musik. Ohrenbetäubend. Dröhnend.

Die Enge in meinem Hals wird stärker, meine Kette scheint mich zu erdrosseln. Luft. Ich brauche Luft, doch meine Beine wollen mir einfach nicht gehorchen. Sie beginnen zu kribbeln. Meine Hände zittern in meinem Nacken. Die Kette. Die verfluchte Kette. Ich muss sie abmachen. Und ich muss hier weg. Die Menschen sind zu nah, erdrücken mich. Ich schnappe nach Luft.

Raus. Raus hier.

Es gibt nur noch diesen einen Gedanken.

*Raus. Raus hier. Jetzt.*

Ich schwanke.

Mir ist schwindelig.

Meine Füße brennen.

Das Blut rauscht.

Keine Luft.

Angst.

Hitze.

Enge.
Zittern.
Ohnmacht.

Eine Hand. Sie ist warm. Finger, die meine umgreifen. Jemand sagt meinen Namen. Ich versuche, den Kopf zu drehen, aber ich kann nicht. Meine Nackenmuskeln sind wie erstarrt. Es ist immer noch so unfassbar laut hier drin. Die Luft steht. Sie ist drückend und schwer und … Die Übelkeit ist auch noch da.

Ich umklammere die Hand, die meine festhält, wie einen Rettungsanker. Nicht loslassen. Ich darf sie nie wieder loslassen. Eine zweite Hand an meinen Kniekehlen. Ich werde hochgehoben. Jemand trägt mich. Und riecht gut. Nach Wald und Zitrone und Schnee.

Ich presse die Augen zusammen, klammere mich fest. Ich bin nicht mehr allein. Die Musik wird leiser. Der Lärmpegel sinkt. Die Luft wird besser. Weniger Menschen. Ich werde Stufen heruntergetragen, in Sicherheit gebracht. Mein Gesicht glüht, die Haare kleben in meinem Nacken. Mir ist gleichzeitig kalt und warm. Ich klammere mich so fest ich nur kann an den starken Oberkörper. Schnee. Zitrone. Wald.

Mein Herz will aus meinem Körper springen. Aber es bleibt an Ort und Stelle.

*Alles wird gut.*

## 11

Kühle. Und Stille.

Das ist das Erste, was ich wahrnehme, als das Rauschen in meinen Ohren nachlässt. Meine Hände zittern noch immer, und mein Kopf liegt auf etwas Warmem. Ich fühle mich matt und wie erschlagen, doch ich wage es, die Augen zu öffnen. Mein Oberkörper ist von einer Jacke bedeckt, die nicht meine eigene ist. Über mir ist der dunkle Nachthimmel zu sehen. Mein Atem bildet kleine Wölkchen vor meinem Gesicht.

»Was zum Teufel?«, entfährt es mir. Ich will mich aufrichten, doch eine Hand auf meiner Schulter hält mich davon ab.

»Mach langsam«, sagt jemand und klingt dabei so kratzig, wie wenn man viel zu lange nicht gesprochen hat. Mein Blick schnellt zur Seite, aber anstatt eines Gesichts sehe ich lediglich einen dunklen Pullover.

»Was ... Wer bist du?« Ich kenne diese Stimme, auch wenn ich mir sicher bin, dass sie im Normalfall nicht so rau ist.

Mechanisch bewege ich meine Finger und Hände unter der Jacke. Die Wärme kehrt schleichend in meine Gliedmaßen zurück, und obwohl sich meine Muskeln allmählich entspannen und ich die Kontrolle über meinen Körper zurückgewinne, bin ich nach wie vor in Alarmbereitschaft. Vor allem, weil ich immer noch nicht weiß, wer mich aus diesem stickigen Raum getragen hat. Erneut versuche ich, mich aufzurichten. Langsamer dieses Mal. Behutsam schiebe ich meine Füße von der Holzbank, auf der ich gelegen habe. Das Gefühl der Ohnmacht und Hilflosigkeit lässt nur langsam nach. Als ich mir sicher bin, dass ich mich nicht weiter abstützen muss, drehe ich mich endlich so, dass ich meinen Retter erkennen kann.

»Nathan.«

Bevor ich auch nur ein weiteres Wort von mir geben kann, rutscht er schon ein Stück zur Seite und hebt abwehrend die Hände.

»Es tut mir leid«, sagt er und sieht mich aus großen Augen an. Selbst im spärlichen Licht der Straßenlampen vor dem Wohnheim erkenne ich ein weiteres Mal die Rastlosigkeit in seinem Blick. »Ich wollte nicht … Du hattest eine Panikattacke oder so was, und ich wusste nicht …« Er stockt wieder, ehe er tief Luft holt. »Du musstest da raus.«

Es fällt mir schwer, seinen Worten zu folgen. Ich bin immer noch damit beschäftigt, zu begreifen, dass er bemerkt hat, dass etwas mit mir nicht stimmt. Und dass ausgerechnet er mir geholfen hat, die Situation zu verlassen, die meine Attacke ausgelöst hat. Er hört nicht auf zu reden, entschuldigt sich immer wieder und sieht mich regelrecht panisch an. Furcht. Er fürchtet sich vor meiner Reaktion, und trotzdem sitzt er neben mir und erklärt sich und lässt mich mit den Nachwehen meiner Panik nicht allein.

»Sei ruhig.« Meine Stimme ist kaum zu hören, doch Nathan verstummt sofort. Ich versuche, tief durchzuatmen, aber der Druck in meiner Brust ist noch nicht ganz verschwunden. Laut Dr. Sullivan kann er in Stresssituationen jederzeit wieder stärker werden, wird nie wieder komplett verschwinden. Aber das kann ich einfach nicht akzeptieren. Ich will nicht in ständiger Angst vor der Angst leben.

»Soll ich gehen?« Nathan deutet mein Schweigen falsch.

»Nein.« Meine Antwort kommt so schnell, dass sie mich selbst überrascht. Aber die Wahrheit ist, dass ich jetzt nicht allein sein möchte. Ich kämpfe immer noch gegen die Panik in mir an, auch wenn es keinen Grund mehr dafür gibt. Es war nur eine Party, von der ich wusste, dass es dort heiß und eng und voller Menschen sein würde. Und jetzt ist es ... Es ist nur Nathan, der neben mir sitzt. *Nur.* Kaum merklich schüttle ich den Kopf.

»Was machst du hier?«, frage ich nach ein paar Sekunden. Obwohl das Gefühl in meine Hände und Füße zurückgekehrt ist und seine Jacke auf meinen Beinen liegt, ist mir kalt.

»Hier auf dieser Bank oder hier in Sterling?«

»Auf der Party.« Ich starre auf meinen Schoß, das Rumoren in meinem Magen hat noch nicht nachgelassen. Aber das ist nichts Neues. Die Übelkeit verschwindet immer als Letztes.

»Du erinnerst dich an Mrs Hastings? Die ältere Frau, mit der ich einkaufen war?«

Ich nicke.

»Ihre Enkelin ist neu auf dem College. Das hier ist ihre erste Studentenparty.«

Ich bin mir nicht sicher, ob ich ihn verstehe. »Was hat das eine mit dem anderen zu tun?«

»Ihre Großmutter ging fälschlicherweise davon aus, dass ich studiere und ebenfalls auf dieser Party sein würde. Sie hat mich gebeten, ein Auge auf Laura zu haben, ohne dass sie es mitbekommt.«

»Sie macht sich Sorgen um sie«, fasse ich zusammen.

Nathan nickt.

»Warum bist du trotzdem auf die Party ...« Noch während ich die Frage formuliere, wird mir klar, dass ich die Antwort längst kenne. »Wiedergutmachung«, murmle ich und reibe meine Finger fest aneinander. Mir ist immer noch kalt.

Er bleibt stumm.

»Du hilfst ... Menschen. Oder?« Ich muss es aus seinem Mund hören.

Wieder sagt er nichts, schaut nach unten auf seine Schuhe oder vielleicht auch auf den Zigarettenstummel, der auf dem Kiesweg liegt.

»Nathan ...« Als ich ihn direkt anspreche, sieht er auf.

»Ich weiß nicht, was du von mir hören willst, Mia.«

Mein Blick fällt auf seine Hände, die er zwischen seine Oberschenkel und das Holz der Bank geschoben hat. Sein Oberkörper bewegt sich kaum sichtbar hin und her.

»Also weiß Laura nicht, dass du auf sie aufpasst?«

»Genau.«

»Bezahlt dich ihre Großmutter dafür?«

»Nein.«

»Warum studierst du nicht?«, frage ich ihn, während ich die Situation um mich herum zum ersten Mal richtig wahrnehme.

Wir sitzen auf einer Bank, die sich seitlich neben dem Eingang des Wohnheims befindet und hinter ein paar Büschen und Bäumen versteckt ist. Wenn man nicht weiß, dass wir hier sind, sieht man uns nicht. Ob Nathan diese Bank absichtlich ausgewählt hat? Zu meinem Schutz? Oder zu seinem? Ich weiß, dass es auf der anderen Seite des Gebäudes auch noch eine Bank gibt, die besser einsehbar ist ...

Seine Stimme reißt mich aus meinen Gedanken.

»Ich kann in Sterling nicht studieren.«

»Warum nicht?« Er war in unserem Jahrgang und hat gemeinsam mit Brant, Sarah, Jack und mir die Highschool beendet. Er war nicht auf derselben Schule wie wir, aber er hat seinen Abschluss gemacht und damit die Berechtigung zu studieren.

»Nenn mir ein College, nur ein einziges, das freiwillig einen Verurteilten aufnehmen würde. Ich bin nicht einfach mehr nur Nathan Dawson«, sagt er und sieht mich immer noch nicht an. »Du bist Mia

Turner. Aber ich ... Ich bin Nathan Dawson. Der *Mörder*.« Da ist es. Das Wort, das wir alle mit Nathan in Verbindung bringen, sobald er zur Sprache kommt.

»Mörder«, flüstere ich.

»Der Mörder von Brant Cooper«, wiederholt er. »Und das ist nur einer von vielen Gründen, warum wir nicht gemeinsam hier sitzen sollten.«

Er hat recht. Wir müssen uns voneinander fernhalten. Was ich garantiert nicht tun sollte, ist, mich mit ihm zu unterhalten. Trotzdem bleibe ich, wo ich bin. Ich rühre mich keinen Millimeter von der Stelle, bin auf seltsame Art und Weise davon gefesselt, wie er sich selbst immer und immer wieder als Verbrecher bezeichnet. Als Mörder.

»Es ist ein Wunder, dass mich noch niemand da drin erkannt hat.«

»Du hast dich verändert.« Der Bart, die Größe, die Statur.

»Nicht so sehr«, widerspricht er kopfschüttelnd.

»Genug«, sage ich. »Glaub mir. Ich weiß, wie du vorher ausgesehen hast.« Seinen Anblick in dieser Küche werde ich niemals vergessen. Genauso wenig wie den von Brant.

Wieder verfallen wir in Schweigen, und dieses Mal unterbreche ich es nicht. Aber ich laufe auch nicht weg. Für den Moment fühlt es sich seltsam richtig an, hier zu sitzen und zu spüren, wie ich wieder ich selbst werde. Die Ruhe hier draußen hilft mir dabei. Nach ein paar Minuten stehe ich vorsichtig auf. Nathans Jacke rutscht von meinen Beinen, und wir bücken uns gleichzeitig danach.

»Hier.« Ich schiebe sie in seine Richtung. Er nimmt sie wortlos entgegen. Meine Finger zittern erneut, doch dieses Mal hat das Flattern nichts mit einer Panikattacke zu tun. »Danke.«

»Keine Ursache«, entgegnet er.

»Ich ... Ich sollte ... Ich muss wieder reingehen. Meine Jacke ist noch oben.« Ich deute mit dem Finger in Richtung Hauseingang. Er ist hell erleuchtet, und alle paar Minuten geht die Tür auf und wieder zu, wenn neue Gäste ankommen oder jemand die Party verlässt. Alles in mir sträubt sich, noch einmal nach oben zu gehen, aber ich brauche meine Jacke. Es ist zu kalt, um ohne nach Hause zu laufen.

Er nickt und steht ebenfalls auf. »Ich komme mit. Laura …«

»Richtig.« Seine Aufgabe.

Gemeinsam legen wir die wenigen Schritte zum Eingang zurück. Nathan hält mir die Tür auf und lässt mich vorgehen. Zögerlich betrete ich das Wohnheim und steuere das Treppenhaus an. Wie selbstverständlich folgt er mir und nimmt ebenfalls die Stufen anstelle des Aufzugs. Je näher wir dem dritten Stockwerk kommen, umso langsamer werde ich. Ich kann nicht. Ich kann diesen Flur nicht noch einmal betreten. Meine Hände ballen sich zu Fäusten, bis ich schließlich haltmache. Es sind nur noch vier Stufen und eine einzige Kurve, die ich zurücklegen muss. Ich spüre Nathan hinter mir. Er ist ebenfalls stehen geblieben.

»Mia …«, sagt er in dem Moment, in dem die Musik kurz verstummt.

Mit heftig klopfendem Herzen drehe ich mich zu ihm um. »Ich …« Hilflos blicke ich ihn an. Ich kann da nicht reingehen. Es geht nicht.

Die Angst scheint mir ins Gesicht geschrieben zu sein, denn Nathan tritt langsam neben mich. »Warte hier. Ich hole deine Jacke. Weißt du, wo sie ist?«

»Im Flur. Ich habe sie auf einen Stuhl gelegt. Kurz vor dem Zimmer, aus dem du mich …« Ich verstumme. Atme einmal tief durch. »Sie ist grau mit einem weißen Streifen an den Ärmeln.«

»Okay.« Er nickt. »Bin gleich wieder da.« Er überspringt jeweils eine Stufe und verschwindet um die Ecke und aus meinem Blickfeld, während ich auf ihn warte. Es kann nicht lange dauern. Sofern meine Jacke noch da ist.

Als er nach mehreren Minuten immer noch nicht wieder zurück ist, werde ich ungeduldig. Ich will wirklich nicht noch einmal in diesen Flur, aber vielleicht kann ich durch die Glastür etwas erkennen. Ich zwinge mich, einen Fuß vor den anderen zu setzen. Es sind nur vier Stufen, das ist machbar. Ich lehne mich an die Wand und stütze mich daran ab. Ein Blick genügt, um zu erkennen, wie viel immer noch los ist. Und dann entdecke ich Nathan, der mit meiner Jacke in der Hand geradewegs auf mich zukommt. Er hat das Ende des Flurs fast erreicht, als die Hölle losbricht. Ehe ich michs versehe, stürmt Jack von hinten auf ihn zu, packt Nathan am Kragen und reißt ihn herum. Ich kann nicht einmal blinzeln, da höre ich auch schon einen dumpfen Schlag, und Nathan knallt mit dem Rücken gegen die Tür. Ohne es gesehen zu haben, weiß ich, dass Jack ihm seine Faust ins Gesicht gerammt hat.

»Jack!«, rufe ich, doch er kann mich durch das Glas nicht hören. Seine Miene ist voller Hass, als er Nathan herumreißt und gegen eine Wand stößt. Auf einmal taucht Sarah wie aus dem Nichts hinter den beiden auf, öffnet die Tür und zieht an meinem Arm. Ich stolpere auf sie zu und bin plötzlich mitten im Geschehen.

Aufhören! Jack muss damit aufhören! Ich weiß, dass ich keine Chance habe, aber ich strecke trotzdem meine Hand nach ihm aus.

»Nicht!«, ruft Sarah. Ihr Griff um meinen Arm ist erstaunlich fest. »Jack ist auf hundertachtzig.«

»Aber ...« Ich sehe sie fassungslos an. »*Warum?*«

»Amy hat mir eine Nachricht geschrieben.«

»Wer?« Ich versuche, an ihr vorbei zu Jack zu blicken. Er hat Nathan schon wieder gepackt und rammt ihm sein Knie in den Magen. Jack ist nicht auf hundertachtzig, Jack ist blind vor Wut.

»Amy? Aus einem deiner Kurse? Sie hat gesehen, wie Nathan dich aus dem Zimmer getragen hat und hatte Angst, dass er dir etwas antut.«

»Was?« Ich bin hin- und hergerissen, wo ich hinsehen soll. Sarah hält mich immer noch fest, als fürchte sie, ich könne mich jeden Augenblick losreißen und zwischen Jack und Nathan werfen. Doch ihre Worte lassen mich aufhorchen. »Was redest du da?«

»Amy hat gesagt, dass du quasi leblos in seinen Armen gelegen hast. Sie hat befürchtet, dass er dir K.-o.-Tropfen …«

An dieser Stelle unterbreche ich sie. »Sarah, nein!« Ich schüttle so heftig den Kopf, dass mir beinahe schwindelig wird. »Es war so heiß dort drin, und ich war allein, und die vielen Menschen … Ich hatte eine Panikattacke. Nathan hat … Er hat mir geholfen.«

Meine Antwort lässt sie innehalten. »Er hat *was*?«

»Mir geholfen«, sage ich noch einmal. »Er war der Einzige, dem aufgefallen ist, dass etwas nicht stimmt. Er hat mich nur nach unten an die frische Luft gebracht.«

»Er hat … dir geholfen.« Sie sieht völlig verwirrt aus. Das scheint so gar nicht zu der Vorstellung von Nathan in ihrem Kopf zu passen. Ein Gefühl, das ich nur allzu gut kenne.

»Genau.«

»Keine K.-o.-Tropfen?«

»Nein.«

»Kein Alkohol?«

»Du weißt genau, dass ich nicht trinke.«

»Fuck.« Endlich lässt sie meinen Arm los. Nur, um im selben Moment herumzuwirbeln und auf Jack zuzueilen. Sie greift nach seinem Arm, zieht und zerrt daran, doch Jack ist immer noch wie im Wahn. Ich kann ihm keinen Vorwurf machen, aber warum all die anderen Kerle, die um ihn und Nathan herumstehen, einfach gar nichts tun, ist mir vollkommen schleierhaft. Sie grölen, irgendjemand filmt, und ein paar feuern Jack sogar an. Nathan hat verloren.

Plötzlich fühle ich eine unbändige Wut in mir. Doch diesmal richtet sie sich nicht gegen Nathan, sondern gegen diese Menschen, die tatenlos zusehen und sich an einer Schlägerei erfreuen, für die es überhaupt keinen Grund gibt.

»Jack!«, schreie ich und eile Sarah zu Hilfe. »Hör auf damit!« Ich greife nach seinem Unterarm und ziehe so fest ich kann. Er stolpert halb, als er einen Schritt von Nathan wegmacht.

»Verdammt, Mia! Lass mich los!« Zornig starrt er mich an. »Ich bin hier noch nicht fertig.«

»Doch, das bist du!«, widerspreche ich und zerre an ihm, sodass wir uns weiter von Nathan entfernen. »Er hat mir nichts getan. Es geht mir gut. Hörst du? Er hat mir nichts getan!«

Meine Worte haben nicht den gewünschten Effekt.

»Halt dich von ihr fern, Dawson!«, brüllt Jack so laut, dass es mindestens zwei Stockwerke weiter oben und unten zu hören sein muss. »Sie hat mehr verdient, als von einem beschissenen Mörder belästigt zu werden.«

Hat er jetzt völlig den Verstand verloren? Jack versucht immer noch, sich meinem Griff zu entreißen, aber ich halte sein Handgelenk schraubstockartig fest.

»Sieh mich an!«, flehe ich. Es dauert, doch schließlich richtet sich sein Blick auf mich. Ich sehe Jack fest in die Augen. Sie sind voller Wut und Zorn.

»Es geht mir gut«, wiederhole ich eindringlich und halte seinem Blick stand. »Was auch immer du dir ausgemalt hast, nichts davon stimmt, okay?«

Aus den Augenwinkeln nehme ich wahr, wie Sarah Nathan aufhilft und ihn etwas fragt. Er schüttelt den Kopf, dreht sich um und verschwindet im Treppenhaus. Ich unterdrücke den Drang, ihm nachzulaufen. Es ist wichtiger, dass Jack mir glaubt.

»Hat er dir wehgetan?«

Es fällt mir schwer, nicht lautstark und frustriert zu schnauben. Hat er überhaupt ein Wort davon gehört, was ich gerade gesagt habe?

»Nein!«, betone ich ein weiteres Mal. »Er hat mir *nur* geholfen.« Wieder diese drei Buchstaben, die herunterspielen, was Nathan für mich getan hat.

Dieser Abend ist zu viel für mich. Hätte ich auch nur in Ansätzen gewusst, was passieren würde, hätte ich Cassie und Lucy niemals zugesagt. Wo sind sie überhaupt? Von den beiden fehlt immer noch jede Spur.

Meine Hände liegen auf Jacks Oberarmen, und ich spüre, wie sein gesamter Körper unter meinem Griff bebt.

»Lass uns gehen«, sage ich gerade so laut, dass er mich hören kann. Ich muss ihn hier rausschaffen. Und vor allem muss ich selbst von hier verschwinden, bevor die stickige Luft, die laute Musik und die schwitzende Menschenmenge ein zweites Mal zu viel für mich werden.

Sarah taucht neben uns auf, ihre eigene und meine Jacke in der Hand. Jack hat seine gar nicht erst ausgezogen. Sie können noch nicht lange hier gewesen sein.

»Deine, oder?«, fragt sie.

Dankbar nehme ich sie an mich. »Wir gehen. Kommst du mit?«

Sarah nickt und folgt uns. Mit Jacks Hand fest in meiner eile ich zielstrebig zu den Treppen und nach unten. Erst, als wir das Wohnheim verlassen haben, lasse ich ihn los und wirble wieder zu ihm herum.

»Was zur Hölle, Jack?«, fauche ich ihn an. »Eine Prügelei? Das kann nicht dein Ernst sein!«

»Mia ...« Er greift nach meinen Händen, aber ich mache einen großen Schritt von ihm weg. Meine Gefühle fahren Achterbahn, und es ist einzig und allein dem Adrenalin in meinen Blutbahnen zu verdanken, dass ich immer noch hier stehen kann und nicht längst entkräftet zusammengesackt bin.

»Es ehrt dich, dass du dir Sorgen um mich machst.« Ich versuche, ruhig zu bleiben, was gar nicht so leicht ist. Jacks Herz sitzt am richtigen Fleck, er ist weder aggressiv noch streitlustig und schon gar nicht bösartig. Er hat so gehandelt, weil ich ihm wichtig bin. Weil er sich Sorgen um mich macht. »Aber es geht nicht, dass du meinetwegen Menschen verprügelst, die ... die ... Er hat mir nichts getan.«

Als mein Blick auf seine Handknöchel fällt, ziehe ich scharf die Luft ein. Ein paar davon sind blutig. »Herrgott, Jack.« Ich greife nach seiner rechten Hand und drehe sie hin und her. »Ist das dein Blut? Oder seins?«

»Seins.« Er runzelt die Stirn und ballt seine Finger ein paarmal zu einer Faust. »Glaube ich jedenfalls.« Er versucht sich an einem Schulterzucken und einem schiefen Lächeln. Keins von beidem funktioniert.

»Du bist ein Idiot«, sage ich und nehme mit einem Seufzen das Taschentuch entgegen, das Sarah mir reicht. Behutsam tupfe ich damit seine Knöchel ab und kann das ganze Blut problemlos entfernen.

»Es scheint wirklich Nathans gewesen zu sein«, murmelt Sarah, als ich fertig bin.

Ich nicke zustimmend und werfe das schmutzige Taschentuch in einen Mülleimer. »Hoffen wir, dass du ihn nicht schlimmer verletzt hast.«

»Warum?« Jack öffnet und schließt die Finger seiner Hand erneut mehrmals. »Der Bastard verdient ...«

»Dieser *Bastard* hat dir nichts getan, Jack. Er könnte dich anzeigen.«

»Wird er nicht.«

»Aber er kann, wenn er will. Und da oben sind massenhaft Menschen, die bezeugen können, dass du auf ihn losgegangen bist und ihn zuerst angegriffen hast.«

»Seit wann stehst du auf seiner Seite?«

»Weil ich dir Fakten nenne, stehe ich auf seiner Seite?« Entgeistert funkle ich ihn an. »Glaubst du das ernsthaft?«

»Nein«, lenkt er sofort ein und schiebt seine Hände tief in die Hosentaschen. »Ich hatte Angst um dich, okay?« Sein Blick ist fast schon feindselig. »Amy schreibt uns, dass du bewegungslos in seinen Armen liegst, und als wir hier ankommen, finden wir dich nirgendwo und ... Das hat mir eine Scheißangst eingejagt, Mia.«

Bestürzt sehe ich dabei zu, wie er einen Kieselstein zur Seite kickt. Mein Blick wandert zu Sarah, doch auch sie zuckt lediglich ratlos die Schultern.

»Es stimmt, was er sagt«, meint sie. »Wir hatten einfach Angst um dich.«

»Aber ...« Ich weiß nicht, was ich sagen soll.

»Es wäre schlimm genug gewesen, wenn Amy dich in den Armen irgendeines Kerls gesehen hätte, den wir nicht kennen. Aber es war Nathan ... Er hat schon einmal ...« Jack bringt seinen Satz nicht zu Ende. Aber das muss er auch nicht. Meine Wut hat sich längst in Luft aufgelöst. Wie kann ich sauer auf ihn sein, wenn er mit hängenden Schultern und verzweifeltem Blick vor mir steht?

»Ich weiß«, wispere ich, als ich einen Schritt auf ihn zumache. Dann noch einen und noch einen, bis ich so dicht vor ihm stehe, dass ich meine Arme um seine Hüfte schieben kann.

Sofort schließt Jack die letzte Lücke zwischen uns und zieht mich an sich. Seine Arme sind warm und stark und vermitteln mir das Gefühl nie enden wollender Sicherheit. Ich weiß, dass ich mich für den Rest meines Lebens auf ihn verlassen kann. Er wird immer auf mich aufpassen. Jack ist ein Beschützer.

»Bringt ihr mich nach Hause?«, bitte ich meine beiden Freunde, nachdem ich mich von ihm gelöst habe. »Der Abend war ein bisschen ...«

»Scheiße«, beendet Sarah den Satz und entlockt damit nicht nur Jack ein zaghaftes Grinsen.

»Ich hätte *aufwühlend* gesagt, aber *scheiße* geht auch.« Damit hake ich mich bei ihr unter und halte Jack meine andere Hand hin. Er ergreift sie, und gemeinsam machen wir uns auf den Weg durch die dunkle Nacht. Wie die drei Musketiere, die ihren d'Artagnan verloren haben.

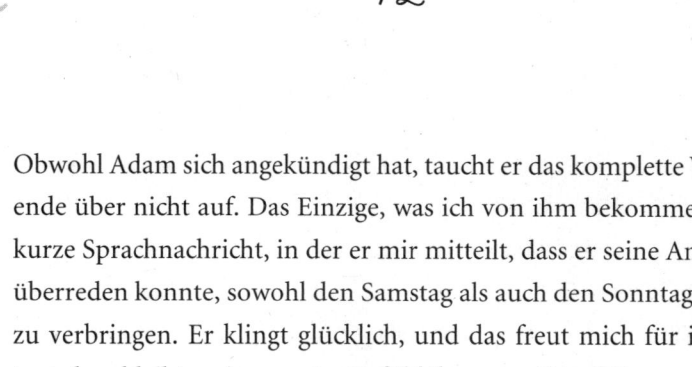

# 12

Obwohl Adam sich angekündigt hat, taucht er das komplette Wochenende über nicht auf. Das Einzige, was ich von ihm bekomme, ist eine kurze Sprachnachricht, in der er mir mitteilt, dass er seine Angebetete überreden konnte, sowohl den Samstag als auch den Sonntag mit ihm zu verbringen. Er klingt glücklich, und das freut mich für ihn, aber trotzdem bleibt mein ungutes Gefühl ihr gegenüber. Wieso muss er sie überhaupt überreden, Zeit miteinander zu verbringen? Nicht, dass ich besonders viel Erfahrung habe, wie Beziehungen funktionieren, aber ich bin mir ziemlich sicher, dass sich jegliche Form von Überredungskünsten auf ein Minimum beschränken sollte.

Luna freut sich, dass meine ungeteilte Aufmerksamkeit den ganzen Samstag über ihr gehört. Wir machen einen ausgedehnten Spaziergang am Stadtrand, ich werfe ihr Schneebälle zu, die sie schwanzwedelnd fängt und zerbeißt, und lasse mich sogar auf ein kurzes Wettrennen mit ihr ein. Natürlich gewinnt meine Hündin um Längen, und sie leckt mir vor Freude mehrfach über das Gesicht, als ich mich keuchend neben sie in den Schnee fallen lasse. Die Stunden in der Natur und ohne andere Menschen um mich herum tun mir gut. Sie geben mir die Möglichkeit, nachzudenken, und obwohl ich mich körperlich ganz gut fühle, ist mir klar, dass die Panikattacke auf der Party ein Warnschuss war. Die letzte ist bereits Monate her und war auch nicht so heftig. Es ist nicht schwer zu erraten, dass die am Freitag mit Nathans Rückkehr zusammenhängt. Sein Auftauchen hat Emotionen und Erinnerungen geweckt, von denen ich längst dachte, sie überwunden zu haben. Und das lässt nur eine Konsequenz zu ...

Als Luna und ich wieder zu Hause sind, rufe ich bei Dr. Sullivan an und spreche ihr mit der Bitte um einen neuen Termin auf den Anrufbeantworter. Den Rest des Tages liegen wir zusammen auf der Couch. Luna schläft, ich sehe mir Filme an. Erst, als es dämmert und ich Hunger bekomme, stehe ich wieder auf und werfe einen Blick in den Kühlschrank. Sonderlich viel ist nicht drin.

»Dann wohl doch bestellen, hm?«, murmle ich und wuschle Luna einmal durch das Fell, ehe ich den Pizzaflyer von meiner magnetischen Pinnwand nehme. Ich überfliege die Speisekarte immer noch, als es klingelt.

»Erwartest du Besuch?«, rufe ich meiner Hündin hinterher, die bereits auf dem Weg zu meiner Wohnungstür ist. Ich folge ihr und schaue durch den Spion.

»Jack«, sage ich verwundert, nachdem ich ihm geöffnet habe. »Waren wir verabredet?«

»Nein.« Er schüttelt den Kopf und beugt sich wie immer zu Luna runter, die fröhlich um seine Beine streift. »Ich hoffe, ich darf trotzdem reinkommen.«

»Klar.« Ich öffne die Tür weiter und halte Luna am Halsband fest, damit sie nicht in Richtung Treppen flüchtet. »Wer hat dich unten reingelassen? Wieder Mr Jones?«

»Ja, genau.«

»Hast du Hunger?«, frage ich, nachdem Jack seine Jacke ausgezogen hat. »Ich wollte mir gerade was bestellen.«

»Nur, wenn ich bezahlen darf.«

»Warum?«

»Weil ich etwas wiedergutzumachen habe.« Er setzt sich auf die Seitenlehne meines Sofas und überkreuzt die Füße. »Wegen gestern.«

»Jack ...«

»Ich weiß, dass ich Mist gebaut habe, Mia.« Er verzieht das Gesicht zu einer Grimasse. »Es war nicht in Ordnung, dass ich auf ihn eingeschlagen habe. Aber ...«

»Aber du würdest es wieder tun.«

»Wahrscheinlich. Macht mich das zu einem schlechten Menschen?«

Ich sehe ihm an, dass er auf ein Nein hofft, doch Gewalt ist nun mal keine Lösung. Das ist sie nie. Weder mit Fäusten und schon gar nicht mit einem Messer.

»Wenn du mir versprichst, es nie wieder so weit kommen zu lassen, dann nicht, nein.« Ich sehe ihn durchdringend an. »Es gibt andere Wege.«

»Ich weiß.« Ein tiefes Seufzen entweicht ihm. »Also, darf ich bezahlen?«

»Darfst du.« Ich nicke. »Aber ich suche die Pizza aus.«

»Schinken und Ananas?« Er sieht alles andere als begeistert aus, als ich ganz langsam anfange zu grinsen. »Und ich dachte, du hast mir verziehen. Es ist einfach nicht richtig, Früchte auf eine Pizza zu legen.«

Jack meckert noch immer, nachdem ich bereits die Nummer des Lieferdiensts gewählt habe. »Darf ich wenigstens den Film aussuchen?«, fragt er und lässt sich auf der Couch nieder. Sofort liegt Luna halb auf seinem Schoß und verlangt seine Aufmerksamkeit.

»Vielleicht«, erwidere ich und lache, während ich warte, dass jemand abnimmt.

»Vielleicht?«

»Kommt drauf an, wie viele Ananasstücke du übrig lässt.«

»Du bist eine Hexe«, jammert er und vergräbt sein Gesicht in Lunas Fell. »Hast du gehört, Lu? Deine Mom ist eine Hexe.«

Bevor ich ihm widersprechen kann, meldet sich endlich jemand am anderen Ende der Leitung, und ich gebe unsere Bestellung auf.

Am Sonntag um elf werde ich von Cassie und Lucy aus dem Bett geklingelt. Nach meiner frühmorgendlichen Gassi-Runde hatte ich beschlossen, noch einmal schlafen zu gehen. Jack ist gestern erst spät nach Hause gegangen, und auch wenn mir eine kurze Nacht zwischendurch nichts ausmacht, war ich heute einfach zu müde, um von halb sieben an wach zu bleiben. Außerdem lenkt mich eine zusätzliche Mütze Schlaf erfolgreich vom Nachdenken ab. Und genau deshalb war es leicht, mich für einen Morgen im Bett und gegen das Gedankentheater zu entscheiden, in dem Nathan die Hauptrolle spielt. Ich will nicht wissen, wie es ihm geht oder ob Jack ihm sehr wehgetan hat. Nichts davon hat mich zu interessieren. Die wichtigere Frage sollte sein, warum Jack überhaupt so ausgerastet ist. Fakt ist, dass ich genau weiß, warum. Ich will es nur nicht wahrhaben.

Cassie und Lucy sind daher eine willkommene Abwechslung, als ich ihnen verschlafen und noch im Pyjama die Tür öffne. Nicht, weil sie Schokolade, Tee und ein Schild mit der Aufschrift *Es tut uns leid* dabeihaben, sondern weil sie bei dem Karussell in meinem Kopf die Notbremse ziehen. Schon wieder fallen mir die beiden gleichzeitig um den Hals und erdrücken mich beinahe. Es ist gar nicht so leicht, mich aus ihrer Umarmung zu befreien und sie in mein Wohnzimmer zu lotsen.

»Wir haben gehört, was passiert ist«, sagt Cassie und lässt sich von Luna über die Hand lecken, ehe sie sie in Lucys Richtung weiterschiebt.

»Zwei Kerle haben sich deinetwegen geprügelt.« Lucy sieht mich an, als wäre ich ihre persönliche Heldin. »Welchen der beiden willst du?«

»Als Freund?« Ich runzle die Stirn.

Beide nicken.

»Keinen!« Gott, wenn sie nur wüssten, was sie da gerade andeuten ... Nathan und ich. *Niemals*. Nicht in diesem Leben. Und auch in keinem anderen.

»Was?« Cassie zieht irritiert die Beine an und macht es sich auf meinem Sofa bequemer. »Aber ... Amy hat erzählt, dass Jack heiß ist.«

»Und der andere, Noah oder so? Er soll sich kaum gewehrt haben, als Jack ... Warte ... Heißt das, du ...« Lucy unterbricht sich selbst, als ginge ihr in diesem Moment ein Licht auf. Ich bin gespannt, was sie sich in ihrem verrückten Gehirn innerhalb weniger Augenblicke zusammengesponnen hat. »Du sagst, keiner von beiden ist dein Freund.«

Ich nicke bestätigend.

»Und Typ Nummer zwei hat sich nicht gewehrt«, kombiniert sie mit erhobenem Finger weiter.

»Nathan.«

»Was?«

»Sein Name ist Nathan.«

»Okay.« Sie streichelt Luna mit einer Hand übers Fell, während sie mich weiterhin ansieht. »Jack hat ihn verprügelt, und Nathan hat sich nicht gewehrt. So weit alles korrekt?«

Ich nicke wieder. Worauf will sie hinaus?

»Also hast du mit Nathan geschlafen«, lässt sie die Bombe platzen und grinst triumphierend. »Jack hat das herausgefunden, mit dir Schluss gemacht und sich Nathan auf der Party vorgenommen. Richtig?«

Wow. Für ein paar Sekunden bin ich schlichtweg sprachlos. Wenn das Szenario, das sie uns eben skizziert hat, nicht derart absurd wäre, wäre ich nun hochgradig beleidigt, dass sie es mir tatsächlich zutraut, einen rein hypothetischen Freund zu betrügen. Aber weil ihre Theorie so unglaublicher Blödsinn ist, kann ich nicht anders, als zu lachen. Ich lache, bis mir die Tränen kommen. Es ist so unglaublich erfrischend, dass die beiden keinen Schimmer haben, wer Nathan ist, auch wenn es mir gleichzeitig ein Rätsel ist, wie sie immer noch so ahnungslos sein können. Jack hat Nathans Identität auf der Party quasi durch das gesamte Wohnheim gebrüllt. Es spricht sich immer mehr herum, dass er nicht mehr im Gefängnis ist. Andererseits ... Selbst, wenn sie wüssten, dass es vor fast fünf Jahren einen Vorfall mit Nathan auf einer Party gab, bleibt er für sie ein fremdes Gesicht, mit dem sie rein gar nichts verbinden.

Kopfschüttelnd wende ich mich an Cassie. »Meint sie das ernst?«, frage ich, greife nach einem Sofakissen und schmeiße es nach Lucy, die es problemlos auffängt. »Du hast eine blühende Fantasie, Ms Montgomery, und ich frage mich gerade ehrlich, warum ich überhaupt mit dir befreundet bin. Ich hintergehe Menschen nicht. Das solltest du eigentlich wissen.«

»Also liege ich falsch?«

»Natürlich liegst du falsch. Und spar dir diesen Hundeblick, Missy. Wenn jemand das Recht hat, enttäuscht zu sein, dann ja wohl ich. Wie lange kann man bitte brauchen, um sich für eine dämliche Party in Schale zu werfen?« Und damit schaffe ich es, erfolgreich von Jack und Nathan abzulenken.

»Lang«, stöhnt Cassie auf und wirft einen vielsagenden Blick in Lucys Richtung, ehe sie sie mit den Zehenspitzen antippt. »Wie viele Outfits hast du probiert? Zwanzig?«

»Es waren maximal zehn.«

»Also neun zu viel.«

»Was soll ich denn machen?« Sie wirft theatralisch die Hände in die Luft. »Toby war da.« Als würde das alles erklären.

Im Nu stecken wir in einer Diskussion über Lucys Crush, der seit

Monaten keine Ahnung hat, dass sie auf ihn steht. Es ist so einfach und unbeschwert mit den beiden. Nicht besser oder schlechter als mit Sarah, Jack und Peter, aber ... anders. Mehr Leichtigkeit. Und unser Lachen wird nicht ständig von den ernsteren Gesprächsthemen überschattet, die bei meinen anderen Freunden immer automatisch da sind.

»Und weißt du, was das Schlimmste ist?« Lucy hat sich mittlerweile ein Stück der mitgebrachten Schokolade genehmigt. Frustessen. Eindeutig. »Toby hat mich wieder nicht registriert.«

»Vielleicht solltest du ihn einfach mal ansprechen.«

Cassies Vorschlag wird sofort im Keim erstickt.

»Auf gar keinen Fall!«, lehnt Lucy entschieden ab. »So funktioniert das nicht.«

»Aber ihn nicht anzusprechen, funktioniert ganz offensichtlich auch nicht«, gebe ich zu bedenken und kann mir ein belustigtes Schmunzeln nicht verkneifen. Es tut so gut, sich über alltägliche Probleme zu unterhalten und sich für einen Moment nicht mit dem Fakt, dass Nathan wieder in der Stadt ist, auseinanderzusetzen.

»Wir brauchen einen Plan.« Cassie setzt sich aufrecht hin. »Soll ich ihn für dich ansprechen? Ich mach das!«

»Glaube ich dir sofort«, bemerkt Lucy, schüttelt aber gleichzeitig den Kopf. »Nein, das ... das ist zu kindisch. Ich bin doch kein Teenie mehr.«

»Dann ein Briefchen? Willst du ein Date mit mir? Kreuze an. *Ja, Nein, Vielleicht?*«

Nun ist Cassie diejenige, die ein Kissen an den Kopf bekommt. Dieses Mal ist Lucy die Übeltäterin.

»Wir könnten auch einen Flashmob für euch organisieren. So ein Tänzchen in der Cafeteria wäre doch ganz nett, findest du nicht?«

Lucys Blick schnellt in meine Richtung. »Fang du jetzt nicht auch noch an, Mia.«

»Oder du stolperst zufällig in seine Arme und verschüttest dabei seinen Kaffee und musst ihm dann leider einen neuen kaufen.«

»Noch besser.« Ich halte Cassie meine erhobene Hand entgegen, sodass sie einschlagen kann.

»Ich hasse euch«, grummelt Lucy vor sich hin. »Außerdem geht das nicht.«

»Stolpern? Wieso nicht? Das ist eine Methode, die sich seit Jahren bewährt. Hast du nie *Notting Hill* gesehen? Julia Roberts? Hugh Grant?«

»War das nicht Saft?«, wende ich ein.

»Saft. Kaffee. Das spielt keine Rolle.« Cassie winkt ab, ehe sie sich wieder an Lucy wendet. »Also?«

»Das Stolpern ist nicht das Problem.«

»Was dann?«

»Toby trinkt keinen Kaffee.«

»Oh.«

Wir können nicht anders, Cassie und ich prusten zeitgleich los. Es dauert nicht lange, bis auch Lucy einstimmt. Trotzdem greift sie nach einem Kissen, und jetzt bin ich ihr Opfer. Ich fange es auf und schleudere es direkt wieder zurück, und im Nu sind wir in eine Kissenschlacht verwickelt. Luna flüchtet hinter die Couch, während wir drei wie bekloppt aufeinander eindreschen. Und es macht Spaß. Es tut so unglaublich gut, wieder ein bisschen Sekundenglück zu spüren. Ich halte es fest, so gut ich kann.

Es hallt auch dann noch nach, als die Schokolade schon längst alle ist, die Teetassen leer und Cassie und Lucy wieder zurück auf dem Campus in ihrem Wohnheim sind. Und selbst, als ich mit Luna nach Einbruch der Dunkelheit spazieren gehe, am Montagmorgen in den Vorlesungen sitze und mich am Nachmittag auf den Weg ins *Wild Lily's* mache, bin ich etwas unbeschwerter als sonst.

Alice muss es wirklich eilig haben, denn kaum habe ich den Blumenladen betreten, reißt sie sich auch schon die Schürze vom Körper und stürmt wie ein Blitz mit einem Küsschen auf meine Wange an mir vorbei. »Danke noch mal fürs Einspringen. Der Schlüssel liegt da, wo er immer ist«, ruft sie mir noch zu, dann ist sie verschwunden.

»Keine Ursache«, sage ich zur Tür, hebe die Schürze auf, die von der Theke gerutscht ist, und ziehe sie mir an.

Im Moment bin ich also auf mich allein gestellt. Leider ist der Laden sauber und ordentlich, was bedeutet, dass die nächsten drei Stunden sehr lang werden können, sofern Sterlings Bewohner nicht spontan beschließen, mir die Bude einzurennen. Ich drehe das Radio lauter und beginne, den Hinterraum zu fegen. Eigentlich machen wir das immer erst nach Feierabend, aber es ist überhaupt nichts los. Selbst für einen Wintertag ist es ungewöhnlich, dass sich eine gute halbe Stunde lang niemand zu uns verirrt. Ich bewege mich mit dem Besen durch den Raum und singe zuerst mit den Jonas Brothers, dann mit Shawn Mendes und zu guter Letzt mit Selena Gomez um die Wette. Ich unterbreche meinen Tanz nur für das klingelnde Telefon und für Mrs Bowen, die ein Gesteck für das Grab ihres Mannes abholen möchte.

Als ich fertig geputzt habe, checke ich mein Handy auf neue Nachrichten, doch außer einer kurzen Mitteilung von Sarah, dass sie dringend wieder Ferien braucht, habe ich nichts erhalten. Allmählich geht mir die Arbeit aus. Ohne Kundschaft habe ich nichts zu tun, und das ist verdammt gefährlich, wenn ich nicht Lust habe, eine neue Runde mit dem Gedankenkarussell zu fahren. Und das will ich wirklich nicht.

Ich weigere mich noch immer, in die Tiefen meines Gehirns abzutauchen, als die Glocke über der Tür ertönt. Endlich. Ich lege die Schere in meiner Hand, mit der ich Schleifen zurechtgezogen habe, beiseite und sehe auf, um den neuen Kunden zu begrüßen. Das Hallo liegt bereits auf meiner Zunge, doch als ich erkenne, um wen es sich handelt, fällt es in sich zusammen. Stumm blicke ich Nathan an. Meine Augen scannen sein Gesicht, nehmen auf, was sie dort sehen und doch nicht einordnen können.

Er hat eine blutende Wunde an der Stirn, seine linke Wange ist dick geschwollen und rot, seine Unterlippe ist aufgesprungen und seine rechte Hand hat er stützend auf seinen Brustkorb gepresst. Als er näher kommt, fällt mir auf, dass er das linke Bein nicht richtig belastet. Mitten im Raum bleibt er stehen.

»Ich soll Blumen abholen«, sagt er. Er benutzt genau dieselbe Formulierung wie vor ein paar Wochen. »Für Hastings.«

Ich ignoriere seine Worte. Ganz langsam umrunde ich die Theke und gehe auf ihn zu.

»Was ist passiert?«, frage ich, als ich vor ihm zum Stehen komme. Seine Verletzungen sind neu. Das Blut an Stirn und Lippe ist zwar bereits angetrocknet, aber was auch immer ihm zugestoßen ist, kann nicht länger als eine, maximal zwei Stunden her sein. »Wer war das?«

Nathan gibt mir keine Antwort. Sein Schweigen lässt den Verdacht in mir aufsteigen, dass Jack sein Versprechen gebrochen und ihn so zugerichtet hat. Ich setze gerade an, ihn danach zu fragen, als er spricht.

»Ich brauche die Blumen, Mia«, wiederholt Nathan seine Bitte und beginnt, in seiner Hosentasche nach Geld zu kramen. »Ich bin spät dran und ...«

»Und du bist verletzt.« Ich sehe mich nach einem Hocker oder einer anderen Sitzmöglichkeit um. Kurzerhand nehme ich die Vasen von einer alten Lagerkiste, die Alice zu einer Art Präsentierteller für ihre vorgefertigten Blumensträuße umfunktioniert hat.

»Setz dich.« Ich deute auf die Kiste.

Nathan bleibt stehen.

»Setz dich!«, sage ich erneut, lege meine Hand auf seine Schulter und übe sanften Druck aus. Für einen kurzen Moment befürchte ich, dass er nicht nachgibt, doch dann spüre ich, wie er in die Knie geht und mir stillschweigend gehorcht.

Als er sitzt, gehe ich neben ihm in die Hocke. »Was ist passiert, Nathan?« Das Herz trommelt in meiner Brust. Ich bin mir nicht sicher, ob ich die Antwort auf meine Frage wirklich hören will.

Er gibt sie mir trotzdem.

# 13

»Nichts.«

*Nichts? Ja klar, das sehe ich.*

Ich gebe ihm nur ein einziges Mal die Chance, herunterzuspielen, was ihm zugestoßen ist. Fest sehe ich ihm in die Augen und versuche, mich nicht von seinem ruhelosen Blick abschrecken zu lassen. Mehrere Sekunden verstreichen. Vielleicht ist es auch eine Minute.

Ich warte.

Nathan wartet.

Ich kann nur erahnen, wie viel Überwindung es ihn kostet, mir zu sagen, was geschehen ist.

»Wir sollten nicht hier sitzen«, murmelt er nach einer Weile. Genau das Gleiche hat er mir an dem Abend vor dem Wohnheim gesagt.

Ich nicke. »Sollten wir nicht.«

Aber wir tun es trotzdem. Anstatt ihm die Blumen in die Hand zu drücken, wegen denen er angeblich hier ist, bleibe ich neben ihm hocken und warte weiter. Wieder vergeht einige Zeit. Im Hintergrund dudelt das Radio.

»Kannst du es dir nicht denken?«, fragt er schließlich und reibt seine Fingerspitzen unruhig aneinander.

Das Herz rutscht mir in die Hose. »Jack?«

*Bitte nicht. Bitte nicht. Bitte nicht.* Er hat versprochen, Nathan nicht noch einmal zu verprügeln. Er hat es mir versprochen.

»Nein.«

Ich kann nicht verhindern, dass mir erleichtert die Luft entweicht, als Nathan meine Befürchtung zerschlägt. »Wer dann?«

»Andere Leute von der Party.« Er zuckt mit den Schultern. »Sie haben gehört, was Jack gesagt hat.«

*Mörder.*

Es wundert mich nicht, dass zumindest die, die in unmittelbarer Nähe von Nathan und Jack standen, von seiner Vergangenheit erfahren haben. Nicht, dass das je ein Geheimnis gewesen wäre, aber nun ist der Kreis der Menschen, die wissen, was Nathan getan hat und dass er nicht mehr im Gefängnis sitzt, noch größer geworden.

»Kanntest du sie?«

»Nein. Ich bin ihnen vorher zufällig auf der Straße begegnet, als ich ... Egal. Sie haben mich erkannt und ...« Er versucht, den Kopf zu schütteln, verzieht allerdings sofort das Gesicht und stöhnt auf. »Sorry, ich ...«

»Herrgott, Nathan«, entfährt es mir heftiger als gewollt. »Hör auf, dich dafür zu entschuldigen, dass du Schmerzen hast!«

Er schweigt.

Ich schweige.

Mein Blick ruht auf seinem verletzten Gesicht. Sein Auge über der rot leuchtenden Wange beginnt anzuschwellen. Was zum Teufel passiert hier? Wieso verschafft es mir keine Genugtuung, ihn leiden zu sehen? Ganz im Gegenteil, ich bin vielmehr wütend auf die Leute, die ihn zusammengeschlagen haben. Ich weiß nicht, wo, ich weiß nicht, wie, aber das alles ist auch nicht wichtig. Er wurde von Menschen angegriffen, die ihn nicht kennen. Die glauben, sie hätten das Recht, einen Mann zu verurteilen, über den sie rein gar nichts wissen.

»Das ist Körperverletzung«, presse ich hervor.

Er lacht. Nathan lacht zum ersten Mal in meinem Beisein, und es ist furchtbar. Es klingt bitter, resigniert. Und wütend. Die Wut höre ich sofort heraus. Wenn ich für etwas Expertin bin, dann dafür.

»Denkst du ernsthaft, die Polizei würde mir glauben?« Er schüttelt langsam den Kopf.

»Ich …«, beginne ich, doch er gibt mir nicht einmal die Chance, ihm zu antworten.

»Vergiss es, Mia. Ich werde keine Anzeige erstatten.« Es ist ihm anzusehen, dass er sich längst entschieden hat. Egal, was ich sage, er wird nicht zur Polizei gehen.

Ich versuche trotzdem, ihn umzustimmen. »Das ist nicht fair«, protestiere ich. »Sie können dir nicht einfach nicht glauben, nur weil du … nur weil du …«

»Weil ich jemanden umgebracht habe.«

»Weil du vorbestraft bist.«

Er sieht mich einen Moment überrascht an. Dann senkt er den Blick. »Das Leben ist nicht fair, Mia«, murmelt er und schüttelt wieder langsam den Kopf. Ich kann förmlich spüren, dass ihm jede Bewegung Schmerzen bereitet.

»Du solltest dich wenigstens untersuchen lassen. Vielleicht sind deine Rippen gebrochen, oder du …«

Wieder unterbricht er mich mit einem »Nein!«. Harscher dieses Mal.

Ich seufze. »Hör auf, ständig Nein zu sagen. Warum bist du hergekommen, wenn du meine Hilfe nicht willst?« Ich kann nicht glauben, dass ich überhaupt bereit dazu bin, aber das Bedürfnis, ihm zu helfen, ist da. Sosehr ich auch versuche, mich dagegen zu sträuben, es weigert sich standhaft, zu verschwinden.

»Die Blumen …« Seine Stimme ist kaum zu hören.

»Ach, bitte.« Ich erhebe mich und mache einen Schritt von ihm weg.

»Wir wissen beide, dass das eine Lüge ist.« Die Regale im Lager sind leer, und der Laden schließt in wenigen Minuten. Es gibt keine Bestellung, die noch hätte abgeholt werden müssen.

»Ich kann nicht ... nach Hause«, sagt Nathan leise, den Blick immer noch gesenkt.

Intuitiv weiß ich, dass es die Wahrheit ist. Abwartend sehe ich ihn an.

»Meine Gran ...« Er spricht zögerlich weiter. »Ich kann nicht zulassen, dass sie mich so sieht. Sie macht sich schon genug Sorgen um mich. Und das *Joe's* ...«

»... hat heute zu«, beende ich seinen Satz und nicke. Es ist der berühmt-berüchtigte Inventurtag.

»Hm«, brummt er.

»Okay.« Ich sehe mich um. Der Laden ist so weit sauber, die Abrechnung kann ich auch morgen machen, und Nathan ist der einzige Kunde. Ich gehe an ihm vorbei und verriegele die Tür. Mit aller Macht versuche ich, die Tatsache zu ignorieren, dass ich mich soeben mit dem Mann eingeschlossen habe, der Brant erstochen hat. Doch das Gefühl von Panik bleibt aus. Seine Anwesenheit ist sogar irgendwie ... beruhigend? Sie ist mir auf jeden Fall nicht unangenehm oder lästig.

Wortlos beobachtet er mich dabei, wie ich mein Handy unter der Verkaufstheke hervorhole und das Geld aus der Kasse nehme. Nachdem ich es in Alice' Tresor verstaut habe, kehre ich zu ihm zurück. Er sitzt immer noch genauso da wie vor einer Minute.

»Komm mit«, fordere ich ihn auf und deute an, mir nach hinten zu folgen.

Nathan rührt sich nicht.

»Bist du festgefroren?«, frage ich, eine Hand bereits auf dem Lichtschalter. »Jetzt komm schon.«

Keine Reaktion.

»Nathan ...« Wieder entweicht mir ein leises Seufzen. »Nun mach, bevor ich es mir anders überlege.«

Endlich kommt Leben in ihn. Schwerfällig steht er auf, und als er an mir vorbeigeht, nehme ich wieder seinen Duft wahr. Wald, Zitrone und Schnee. Für einen kurzen Moment schließe ich die Augen und spüre, wie mein gesamter Körper zu kribbeln beginnt.

*Reiß dich zusammen, Mia. Reiß dich einfach zusammen.*

Ich gebe mir einen Ruck, knipse das Licht aus und eile Nathan hinterher. Er hat mir geholfen, als ich allein war und Hilfe brauchte. Nur deshalb nehme ich ihn mit. Aus keinem anderen Grund. Als wir allerdings an meinem Auto angekommen sind und tatsächlich Anstalten machen, gemeinsam einzusteigen, ist da nur noch ein einziger Gedanke in meinem Kopf: *Was zur Hölle tust du da?*

Schweigend schlage ich den Weg nach Hause ein. Meine Finger umklammern das Lenkrad so sehr, dass die Knöchel weiß hervortreten. Ich bin mir sicher, dass auch Nathan meine Anspannung nicht entgeht, denn plötzlich spricht er mich an und bestätigt damit meine Vermutung.

»Du musst das nicht tun ...«, beginnt er. Wieder ist seine Stimme nur ein Flüstern, ganz so, als hätte er vergessen, wie man in normaler Lautstärke spricht.

»Halt die Klappe!«, fahre ich ihn schärfer an als nötig. »Halt einfach die Klappe.«

Wenn er mir jetzt einen Ausweg bietet, besteht die Möglichkeit, dass ich ihn nutze. Und das kann ich nicht riskieren. Ich muss das hier sehr wohl tun. Er hat mir mehrfach geholfen. Ich stehe in seiner Schuld, und diesen Umstand muss ich ändern. Ich muss meine Schulden begleichen und dafür sorgen, nicht länger mit Nathan verbunden zu sein.

»Ich hoffe, du hast keine Angst vor Hunden«, sage ich, während ich meine Wohnung aufschließe. »Oder bist du allergisch?«

»Nein.«

»Gut.« Ich beuge mich trotzdem vor und greife durch die spaltbreit geöffnete Tür nach Lunas Halsband, um sie festzuhalten. Erst dann öffne ich vollständig und schiebe meine Hündin mit den Beinen ins Innere der Wohnung.

Nachdem ich mich wieder aufgerichtet habe, stelle ich fest, dass Nathan immer noch im Flur steht.

»Komm rein«, fordere ich ihn auf. Luna wedelt aufgeregt mit dem Schwanz.

Er zögert. »Bist du sicher?«

»Wäre ich es nicht, hätte ich dich nicht mitgenommen.« Das ist zwar nur die halbe Wahrheit, aber er muss nicht wissen, dass ich keine Ahnung habe, was ich hier tue. Das alles wächst mir über den Kopf, und wenn er jetzt auch noch anfängt, Zweifel zu säen …

»Mach die Tür hinter dir zu.« Ich bemühe mich um einen bestimmenden Tonfall.

Endlich bewegt er sich. Wie in Zeitlupe betritt er meine Wohnung und steht dann genauso unschlüssig herum wie eben.

»Zieh deine Schuhe und deine Jacke aus und setz dich irgendwohin.« Ich lasse Luna los, mit der Konsequenz, dass sie sofort zu ihm läuft und zu schnuppern beginnt. Sein Geruch ist neu für sie, und damit ist er das Spannendste, was sie heute erleben wird.

Nachdem sie ihm ein paarmal um die Beine gestrichen ist, tut sie etwas, was sehr untypisch für sie ist. Sie lässt sich auf seine Füße fallen und drückt sich an seine Schienbeine, um ihn an Ort und Stelle zu halten.

»Was macht er da?«, fragt er leise und blickt verwirrt zwischen meiner Hündin und mir hin und her.

»Er ist ein Mädchen und bietet dir gerade ihre Freundschaft an.« Ich hänge meine eigene Jacke auf, ehe ich die Hand nach Nathans ausstrecke. »Sie mag dich.«

»Sie ... *Was*?«

»Sie ist eine Hündin, Nathan.« Schulterzuckend hänge ich auch seine Jacke an einen Haken. »Du hast ihr nichts getan, und sie wittert keine Gefahr. Also bist du ihr Freund.«

»O-kay?« Meine Worte scheinen ihn zu überfordern.

»Du kannst sie streicheln. Luna tut nichts.« Mit diesen Worten lasse ich die beiden allein und begebe mich im Bad auf die Suche nach Verbandsmaterial und Desinfektionsmittel. Ich bin immer noch nervös, und eine Stimme in meinem Kopf redet permanent auf mich ein, ob ich eigentlich wahnsinnig geworden bin. Die ehrliche Antwort darauf ist, dass ich es nicht weiß. Vermutlich schon. Warum sonst sollte ich den Mann, der Brant auf dem Gewissen hat, mit in meine Wohnung nehmen? Noch viel weniger sollte es in meiner Verantwortung liegen, seine Wunden zu behandeln, und doch bin ich im Begriff, genau dies zu tun. Ich vermeide einen Blick in den Spiegel und nehme das Verbandszeug aus dem Schrank.

Als ich wiederkomme, haben sich Nathan und Luna immer noch nicht von der Stelle bewegt. Dieses Mal liegt es jedoch eindeutig an Luna. Sie hat sich auf den Rücken geschmissen und lässt sich von ihm am Bauch kraulen. Ich halte inne und beobachte das Szenario für einen Moment. Ein Lächeln liegt auf Nathans Lippen. Das Erste, das ich an ihm sehe und das echt ist. Luna hat ihn um den Finger gewickelt. Er kann nicht anders, als sich von ihrer Frohnatur anstecken zu lassen.

Ich bin mucksmäuschenstill, aber trotzdem scheint er meine Gegenwart zu spüren. Er blickt auf, und sein Lächeln erstirbt. Als hätte ich ihn bei etwas Verbotenem erwischt. Beim Glücklichsein. Ich räuspere mich und halte das Verbandsmaterial in meinen Händen höher. Nathan hört auf, Luna zu streicheln, was ihr gar nicht gefällt, aber er ignoriert ihren flehenden Blick. Stattdessen erhebt er sich und versucht, sich nicht anmerken zu lassen, dass seine Rippen nach wie vor schmerzen.

»Wo ... wo soll ich mich hinsetzen?«, fragt er.

»Sofa?« Ich deute mit dem Kopf in besagte Richtung. »Und ... vielleicht legst du dich besser hin.«

Ich bleibe mitten im Raum stehen und warte, bis er sich vorsichtig niedergelassen hat. Dann schiebt er die Beine auf die Sitzfläche und dreht sich so, dass er mit dem Rücken auf meinen Kissen liegt. Er verzieht das Gesicht und rutscht hin und her, bis er eine Position gefunden hat, die einigermaßen bequem zu sein scheint. Ich schlucke, als ich näher zu ihm trete. Mit einem Mal ist meine Kehle staubtrocken, aber es fühlt sich anders an als bei einer Panikattacke. Ich habe keine Angst vor Nathan, als ich den ganzen Kram auf dem Tisch ablege und mich neben ihn auf den Sofarand setze.

»Es könnte wehtun«, warne ich.

»Ist egal.« Seine Stimme ist nur noch ein raues Kratzen.

Behutsam beginne ich, mit einem feuchten Tuch die Wunden an seiner Stirn und seiner Lippe zu reinigen. Er zuckt nicht einmal zusammen, obwohl das alles andere als angenehm sein kann. Während ich arbeite, spüre ich seinen Blick überdeutlich auf mir. Er betrachtet mein Gesicht, und ich kann nicht verhindern, dass mir warm wird. Ich erinnere mich nicht daran, wann ich das letzte Mal von einem Mann so intensiv angesehen wurde. Sanft streiche ich eine Haarsträhne zur Seite, damit sie nicht in die Wunde rutscht. Sie sind um einiges länger als damals. Ich hole tief Luft und schüttle kaum merklich den Kopf. Ich will mich jetzt nicht an diesen Septembertag vor über vier Jahren erinnern und der Wut den Platz geben, den sie so dringend einfordert. Also unterdrücke ich sie. Die Gedanken und die Wut.

Nachdem ich die Blutreste entfernt habe, desinfiziere ich die beiden Stellen. Nathan atmet bei der Berührung seiner Haut zischend ein und schließt für einen kurzen Moment die Augen.

»Sorry«, murmle ich.

»Macht nichts«, gibt er zurück.

Ich bin ihm viel zu nah, werde eingehüllt von seinem Geruch nach Wald, Zitrone und Schnee. Es ist schwer, sich auf den Grund zu konzentrieren, weshalb er hier ist. Die Stille wird ohrenbetäubend laut, als ich nach ein paar Pflastern greife und sie ihm sachte auf die behandelten Wunden klebe. Sein Blick liegt immer noch auf mir, ganz so, als fürchte er, ich könne mich in Luft auflösen, wenn er ihn nur für eine Sekunde abwendet.

»Was ist mit deinen Rippen?« Meine Augen wandern über den schwarzen Pullover, den er trägt.

»Nichts.« Er dreht den Kopf im Liegen hin und her. »Das wird schon wieder.« Nathan schiebt einen Arm auf die Rückenlehne meines Sofas und will sich aufrichten, aber ich halte ihn davon ab und drücke ihn zurück in die Kissen. Vorsichtig, um ihm nicht wehzutun.

»Kann ich nachsehen?«, frage ich.

»Du willst ...« Er stockt.

»Du weigerst dich, zum Arzt zu gehen, also ...« Ich hebe beide Schultern an. »Jemand sollte zumindest einen Blick drauf werfen.«

Dieser Jemand muss nicht unbedingt ich sein, aber da außer uns beiden niemand sonst hier ist ...

Nathan lässt sich Zeit, doch schließlich beginnt er, am Saum seines Pullovers zu ziehen. Weil er liegt, schafft er es nicht, den Stoff weiter als ein paar Zentimeter nach oben zu schieben.

Ich stoppe seine Bewegung. »Darf ich?«

Sein Blick schnellt zurück zu meinem Gesicht. Sucht nach etwas. Ich weiß nicht, was es ist. Oder ob er es findet. Ganz langsam nickt er. Bedächtig schiebe ich den Pullover nach oben. Als seine Rippenbögen zum Vorschein kommen, bin ich diejenige, die zischend einatmet. Die Fläche, über die sich die Verletzung erstreckt, ist mindestens doppelt so groß wie meine Hand und dunkelrot verfärbt.

»Scheiße, Nathan.« Ich schaue von dem Hämatom in seine Augen und wieder zurück. »Das kannst du nicht unter den Tisch kehren. Du musst die Täter anzeigen.«

»Das ist nichts, Mia.« Er will den Pullover nach unten ziehen, aber ich schiebe seine Hand entschlossen beiseite.

»Das ist nicht nichts. Du siehst aus, als wärst du überfahren worden.« Meine Augen werden groß, als er mir nicht widerspricht. »Haben sie das etwa? Haben sie dich angefahren?«

»Nein«, sagt er und klingt so, als ob das noch nicht alles gewesen sei.

»Aber?«, hake ich nach.

»Warum ›Aber‹?«

»Sag du es mir.«

»Nein«, erwidert Nathan und seufzt. »Es gibt kein Aber.«

Er lügt, und ich will unbedingt wissen, warum, doch ich beiße mir auf die Zunge. Ich muss aufhören, ihn auszufragen und mich für ihn zu interessieren. Wir sind keine Freunde. Es kann mir egal sein, was ihm passiert ist und wie er damit umgehen will. Ich habe nichts mit diesen Schlägertypen zu tun, meine Schuld ist getilgt, sobald ich ihn verarztet habe.

»Warte hier«, sage ich vorsichtshalber, obwohl ich nicht davon ausgehe, dass er aufstehen und verschwinden wird, wenn ich ihn für zwei Sekunden allein lasse.

Ich stoße mich von der Couch ab, hole ein Glas Wasser und zwei Schmerztabletten und nehme eine Packung Himbeeren aus dem Tiefkühlfach. Umständlich wickle ich sie in ein Geschirrtuch ein und kehre damit zurück zu Nathan.

»Nimm die. Das sollte helfen.« Ich reiche ihm die Tabletten.

»Ibus?«

Ich nicke.

»Danke.« Er versucht erneut, sich aufzurichten. Dieses Mal lasse ich ihn. Nachdem er die Kapseln geschluckt hat, nehme ich ihm das Glas wieder ab, und er lässt sich stöhnend zurück in die Kissen sinken. Die Schmerzen müssen verdammt unangenehm sein, und trotzdem kommt kein einziges Wort über seine Lippen. Er jammert nicht, er beschwert sich nicht, und ich weiß einfach nicht, was ich davon halten soll.

»Hier.« Ich halte ihm die Tüte mit den Himbeeren entgegen und ernte dafür lediglich einen verwirrten Blick.

»Das sind keine Schmerztabletten«, bemerkt er.

»Was du nicht sagst.« Bevor ich mit ihm diskutieren muss, schiebe ich den Pullover wieder so weit nach oben, dass der riesige Fleck sichtbar wird. Vorsichtig wickle ich die Packung mit den Früchten noch einmal fester in das Tuch ein und lege sie auf die rote Stelle.

»Fuck!«, entfährt es Nathan, und ich sehe nicht nur, wie er zusammenzuckt, ich spüre es auch unter meinen Fingern.

»Ich weiß, dass es kalt ist, aber das ist Sinn der Sache.« Ich halte die Himbeeren immer noch fest, während er sich beide Arme über das Gesicht legt und versucht, seine Atmung wieder unter Kontrolle zu bringen. »Sag mir, wenn du es nicht mehr aushalten kannst.« Ich will keine Erfrierungen bei ihm hervorrufen, aber die Kälte ist das Einzige, was gegen die Schwellungen hilft.

»Benutzt man nicht eigentlich Erbsen dafür?«, höre ich ihn unter seinen Armen leise murmeln.

»Tut man.« Ich nicke, obwohl er mich nicht sehen kann. »Aber die habe ich nicht da. Du musst dich also leider mit Himbeeren zufriedengeben.«

Und das tut er. Die nächsten Minuten liegt er einfach nur da und schweigt, und es ist einzig und allein seine Atmung, die mir zeigt, dass er nicht eingeschlafen ist.

# 14

Lautlos schließe ich die Tür zu meinem Schlafzimmer ab. Nathan liegt noch immer im Wohnzimmer auf der Couch. Er ist irgendwann doch eingenickt, und ich habe die vergangenen fünfzehn Minuten damit verbracht, mit mir selbst zu debattieren, was ich tun soll. Ihn aufwecken? Schlafen lassen?

Luna war mir keine große Hilfe dabei. Sie hat sich vor das Sofa gelegt und ihre Schnauze auf ihre Pfoten gebettet, so als wolle sie Nathan beschützen. Und dort liegt sie seitdem. Anscheinend hat sie nicht vor, von seiner Seite zu weichen, und obwohl Besuch normalerweise bedeutet, dass sie mit in mein Bett darf, hat sie sich dagegen entschieden und ist bei ihm geblieben. Ich presse mein Ohr an die geschlossene Tür und lausche. Kein Mucks ist zu hören. Sie schlafen beide, und wahrscheinlich sollte ich dasselbe tun. Langsam lasse ich mich auf meine Bettkante sinken.

Nathan Dawson liegt auf meinem Sofa. Luna ist bei ihm. Und ich tue nichts dagegen. Ich liefere mich ihm wissentlich aus. Zwar habe ich die Tür abgeschlossen, aber das beruhigt meinen Kopf nicht wirklich.

*Sag ihm, dass er gehen muss!*

Es gibt so viele Gründe, auf meinen Verstand zu hören. Der wichtigste davon ist Brant. Wie kann ich es zulassen, Nathan nach allem, was er getan hat, hier Unterschlupf zu gewähren? Damit verrate ich meinen besten Freund, und dieses Wissen raubt mir die Luft zum Atmen. Es ist ein schmaler Grat, auf dem ich mich bewege, eine dünne Linie, und links und rechts wartet der Abgrund. Mein Kopf hat recht. Was nützt mir eine abgeschlossene Tür, wenn Nathan trotzdem immer bei mir ist? Er ist in dem Schatten, den das kleine Nachtlicht auf dem Beistelltisch an die Wand wirft. Ich spüre ihn neben mir sitzen, obwohl er nicht da ist. Nathan ist überall, und das sollte mir Angst machen. Aber die habe ich nicht. Diese Logik widerspricht seiner Anwesenheit in meiner Wohnung, doch etwas anderes in mir gibt mir zu verstehen, dass er mir nichts tun wird. Und dann ist da plötzlich eine Hand, die das Engegefühl in meiner Brust sanft beiseiteschiebt. Bis mein Herz wieder normal schlagen kann und ich mich beruhigt habe.

Ich ziehe meine Beine unter die Bettdecke und stelle mich auf eine lange Nacht ein. Aber überraschenderweise fallen mir sofort die Augen zu, und ich schlage sie erst wieder auf, als mich ein Geräusch weckt, das ich nicht sofort einordnen kann.

»Luna?«, wispere ich, aber sie ist nicht hier. Weil ich allein in meinem Zimmer bin und meine Hündin jemand anderem Gesellschaft leistet.

Ich lausche in die Stille der Dunkelheit. Nichts ist zu hören. Habe ich mich getäuscht? Oder geträumt? Ich reibe mir über die Augen – und halte erneut inne. Da ist es wieder. Ein ... Wimmern? Nein, ein Murmeln. Es sind eindeutig Worte, die auf der anderen Seite der Tür gesprochen werden. Ich richte mich auf. Ist Nathan ebenfalls aufgewacht und redet mit Luna? Ich versuche zu verstehen, was er sagt, aber die Wand zwischen uns ist zu dick. Mit angehaltenem Atem sitze ich auf meiner Matratze. Vielleicht holt er sich nur ein Glas Wasser oder sucht nach Schmerzmitteln. Angeknackste Rippen können genauso schmerzhaft sein wie gebrochene und ... Verdammt! Ich rutsche zum

Bettrand und tapse barfuß über den Boden zur Tür. Mit jedem Schritt, den ich mich nähere, wird Nathans Stimme deutlicher.

»Nein«, höre ich ihn sagen, und es klingt nicht so, als würde er mit Luna sprechen. »Ich wollte nicht … Nein … Ich …«

Meine Hand landet wie von selbst auf dem Schlüssel. Leise drehe ich ihn um und drücke die Klinke nach unten. Die Tür öfffnet sich geräuschlos, und ich ziehe sie in meine Richtung weiter auf. Mein Blick fällt auf Nathan. Er wird durch das sanft hereinfallende Licht der Straßenlaterne beleuchtet. Luna liegt mittlerweile auf seinen Beinen und ignoriert, dass er sich pausenlos hin und her wälzt. Seine Augen sind geschlossen, sein Gesichtsausdruck wirkt gequält. Etwas stimmt nicht mit ihm. Kurz überlege ich, ob ich jemanden anrufen soll. Einen Arzt oder … Ich habe keine Ahnung. Einzig Luna ist es zu verdanken, dass ich nicht umdrehe, sondern näher komme. Sie ist ruhig und gelassen, und ich vertraue ihren Instinkten, dass uns keine Gefahr droht. Mittlerweile haben sich kleine Schweißperlen auf Nathans Stirn gebildet.

»Nein!«, ruft er mit einem Mal so laut, dass ich zusammenzucke. Seine Augen sind immer noch fest zugepresst. Luna schiebt ihre Pfoten auf seine Oberschenkel. Sie will ihn beruhigen. Mit einer Hand streichle ich über ihren Kopf, ehe ich mich neben Nathan auf das Sofa setze. Er rutscht immer noch unruhig hin und her.

»Nathan«, sage ich leise.

Er hört mich nicht.

»Nathan«, versuche ich es erneut.

Wieder kein Erfolg.

Unschlüssig, ob das eine gute Idee ist, lege ich vorsichtig eine Hand auf seinen Unterarm. Ich habe ihn kaum berührt, als er die Augen aufreißt und nach oben schießt. Nur, weil ich schnell genug reagiere und nach hinten wegrutsche, knallen unsere Köpfe nicht aneinander.

Nathan starrt mich aus großen, erschrockenen Augen an. Er atmet schwer, und ich kann das Blut in seiner Halsschlagader pulsieren sehen.

»Du hast schlecht geträumt«, erkläre ich und kann meinen Blick nicht von ihm abwenden. Er sieht so aufgewühlt aus. Hoffnungslos. Gebrochen.

»Ich habe ... Bin ich eingeschlafen?« Sein Blick gleitet fahrig an mir vorbei. Er sieht sich um, als hätte er vergessen, wo er sich befindet.

Ich nicke.

»Shit, tut mir leid, ich ...« Er will sich vollständig aufsetzen, doch sein verletzter Oberkörper hindert ihn daran. Aber anstatt aufzugeben, versucht er weiter, die Beine unter Luna hervorzuziehen, den Blick angestrengt an die Decke gerichtet.

»Nathan ...« Ich lege meine Hand wieder auf seinen Arm. Seine Haut ist kühl, und obwohl ich ihn kaum berühre, zuckt er erneut zusammen. Bestürzt sieht er mich an, bevor seine Augen zu meinen Fingern wandern. Er scheint nicht glauben zu können, dass ich ihm tatsächlich Trost spende.

»Könntest du ...« Ich atme tief durch. »Könntest du bitte aufhören, dich ständig für alles zu entschuldigen?«

Er bewegt sich nicht, hält den Blick stur auf mich gerichtet.

»Schmerztabletten machen müde. Das war mir bewusst, bevor ich sie dir gegeben habe.«

»Ich sollte trotzdem nicht ...« Er schafft es nicht, seinen Satz zu beenden. Stattdessen zieht er die Beine komplett unter Luna hervor. »Danke für deine Hilfe.«

Schweigend nicke ich. Er setzt sich neben mich, die Füße auf dem Boden, bereit zum Aufbruch. Meine Hand rutscht von seinem Arm und fällt in meinen Schoß.

*Bleib.*

Der Wunsch, ihn festzuhalten, überfällt mich aus dem Nichts. Und das verwirrt mich und ergibt überhaupt keinen Sinn, und dennoch kann ich ihn nicht verhindern. Er ist da und wird größer und mächtiger und ...

»Du kannst hierbleiben«, entweicht es mir, bevor ich zu lange darüber nachdenken kann. »Es ist spät und ... Luna ...« Es ist armselig, meine Hündin vorzuschieben, aber ich bin nicht bereit, mir den wahren Grund dafür einzugestehen, warum ich nicht will, dass er geht. Oder was das bedeutet.

Nathan blickt über seine Schulter. Luna ist hinter ihn gekrabbelt und drückt sich an seinen Rücken. Sie hat einen Narren an ihm gefressen. Seine Hand verschwindet in ihrem langen Fell, als er sie streichelt. Zufrieden kuschelt sie sich noch enger an ihn.

»Brich ihr nicht das Herz«, sage ich. Vielleicht ist es unfair, vielleicht sogar emotionale Erpressung, aber ich habe ihn so oft weggeschickt, dass ich nicht anders kann. Einmal. Ein einziges Mal will ich, dass er sich in meiner Gegenwart willkommen fühlt.

»Mia ...« Es ist nur ein Wort, mein eigener Name, doch ich höre, wie seine Stimme zu brechen droht. Ich bin nicht die Einzige, die mit ihren Emotionen kämpft, und anscheinend bin ich auch nicht die Einzige, die keine Ahnung hat, was sie hier tut oder was sie sich davon erhofft.

Nathan und ich können keine Freunde sein. Stattdessen könnte ich auch gleich auf Brants Grab spucken und jedes Foto, das ich von ihm habe, zerreißen und verbrennen. Ich weiß das alles, und deswegen wäre es so viel klüger, ihn gehen zu lassen. Aber ich bin nicht klug. Nicht heute Nacht.

Schweigend sitzen wir da. Eine ganze Weile. Schließlich nickt er kaum sichtbar. »Okay.«

Und dann tue ich etwas, aus einem Impuls heraus, was ich niemals für möglich gehalten habe. Ich umarme Nathan Dawson. Zunächst ist er stocksteif in meinen Armen, aber ich lasse nicht los. Ich halte ihn so lange fest, bis die Anspannung in seinen Muskeln nachlässt. Zaghaft beginnt er, meine Umarmung zu erwidern. Ich spüre, wie er seinen Arm über meinen Rücken legt und den Druck erhöht. Nicht viel, nur ein bisschen, aber innerhalb weniger Augenblicke verwandelt sich diese Umarmung in etwas völlig anderes. Er klammert sich regelrecht an mich, als sei es Jahre her, dass er zum letzten Mal menschliche Nähe erfahren hat. Vielleicht ist es das auch. Er hat mir erzählt, dass seine Eltern nichts mehr mit ihm zu tun haben wollen, und das ist das Schlimmste, was ich mir vorstellen kann. Zum ersten Mal, seit Nathan wieder da ist, wird mir klar, was ich eigentlich von Anfang an hätte wissen müssen.

Er trauert. Er trauert auf seine eigene Art und Weise. Nicht um einen Verstorbenen, wahrscheinlich auch nicht um Brant als Menschen. Aber er trauert um seine Träume, um seine Wünsche, um seine Hoffnungen. Um seine Familie. Nicht nur mein Leben und das von Brants Eltern und Clara hat sich radikal verändert. Auch Nathans hat sich von einem auf den anderen Tag komplett auf den Kopf gestellt. Nichts ist mehr, wie es war. Unsere alten Leben sind genauso tot, wie Brant es ist.

Minutenlang sitzen wir da und umarmen einander. Nathans Hand auf meinem Rücken, meine Arme um seine Hüfte. Ich passe auf, seine Rippen nicht zu sehr zu berühren, aber es ist schwer, weil er seinen Griff um mich nicht lockert. Meine Augen schließen sich irgendwann von selbst, und ich werde eingehüllt von seinem Duft. Wald und Zitrone und Schnee.

Es ist eine feuchte Hundenase, die sich schließlich zwischen uns schiebt. Wir stoßen auseinander, sein Arm gleitet von meinem Rücken, und ich beuge mich zu Luna, um sie zu streicheln. Nur, damit ich ihn nicht ansehen muss.

»Was machen deine Schmerzen?«, murmle ich in ihr Fell. Nathan hört mich trotzdem.

»Es geht schon.«

»Brauchst du eine neue Tablette?«

»Ich denke nicht.«

»Okay.« Ich gebe Luna einen Kuss auf den Kopf und erhebe mich. »Ich bringe dir trotzdem eine. Für später.« Hastig drehe ich mich um und eile in die Küche. Dort nehme ich ein frisches Glas aus dem Schrank, lasse Wasser hineinlaufen und leere es in einem Zug. Dann greife ich nach einem zweiten, fülle es für Nathan und hole eine weitere Tablette. Als ich zurück ins Wohnzimmer komme, liegt Luna auf seinem Schoß, und er krault ihren Rücken. Sie ist zu groß, weshalb ihre Pfoten zu beiden Seiten über seinen Beinen hängen. Unweigerlich schleicht sich ein Lächeln auf mein Gesicht.

»Was für eine Rasse ist sie?«, fragt er, nachdem er mich bemerkt hat, und streichelt sie unaufhörlich weiter. »Ihr Fell ist so weich.«

Ich stelle das Glas und die Tablette auf dem Tisch ab und setze mich auf den kleinen Sessel neben dem Sofa.

»Ein Australian Shepherd.« Ich schmunzele, als sie sich auf den Rücken dreht, sodass er nun ihren Bauch kraulen muss.

»Wie lange hast du sie schon?«

»Fast vier Jahre.«

»Fast vier Jahre ...« Er wiederholt meine Worte, und ich sehe ihm den Moment deutlich an, in dem ihm klar wird, was das bedeutet.

»Meine Eltern haben sie mir geschenkt, weil ich nach Brants Tod das Haus nicht mehr verlassen habe. Mit Luna war ich gezwungen, wenigstens ein paarmal am Tag rauszugehen.« Der Plan meiner Eltern ist simpel gewesen, aber er hat funktioniert.

Stille. Und dann ein Räuspern. »Ich ... Ich weiß, du hast gesagt, dass ich aufhören soll, mich zu entschuldigen, aber ... dieses eine Mal musst du es mir zugestehen.« Er wartet, wahrscheinlich auf meinen Protest. Als ich nichts erwidere, spricht er weiter. »Es tut mir leid, Mia. Es tut mir so wahnsinnig leid, dass ich dir deinen besten Freund genommen habe. Ich wollte dir nie wehtun und … Ich hoffe, du kannst mir das glauben. Nicht jetzt. Nicht morgen. Und auch nicht übermorgen. Aber vielleicht … irgendwann. In der Zukunft.«

Ein dicker Kloß sitzt in meinem Hals. Ich will ihm sagen, dass ich ihm glaube. Ich weiß, wie ehrliches Bedauern aussieht, und das hier … *Nathan* … Er bereut zutiefst, was er getan hat. Anstatt ihm zu antworten, verlasse ich meinen Sessel, setze mich neben ihn und Luna und greife nach seiner rechten Hand. Ich drehe sie um und fahre mit zwei Fingerspitzen behutsam seinen Unterarm entlang. Seine Narben sind deutlich zu spüren, und ich nehme an, dass es die Dunkelheit der Nacht ist, die mir den Mut gibt, auszusprechen, was mir auf der Seele liegt.

»Tu das nie wieder«, flüstere ich und streiche über die größte der Narben. »Ein verlorenes Leben reicht.«

Ich höre ihn schlucken. Aus dem Augenwinkel sehe ich, wie er nickt. Sonst nichts.

»Wenn du … wenn du willst, kannst du die Blumen wieder an Brants Grab stellen.« Es liegt nicht an mir, ihm das zu verbieten. Wenn diese Sträuße seine Art sind, um Vergebung zu bitten, dann muss ich das akzeptieren.

»Ich weiß nicht, was ich sonst tun soll«, gesteht er mir mit einem erstickten Flüstern. Wir sitzen mit dem Rücken zum Fenster, weshalb ich die Tränen in seinen Augen erst bemerke, als eine davon auf meinen Handrücken fällt. Hastig wischt er sich über das Gesicht. »Sorry, ich …«

»Ich glaube dir«, unterbreche ich ihn.

»Was?« Seine Stimme klingt beinahe hohl.

»Ich glaube dir«, wiederhole ich ruhig. Niemand würde sich so verhalten, wie Nathan es tut, wenn er seine Taten nicht bereuen würde.

»Ich glaube dir«, sage ich ein drittes Mal, und damit beginnt das Zittern in seinen Schultern. Zunächst weint er lautlos. Tränen strömen über seine Wangen, tropfen eine nach der anderen auf meine Hand, seinen Arm, Lunas Fell. Sein Körper beginnt zu beben, doch es ist sein verzweifeltes Schluchzen, das etwas in mir zerbrechen lässt.

Nathan Dawson wünscht sich nichts sehnlicher als Vergebung für seine Taten.

## 15

Als ich am nächsten Morgen mein Schlafzimmer verlasse, rechne ich nicht damit, dass Nathan noch da ist. Irgendetwas sagt mir, dass die Couch leer sein wird, wenn ich das Wohnzimmer betrete. Und ich habe recht. Mein Blick fällt auf die aufgeschüttelten Kissen und die Decke, die ich ihm nachts noch gegeben habe und die nun fein säuberlich zusammengelegt über der Sessellehne hängt. Es sieht fast so aus, als wäre niemand hier gewesen. Einzig das leere Wasserglas auf dem Tisch verrät, dass doch jemand die Nacht auf meinem Sofa verbracht hat. Ein ganz bestimmter Jemand.

Ich kann immer noch nicht glauben, was in den vergangenen zwölf Stunden passiert ist. Nathan hat vor mir geweint, ich habe ihn verarztet, und Luna hat Freundschaft mit ihm geschlossen. Meine Hündin kannte Brant nicht, sie ist keine Verräterin. Im Gegensatz zu mir. Nun, bei Tageslicht, ist alles anders. Der Schutz der Dunkelheit hat es möglich gemacht, mich zu öffnen und ausgerechnet Nathan gegenüber zuzugeben, dass ich ihm tatsächlich glaube. Er bereut, was er getan hat. Doch dieser nächtliche Mantel ist nun verschwunden, weggeweht von der aufgehenden Sonne. Immer wieder blinzelt sie zwischen den Wolken hervor und kündigt einen neuen Tag an. Einen weiteren ohne Brant. Und anscheinend auch ohne Luna, denn von meiner Hündin ist nichts zu sehen und nichts zu hören. Ich stehe immer noch an der Schwelle zwischen meinem Wohn- und Schlafzimmer, als die Wohnungstür aufgeht und Luna schwanzwedelnd hereingestürmt kommt.

»Was zum …« Ich haste auf sie zu und gehe eilig vor ihr in die Hocke. Meine Augen rasen über ihren Körper, aber ich kann nichts Ungewöhnliches entdecken. »Wo kommst du denn her, Maus? Und wie zum Teufel hast du die Tür aufgekriegt?« Ich habe abgeschlossen, ich erinnere mich genau daran. Nachdem Nathan eingeschlafen ist, habe ich Lunas Spielsachen aufgeräumt und die Tür verriegelt und …

»Daran bin dann wohl ich schuld.« Nathan folgt Luna herein, zieht die Tür hinter sich ins Schloss und bleibt nur ein paar Zentimeter von ihr entfernt stehen. »Sie … Sie musste mal, aber du hast noch geschlafen, und ich habe dir heute Nacht schon genug …« Er holt tief Luft, als er merkt, dass er sich um Kopf und Kragen redet. »Wir waren kurz unten. Nur fünf Minuten.« Unsicher fährt er sich mit der Hand durch die Haare, die einem Vogelnest gleichen. »Ich hoffe, das war okay.«

Es sind rohe Eier, auf denen wir umeinander herumtanzen. Was auch immer in der letzten Nacht zwischen uns entstanden ist, ist verdammt zerbrechlich. Und wertvoll zugleich. Es ist wertvoll und einzigartig und völlig verrückt. *Wahnsinn. Es ist Wahnsinn.*

»Ich weiß, dass ich längst hätte gehen sollen.« Seine Worte lassen mich automatisch an Adam und seine geheime Angebetete denken. »Aber ich wollte nicht, dass du denkst, ich haue einfach ab, ohne … ohne Danke zu sagen.«

Es wäre leicht, abzuwinken. *Nicht der Rede wert* oder *Schon in Ordnung* zu erwidern. Doch die Wahrheit ist, dass ich nicht jeden hier hätte übernachten lassen. Ich bin mir nach wie vor nicht sicher, warum ich es bei ihm zugelassen habe, aber vielleicht ist es auch einfach nicht länger möglich, die Verbindung zwischen uns zu leugnen. Ich kann nicht trennen, was uns durch Brants Tod unwiderruflich miteinander vereint hat. Wir werden für immer eine gemeinsame Vergangenheit haben, die an einen ganz bestimmten Ort geknüpft ist. Egal, wie sehr ich mich dagegen gesträubt habe. Es ist an der Zeit, einzusehen, dass sich das niemals ändern wird. Brant, Nathan und ich bilden für den Rest unseres Lebens einen Kreis ohne Ende.

»Gern geschehen.« Meine Antwort scheint ihn genauso zu erstaunen wie mich.

Nur Luna bleibt nicht wie angewachsen stehen, sondern läuft von mir zu ihm und wieder zurück und stupst mit ihrer kalten Schnauze immer wieder gegen meine Hand. Sie hat Hunger. So wie ich. Mein Magen knurrt im selben Moment, in dem Nathan einen Schritt rückwärts macht. Er prallt fast gegen die Wohnungstür hinter sich, als er mit dem Daumen über seine Schulter zeigt.

»Ich ...« Ihm fehlen die Worte. Er schließt kurz die Augen, ehe er mich wieder fest ansieht. »Bis dann, Mia.« Im nächsten Moment ist er verschwunden.

Luna sieht ihm hinterher, und ich kann nur hoffen, dass ich mich täusche und mir die Traurigkeit in ihrem Blick nur einbilde.

Durch meine Kopfhörer lausche ich gerade dem neuen Album von Sia, als ein Blatt Papier von rechts in mein Sichtfeld geschoben wird. Überrascht ziehe ich mir einen der beiden Stecker aus dem Ohr. Sofort wird es laut, und ich runzle die Stirn. Für einen Augenblick habe ich es tatsächlich geschafft, zu vergessen, wo ich mich befinde, aber nun ist es nicht mehr zu überhören. Die Cafeteria ist brechend voll. Ich drehe den Kopf, um den Störenfried zu identifizieren, und entdecke Sarah. Sie zieht den freien Stuhl neben mir unter dem Tisch hervor und lässt sich darauf nieder.

»Was ist das?«, frage ich, stoppe die Musik und betrachte den Zettel vor mir. Sieht aus wie ein Flyer für den College-Sport.

»Yoga«, erklärt sie mir und klaut sich ein paar Pommes von meinem Teller. »Wir gehen hin. Du, Jack, Peter und ich.«

»Wir tun was?« Ich überfliege die Informationen auf dem Blatt. Yoga. Angeboten vom College. Jeden Mittwoch. 17:30 Uhr. Raum 3.007.

»Yoga«, wiederholt sie noch einmal und gönnt sich eine zweite Handvoll Pommes. Es ist jedes Mal dasselbe mit ihr und meinem Essen.

»Du hattest eine Panikattacke«, sagt sie und hebt ihren Kopf. Ihr Blick ist ernst, als sie nach meiner Hand greift. »Also dachte ich, dass es dir helfen könnte, wenn du etwas für deine Entspannung tust. Früher hast du doch auch schon Yoga gemacht. Und ehrlich gesagt, könnte mir so was auch nicht schaden, deshalb sind wir dabei. Wir vier. Das ... Kleeblatt, wenn du es so willst.« Obwohl sie überzeugend klingt, merke ich ihr die Unsicherheit hinter ihrem Vorschlag an.

»Ihr wollt Yoga mit mir machen?«, hake ich nach.

Sie nickt.

»Ernsthaft?«

»Es spricht nichts dagegen, oder?« Sarah zuckt mit den Schultern.

»Ich glaube nicht, dass Yoga mir bei meinem Problem helfen wird.« Während einer Panikattacke habe ich keine Chance, irgendwie in einen Entspannungsmodus zu finden. Das liegt in der Natur der Sache.

»Einen Versuch ist es wert, finde ich.«

»Hast du Yoga schon einmal gemacht?«

»Nein.« Sie grinst. »Aber so schwer wird es bestimmt nicht sein.«

Es ist schwer. Als wir ein paar Tage später den Trainingsraum wieder verlassen, stöhnt Jack, Sarah jammert, und Peter hat die Lippen zu einem festen Strich zusammengepresst. Die Einzige, die amüsiert grinst, weil sie gewusst hat, was auf sie zukommt, bin ich.

»Ich hatte euch gewarnt.«

»Du hast gesagt, dass es anstrengend werden wird«, widerspricht mir Sarah. »Aber du hast nicht gesagt, dass Yoga die Ausgeburt der Hölle ist. Ich wusste nicht, dass ich so viele Muskeln habe. Und jeder einzelne davon tut mir jetzt weh.«

Ich lasse sie meckern, schmunzle stattdessen vor mich hin und schlüpfe in meine Jacke. Es ist schon kurz nach sieben und dunkel, und ich freue mich auf zu Hause. Die heiße Dusche, die dort auf mich wartet, ist das Beste nach dem Sport.

»Bitte sag mir, dass du auch Schmerzen hast, Mia. Das gibt den Muskelkater des Todes morgen«, quengelt Sarah weiter.

»Jetzt hör aber auf.« Ich kann nicht anders, als zu lachen, und stoße sie mit meiner Schulter an. »So schlimm war es nicht.«

»Es war schlimmer«, murrt sie, ehe sie sich an Jack und Peter wendet. »Sagt doch auch mal was.«

»Es war ... interessant?« Jack versucht es diplomatisch, während Peter wie immer gar nichts sagt. Aber er hat mitgemacht, und das rechne ich ihm hoch an.

»Vielleicht wird es nächstes Mal ja besser«, entgegnet er schließlich und bückt sich, um seine Schuhe zuzubinden.

»Bezweifle ich.« Sarah wickelt drei Kilometer Schal um ihren Hals. »Bezweifle ich sehr.«

Obwohl sie immer noch in Meckerlaune ist, weiß ich, dass sie nächste Woche wiederkommen wird. Es war ihre Idee, und mir hat es Spaß gemacht. Damit hat sie zwei Gründe, die sie motivieren, auch wenn ich sie niemals zwingen würde, den Kurs meinetwegen weiterzumachen.

Grinsend hake ich mich bei ihr unter. »Die Idee war gut«, raune ich ihr zu. »Ich hätte viel früher wieder damit anfangen sollen.«

»Zum Glück hast du ja mich. Wollen wir das feiern?« Bevor ich antworten kann, dreht Sarah sich zu Peter und Jack um. »Hey. Habt ihr Lust, noch etwas trinken zu gehen?«

»Jetzt?«, entgegnet Jack.

»Warum nicht? Morgen kann ich mich bestimmt nicht mehr bewegen, also …« Sie blickt uns der Reihe nach an. »Ich würde ja das *Joe's* vorschlagen, aber aus offensichtlichen Gründen geht das nicht mehr.« Sie seufzt. »Unfassbar, dass der Penner uns die Stammkneipe ruiniert hat.«

»Nehmen wir den Irish Pub um die Ecke?« Jack sieht mich an und nickt mir kurz zu. »Wenn wir Glück haben, ist bei *O'Malleys* nicht so viel los.«

»Du wohnst in einer Studentenstadt.« Der Tonfall in Sarahs Stimme sagt alles. »Wir können von Glück reden, wenn wir überhaupt einen Tisch bekommen.«

»Ist das in Ordnung für dich, Mia?« Jack wendet sich mir zu. »Wir können sofort wieder gehen, wenn es dir zu viele Menschen sind.«

»Oder wir machen bei mir eine Flasche Wein auf?«, schlage ich vor. »Ich muss Luna rauslassen und …« Und ich muss niemanden um ein alkoholfreies Getränk bitten. Bei mir zu Hause kann ich es mir einfach selbst holen.

»Ja.« Sarah entscheidet für alle. »Lass uns zu dir gehen. Ich habe diesen Wuschelhund schon viel zu lange nicht mehr gesehen. Bestimmt kennt mich mein Baby gar nicht mehr.«

»Einverstanden?«, frage ich Jack und Peter trotzdem noch einmal. Erst, als beide zugestimmt haben, lasse ich mich von Sarah aus dem Gebäude ziehen.

Wie immer ist Luna entzückt, dass ich Menschen mitbringe. Die Auswahl ist so groß, dass sie sich gar nicht entscheiden kann, von wem sie zuerst gestreichelt werden möchte. Lachend lasse ich meine Freunde meine Hündin bespaßen und gehe in die Küche, um nach Gläsern und der Weinflasche zu suchen, die Adam bei einem seiner Besuche mitgebracht hat. Eigentlich für sich selbst, aber er hat bestimmt nichts dagegen, wenn ich sie Sarah, Peter und Jack anbiete. Ich hantiere gerade mit dem Korkenzieher, als Jack zu mir kommt.

»Brauchst du Hilfe?«, fragt er und streckt seine Hände nach dem Wein aus. Während er sich daran macht, die Flasche zu öffnen, nehme ich eine zweite mit Mineralwasser aus dem Kühlschrank.

»Alles in Ordnung bei dir?«

Jacks Frage erstaunt mich. »Klar.« Ich drehe mich zu ihm um und lehne mich an einen Küchenschrank. »Warum fragst du?«

»Na ja …« Er legt den Korken beiseite und stellt die Flasche neben die kleine Gläseransammlung auf die Arbeitsplatte. »Du hattest ewig keine Panikattacke mehr, und dann taucht Dawson wieder auf, und du …«

»Jack.« Ich unterbreche ihn sanft, aber bestimmt. »Es war nur eine einzige Attacke, und sie hat nicht einmal sonderlich lang gedauert.«

»Trotzdem, Mia. Das ist kein Zufall. Ich mache mir Sorgen.«

»Ich weiß.« Wenn jemandem klar ist, dass die beiden Ereignisse zusammenhängen, dann mir. »Und genau deshalb habe ich bei Dr. Sullivan angerufen und um einen Termin gebeten.«

»Du willst wieder in Therapie?«

Ich nicke. »Nächste Woche hat sie Zeit für mich.«

»Okay.« Er stößt die Luft aus und nickt ganz langsam. »Ich denke, das ist gut. Oder?«

»Ist es«, bestätige ich und lächle leicht. »Du musst dir wirklich keine Gedanken machen. Ich habe die Sache im Griff.«

Was ich nicht im Griff habe, sind die vielen Male, die ich Nathan mittlerweile gesehen habe. Jack weiß von genau drei Begegnungen, dabei sind es inzwischen so viele mehr. Immer wieder bin ich kurz davor, ihm und Sarah davon zu erzählen, doch jedes Mal mache ich einen Rückzieher. Sie würden es nicht verstehen. Ich verstehe ja selbst kaum, was das mit Nathan und mir ist. Warum ich ihn nicht einfach zum Teufel jage. Aber vielleicht ist genau das der Punkt. Weitermachen wie bisher ist keine Option, wenn mich das nicht glücklich werden lässt. Ich lebe nicht, ich existiere nur, und das ist etwas, wofür Brant mir gehörig den Kopf waschen würde, wenn er die Möglichkeit dazu hätte.

»Hilfst du mir?« Ich schnappe mir zwei der Gläser und die Wasserflasche. Jack nimmt den Rest, und zusammen kehren wir zurück ins Wohnzimmer. Peter sitzt auf dem Sofa, während Sarah es sich mit Luna auf dem Boden bequem gemacht hat.

»Ich liebe deine Hündin«, verkündet sie, als ihr Blick auf mich fällt. »Ehrlich. Sie ist toll«, schwärmt sie und vergräbt ihr Gesicht in Lunas Fell. Als sie wieder aufsieht, pustet sie sich ein paar ihrer eigenen Haare aus dem Gesicht. »Aber Wein liebe ich auch. Man reiche mir dieses göttliche Getränk.« Mit ihrer rechten Hand winkt sie Jack näher zu sich, während sie mit der anderen Luna weiterhin verwöhnt.

Grinsend setze ich mich auf meinen Sessel und ziehe die Beine an. Jack lässt sich neben Peter nieder. Dann stoßen wir an, und während die drei dank des Weins immer ausgelassener werden, nippe ich an meinem Wasserglas. Allmählich beginnen die Muskeln in meinem Nacken leicht zu schmerzen. Auch wenn ich nicht gejammert habe, hat Sarah mit einer Aussage trotzdem recht. Morgen werden wir alle Muskelkater haben, und ich freue mich kein bisschen darauf.

»Wie geht es Ihnen?«

Es sind jedes Mal dieselben vier Worte, mit denen Dr. Sullivan unsere Termine beginnt. Eigentlich sollte diese Frage leicht zu beantworten sein. Aber das ist sie nicht. Das ist sie nie. Oft versuche ich auszuweichen, doch Dr. Sullivan hat mich längst durchschaut und als Konsequenz eine Art Spiel erfunden. Wenn ich ihr nicht aussagekräftig genug – oder überhaupt nicht – antworte, stellt sie mir eine zweite Frage.

»Wie ist das Wetter heute?«

Den wolkenlosen, strahlend blauen Himmel habe ich seit Brants Tod nicht mehr gesehen. Selbst wenige Gut-Wetter-Wolken sind selten. Meistens regnet es. Und heute, heute tobt ein Sturm. Der Wind kommt seit Tagen aus allen Richtungen, umzingelt mich, und ich weiß nicht, wohin mit mir. Mal blinzelt die Sonne durch kleine Wolkenlöcher hervor, dann verdunkelt sich der Himmel schlagartig und erinnert eher an den Beginn der Apokalypse.

»Woran, glauben Sie, liegt dieser Sturm?«, will Dr. Sullivan wissen. Die Brille sitzt ihr schief auf der Nase, dunkle Haare umrahmen ihr Gesicht, ein Notizblock liegt auf ihren Beinen.

Und damit ist der Moment der Wahrheit gekommen. Ich reibe mir mit den Handflächen nervös über die Oberschenkel, ehe ich zu erzählen beginne. Von Nathan und seiner Rückkehr, meiner Wut auf ihn, seiner Hilfe bei der Autopanne. Von der Party, meiner Panikattacke, der Prügelei. Von dem Angriff auf ihn und unserer Nacht zusammen, die etwas verändert hat. Ich kann nicht genau begreifen, was es ist, aber es ist da. Und es liegt wie ein schweres Gewicht auf meinen Schultern.

»Nichts passt mehr zusammen«, schließe ich meine Ausführungen und blicke auf die buntgemusterte Seitenlehne meines Sessels. Dr. Sullivan hat auch die klassische Couch, aber ich sitze lieber hier. Der Sessel fühlt sich irgendwie sicherer an, auch wenn er mit den bunten, knalligen Farben im Vergleich zu der restlichen Einrichtung des Zimmers komplett aus der Reihe tanzt.

»Kognitive Dissonanz«, erwidert sie und lächelt. »Wissen Sie, was das ist?«

Ich schüttle den Kopf.

»Als kognitive Dissonanz wird ein Gefühlszustand bezeichnet, den man als unangenehm empfindet. Was Sie mir hier erzählen, sind Gedanken, Wahrnehmungen und Einstellungen, die nicht miteinander vereinbar sind. Sie bewerten sie und merken, dass sie im Gegensatz zueinander stehen und Ihrer Empfindung nach nicht zusammenpassen. Zwischen Ihren Kognitionen ist also ein Konflikt entstanden, eine sogenannte Dissonanz. Deshalb spüren Sie diese innere Anspannung. Sie befinden sich in einem Ungleichgewicht und wollen wieder in einen konsistenten Zustand gelangen.«

»Okay.« Ich nicke und bin erleichtert, dass es eine Erklärung dafür gibt, wie ich mich fühle. »Und wie löse ich diese Dissonanz wieder auf?« Ich brauche Tipps. Tricks. Eine Anleitung. Irgendetwas, das mir hilft. Aber ich weiß, dass Dr. Sullivan mir so etwas nicht geben wird. Das tut sie nie, weil eine Therapie, die erfolgreich sein soll, so nicht gelingen kann.

*Ratschläge sind auch Schläge, selbst wenn sie gewollt sind.*

Diesen Satz hat sie mir oft genug um die Ohren gehauen. Auch dann, wenn ich ihn überhaupt nicht hören wollte und mich einfach nur verloren gefühlt habe. Es hat lange gedauert, bis ich die Illusion begraben konnte, dass eine Therapie auch eine schnelle Heilung bedeutet. Sie funktioniert nicht wie ein Besuch beim Arzt, nach dem es einem im Idealfall zügig besser geht. Die Seele eines Menschen braucht mehr Zeit, um sich zu erholen. Jahre. Oder gar Jahrzehnte. Und sie erholt sich auch nur dann, wenn sich im Leben des Patienten etwas verändert. Ein Umstand, eine Einstellung, ein Glaubenssatz. Auch nach über vier Jahren bin ich immer noch auf der Suche und warte auf meine Veränderung.

»Was empfinden Sie jetzt, in diesem Moment, wenn Sie an Nathan denken?«

Es fällt mir nach wie vor schwer, meine Gefühle in Worte zu fassen. Die beiden Emotionen, auf die ich leicht Zugriff habe, sind Wut und Trauer. Aber keine davon trifft mehr auf meine Empfindungen Nathan gegenüber zu. Im Prinzip spielt das aber auch keine Rolle, denn im Endeffekt mündet alles sowieso in einem einzigen Gefühl.

»Ich habe Angst«, gestehe ich ihr leise und senke den Blick auf den Bund meines Pullovers, an dem sich ein Faden gelöst hat.

»Wovor haben Sie Angst, Mia?«

Vor vielem. Vor so verdammt vielem. Ich weiß nicht, wo ich anfangen soll. Ein paar Sekunden denke ich nach, versuche Worte zu finden, die ausdrücken können, wovor ich mich so sehr fürchte.

»Davor, mein Leben zu vergeuden. Nie wieder normal zu sein. Dass die Attacken nie ganz verschwinden. Oder sie von Mal zu Mal schlimmer werden. Was mache ich, wenn dann niemand da ist?«

*Was mache ich ohne Nathan?*

Diese Erkenntnis versetzt meinem Herzen einen brennenden Stich. So darf ich nicht fühlen.

»Ich habe Angst davor, Mitgefühl für ihn zu empfinden.«

»Es ist nichts Schlechtes, Mitgefühl zu zeigen.«

»Aber für *ihn*?« Ich schüttle heftig den Kopf. »Er ist ein Monster.« Und ein guter Mensch, der für andere da ist, und diesen Umstand hasse ich. »Wieso kann er nicht einfach ein Arschloch sein?«

»Weil man Menschen nicht in Schubladen packen kann. Jeder Charakter ist vielschichtig und nie nur schwarz oder weiß.«

»Das ist mir klar«, schnaube ich frustriert. »Genau das ist das Problem. Wieso tut er mir das an?«

»Was tut er Ihnen an?«

»Das alles. Wieso ist er so nett? So hilfsbereit? So verdammt … gut? Ich will ihn nicht mögen.«

»Aha.« Dr. Sullivan macht eine Notiz auf ihren Collegeblock, ehe sie aufblickt. »Ich glaube, wir kommen der Sache näher. Davor haben Sie Angst.«

»Wovor?« Ich habe keine Ahnung, wovon sie spricht.

»Diesen Mann zu mögen. Sie denken, dass Sie sich das nicht erlauben dürfen.«

Sprachlos starre ich sie an. Kann es sein, dass sie mich durchschaut hat? Sieht sie, was ich nicht sehen kann?

»Aber … die Panikattacke ist passiert, als ich nicht einmal wusste, dass er in der Nähe war.« Das ergibt keinen Sinn.

Dr. Sullivan rutscht auf ihrem eigenen Sessel hin und her und verändert ihre Sitzposition. »Ich glaube nicht, dass Nathans Rückkehr der alleinige Auslöser dafür war.«

»Sondern?«

»Es ist eine Mischung. Sein Auftauchen hat mit Sicherheit etwas mit Ihnen gemacht. Aber als Sie dann auf dieser Party waren, hat sich Ihr Unterbewusstsein an die Party von damals erinnert, auf der Brant gestorben ist. Ihr Körper wollte Sie vor einem erneuten Trauma schützen. Dafür hat er im Prinzip drei Möglichkeiten. Flight, fight oder freeze. Sie haben sich für die Flucht entschieden, aber das war für Ihren Körper in diesem Moment zu viel. Deshalb haben Sie sich wie gelähmt oder wie eingefroren gefühlt. Ihr Körper hatte nur noch diese eine Option.«

»Und was kann ich dagegen tun?« Ich will nicht in ständiger Angst vor einer neuen Attacke leben müssen.

»Indem Sie lernen zu akzeptieren, was ist. Wir Menschen bewerten und beurteilen alles und jeden um uns herum, und genau das ist das Problem. Wenn wir die Dinge mit mehr Gelassenheit betrachten könnten, wäre es einfacher, den Zugang zu uns selbst zu finden.«

»Was soll das bedeuten?«

»Sie haben nicht wirklich Angst davor, Nathan zu mögen. Sie haben Angst davor, was die Leute dazu sagen werden. Richtig?«

Hat sie recht? Ich weiß es nicht. Mag ich ihn überhaupt? Oder ist das nur eine Eventualität, die noch nicht eingetreten ist?

»Sie leben nicht in der Vergangenheit, Mia, und auch nicht in der Zukunft. Sie leben jetzt. Jetzt in diesem Augenblick. Und in einer Sekunde ist er vorbei, und ein neuer Moment beginnt. Sie haben Millionen davon. Jeder einzelne ist kostbar. Finden Sie heraus, was Sie glücklich macht. Und wenn jemand anderes damit nicht einverstanden ist, dann ist das in Ordnung. Aber dann ist es eben auch sein Problem. Seins. Nicht Ihres. Es ist seine Wut und sein Unverständnis, und diese Gefühle gehören ihm allein. Sie bleiben bei ihm. Es ist nicht Ihre Aufgabe, sie zu tragen. Ihre einzige Aufgabe ist es, herauszufinden, was Ihnen guttut. Das muss nicht von allen verstanden werden. Nur sollten Sie tief in sich eine Wärme fühlen, die Sie glücklich macht. Suchen Sie nach dem Flüsterton, und wenn Sie ihn gefunden haben, halten Sie ihn fest. Halten Sie ihn fest mit allem, was Sie sind und was Sie ausmacht.«

»Den ... Flüsterton?«, frage ich.

»Die innere Stimme. Ihr Bauchgefühl. Intuition. Sie können es nennen, wie Sie wollen. Für mich passt Flüsterton am besten. Dieses leise Wispern in jedem von uns, das immer da ist. Wir haben nur verlernt, darauf zu hören. Deshalb ... Suchen Sie den Flüsterton, Mia.«

Ihre Worte sollen mir Mut machen, aber ich zweifle daran, dass es tatsächlich so einfach ist, wie es klingt.

*Finde, was dich glücklich macht, dann wird es dir gut gehen.*

Der Gedanke ist schön, aber vielleicht muss ich langsamer anfangen und zunächst einmal herausfinden, was ich brauche und was ich will. Und was eben nicht.

# 16

Der Februar verwandelt sich in den März, und der März in einen Sonnenmonat. Die Tage werden spürbar länger, die Temperaturen steigen. Ich arbeite, besuche meine Vorlesungen, gehe zum Yoga und nehme an einer weiteren Trauergruppenstunde in Gaithersburg teil. Und ich sehe Nathan in regelmäßigen Abständen.

Seit ich ihm gesagt habe, dass es in Ordnung für mich ist, wenn er die Callas wieder an Brants Grab stellen möchte, taucht er immer wieder im *Wild Lily's* auf. Entweder holt er Blumen für jemanden ab, oder er kauft fünf weiße Callas. Es sind immer fünf, und es ist immer Freitag. Und damit der Tag, an dem ich Schicht im Laden habe. Wochenlang geht das nun schon so. Und stets bin ich diejenige, die ihm die Blumen verkauft. Nie Alice. Er erwischt immer einen Moment, in dem sie nicht da oder im Lager beschäftigt ist. Inzwischen lege ich die Callas schon beiseite, wenn ich meine Schicht am frühen Nachmittag antrete. Nathan kommt. Jedes Mal. Manchmal etwas später als an anderen Freitagen, doch er kommt. Seine Besuche sind kurz und ziemlich wortkarg, aber ich bin froh, dass er nicht wieder einen Lieferservice für die Callas beauftragt hat. Mittlerweile erwische ich mich sogar dabei, wie ich mich insgeheim ein bisschen darauf freue, ihn zu sehen. Dr. Sullivan hat recht. Ich fange nicht an, ihn zu mögen, ich bin schon längst mittendrin, und das ist etwas, womit mein Kopf nicht klarkommt.

»Hast du Jack ausgetauscht?«, fragt Alice mich grinsend, während sie an einem Blumengesteck bastelt.

»Was meinst du?« Ich greife nach einer roten Rose und binde sie in den neuen Strauß für den Ausstellungsbereich ein.

»Er war schon länger nicht mehr hier.«

»Na und?« Meine Finger vollführen jede Bewegung automatisch. »Ob du es glaubst oder nicht, er hat ein Leben. Mit Studium und Job und so. Aber verrat es keinem, ja? Das ist sein Geheimnis.«

»Wow«, kommentiert sie meinen Sarkasmus wenig beeindruckt. »Wie witzig du heute bist.« Kopfschüttelnd steckt sie einen künstlichen Schmetterling in die Blumen. Er sieht täuschend echt aus. »Erzähl mir lieber, wer der Kerl ist.«

»Welcher Kerl?«

»Mr Callas. Du hast die Dinger schon rausgelegt.« Mit dem Kopf nickt sie in Richtung einer Vase, die die fünf weißen Blumen enthält.

»Mr was?« Ich halte inne und lasse das Grünzeug in meiner Hand sinken. »Woher weißt du das? Du warst nie da, als er …«

»Mia.« Sie seufzt und kann sich ein belustigtes Schmunzeln nicht verkneifen. »Ich weiß, was in meinem Laden vor sich geht. Das Einzige, was ich nicht weiß, ist, wieso du ihn nicht schon längst um ein Date gebeten hast. Ich habe dir doch gesagt, dass Flirten während der Arbeitszeit erlaubt ist.«

»Mit Jack!« O Gott, was redet sie da? Und was rede *ich* da? Ich will nicht mit Jack flirten. Ich will überhaupt nicht flirten. Mit niemandem. Und schon gar nicht vor neugierigem Publikum.

»Mit Jack. Mit Mr Callas.« Sie macht eine wegwerfende Handbewegung. »Flirte, was das Zeug hält. Du bist jung und hübsch und solltest nicht allein sein. Also.«

»Also was?«

»Spuck es aus.« Sie dreht ihr Gesteck einmal im Kreis und betrachtet es von allen Seiten, ehe sie zufrieden nickt. Dann sieht sie mich abwartend an.

»Es gibt nichts zu erzählen.« Ich konzentriere mich auf den halb fertigen Strauß in meiner Hand. »Er holt regelmäßig vorbestellte Blumen ab. Das ist alles.«

»Er sieht gut aus«, bemerkt Alice.

Ich spare mir eine Erwiderung. Es spielt keine Rolle, wie Nathan aussieht.

»Du solltest ihn fragen.«

»Wenn du ihn so toll findest, warum fragst du ihn dann nicht selbst?« Ich ziehe das Band um die Blumen heftiger zusammen, als nötig. Die Vorstellung, Alice könnte mit Nathan ausgehen, behagt mir nicht.

»Er ist ein bisschen zu jung für mich, findest du nicht?« Sie wackelt bedeutungsvoll mit den Augenbrauen. »Außerdem sieht er nicht mich mit diesem Blick an.«

»Mit welchem Blick denn?« Ich stelle den fertigen Strauß in eine Vase und drehe mich zu meiner Chefin um.

Anstatt mir meine Frage zu beantworten, grinst sie nur. »Achte nachher auf seine Augen, wenn er vorbeikommt. Dann weißt du, was ich meine.«

»Alice ...«

Sie winkt meinen Einspruch lässig ab. »Wir reden hinterher noch einmal«, verspricht sie und macht sich daran, die neu angekommenen Frühlingskarten in das Regal einzusortieren.

»Ich glaube nicht, dass ich weiter darüber reden möchte«, sage ich und ordne die losen Schnittblumen neu an. Was auch immer sie vermutet, in Nathans Blick zu sehen, ist nicht da. Es darf nicht da sein.

»Warum sperrst du dich so gegen die Möglichkeit, dass dieser Kerl dich interessant finden könnte?« Alice dreht mir den Rücken zu, doch trotzdem höre ich das Unverständnis in ihrer Stimme deutlich heraus. Ich kann ihr nicht ehrlich antworten, wenn ich Brant nicht zum Gesprächsthema machen möchte.

Zum Glück rettet mich Alice' klingelndes Handy aus der Situation. Sie zieht es aus ihrer hinteren Hosentasche, blickt auf das Display, und plötzlich erscheint auf ihrem Gesicht ein Ausdruck, den ich nicht deuten kann. Eine ganze Weile starrt sie auf das Telefon in ihrer Hand.

»Willst du nicht rangehen?«, frage ich sie, als das Klingeln nicht aufhört. Wer auch immer am anderen Ende der Leitung ist, scheint hartnäckig zu sein.

»Bin gleich wieder da«, murmelt sie, unterbricht ihre Arbeit und geht nach hinten in den Lagerraum. Ich höre nicht mehr, wie sie den Anruf entgegennimmt. Verwundert sehe ich ihr hinterher, ehe ich die restlichen Karten für sie einsortiere.

Minuten vergehen, in denen Alice nicht wiederkommt. Offensichtlich handelt es sich um ein wichtiges Gespräch. Sie ist immer noch verschwunden, als ich einen Beutel Blumenerde verkaufe, und ich bin nach wie vor allein im Laden, als mir die Glocke einen weiteren Besucher ankündigt. Nathan. *Endlich.*

»Hey«, begrüße ich ihn, bücke mich und hole hinter der Kasse die Vase mit den weißen Blumen hervor. »Fünf Callas, richtig?«

Er nickt, und mir wird klar, dass es heute nicht anders laufen wird als an allen anderen Freitagen. Er wird die Blumen entgegennehmen, sie bezahlen und direkt wieder abhauen, ohne viel mit mir zu sprechen. Ich kann gegen die Enttäuschung, die dieses Wissen in mir auslöst, nicht ankämpfen. Viel lieber wäre mir eine Erklärung von ihm, warum er sich so distanziert verhält, wenn er doch erst vor ein paar Wochen in meinen Armen geweint hat. Oder liegt es genau daran? Ist es ihm peinlich, seine Emotionen für einen kurzen Moment nicht im

Griff gehabt zu haben? Während ich anfangs den Eindruck hatte, dass er einen Schritt vorwärts gemacht hat, wirkt es nun so, als wäre er drei wieder zurückgegangen.

Ich will die Callas gerade einwickeln, als Nathan mich davon abhält. »Das ... das ist nicht nötig. Ich fahre gleich hin und tausche sie aus.«

»Okay.« Ich nicke und lasse das Packpapier wieder sinken. »Dann sind es zehn Dollar.« Wie jedes Mal.

Nathan hält mir das Geld bereits entgegen. Ich zögere. Mein Blick fällt auf seine Hand. Die Narben sind vom Ärmel seiner dicken Jacke bedeckt, obwohl es heute angenehm warm für Mitte März ist.

»Du gehst mir aus dem Weg«, sage ich.

Überrascht schnellt sein Blick nach oben, und er sieht mich endlich richtig an. Seine Augen sind unruhig. Wie immer. Ich weiß nicht, was Alice glaubt, sonst noch darin zu sehen.

»Ich gehe dir nicht aus dem Weg«, presst er hervor. »Ich bin hier, oder?«

»Bist du.« Ich nicke. »Aber du siehst aus, als wärst du am liebsten ganz woanders. Warum?«

»Mia ...«

»Was ist es, Nathan?«

Als er merkt, dass ich nicht lockerlasse, atmet er tief durch, das Gesicht zu einer qualvollen Miene verzogen.

*Kognitive Dissonanz*, schießen mir Dr. Sullivans Worte in den Kopf. Vielleicht ist er genauso im Ungleichgewicht wie ich und weiß nicht, wie er damit umgehen soll.

»Sprich mit mir«, flüstere ich.

»Nein.«

»Nathan, bitte.« Ich bleibe hartnäckig. Wer aufgibt, kann nicht herausfinden, was gut für einen ist, also ... gebe ich nicht auf. »Was ist los?«

Er schüttelt den Kopf. »Nicht hier.«

»Dann woanders. Nach meiner Schicht. Hol mich um fünf ab, wir gehen ein Eis essen, und dabei ... reden wir.«

Es klingt so simpel. Ich muss Nathan nur so weit bekommen, es mir zu versprechen. Wenn ich etwas in der vergangenen Zeit über ihn gelernt habe, dann ist es die Tatsache, dass er pflichtbewusst ist. Ein Versprechen würde er niemals brechen. Weswegen er vermutlich nicht leichtfertig eines gibt.

Es dauert, doch schließlich lenkt er ein. Ich sehe ihm deutlich an, dass er unsere Verabredung für keine gute Idee hält. Aber das ist mir egal. Er hat es versprochen.

Um Punkt siebzehn Uhr verabschiede ich mich von Alice. Seit dem Anruf wirkt sie zerstreut, aber sie hat jede Nachfrage meinerseits mit einem unechten Lächeln und einem »Nein, nein, alles gut« abgeblockt. Nach einem letzten besorgten Blick in ihre Richtung hänge ich meine Schürze auf und schnappe mir meine Tasche. Nathan steht schon da, als ich den Laden verlasse. Neben demselben Pick-up, in dem wir auf den Pannendienst gewartet haben.

»Der Wagen gehört meiner Großmutter«, sagt er, als ich in Hörweite bin. Es ist das erste Mal, dass er von sich aus zu reden beginnt. »Ich habe kein Geld für ein eigenes Auto, konnte nicht genug sparen, bevor ich ... also habe ich ...« Nichts. Nathan hat nichts.

»Alles, was ich bei Joe verdiene, gebe ich meiner Gran oder spare ich, damit ich irgendwann ...« Er spricht stockend. Er will etwas über sich erzählen, und gleichzeitig weiß er eindeutig nicht, was und wie viel und wahrscheinlich auch nicht, warum.

»Damit du irgendwann hier wegkannst«, beende ich seinen Gedanken. Weil es auch meiner ist. Sterling zu verlassen, auf Reisen zu gehen, vielleicht noch einmal woanders zu studieren ... Das ist ein

Traum, den ich mir immer erfüllen wollte, aber an den ich nicht mehr glaube. Es gibt zu viel, was mich hier hält, und zu wenig Geld auf meinem Konto, um meine Wünsche zu finanzieren.

»Weiß Joe, was passiert ist?«

»Ja.« Der Ton in Nathans Stimme ist hart. »Er sagt, dass er in seinem Leben selbst genug Scheiße gebaut und nur den Absprung geschafft hat, weil ihm irgendein Kerl damals geholfen hat. Er will mir eine Chance geben. Wahrscheinlich bin ich jetzt sein Wohltätigkeitsprojekt oder so etwas Ähnliches. Aber ich halte mich im Hintergrund. Ich bin kein Barkeeper.«

»Du könntest auch woanders arbeiten …« In einer Stadt, wo niemand ihn und seine Geschichte kennt. Washington DC würde schon genügen, um für Anonymität zu sorgen.

»Nein, kann ich nicht. Meine Gran ist hier. Sie ist der einzige Mensch, der mir …« Er unterbricht sich, schüttelt den Kopf und strafft seine Schultern. »Egal. Sie braucht mich. Also bleibe ich.«

Ich bohre nicht weiter nach. Er hat seinen Grund, warum er sich lieber verprügeln lässt, als irgendwo neu anzufangen. Es ist, wie Dr. Sullivan gesagt hat. Was für ihn richtig ist, muss für mich keinen Sinn ergeben. Ich muss es nicht verstehen. Ich muss es nur akzeptieren.

»Also … Eis?«, frage ich, um unserem Gespräch die Schwere zu nehmen.

»Das geht nicht«, lehnt Nathan jedoch sofort ab.

»Wieso nicht?«

»Wir können nicht einfach durch die Stadt laufen und ein Eis essen.« Er sieht mich an, als hätte ich den Verstand verloren.

Ich runzle die Stirn.

»Das ist doch offensichtlich.« Seufzend öffnet er mir die Beifahrertür und lässt mich einsteigen. »Man darf uns nicht zusammen sehen.«

*Er tut das meinetwegen.* Nathan will verhindern, dass *ich* Probleme bekomme. Er selbst kann nicht vor dem davonlaufen, wer er ist und worüber die ganze Stadt Bescheid weiß. Aber er versucht, mich zu schützen, indem er sich weigert, in Sterling mit mir gesehen zu werden.

»Okay«, sage ich, nachdem auch er eingestiegen ist, und schnalle mich an. »Fahr los.«

»Wohin?«

»Dahin, wo es kein Verbrechen ist, wenn wir ein gottverdammtes Eis zusammen essen.«

Ein paar Sekunden verstreichen. Dann legt er eine Hand auf das Lenkrad und sieht mich von der Seite an. »Was hältst du von Rockville?«

»Klingt gut.« Rockville ist weit genug weg und die Wahrscheinlichkeit gering, dass wir einem bekannten Gesicht begegnen.

Nathan setzt den Blinker und fährt los. Ich sitze erst zum zweiten Mal mit ihm zusammen in einem Auto, und dennoch fühlt es sich an, als hätten wir das schon hundertmal gemacht. Die eingekehrte Stille zwischen uns ist nicht unangenehm, aber ich habe trotzdem das Bedürfnis, sie zu durchbrechen. Es gibt so vieles, was ich ihn fragen will.

*Seit wann schreibst du deine Lieder? Wann hast du gelernt, Gitarre zu spielen? Vermisst du deine Familie? Was ist dein Plan fürs Leben?*

Aber ich fürchte, dass er nichts beantworten wird, was von Bedeutung ist. Er wird seine Verletzlichkeit nicht einfach so preisgeben. Schon gar nicht vor mir. Also nutze ich ein unverfängliches Thema.

»Pistazie«, höre ich mich selbst sagen. »Und Vanille. Die mag ich am liebsten. Langweilig, ich weiß. Pistazie ist neu, das ist erst seit ein paar Jahren meine Lieblingssorte, aber Vanille ... Das war schon immer so. Ich glaube sogar, dass mein allererstes Eis eine Kugel Vanille war. Das ist vielleicht der Grund, dass ich es heute immer noch so sehr mag. Treue Seele und so.«

Nathans Mundwinkel zucken. Er lacht nie laut, ein Lächeln von ihm ist selten, aber ich bin auch mit diesem angedeuteten, halben Schmunzeln zufrieden. Es erstaunt mich selbst, doch ich registriere jede Reaktion, jedes Wort, das ich von ihm kriegen kann. Und sei es noch so klein.

»Kennst du diese uralte, kleine Eisdiele in Gaithersburg? Das *Rinolato*?«, mache ich also einfach weiter und warte kurz, bis er genickt hat. »Die haben das beste Eis im Umkreis von achtzig Meilen. Und sie haben sogar Pistazie im Sortiment.« Ich kann mir ein sehnsüchtiges Seufzen nicht verkneifen.

»Du hast alle Eisdielen in der Gegend getestet?«

»Ja.« Es ist Jahre her, aber es war ein großartiger Sommer mit Sarah, Jack und Brant.

»Dann fahren wir dahin.«

Nathan hält sein Wort. Knappe dreißig Minuten später sind wir in Gaithersburg. Weil ich regelmäßig für die Treffen mit der Trauergruppe hierherkomme, kenne ich mich allmählich in der Stadt aus. Zielstrebig lotse ich Nathan durch die Straßen, bis wir einen Parkplatz ganz in der Nähe des *Rinolato* finden.

Jeweils mit einem Becher Eis in der Hand, ich mit meiner geliebten Pistazie, Nathan mit Karamell, bummeln wir zunächst den Gehweg entlang, ehe ich ihm andeute, die Straße zu überqueren. Auf der anderen Seite befindet sich der Stadtpark, in dem ich als Kind manchmal gespielt habe, wenn meine Mom sich mit einer Freundin getroffen hat. Ich entdecke die Schaukel, auf der ich Stunden verbracht haben muss, und die alte Hängebrücke, die über ein winziges Rinnsal Wasser führt. Trotzdem bin ich unzählige Male über die wackeligen Holzplanken balanciert und habe mir vorgestellt, eine Piratin auf hoher See zu sein.

Ich führe Nathan durch den Park, bis wir in der Mitte bei einer Ansammlung von Sitzbänken ankommen. Es ist wenig los, zielstrebig steuere ich deshalb eine freie Bank an und lasse mich darauf nieder.

Nathan tut es mir nach kurzem Zögern gleich. Ganz so, als ahne er, was auf ihn zukommt, wenn er sich zu mir setzt.

»Wie geht es deinen Rippen?«, frage ich und schiebe mir einen Löffel Eis in den Mund.

»Besser«, sagt er. »Der blaue Fleck ist fast verschwunden.«

»Das heißt, man hat die Stelle über einen Monat lang gesehen?«

Er nickt bestätigend.

»Wow.« Ich weiß bis heute nicht, wer auf ihn eingeprügelt hat, aber diese Truppe hat ganze Arbeit geleistet. »Ich nehme nicht an, dass du doch noch beim Arzt warst.«

Als Antwort erhalte ich ein Kopfschütteln.

»Dir ist klar, dass du diese Mistkerle nicht schützen musst?« Ich drehe mich so, dass ich ihn besser ansehen kann. »Damit gibst du ihnen nur einen Freifahrtschein, dich bei der nächsten Gelegenheit wieder zu …«

»Darüber haben wir doch schon geredet«, unterbricht er mich. »Ich habe dir erklärt, warum eine Anzeige zwecklos ist.«

»Hast du«, bestätige ich. »Aber das bedeutet nicht, dass ich dir zustimme.«

»Mia …«

»Dieser Angriff auf dich war Vorsatz und muss bestraft werden. Punkt.« Dieser Meinung war ich in der Nacht, als er bei mir war, und dieser Meinung bin ich nach wie vor.

»So, wie ich bestraft werden musste.« Er spricht leise, hält den Blick gesenkt.

Ich lasse meinen Eisbecher sinken und versuche, meine Überraschung darüber, dass er seine eigene Verurteilung anspricht, so gut wie möglich zu verbergen. »Das kannst du doch überhaupt nicht miteinander vergleichen.«

Als er nicht reagiert, stoße ich Nathan mit dem Ellbogen gegen den

Arm, damit er mich ansieht. Ich möchte nicht, dass er meine nächsten Worte falsch versteht. Es dauert, aber schließlich dreht er den Kopf in meine Richtung. *Gebrochen.* Nathan sitzt da wie ein entmutigter, verlorener Mensch, und für eine Sekunde überlege ich, nicht zu sagen, was mir auf der Zunge liegt. Warum ich es letzten Endes doch ausspreche, weiß ich nicht.

»Aber so unterschiedlich die beiden Situationen auch waren ... Im Grunde hast du recht. Ein Verbrechen muss bestraft werden.«

»Findest du, dass meine Strafe genug war?« Er richtet sich auf, und mit einem Mal glaube ich, einem völlig anderen Nathan gegenüberzusitzen als dem resignierten, müden Menschen von vor ein paar Sekunden. Ich kann den Ausdruck auf seinem Gesicht nicht lesen, und seine Frage verunsichert mich. Schweigend halte ich seinem Blick stand.

»Findest du vier Jahre genug, Mia?«, bohrt er nach. »Ist das ein angemessener Zeitraum für ein genommenes Menschenleben?«

»Nathan ...«

»Antworte mir!«

»Ich weiß es nicht, okay?« Der Appetit auf mein Eis ist mir vergangen. »Ich habe keine Ahnung, ob es genug war. Sag du es mir.«

»Ich?« Er reißt die Augen auf.

»Ja. *Du* warst im Gefängnis. Hat die Zeit gereicht, um ...«

»Um was?«

Mir fehlen die Worte. Mein Magen ist flau, auf meiner Haut breitet sich ein unangenehmes Kribbeln aus.

»Du hast ihn umgebracht«, flüstere ich. Mit einem Mal ist mir kalt, obwohl die Sonne noch nicht untergegangen ist und meine Jacke über meinen Schultern liegt. Die Bilder von Brant in dieser Blutlache kehren zurück. Sie sind genauso scharf und klar wie am ersten Tag.

»Ich weiß.«

»Ihr habt euch gestritten«, spreche ich weiter. Mein Herz zieht sich zusammen. Ein Gefühl, das mir schmerzlich vertraut ist. »Rangelei mit Todesfolge«, zitiere ich den Richter und die unzähligen Schlagzeilen in den Zeitungen. »Du warst betrunken, und dir ist eine Sicherung durchgebrannt und …«

»Nein«, stoppt Nathan mich sofort.

Ich sehe ihn an. »Nein?«

Ganz langsam schüttelt er den Kopf. »Nein. Ich war nicht betrunken. Oder zumindest nicht so, dass ich nicht mehr gewusst hätte, was ich tue.«

»Was willst du damit sagen? War es Absicht? Hattest du geplant, Brant zu töten?«

»Gott, Mia, nein!«

»Was dann, Nathan?« Meine Muskeln spannen sich an. »Was willst du mir sagen? Ich weiß doch, was passiert ist. Ich war dabei.« Wie kann er diesen Fakt ignorieren? Er hat mich gesehen, wie ich neben Brant gekniet habe und vollkommen in Verzweiflung versunken gewesen bin.

»Warst du in der Küche, als ihn das Messer getroffen hat? Hast du es gesehen? Mit eigenen Augen?« Der Nachdruck in jedem einzelnen seiner Worte ist nicht zu überhören.

Ich starre ihn an. Meint er das ernst?

»*Warst du wirklich dabei?*«

»Nein.«

Er erwidert nichts darauf, mustert mich stattdessen intensiv. Sein Blick geht mir durch Mark und Bein. Und doch halte ich ihm stand.

»Willst du wissen, was wirklich geschehen ist?«, fragt er nach einer gefühlten Ewigkeit. Er hat die Hände zu Fäusten geballt, wartet mein Nicken gar nicht erst ab. »Ich sag es dir.«

# 17

## NATHAN

Der Bruchteil einer Sekunde kann dein ganzes Leben verändern. In einem Moment lachst du mit deinen Freunden, trinkst einen Schluck Bier aus einem Plastikbecher, bewegst den Kopf im Takt der Musik hin und her und singst den Text des Liedes leise vor dich hin.

Du bist glücklich.

Dann schlägt jemand vor, in die Küche zu gehen und Shots zu trinken. Tequila. Sie haben eine ganze Flasche dabei. Du bietest dich an, die Zitronen zu schneiden. Der Raum ist dir fremd, das Licht ist gedimmt, überall befinden sich Menschen. Sie sind laut und fröhlich und feiern ihren Highschoolabschluss. Genau wie du.

Du warst noch nie hier, kennst dich nicht aus, kennst nicht einmal den Kerl, der die Party schmeißt. Es ist irgendjemand, der Geld hat. Die Arbeitsplatte ist aus Marmor, und die Küche ist riesig.

Also beginnst du, die Schubladen aufzuziehen. Eine nach der anderen. Du suchst nach einem Messer, das scharf genug für die dicke Schale der Zitronen ist. Dann fällt dein Blick auf einen Messerblock. *Perfekt*, denkst du und ziehst ein großes Messer daraus hervor. An der Wand daneben hängt ein Holzbrett an einem Haken. Du nimmst es und legst es auf die Kücheninsel.

Du fängst an, die Früchte in Scheiben zu schneiden. Eine nach der anderen. Gleichzeitig unterhältst du dich mit einem Mädchen, das du gerade erst kennengelernt hast. Sie hat beschlossen, dir Gesellschaft zu leisten, während die anderen nach Schnapsgläsern suchen. Sie sitzt auf einem der Barhocker auf der anderen Seite der Insel. Du blickst immer wieder zu ihr rüber, siehst, wie sie ihre blonden Haare zurechtlegt. Sie hat hübsche, wilde Locken. Eine davon ist ziemlich widerspenstig und fällt ihr immer wieder ins Gesicht. Du unterdrückst den Drang, sie ihr hinter das Ohr zu streichen.

Ihr versteht euch gut. Sie erzählt dir von einem Lehrer an ihrer Schule, den sie nicht leiden kann, und du hörst aufmerksam zu, immer darauf bedacht, dir nicht in die Finger zu schneiden. Das Messer durchtrennt die Schale der Zitrone spielend leicht, als wäre sie warme Butter.

Irgendein Typ stellt einen Salzstreuer neben dich und haut dir freundschaftlich auf die Schulter. »Ich hole die anderen«, sagt er.

Dann bist du wieder allein mit dem Mädchen und überlegst dir, wie du dein Interesse an ihr bekunden kannst, ohne zu aufdringlich zu wirken. Du magst sie und willst sie nicht verschrecken.

Im einen Moment stehst du da, in dieser fremden Küche, lachst, sprichst mit dem Mädchen und willst sie um ein Date bitten.

Im nächsten ist alles anders.

Sie wird von einer Freundin von ihrem Stuhl gezogen und umarmt. Gleichzeitig wirst du von der Seite angerempelt. Du strauchelst und versuchst intuitiv, das Gleichgewicht zu halten. Der Stoß ist heftig, du drehst dich ruckartig herum, um dich abzufangen, und blickst in das vor Schreck verzerrte Gesicht eines Jungen, der nicht viel älter sein kann als du selbst. Du kennst ihn nicht. Er starrt dich wortlos an. Alles um dich herum ist auf einmal still, die Zeit scheint stehen geblieben zu sein. Die Gedanken in deinem Kopf rasen.

*Was macht er hier?*

*Wieso sieht er mich so an?*

*Warum sagt er nichts?*

Dein Blick schnellt nach unten. Und dann siehst du es.

Das Messer in deiner Hand, das in seinem Körper steckt. Warum steckt es dort, in seinem Bauch? Du weißt es nicht. Du weißt nur, dass deine Hand es festhält und du nicht loslassen kannst.

Er taumelt vor und zurück. Er taumelt und schwankt, bis er einen Schritt von dir wegmacht. Das Messer bleibt in deiner Hand, und du kannst die Klinge sehen. Sie ist blutgetränkt. Du weißt nicht, wie dir geschieht.

»Brant.«

Stimmen werden über die Musik hinweg lauter. Stimmen, die dir nicht bekannt vorkommen.

»Es ist Brant.«

Er sackt in sich zusammen. Du hörst ein dumpfes Geräusch. Es ist sein Körper, der auf den Küchenfliesen aufschlägt.

Du stehst einfach nur da. Und du weißt, dass du die weiße Marmorplatte der Arbeitsfläche nie wieder vergessen wirst, genauso wenig wie die weißen Küchenschränke. Vermutlich hat die Farbe sogar einen speziellen Namen. Blütenweiß, Polarweiß oder Elfenbein. Du hast keine Ahnung.

Dein Gehirn braucht einen Moment, um zu realisieren, was du da vor dir siehst.

Rote Flecken.

Überall.

Und mittendrin der Junge, den du nicht kennst.

»Brant«, hörst du es wieder rufen. »Es ist Brant!«

Einen einzigen Herzschlag lang hoffst du, dass das alles nur ein Traum ist, aus dem du gleich erwachen wirst. Ein Albtraum, der sich viel zu echt und viel zu real anfühlt. Bis der Augenblick kommt, in dem du begreifst, was hier vor sich geht.

Es ist kein Traum. Die vielen Flecken, die Spritzer, die große Lache auf den Küchenfliesen. Das alles ist Blut. Echtes Blut.

Die Kleidung des Jungen ist komplett damit durchtränkt, an seinem Bauch siehst du die Wunde. Er sagt kein Wort, er kann es nicht. Seine Atmung geht schnell.

Die Musik verstummt. Die Menschen um dich herum hören auf, sich zu unterhalten. Du drehst den Kopf. Alle Blicke liegen auf dir. Sie erdrücken dich fast, als das Gemurmel beginnt.

Und plötzlich ist sie da. Ein Mädchen mit langen, braunen Haaren. Sie stürzt zu dem Jungen, lässt sich neben ihm auf die Knie fallen. Es scheint ihr völlig egal zu sein, dass sein Blut nun auch an ihrer Haut klebt. Du hast keinen Schimmer, was du tun sollst, wie du ihnen helfen kannst. Du weißt nur mit absoluter Sicherheit, dass du diese Küche nicht verlassen wirst.

Eine Hand legt sich auf ihre Schulter. Sie schlägt sie weg. Irgendwer sagt, dass ein Krankenwagen unterwegs ist. Jemand anderes drückt auf den Bauch des Jungen, der Brant heißt. Dir ist klar, dass er die Blutung stoppen will, aber seine Finger sind vor lauter Rot, Rot, Rot fast nicht mehr zu erkennen.

Das Mädchen hält Brants Hand, lässt sie nicht los. Die Verzweiflung, die Hilflosigkeit, die Angst sind ihr ins Gesicht geschrieben.

In Gedanken versuchst du, den Jungen am Leben zu halten.

*Bitte stirb nicht. Bitte stirb nicht. Bitte stirb nicht.*

Seine Atmung wird hektischer. Das Mädchen bleibt bei ihm. Ihr Blick ruht auf seinem Gesicht. Es ist offensichtlich, dass er Schmerzen hat.

»Alles wird gut.«

Immer und immer und immer wieder sagt sie dasselbe zu ihm.

Alles wird gut. Alles wird gut. *Alles wird gut.*

Du glaubst daran. Mit allem, was du hast. Mit allem, was du bist.

Du musst einfach. Mit jeder Faser deines Körpers glaubst du an ihre Worte. Und du glaubst aus einem einzigen Grund an sie: Es ist die einzige Wahl, die du hast. Er darf nicht sterben. Denn das würde bedeuten, dass du einen Menschen getötet hast. Und das ist etwas, das du niemals ertragen könntest.

Sekunde um Sekunde vergeht. Du hörst das Gemurmel der Leute, hörst die Sorge und die Furcht in ihren Stimmen. Jemand weint. Doch alles, worauf du dich konzentrierst, sind der Junge und das Mädchen.

Wieder hörst du ihre Stimme.

»Alles wird gut.«

Ihre Augen schimmern. Dann verschwimmt auch deine eigene Sicht. Du musst blinzeln, um die aufsteigenden Tränen in Schach zu halten. Das Herz schlägt dir bis zum Hals. Du spürst, dass die nächsten Momente dein Leben verändern werden. Deins, seins, ihres.

Du brauchst einen Augenblick, um den Schmerz in deiner Brust irgendwie ertragen zu können. Er schnürt dir die Luft ab, während du diesem jungen Menschen beim Sterben zusiehst. Er stirbt, weil das Messer in deiner Hand ihn verletzt hat. Du wolltest das nicht. Du wolltest einfach nur Zitronen schneiden und das blonde Mädchen beeindrucken. Aufgefallen bist du ihr jetzt sicher. Aber nicht so, wie du das vorgehabt hast.

Als du den Blick hebst, trifft er plötzlich auf den des Mädchens auf den Küchenfliesen. Sie kniet immer noch neben ihrem Freund und starrt dich an, und bei diesem Ausdruck läuft dir ein eiskalter Schauer über den Rücken. Ihre Augen sind leer. Doch es ist nicht ihr Gesicht, das dich das Atmen vergessen lässt.

Es ist der Moment, in dem sie realisiert, was du in der Hand hältst. Du weißt genau, was sie sieht. Ein scharfes, großes Küchenmesser. Perfekt, um Zitronen zu schneiden. Perfekt, um einen Menschen zu töten. Die Spitze ist rot. Blut tropft auf den Boden. Sein Blut.

Und mit einem Mal weißt du auch, was sie denkt. Ihr Blick schreit dir ein einziges Wort ohrenbetäubend laut entgegen.

*Mörder.*

Innerhalb weniger Minuten ist nichts mehr so, wie es vorher gewesen ist. Von diesem Moment an bist du nicht mehr Nathan Dawson. Du bist ein Mörder.

Ruckartig drehst du dich um. Das Messer fällt dir aus der Hand und landet klirrend auf dem Boden. Und dann läufst du. Du läufst und stürmst, so schnell du kannst, aus dem Haus.

## 18

Es gibt Momente im Leben, mit denen man nicht rechnet. Brants Tod auf der Party. Meine erste Panikattacke. Lunas Ankunft. Und auch dieses Gespräch mit Nathan, auf einer Holzbank mitten in einem Park voller Kindheitserinnerungen, gehört von nun an dazu.

Ich habe alles erwartet, nur nicht das, was er mir gerade erzählt hat. Mir ist klar, dass ich ihn anstarre, während ich zu begreifen versuche, was nicht mehr rückgängig zu machen ist. Seine Worte hallen laut in meinem Kopf nach. Sie sind da, sie ergeben Sinn. Und trotzdem habe ich das Gefühl, nichts davon verstanden zu haben. Nathan gibt mir Zeit. Er weiß, dass mein Kopf versucht, das Gesagte zusammenzusetzen, damit sich mir die Bedeutung erschließt. Ich sitze da und kann mich nicht bewegen, und gleichzeitig fühlt es sich so an, als würde ich den Boden unter den Füßen verlieren.

»Es ist … Es war … Du sagst, es war nur ein *Unfall*? Ein … *Versehen*?« Meine Stimme ist so leise, dass ich sie selbst kaum hören kann.

Mit einem einzigen Nicken bestätigt Nathan das, was er mir eben erzählt hat. Das ist alles. Er sagt kein Wort.

Mein Herz droht, mir aus meiner Brust zu springen. Ich brauche einen Fallschirm. Ein Rettungsnetz, das mich auffängt. Irgendetwas. Aber da ist nichts. Ich falle und warte auf den Aufprall, der einfach nicht kommt. Ich falle und falle. Und falle. Egal, wie ich es drehe und wende, egal, wie oft ich seine Sätze in meinen Gedanken wiederhole und auseinanderpflücke, ich komme immer wieder zu demselben Schluss: Wenn wahr ist, was er mir gerade erzählt hat, dann ...

Ich springe auf, kann nicht mehr stillsitzen. »Wieso hast du nie etwas gesagt?«

Ich laufe ein paar Meter hin und her und schüttle unaufhörlich den Kopf. So, als würde ich irgendwie versuchen, seine Worte wieder loszuwerden, die sich darin eingenistet haben. Wenn es stimmt, wenn Brant wirklich einfach nur im falschen Moment am falschen Ort gewesen ist, dann hätte Nathan nicht ins Gefängnis gemusst. Zumindest nicht für so viele Jahre. Aber er hat sich verurteilen lassen, hat keinen Ton gesagt. *Warum?* Das passt nicht zusammen.

»Ich habe den Sohn zweier Anwälte umgebracht, Mia. Und danach bin ich abgehauen. Denkst du, mir hätte irgendjemand geglaubt?«

*Nein. Niemand.* Weder Brants Eltern noch ich, geschweige denn die Anwälte oder gar der Richter. Wir alle wären davon überzeugt gewesen, dass er diese Geschichte nur erzählt, um sich selbst zu retten. Und trotzdem. Hätte nicht jeder in seiner Situation mit allen Mitteln versucht, die Strafe so gering wie möglich zu halten? Niemand geht freiwillig in ein Gefängnis, wenn er unschuldig ist. Aber Nathan hat nichts gesagt. Er hat geschwiegen, die Tat zugegeben und sich verurteilen lassen.

*Warum?* Die Frage hämmert unaufhörlich in meinem Kopf. Wer tut so etwas, wenn er unschuldig ist?

Und dann ist die Antwort auf einmal da: weil es nicht die Wahrheit ist, die er mir hier erzählt. Er versucht, mir eine erfundene Geschichte aufzutischen.

»Du lügst.« Die Worte entweichen mir, bevor ich genauer darüber nachdenken kann. Ich weiß nicht, warum er mir das jetzt gesagt hat oder was er damit bezwecken will, aber es kann einfach nicht stimmen. Selbst wenn Nathan angerempelt wurde, es kann doch nicht sein, dass ausgerechnet Brant in diesem Moment ... Nein! Ich ignoriere die Zweifel, halte daran fest, was ich all die Jahre für die Wahrheit gehalten habe. Ich lasse nicht zu, dass Nathan die Schuld nun einfach von sich schiebt.

»Nein, Mia.« Seine Stimme ist leise, als er zu sprechen beginnt. In seinen Augen liegt so viel Schmerz, als täten ihm seine Worte genauso sehr weh wie mir. Als wäre es ihm beinahe lieber, wenn er gar nichts mehr sagen müsste. »Es war keine Absicht. Ich wollte Brant nichts tun. Nur deshalb ... Nur deshalb wurde ich schon nach der Hälfte der Strafzeit entlassen.«

Mein Blick bohrt sich in seinen. »Wie meinst du das?«

»Sagen dir Täter-Opfer-Gespräche etwas?«

Ich schüttle den Kopf.

»Es gibt die Möglichkeit für ein Gespräch, das auf Initiative der Opfer oder ihrer Angehörigen von den Anwälten organisiert wird.«

»Was?« Mein Puls beschleunigt sich. Deutet er etwa gerade an, dass Brants Eltern ein Gespräch mit ihm wollten?

»Mr und Mrs Cooper haben sich letzten Sommer gemeldet und um ein Treffen mit mir gebeten.« Er reibt sich mit Daumen und Mittelfinger gleichzeitig über beide Schläfen. Fast so, als könnte er selbst immer noch nicht glauben, dass es ein solches Gespräch überhaupt gegeben hat.

»Warum?« Meine Stimme ist nur noch ein Wispern. All das, von dem ich über Jahre hinweg geglaubt habe, dass es wahr ist, scheint über mir zusammenzustürzen. Ich fühle mich so überfordert, dass ich mich wieder setzen muss.

»Um Frieden zu finden?« Nathan sieht mich hilflos an. »Sie haben sich von mir erzählen lassen, was in dieser Nacht passiert ist.«

»Haben sie dir geglaubt?«

»Zuerst nicht.« Er schüttelt langsam den Kopf. »Mrs Cooper hat mich einen Lügner genannt, der im Gefängnis verrotten soll.«

»Und dann?«

»Und dann kam sie wieder. Eine Woche später, dieses Mal allein. Sie hat sich immer und immer wieder dasselbe erzählen lassen, wollte alles ganz genau wissen. Hat den Vorgang mit mir rekonstruiert und Mediziner befragt, ob ein zufälliger Messerstoß ausreicht, um …« Er unterbricht sich, und ich sehe ihm an, dass es ihm unheimlich schwerfällt, darüber zu reden. Also schweige ich und warte, dass er von selbst weiterspricht.

»Am Ende hat sie mich gebeten, eine Aussage zu machen. Alles, was ich ihr erzählt habe, sollte ich auch meinem Strafverteidiger sagen.«

»Warum?«

»Das weiß ich nicht. Sie hat einfach nur darauf bestanden, dass ich das tue. Weil ich es ihr schuldig sei.«

»Hast du es getan?«

Er nickt. »Ich hätte alles für sie getan, um … um ein bisschen von meiner Schuld wieder auszugleichen. Im September musste ich vor Gericht erscheinen, wo mir mitgeteilt wurde, dass ich vorzeitig entlassen werden würde. Auf Bewährung und mit einigen zusätzlichen Auflagen, aber … Ich durfte das Gefängnis verlassen.« Er zuckt mit den Schultern, als sei er sich nicht sicher, ob es sich dabei nicht um einen Fehler gehandelt habe. »Mr und Mrs Cooper waren auch da, als das Urteil gesprochen wurde.«

»Sie waren *da*?« Ich kann es nicht fassen. Sie wussten von seiner Entlassung. Sie waren dabei, und sie haben mir nichts davon gesagt.

Getroffen lege ich meinen Kopf in die Hände und reibe mit den Fingern langsam über meine Stirn. Ich bin nicht mehr oft bei den Coopers, aber sie wissen, wie wichtig mir Brant und meine Erinnerungen an ihn sind. Wieso haben sie mich nicht vorgewarnt? Anstatt mir zu sagen, dass der Schuldige am Tod ihres Sohnes wieder in der Stadt ist, haben sie mich im wahrsten Sinne des Wortes ins offene Messer laufen lassen. Ihnen hätte doch klar sein müssen, dass ich ihm früher oder später über den Weg laufen und was das für ein Schock für mich sein würde.

»Kannst du mich zurück nach Sterling bringen?« Ich sehe wieder auf. Mit einem Mal bin ich unfassbar müde und kaputt, obwohl nicht mein Körper einen Marathon gelaufen ist, sondern meine Seele.

»Natürlich.« Nathan nickt sofort.

Wir erheben uns von der Bank, und mit einem Sicherheitsabstand von zwei Metern laufe ich wortlos neben ihm her zum Auto.

Nach einer schweigsamen Fahrt lasse ich mich nicht zu Hause von ihm absetzen, sondern an der großen Kreuzung, die direkt hinter Brants Elternhaus liegt. Wortlos schlage ich die Autotür zu und versuche, mich neu zu sammeln. Das weiße Gebäude vor mir ist riesig und beeindruckend und von einer Reihe noch kahler Bäume gesäumt. Es ist nicht zu übersehen, dass die Familie, die das Haus bewohnt, wohlhabend ist. Nach außen scheinen sie alles zu haben, doch ich weiß, dass dort drin kein Leben, sondern nur noch Stille herrscht.

Auf dem Namensschild neben der Klingel steht immer noch Brants Name. Für einen Moment halte ich inne und atme tief durch, ehe ich den kleinen Knopf drücke. Mein Hals fühlt sich wie zugeschnürt an, während ich darauf warte, dass mir jemand öffnet. Es ist Clara, und ehe ich michs versehe, drückt sie sich auch schon an mich.

»Mia«, sagt sie und verstärkt ihre Umarmung. Für einen kurzen Augenblick bin ich überwältigt von ihrer Freude, mich zu sehen. Dann schlinge ich meine Arme ebenfalls um ihren Oberkörper und stelle erstaunt fest, wie groß sie geworden ist. Sie ist mittlerweile fast auf einer Augenhöhe mit mir, was aber auch kein Wunder ist. Clara ist keine zwölf mehr, sondern sechzehn, und damit beinahe so alt, wie wir waren, als Brant gestorben ist.

Ich lächle seine kleine Schwester an, als sie mich wieder loslässt. »Hey, Clara«, begrüße ich sie und bemühe mich um ein Lächeln. »Sind deine Eltern auch da?«

»Mom ist da. Dad ist noch in der Kanzlei.« Sie verdreht genau auf die gleiche Art und Weise die Augen, wie Brant es immer getan hat, wenn er von seinen Eltern und ihrer Arbeit gesprochen hat. »Komm rein.« Sie zieht mich an der Hand ins Haus, durch den großen, hellen Flur und weiter ins Wohnzimmer. Wie damals ist alles vorbildlich aufgeräumt, nirgendwo ist ein Staubkorn zu sehen.

Helen sitzt auf der Couch und blättert in einer Zeitschrift. Als Clara mit mir im Schlepptau ins Zimmer stürzt, sieht sie auf.

»Mia.« Sie lässt das Magazin sinken, erhebt sich und kommt mit einem erfreuten Lächeln auf mich zu. »Wie schön, dich zu sehen, Liebes.« Sie gibt mir ein Küsschen links und rechts auf die Wange. Früher fand ich das befremdlich, inzwischen weiß ich, dass Helen einfach so ist. Manchmal kommen eben doch ihre französischen Wurzeln zum Vorschein. »Wie geht es dir? Du siehst toll aus.« Ihr Blick wandert anerkennend an mir auf und ab.

»Mir geht's gut«, antworte ich. Das ist zwar nur die halbe Wahrheit, aber vor Clara möchte ich nicht so ehrlich sein, wie ich es eigentlich sein müsste. Ich habe keine Ahnung, ob Brants Schwester überhaupt von Nathans Rückkehr weiß oder dass ihre eigenen Eltern eine Rolle dabei gespielt haben. Welche das genau war, weiß ich ja nicht einmal selbst. »Hast du ein bisschen Zeit für mich? Ich würde gern mit dir reden.«

In der nächsten Sekunde wackelt das Lächeln auf Helens Lippen. Sie weiß, warum ich hier bin. Der Moment der Wahrheit ist gekommen.

»Natürlich, Liebes.« Sanft legt sie mir eine Hand auf den Rücken. »Gehen wir in mein Arbeitszimmer?«

Es ist mir egal, wo wir miteinander sprechen. Hauptsache, ich bekomme Antworten. Ich bin mir unsicher, was ich von ihr hören will. Ob ich möchte, dass sie mir Nathans Geschichte bestätigt, oder ob sie mir sagen soll, dass er genau das tut, was ich ihm selbst vorgeworfen habe: lügen.

Sie führt mich aus dem Zimmer, durch den Flur und die Treppen nach oben, wo ihr Büro genau neben dem ihres Mannes liegt. Und nur zwei Räume weiter befindet sich Brants Zimmer. Ich ignoriere die Tür, an der immer noch das alte Poster mit einem Totenkopf und dem Hinweis *Sperrzone für Eltern* hängt, und folge Helen in ihr Arbeitszimmer.

An der Seite steht eine kleine weiße Couch, auf der maximal zwei Personen nebeneinander Platz haben. Helen steuert sie an und setzt sich. Ich tue es ihr gleich und hänge meine Jacke über die Lehne.

»Du bist wegen Nathan hier.«

Es ist keine Frage, trotzdem nicke ich. »Er hat mir erzählt, dass ihr ein Täter-Opfer-Gespräch hattet.« *Stimmt das?*

Brants Mom kennt mich seit dem Kindergarten. Falsche Rücksichtnahme gibt es zwischen uns schon lange nicht mehr, weshalb ich genauso direkt zu ihr bin wie sie zu mir.

»Das ist richtig.« Helen schlägt die Beine übereinander. Sie sitzt mit einer Eleganz auf dieser Couch, die jahrelange Übung erfordert haben muss. »Du möchtest bestimmt wissen, warum James und ich uns mit ihm getroffen haben.«

»Er hat gesagt, dass du ganz genau wissen wolltest, was damals passiert ist.«

Mit einem Nicken bestätigt sie Nathans Aussage, ehe sie mir eine Gegenfrage stellt. »Weißt du, warum ich die Kraft dazu hatte?«

»Nein.« Ich habe keinen Schimmer. Bis vor ein paar Monaten hätte ich geschworen, niemals freiwillig ein Wort mit Nathan Dawson zu wechseln. Und ich war felsenfest davon überzeugt gewesen, dass es Helen und James auch so ging. Was hat sich geändert, dass sie im Sommer dieses Treffen angeleiert haben?

»Deinetwegen.« Helen lächelt und streicht mir über das Knie.

Überrascht reiße ich die Augen auf. »Meinetwegen?«

»Ja. Du bist die Einzige von uns allen gewesen, die sich eingestanden hat, dass sie professionelle Hilfe braucht, weil sie mit ihrer Trauer nicht klarkommt. Und ich habe gesehen, wie es dir damit Schritt für Schritt besser ging. Ich war so stolz auf dich, Mia. Du hast mir gezeigt, dass man nicht allein damit fertigwerden muss. Also habe ich all meinen Mut zusammengenommen und es dir gleichgetan.«

»Du warst in Therapie?«

»Das bin ich immer noch.« Helen nickt.

»Das wusste ich nicht.«

»Es wissen auch nur Clara und James davon. Denn obwohl *mir* klar ist, dass es keine Schande ist, sich Hilfe zu holen, sehen das viele meiner Klienten leider anders.« Sie lächelt bedauernd. »In der Therapie haben wir oft darüber gesprochen, was ich brauche, um Brant loslassen und mir selbst verzeihen zu können, dass ich mein Kind nicht vor diesem Unglück beschützen konnte. Und irgendwann im späten Frühjahr wurde mir klar, was das sein könnte.«

»Ein Gespräch mit Nathan.«

»Genau. Ich habe mir viele Szenarien ausgemalt, was uns erwarten würde, wenn wir ihn besuchen. Aber nichts davon entsprach der Realität.« Sie stoppt sich selbst und schüttelt leicht den Kopf. »Ich habe ihn unzählige Male erzählen lassen, was geschehen ist, immer in der Hoffnung, er würde sich verhaspeln und uns einen Hinweis liefern, dass wir ihn vollkommen richtig eingeschätzt haben. Dass er einfach nur ein aggressiver Mistkerl ist, der mit unserem Sohn gestritten und ihn dabei so schwer verletzt hat, dass er starb. Aber Mia ...« Sie sucht meinen Blick. Und noch bevor sie weiterspricht, weiß ich genau, was sie in diesem Besucherraum im Gefängnis vorgefunden hat. »Da saß kein uneinsichtiger Mistkerl vor uns. Sondern ein verlorener, junger Mann, der aussah, als hätte er Angst vor uns.«

»Du hast ihn trotzdem als Lügner bezeichnet.«

»Das stimmt. Und genau darüber habe ich hinterher auch mit meiner Therapeutin gesprochen.« Helen erstaunt mich. Sie redet so ruhig und gefasst über diese Situation, während in mir einfach alles nur noch ein großes Durcheinander ist. »Es ist hart, ein Kind durch eine Messerstecherei zu verlieren, aber immerhin kannst du deine ganze Wut auf den Täter konzentrieren. Aber was machst du, wenn es auf einmal keinen Täter mehr gibt? Sondern im Prinzip nur noch ein weiteres Opfer. Was machst du dann mit deiner Wut?«

Bei ihren Worten entsteht ein Kloß in meinem Hals. *Opfer*. Sie bezeichnet Nathan wirklich als Opfer. Als jemanden, dem genauso sehr Leid widerfahren ist wie Brant. Oder wie uns. Als wäre er nicht trotz allem schuld daran, dass mein bester Freund tot ist.

»Warum hast du mir nichts davon gesagt?« Ich will ihr wirklich keine Vorwürfe machen, aber sie hätte doch ahnen können, wie sehr mich Nathans Rückkehr trifft.

»Es schien dir endlich wieder gut zu gehen.« Ihre Hand legt sich auf meinen Arm. »Wir wollten die Wunde nicht aufreißen, und wir wussten noch nicht einmal, ob Nathan überhaupt hierher zurückkehrt. Seine Familie ist damals weggezogen und ...«

»Sie wollen nichts mehr mit ihm zu tun haben«, entgegne ich leise. »Nur noch seine Großmutter wohnt in Sterling.«

»Das wusste ich nicht.« Helen seufzt tief. »Es tut mir leid, Mia. Ich hätte es dir sagen sollen.«

Ich ignoriere ihre Entschuldigung, weiß nicht, was ich darauf erwidern soll. »Wieso hat dieses Treffen ihm geholfen, schneller entlassen zu werden?«

»Dafür gibt es mehrere Gründe. Er hat sich in den vier Jahren, in denen er schon im Gefängnis saß, nie etwas zuschulden kommen lassen. Wir haben mit der Gefängnisleitung gesprochen, sein Verhalten war immer tadellos. Dann hat er nach unserem Gespräch zum ersten Mal eine ausführliche Aussage gemacht. Er wurde damals falsch beraten, sein Anwalt hat ihm gesagt, dass er sich schuldig bekennen soll.«

»Weil ihm sowieso niemand geglaubt hätte.« Ich denke an die Worte, die er vorhin zu mir gesagt hat.

Helen nickt. »Er ist von der Party geflüchtet. Was verständlich ist, denn er stand komplett unter Schock. Nur war das für seinen Pflichtverteidiger mit einem Schuldeingeständnis gleichzusetzen. Und weil Nathan sowieso schon vorbestraft war, hat er ihm geraten, einfach alles zuzugeben.«

»Nathan war vorbestraft?« Das ist mir neu. Überrascht blicke ich Brants Mom in die Augen. Wieso weiß ich davon nichts?

»Ja«, bestätigt sie und lächelt. »Nichts Schlimmes, keine Angst. Er hat als Teenager ein-, zweimal etwas geklaut und wurde dabei erwischt. In seinen Akten steht, dass er die Tat damals geleugnet hat, aber das Diebesgut wurde in seiner Tasche gefunden. Aus Sicht seines Anwalts lag somit ein Muster vor. Für ihn war Nathan ein notorischer Lügner und eine lästige Pflichtaufgabe. Das zeugt nicht gerade von einem hohen Juristenethos, aber er war noch unerfahren.«

»Das ist keine Entschuldigung.« Fassungslos schüttle ich den Kopf. Das kann doch nicht wahr sein!

»Ich weiß.« Helen nickt wieder. »Aber so etwas passiert öfter, als du denkst, wenn jemand neu im Job ist.«

»Also war es was? Ein … Verfahrensfehler?« Gott, ich habe keine Ahnung von diesem Juristenkram.

»Nein.« Sie schüttelt sachte den Kopf. »Nathan hatte eine verdammt schlechte Verteidigung. Und deshalb …« Sie greift nach meiner Hand und sieht mich ernst an. »Und deshalb haben James und ich um vorzeitige Entlassung für ihn gebeten.«

»Ihr habt *was*?« Sie haben sich dafür eingesetzt, dass seine Strafe verkürzt wurde? Ich will ihr meine Hand entziehen, doch sie hält sie nur noch fester. »Warum?«

»Weil es ein Unfall war, der jedem anderen auf dieser Party genauso hätte passieren können. Wäre die Situation nur ein bisschen anders gewesen, könnte Nathan heute tot sein und Brant im Gefängnis sitzen. Was glaubst du, wie viele Fälle James und ich schon mitbetreut haben, in denen nichts weiter als ein dummer Zufall dazu geführt hat, dass der Angeklagte vor uns auf der Bank saß?« Helen nimmt nun meine beiden Hände in ihre. »Vier Jahre reichen. Den Stempel, im Gefängnis gesessen zu haben, wird Nathan nie wieder loswerden. Das ist Strafe genug.«

Unfähig, mich zu rühren, sitze ich da. Brants Eltern scheinen sich unglaublich viele Gedanken gemacht zu haben. Ich wünsche mir nur, dass sie mich vor Nathans Entlassung gewarnt hätten. Das hätte mir einige schlaflose Nächte und noch mehr Kummer erspart.

»Nathan stellt die Callas an Brants Grab.«

»Das habe ich mir schon gedacht.« Helen lächelt mich liebevoll an. »Würde das jemand tun, der nicht zutiefst bereut, was passiert ist?«

Auf diese Frage kann ich nur den Kopf schütteln. »Wahrscheinlich nicht.«

Und diese Erkenntnis lässt nur eine Schlussfolgerung zu: Nathan ist weder ein Lügner noch ein Mörder.

# 19

Es ist spät, als ich nach meinem Besuch bei Helen und Clara nach Hause komme. Ich sehne mich nach meinem Bett, nach Ruhe, nach Frieden, aber meine Gedanken lassen sich nicht einfach so abschalten.

Alles, was ich geglaubt habe, entspricht nicht länger der Wahrheit. Nichts passt mehr zusammen. Es war kein Streit zwischen Brant und Nathan. Helen und James haben ihm tatsächlich geholfen. Und niemand hat mir etwas gesagt. Ich will ihnen nicht vorwerfen, dass sie mir nichts von ihren Plänen erzählt haben. Und ich kann es auch Nathan nicht übel nehmen, dass er so lang geschwiegen hat. Aber trotzdem ... Was heute ans Licht gekommen ist, tut weh und stellt alles auf den Kopf. Richtig ist plötzlich falsch, und Gut und Böse gibt es auch nicht mehr. Helen hat mir Nathans Worte bestätigt, und ich weiß nicht, was das nun bedeutet. Ich weiß es einfach nicht.

Nachdem ich mit Luna ein paar Meter durch das dunkle Sterling gelaufen bin, setze ich mich auf meine Couch, nur um Sekunden später wieder rastlos hin und her zu tigern. Ich kann einfach nicht fassen, dass ich jahrelang an eine Version von Brants Tod geglaubt habe, die nicht der Wahrheit entsprochen haben soll. In meinem Kopf war immer klar, wer in diesem Szenario das Opfer und wer der Täter war. Aber nun ...

Ich lasse mich vor der Couch auf den Boden sinken. Luna ist sofort an meiner Seite und legt ihren Kopf in meinen Schoß. Ich vergrabe mein Gesicht in ihrem Fell, schließe die Augen und versuche, nicht an Nathan zu denken. Wie er mich angesehen hat, als er seine Geschichte erzählt hat. Die Verzweiflung in seinem Blick, die Hoffnungslosigkeit. Und dann Helen, deren Sohn tot ist und die trotzdem voller Bedauern war, weil dieser Unfall nicht nur unsere Leben zerstört hat. Sondern auch das von Nathan. Am falschen Ort zur falschen Zeit. Nie waren diese Worte wahrer.

Und dann kann ich die Tränen nicht mehr zurückhalten. Ich weine, weil ich Brant schrecklich vermisse und gleichzeitig unglaublich erleichtert bin, dass Nathan ihn nicht absichtlich umgebracht hat.

Irgendwann schlafe ich, mit meiner Hündin in meinen Armen und an die Couch gelehnt, ein und wache erst wieder auf, als es an meiner Tür Sturm klingelt. Luna springt auf, während ich einen Moment brauche, um zu mir zu kommen. Dann rapple ich mich auf, folge ihr und blicke durch den kleinen Spion.

»Was zum Teufel, Adam?«, begrüße ich meinen Bruder, nachdem ich die Tür aufgerissen habe, und kann mir einen vorwurfsvollen Blick nicht verkneifen. »Dank dir habe ich jetzt einen Tinnitus.«

»Sorry.« Er schiebt sich ohne jeglichen Widerspruch an mir vorbei in meine Wohnung, aber was noch viel beunruhigender ist: Er ignoriert Luna. Ohne sie eines Blickes zu würdigen, geht er durch bis zu meiner Essnische.

»Okay …«, murmle ich, ehe ich die Tür schließe, meiner Hündin über den Kopf streichle und Adam hinterhereile. »Was ist los?«

Mit dem Kopf in den Handflächen vergraben sitzt er da und rührt sich nicht.

»Adam?«

Erst, als ich eine Hand auf seine Schulter lege, blickt er mich an. Seine Augen sind blutunterlaufen. Er sieht aus, als hätte er seit Ewigkeiten nicht mehr richtig geschlafen. Luna hat sich unter den Tisch verkrochen und es sich auf seinen Füßen bequem gemacht. Sie ist die treuste Seele, die ich kenne, und spürt, dass Adam Trost braucht.

»Sie ist schwanger, Mimmie«, bricht es aus meinem Bruder hervor, und die Fassungslosigkeit in seinen Augen ist nicht zu übersehen.

»Sie ist was? Wer?« Ich ziehe den zweiten Stuhl heran und setze mich neben ihn. »Deine Affäre?«

Er blickt mich kritisch und mit hochgezogener Augenbraue von der Seite an. »Sie ist die Frau, die ich liebe.«

»Meine ich doch«, erwidere ich ungeduldig. Wir sprechen von derselben Person, nur das zählt. »Fang von vorne an«, fordere ich ihn auf. »Und ich wäre dir nicht böse, wenn du mir endlich ihren Namen verraten würdest.« Dieses Mal kommt der kritische Blick von mir.

Adam braucht einen Moment, um sich zu sammeln, bevor er zu erzählen beginnt. »Sie hat mich angerufen und gebeten, herzukommen, weil sie etwas Wichtiges mit mir besprechen müsse. Als ich ankam, war Lizzy in Tränen aufgelöst.«

Ich gehe im Schnelldurchlauf alle weiblichen Personen in Sterling durch, die ich kenne. Eine Lizzy oder eine Elizabeth oder eine Liza ist nicht darunter.

»Sie nimmt die Pille und war wegen einer simplen Vorsorgeuntersuchung beim Arzt.« Mit einem Mal wirkt er furchtbar erschöpft und kneift sich mit Daumen und Zeigefinger in die Nasenwurzel. »Er hat festgestellt, dass sie schwanger ist.«

»Wie weit ist sie?«

»Schwer zu sagen. Siebte Woche etwa.«

»Will sie es behalten?« Es tut mir leid, dass ich ihn das fragen muss, aber wenn sie so ein großes Problem mit dem Altersunterschied zwischen ihnen hat, kann ich mir nur schwer vorstellen, dass sie ein Kind mit meinem Bruder großziehen will.

»Ich weiß es nicht.« Er lässt den Kopf auf die Tischplatte sinken und schließt die Augen. »Scheiße. Mom und Dad werden mich umbringen.«

»Werden sie nicht«, widerspreche ich und drücke aufmunternd Adams Unterarm.

»Doch, Mia. Ich habe eine Frau geschwängert, die sich nicht zu mir bekennen will. Und als ob das nicht schon schlimm genug ist, ist sie auch noch zehn Jahre älter als ich. Ich kann Dads Standpauke quasi schon hören.«

Ganz unrecht hat er nicht. Begeistert werden unsere Eltern nicht davon sein.

»Erzählt man nicht sowieso erst ab der zwölften Woche, dass man schwanger ist?« Ich versuche, mich an das zu erinnern, was ich irgendwann einmal zu diesem Thema gehört oder gelesen habe. »Ihr habt also noch ein bisschen Zeit, um euren Beziehungsstatus auf die Reihe zu kriegen.«

Adam blinzelt mich durch ein Auge an. »Was glaubst du denn, was ich seit Wochen versuche?«

»Aber da gab es noch kein Baby, das ihr berücksichtigen musstet. Soll ich ihr den Kopf waschen? Ich mach das!« Vorausgesetzt, er verrät mir, wo diese Lizzy wohnt. Andernfalls wird es schwierig, sie zu finden.

»Ich weiß, dass du das tun würdest.« Er legt seine Hand auf meine und drückt sie kurz. »Aber das müssen wir selber klären.«

»Ihr schafft das schon.« Ich habe Zweifel daran, doch ich werde sie nicht mit Adam teilen. Wenn er mich braucht, bin ich da, aber dieses Gespräch zwischen ihm und seiner Lizzy ist nicht mein Kampf. Es ist unglaublich anstrengend, den Drang, die Sache selbst in die Hand zu nehmen, zu unterdrücken, aber Dr. Sullivans Stimme in meinem Kopf ruft mir unaufhörlich in Erinnerung, dass ich lernen muss, die Kontrolle abzugeben.

»Gott, sie wird mich hassen.«

»Warum?« Stirnrunzelnd lege ich den Kopf schief. »Ihr habt beide gleich viel Schuld daran.«

»Das meine ich nicht.« Er schüttelt den Kopf. »Die Leute werden reden, Mia. Und das ist genau das, wovor sie Angst hat.«

»Ach, bitte«, winke ich ab. »Das ist blödes Geschwätz. Lass sie reden. Es spielt keine Rolle, was andere denken. Es geht um euch und dieses Baby. Wichtig ist doch nur, dass du sie liebst.«

»Tue ich.« Er seufzt tief und reibt sich über die Stirn. »Kommst du ... kommst du mit, wenn ich es Mom und Dad sage?«

»Natürlich.« Ich schenke ihm ein beruhigendes Lächeln.

»Unglaublich.« Adam schüttelt den Kopf. »Ich bin fast fünfundzwanzig Jahre alt und habe Angst, meinen Eltern zu sagen, dass ich Mist gebaut habe.«

»Dass du Vater wirst«, verbessere ich ihn.

»Hm?«

»Du hast keinen Mist gebaut. So etwas passiert nun mal. Und du kannst mir glauben, dass sich Mom und Dad keine Illusionen machen, was dein Liebesleben angeht. Wahrscheinlich sind sie froh, dass es erst jetzt passiert und nicht schon vor fünf Jahren.«

Mein Bruder richtet sich wieder auf. »Was soll das denn heißen?«

»Komm schon, Adam. Wir wissen beide, dass du ...«

»Das war vor Lizzy«, unterbricht er mich und verschränkt die Arme vor der Brust. »Okay?«

»Okay.« Ich nicke, weil ich nicht mit ihm streiten möchte. »Was willst du nun machen?«

»Hierbleiben?« Er verzieht das Gesicht. »Wenn ich darf?«

»Du weißt, dass du nicht fragen musst. Aber ich meinte eigentlich in Bezug auf Lizzy.«

»Eine Nacht drüber schlafen und morgen noch einmal mit ihr reden.«

»Willst du das Baby?«

»Es ist ihr Körper. Die Entscheidung, ob sie es behalten möchte, liegt allein bei ihr. Egal, wofür sie sich entscheidet, ich werde sie dabei unterstützen …«

»Aber?«

»Aber wenn es wirklich nur darum geht, ob ich das Baby in meinem Leben haben möchte …« Adam nickt. »Ja. Ja, ich will es. Ich will sie beide.«

»Dann sag ihr das.« Ich drücke Adams Finger ein letztes Mal und versuche, ihm Zuversicht und Unterstützung zu signalisieren. Das ist es, was er braucht. »Ich würde dir ja zur Feier des Tages ein Glas Wein anbieten, aber deine Flasche haben Jack, Peter und Sarah neulich geköpft.«

Unbeeindruckt zuckt er mit den Schultern. »Ich werde hoffentlich bald Vater und sollte … Verantwortung übernehmen. Meine Alkoholtage sind vorbei.«

»Gesprochen wie ein zuverlässiger, pflichtbewusster Dad.« Grinsend stehe ich auf und schlinge meine Arme um meinen Bruder. »Egal, was passiert, ich bin stolz auf dich.«

Am nächsten Morgen wirble ich durch die Küche und schlage einige Eier in einer Schüssel auf, um sie zu vermengen. Adam liebt frisches Rührei zum Frühstück, und nach dem vergangenen Abend will ich ihm etwas Gutes tun. Er ist immer noch niedergeschlagen, und so kenne ich meinen sonst so fröhlichen und gut gelaunten großen Bruder nicht.

Als mein Handy zu klingeln beginnt, lasse ich den Schneebesen sinken. »Hi, Jack«, begrüße ich ihn und klemme mir das Telefon zwischen Ohr und Schulter, während ich versuche, weiterzurühren. Es funktioniert weniger gut. »Warum bist du so früh schon wach?«

»Du wurdest mit Nathan zusammen gesehen.«

»Was?« Ich halte inne und nehme das Handy nun doch richtig in die Hand.

»Nathan und du. Meine Mom hat euch gestern gesehen.«

»Jack ...« Ich will nicht lügen, aber ich kann ihm auch nicht die Wahrheit sagen. Wie soll er etwas verstehen, was ich selbst nicht begreife?

»Hast du sie noch alle, Mia? Nathan fucking Dawson? Ernsthaft?«

Ich wusste, dass es weder ihm noch sonst jemandem gefallen würde, wenn ich mit Nathan rede, aber die Härte in seiner Stimme überrascht mich trotzdem. In ihr schwingt ein Vorwurf mit, den ich nicht unkommentiert lassen kann.

»Was unterstellst du mir hier, Jack?«, frage ich und lasse den Schneebesen in die Schüssel fallen.

»Ich unterstelle dir gar nichts.« So wütend, wie er klingt, glaube ich ihm kein Wort. »Warum triffst du dich auf einmal mit ihm? Himmel, Mia, du bist im *Joe's* fast zusammengeklappt, als du ihn gesehen hast, und jetzt ...«

»Es war ein Unfall!«, unterbreche ich ihn und schließe die Augen. Ich hole tief Luft, während Jack für einen Moment schweigt und mir somit etwas Zeit gibt, mich zu sammeln.

»Was war ein Unfall?«, fragt er dann.

»Brants Tod.«

»Hat er dir das erzählt?«, will er wissen.

»Ja.«

»Und du glaubst ihm? Willst du mich verarschen, Mia?« Ich kann mich nicht erinnern, Jack jemals so wütend erlebt zu haben. »Hast du auch nur den Hauch einer Ahnung, was du Brant damit antust?«

»Brant ist tot«, entfährt es mir. »Ich tue ihm gar nichts an.«

»Das ist doch ...« Er unterbricht sich selbst und lacht ungläubig, als würde er sich im falschen Film befinden. »Nein, Mia, hör zu, du ...«

»Nein!«, platzt es plötzlich aus mir heraus. Ich habe genug von seiner Wut. Sie ist nicht berechtigt, und er verhält sich unfair. Was auch immer es ist, aber ich will mir diese Verbindung zwischen Nathan und mir nicht von ihm kaputtmachen lassen. »*Du* hörst jetzt zu! Es ist alles nicht so, wie du denkst.«

»Wie ist es denn dann?«

»Keine Ahnung.« Ich weiß nicht, wie ich Nathan und mich treffend bezeichnen soll. Wir sind keine Freunde, aber wir sind auch keine Fremden mehr. Wir sind irgendetwas, für das es keinen Namen, kein passendes Wort gibt. »Aber es läuft nichts zwischen uns, falls du darauf anspielst. Gott, Jack! Du kennst mich besser.« Trotzdem fühlen sich meine Worte wie Lügen an. Weil ich ganz genau weiß, dass es zwar keine Lügen sind, aber auch nicht die komplette Wahrheit.

*Er sieht nicht mich mit diesem Blick an. Achte auf seine Augen.*

Alice' Stimme ist wie aus dem Nichts in meinem Kopf und verwirrt mich zusätzlich.

»Halt dich von ihm fern!«, verlangt Jack.

»Was glaubst du …«, beginne ich.

»Du hast mich schon verstanden, Mia. Halt dich von ihm fern! Nathan Dawson ist kein Umgang für dich. Für keinen von uns. Er hat Brant umgebracht. Hast du das etwa vergessen?«

Für einen Moment bin ich vollkommen sprachlos und fühle mich wie vor den Kopf gestoßen. Meine nächsten Worte sind begleitet von einem scharfen Zischen. »Ist das dein beschissener Ernst?«

Jack zögert keine Sekunde mit seiner Antwort. »Mein voller Ernst. Versprich mir, dass du ihm aus dem Weg gehen wirst.«

»Tut mir leid, das werde ich nicht.« Ich weiß, wie kühl und distanziert ich klinge, doch es ist der einzige Weg, um meine Wut in Schach zu halten. Er will mich bevormunden? Ohne mich.

»Mia …« Er seufzt tief, und ich kann ihm deutlich anhören, wie ungehalten er immer noch ist.

»Ich weiß, was ich tue.« Es kostet mich alles, was ich habe, ruhig zu bleiben. »Vertrau mir.«

»Es geht um Dawson!«, protestiert Jack und wird direkt wieder lauter. »In Sterling wird die Hölle los sein, wenn das rauskommt.«

»Wenn *was* rauskommt? Dass ich mich mit ihm unterhalten habe? Nur unterhalten, Jack. Sonst nichts. Wo ist das Problem?« Ich bin kurz davor, ihm zu sagen, dass ich nicht die Einzige bin, die ihn getroffen hat. Sondern auch Helen und James. Dass sie sogar dafür verantwortlich sind, dass Nathan aus dem Gefängnis entlassen wurde, weil sie ihn angehört und sich für ihn eingesetzt haben. Aber ich tue es nicht. Ich erzähle ihm nichts davon, weil ich es Helen versprochen habe. Und ich halte mich daran.

»So naiv kannst du echt nicht sein.« Ich sehe Jack regelrecht vor mir, wie er heftig den Kopf schüttelt, die Ungläubigkeit in seinem Blick. »Brants beste Freundin und der Mann, der ihn umgebracht hat? Komm schon, Mia.«

»Und was ist, wenn ich genau deswegen mit ihm geredet habe? Weil ich wissen wollte, was an diesem Abend wirklich passiert ist.« Das ist nicht die ganze Geschichte, aber doch genug, um mein Wort nicht zu brechen. »Wir waren alle nicht dabei, als Brant von diesem Messer getroffen wurde.«

»Was spielt das für eine Rolle?«

»Eine ganz entscheidende. Die Wahrheit ist anders, als wir bisher dachten. Ich kann dir nicht sagen, was passiert ist, das muss Nathan selber tun, und noch ist er nicht so weit.« Es liegt nicht an mir, seine Version der Ereignisse weiterzuerzählen. Ich darf ihm die Entscheidung nicht abnehmen, wer davon wissen soll und wer nicht, auch wenn ich es am liebsten in die ganze Welt hinausschreien möchte, dass

Nathan zu Unrecht beschuldigt wird. Es war kein Mord. Es war kein Vorsatz. Es war keine Absicht.

»*Das muss Nathan selber tun?*« Jacks Stimme klingt plötzlich gefährlich ruhig. »Du willst, dass ich mit diesem Arschloch rede?«

Offenbar ist es egal, was ich sage. Ihn bringt alles in Rage.

Ein leises Seufzen entweicht mir. »Ja. Tue ich. Aber darum geht es nicht. Es ist …«

»Wow.« Er lässt mich nicht zu Ende sprechen. »Ihr seid wirklich schon so dicke miteinander, dass er dich vorschickt. Denkst du echt, ich würde mir diesen Blödsinn aus seinem Mund genauso treudoof anhören wie du? Woher soll ich wissen, dass er dich nicht manipuliert?«

»Jack, bitte. Du hast keine Ahnung, was …«

Wieder unterbricht er mich. »Ich will es auch gar nicht wissen, Mia«, donnert er. »Was hat er mit dir gemacht, dass du so sehr für ihn Partei ergreifst? Schläfst du mit ihm? Ist er so gut im Bett, dass du alles andere vergessen hast? Er hat Brant auf dem Gewissen, zum Teufel noch mal!«

Als Cassie und Lucy diesen Spruch gebracht haben, hatten sie keine Ahnung, um wen es sich bei Nathan handelt. Aber im Gegensatz zu den beiden weiß Jack ganz genau, wer er ist, weshalb mich seine Worte nun mit einer besonderen Heftigkeit treffen. Jack ist viel, aber ganz sicher nicht grausam. Doch das, diese Anschuldigung, ist das Brutalste, das Gemeinste, was er mir je an den Kopf geworfen hat. Und ich kann damit nicht umgehen.

»Weißt du, was?«, knurre ich und kratze meine letzte Kraft zusammen. »Lass mich in Ruhe. Ich bin dir keine Rechenschaft schuldig. Und wenn du nicht bereit bist, dir anzuhören, was Nathan zu sagen hat oder was ich zu sagen habe, dann ist dieses Gespräch sinnlos.«

Ohne ein Wort der Verabschiedung beende ich das Telefonat. Ich bin außer Atem, das Herz trommelt heftig in meinem Brustkorb. Es ist nicht die feine englische Art, einfach aufzulegen, doch diesen Mist höre ich mir nicht länger an. Jack ruft sofort zurück, aber ich ignoriere ihn. Ich will nicht mit ihm sprechen. Nicht nach diesen Unterstellungen. Ich tue nichts weiter, als mich mit Nathan zu unterhalten. Auf eine komplett unschuldige Art und Weise. Das ist kein Grund, so auszuflippen. Und schon gar nicht gibt es Jack das Recht, über mich zu urteilen, nur weil ich versuche, das ganze Bild zu sehen.

»Das geht ihn überhaupt nichts an«, sage ich laut in den Raum hinein.

»Wen geht was nichts an?« Adam kommt in Boxershorts und T-Shirt und mit nassen, verstrubbelten Haaren aus meinem Bad.

Ich wirble erstaunt herum. Beinahe hätte ich vergessen, dass er noch da ist. »Ach, schon gut«, erwidere ich und winke ab. »Nicht so wichtig.« Er ist mein Bruder, und ich liebe ihn und würde mich ihm unter anderen Umständen sofort anvertrauen. Aber nach allem, was er mir gestern Nacht erzählt hat, hat er im Moment genug um die Ohren. Ich will ihm nicht auch noch Sorgen bereiten. Nicht jetzt. »Lust auf Rührei, bevor du zu Lizzy gehst?«

»Ach, Mia.« Adam tritt zu mir und gibt mir wie so oft einen Kuss aufs Haar. »Du bist …«

»… die Beste. Ich weiß. Deck schon mal den Tisch«, scheuche ich ihn davon.

»Zu Befehl, Schwesterherz!« Er beginnt, meine Küchenschränke nach Tellern und Besteck zu durchsuchen, während ich mich wieder der gelben Pampe in der Schüssel vor mir widme. Meine Finger zittern, als ich die aufgeschlagenen Eier weiter verrühre. Meine Gedanken sind nach wie vor bei Jack und seinen Unterstellungen.

*Woher soll ich wissen, dass er dich nicht manipuliert?*

*Brants beste Freundin und der Mann, der ihn umgebracht hat?*

*Schläfst du mit ihm?*

Nur die letzte seiner Fragen kann ich mit absoluter Sicherheit verneinen.

Nachdem Adam gegangen ist, setze ich mich mit meinen Soziologie-Unterlagen aufs Sofa und versuche zu lernen. Ich lese Abschnitt für Abschnitt, markiere wichtige Stellen und mache mir zusammenfassende Notizen an den Rand. Doch nichts von dem, was ich lese, bleibt hängen.

Genervt lasse ich den Stift sinken und starre an die Wand gegenüber. Mein Blick fällt auf eines der gerahmten Bilder, die dort hängen. Brant und ich an unserem ersten Tag auf der Highschool. Wir waren so stolz, endlich nicht mehr auf die Junior High gehen zu müssen. Uns trennten nur noch vier Jahre von der Freiheit und unseren großen Reiseplänen. Wir hatten eine lange Liste gemacht von all den Ländern und Orten, die wir unbedingt sehen wollten. Irgendwann hatten die Schmierzettel nicht mehr gereicht, und ich hatte all unsere Ziele in ein kleines buntes Notizbuch übertragen. Es liegt immer noch auf meinem Nachttisch. Nur ein einziger Punkt ist darin durchgestrichen: ~~New York City.~~

Wir haben so lange gebettelt, bis unsere Eltern mit uns in den Big Apple gereist sind. Und es war toll. Wir waren auf dem Empire State Building, sind mit der Fähre zur Freiheitsstatue gefahren, haben die besten Donuts der Welt gegessen und ein Wettrennen im Central Park gemacht. Wir sind damals zwar sechzehn geworden, er im April, ich im Mai, aber wir haben uns benommen wie kleine Kinder und hatten den Spaß unseres Lebens auf unserer Sweet-Sixteen-Tour.

Seufzend lasse ich meinen Kopf in den Nacken fallen und blicke an die Decke. Ich würde alles dafür geben, die Zeit zurückzudrehen und auf dieser Party in dieser Küche von Anfang an dabei zu sein. Zeugin davon, was sich wirklich zwischen Brant und Nathan abgespielt hat. Vielleicht hätte ich den Unfall sogar verhindern können. Den Unfall, von dem alle Welt glaubt, dass es keiner war. Bis Nathan diese vermeintliche Gewissheit vor noch nicht einmal vierundzwanzig Stunden in ihren Grundfesten erschüttert hat. Und dann auch noch der Besuch bei Helen ... Nach meinem Gespräch mit ihr gab es keinen Zweifel mehr daran, dass er mir die Wahrheit gesagt hat. Bis zu Jacks Anruf.

*Woher soll ich wissen, dass er dich nicht manipuliert?*

Nathan hat so verzweifelt ausgesehen, als er mir davon erzählt hat. Es ergibt alles Sinn. Dieses Mädchen, das er beeindrucken wollte. Eine fremde Küche. Viele angetrunkene Menschen. Ein heftiger Anrempler. Ich kann mir nicht vorstellen, dass Nathan sich das alles nur ausgedacht hat, um aus dem Gefängnis entlassen zu werden. Die Kontaktaufnahme mit Helen und James fand nicht auf seinen Wunsch hin statt. Und selbst, wenn er letzten Sommer dadurch die Möglichkeit gesehen hat, vorzeitig freizukommen ... Er ist seit fast einem halben Jahr draußen. Wieso ist er immer noch hier, wenn er allen nur etwas vormacht? Es gibt keinen Grund für mich, Nathans Geschichte nun doch zu hinterfragen. Aber Jacks Misstrauen hat etwas in mir ausgelöst. Ohne es zu wollen, habe ich angefangen, seinen Zweifeln Raum zu geben. Schon wieder.

Seufzend wende ich meinen Blick von der Decke ab und stelle meine Füße auf den Boden. *Manipuliert.* Dieses eine Wort lässt mich nicht mehr los. Ich verstehe, dass Jack Nathan nicht traut. Aber so weit zu gehen und ihm bewusste Manipulation vorzuwerfen ... Ich glaube nicht, dass Nathan ein derart abgekartetes Spiel spielen würde. Die Callas, Mrs Hastings, seine Hilfe während meiner Autopanne und der Panikattacke. Wozu? Das alles können doch nicht nur gut überlegte Schachzüge gewesen sein.

»Verdammt noch mal, Jack!« Frustriert lasse ich meine Hände auf die Couch knallen. Warum zum Teufel musste er mir diesen Floh ins Ohr setzen? Ich hasse es, dass er diesen Gedanken in mir gesät hat, und noch mehr hasse ich es, dass ich nun tatsächlich nicht damit aufhören kann, Nathans Worte infrage zu stellen. Alles in mir weigert sich, Jack zuzustimmen. Alles. Bis auf einen winzig kleinen Teil.

Dr. Sullivan hat mir zu Beginn meiner Therapie gesagt, dass die Angst der Ursprung allen Übels sei. Die Angst davor, allein zu sein. Die Angst davor zu sterben. Die Angst, etwas zu verpassen. Die Angst, sich zu öffnen. Angst vor der Ehrlichkeit. Angst vor der Angst. Die Angst vor Gefahren, die überhaupt keine darstellen. Und vielleicht die größte Angst von allen: all diese irrationalen Ängste überwinden zu wollen und es womöglich nicht zu können.

Als ich von meinem Sofa aufstehe, nehme ich dieses Gefühl überdeutlich wahr. Das Herz in meiner Brust, das vermutlich nicht mehr die normalen siebzigmal in der Minute schlägt, sondern wesentlich öfter. Das innere Zögern, das mich davon abhält, einfach mit Nathan zu reden. Ihn zu fragen, ob in Jacks Verdacht ein wahrer Kern steckt. Denn nur, wenn ich den direkten Kontakt zu ihm suche, bekomme ich Antworten. Doch was tue ich, wenn er sie mir nicht geben kann? Und warum ist es mir auf einmal so wichtig, dass er mich nicht angelogen hat? Bis vor zwei Monaten wusste ich nicht einmal, dass er wieder in der Stadt ist. Ich habe keinen Gedanken an ihn verschwendet. Die Dinge waren klar. Brant ist tot, der Täter sitzt ein. Und nun hat sich alles auf den Kopf gestellt.

Je länger ich über Jacks Frage nachdenke und mit Nathans Geschichte hadere, umso deutlicher wird, dass ich schon wieder in einer kognitiven Dissonanz gefangen bin. Nathan ist meine erste und einzige Informationsquelle darüber, was damals in dieser Küche wirklich geschah. Ich möchte ihm glauben. Aber Jack ist seit vielen Jahren mein Freund. Vielleicht ist sein Verdacht berechtigt. *Manipulation.*

Mir fällt nur schlicht kein Grund ein, den Nathan dafür haben könnte. Er ist frei. Was kann er noch wollen? Ich bin kurz davor, Dr. Sullivan anzurufen und um Rat zu bitten. Sie weitet oft meinen Blickwinkel und zeigt mir eine neue Sichtweise, wenn ich mit der Nase voran schon längst vor eine Wand gelaufen bin und nicht mehr weiterweiß. Doch es ist Samstag, und sie hat mir zwar erlaubt, sie in Notfällen anzurufen, aber ich bin mir sicher, dass dieses Gedankenkarussell in ihren Augen keinen Notfall darstellt. Also gibt es nur noch eine Möglichkeit, wenn ich mich nicht weiterhin im Kreis drehen will.

# 20

Ich habe keine Ahnung, ob Nathan heute im *Joe's* arbeitet, aber die Kneipe ist nach wie vor mein einziger Anhaltspunkt. Wir haben keine Nummern ausgetauscht, weshalb mir gar nichts anderes übrig bleibt, als hier nach ihm zu suchen. Es ist das erste Mal, dass ich bewusst das Ziel habe, ihn abzufangen. Ich binde Luna vor der Tür an und verspreche ihr, gleich wiederzukommen.

Die Bar ist im Vergleich zum Himmel draußen, der von der Sonne in ein sanftes Abendrot getaucht wird, fast schon unangenehm dunkel. Meine Augen brauchen einen Moment, um sich an das schlechte Licht zu gewöhnen, ehe ich auf direktem Weg an die Theke gehe, wo ich auf Andy treffe.

»Hallo. Ist Nathan da?«, frage ich ohne Umschweife. Es ist noch überhaupt nichts los, trotzdem möchte ich so schnell wie möglich wieder an die frische Luft, bevor die Samstagabendgäste einfallen.

Andy mustert mich prüfend. Und schweigend. Kein Wunder, wahrscheinlich darf sie diese Information nicht einfach so weitergeben.

»Falls er heute arbeitet, könntest du ihm sagen, dass Mia hier ist?«

Sie mustert mich immer noch kritisch. »Mia, hm?«

Ich nicke. »Ja. Bitte. Es ist wichtig.«

Die paar Sekunden, bis Andy schließlich nickt, kommen mir ewig vor. Doch dann legt sie das Geschirrtuch und das Glas, das sie abgetrocknet hat, beiseite und verschwindet nach hinten in den Personalbereich.

Ich bin unruhig, während ich darauf warte, dass sie zurückkommt. Vielleicht will er mich auch gar nicht sehen, immerhin habe ich ihn als Lügner bezeichnet und ihm das Gefühl purer Ablehnung vermittelt. Es wäre sein gutes Recht, mich hier einfach stehen zu lassen. Aber wenn an Jacks Worten etwas dran ist und Nathan einen geheimen Plan verfolgt, dann wird er das nicht tun. Oder?

Ich blicke auf, als sich mir ein Schatten nähert – und finde mich Nathan gegenüber. Unsicher sieht er mich an.

»Hey«, sage ich.

»Hey«, entgegnet er leise.

»Hast du … Hast du kurz Zeit?« Mir ist klar, dass ich ihn nicht allzu lange von der Arbeit abhalten kann, aber wenn er mir zuhört, brauche ich auch nur ein paar Minuten.

»Ich weiß nicht …« Er blickt fragend zu Andy, die unser Gespräch anscheinend mitangehört hat.

Sie poliert das Glas weiter und nickt ihm zu. »Mach Pause, Nate. Du siehst ja, dass nichts los ist.«

»Sicher?«

»Raus mit euch.« Sie wedelt mit der Hand. »Ich hole dich, falls in den nächsten zwei Minuten die Hölle losbricht.«

»Okay. Danke.« Nathan dreht sich wieder in meine Richtung und bedeutet mir, vorauszulaufen.

Ich spüre seinen Blick in meinem Rücken, als ich mir meinen Weg an Tischen und Stühlen vorbeibahne und wieder hinaus auf den kiesigen Parkplatz trete.

Luna ist völlig aus dem Häuschen, Nathan zu sehen. Sie leckt über seine Hand, wedelt heftig mit dem Schwanz und streift so dicht um seine Beine, dass er sich nicht mehr bewegen kann. Stocksteif steht er da und sieht leicht überfordert aus.

»Jetzt streichle sie schon«, sage ich und verschränke die Arme vor der Brust. »Darauf wartet sie sehnsüchtig.«

Langsam geht er vor ihr in die Hocke. »Hallo, Hübsche«, begrüßt er sie. Er braucht nicht mal ein Bestechungsleckerli, um ihre Liebe für sich zu gewinnen. Er ist einfach Nathan und begeistert sie damit mehr als jeder Hundesnack es könnte. Luna scheint ihm zu vertrauen, und wieder einmal frage ich mich, ob ihre Instinkte sie so sehr täuschen können oder ob Nathan wirklich der gute Kerl ist, der er zu sein vorgibt. Kopfschüttelnd beobachte ich meine Hündin dabei, wie sie sich an ihn drückt und von ihm streicheln lässt. Es sind nur ein paar Sekunden, eine halbe Minute vielleicht, bis er sich wieder erhebt.

»Rechts oder links?«, frage ich und löse Lunas Leine von dem Stück Zaun, an dem ich sie festgebunden habe.

»Rechts.«

Ich gehe ein paar Schritte und entdecke sofort, weshalb er sich dafür entschieden hat. Hinter der Bar befindet sich eine Art geheimer Garten mit zwei Bänken und einigen schweren Eisenstühlen.

»Joes privater Hinterhof.« Nathan setzt sich auf eine der beiden Bänke.

Ich entscheide mich für einen der Stühle, während Luna sich genau zwischen uns auf den Boden fallen lässt.

*Sei mutig*, sagt ihr Blick. *Er ist mein Freund.*

Also bin ich mutig, auch wenn ich weiß, dass ihn meine nächste Frage treffen wird. Ich will ihm nicht wehtun, aber ich brauche diese Antwort. Ich brauche sie so dringend wie die Luft zum Atmen.

Nathans Hände liegen starr in seinem Schoß, während er darauf wartet, dass ich anfange zu reden. Er hat keine Ahnung, was ich von ihm will, aber ist trotzdem sofort bereit gewesen, mit mir zu sprechen.

Seit er zurück ist, hat er mir nicht einen einzigen Grund geliefert, ihm zu misstrauen. Und dennoch sitzen wir nun hier, und ich hadere mit dem, was er mir erzählt hat.

»Es tut mir leid«, beginne ich. Mein Blick ist fest auf das Wollknäuel zu meinen Füßen gerichtet. Mit einem Mal bin ich nervös und wünsche mir, Luna möge sich an meine Beine drücken statt an seine. »Ich will ... ich will nicht an dir zweifeln. Wirklich nicht. Aber ... Ich muss dich das einfach fragen. Hast du ... hast du mir wirklich die Wahrheit gesagt?«

Mit den letzten Worten hebe ich meinen Kopf und sehe ihn an. Nathans braune Augen ruhen auf mir. Zum ersten Mal kann ich nicht in ihnen lesen.

»Was genau meinst du?«, fragt er leise.

»Der Abend der Party. Was mit Brant passiert ist ... War es wirklich nur ein schlimmes Unglück? Kein bisschen Absicht?«

Ich will ihm glauben. Und gleichzeitig will ich es nicht. Wenn er mir die Wahrheit erzählt hat, dann bedeutet das, dass kein Täter mehr existiert. All meine Wut hat sich immer gegen Nathan gerichtet. Doch wenn seine Version der Geschichte wirklich stimmt, dann geht das nicht mehr. Dann verdient er sogar Mitgefühl – genau, wie Helen es gesagt hat.

Nathan merkt nichts von meinem inneren Konflikt. Von diesen beiden widersprüchlichen Standpunkten, die mich jeweils auf ihre Seite ziehen wollen. Er sieht mich fest an, ehe er einmal nickt. »Ja.« Mehr sagt er nicht. Einfach nur dieses Ja, das so viel schwerer wiegt, als ausschweifende Beteuerungen es je könnten.

Wortlos sitzen wir einander gegenüber und sehen uns an. In seinem Blick liegt nichts als Ehrlichkeit.

»Ich habe keinen Grund, dich anzulügen, Mia«, unterbricht er die Stille nach einer Weile. Als hätte er lange überlegt, was er noch sagen könnte, um mich von seinen Worten zu überzeugen. In seiner Stimme schwingt nicht der kleinste Hauch Vorwurf mit, dass ich ihm eine solche Unterstellung gemacht habe. »Keinen einzigen.«

Ich hole tief Luft. »Gestern ... gestern habe ich mit Helen Cooper gesprochen«, murmle ich und schiebe meine Hände unter meine Oberschenkel. Sie sind eiskalt, noch kälter als der Gartenstuhl.

Nathan sagt nichts dazu.

»Sie hat bestätigt, was du mir erzählt hast.«

Er schweigt weiterhin.

»Warum warst du damals schon vorbestraft? Was hast du geklaut?« Ich muss es einfach aus seinem Mund hören.

Eine Million Emotionen spiegeln sich auf seinem Gesicht wider. Langsam senkt er den Blick und starrt auf seine Füße. Fast erwarte ich, dass er nicht antworten wird, doch dann nimmt er einen tiefen Atemzug und beginnt zu reden.

»Ich war vierzehn und dumm und hatte die falschen Freunde. Sie haben hin und wieder irgendwelche Sachen gestohlen. Kleinigkeiten. Mal einen Schokoriegel, Stifte, ein Feuerzeug. Es ging immer alles gut, bis ... bis sie eines Tages erwischt wurden. Und obwohl ich nichts geklaut hatte, wurden wir alle angezeigt. Ich hab gesagt, dass ich nur dabei war, aber mir wurde nicht geglaubt, weil einer dieser Penner seine Ausbeute in meine Tasche geschmuggelt hat. Ich hatte keine Chance. Für die Polizei war ich ab diesem Moment nicht nur ein Dieb, sondern auch ein Lügner.« Das kurze Lächeln, das er mir zuwirft, ist unfassbar traurig.

»Was ist mit *Im Zweifel für den Angeklagten*?« Es kann nicht wahr sein, dass ihm kein Wort geglaubt wurde.

»Das existiert doch nur auf dem Papier, Mia. Ich konnte meine Unschuld nicht beweisen. Und das machte mich automatisch schuldig.«

»Aber was ... Gab es denn keine Kameras in dem Laden?« Das wäre doch Beweis genug gewesen.

»Diese schwarz-weißen, undeutlichen Filmaufnahmen?« Nathan gibt einen bitteren Laut von sich. »Weil wir zum ersten Mal erwischt wurden, haben wir nur eine Geldstrafe bekommen. Ich hab sie ewig bei meinen Eltern abgestottert.«

Und das ist der Moment, in dem ich alles klar und deutlich vor mir sehe. Im Prinzip habe ich genau zwei Möglichkeiten: Ich kann Nathan nicht glauben, weiterhin in meiner eigenen Realität leben, und alles bleibt beim Alten. Oder ich gebe diese Illusion auf und erkenne die Wahrheit an. Und das scheint mir die bessere Option zu sein. Ich weiß nicht, was es ist oder woran es liegt. Vielleicht habe ich schlichtweg keine Kraft mehr, wütend zu sein. Oder es sind die vergangenen Monate, in denen ich Nathan kennengelernt und als ehrlichen Menschen erlebt habe.

In diesem Augenblick löst sich meine innere Zerrissenheit in Luft auf, und ich beschließe, Jacks Zweifeln keinen Raum mehr zu geben. Es wird dauern, bis ich diese Erkenntnis verinnerlicht habe, und ich weiß, dass ich einige Therapiestunden bei Dr. Sullivan brauchen werde, um die Geschehnisse der letzten Tage zu verarbeiten. Aber ich möchte es versuchen. Ich möchte dieselbe Größe und Stärke zeigen wie Helen und James, und vor allem möchte ich nicht länger auf der Stelle treten.

»Ich glaube dir.«

Diese drei Worte lassen Nathan aufblicken, Unverständnis blitzt in seinen Augen auf. »Was?«

»Ich glaube dir«, wiederhole ich mein Eingeständnis. Ich tue es nicht nur seinetwegen. Auch für mich fühlen sich diese Worte neu an. »Ich glaube dir, dass es ein Unfall war.«

Lange sieht er mich einfach nur an. Ihm ist deutlich anzumerken, was für ein Sturm in ihm tobt. »Warum?«

»Weil das nun meine Wahrheit ist.«

»Aber …« Er sieht mich ratlos an. »Ich könnte euch beide auch angelogen haben.«

»Könntest du.« Ich nicke zustimmend. »Hast du das?«

Ich kann nicht in seinen Kopf sehen, doch ich weiß, dass er immer noch hier ist. In diesem Garten. In Sterling. Und das sagt mir alles, was ich wissen muss. Ich finde die Antwort in seinen Taten und nicht in seinen Worten.

Ganz langsam schüttelt er den Kopf. »Nein.«

»Dann hast du deine Lösung.« Ich glaube ihm, weil ich davon überzeugt bin, dass es die Wahrheit ist. Rein faktisch gesehen spricht alles dafür. Und ich hoffe, dass mein Herz irgendwann nachziehen wird und ebenfalls versteht, was mein Kopf eigentlich schon in Helens Büro realisiert hat.

»Ich habe trotzdem jemanden umgebracht, Mia. Diese Schuld werde ich nie wieder los.« Nathan sieht so unglaublich verzweifelt aus, dass sich das Herz in meiner Brust schmerzhaft zusammenzieht. Wie viel Leid kann ein Mensch ertragen, ohne daran kaputtzugehen? »Ich verdiene nicht, dass …«

»Es war doch keine Absicht«, widerspreche ich ihm leise.

Traurig sieht Nathan mich an. »Das ändert nichts«, sagt er und schüttelt den Kopf. Es ist diese Resignation, diese völlige Ergebenheit, die mich die Hände wieder unter meinen Oberschenkeln hervorziehen und aus meiner Bewegungslosigkeit erwachen lässt.

»Doch!«, sage ich laut und stehe energisch auf, was Luna nicht zu gefallen scheint. Sie hebt ihren Kopf, springt ebenfalls auf ihre Pfoten und kommt auf mich zu. Aber ich ignoriere sie, meine volle Aufmerksamkeit liegt auf Nathan. »Verstehst du nicht? Es ändert alles!«

Jahrelang bin ich davon ausgegangen, dass ein Streit der Grund für Brants Tod gewesen ist. Ein dummer Streit unter Betrunkenen, der vermeidbar gewesen wäre. Ich habe Nathan viereinhalb Jahre lang für etwas gehasst, das er gar nicht getan hat. Er hat Brant das Messer nicht absichtlich in den Bauch gerammt. Er hat davor nicht einmal mit ihm gesprochen. Brant ist nicht von ihm angegriffen worden. So viel Wut und Kummer ... *Für nichts.*

»Ich habe einen Unschuldigen gehasst, obwohl es nichts weiter gewesen ist als ein Unfall. Ein gottverdammter, beschissener Unfall, weil du angerempelt wurdest.«

»Mia.« Nathan seufzt schwer. »Es ehrt dich, dass du ...«

»Nein! Hör mir zu!« Irgendwie muss ich ihm begreiflich machen, was das alles hier bedeutet. Für mich. Für ihn. Für *uns*. Denn eins weiß ich nun mit absoluter Sicherheit: Er ist nicht der kaltblütige Verbrecher, für den ihn die gesamte beschissene Kleinstadt hält. Für den *ich* ihn jahrelang gehalten habe. Für den ihn mein Herz immer noch halten will, obwohl mein Kopf es besser weiß. »Du hast deine Strafe abgesessen. Es war kein Vorsatz, kein heimtückischer Plan, Rache oder ... oder Mord. Du hast das alles nicht gewollt. Hör auf, dir etwas anderes einzureden. Du bist kein schlechter Mensch.«

Ich kann nur erahnen, was meine Worte in ihm auslösen, denn plötzlich fließt eine Träne über seine Wange.

»Ich habe einen Menschen auf dem Gewissen.« Er klingt so verzweifelt, dass ich Mühe habe, meine eigenen Tränen zurückzuhalten. Am liebsten würde ich nach seiner Hand greifen, aber ich traue mich nicht. Stattdessen geht Luna auf ihn zu und legt ihre Schnauze auf sein Bein.

Kraftlos wiederholt Nathan seine Worte von eben. »Diese Schuld werde ich für den Rest meines Lebens mit mir tragen. Und ich will sie auch gar nicht loswerden.« Er wischt sich mit der Handinnenfläche harsch über die Augen. Als hätte er kein Recht dazu, seine Gefühle zu zeigen.

»Was redest du da?«, frage ich und versuche, mein heftiges Herzklopfen in Schach zu halten. Ich habe das ungute Gefühl, dass mir nicht gefallen wird, wie er diese Aussage erklärt.

»Der Gedanke an Brant und das, was passiert ist ...«, beginnt er, und ich merke, wie er nach den richtigen Worten sucht. »Er hilft mir, ein besserer Mensch zu werden. Jeden Tag aufs Neue. Ich darf dieses Gefühl niemals verlieren. Solange die Schuldgefühle da sind, war sein Tod nicht umsonst.«

Fassungslos starre ich ihn an. Seine Worte versetzen mir einen gigantischen Stich. Als er begreift, was er da gesagt hat, weicht alle Farbe aus seinem Gesicht.

»O Gott, Mia. Shit!« Er sieht mich entsetzt an, streckt eine Hand nach mir aus, lässt sie aber gleich wieder sinken. »Ich wollte nicht ...«

»Sein Tod war umsonst, Nathan.« Ich spreche leise und gepresst und kämpfe gegen den Drang an, einfach zu gehen. Ihm zu glauben, heißt nicht gleichzeitig auch, ihm zu verzeihen. »Vollkommen und komplett umsonst. Wage es ja nicht, etwas anderes zu behaupten.«

Er nickt sofort. »Ich weiß. Ich weiß. Du hast recht. Das ... das war egoistisch von mir. Du weißt, dass ich alles dafür tun würde, um ihn wieder lebendig zu machen. Alles. Das musst du mir glauben.«

Er klingt so furchtbar unglücklich, dass mir wieder klar wird, womit er jeden Tag zu kämpfen hat. Ich kann mir nicht vorstellen, wie schrecklich es sein muss, tagein tagaus mit dieser Last auf den Schultern zu leben. Helen hat recht. Er wird diesen Stempel für immer tragen, daran habe ich keinen Zweifel mehr. Aber auch wenn er nicht die Absicht hatte, ihn zu verletzen, hat er trotzdem das Messer in der Hand gehalten, das Brant das Leben gekostet hat. Es ist egal, wie sehr Nathan versucht, diese Schuld irgendwie zu begleichen ... Er wird für immer die Verantwortung für den Tod eines Menschen tragen, und ich habe keinen Schimmer, wie er, wie überhaupt irgendjemand, so etwas ertragen kann, ohne verrückt zu werden.

Alles, was ich tun kann, ist, ihm zu sagen, dass ich weiß, wie gern er mir Brant zurückbringen würde. »Aber du kannst es nicht.« Es ist und bleibt nur ein Wunsch. Ein Traum, der sich nie erfüllen wird.

»Nein«, murmelt Nathan geschlagen. Er sieht mich genauso hilflos an, wie ich mich fühle. »Ich kann rein gar nichts tun, damit es dir besser geht.« Und es scheint, als würde ihn dieses Wissen regelrecht zerfressen. Zu all der Last, die er trägt, kommt nun auch noch mein Wohlergehen dazu. Dabei könnte es ihm vollkommen egal sein, wie ich mich fühle. Doch nach allem, was ich nun über ihn weiß, wird mir klar, dass Nathan so nicht ist. Und dass er nie so war. Jack hat unrecht. Nathan macht sich Gedanken, er macht sich Sorgen, und er kümmert sich und will, dass es mir gut geht. Weil er ein guter Mensch ist.

»Doch«, sage ich deshalb leise und setze mich wieder. »Es gibt etwas.« Vielleicht ist es dumm, aber da ist plötzlich eine Idee in meinem Kopf, die mir wichtig erscheint.

»Willst du, dass ich verschwinde?«, fragt er. »Soll ich Sterling verlassen? Das tue ich, sobald ich …«

Ich sehe ihn an, als hätte er den Verstand verloren. »Du hast mir neulich selbst erklärt, warum das nicht geht. Und du hast mir die Wahrheit über Brants Tod gesagt. Also nein, ich will nicht, dass du verschwindest.« Meine nächsten Worte wähle ich mit Bedacht. »Aber du hast auch gesagt, dass du bei deiner Großmutter wohnst …«

Er sieht mich abwartend an.

»Ich möchte sie kennenlernen.«

»Du möchtest *was*?« Er wird noch blasser, falls das überhaupt möglich ist. »Meine Gran? Kennenlernen?«

Ich nicke.

»*Warum?*«

»Sie liebt dich, oder?«

Verwirrt sieht er mich an, unendlich viele Emotionen auf dem Gesicht.

»*Oder?*«, wiederhole ich mit mehr Nachdruck in der Stimme.

»Ja«, flüstert er. »Tut sie.« Seine Gedanken sind nicht schwer zu erraten. Sie ist der einzige Mensch auf der Welt, der das noch tut.

»Dann möchte ich sie treffen. Fragst du sie, ob das in Ordnung geht?«

Ein paar Sekunden verstreichen, bis er mir schließlich mit einem wortlosen Nicken zu verstehen gibt, dass er meine Bitte erfüllen wird. Ich entdecke Verwunderung, Angst, Unsicherheit und auch ein bisschen Erleichterung in seinen Augen. Er scheint nicht nachvollziehen zu können, was ich mir von diesem Treffen erhoffe, aber er ist bereit, es mir zu ermöglichen, wenn es mir hilft. Und diese Hoffnung habe ich. Ich weiß nicht, woher sie kommt, aber den Menschen kennenzulernen, der bedingungslos zu Nathan hält, scheint mir ein wichtiges Puzzleteil zu sein. Ich möchte erfahren, was seine Großmutter in ihm sieht.

»Warum hast du damals auf der Wache nicht erzählt, was wirklich passiert ist?« Ich weiß, dass er denkt, niemand hätte ihm geglaubt. Aber ich verstehe nicht, warum er es nicht einmal versucht hat.

»Schock?« Er zuckt mit den Schultern. »Ich hatte gerade einen Menschen getötet. Sein Blut klebte im wahrsten Sinne des Wortes an meinen Händen. Es spielte keine Rolle, wie es dazu kam. Ich bin vielleicht kein herzloser Killer, der vorsätzlich auf andere losgeht, aber ich bin ein Mörder. Hier zu sitzen und so zu tun, als wäre dem nicht so … Es würde nichts an der Tatsache ändern.«

»Du bist kein Mörder.«

»Was bin ich deiner Meinung nach dann?« Mit zitternden Händen streicht er durch Lunas Fell. Sie bleibt immer noch dicht bei ihm.

»Keine Ahnung«, sage ich aufrichtig. »Es gibt kein passendes Wort dafür. Ein Mord ist ein vorsätzliches Tötungsdelikt. Du hast aber nicht vorsätzlich gehandelt, also bist du kein Mörder.«

»Mit dieser Ansicht stehst du verdammt allein da.«

»Weil niemand weiß, was im Detail passiert ist. Das wissen nur du und Brant, und er ist nicht mehr da, um es aufklären zu können.« Ich runzle die Stirn. Das ist falsch. Es ist einfach nur falsch. Nathan hat genug gebüßt. »Du hättest es den Polizisten trotzdem erzählen müssen.«

»Denkst du wirklich, das hätte etwas geändert? Ich habe den Sohn zweier Anwälte tödlich verletzt. Sie hätten Hackfleisch aus mir gemacht, wenn ich auch nur versucht hätte, sie von meiner Unschuld zu überzeugen.« Er schüttelt heftig den Kopf. »Meine einzige Chance war, mich schuldig zu bekennen und auf mildernde Umstände zu hoffen, weil Alkohol im Spiel und ich noch minderjährig war.«

»Und weil dir dein Anwalt das geraten hat«, ergänze ich.

Nathan nickt.

Das ist unglaublich. Es ist völlig absurd. Ich kann immer noch nicht fassen, dass er ihn wirklich zu einem Geständnis gedrängt hat.

»Es waren doch so viele Menschen auf dieser Party. In dieser Küche. Irgendjemand hätte bestimmt bezeugen können, dass es keinen Streit gab.«

»Es war laut und voll dort, Mia. Das weißt du selbst. Und so ziemlich jeder war betrunken.«

»Was ist mit diesem Mädchen? Sie hat …«

Er unterbricht mich. »Sie wurde abgelenkt und hat nicht hingesehen, als ich Brant …« Er kann die Worte nicht mal aussprechen. Egal, was ich sage, er hat direkt ein Gegenargument parat.

»Wieso hast du nicht wenigstens deinen Eltern die Wahrheit gesagt?«

»Ich hab's versucht.« Er holt tief Luft, legt den Kopf in den Nacken und blickt nach oben. Allmählich dämmert es, und die ersten Sterne durchbrechen den dunklen Himmel. Wie kleine Hoffnungsschimmer.

»Es war ihnen egal. Sie haben mir nicht geglaubt.«

»Es war ihnen ... *egal?*« Ich schaue ihn mit großen Augen an. Wie ist das möglich?

»Ob Unfall oder nicht ... Ich habe den Tod eines Menschen verschuldet. Und nach meiner Vorstrafe ... Ich hab sie schon damals enttäuscht. Sie haben kein Vertrauen mehr in mich.«

»Aber ...« Ich bin sprachlos. Bestürzt. Schockiert.

»Es ist okay, Mia«, sagt er und wirft mir ein gequältes Lächeln zu. Ich kann nicht anders, als ihn für diese Stärke zu bewundern.

»Ist es nicht, und das weißt du«, widerspreche ich trotzdem. »Du bist ihr Sohn. Es ist ihre Aufgabe, dich zu ...« *Hören. Beschützen. Lieben.* Auch wenn er als Teenager Mist gebaut hat.

»Ich habe meine Gran.«

»Und das ist toll.« Ich nicke heftig. »Aber ... Versteh mich bitte nicht falsch, das ist ... Es reicht nicht. Sie ist kein Ersatz für eine Mom und einen Dad und ... Hast du Geschwister?«

»Einen Bruder. Daniel. Ich weiß nicht, was er ... Wir haben keinen Kontakt.«

»Das Ganze hat dir also nicht nur deine Eltern weggenommen, sondern auch deinen Bruder.« Ich stehe auf einmal so unter Strom, dass ich erneut aufspringe und mich bewegen muss. Mit großen Schritten marschiere ich von Nathan weg. Luna lässt von ihm ab und hängt sich an meine Fersen. Ihre Leine schleift geräuschvoll über dem Boden hinter ihr her. »Das ist nicht fair«, sage ich laut, als ich mich wieder zu ihm umdrehe.

Er setzt zu einer Erwiderung an, aber ich hebe eine Hand, um ihn zu stoppen.

»Ja, ich weiß, das Leben ist nicht fair.« Ich weiß es *jetzt* mehr denn je. »Aber es kann doch nicht sein, dass deine Eltern dich komplett aus der Familie ausschließen. Du bist ihr Sohn, und das wirst du immer bleiben, selbst wenn sie so tun, als gäbe es dich nicht.«

»Ich bleibe aber auch der Mensch, der ...«

»Sag es nicht!«, fauche ich ihn an. Es gibt keinen Grund, diese grausamen Worte ständig zu wiederholen. Jedes Mal, wenn er sich als Mörder bezeichnet, tut es mir im Herzen weh und raubt mir die Luft zum Atmen. Ich habe es so satt, dass nichts auf dieser Welt gerecht ist. »Bitte sag es nicht.«

Nathan verfällt sofort in Schweigen. Wie immer versucht er, jeden einzelnen meiner Wünsche kompromisslos zu erfüllen. Es wirkt, als hätte er sich selbst vollkommen aufgegeben. Als lebe er nur noch, um es anderen recht zu machen.

*Seine Eltern wollen ihn nicht mehr in ihrem Leben haben? Okay, akzeptiert.*

*Ich will seine Großmutter kennenlernen? Er macht es möglich.*

*Eine Gruppe irgendwelcher Mistkerle verprügelt ihn? Nur zu.*

Es kann einfach nicht wahr sein, dass er sich in solch einen lethargischen Menschen verwandelt hat, obwohl er überhaupt nichts falsch gemacht hat.

Ich schnappe mir Lunas Leine und fange an, loszulaufen. Zurück nach vorne auf den Parkplatz, wo mein Auto steht. Schritte sind hinter mir zu hören. Nathan folgt mir. Natürlich tut er das. Warum passt er auf mich auf? Wann ist ihm mein Wohlergehen wichtiger geworden als sein eigenes?

Ich bleibe stehen und wirble herum. Nathan ist nur zwei, vielleicht drei Meter von mir entfernt. »Du musst damit aufhören«, sage ich, klammere mich an Lunas Leine und bemühe mich um eine feste Stimme. »Deine Ergebenheit macht mich wahnsinnig.« Ich presse meine Finger so sehr zusammen, dass es wehtut. »Ich kann nicht für dich wütend sein, Nathan.«

*Es ist seine Wut. Es ist nicht Ihre Aufgabe, sie zu tragen*, meldet sich Dr. Sullivans Stimme in meinem Kopf.

Sie hatte in diesem Moment zwar nicht von Nathan gesprochen, aber das macht ihre Worte nicht weniger wahr. Ich muss mir angewöhnen, Nathan seine eigenen Schlachten schlagen zu lassen. Und ich muss genauso einen Weg finden, zu akzeptieren, dass nicht jede davon so endet, wie ich das für richtig halte.

*Er hat dich nicht darum gebeten, seine Kämpfe für ihn auszufechten. Warum tust du es trotzdem?*

»Mia …« Er macht einen Schritt auf mich zu, scheint unsicher zu sein, wie ich reagieren werde.

Ich würde gern in Worte fassen, was sein Geständnis und unser Gespräch in mir ausgelöst haben. Aber ich kann es nicht. Die Gedanken in meinem Kopf rasen aufeinander zu, prallen aneinander ab, vermischen sich zu einer großen Welle, die auf mich zurollt und unter sich zu begraben droht.

»Geh wieder rein«, sage ich irgendwann leise. Für den Moment habe ich genug Antworten.

Nathan blickt mich schweigend an. Eine Sekunde. Zwei. Fünf. Dann nickt er und verschwindet in Joes Bar.

Ich sehe ihm nach und versuche, in der Welle nicht unterzugehen.

Luna weicht nicht mehr von meiner Seite. Nach einer weiteren Nacht, in der ich kaum schlafen konnte und einer Nachricht von Sarah, die ich nur sehr knapp beantwortet habe, laufen wir am frühen Morgen eine große Runde. Offenbar hat Jack sich bei ihr gemeldet und ihr von unserem Streit erzählt. Und während ich grundsätzlich gern mit ihr darüber reden würde, kann ich es im Moment einfach nicht. Ich will nicht auch noch von Sarah hören, dass ich verrückt geworden bin. Und noch weniger kann ich ihr erklären, was das mit Nathan ist.

Obwohl ich Luna an den Feldern am Stadtrand von der Leine lasse, entfernt sie sich nur ein paar Meter von mir. Immer wieder dreht sie sich nach mir um und vergewissert sich, dass ich noch da bin. Ich habe eigentlich vorgehabt, zu Brants Grab zu gehen, aber als ich mutterseelenallein in der Natur unterwegs bin, wird mir bewusst, dass ich heute nicht dorthin will. Ich bin wütend auf ihn. Zum ersten Mal seit seinem Tod erlaube ich mir, meine Wut nicht Nathan, sondern Brant gegenüber zu empfinden.

»Du bist ein Idiot«, sage ich so laut, dass Luna augenblicklich zu mir zurückgelaufen kommt. Ich ignoriere sie und spreche weiter. »Warum hast du nicht besser aufgepasst? Oder einfach weniger getrunken, Herrgott!«

Meine Hände ballen sich zu Fäusten, während ich weiterstapfe. Mittlerweile habe ich den Feldweg verlassen und marschiere quer über die Wiese. Der Boden ist uneben, und ich muss aufpassen, nicht zu stolpern. Aber das schürt meine Wut nur noch mehr. »Du hast mich allein gelassen, Coop. Mich und Clara und deine Eltern. Jack vermisst dich. Er tut so, als komme er klar, aber ich weiß, dass du ihm fehlst. Du fehlst uns allen. Wenn du nur ein paar Sekunden später gekommen wärst, dann wäre Nathan mit den Zitronen fertig gewesen. Du wärst ihm nie begegnet, und das alles wäre nie passiert.«

Brant würde noch leben. Nathan wäre nicht im Gefängnis gelandet, und seine Eltern hätten ihn nicht verstoßen. Clara wäre immer noch das unbeschwerte Mädchen, das sie früher war. Ich hätte wahrscheinlich keine Panikattacken und würde Trauer nur aus Büchern kennen. Und ... Ich hätte Nathan nie kennengelernt.

Bei diesem Gedanken bleibe ich abrupt stehen.

*Wäre Brant nicht gestorben, hätte ich Nathan nie kennengelernt.*

»Scheiße, Cooper!« Ich sinke in die Knie, auf den noch feuchten Boden, und presse eine Hand auf die Erde. Luna schiebt ihre Schnauze zwischen meinen Arm und mein Bein. »Komm zurück«, flehe ich und vergrabe mein Gesicht in ihrem Fell.

Ich würde alles dafür geben, um noch einmal mit ihm sprechen zu können. Um mich von ihm ärgern zu lassen. Um mit ihm auf dem Vordach vor meinem alten Kinderzimmer zu sitzen. Ich will ihn umarmen, mit ihm über Gott und die Welt reden, und ich will ihn dabei ansehen können. Ich möchte Pancakes mit ihm backen und darüber diskutieren, ob Ahornsirup oder Schokosoße besser dazu schmeckt. Ich will schreiend und lachend mit ihm in den Swimmingpool springen. Und vielleicht möchte ich auch, dass er Nathan auf dieser Party in dieser Küche ganz normal, beim Getränke- oder Essenholen, kennenlernt und ihn mir vorstellt. Ohne Messer und ohne Wunde. Ohne, dass diese Katastrophe je passiert wäre.

Ich atme tief ein und kann mich doch nicht gegen dieses Eingeständnis wehren. Ich mag Nathan. Ich mag ihn, und ich verbringe gern Zeit mit ihm. Ihn freitags im *Wild Lily's* zu sehen, ist klammheimlich zu einem Highlight meiner Woche geworden.

Als hätte Luna meine Gedanken gelesen und wolle mir zustimmen, bellt sie in diesem Augenblick laut auf. Unweigerlich muss ich lächeln.

»Ich weiß, Maus«, raune ich in ihr Fell und lege den Arm fester um sie. »Du bist schlauer als ich.« Wieder bellt sie, und dieses Mal lache ich richtig. Es tut gut. Für einen Moment gönne ich mir diese Unbeschwertheit, und die Wut auf Brant verpufft.

Seufzend richte ich mich auf. »Laufen wir weiter?«, schlage ich meiner Hündin vor und werfe ihr ein Leckerli zu.

Mit einem geschickten Satz schnappt sie es und kaut zufrieden darauf herum.

»Braves Mädchen«, lobe ich sie, ehe ich einen imaginären Wurf andeute. Luna rennt trotzdem los. Etwas langsamer folge ich ihr, und während ich an diesem freundlichen Frühlingsmorgen der Welt beim

Erwachen zusehe, spüre ich, dass trotz aller Umstände und Widrigkeiten eine Last von mir genommen wurde. Sie ist irgendwann im Laufe der vergangenen Tage von meinen Schultern gefallen und nicht zurückgekehrt.

Ich recke meinen Kopf Richtung Himmel. »Hast du da etwa deine Finger im Spiel gehabt?«, frage ich Brant.

Eine Antwort erhalte ich nicht, aber das ist auch nicht wichtig. Ich weiß, dass er auf mich aufpasst. Auf seine Art. Vielleicht ist er der Grund, dass Nathan mir die Wahrheit gesagt hat. Vielleicht auch nicht. Warum auch immer er sich mir anvertraut hat … Ich bin dankbar dafür. Es macht Brant nicht wieder lebendig, aber es hilft mir, nach vorne zu blicken.

Als wir von unserem Spaziergang zurückkommen, klebt ein kleiner Zettel an meiner Windschutzscheibe unter dem Scheibenwischer. Ich ziehe Luna zu mir und klappe das Stück Papier sorgfältig auseinander. Es steht nicht viel drauf.

*Heute, 15 Uhr? Ich hole dich ab.*
*– N.*

Unter den wenigen Wörtern befindet sich eine Handynummer. Ich falte den Zettel wieder zusammen, stecke ihn in meine Hosentasche und gehe grinsend hoch in meine Wohnung. Oben angekommen antworte ich ihm sofort. Weil ich es kaum erwarten kann. Und dann schicke ich noch ein *Ich freu mich* und ein paar Emojis hinterher. Ich glaube, dass er das braucht.

Der restliche Vormittag zieht sich wie Kaugummi, bis Nathan endlich auftaucht.

# 21

»Da seid ihr ja.« Nathans Großmutter ist eine herzliche Frau. Während ihr Enkel kaum lächelt, begrüßt sie mich mit einem Strahlen im Gesicht und zieht mich sofort in ihre Arme, nachdem sie uns die Tür geöffnet hat. Verdutzt stehe ich einen Moment regungslos da und lasse ihre Freude wortlos über mich ergehen, bevor ich die Umarmung zaghaft erwidere.

»Kommt rein, kommt rein«, sagt sie und winkt uns in die Wohnung. Sie strahlt eine Unbeschwertheit aus, die mich beinahe umhaut. Ich habe keinen Schimmer, wie sie es macht, aber sie gibt mir von Anfang an das Gefühl, willkommen zu sein.

Auf dem Tisch im Esszimmer stehen ein frisch gebackener Käsekuchen und eine Vase mit hübschen Frühlingsblumen. Nathans Grandma hat mit viel Liebe gedeckt und deutet uns an, Platz zu nehmen. Ich werfe Nathan einen kurzen Blick zu, den er mit einem kaum sichtbaren Nicken erwidert. Eine stumme Versicherung, dass alles in Ordnung ist.

»Gibt es eine Sitzordnung?«

Bei meiner Frage zucken seine Mundwinkel, so wie ich es schon öfter an ihm beobachtet habe.

»Nein«, entgegnet er. »Such dir einfach einen Platz aus.«

»Okay.« Ich habe mich kaum hingesetzt, als seine Großmutter aus der Küche zurückkommt. Sie hält eine bunte Kanne aus Porzellan in den Händen, wie ich sie das letzte Mal bei meiner eigenen Granny gesehen habe.

»Ich hoffe, du trinkst Tee?« Sie bleibt mitten im Raum stehen, als wäre ihr der Gedanke gerade erst gekommen, dass ich eventuell gar keinen mögen könnte. »Oder möchtest du lieber einen Kaffee?«

»Nein«, entgegne ich. »Tee ist super. Danke.«

Sie gießt Nathan und mir ein und setzt sich anschließend zwischen uns auf den dritten Stuhl, vor dem gedeckt ist. An dem Tisch wäre für mindestens doppelt so viele Leute Platz. Es ist eindeutig, dass hier früher mehr Menschen zu Besuch gekommen sind als nur ich.

Auf den Lippen von Nathans Großmutter liegt immer noch ein Lächeln, die Hände liegen gefaltet auf ihrem Schoß. Es fällt mir schwer einzuschätzen, wie alt sie ist. Sie sieht jünger aus, als sie in Wirklichkeit sein kann.

»Ich freue mich, dass du hier bist, Mia.«

»Eigentlich Emilia.« Meine Worte überraschen mich selbst. »Aber so hat mich schon seit Jahren niemand mehr genannt.«

»Warum nicht?« Sie nickt Nathan zu, der anfängt, Kuchenstücke auf unsere Teller zu verteilen. »Es ist ein sehr schöner Name.«

»Danke.« Ich greife nach der Gabel und drehe sie unschlüssig hin und her. Eigentlich habe ich vor lauter Nervosität keinen Hunger, aber der Kuchen sieht wirklich lecker aus. »Ich wurde von Anfang an Mia genannt. Heute fühlt es sich fast schon seltsam an, wenn doch jemand Emilia zu mir sagt.« Mein Schulterzucken ist nur angedeutet.

»Mia arbeitet in dem Laden, in dem ich manchmal Blumen für dich abhole«, bemerkt Nathan.

*Für dich?*

»Perry?« Auf einen Schlag ist mir die Verbindung klar. »Sie sind Mrs Perry.«

»Genau die bin ich, Liebes.« Lachend nickt sie, und ihr graues Haar wippt mit jeder Bewegung hin und her. »Und die Gran von diesem tollen Burschen«, ergänzt sie.

Ihr Blick wird warm, die pure Zuneigung Nathan gegenüber ist klar und deutlich zu erkennen. Es ist einfach nur faszinierend zu beobachten, wie ihr Gesicht leuchtet, wenn sie ihn ansieht. Sie ist die Frau, die Nathan aufgenommen hat, nachdem er aus dem Gefängnis entlassen worden ist. Die Mutter seiner Mom. Auch wenn sie sie sicherlich nicht ersetzen kann, ist sie genau die richtige Person, die er braucht, um wieder auf die Beine zu kommen. Egal, wofür er sich in Zukunft entscheidet, mit ihr hat er einen Menschen an seiner Seite, der ihn immer und überall bedingungslos unterstützen wird.

Trotzdem ist es Nathan sichtlich unangenehm, dass sie ihre Liebe für ihn derart nach außen trägt.

»Gran ...«, stöhnt er, und eine dezente Röte färbt seine Wangen. »Hör auf damit.«

»Nein.« Ihre Antwort ist simpel und doch ist ihr Blick ernst geworden. »Du wirst mir auf meine alten Tage nicht vorschreiben, was ich sagen darf und was nicht, Nathan Patrick Dawson.«

Ihre Rüge erinnert mich an das einzige Mal, als ich mit Brant zusammen nachsitzen musste. Unsere alte Geschichtslehrerin hatte uns beim Schwänzen erwischt und nur deshalb meinem Dad nichts gesagt, weil wir sie angefleht haben, unser Vergehen anders wiedergutmachen zu dürfen. Der Deal war, dass wir stattdessen eine dreißigminütige Präsentation über Abraham Lincoln halten mussten.

»Sorry«, murmelt Nathan und stochert in seinem Kuchenstück herum. Er will noch etwas hinzufügen, aber traut sich anscheinend nicht.

Ich sehe ihm deutlich an, wie sehr er will, dass ich seine Großmutter mag. Es ist mir ein Rätsel, warum er sich deswegen überhaupt Sorgen macht. Sie ist ein fantastischer Mensch. Sie kennt die Wahrheit, sie weiß, wer ich bin, und ich vermute, dass Nathan ihr auch von unseren ersten Begegnungen erzählt hat und wie ich ihn angeschrien habe. Mehrfach. Und trotz dessen hat sie mich zu sich nach Hause eingeladen und Kuchen gebacken. Es ist leicht, all das mit reiner Höflichkeit zu verwechseln. Aber nichts an ihrem Verhalten oder ihren Worten erweckt den Eindruck, dass sie mich nicht hier haben will. Liebevoll streichelt sie Nathan über den Arm. Sie lächelt sanft dabei und doch ist dieses Lächeln anders. Trauriger.

»Darf ich Sie etwas fragen, Mrs Perry?«

»Sag Catherine zu mir.« Sie wendet ihren Blick von Nathan ab. »Und natürlich, Mia. Du darfst mich alles fragen.«

Ihre Offenheit sollte mich nicht erstaunen. Es passt ins Bild, das ich von ihr entwickelt habe. Und trotzdem bin ich für einen Augenblick verwundert. Prinzipiell bin ich eine Fremde für sie, die sie, wenn überhaupt, nur aus Erzählungen kennt. Dennoch scheint sie bereit zu sein, mir Rede und Antwort zu stehen. Ich schlucke einmal kräftig.

»Haben Sie in all den Jahren je an Nathan gezweifelt?«

»Nein«, sagt sie sofort.

»Das Bild in ihrem Kopf, das Sie von ihm haben, hat sich nicht verändert?«

»Nein, Liebes.«

»Kein bisschen?«

Und ein drittes Mal sagt sie klar und deutlich »Nein«.

»Warum nicht?« Sein Bruder darf keinen Kontakt zu ihm haben, und seine Eltern möchten nichts mehr von ihm wissen. Weil sich ihre Sicht auf Nathan so drastisch geändert hat, dass er nicht mehr in ihre Familie passt. Allein, darüber nachzudenken, lässt Wut in mir aufsteigen.

»Ich gebe ihm keine Schuld an dem, was passiert ist, Mia. Man hat nur dann an etwas Schuld, wenn man es vorsätzlich getan hat oder wissentlich in Kauf nimmt, dass etwas Schlimmes passieren könnte.«

»Ich hatte Alkohol getrunken, Gran ...« Nathan versucht, sie zu unterbrechen, aber sie lässt es nicht zu.

»Das tut nichts zur Sache. Du trägst die Verantwortung, Nathan, aber dich trifft keine Schuld.«

»Verantwortung ... Schuld. Das ist dasselbe.«

»Ist es nicht, und das weißt du.«

Nathan sagt nichts mehr, und ich ahne, dass es nicht das erste Mal ist, dass die beiden diese Diskussion miteinander führen. Und es scheint egal zu sein, welche Argumente Catherine anführt. Nathan glaubt ihr nicht. Er gibt sich nach wie vor die Schuld an Brants Tod.

»Du musst lernen, wieder Farbe und Freude und Spaß in deinem Leben zuzulassen.« Sie spricht nicht mit mir, obwohl ihre Worte genauso gut auch an mich gerichtet sein könnten. Ich muss das Gleiche lernen wie Nathan. »Das Leben ist nur so bunt, wie du dich traust, es zu malen. Ihr seid jung.« Über den Tisch hinweg fasst sie nach Nathans linker und nach meiner rechten Hand. »Es ist schlimm, was passiert ist. Das zweifelt niemand an. Aber genau deswegen dürft ihr nicht aufhören zu leben. Darin liegt eure Verantwortung. Eure Pinsel wollen benutzt werden. Jeden Tag. Lasst sie nicht eintrocknen.« Sie hebt ihre Hand und streicht mir über die Wange. »Ich kannte deinen Freund nicht, Liebes. Aber ich bin überzeugt davon, dass er einen kompletten Farbeimer über dir ausleeren würde, wenn er könnte.«

Die Vorstellung von Brant, mit einem großen Eimer voll roter, gelber oder grüner Farbe bewaffnet, bringt mich zum Lachen.

»O ja«, sage ich zustimmend und nicke. »Das würde er.« Und er hätte einen Heidenspaß dabei.

Ich bin gerade dabei, die Tassen abzuspülen, als Nathan zurückkommt. Catherine hat sich nach dem Tee unter dem Vorwand von Kopfschmerzen in ihr Schlafzimmer verabschiedet. Nathan hat sie nach oben begleitet, aber ich bin mir nicht sicher, ob sie wirklich an einer plötzlichen Migräneattacke leidet. Es ging ihr den ganzen Nachmittag über blendend. Sie hat viel erzählt und gelacht, und ich habe mich ein bisschen in ihr großes Herz verliebt.

»Was machst du da?«, fragt Nathan und stellt sich in einem knappen Meter Entfernung neben mich. »Du musst nicht aufräumen.«

»Es sind nur noch ein paar Teller.« Ich lasse Wasser darüber laufen, um anschließend den Schaum vom Porzellan zu wischen. Dann reiche ich das erste Exemplar an Nathan weiter. »Hier. Mach dich nützlich.«

Einen Augenblick lang starrt er auf das Geschirr in meiner Hand.

»Du weißt, wie man ein Handtuch benutzt, oder?«

Das reißt ihn aus seinen Gedanken. »Haha.« Er nimmt mir den Teller ab und greift nach einem Tuch.

»Sorry«, schmunzle ich und blicke auf den Schaum im Becken vor mir. Ich habe zu viel Spülmittel benutzt, aber das macht nichts. Nicht, dass Abwaschen sonderlich Spaß machen würde, aber mit viel Schaum ist es deutlich erträglicher.

»Hey.« Ich sehe auf, als Nathan mich am Arm berührt. Er streift mich nur hauchzart mit den Fingern, und trotzdem löst er damit eine Gänsehaut auf meinem gesamten Körper aus. Ich kneife die Augen zusammen, ehe ich den Kopf in seine Richtung drehe. Sein Blick geht mir durch Mark und Bein. »Sie mag dich«, sagt er, während er den abgetrockneten Teller beiseitestellt.

»Ich mag sie auch.« *Und dich.* »Sie ist toll. Ich verstehe, warum du sie nicht allein lassen willst.« Lächelnd reiche ich ihm einen zweiten Teller.

Nathan schweigt, während er ihn mit dem Geschirrtuch bearbeitet. Dabei wird sein Handgelenk entblößt, und mein Blick wandert automatisch zu den hellen Streifen, die sich dort befinden.

»Weiß sie von … deinen Narben?« Es ist ein Risiko, ihn jetzt darauf anzusprechen. Die Frage kam zu abrupt, und wenn ich Pech habe, blockt er ab oder schickt mich nach Hause. Ich hoffe, dass er nichts von beidem tut.

Seine Antwort lässt auf sich warten. Schließlich gibt er ein leises »Nein« von sich. Eigentlich gehe ich davon aus, dass es das war. Dass er nichts weiter dazu sagen wird. Aber ich täusche mich. »Ein Jahr nach ... nachdem ich ... Im Gefängnis verliert man irgendwann das Zeitgefühl.« Ich bemerke, wie er sich bemüht, die richtigen Worte zu finden. »Jeder Tag gleicht dem nächsten. Du stehst am Morgen zur selben Zeit auf, hast ...«

»Stopp.« Ich zwinge ihn zum Innehalten. »Du musst mir das nicht erzählen.« Ich will nicht, dass er sich quält, und vor allem will ich ... *kann* ich mir nicht vorstellen, wie schrecklich es sein muss, wenn man in einer kleinen Zelle gefangen ist. Jahrelang. Mein Magen zieht sich zu einem Knoten zusammen, je mehr Platz ich den Gedanken an seine Zeit im Gefängnis lasse.

»Ich weiß, dass ich es nicht muss«, sagt er leise. »Aber ich will es dir erzählen.«

»Okay.« Ich nicke und versuche, mir mit dem Unterarm eine Haarsträhne aus dem Gesicht zu streifen, was mir nicht so richtig gelingen will. Die Angst vor dem, was er gleich sagen könnte, wächst.

»An dem Tag war es heiß, und ich hatte eine schlechte Woche hinter mir. Der Jahrestag der Party war gerade vorbei, und ...« Er holt Luft. »Eigentlich hat mir ein Datum nie viel bedeutet. Ich hätte meinen eigenen Geburtstag vergessen, wenn Mom nicht jedes Jahr ... Sie hat immer die ganz großen Geschütze aufgefahren. Es war furchtbar und großartig zugleich, aber ... Es spielt keine Rolle. Jedenfalls war die Vorstellung, noch fast sieben Jahre dort drin zu sitzen ... Es war zu viel. Ich wusste nicht, wie ich das ertragen soll. Ich wusste es einfach nicht.«

»Also hast du …«

Er nickt. »Aber es hat nicht funktioniert. Das Messer war zu stumpf, und meine Hände haben zu sehr gezittert. Deshalb ist die Narbe auch so schwulstig. Niemand hat mich hinterher behandelt, weil niemand etwas mitbekommen hat.«

»Wie kamst du an das Messer?«

»Mitinsassen. Das dort drin … Es ist eine eigene Welt.« Er nimmt mir das Besteck ab und reibt es genauso akribisch trocken wie die Teller zuvor. Ich glaube, er braucht dieses Gefühl, etwas in seinen Händen zu halten, über das er die Kontrolle hat. Er kann genauso wenig loslassen wie ich.

»Wie hast du … wie hast du das alles überlebt?«, frage ich vorsichtig. »Das Gefängnis, meine ich.«

Ich bin noch nie in einem gewesen. Alles, was ich über Gefängnisse weiß, habe ich gelesen oder im Fernsehen gesehen. Ob es der Realität entspricht, weiß ich nicht, und ich bin mir nicht sicher, ob ich eine Antwort darauf haben möchte. Eigentlich kann es nur die Hölle auf Erden sein. Alles andere würde einer Bestrafung nicht gleichkommen.

»Ehrliche Antwort?« Nathan legt die Kuchengabeln beiseite. »Ich habe keine Ahnung.«

Wir sind fast fertig mit dem Abwasch, und doch habe ich Angst davor, was passiert, wenn ich den Stöpsel aus dem Becken ziehe. Ob ich damit nicht nur das Wasser abfließen lasse, sondern auch Nathans Mut, mit mir über die schlimmste Zeit seines Lebens zu sprechen. Langsam drehe ich mich um und lehne mich gegen die Arbeitsplatte. Meine Hände sind feucht vom Spülwasser, als ich mich damit abstütze.

»Woher weißt du, wofür weiße Callas stehen?«

»Google.« Seine Antwort ist so simpel und so logisch zugleich, dass ich nicht anders kann, als zu lachen.

Und dann ist es plötzlich da. Nathans erstes, echtes, richtiges Lachen in meiner Gegenwart, weil er sich von mir anstecken lässt. Es kommt so unerwartet, dass es mir die Luft aus den Lungen presst. Mein Herzschlag pausiert eine Sekunde lang.

»Du hast es nicht verlernt«, flüstere ich, als ich wieder atmen kann.

»Was?«

»Zu lachen. Du hast es nicht verlernt.« Ich lasse das Wasser ablaufen und sehe ihn fast schon feierlich an. »Du hast es nur gut versteckt.«

»Mia ...« Er wird wieder ernst, das Lächeln verschwindet. Die Traurigkeit kehrt zurück und umgibt ihn wie einen Mantel. Nur glaube ich nicht, dass er ihn wärmt.

»Schon gut.« Ich halte Nathans Blick fest. »Ich verrat's keinem.«

Es ist dunkel, als Nathan mich wieder nach Hause fährt. Wir sagen kein Wort, doch kurz bevor ich aussteigen muss, nehme ich all meinen Mut zusammen. »Danke«, murmle ich. Ein einfaches Danke und dennoch wiegt es verdammt schwer. Weil ich weiß, wie viel Überwindung es ihn gekostet hat, mich zu Catherine mitzunehmen. Sie ist, wie er gesagt hat, alles, was er noch hat.

Nathan nickt einmal, während ich den Gurt löse und nach meiner Tasche greife. Mit einer Hand suche ich nach dem Schlüssel, während ich ihn ansehe. Sein Blick ist starr in Richtung Windschutzscheibe gerichtet.

Als ich den Schlüssel habe und nach dem Türgriff fasse, räuspert er sich leise und lässt mich dadurch innehalten.

»Gern ... gern geschehen«, gibt er zurück.

Unsere Blicke treffen sich. Er lächelt sanft, ich lächle zurück. Und dann steige ich mit einem warmen Gefühl in der Brust aus dem Wagen.

Am nächsten Morgen wache ich zu einer Nachricht von Jack auf. Ich liege noch im Bett, als ich nach meinem Handy greife und den Bildschirm entsperre.

> Können wir bitte, bitte, bitte drüber reden?

Mein erster Impuls ist es, ihm ein simples *Nein* zurückzuschicken. Aber das wäre kindisch, und ich will mich nicht lächerlich machen. Ich weiß, dass ich mit ihm sprechen muss. Doch das, was er zu mir gesagt hat ... Seine Worte beschäftigen mich immer noch, weil sie mich nicht nur verletzt, sondern auch zum Nachdenken gebracht haben.

*Schläfst du mit ihm? Ist er so gut im Bett, dass du alles andere vergessen hast?*

Ich bin mir sicher, dass er nicht grausam sein wollte. Doch genau das war er. Und die Wahrheit ist, dass ich Jack momentan nicht sehen und auch nicht mit ihm sprechen will. Ich habe keine Lust auf eine weitere Diskussion, weil er nicht einmal versucht zu verstehen, warum es für mich so wichtig ist, mit Nathan zu reden.

> Gib mir ein bisschen Zeit, okay?

Ich schicke meine Nachricht ab, ehe ich es mir anders überlegen kann. Und weil ich weiß, dass er trotz allem mehr verdient hat, schreibe ich noch hinterher:

> Ich melde mich bei dir. Versprochen.

Keine Ahnung, wann das sein wird, doch damit muss er sich zufriedengeben. Seine Antwort folgt prompt:

> Okay. Es tut mir leid, Mia.

Ich glaube ihm, dennoch brauche ich erst einmal Abstand. Egal, wann wir dieses Gespräch führen werden, Jack wird Fragen haben. Und die kann ich erst beantworten, wenn ich selbst mit all dem klarkomme, was in den vergangenen Wochen passiert ist.

Kurz überlege ich, ihm noch mal zu schreiben, aber ich tue es nicht. Stattdessen lege ich mein Handy beiseite und denke zurück an meinen Besuch bei Catherine. Nathans Großmutter. Oder Nates, weil sie ihn fast nur bei seinem Spitznamen nennt. Ich komme nicht umhin, sie zu bewundern. Für ihre Stärke und ihre Kraft, da sie für ihren Enkel sogar den Kontaktabbruch zu ihrer eigenen Tochter in Kauf genommen hat. Sie bietet Nathan ein Zuhause. Ein Zuhause, das ihm seine Eltern nicht mehr geben wollen. Und dieser Gedanke ist absolut furchtbar.

Er beschäftigt mich, als ich aufstehe und in meine Vorlesungen gehe. Und er ist auch dann noch präsent, als ich einen Tag später im *Wild Lily's* arbeite. Nur, wenn Alice mich ablenkt, höre ich auf, über Nathan nachzudenken. Oder über Jack.

Obwohl er weiß, dass ich morgens nie arbeite, hat er bei Alice eine Blume gekauft und für mich zurücklegen lassen. Eine stumme Entschuldigung, die an diesem Dienstagnachmittag auf mich wartet und die ich am Abend mit nach Hause nehme, auf meinen Esstisch stelle und anstarre, bis mein Handy klingelt. Kurz vermute ich, dass es Jack ist, der versucht, mich zu erreichen. Doch es ist nur meine Mom, die wissen will, wann ich ihr morgen Luna vorbeibringe, bevor ich in meine Vorlesungen und ins Yoga gehe. Und dort unweigerlich auf Jack treffe. Sarah und ich haben bisher kein einziges Mal gefehlt, und auch die beiden Jungs haben noch nie geschwänzt.

Für einen Augenblick überlege ich, morgen genau das zu tun, doch ich bin niemand, der feige ist. Auch wenn ich mich mit Jack gestritten habe, ist er trotzdem mein Freund. Ich werde ihm nicht aus dem Weg gehen, indem ich unseren gemeinsamen Sportkurs sausen lasse.

Sarah ist noch nicht da, als ich zehn vor fünf den Raum betrete, die Yogalehrerin Mary-Rose begrüße und die Ecke ansteuere, in der wir immer liegen. Ich habe meine Matte bereits ausgerollt und mir ein Kissen besorgt, als Sarah sich außer Atem neben mir fallen lässt.

»Das war knapp«, seufzt sie und zieht ihre Wasserflasche aus der Tasche. »Wilson hat schon wieder überzogen.« Sie verdreht die Augen, ehe sie einen großen Schluck trinkt. Dann liegt ihre volle Aufmerksamkeit auf mir. »Alles klar?« Ihr Blick wandert kritisch an mir auf und ab.

Ich nicke lächelnd und versuche, sie abzulenken, weil ich genau weiß, worauf ihre Frage eigentlich abzielt. »Wo ist Peter?«

»Bei irgendeinem Vortrag. Er kann heute nicht.«

»Okay.« Ich sehe ihr dabei zu, wie sie den Gummi von ihrer Matte zieht und sich parallel zu meiner Position einrichtet.

»Jack kommt auch nicht«, sagt sie dann und sieht mich fast schon vorwurfsvoll an. Als wäre das meine Entscheidung gewesen.

»Okay«, wiederhole ich tonlos und ignoriere mein klopfendes Herz. Ich weiß nicht, ob ich froh darüber bin. Oder enttäuscht. Wahrscheinlich beides.

»Du solltest echt mit ihm reden, Mia. Er will nicht mit dir streiten.« Sie legt ihre Hand auf meinen Arm. »Und du bestimmt auch nicht.«

Natürlich will ich das nicht. Jack gehört neben ihr zu meinen engsten Freunden.

»Hat er dir gesagt, was er mir vorgeworfen hat?« Ich reibe mir müde über die Stirn.

»Hat er.« Sarah nickt und setzt sich auf ihr Yoga-Kissen. »Und das ist ohne jede Frage nicht okay gewesen. Aber du kennst ihn. Er macht sich einfach Sorgen. Wie ich übrigens auch.« Sanft kneift sie mich in die Seite.

Bevor ich allerdings etwas dazu sagen kann, eröffnet Mary-Rose die Stunde. Sarah wirft mir einen letzten Blick zu, raunt noch einmal »Rede mit ihm!«, und dann schweigen wir beide und befolgen die Anweisungen unserer Lehrerin.

Normalerweise gelingt es mir recht schnell, beim Yoga abzuschalten und mich ganz auf meine Atmung und meinen Körper zu konzentrieren. Doch heute nicht.

Heute hören die Gedanken in meinem Kopf nicht auf, sich zu überschlagen, und ich finde einfach nicht zur Ruhe. Und das tue ich auch dann nicht, als ich Luna nach dem Yoga abhole, mit ihr nach Hause laufe und mich nach einer langen Dusche ins Bett lege. Ich starre an die Decke, spüre den warmen Körper meiner Hündin an meinen Füßen und kann doch nicht einschlafen. Weil ich weiß, dass Sarah recht hat und ich mit Jack reden muss. Aber gleichzeitig sträubt sich alles in mir, weil ich keine Ahnung habe, wie ich ihm begreiflich machen soll, dass Nathan kein schlechter Mensch ist.

## 22

Manchmal glaube ich, dass Dr. Sullivan gar nicht weiß, wie wichtig sie für mich ist. Mit ihrer ruhigen Art schafft sie es regelmäßig, innerhalb unserer sechzig Minuten das tosende Meer in mir in kleine Wellen zu verwandeln. Sie gibt mir keine Tipps oder Ratschläge, doch ihre gezielten Fragen lassen mich oft selbst zu einer Erkenntnis gelangen, die es mir leichter macht, meine nächsten Schritte zu gehen. Meine vergangene Therapiestunde ist der Grund dafür, dass ich mich traue, Nathan heute zum ersten Mal eine Nachricht zu schreiben, einfach deshalb, weil ich es will. Er antwortet sofort.

Eine ganze Weile schreiben wir hin und her, bis ich ihn frage, ob er Lust hat, vorbeizukommen. Meiner Nachricht schicke ich ein Foto von Luna hinterher, mit der Bemerkung, dass sie ihn vermisst. Dabei ist es nicht meine Hündin, die gern Zeit mit ihm verbringen will.

Seine Antwort fällt knapp aus.

> Wann?

Kurz überlege ich, ob es zu viel verlangt ist, wenn ich einfach *Jetzt?* zurückschreibe. Wahrscheinlich ist es das, doch ich tue es trotzdem. Meine Finger schweben über dem Display und schicken die Nachricht schließlich ab, bevor ich darüber nachdenken kann, was diese Ungeduld bedeutet.

Nathan lässt mich nicht lange warten.

> Wo soll ich hinkommen?

Wieder besteht meine Antwort nur aus fünf Buchstaben.

> Zu mir.

Keine fünfzehn Minuten später klingelt es unten am Tor, und ich lasse Nathan herein.

»Hi«, begrüße ich ihn, als er bei mir oben ankommt, und halte Luna an ihrem Halsband fest, bis er die Tür hinter sich geschlossen hat. Erst dann lasse ich sie los und sehe ihr dabei zu, wie sie sich an seine Beine drückt und die Schnauze an seine Oberschenkel presst.

»Sie mag dich lieber als mich«, stelle ich fest und kann mir ein Schmunzeln nicht verkneifen. »Aber das ist ja nichts Neues. Häng die Jacke auf und mach es dir bequem.«

Ich ziehe Luna von Nathan weg, sodass er sich Schuhe und Jacke ausziehen kann. Als er unschlüssig im Wohnzimmer stehen bleibt, deute ich neben mich auf das Sofa und warte, dass er sich setzt. Auf das kleine Tischchen vor uns habe ich bereits zwei Gläser und eine Flasche Wasser gestellt.

»Willst du was trinken?«, frage ich und schicke Luna in ihren Korb.

»Nein.« Er wirkt unsicher, als er sich etwas zur Seite dreht, um mich besser ansehen zu können. »Warum bin ich hier, Mia?«

Ich runzle die Stirn. »Wie meinst du das?«

»Wir ... hängen nicht einfach so zusammen rum. Es gibt immer einen Grund, wenn wir uns sehen.«

»Einen Grund?«

Er zuckt mit den Schultern. »Entweder kaufe ich Blumen, oder du willst meine Gran kennenlernen, oder du hast eine Autopanne.«

Die Liste ist lang, und wenn er es so formuliert, hört es sich in der Tat so an, als würden wir uns immer nur aus einem bestimmten Grund treffen. Doch dieses Mal ist das anders. Ich will ihn einfach nur sehen. Weil der Besuch bei seiner Großmutter schon wieder eine Woche zurückliegt und ich ihn seither nirgendwo getroffen habe. Er war nicht im *Wild Lily's*, ich bin ihm nicht beim Einkaufen begegnet, und es hat mich auch nicht ins *Joe's* verschlagen.

»Also ... Warum bin ich hier?«

Ich hole tief Luft und sage die Wahrheit. »Ich wollte dich sehen.«

»Du wolltest ...« Er verstummt. Schaut mich ungläubig an.

»Was?«, entgegne ich fast schon herausfordernd. »Das ist nichts Schlimmes.«

»Aber ...« Er schüttelt den Kopf. »Das will niemand.«

»Weil niemand die Wahrheit kennt. Wenn du den Leuten erzählen würdest, was wirklich passiert ist ...« Sie würden eine Weile brauchen, genau wie ich. Nichts, woran man jahrelang geglaubt hat, lässt sich innerhalb weniger Minuten vollkommen wegradieren. Aber mit der Zeit würde diese falsche Wahrheit verschwinden und Platz machen für ein neues Bild von ihm.

»Was soll das denn bringen?« Nathans Stimme ist immer noch leise.

»Na ja.« Ich nehme ein Kissen und lege es mir auf die Beine. »Vielleicht würden sie dasselbe erkennen wie ich.«

»Was soll das sein?«

»Dass du es wert bist, genauer hinzuschauen.«

»Das ist doch Quatsch, Mia. Abgesehen von meiner Gran bist du der einzige Mensch auf dieser Welt, der mich nicht ablehnt. Und ich habe keine Ahnung, warum du das nicht tust.«

»Weil du es nicht verdient hast, verurteilt zu werden.« Nicht mehr. Nicht, nachdem ich gehört habe, was wirklich in dieser Küche geschehen ist.

»Du solltest es trotzdem tun.« Das Lächeln auf seinen Lippen ist eins der unehrlichen Sorte. Es erreicht seine Augen nicht und erstirbt keine Sekunde später direkt wieder.

»Sollte ich nicht«, widerspreche ich heftig. »Catherine ist meiner Meinung. Und Helen und James. Und ich bin mir sicher, dass auch andere Menschen das so sehen wie wir, wenn du ihnen nur die Chance geben würdest.«

»Ich hab's versucht.« Nathan zuckt mit den Schultern, schüttelt wieder den Kopf und starrt auf den Boden.

»Deine Eltern.« Ich nicke und richte mich auf. Warte so lange, bis er mich wieder ansieht. Ich blicke ihm fest in die Augen, als ich weiterspreche. »Aber nur, weil es einmal schiefging, kannst du dich doch nicht ein Leben lang für eine Sache bestrafen lassen, bei der es kein Schwarz oder Weiß gibt.«

»Mom und Dad … Sie haben mir keine Wahl gelassen.« Er beißt sich auf die Lippe. Und erstaunt mich im nächsten Moment, als er plötzlich aufsteht. »Hast du … hast du ein bisschen Zeit? Ich möchte dir etwas zeigen.«

Wie immer überlässt er die Entscheidung mir. Während er mich abwartend ansieht, wird mir klar, dass hier zu sitzen und immer wieder dieselben Argumente zu benutzen, weder ihm noch mir selbst helfen wird. Was auch immer Nathan mir zeigen möchte, bringt uns vielleicht eher weiter.

»Okay.« Ich stehe auf. »Wo gehen wir hin? Nehmen wir Luna mit?«

Wir lassen sie zu Hause. Nathan versichert mir zwar, dass es mit dem Auto nicht lange dauern wird, aber Luna mag Fahren nicht besonders.

Etwa zehn Minuten später stoppt er den Wagen vor einem hübschen, weißen Holzhaus am Stadtrand. Es ist umzäunt, und die ersten Büsche, die das Grundstück vom Gehweg trennen, blühen bereits.

»Was tun wir hier?«

Anstatt mir zu antworten, deutet Nathan durch die Windschutzscheibe auf den einzigen, riesigen Baum im Vorgarten des Hauses. »Siehst du den Ahorn?«

»Ja.«

»Ich war acht, als die Strickleiter gerissen ist, die mein Dad an einen der Äste gehängt hatte.« Mein Blick schnellt zu ihm. Nathan spricht ungehindert weiter. »Ich habe mir den linken Arm gebrochen und konnte sechs Wochen keine Hausaufgaben machen. Das war das einzig Gute daran. In der Hütte dort hinten stand mein Fahrrad.« Er zeigt mit dem Finger auf einen halb verfallenen, alten Holzschuppen, der definitiv schon bessere Tage gesehen hat. »Und das Fenster dort oben, links über der Veranda, das war mein Zimmer. Bis vor vier Jahren und sechs Monaten.«

Ich kann nicht anders. Ich lege meine Hand auf Nathans. Wie von selbst rutschen meine Finger in die Zwischenräume seiner eigenen.

»Auf der anderen Seite, dort drüben, über der Küche, war Daniels Zimmer.« Er atmet tief ein. »Ich weiß nicht, was meine Eltern ihm erzählt haben. Er war erst elf, als es passiert ist, und …« Er unterbricht sich, um sich zu sammeln. »Ich habe meinen Bruder seit damals nicht mehr gesehen.«

Der Kummer in seiner Stimme erdrückt mich beinahe. Ich kann mir nicht vorstellen, so lange keinen Kontakt zu Adam zu haben. Nicht mit ihm zu sprechen, nicht zu wissen, was er tut oder wie es ihm geht. Jeder einzelne Tag in Nathans Leben ist geprägt von einer Sache, die nicht in seiner Hand lag. Und dieser eine Moment kam so unvorhergesehen wie ein Tsunami in sein Leben und hat völlige Zerstörung hinterlassen.

»Sie wollen vergessen, was passiert ist«, sagt Nathan in die entstandene Stille hinein.

»Ist Vergessen nicht gut?« Vielleicht bedeutet es ja, dass sie Nathan irgendwann wieder zurück in ihr Leben lassen.

»Etwas zu vergessen, heißt, so zu tun, als sei es nie passiert. Aber das kann ich nicht. Es ist nun einmal geschehen. Egal, wie sehr ich mir etwas anderes wünsche.«

Ich nicke. »Das stimmt. Und du musst dich auch daran erinnern. Immer wieder. So lange, bis dieser Gedanke keine Macht mehr über dich hat. Er darf weiterhin da sein, er ist ein Teil von dir, und das wird er auch für immer bleiben. Aber Nate.« Ich streiche mit meinem Daumen über die weiche Haut seiner Hand. Es ist das erste Mal, dass ich ihn so nenne. »Er ist nicht die Summe all dessen, was dich ausmacht. Im Gegenteil. Er ist nur ein winzig kleiner Bruchteil. Ein einziger Gedanke unter Milliarden anderen.«

»Mia …«, setzt er an, doch ich lasse nicht zu, dass er mir widerspricht.

»Ich weiß, dass du auf einem Drahtseil balancierst. Immer darauf bedacht, keinen Fehler zu machen, und sei er auch noch so klein. Aber du bist nicht allein. Du darfst loslassen und fallen. Weil Catherine und ich unten stehen und ein Sprungtuch für dich halten.« Das Sicherheitsnetz, nach dem ich mich vor Kurzem noch selbst gesehnt habe.

Ich wünsche mir nichts mehr für ihn, als dass seine Eltern irgendwann die Einsicht gewinnen, dass ihr Sohn kein Mörder ist, und auch eine Ecke des Tuchs halten. Für den Moment allerdings sind wir nur zu zweit, mit Helen und James maximal zu viert, und ich erkenne mit beängstigender Klarheit, dass ich Jack am vergangenen Wochenende nicht die Wahrheit gesagt habe.

Ich weiß, was Nathan und ich sind: Wir sind keine Freunde, dazu kennen wir uns zu wenig. Aber wir sind Verbündete. Verbunden durch die Wahrheit und die gemeinsame Trauer darüber, was wir verloren haben: das Leben, so wie wir es kannten.

Es dauert lange, doch schließlich antwortet Nathan. Seine Stimme klingt zaghaft und überwältigt zugleich. »Danke, Mia.«

Unsere Hände sind noch immer ineinander verschränkt, als sich die Tür von Nathans Elternhaus öffnet. Eine junge Frau mit einem kleinen Kind auf dem Arm tritt auf die hölzernen Stufen, die nach unten zu einem Kiesweg führen. Ihr Mann folgt ihr mit einem Kinderwagen und einer Tasche in der Hand. Sie sehen glücklich aus, bereit für einen Spaziergang.

Nathan wendet den Blick von ihnen ab und starrt vor sich auf das Lenkrad.

»Wollen wir zurückfahren?«, frage ich leise und löse unsere Finger behutsam voneinander.

Schweigend startet er den Motor.

Wir sind bereits ein ganzes Stück gefahren, und ich will gerade das Radio anmachen, als er zu sprechen beginnt.

»Du hast gesagt, dass du mir glaubst.« Er räuspert sich. »Aber ... Glaubst du mir wirklich? Glaubst du mir aus tiefstem Herzen?«

Meine Antwort ist immer noch dieselbe. »Ja.«

Ich muss nicht überlegen oder in mich horchen. Nathan braucht einen Menschen, der ihm glaubt, und der vor allem auch *an* ihn glaubt. Es überrascht mich selbst, wie intensiv dieser Wunsch plötzlich da ist, aber ich möchte dieser Mensch für ihn sein. Aus freien Stücken und nicht Jack zum Trotz oder weil ich mich überredet fühle. Nicht einmal ein Shitstorm von ganz Sterling, der uns wahrscheinlich blüht, kann mich davon abhalten. Der Mann neben mir hat mehr verdient, als eine ganze Stadt voller Misstrauen und Argwohn gegen sich zu haben. *So* viel mehr. Ich kann und werde seine Schlachten nicht für ihn schlagen, aber ich werde die ganze Zeit über an seiner Seite sein. Und vielleicht ist das schon genug.

Eine Weile sagt er gar nichts. Dann ist es wieder ein leises »Danke«, das er von sich gibt. Ein Danke und seine Hand, die behutsam meine umfasst und die restliche Fahrt über nicht mehr loslässt.

Als wir vor dem Gebäudekomplex halten, in dem meine Wohnung liegt, schnalle ich mich ab und drehe mich auf meinem Sitz so, dass ich Nathan besser ansehen kann.

»Steig aus, Mia«, sagt er und löst unsere Finger vorsichtig voneinander, nachdem ich keine Anstalten mache, mich zu rühren. »Bevor dich jemand mit mir sieht.«

Er will mich immer noch schützen, obwohl wir bereits zusammen gesehen wurden. Von wegen Manipulation. Jacks Vorwurf ist so unglaublich abwegig, dass ich inzwischen fast nur noch darüber lachen kann. Ich glaube nicht, dass Nathan überhaupt eine einzige manipulative Faser in seinem Körper besitzt. Ein Lächeln bildet sich auf meinen Lippen.

»Zu spät«, entgegne ich. »Das ist schon längst passiert.«

»Was?« Er reißt die Augen auf.

»Ja, und wir leben beide noch, und die Welt ist auch nicht untergegangen. Ist das nicht toll?«

Nathan ignoriert meinen kleinen Versuch, das Entsetzen aus seinem Gesicht zu vertreiben.

»Aber ... Wann? Wo?«, stammelt er und wirkt auf einmal vollkommen erschüttert.

»Keine Ahnung, wann. Oder wo. Jacks Mom hat uns gesehen und ihm davon erzählt, also ...«

»Also weiß es bald die ganze Stadt.« Alle Farbe weicht aus seinem Gesicht. »Das tut mir so leid. Ich wollte nicht ...«

»Wofür entschuldigst du dich? Ich wusste, dass das früher oder später passieren wird, egal, wie vorsichtig wir sind.« Das hier ist eine

Kleinstadt. Man kennt vielleicht nicht jeden einzelnen Einwohner, aber viele davon. Und uns beide, Nathan und mich, kennen verdammt viele. »Du kannst also aufhören, Umwege zu fahren.«

»Du hast es gemerkt?« Leugnen ist zwecklos, er weiß, dass ich ihn durchschaut habe. Natürlich ist mir aufgefallen, dass er auf dem Hin- und Rückweg von seinem Elternhaus hauptsächlich wenig befahrene Straßen genutzt hat. »Scheiße, Mia. Ich will nicht, dass du meinetwegen Ärger bekommst.«

»Und das ehrt dich, aber diese Rücksichtnahme ist nicht nötig.« Das habe ich ihm schon einmal gesagt. Und ich werde es so lange wiederholen, bis er mir glaubt. Bis auch er mir wirklich komplett glaubt. Entschieden steige ich aus dem Auto, umrunde die Motorhaube und öffne die Fahrertür. »Steig aus.«

»Warum?«

Ich tue so, als hätte ich die Frage nicht gehört. »Steig aus«, wiederhole ich, dieses Mal eindringlicher.

Ganz langsam setzt Nathan sich in Bewegung. »Was hast du vor?«

»Dir etwas beweisen. Es ist mir wirklich egal, wenn die Leute mich mit dir sehen.« Wir sind längst darüber hinaus, als dass es mich noch kümmern würde. Wir tun nichts Verbotenes. Außerdem kann ich Adam nicht predigen, dass die Meinung anderer egal ist, und mich dann selbst davon einschüchtern lassen.

Ich fasse nach Nathans Hand und ziehe ihn aus dem Wagen, bis er direkt vor mir steht. Am helllichten Tag, mitten in der Stadt, auf einer belebten Straße.

»Mia ...«

»Shh«, murmle ich und lege meine Hände vorsichtig auf seine Hüfte. Ich muss den Blick heben, um ihn ansehen zu können. Nathan ist mindestens zwanzig Zentimeter größer als ich.

Ich weiß nicht, woher ich den Mut nehme, aber es ist, als hätte unser

Gespräch heute einen imaginären Stöpsel gezogen und meine restliche Angst abfließen lassen. Ich mag Nathan. Daran wird auch der Klatsch und Tratsch nichts ändern. Und das muss Jack akzeptieren.

Kurzerhand schließe ich die restliche Lücke zwischen uns, schiebe meine Hände weiter nach hinten auf Nathans Rücken und lehne mich mit geschlossenen Augen an ihn.

Und dann warte ich.

Eine Sekunde.

Zwei.

Drei.

Ich zähle bis fünf, bis ich spüre, wie sich seine Muskeln entspannen, und als ich bei zehn angekommen bin, legt er seine Hände ebenfalls auf meinen Rücken und erwidert die Umarmung. Mein Kopf ruht an seiner Brust, sodass ich sein Herz hören kann. Es schlägt kräftig und gleichmäßig. Und schnell. Meine Umarmung lässt ihn nicht kalt.

Irgendwann senkt er sein Kinn auf meine Haare und bringt uns damit noch näher zusammen. Alle Welt kann uns sehen, doch diesen Umstand ignoriere ich bewusst. Die einzigen beiden Menschen, die das hier etwas angeht, sind Nathan und ich. Und während ich alles um mich herum vergesse und nur noch Wald, Zitrone und einen Hauch Schnee rieche, weiß ich, dass dieser Moment und diese Umarmung alles zwischen uns verändert.

Ich habe keine Ahnung, wie lange wir auf dem Gehweg stehen. Es fühlt sich an wie eine Ewigkeit, aber vielleicht ist es auch nur eine Minute. Die Zeit spielt keine Rolle mehr. Das Einzige, was ich wahrnehme, ist die Wärme, die von seinem Körper auf meinen übergeht. Ich fühle mich wohl in seiner Gegenwart. Und deshalb frage ich Nathan, ob wir zusammen kochen wollen. Ich habe Hunger und will nicht schon wieder allein essen. Er zögert, doch ein bittender Blick meinerseits lässt ihn schließlich einwilligen.

Lächelnd halte ich ihm ein paar Minuten später die Wohnungstür auf.

»Du weißt, wo die Küche ist. Setz schon mal Nudelwasser auf. Ich gehe nur kurz mit Luna nach draußen.« Ich schnappe mir meine Hündin und leine sie an, ehe sie Nathan in Beschlag nehmen kann, und verschwinde mit ihr hinter das Haus.

Ich nutze den kurzen Moment, um durchzuatmen und zu begreifen, dass ich tatsächlich gleich mit Nathan Dawson zusammen essen werde. Zehn Wochen ist es her, dass ich ihn zum ersten Mal nach seiner Zeit im Gefängnis wiedergesehen habe, und nun steht er oben in meiner Wohnung und wartet darauf, dass Luna und ich zurückkommen.

»Du bist verrückt, Mia Turner«, sage ich zu niemand Bestimmtem. Genau in diesem Moment schüttelt Luna sich heftig.

»Doch, Luni. Ich bin vollkommen verrückt geworden.«

Und vielleicht auch ein ganz kleines bisschen mutig.

# 23

Nathan ist gerade dabei, meine Küche zu durchsuchen, als Luna und ich zurückkommen. »Wo hast du denn das Salz?«, fragt er.

»Oberste Schublade links«, rufe ich ihm zu, während ich aus meinen Schuhen steige.

Luna ist längst zu ihm in die Küche gelaufen. Allein ihr Verhalten sollte genügen, damit ich nicht wieder anfange, an Nathans Absichten mir gegenüber zu zweifeln. Ich bin überzeugt davon, dass sie es spüren würde, wenn er mir etwas vormachen würde. Im Gehen binde ich meine Haare zu einem Pferdeschwanz zusammen und trete zu ihm an den Herd.

»Kommst du klar?«, frage ich und sehe ihm dabei zu, wie er eine Prise Salz in das Wasser gibt. »Ich hoffe, du magst Tomaten, Paprika und Zucchini?«

»Ja«, antwortet er und nickt. »Ich esse alles.«

»Gut. Dann machen wir eine Soße daraus.« Ich ziehe zwei Schneidebrettchen sowie ein Messer hervor und hole das Gemüse aus dem Kühlschrank. »Hilfst du mir?«

Wortlos schnappt sich Nathan das Brett, das ich ihm entgegenhalte, bevor er ebenfalls ein Messer aus dem Block zieht. Das letzte Mal, dass ich ihn mit einem solchen Messer in der Hand gesehen habe, war an

Brants Todestag. Ein kleiner Kloß entsteht in meinem Hals. Ich kann nichts dagegen tun, dass ich die beiden Bilder von Nathan in meinem Kopf vergleiche.

»Sind die schon gewaschen?« Seine Frage reißt mich aus meinen Gedanken.

»Was?«

»Die Tomaten. Sind sie schon gewaschen?«

»Oh. Nein.« Ich öffne den Wasserhahn, halte kurz die Zucchini und die Paprika darunter und mache anschließend eine winkende Bewegung mit den Fingern, damit er mir die Tomaten reicht.

»Wie soll ich sie schneiden?«, fragt er, während er darauf wartet, dass ich ihm das Gemüse zurückgebe. »Scheiben?«

»Würfel«, antworte ich und schiebe Luna mit den Füßen sanft beiseite, die ständig um unsere Beine streift. Wie immer hofft sie darauf, dass etwas von der Arbeitsplatte rutscht, was – ich gebe es zu – durchaus schon öfter passiert ist.

Gemeinsam machen wir uns ans Schnippeln, und allmählich weicht die Irritation darüber, dass Nathan mit einem Messer in der Hand in meiner Küche steht. Lautlos gleitet es durch die Tomaten. Im Nu sind wir fertig und streifen das Gemüse in einen großen Topf. Ich gebe Öl, Salz, Pfeffer und Kräuter dazu, hebe Tomatenmark unter und rühre, während sich alles erhitzt. Nathan ist der Nudelbeauftragte und fährt immer wieder mit einer Gabel durch das mittlerweile heiße Wasser. Wir sind so ein eingespieltes Team, dass es mir vorkommt, als würden wir regelmäßig zusammen kochen. Und nicht zum ersten Mal.

Während die Soße vor sich hin blubbert, werfe ich einen weiteren Blick in den Kühlschrank.

»Lust auf Salat?«, frage ich Nathan. »Gurke und einen halben Salatkopf habe ich noch da.« Ich halte ihm beides entgegen. »Was sagst du?«

»Gern.« Ein kleines Grinsen erscheint auf seinen Lippen. »Gib mir die Gurke. Ich hasse es, Salat zu waschen.«

»Okay.« Ich reiche sie ihm, lasse aber nicht sofort los, als er sie umgreift. Verwundert sieht er mich an. »Dieses Mal mache ich den Salat sauber. Beim nächsten Mal bist du dran.«

Das Grinsen auf seinem Gesicht erlischt. »Nächstes Mal?«

»Ja.« Verunsichert sehe ich ihn an. »Warum sollte es das nicht geben?« Mechanisch beginne ich damit, ein Blatt nach dem anderen abzuzupfen und unter den Wasserhahn zu halten. Hat er wirklich immer noch nicht verstanden, dass ich keine Angst davor habe, mit ihm gesehen zu werden? Dass ich vielmehr sogar gern Zeit mit ihm verbringe?

»Weil sich das alles hier nicht real anfühlt.«

»Was meinst du?«

Wieder höre ich das rhythmische Schneiden. Nathan hält seinen Blick fest auf die Gurke gerichtet. »Ich habe vier Jahre in einem Albtraum gelebt. Der einzige Mensch, der mich im Gefängnis besucht hat, war meine Gran. Und einmal meine Eltern, um mir zu sagen, dass sie wegziehen werden. Ansonsten hat im Prinzip die ganze Zeit über nur meine Großmutter mit mir gesprochen. Und zweimal Mrs Cooper. Aber auch, als ich wieder draußen war ... Die Leute haben sich von mir ferngehalten. Der Albtraum ging nahtlos weiter, bis ... bis du aufgetaucht bist.« Er legt das Messer beiseite.

»Ich habe dich angeschrien.«

»Aber nur am Anfang.« Ruckartig dreht er den Kopf und sieht mich mit so viel Sanftheit in den Augen an, dass ich mich intuitiv an der Arbeitsplatte festhalte. »Und das war vollkommen okay. Ich hatte das verdient, und ...«

»Hattest du nicht«, falle ich ihm ins Wort. »Aber das habe ich dir schon oft gesagt, und du glaubst es mir trotzdem nicht.«

»Weil ich Angst habe, dass ich bald aufwache und sich nichts verändert hat.«

»Das hier ist kein Traum.« Ich lasse die restlichen Salatblätter in meinem Spülbecken sinken, trockne die Hände ab und strecke sie nach Nathan aus.

Zögerlich ergreift er sie. »Was hast du vor?«

»Ist dir schon einmal aufgefallen, dass du mir immer eine Gegenfrage stellst?« Ich lächle ermutigend, als ich mit meinen beiden Daumen über seine Finger und seine Handrücken streiche. Schweigend lässt er meine Berührung zu, den Blick auf unsere Hände gesenkt.

»Fühlst du das?«, frage ich und streichle unaufhörlich weiter.

Ein Nicken ist seine Antwort.

»Fühlst es sich echt an?«

Wieder nickt er.

»Das liegt daran, weil es echt *ist*. Du bist wirklich hier.«

Im nächsten Moment höre ich ein Zischen hinter uns. Erschrocken zieht Nathan seine Hände von mir zurück und wirbelt herum. Das Wasser mit den Nudeln kocht über.

»Fuck«, entfährt es ihm, und er sieht sich hektisch nach etwas um, womit er den Topf von der Herdplatte ziehen kann.

»Hier.« Ich nehme das Handtuch, an dem ich eben noch meine Hände abgewischt habe, und reiche es ihm. Schnell greift er danach und versucht zu verhindern, dass noch mehr Wasser überläuft.

Belustigt beobachte ich seinen Rettungsversuch. »Brauchst du Hilfe?«

»Nein. Alles im Griff.«

»Okay.« Ich schnappe mir den Putzlappen und beseitige das Missgeschick. »Müssten die Nudeln nicht eh demnächst fertig sein?«

Mit seiner Gabel zieht er eine davon aus dem Wasser und hält sie mir entgegen. »Willst du probieren?«

»Ja.« Ich trete näher zu ihm hin und umfasse seine Hand, die das

Besteck hält. Behutsam puste ich die kleine Nudel an, ehe ich meinen Mund öffne und ein Stück abbeiße. Sie ist immer noch verdammt heiß, aber perfekt gekocht.

»Al dente«, sage ich grinsend und lasse sein Handgelenk wieder los. »Gieß ab.«

Doch Nathan bleibt einfach stehen, sieht mich an und schüttelt den Kopf.

»Was?« Ich widme mich wieder dem Salat. »Ist al dente nichts für dich?«

»Du bist unglaublich.«

Seine Worte lassen mich innehalten. Irritiert runzle ich die Stirn und drehe mich verwundert wieder zu ihm um. »Weil ich eine Nudel gegessen habe?«

Das lässt ihn kurz lachen. »Nein.« Er wird wieder ernst. »Weil du es mir so einfach machst.«

»Was genau?«

»Ich selbst zu sein.« Ein leises Seufzen entweicht ihm. »Du hast keine Ahnung, was das für mich … Es ist einfach nicht selbstverständlich.«

»Oh.« Verlegen streiche ich mir eine Haarsträhne aus der Stirn. Was antwortet man auf ein solches Kompliment? *Danke? Jederzeit? Gern geschehen?* Oder ein *Nicht der Rede wert?* Im Endeffekt macht er es mir doch genauso leicht. In seiner Gegenwart muss ich mich nicht verstellen. Ich bin selten zu einem Menschen so ehrlich wie zu ihm. Und ich habe nicht vor, jetzt damit aufzuhören.

»Das beruht auf Gegenseitigkeit.« Lächelnd nehme ich den Salatkopf wieder in die Hand. »Joghurt- oder Essig-Öl-Dressing?«

Damit beende ich den Moment und zupfe weitere Blätter ab. Trotzdem spüre ich Nathans Blick noch für ein paar Sekunden auf mir, ehe er meine Frage beantwortet, die Nudeln abgießt, die Soße kurz aufkocht und anschließend den Tisch deckt.

Einige Minuten später, als wir einander gegenübersitzen und zu essen beginnen, ist da immer noch die Wärme in mir, die seine Worte ausgelöst haben. Die Pasta schmeckt prima, und die eingekehrte Stille tut gut. Bisher lag über all unseren Gesprächen eine Art Decke, die jegliches Gefühl von Leichtigkeit überschattet hat. Wir haben immer nur über diese Nacht und die damit verbundenen Folgen gesprochen. Nicht über uns, nie über das, was uns wichtig ist. Dabei interessiert es mich brennend, was noch in Nathan steckt.

»Was ist dein Lieblingsbuch?«, frage ich, als ich aufgegessen habe, und lege mein Besteck auf den leeren Teller.

»Was?« Nathan sieht mich überrascht an, offenbar verwirrt über diesen plötzlichen Gedankensprung.

»Erzähl mir, was dein Lieblingsbuch ist«, sage ich noch einmal.

»Ich ... weiß nicht?« Unschlüssig hält er meinem Blick stand.

»Nate.«

»Was?« Er hebt entschuldigend die Hände, ein angedeutetes Grinsen auf seinen Lippen. »Warum ist das wichtig?«

»Ist es nicht«, gebe ich zu. »Aber ich würde es trotzdem gern wissen.« Ich stelle meinen Ellbogen auf dem Tisch ab, stützte mein Kinn in eine Hand und mustere ihn abwartend.

»Ich habe noch nie darüber nachgedacht.«

»Dann tu es jetzt«, fordere ich ihn auf. »Es gibt doch bestimmt ein Buch, das dir besonders gut gefallen hat.«

»Da gibt es viele.« Er zuckt mit den Schultern.

»Eins davon. Das erste, das dir einfällt. Los.«

»John Williams. *Stoner*.«

»Kenne ich nicht. Worum geht es?«

»Kurz gesagt um das Leben von Walter Stoner. Aber es ist nicht das Setting oder der Inhalt, der mich so an dem Buch beeindruckt hat, sondern das, wofür es steht. Es hat eine Botschaft.«

Ich hänge an seinen Lippen.

»*Sei du selbst. Immer.* Auch wenn sein Leben objektiv betrachtet als gescheitert bezeichnet werden könnte, ist Walter sich immer treu geblieben. Er hat sich nicht verbogen oder verstellt. Es ist ein Buch darüber, was es heißt, Mensch zu sein.«

Ich merke nicht einmal, wie ich nicke. »Also ein Buch über Fehler. Und dass man nicht perfekt sein muss, um sein Leben so zu leben, wie es gut für einen ist. Klingt sehr interessant«, schließe ich und nicke noch einmal kräftig. »Überredet. Ich werde es lesen.«

»Wirklich?«

»Ja, klar.«

»Okay.« Nathan sieht allerdings nicht so aus, als würde er mir glauben. Oder vielleicht ist es auch nur Verwunderung, die sich in seinen Augen spiegelt. Er ist es anscheinend nicht gewohnt, ernst genommen zu werden.

»Was hältst du von einem Spaziergang?«, schlage ich vor und stehe auf.

»Draußen?«

Sein überraschter Blick lässt mich auflachen. »Nein, hier drin.« Ich drehe mich einmal nach links und rechts um. »Ich habe so viel Platz in meiner Wohnung, wir könnten uns sogar verlaufen, wenn wir nicht aufpassen.«

»Sehr witzig.« Er zieht eine Grimasse, kann das Grinsen aber nicht verstecken, das sich auf sein Gesicht schleicht.

»Ich weiß.« Ich beginne, den Tisch abzuräumen. »Also, hast du Lust? Die Sonne scheint, und meistens laufe ich am Wochenende mit Luna immer eine große Runde.«

Eigentlich erwarte ich, dass er zögert und wieder davon anfängt, dass man uns zusammen sehen wird, wenn wir gemeinsam spazieren gehen. Die Beteuerung, dass mir das egal ist, liegt mir bereits auf der

Zunge, als er sich ebenfalls erhebt, nach dem Topf mit der restlichen Soße greift und mir beim Aufräumen hilft.

»Okay«, sagt er. Im ersten Moment glaube ich, mich verhört zu haben.

»Okay?«, wiederhole ich. »Ehrlich? Einfach so? Keine Diskussion?«

»Nein.«

»Wow.« Ich kann nicht leugnen, dass ich beeindruckt bin. »Okay. Gut. Das ist ... gut.« Ich stelle die Teller in das Spülbecken und rufe nach Luna. »Dann lass uns gehen, bevor du es dir anders überlegst.«

»Aber der Abwasch ...«

»Kann warten.« Über die Schulter werfe ich ihm einen herausfordernden Blick zu. »Du kannst aber auch hierbleiben und abspülen. Ganz, wie du willst. Ich beschwere mich sicher nicht, wenn jemand anderes putzt und ...«

»Schon gut«, unterbricht er mich und ist schon auf dem Weg in den Flur. Sofort läuft Luna ihm hinterher und beschnuppert seine Füße und Hände.

»Hier.« Ich reiche Nathan die Leine. »Madame hat entschieden, von wem sie heute ausgeführt werden möchte.«

Ich übertreibe nicht. Es ist schwer, die Aufmerksamkeit meiner eigenen Hündin auf mich zu ziehen, wenn er in der Nähe ist. Als ich ihm auch noch ein paar Leckerli in die Hand drücke, die ich immer dabeihabe, wenn wir unterwegs sind, hat er Lunas Herz restlos erobert.

Wir haben die letzten Häuser Sterlings schon eine ganze Weile hinter uns gelassen und laufen in Richtung Wald, als ich Luna von ihrer Leine losmache. Sie ist so brav, dass sie problemlos frei neben uns hertrottet. Nathan schiebt sich die Leine, so gut es geht, in die Hosentasche. Es ist nicht das erste Mal, dass mich jemand am Wochenende begleitet, wenn ich meine Runde mit Luna drehe. Manchmal ist Sarah dabei. Oder Jack. Hin und wieder auch meine Eltern. Aber heute fühlt es sich anders an. Beinahe wie eine bewusste Verabredung. Ein Date.

Unmerklich schüttle ich den Kopf, um diese Gedanken zu vertreiben. Sie sind lächerlich. Nathan und ich sind gerade erst dabei, so etwas wie Freunde zu werden. Alles andere ist Unsinn und unmöglich und mit Sicherheit nicht das, was wir beide wollen. Trotzdem möchte ich definitiv noch mehr über ihn erfahren. Und ich mache den ersten Schritt, indem ich ihm etwas anvertraue, das ich eigentlich mit ins Grab nehmen wollte.

»Ich mochte dein Lied, das du bei Joe gespielt hast«, gestehe ich.

»Danke«, erwidert er, den Blick starr geradeaus gerichtet. Er lässt sich keine Gefühlsregung anmerken.

»Wann hast du es geschrieben?«

»Im Gefängnis.«

»Hattest du dort eine Gitarre?«

»Nein. Aber das war auch nicht nötig.«

»Wie meinst du das?«

»Papier und Stift haben gereicht.« Er schlägt den Weg nach rechts ein. Weg vom Wald. Er will in der Sonne bleiben, was mir nur recht ist. Der Winter war dunkel genug. »Ich habe die Worte aufgeschrieben und die Melodie in meinem Kopf gehört«, spricht Nathan weiter.

Auf einmal legt er eine Hand auf meinen Arm und bringt mich dazu, stehen zu bleiben. Direkt neben uns befindet sich ein alter Baumstamm, auf den wir uns setzen. Einen Moment lang beobachten wir Luna, die ein paar Meter weiter in der Erde herumbuddelt, ehe Nathan sich räuspert.

»Erinnerst du dich an deine Frage? Als du wissen wolltest, wie ich das Gefängnis überlebt habe?«

Ich nicke.

»Ich habe dir gesagt, dass ich es nicht weiß.«

Ich nicke wieder. Worauf will er hinaus?

»Ich war nicht ganz ehrlich zu dir, Mia.«

»Okay?« Als ich den Kopf in seine Richtung drehe, sehe ich ihn gegen die Sonne blinzeln. Ich bilde mir ein, Tränen zu erkennen, doch als er sein Gesicht abwendet, begreife ich, dass ich falsch gelegen habe. Das Einzige, was in seinen Augen liegt, ist unbändige Trauer.

»Im Gefängnis zu sitzen ist furchtbar«, beginnt er, und ich sehe ihm an, wie viel Kraft es ihn kostet, weiterzureden. »Das Schlimmste sind nicht die enge Zelle, die fehlende Privatsphäre oder die Kerle, mit denen du eingesperrt bist. Das Schlimmste ist das, was das Gefängnis mit dir macht. Innen drin.« Er tippt sich an seine Schläfe. »Es ist tagein, tagaus immer das Gleiche, egal, ob Mittwoch oder Sonntag ist. Die Monotonie wird quasi nie unterbrochen. Außer, wenn sich jemand prügelt, aber da gehen sofort die Wärter dazwischen. Ich habe versucht, mich unsichtbar zu machen. Bin allem Ärger aus dem Weg gegangen und habe viel gelesen. Das war die einzige Möglichkeit einer Flucht, die ich hatte. Dort eingeschlossen zu sein … das bedeutet, keine Freude mehr zu empfinden. Kein Glück. Und an manchen Tagen hast du auch keine Hoffnung mehr. Man sitzt einfach nur da und denkt über seine Vergangenheit nach. Du lebst in deinen Erinnerungen. Den guten und den schlechten und … an vielen Tagen waren sie das Einzige, was mich nicht hat aufgeben lassen.«

»Außer einmal«, ergänze ich vorsichtig.

»Außer einmal«, bestätigt Nathan.

»Was war an diesem Tag anders? War es nur das Datum?«

»Ich weiß es nicht.« Er reibt sich langsam über die Stirn. »Das ist das Einzige, was ich wirklich nicht beantworten kann. Ich war … ich war einfach schwach. Schwach und feige und …«

»Depressiv«, beende ich seinen Satz. »Aber dafür musst du dich nicht schämen. Depressionen sind eine Krankheit, die unheimlich viel

Kraft und Mut erfordert. Du hast überlebt, und darauf kannst du stolz sein. Warst du ... Seit du entlassen wurdest ... Warst du in psychotherapeutischer Behandlung?«

Er schüttelt den Kopf. »Nein.«

»Denkst du, das wäre eine Option für dich?«

»Ich denke nicht.«

»Okay.« Es ist zwar alles andere als okay, aber ich weiß, dass eine Therapie nur helfen wird, wenn er sie freiwillig antritt. Nathan muss es selbst wollen, und solange er das nicht tut, bleibt mir nichts anderes übrig, als sein Nein zu akzeptieren. Trotzdem ist das Bedürfnis, ihm irgendwie zu helfen, riesig. Und in diesem Moment sehe ich nur eine Möglichkeit dafür: Ich werde ihm erzählen, wie schlecht es mir ging und wie sehr mir die Therapie geholfen hat.

Vorsichtig greife ich nach seinen Fingern. Sie sind genauso kalt wie meine eigenen. Nathan dreht unsere Hände so, dass seine mit dem Rücken auf seinem Oberschenkel liegt und sich unsere Finger problemlos ineinanderschlingen können.

Zaghaft beginne ich zu reden. »Nach Brants Tod war ich ... Ich war ein Zombie. Ich bin jeden Morgen aufgewacht, aber es war egal, wie viel ich geschlafen hatte. Ich war einfach nur müde. Dann war da auf einmal Luna, und sie hat mir geholfen, auch wenn ich ganz am Anfang sogar sauer auf meine Eltern war, weil sie mir die Verantwortung für ein Lebewesen übertragen haben, obwohl ich damals nicht einmal für mich selbst sorgen konnte. Wie sollte ich also einem Tier gerecht werden?«

Automatisch suche ich nach Luna. Sie ist mittlerweile weitergelaufen und hat in etwa zwanzig Meter Entfernung eine Pfütze entdeckt und ihre helle Freude daran.

»Aber sie war da, und sie brauchte mich, und das war gut. Es war nur nicht genug. Brants Tod hat ein Loch in mein Herz gerissen, und egal, was ich gemacht habe, ich konnte es einfach nicht stopfen. Monatelang hab ich es versucht, aber es wurde nur schlimmer. Und als dann die ersten Panikattacken auftraten ... Ich wusste, dass ich es allein nicht mehr schaffen würde, aus meiner Trauer herauszufinden. Aber mir das einzugestehen ... Gott, das war nicht leicht. Ich kam mir vor wie du. Schwach und kaputt und feige. Ich habe geglaubt, dass irgendetwas mit mir nicht stimmen kann, wenn ich so heftig auf seinen Tod reagiere. Er war nicht mein fester Freund oder mein Bruder, und trotzdem ist die Welt für mich zusammengebrochen, als er gestorben ist.«

Ich werde immer schneller. Mein Mund ist trocken, aber ich kann nicht aufhören zu reden. Es ist wichtig, dass Nathan das hört. Falsche Rücksichtnahme schadet uns nur beiden. »Und dann bin ich bei Dr. Sullivan gelandet, und sie hat mir tatsächlich geholfen. Die Attacken sind nicht weg, aber sie wurden weniger, und ich glaube, das liegt auch daran, dass ich immer noch jeden Monat die Trauergruppe besuche. Als ich im Januar die Autopanne hatte und du angehalten hast, war ich gerade auf dem Rückweg von einer Sitzung.«

»Es tut mir so leid, Mia.« Nathan sieht mich nicht an. Sein Blick ruht auf unseren Händen. »Es tut mir so unendlich leid, was ich angerichtet habe.«

»Du hast nichts angerichtet. Es war ein Unfall.«

»Den ich verursacht habe.« Er schüttelt den Kopf, und ich spüre, wie er unsere Finger voneinander löst. »Wie kannst du meinen Anblick überhaupt ertragen?«

»Nate.« Ich stehe auf und stelle mich vor ihn. Er schaut mich immer noch nicht an. Sanft lege ich meine Hände an seine Wangen. »Hey«, murmle ich sanft. »Sieh mich an.« Als er sich nicht regt, schiebe ich ein leises »Bitte« hinterher.

Es dauert, doch schließlich hebt er den Blick und schaut zu mir nach oben.

»Ich habe dir das nicht erzählt, damit du wieder in einem Meer aus Schuldgefühlen und Kummer ertrinkst.« Meine Daumen gleiten liebevoll über seinen Dreitagebart. »Du weißt, dass ich dir glaube. Es war ein Unfall, und das werde ich dir immer wieder sagen.« Ich halte seinen tiefbraunen Augen und der Gänsehaut stand, die sich über meinen ganzen Körper ausbreitet. »Aber genau deswegen, weil du selbst nicht loslassen kannst, fände ich es eine gute Idee, wenn du dir Hilfe holen würdest. Das muss kein Psychotherapeut sein, wenn du das nicht willst. Ich weiß, wie schwer es ist, über das zu reden, was passiert ist. Aber bei einer Gruppensitzung beispielsweise musst du nichts sagen. Ich habe bei den Treffen selbst oft genug den Mund nicht aufbekommen.«

Meine nächsten Worte sind ein Risiko. Aber ich muss ihm den Vorschlag trotzdem machen. Weil ich wirklich davon überzeugt bin, dass es ihm helfen könnte. »Wenn du willst, kann ich Dr. Sullivan nach einer passenden Gruppe für dich fragen.« Ich weiß, dass er niemals selbst die Initiative ergreifen würde. Die Angst in ihm ist zu groß. Aber mit meiner Hilfe ... Ich muss es ihm einfach anbieten.

Nathan schweigt, und aus dem Nichts ist der Kloß in meinem Hals wieder da. Eine ganze Weile sagt er rein gar nichts, aber ich sehe ihm an, dass er genauso sehr mit seinen Emotionen kämpft wie ich. Die Sonne fällt warm auf meinen Rücken, meine Finger fahren unaufhörlich über Nathans raue Wangen, und ich kann einfach nicht verhindern, dass sich eine Träne ihren Weg aus meinem Augenwinkel bahnt.

»Wann wirst du dir endlich selbst ein bisschen Glück erlauben?«, hauche ich so leise, dass es kaum zu hören ist.

»Ich kann nicht ändern, was passiert ist. Das weiß ich. Aber das heißt nicht, dass ich aufhören kann, daran zu denken. Mir Glück zu erlauben, fühlt sich nicht richtig an. Nicht, wenn Brant ...« Seine Stimme bricht. In Nathans Worten liegt so viel Schmerz, dass sie mir den Boden unter den Füßen wegzuziehen drohen.

»Du musst dir vergeben«, flüstere ich und presse meine Stirn gegen seine.

»Du warst nicht dabei, Mia. Nicht von Anfang an. Der Blick in seinen Augen … Ich kann nicht … Ich werde nie vergessen, wie er …«

»Ich war nicht von Anfang an da, nein. Aber ich sehe, wie es dich auffrisst, und das …« Meine Stimme stockt. Der Kloß in meinem Hals wird immer dicker. »Das tut mir weh.«

Er hat so viel mehr verdient als dieses Leben, das ständig einen Schatten auf ihn wirft. Ich habe genug Therapiestunden hinter mir, um zu wissen, dass Nathan genauso ein Opfer der Umstände ist, wie mein bester Freund es war.

»Du kannst Brant für den Rest deines Lebens jeden Freitag Blumen ans Grab stellen, wenn dir das guttut. Sie werden ihn nur nicht wieder lebendig machen.« Ich schlucke und schließe die Augen. Meine nächsten Worte kosten mich unheimlich viel Überwindung, aber ich weiß mit jeder Faser meines Körpers, dass sie der Wahrheit entsprechen. »Aber das heißt nicht, dass du nicht trotzdem ein bisschen Frieden verdient hast. Deine Seele braucht ihren Frieden, und du wirst ihn nur finden, wenn du dir selbst vergibst.«

Seine Antwort ist kaum zu hören. »Ich weiß nicht wie.«

Ich verstehe ihn. Ich verstehe seine Hilflosigkeit so gut. Jahrelang habe ich nach einem Sinn in Brants Tod gesucht. Und als mir klar wurde, dass ich nichts dergleichen finden werde, habe ich wenigstens auf Akzeptanz gehofft. Aber auch dieses Gefühl wollte sich nicht einstellen, weil ich an der Vergangenheit festgehalten habe. Ich habe Brant idealisiert. Ihn auf ein Podest gestellt und jemanden aus ihm gemacht, der er nicht war: den perfekten Menschen. Brant hatte Fehler, genau wie jeder andere auch. Es hat mich wahnsinnig gemacht, wenn er eine Verabredung fünf Minuten vorher abgesagt hat, ohne mir einen Grund zu nennen. Seine Witze waren furchtbar schlecht, und er konnte noch viel weniger verlieren als Jack. Er war stur und leichtsinnig, und an manchen Tagen hat er sich wie ein Arsch verhalten. Brant war nicht perfekt, aber das hatte ich in all meiner Trauer vergessen. Oder zumindest hervorragend verdrängt.

Und Nathan tut das Gleiche. Er ist nicht fehlerfrei. Ein tragischer Unfall hat ihm in dieser Stadt ein Label verpasst, das er wahrscheinlich nie wieder loswird. Aber es spielt nur dann eine Rolle, was die Menschen von ihm halten, solange er nicht loslassen und sich selbst verzeihen kann.

»Zeit«, wispere ich.

Nathan ist mir so nah, dass ich seinen warmen Atem auf meiner Haut spüren kann. Wald und Zitrone. Kein Schnee mehr. Der Winter ist vorüber.

»Wenn du anfängst, dir nicht mehr ständig Vorwürfe für etwas zu machen, was nicht mehr als ein tragisches Unglück war, dann wird es leichter werden.« Ich erhöhe den Druck meiner Hände an seinen Wangen. »Das verspreche ich dir.«

# 24

Am späten Abend, nachdem Nathan längst gegangen ist, erhalte ich eine neue Nachricht von Jack.

> Es tut mir wirklich leid, Mia. Bitte ruf mich an, und lass uns die Sache aus der Welt schaffen. ☹

Ich nehme ihm auch heute seine Entschuldigung ab, aber nach meinem Tag mit Nathan möchte ich nicht Gefahr laufen, dass ein weiteres Gespräch mit Jack all das kaputt macht, was in den vergangenen Stunden entstanden ist. Es ist erst eine Woche her, dass er seinen falschen Verdacht in mir gesät hat, den Nathan glücklicherweise im Keim ersticken konnte. Doch dafür hat Nate es geschafft, etwas Neues zu pflanzen. Was auch immer daraus gewachsen ist, ist zerbrechlich und klein, aber es ist da, und ich werde alles dafür tun, damit es weiter gedeiht. Und genau das ist der Grund, warum ich beschließe, Jack nicht anzurufen.

> Ich habe in den nächsten Tagen viel zu tun. Ich melde mich am Wochenende bei dir, okay?

Was wie eine faule Ausrede klingt, ist die Wahrheit. Die folgenden Tage sind vollgestopft, und ich werde viel in der Uni sein, weshalb ich mich mit einer heißen Schokolade bewaffnet zu Luna auf den Boden vor meine Couch setze, um Zeit mit ihr zu verbringen. Lächelnd sehe ich ihr dabei zu, wie sie ihre Schnauze auf meinen Schoß legt, die Augen schließt und einfach nur bei mir ist. Mit einer Hand halte ich meine Tasse, mit der anderen streiche ich ihr durch das Fell. Es wird Zeit, dass ich sie wieder einmal ordentlich bürste, doch heute Abend habe ich keine Lust dazu. Ich will einfach nur hier mit ihr sitzen, die heiße Schokolade trinken und den Tag Revue passieren lassen. Es war nicht geplant, ihn mit Nathan zu verbringen, aber ich bin froh, dass es so gekommen ist. Und ich weiß, dass ich mit dieser Erkenntnis nicht allein bin. Luna geht es ebenso.

Irgendwann auf unserem Spaziergang hat Nathan einen Ast gefunden und so weit er konnte geworfen. Und Luna ist hinterhergerast, hat sich den Stock geschnappt, ihn zurückgebracht und darauf gewartet, dass er ihn noch einmal wirft. Unzählige Male haben die beiden ihr Spiel wiederholt, während ich danebenstand und nicht fassen konnte, wie richtig sich das alles anfühlt. Von außen betrachtet hätte man meinen können, dass nicht ich diejenige bin, die meine Hündin aufgezogen hat, sondern Nathan. Es war der längste Spaziergang seit Monaten. Luna hat es genossen, ich ebenfalls, und Nathan hat zumindest nicht den Anschein gemacht, als würde er sich unwohl fühlen.

Zehn Wochen haben genügt, dass er von jemandem, den ich nicht einmal ansehen konnte, zu jemandem wurde, den ich am liebsten öfter treffen würde als nur alle paar Tage. Und ich bin mir ziemlich sicher, dass es mittlerweile nicht mehr nur daran liegt, dass er der einzige Mensch ist, der mir von Brants letzten Minuten auf dieser Erde berichtet hat. Ich mag ihn, und ich verbringe gern Zeit mit ihm. Das zu leugnen, würde mich nicht weiterbringen. Denn Lügen holen einen früher oder später immer ein. Es gibt also keinen Grund, mir etwas vorzumachen.

Den Montag verbringe ich von früh bis spät in Vorlesungssälen, während Luna bei meinen Eltern ist. Die Zwischenprüfungen rücken immer näher, und ich habe keine Ahnung, wie ich all den Stoff in mein Gehirn kriegen soll. Meine Hausarbeit bei Professor Fletcher ist auch noch nicht fertig, was einen weiteren Abend in der Bibliothek bedeutet. Ich habe nicht einmal Zeit, vernünftig zu essen. Zuckerhaltige Müsliriegel retten mich durch den Tag.

Auch der Dienstag droht, nicht anders zu werden. Ich stehe am Morgen auf, versorge Luna, hetze von einer Vorlesung in die nächste und überlege gerade, ob ich mich in der Mittagspause noch mal hinter ein paar Bücher klemmen soll, als ich Sarah treffe. Wobei streng genommen sie diejenige ist, die mich entdeckt und sich mir in den Weg stellt.

»Genau die Frau, die ich gehofft habe zu sehen.« Vergnügt hakt sie sich bei mir unter und zieht mich von den Collegegebäuden weg.

»Wo gehen wir hin?«, frage ich und werfe einen kurzen Blick über meine Schulter. Eigentlich kann ich es mir nicht leisten, die Pause für ein Mädelsdate zu opfern.

»Essen«, ist ihre sofortige Antwort. »Und dafür gibt es keine Ausreden. Nahrungsaufnahme ist wichtig.«

»Okay?«

»Und dann reden wir.«

Ich seufze. »Sarah ...«

»Nein, Mia.« Sie bleibt stehen und mustert mich von oben bis unten. Mit einem Mal sieht sie ernst aus. »Wir sind Freundinnen, oder?« Bevor ich antworten kann, spricht sie einfach weiter. »Also mache ich mir Sorgen um dich. Ich weiß, dass dich die Sache mit Nathan immer noch beschäftigt. Es ist okay, dass du manchmal Zeit für dich brauchst, aber Jack hat ...«

»Jack hat keine Ahnung, wovon er spricht«, unterbreche ich sie sofort.

»Dann erklär es mir. Erzähl mir deine Sicht der Dinge.« In ihrer Stimme schwingt ein stummer Vorwurf mit. *Bisher hast du ja nur geschwiegen.*

Nach dem Yoga letzte Woche bin ich sofort verschwunden, um Luna abzuholen. Am Donnerstag war ich in Gaithersburg für ein weiteres Treffen meiner Trauergruppe, am Freitag habe ich gearbeitet. Und das Wochenende ... das Wochenende habe ich mit dem Mann verbracht, der der Grund für meinen Streit mit Jack ist.

»Also gut.« Ergeben komme ich ihrer Bitte nach und setze mich wieder in Bewegung. Wahrscheinlich hat sie recht. Ich sollte tatsächlich etwas essen und ein paar Minuten durchatmen.

Die kühle Frühlingsluft weht uns um die Nase, und ich schlinge meine Jacke fester um meinen Oberkörper. Die Träger meiner Tasche schneiden unangenehm in meine Schulter, und ich versuche, meine Muskeln zu lockern, was mir nicht recht gelingen will. Sarah schließt zu mir auf, und gemeinsam schlagen wir den Weg zu einem kleinen Café in Campusnähe ein, in dem wir uns manchmal treffen. Wir haben Glück, ein Tisch wird gerade frei, als wir ankommen. Ich steuere direkt darauf zu und lege meine Tasche und meine Jacke ab. Dann drehe ich mich zu Sarah um.

»Bagels und Eistee?«

Sie strahlt. »Natürlich. Wie immer.«

»Bin sofort wieder da.«

Während ich bestelle, bleibt Sarah bei unseren Sachen. Ich glaube zwar nicht, dass wir hier Angst vor Dieben haben müssen, aber im Laufe der Zeit haben wir es uns angewöhnt, dass immer eine auf die Jacken und Taschen aufpasst.

Als ich mit einem Tablett wiederkomme, auf dem sich unser Essen und unsere Getränke befinden, hat Sarah es sich bequem gemacht. Von irgendwoher hat sie Kissen geholt und auf unseren Stühlen verteilt. Unaufgefordert schiebt sie die kleine Blumenvase beiseite, ehe sie die Teller und Gläser vom Tablett nimmt und auf dem Tisch abstellt. Wie immer, wenn wir hier sind, gibt es Avocado-Kresse-Hummus-Bagels mit Salat und Gurke. Ich habe selten etwas Leckereres gegessen.

»Ich habe vierzig Minuten«, sage ich, als ich mich setze. »Dann muss ich los. Spätestens.«

»Okay.« Sarah nickt. »Das reicht mir.« Sie sieht mir direkt in die Augen. »Wenn wir heute Abend etwas trinken gehen.«

»Ich kann nicht«, sage ich und schüttle den Kopf. »Ich hab am Wochenende nicht so viel geschafft, wie ich wollte. Ich muss wirklich dringend lernen. Sorry.« Ich verschweige ihr bewusst, wer der Grund dafür ist, dass ich mit dem Stoff hinterherhänge.

Sie stöhnt auf. »Du kannst nicht die ganze Zeit Bücher wälzen, Mia.«

»Ich lerne ja nicht nur. Das ist das Problem.« Vorsichtig nehme ich den belegten Bagel in die Hand, drücke die beiden Hälften fest zusammen und beiße ein kleines Stück ab.

»Das Problem heißt Nathan.« Sarah kommt direkt zur Sache. »Jacks Mom hat euch zusammen gesehen.«

»Und er hat nichts Besseres zu tun, als das aller Welt zu erzählen?« Ich verdrehe die Augen. »Großartig.«

»Er hat es nicht der ganzen Welt erzählt, sondern nur mir.«

Ein wenig begeistertes Grummeln entweicht mir.

»Er macht sich Sorgen.«

»*Warum*?« Ich kann nicht glauben, dass ich die gleiche Diskussion, die ich vor elf Tagen erst mit Jack hatte, schon wieder führen muss.

»Ist das nicht offensichtlich?« Sarah zieht eine Gurkenscheibe von ihrem Bagel und schiebt sie sich in den Mund. »Er hat Angst um dich. Nach allem, was passiert ist ... Außerdem ist Jack seit Monaten in dich verknallt. Du kannst mir echt nicht weismachen, dass du das nicht gemerkt hast.«

»Und das rechtfertigt irgendwelche absurden Unterstellungen?«

»Nein. Aber Gefühle führen dazu, dass man nicht mehr objektiv sein kann.« Sarah zuckt mit den Schultern. »Ich finde es auch nicht toll, dass du mit Nathan sprichst, aber ich verstehe deinen Drang danach. Du musst wissen, was geschehen ist. Sei nicht sauer auf Jack. Er will nicht mit dir streiten.«

»Ich weiß, aber ...« Frustriert lasse ich den Bagel sinken. »Was soll ich denn machen? Er hat ein Problem damit, dass ich mit Nathan rede, aber ich werde nicht seinetwegen damit aufhören.«

»Das ist alles, oder?« Sie sieht mich unsicher an. Es ist ihr sichtlich unangenehm, zuzugeben, dass auch sie ein kleines bisschen an meinen Worten zweifelt. »Ihr redet nur?«

»Ja.«

»Okay.« Sie nickt, und im Gegensatz zu Jack nimmt sie meine Antwort widerstandslos an.

»Ich würde ihn euch gern vorstellen. Ich glaube wirklich, dass ihr Nate mögen würdet.« Zumindest hoffe ich das. Sehr sogar. Und wenn nicht, dann möchte ich wenigstens, dass meine Freunde ihn akzeptieren.

»Das ist zu früh für Jack.« Sarah schüttelt den Kopf. »Er muss erst einmal damit klarkommen, dass du seine Gefühle nicht erwiderst.« Sie hält inne. »Oder tust du das?«

»Nein.« Ich muss nicht lange überlegen. Da ist nichts, was über eine freundschaftliche Ebene hinausgehen würde.

»Dachte ich mir«, murmelt Sarah und sieht auf meinen Bagel. Sie hat ihren längst verputzt. »Isst du den noch?«, fragt sie und deutet auf die Hälfte, die noch auf meinem Teller liegt. Wortlos schiebe ich ihn ihr entgegen. Gierig beißt sie hinein.

»Ich muss wirklich mit ihm reden, oder?«

»Ja«, nuschelt sie. »Solltest du. Dringend.«

Die Frage ist nur, wann. Ein ehrliches Gespräch mit ihm wird nicht nur zehn Minuten dauern. Dafür brauche ich Mut und Zeit. Zeit, die ich aktuell nicht habe. Und woher ich den Mut nehmen soll, laut auszusprechen, dass ich nicht das Gleiche empfinde wie er, weiß ich auch nicht. Ich will ihm nicht wehtun.

Sarah hat meinen restlichen Bagel mittlerweile aufgegessen. Zufrieden stellt sie meinen Teller auf ihren, ehe sie nach ihrem Eistee greift und einen großen Schluck trinkt.

»Erzählst du mir von Nathan?« Es ist eine zaghafte Frage, und doch spüre ich, dass sie ehrliches Interesse an der Antwort hat. »In meinem Kopf ist er immer noch ein Verbrecher, aber nachdem, was Jack angedeutet hat ... Es steckt mehr dahinter, oder?«

Ich nicke. Ich würde ihr so gern die Wahrheit sagen, aber ich bin nach wie vor der Meinung, dass es nicht richtig ist, Nathans Geschichte für ihn zu erzählen. Er soll selbst entscheiden dürfen, wer davon erfährt. Und wer eben nicht. Zum Glück hat Sarah Verständnis dafür.

»Dann bleibt nur eins.« Sie verschränkt die Arme vor der Brust. »Du musst ihn mir wirklich vorstellen.«

»Ich frage ihn, okay?« Ich kann nicht einschätzen, wie Nathan darauf reagieren wird. Aber bei der Vorstellung, dass er und meine beste Freundin sich kennenlernen könnten, wird mir unmissverständlich klar, dass ich mir genau das wünsche. Ich möchte, dass Nathan ein

Teil unserer Gruppe wird. Der Gedanke löst ein warmes Gefühl in mir aus.

»Und davor sprichst du mit Jack.« Es ist keine Bitte.

»Mache ich«, verspreche ich und nehme einen Schluck von meinem Tee.

Die vierzig Minuten sind schneller vorbei, als mir lieb ist. Ehe ich michs versehe, eile ich bereits wieder über den Campus zurück in meinen nächsten Kurs. Danach wartet ein Tutorium auf mich, bevor ich mich durch eine weitere Vorlesung bei Professor Fletcher quäle. Der Nachmittag zieht sich wie Kaugummi, und ich bin unfassbar froh, als ich mich endlich auf den Weg zu meinen Eltern machen kann. Luna leidet im Moment sehr unter meinem strengen Zeitplan. Wenn ich überhaupt mit ihr spazieren laufen kann, fallen die Runden äußerst kurz aus.

»Hallo, meine Süße.« Ich wuschle durch ihr Fell, als meine Mom mit meiner Hündin im Schlepptau die Tür öffnet und mich reinlässt. Ich habe nicht vor, lange zu bleiben, aber ich weiß, dass sie extra für mich gekocht hat. Sie wird mich nicht gehen lassen, bevor wir nicht gemeinsam zu Abend gegessen haben.

Dad sitzt bereits am gedeckten Tisch, als ich ins Esszimmer komme. Ich küsse ihn auf die Wange und lasse mich auf einem freien Stuhl nieder, vor dem ein Teller steht. Mom hat bereits Schüsseln voll mit Kartoffeln und Gemüse abgestellt und verschwindet direkt wieder in der Küche, während Dad seine Zeitung zusammenfaltet und mich hinter seiner Brille kritisch mustert.

»Du bist dünn geworden, Schatz.«

»Bin ich nicht.« Ich verdrehe die Augen und lege mir demonstrativ noch eine Kartoffel mehr auf den Teller.

Ich freue mich wirklich, dass Mom gekocht hat, und weiß, dass Dad es nicht böse meint. Trotzdem wechsle ich schnell das Thema.

»Darf ich euch Luna am Freitag wieder vorbeibringen?« Alice hat zwar nichts dagegen, wenn ich sie hin und wieder mit in den Laden nehme, aber meine Hündin ist kein Fan der vielen duftenden Blumen. Deshalb kommt sie eigentlich nur dann mit, wenn mir nichts anderes übrig bleibt.

»Natürlich. Jederzeit.« Es ist Mom, die mir antwortet. Sie stellt eine Pfanne mit frisch angebratenen Steaks vor uns ab und legt mir das kleinste auf den Teller. Sie weiß, dass ich kein Fan von Fleisch bin.

Bevor wir allerdings zu essen anfangen, spüre ich ihre Blicke auf mir. Und ich weiß genau, was ihnen auf der Seele brennt. Jacks Mom ist gut mit meinen Eltern befreundet, und ich gehe davon aus, dass sie ihnen erzählt hat, mit wem sie mich gesehen hat.

»Ihr macht euch Sorgen, oder?« Weil Eltern das nun einmal automatisch tun.

»Du kannst mit uns über alles reden, Mia«, beginnt Dad, doch ich hebe schnell eine Hand, um ihn zum Schweigen zu bringen.

»Ich weiß«, entgegne ich und steche mit meiner Gabel die Kartoffeln klein. Irgendwann werde ich ihnen von Nathan erzählen. Aber noch kann ich es nicht. Noch ist es zu früh. »Ihr müsst euch wirklich keine Gedanken machen. Versprochen.« Ich hebe den Kopf und sehe erst Mom, dann Dad in die Augen. »Können … können wir einfach nur essen und nicht über ihn reden?«

Ein paar Sekunden lang schweigen wir alle. Ich angespannt, Mom und Dad nachdenklich. Dann nicken sie, und wir beginnen zu essen. Nathan ist kein Thema mehr. Stattdessen reden wir über Adam, mein Studium, Luna und die Nachbarn. Dad berichtet von der Schule, die er leitet, und obwohl ich insgeheim die ganze Zeit darauf warte, dass sie mich doch auf Nathan ansprechen, tun sie es nicht. Keiner der beiden erwähnt ihn noch einmal, und ich bin einfach nur dankbar, dass sie meine Bitte akzeptieren und ich nicht darüber reden muss. Noch nicht.

Mir ist klar, dass sie irgendwann erfahren werden, warum ich Kontakt zu dem Mann habe, der die Verantwortung für Brants Tod trägt. Und ich weiß auch, dass ihnen das nicht gefallen wird. Aber ich hoffe, dass Nathan bis dahin so weit sein und erzählen wird, was wirklich geschehen ist. Ich vertraue darauf, dass meine Eltern ihm zuhören werden. Und ihm glauben, so wie ich.

Als wir zurück in meiner Wohnung sind, stürzt Luna sofort zu ihrem Wassernapf und beginnt, geräuschvoll zu trinken. Einen kurzen Moment beobachte ich sie, bevor ich in die Küche gehe und meine Hände wasche.

Ich bin gerade dabei, sie abzutrocknen, als ich das Vibrieren meines Handys an meiner Pobacke spüre. Ich ziehe es aus der Hosentasche und werfe einen Blick auf das Display. Nathans Name leuchtet mir entgegen. Irritiert mustere ich die Buchstaben. Das ist neu. Er hat mich noch nie angerufen. Mit Ausnahme des kleinen Zettels an meinem Auto hat er mich überhaupt noch nie von sich aus kontaktiert. Mit klopfendem Herzen nehme ich seinen Anruf an.

»Hallo?«

»Hey ... Mia. Es ... es tut mir leid, dass ich ... aber ich weiß nicht, wen ich sonst anrufen soll, und ...«

»Okay, stopp«, unterbreche ich ihn und runzle die Stirn. »Was ist los?«

»Meine Gran ist krank, und ich will sie nicht allein lassen, aber ich brauche Tabletten für sie.« Ich höre ihn tief Luft holen und kann mir auch mit wenig Fantasie vorstellen, wie er durch Catherines Wohnzimmer tigert.

»Was soll ich besorgen?« Ich laufe sofort zurück in den Flur und ziehe meine Schuhe wieder an.

Nathan rattert ein paar Medikamente herunter, während ich nach meinem Schlüssel und der Jacke greife. »Schon unterwegs«, sage ich knapp. »Bin in fünfzehn Minuten bei euch.« Seine Reaktion warte ich gar nicht erst ab und beende den Anruf.

»Luni, komm her.« Ich pfeife sie zu mir und lege ihr die Leine an. »Wir müssen noch einmal los, Maus.« Im Gehen schlüpfe ich in meine Jacke und schließe die Tür hinter mir ab.

Es dauert ein bisschen länger als gedacht, doch eine knappe halbe Stunde nach seinem Anruf stehe ich vor Catherines Haus und drücke auf die Klingel. Nathan öffnet. Er sieht müde und erschöpft aus, als hätte er seit Tagen nicht mehr richtig geschlafen.

»Hey.« Ich husche hinein, drücke Nathan Lunas Leine in die Hand und gehe durch in die Küche, wo ich die beiden prall gefüllten Tüten abstelle. Dann hänge ich meine Jacke über eine Stuhllehne und beginne mit dem Ausräumen.

»Das Theraflu, Aspirin, ein Nasenspray und, falls sie mag, Hustenbonbons. Oh, und Tee.« Ich schiebe eine Packung nach der anderen über die Arbeitsfläche in Nathans Richtung. Er hat Luna inzwischen von ihrer Leine befreit, und sie beschnuppert die neuen Möbel mit dem fremden Geruch.

»Danke«, sagt er, macht jedoch keine Anstalten, sich die Medikamente genauer anzuschauen. Sein Blick ist auf die Tüten gerichtet. »Was hast du da noch drin?«

»Alles, was für eine gute Hühnersuppe nötig ist.« Ich packe das Huhn, Gemüse und Kräuter aus. »Los, gib deiner Gran, was sie braucht. Ich fange schon mal mit dem Kochen an.«

Schweigend gehorcht er und verschwindet aus der Küche. Ich höre die alten Treppenstufen knarren, als er nach oben zu Catherine geht. Für einen Augenblick sehe ich mich um. Alles ist aufgeräumt und ordentlich. Ich fühle mich nicht ganz wohl dabei, einfach an Catherines Schränke zu gehen, aber ich habe keine andere Wahl. Ich öffne die erste Tür links neben dem Backofen und habe Glück. Es befindet sich eine Vielzahl an Töpfen darin. Ich ziehe den größten hervor und stelle ihn auf den Herd.

Nachdem ich das Huhn sorgfältig gewaschen habe, gebe ich es in den Topf. Dann schneide ich Lauch, Möhren, Sellerie, eine Zwiebel, Ingwer und einen Blumenkohl in kleine Stücke, ehe ich alles in ein Sieb packe und abwasche. Anschließend kippe ich es zu dem Huhn in den Topf, gebe Wasser hinzu und warte darauf, dass sich die Zutaten erhitzen. Währenddessen durchsuche ich Catherines Gewürzregal nach Salz, Pfeffer und Lorbeerblättern.

Als Nathan zurückkommt, köchelt der Sud bereits vor sich hin, und ich spüle das benutzte Messer und das Brett ab. Luna liegt auf dem dicken Teppich unter dem Wohnzimmertisch und schläft.

»Wie geht es ihr?«, frage ich, als er sich neben mir an die geschlossene Kühlschranktür lehnt.

»Das Fieber macht mir Sorgen«, antwortet er und reibt sich über die Stirn. »Ich hatte gehofft, dass ich es mit Wadenwickeln senken kann, aber …« Kopfschüttelnd blickt er mich an. »Es funktioniert nicht.«

»Vielleicht hilft das Theraflu. Gib dem Zeug ein bisschen Zeit zu wirken.«

Er nickt wortlos.

»Trinkt sie?«

»Wenig.«

»Okay.« Das war zu erwarten. Ich weiß, dass es wichtig ist, viel Flüssigkeit zu sich zu nehmen, wenn man krank ist, aber ich weiß auch, wie schwer es ist, überhaupt mehr als einen oder zwei Schlucke zu trinken, wenn einem alles wehtut.

»Die Suppe braucht zwei Stunden, bis sie fertig ist.« Meine Augen wandern automatisch zum Kochtopf. Das Wasser schäumt so, wie es soll. »Vielleicht mag sie ein bisschen davon essen. Lass uns einfach abwarten, ja?«

Nathan lässt sich auf einen der Stühle am Esstisch fallen und vergräbt das Gesicht in seinen Händen. Eine ganze Weile sitzt er so da und rührt sich nicht. Unschlüssig stehe ich neben ihm. Soll ich mich zu ihm setzen? Wieder gehen? Er hat die Medikamente, die seine Großmutter braucht, die Suppe köchelt, und falls Catherine einen Tee möchte, ist er sicher dazu in der Lage, Wasser dafür aufzusetzen. Eigentlich gibt es keinen Grund, hierzubleiben. Außer dem einen, dass ich nicht gehen will.

»Danke.« Nathans Stimme ist leise, als er den Blick schließlich wieder hebt und mich anschaut. Er sieht immer noch fürchterlich mitgenommen aus. Seine Augenringe sind dunkel, und sein Dreitagebart ist mittlerweile deutlich gewachsen.

Schweigend setze ich mich neben ihn und nehme seine Hand zwischen meine. Sie ist eiskalt.

»Mach dir nicht zu viele Sorgen«, murmle ich. »Catherine ist zäh.«

»Sie ist alt.« Sein Kopf bewegt sich unaufhörlich von einer Seite zur anderen. »Und alles, was ich noch habe.«

*Er hat Angst, sie auch noch zu verlieren.*

»Wir beobachten sie, okay? Ich bleibe hier, und wir sehen jede Viertelstunde nach, wie es ihr geht. Im Prinzip muss nur das Fieber sinken, und dann ...«

»Du musst nicht bleiben.« Nathan unterbricht meinen Redeschwall. »Das kann ich nicht von dir verlangen.«

»Du verlangst gar nichts.« Ich lasse seine Hand los und stehe auf. »Ich bleibe freiwillig.« Mit einem großen Löffel rühre ich in der Suppe, ehe ich Teewasser für uns aufsetze.

Nachdem ich ihn aufgegossen habe, sieht Nathan das erste Mal nach seiner Gran.

»Und?«, frage ich, als er zurückkommt.

»Sie schläft.« Er greift nach einer der Tassen. »Und glüht.«

»Hat sie noch etwas getrunken?«

»Nein.« Die Sorgen stehen ihm ins Gesicht geschrieben. Er wendet den Blick von mir ab und setzt sich mit der Tasse aufs Sofa. Gedankenverloren hält er sie mit beiden Händen umschlungen. »Sie hat sich den ganzen Winter über so gut gehalten.«

»Wie meinst du das?«

»Ich war über Weihnachten erkältet, aber sie hat sich nicht angesteckt. Und nun?« Er schüttelt den Kopf. »Gestern Abend fingen ihre Kopfschmerzen an, heute früh konnte sie fast nicht aufstehen, und seit heute Nachmittag ...« Die Augen fallen ihm zu, während er den Kopf in den Nacken legt. Ich höre ihn geräuschvoll ein- und ausatmen. Als wolle er damit all die Ängste, die er um Catherine hat, loswerden. Dann setzt er sich wieder aufrecht hin und führt die Tasse an seine Lippen. Der Tee ist noch viel zu heiß, um ihn schon trinken zu können, deswegen pustet er vorsichtig auf die Oberfläche.

»Wir beobachten sie weiterhin«, sage ich und setze mich in den alten knallgelben Ohrensessel. Ich ziehe die Beine an und stelle meine Tasse auf einem Knie ab. »Mehr können wir im Moment nicht tun.«

»*Wir* ...« Nathan wiederholt das Wort leise.

Ich sage nichts dazu. Ob es ihm passt oder nicht, aber ich werde ihn mit seiner kranken Großmutter nicht allein lassen.

Während wir schweigend in Catherines Wohnzimmer sitzen, wird mir schlagartig klar, dass ich für Nathan alles stehen und liegen gelassen habe. Und ich will absolut nicht wissen, was das zu bedeuten hat.

# 25

Es ist kurz nach neun Uhr am Abend, als Nathan ein weiteres Mal nach seiner Großmutter sieht. Schon beim Betreten des Wohnzimmers merke ich ihm an, dass etwas nicht stimmt.

»Was ist los?«, frage ich und eile auf ihn zu.

»Das Fieber … Sie hat mittlerweile über vierzig Grad.«

»Okay.« Ich drehe mich nach meiner Jacke um, in deren Tasche mein Handy steckt. Sie hängt immer noch über der Lehne, wo ich sie vor gut zwei Stunden abgelegt habe. Mit wenigen Schritten erreiche ich den Stuhl und ziehe das Telefon hervor. Wir haben lange genug gewartet. Das Theraflu schlägt nicht an. Den Blick auf das Display gesenkt erkläre ich Nathan, was ich vorhabe. »Ich rufe einen Arzt. Vierzig ist zu viel.« Besonders für eine alte Dame wie Catherine. Meine Finger fliegen über meine eingespeicherten Kontakte, doch plötzlich legt sich eine Hand auf meine.

»Das geht nicht.«

Ich blicke auf und sehe in Nathans bekümmertes Gesicht.

»Warum nicht? Weil es schon so spät ist?« Ich ziehe das Handy unter seiner Hand hervor. »Peters Dad ist Arzt, er wird bestimmt …«

»Ich kann keinen Arzt bezahlen, Mia«, unterbricht er mich mit wackeliger Stimme.

»Musst du doch auch nicht?« Ich lege die Stirn in Falten. »Das übernimmt die Versicherung.«

»Wir haben keine.«

»Was?« Nun lasse ich endgültig von meinem Telefon ab und konzentriere mich auf Nathan. »Nicht einmal die Grundversorgung?«

»Nein.«

»Okay.« Scheiße. Das ist ein Problem. Aber es ist eins, für das es eine Lösung gibt. Ich kann nicht zulassen, dass eine alte Frau keine Behandlung bekommt, nur weil unser Staat nicht in der Lage ist, für alle Bürger gleichermaßen zu sorgen. »Ich regle das.«

Er will mich erneut aufhalten, doch ich habe die Nummer bereits gewählt. »Mia, du kannst nicht …«

Ich hebe eine Hand, um ihn zum Schweigen zu bringen. »Ich regle das, Nate«, wiederhole ich, während ich gleichzeitig darauf warte, dass mein Anruf angenommen wird. »Peter ist der Freund meiner besten Freundin. Ich bin mir sicher, dass sein Vater uns helfen wird.«

Nathans Protest erstirbt.

»Komm schon«, murmle ich und wackle angespannt mit den Füßen hin und her. Es sind nur ein paar Sekunden, doch sie kommen mir vor wie eine Ewigkeit, bis Peter sich meldet.

»Mia? Alles in Ordnung?«, fragt er und kann die Verwunderung in seiner Stimme nicht überspielen. Obwohl er nun schon eine Weile mit Sarah zusammen ist, habe ich ihn noch nie angerufen.

»Ich brauche deine Hilfe«, komme ich ohne Umschweife zum Punkt und erkläre ihm in knappen Sätzen die Lage.

»Ich rede sofort mit meinem Dad. Gib mir die Adresse.« Er notiert sich, was ich ihm diktiere, und verspricht, sich sobald wie möglich wieder zu melden.

»Danke, Peter.«

»Bis gleich.« Er legt auf, und auch wenn ich weiß, dass wir uns nur ein paar Minuten gedulden müssen, warte ich unruhig auf eine Nachricht von ihm.

Nathan kann nicht stillstehen. Er tigert rastlos vor dem Tisch, an dem ich lehne, auf und ab. Wir sprechen nicht miteinander, was die Stille im Haus schier unerträglich macht. Allerdings habe ich keine Ahnung, was ich überhaupt sagen könnte, um ihm irgendwie zu helfen. Nicht einmal Luna kann die Stimmung heute aufheitern. Sie liegt immer noch zusammengerollt auf dem Teppich. Hat der Tee mich vorhin noch gewärmt, fröstle ich nun und erwische mich immer wieder selbst dabei, wie ich auf den Bildschirm meines Handys blicke. Nathans Angst ist auf mich übergegangen.

Drei Minuten dauert es. Dann blinkt eine Nachricht von Peter auf, in der er mir mitteilt, dass sein Vater unterwegs ist.

»Dr. Hughes kommt.« Ich atme erleichtert auf und schicke Peter eine kurze Antwort.

»Danke.« Im Gegensatz zu mir ist Nathan nach wie vor zum Zerbersten angespannt. Ich kann es ihm nicht verübeln. Wäre es meine Großmutter, würde es mir genauso gehen.

»Ich … ich gehe wieder zu ihr«, sagt er und macht Anstalten, das Zimmer zu verlassen. »Kannst du …«

»Ich mache ihm auf«, versichere ich Nathan. »Wo genau ist sie?«

»Oben, die erste Tür rechts.«

Ich sehe ihm dabei zu, wie er die Stufen nimmt, und wieder einmal wird mir deutlich bewusst, wie falsch ich Nathan anfangs eingeschätzt habe. Er könnte nicht weiter von dem Monster in meiner Vorstellung entfernt sein. Vielmehr droht er, in den Sorgen um Catherine zu ertrinken.

*Sie ist alles, was ich noch habe.*

Bei der Erinnerung an seine Worte fährt ein Ziehen durch meine Brust. Es ist nicht die Wahrheit, wenn er glaubt, nur seine Gran zu haben, obwohl ich seinen Gedankengang nachvollziehen kann. Seine Eltern haben sich nicht an die oberste Regel, ihr Kind bedingungslos zu lieben, gehalten. Es wundert mich kein bisschen, dass er die Last der Welt auf seinen Schultern trägt, und trotzdem tut es weh, ihn so leiden zu sehen.

Ungeduldig sehe ich auf die Uhr. Peters Vater muss durch die ganze Stadt und wird vermutlich nicht vor halb zehn hier sein, doch das hält mich nicht davon ab, die Zeiger anzuflehen, sich schneller zu drehen. Immer wieder werfe ich einen Blick durch das Küchenfenster hinaus auf die Straße. Die Laternen erhellen den Asphalt. Eine Katze läuft gemütlich über den Gehweg. Und ein Stockwerk über mir sitzt Nathan und hält die Hand seiner kranken Großmutter.

Die Erleichterung, die mich durchflutet, als ich Dr. Hughes' Wagen sehe, fühlt sich ein bisschen wie eine Erlösung an. Noch während er aussteigt, öffne ich ihm die Haustür.

»Hallo, Mia«, begrüßt er mich. »Wo ist die Patientin?« Er hält einen großen Koffer in der Hand.

»In ihrem Schlafzimmer.« Ich führe ihn über die knarrende Treppe nach oben. Dort angekommen, bleibe ich stehen. »Bevor Sie sie untersuchen …«, beginne ich und drehe mich zu Peters Vater um. »Mrs Perry ist nicht krankenversichert. Und ich weiß nicht, ob ihr Enkel genug Geld hat, um Sie zu bezahlen.«

»Lass das mal meine Sorge sein.« Er tätschelt mir den Arm. »Ich entscheide, was ich abrechne.« Das Lächeln auf seinem Gesicht bestätigt mir, worauf ich gehofft habe. »Bring mich zu ihr.«

Ich klopfe einmal sanft an die Tür und drücke die Klinke nach unten. Nathan sitzt auf der Bettkante neben Catherine. Sie liegt unter einer dicken Decke, und ich kann selbst aus mehreren Metern Entfernung die Schweißperlen auf ihrer Stirn sehen. Ich mache Platz und lasse Dr. Hughes eintreten. Dann warte ich im Flur, während Nathans

Großmutter behandelt wird. Durch die halb geöffnete Tür höre ich die Stimme von Peters Vater und immer wieder eine leise Antwort von Nathan. Sie klingen beide ernst.

Auf einmal schleicht eine unerwartete Müdigkeit durch meinen Körper. Kraftlos lasse ich mich an der Wand neben dem Zimmer zu Boden gleiten, lehne den Kopf an und lausche weiter dem Gespräch. Ich verstehe nicht alles, was die beiden sagen, aber die Wortfetzen, die ich aufschnappen kann, beweisen mir, dass ich richtig gehandelt habe. Es war gut, Peter anzurufen und um Hilfe zu bitten. Als ich den Blick von der Decke senke, sehe ich Luna auf der obersten Treppenstufe stehen. Auf leisen Pfoten kommt sie auf mich zu und kuschelt sich an mich. Ich schlinge den Arm um sie, vergrabe mein Gesicht in ihrem Fell und bin einfach nur dankbar, dass ich sie habe.

Dr. Hughes' Besuch dauert nicht lange. Als er Nathan letzte Anweisungen gibt, lasse ich meine Hündin wieder los und rapple mich auf. Kurz darauf verlassen beide Catherines Schlafzimmer. Nathan schließt die Tür hinter sich, ehe er Peters Vater seine Hand entgegenstreckt. »Vielen Dank, Dr. Hughes.«

»Gern geschehen.« Er lächelt erst Nathan, dann mich an. »Sollte das Fieber morgen früh immer noch so hoch sein, ruft bitte direkt in meiner Praxis an.«

»Okay.« Ich nicke und nehme die kleine Karte entgegen, die er mir hinhält. »Danke.«

»Macht euch nicht zu viele Gedanken.« Mit diesen Worten setzt er sich in Bewegung und steuert die Treppe an. »Das Fieber müsste in den nächsten Stunden nachlassen. Morgen früh wird es ihr besser gehen.« Es klingt wie ein Versprechen, das er uns gibt. Ich hoffe, seine Erfahrung täuscht ihn nicht.

Wir begleiten ihn zur Haustür, und nachdem Nathan und ich wieder allein sind, gehe ich zurück zu dem Ohrensessel, der für den Abend mir gehört. Ich nehme Platz, schlinge eine Decke um meine Beine und beobachte Nathan dabei, wie er unschlüssig mitten im Raum steht. Luna hat sich wieder unter den Tisch verzogen.

»Was ist los?«, frage ich und deute mit dem Kopf in Richtung Couch. »Setz dich.«

»Gleich.« Er zieht sein Handy aus der Hosentasche. »Ich muss … ich muss Joe Bescheid geben, dass ich ein paar mehr Schichten brauche in den nächsten Tagen …« Den Rest seines Satzes verschluckt er.

»Peters Dad wird dir keine Rechnung schicken.«

»Was?« Nathan blickt auf und runzelt die Stirn. »Warum nicht?«

Ich zucke mit den Schultern. »Ich habe ihm erzählt, dass ihr nicht versichert seid.«

Meine Worte quittiert er mit einem gequälten Gesichtsausdruck.

»Das ist nichts, wofür man sich schämen muss.« Ich schäle mich wieder aus meiner Decke und gehe auf Nathan zu. »Jetzt setz dich endlich hin. Deine Unruhe macht mich nervös.« Ich ziehe ihn zum Sofa. Als er keine Anstalten macht, Platz zu nehmen, drücke ich ihn an den Schultern nach unten. Ich will gerade zurück zu meinem Sessel gehen, da spüre ich eine Berührung an meiner Hand.

»Danke.« Behutsam verhakt er seinen kleinen Finger mit meinem. Mit einem Mal ist die Wärme zurück, die ich auch schon am Wochenende gespürt habe. Wie von selbst tasten meine restlichen Finger nach seinen. Wie Magnete, die sich gegen die Anziehung zwischen ihnen nicht wehren können. Und dieses Mal gibt es nur eine einzige Antwort.

»Jederzeit.«

Ich bleibe bei ihm. Obwohl Dr. Hughes gesagt hat, dass Catherine bis zum nächsten Morgen durchschlafen wird, sieht Nathan in regelmäßigen Abständen nach ihr. Ihre Haut ist immer noch heiß, aber das Thermometer zeigt an, dass ihre Temperatur ganz langsam sinkt. Es ist bereits Mitternacht, als Nathan schließlich beginnt, sich zu entspannen.

»Tut mir leid, dass du die Suppe umsonst gekocht hast«, sagt er, als er von seinem Kontrollgang zurückkommt und sich seufzend auf das Sofa fallen lässt.

»Hab ich nicht.« Ich verstecke ein Gähnen hinter meiner Hand. »Sie ist auch morgen noch gut.«

»Gran wird sich freuen.« Er dreht den Kopf, sodass er mich ansehen kann. Das Lächeln auf seinen Lippen ist endlich wieder echt. Es lässt ihn jünger aussehen und nimmt einen Teil der Last von seinen Schultern. »Danke.«

Es ist mir unangenehm, dass er sich schon wieder bedankt. Eine Suppe zu kochen und für einen Freund da zu sein, ist kein Hexenwerk. Bis mir einfällt, dass Nathan das nicht kennt. Er hat keine Freunde mehr.

*Ich weiß nicht, wen ich sonst anrufen soll.*

Bei der Erinnerung an seine Aussage werde ich wütend. Was muss das für ein Leben sein, in dem alle Menschen, von denen man geglaubt hat, dass man ihnen wichtig ist, sich abwenden? Eigentlich sollte mich Nathans Entschuldigung kein bisschen wundern.

Ich gähne erneut, was von ihm nicht unbemerkt bleibt.

»Geh nach Hause, Mia. Ich habe dich schon viel zu lange in Beschlag genommen«, sagt er und setzt sich aufrecht hin. »Was schulde ich dir für die Suppe und die Medikamente?«

»Gar nichts.« Ich schüttle den Kopf und bleibe in meinem Sessel sitzen. »Aber du könntest uns neuen Tee machen.«

»Willst du nicht …« Nathan verstummt und sieht mich nachdenklich an.

»Nein. Will ich nicht.« Ich halte seinem Blick stand. »Aber noch ein Ingwertee wäre toll.«

Ohne ein weiteres Wort zu sagen, steht er auf, schnappt sich die leeren Tassen vom Tisch und geht hinüber in die Küche. Ich beobachte ihn dabei, wie er Wasser aufsetzt, nach neuen Teebeuteln sucht und sich anschließend an die Arbeitsfläche lehnt. Er hat kein Licht angemacht, da genug Helligkeit von der Straßenlaterne draußen hereinfällt. Und genau dieser fast schon mystisch wirkende Schein, der ihn umgibt, ist es, der ihn noch interessanter macht.

Ich habe mir bisher nie erlaubt, über Nathans Äußeres nachzudenken, geschweige denn, es zu bewerten. Doch nun, während ich ihn betrachte, kann ich nicht länger leugnen, wie unglaublich anziehend ich ihn finde. Er ist groß und durchtrainiert, und die Jeans und das schwarze Langarmshirt stehen ihm ausgezeichnet. An seinen Oberarmen zeichnen sich deutlich die Muskeln unter dem Stoff ab. Seine Wangen werden von seinem Bart versteckt, und auch seine Haare wurden schon eine ganze Weile nicht mehr geschnitten. Trotzdem sieht es nicht ungepflegt aus. Im Gegenteil. Es macht ihn auf fast schon beängstigende Art und Weise attraktiv.

Ich starre ihn immer noch ungeniert an, als er mit dem Tee zurückkommt. Dankend nehme ich ihm meine Tasse ab und umfasse das Porzellan mit beiden Händen. Ich spüre den Dampf des heißen Wassers auf meiner Haut, während ich Nathan dabei zusehe, wie er sich setzt. Dann kehrt eine Stille ein, die zwar nicht unangenehm ist, aber ihm vielleicht die Möglichkeit gibt, wieder mit dem Grübeln anzufangen. Und das möchte ich unbedingt verhindern.

»Dr. Sullivan hat mir ziemlich am Anfang meiner Therapie eine Karte mit einem Ratschlag geschenkt«, fange ich an zu reden. Nathans Augen bohren sich in meine. »Sie hängt seither in meinem Bad, damit sie morgens so ziemlich das Erste ist, was ich sehe.«

»Was steht drauf?«

»*Ich bin berechtigt, herauszufinden, was gut für mich ist.* Und du bist das auch.« Ich wende meinen Blick keine Sekunde von ihm ab. »Wenn du willst, helfe ich dir dabei.«

»Du willst mir wirklich helfen?«

»Ja.« Offenbar kann er es immer noch nicht glauben, aber ich will, dass es ihm gut geht. Ich gebe zu, dass das nicht von Anfang an so war. Doch er kann mir nicht weismachen, dass er nicht gemerkt hat, was sich in den vergangenen Wochen geändert hat.

»Da ist etwas zwischen uns, Nate«, sage ich leise. »Ich kann es nicht in Worte fassen, aber es muss einen Grund geben, warum ich gern Zeit mit dir verbringe.«

Er sieht mich mit einer Mischung aus Schock und Überraschung an. Mit so viel Ehrlichkeit scheint er nicht gerechnet zu haben.

»Außerdem mag Luna dich.« Mein Blick fällt auf meine schlafende Hündin. »Und sie hat einen ausgezeichneten Geschmack.« Ich zucke mit den Schultern und kann mir ein kurzes Grinsen nicht verkneifen.

Nathan sitzt einfach nur da, lächelt mich an und erhellt damit den ganzen Raum. Attraktiv? Von wegen. Er ist verdammt noch mal atemberaubend!

»Bild dir bloß nichts darauf ein«, murmle ich. Mit einem Mal bin ich verlegen und ziehe meine Beine noch enger an mich heran.

»Werde ich nicht«, verspricht er. Er lächelt immer noch.

»Gut.« Ich zupfe an einem Ende meiner Decke. »Immerhin kenne ich schon mal eine Sache, die dir guttut.« Die offensichtlichste von allen.

»Die da wäre?« Gespannt mustert er mich.

»Deine Musik.« Es ist über zwei Monate her, dass ich ihn spielen gehört habe, doch sein Lied über die Dunkelheit ist immer noch in meinem Kopf. »Wann lässt Joe dich wieder auftreten?«

»Keine Ahnung. Ich habe ihn nicht gefragt.«

»Warum nicht? Es hat dir doch Spaß gemacht, oder nicht?«

Nathan nickt.

»Dann frag ihn.« Ich will ihn zu nichts drängen, aber ich will auch nicht, dass er sich aus irgendwelchen falschen Gründen etwas verbietet, das ihm Spaß macht. Seine Antwort zeigt mir, dass er genau das tut.

»Ich bin nicht gut genug, Mia.«

Ich weiß, dass er mich damit glauben lassen will, dass es nur um seine Lieder geht. Er ist kein professioneller Musiker, und wenn ich ihn mittlerweile nicht ein bisschen kennen würde, würde es mir wahrscheinlich gar nicht auffallen, dass mehr hinter seiner Aussage steckt. Aber Nathan meint nicht nur die Musik. Es sind wieder seine Zweifel, als Mensch nicht genug zu sein, die damit an die Oberfläche kommen. Und diesen Zweifeln will ich keine Grundlage bieten.

»Vielleicht solltest du es mir überlassen, das zu beurteilen«, schlage ich vor und schürze die Lippen. »Hast du deine Gitarre hier?«

Er hebt eine Augenbraue.

»Spielst du mir was vor?« Bittend sehe ich ihn an.

»Du willst, dass ich dir ...«

»Ja.« Ich warte geduldig auf eine Antwort.

Nathan kämpft mit sich, das sehe ich ihm deutlich an. Wie so oft scheint er in einer Dissonanz gefangen zu sein. Es ist unglaublich, wie sehr mir das auffällt, seit Dr. Sullivan mich auf mein eigenes inneres Ungleichgewicht aufmerksam gemacht hat.

Schließlich entweicht ihm ein leises »Okay«, das fast schon resigniert klingt. Er steht auf, verschwindet aus dem Zimmer und kommt keine halbe Minute später mit einer Gitarre in der Hand zurück. Mit den Augen verfolge ich jede seiner Bewegungen. Nathan setzt sich auf die Sofakante, stellt die Gitarre auf seinen Oberschenkeln ab und streicht mit den Fingern zart über die Saiten. Ganz so, als begrüße er das Instrument und stimmt somit uns beide auf das ein, was gleich passieren wird.

Ich halte den Atem an, während seine Töne lauter werden. Und dann fängt er an zu singen. Es ist eine bedrückende, sehnsüchtige Ballade, die eine Gänsehaut auf meinem ganzen Körper entstehen lässt. Doch es sind nicht nur die Worte und die Melodie, die in mir ein Gefühl tiefer Traurigkeit wecken. Es ist der Klang seiner Stimme, die Wärme darin. Und die Hilflosigkeit.

*Let me sleep*
*There is no room to hide*
*All of the stars are trying to fade*
*Those deep, dark hours every night*
*Are thieves of the golden light*
*Nothing is as it may seem*
*Only monsters in my dreams*
*Beauty left and hearts were broken*
*Let me sleep*
*I don't wanna be woken*
*Let me sleep*
*I don't wanna be woken*

Er sieht mich nicht an, während er singt. Sein Blick ist die ganze Zeit über auf die Gitarre gerichtet. Oder vielleicht auch auf den Boden. Seine Finger bewegen sich über die Saiten, als hätten sie nie etwas anderes getan. Es sieht kinderleicht aus, und dennoch ist mir klar, dass es jahrelange Übung bedeutet, so spielen zu können. Die Gitarre zu beherrschen, genügt nicht. Es ist seine Stimme, die dem Lied eine Schwere gibt und es besonders macht. Besonders schön und besonders traurig. Und gleichzeitig schafft er es, dass sich eine tiefe Ruhe über mich legt, die ich seit Brants Tod nicht mehr gespürt habe. Nathan hat eine Gabe. Ein Talent. Und ich bin mir nicht sicher, ob er sich dessen bewusst ist.

Nachdem der letzte Ton verklungen ist, räuspere ich mich. Er hat es in nur drei Minuten geschafft, all die Emotionen, die ich so sorgfältig unter Verschluss halte, gleichzeitig in mir zum Vorschein zu bringen. Ich kann mich nicht erinnern, wann mich zum letzten Mal ein Lied derart berührt hat.

»Du brichst mir das Herz, Nathan Dawson«, flüstere ich.

Er sieht mich immer noch nicht an, als mir klar wird, dass wir beide Brant nur eine Sache schulden: ein gelebtes Leben. Es nicht wegzuwerfen wegen eines Sekundenbruchteils, der nicht umzukehren ist, egal, wie sehr wir es uns wünschen. Und ich hoffe, dass auch Nathan zu dieser Erkenntnis gelangen wird. Irgendwann. Bald.

# 26

Wir schlagen uns die ganze Nacht um die Ohren. Erst gegen drei Uhr morgens verlasse ich meinen Platz auf dem Sessel und falte die Decke ordentlich zusammen.

»Du musst nicht mehr nach Hause fahren«, sagt Nathan so leise, dass ich ihn kaum verstehe. »Gran hat ein Gästezimmer, wenn du willst.«

»Das ist lieb.« Ich streiche noch einmal über die Decke, ehe ich mich zu ihm umdrehe. »Aber ich hab Luna heute schon genug zugemutet. Sie soll wenigstens noch ein paar Stunden in ihrer gewohnten Umgebung sein.«

Das ist ein Grund, dem er nicht widersprechen kann, obwohl ich ihm ansehe, dass er genau das am liebsten tun würde. Und die Wahrheit ist, dass ich eigentlich gar nicht gehen will. Am liebsten würde ich so lange mit ihm in diesem Wohnzimmer bleiben, bis die Sonne wieder aufgeht. Nathan schluckt herunter, was auch immer ihm auf der Zunge liegt, und nickt schließlich.

»Okay.« Er schlägt seine Decke ebenfalls zurück und setzt sich auf. »Dann bringe ich euch zumindest noch zu deinem Auto.«

Wir wissen beide, dass das eigentlich nicht nötig ist. Mein Wagen steht direkt vor Catherines Haus, und auch wenn es dunkel ist, wird mir auf diesen wenigen Metern nichts passieren. Schon gar nicht mit einer Hündin an meiner Seite.

Schweigend folge ich ihm in den Flur, wo meine Schuhe auf mich warten. Nathan beobachtet jede meiner Bewegungen, sein Blick ruht ununterbrochen auf mir. Als ich auch in meine Jacke geschlüpft bin, wende ich mich ihm zu. Ich habe gar nicht bemerkt, wie nahe er bei mir steht.

»Ruf an, wenn du noch mal etwas brauchst, okay?« Ich versuche, ihm in die Augen zu sehen, doch er weicht mir aus. Stattdessen macht er im nächsten Moment einen Schritt auf mich zu und legt seine Arme um mich. Seine Berührung fühlt sich hauchzart an, und gleichzeitig kann ich nicht anders, als seine Umarmung sofort zu erwidern. Ich schlinge meine Arme fest um seine Hüfte, während er den Druck seiner rechten Handfläche auf mein Schulterblatt erhöht. Seine linke Hand legt sich sanft auf meinen Hinterkopf, und ich habe mich noch nie zuvor so beschützt gefühlt. Mein Kopf lehnt sich wie von selbst an seine Brust, und ich bin augenblicklich gefangen in der wohligen Wärme von Nathan Dawson.

Keiner von uns macht den ersten Schritt, um den anderen wieder loszulassen. Vielleicht vergehen Minuten, in denen wir uns so nah sind, vielleicht sind es auch nur Sekunden. Es spielt keine Rolle. Wichtig ist nur, dass ich verstehe, was er mir mit dieser Umarmung sagen will. In ihr liegen all die Worte, die er sich nicht getraut hat auszusprechen.

*Ich mag dich.*
*Du bist mir wichtig.*
*Geh nicht.*
*Danke.*

Seine Zuneigung trifft mich so sehr, dass mir Tränen in die Augen steigen. Als es mir nicht gelingt, sie wegzublinzeln, schließe ich meine Lider und atme, fest an seine Brust gepresst, tief ein. Meine Finger krallen sich in den Stoff seines Shirts, und aus dem Nichts überkommt mich die Gewissheit, dass alles gut wird. Mit Nathan an meiner Seite wird alles gut werden.

Als habe er meine Gedanken erraten und wolle sie besiegeln, gibt er mir einen zärtlichen Kuss auf mein Haar. Ein Lächeln schleicht sich auf meine Lippen, und mir wird klar, wie dankbar ich dafür bin, Nate in dieser Januarnacht begegnet zu sein.

Die Vorlesungen am Morgen sind die Hölle. Die durchgemachte Nacht sitzt mir in den Knochen, ich bin hundemüde und schlafe mehrmals beinahe ein. Kurz vor der Mittagspause muss ich so häufig gähnen, dass ich beschließe, meine beiden Kurse am Nachmittag ausfallen zu lassen und stattdessen nach Hause ins Bett zu gehen. Bevor ich mir die Decke über den Kopf ziehe, schicke ich Nathan eine Nachricht mit der Frage, wie es seiner Großmutter inzwischen geht. Ich habe heute noch nichts von ihm gehört, werte das aber als gutes Zeichen. Ginge es ihr wieder schlechter, hätte er sich bestimmt gemeldet. Zumindest hoffe ich das.

Seine Antwort bekomme ich schon nicht mehr mit. Das Nächste, was ich realisiere, ist das Klingeln meines Weckers und die Erkenntnis, dass ich mich beeilen muss, wenn ich nicht zu spät zum Yoga kommen möchte. Außer Atem werfe ich mich in meine Klamotten und hetze zum Kurs. Im Raum angekommen, stelle ich fest, dass nur Sarah und Peter da sind. Irritiert lasse ich mich neben meinen Freunden auf den Boden sinken.

»Wo ist Jack heute?«, frage ich Sarah, die bereits mit leichten Aufwärmübungen beschäftigt ist. Peter liegt ausgestreckt auf seiner Matte und hat die Augen geschlossen.

»Keine Ahnung.« Sie runzelt die Stirn. »Hast du mit ihm gesprochen?«

»Nein.« Ich seufze leise. »Ich hatte noch keine Gelegenheit dazu.«

Sarah hält mitten in ihrer Bewegung inne und legt misstrauisch den Kopf schief. »Du hast doch ein Handy, oder?«

»Ja.«

»Und es funktioniert?«

Nun bin ich diejenige, die sie skeptisch mustert. »Natürlich. Was soll die Frage?«

Sie ignoriert meine Erwiderung. »Und ich nehme an, dass du weißt, wie man es benutzt?«

»Sarah ...«

»Ruf ihn endlich an. Der Kerl sitzt auf heißen Kohlen.« Mit diesen Worten setzt sie ihre Übung fort.

»Mache ich ja.« Sie hat recht. Ich hätte mich längst bei Jack melden sollen und nehme mir fest vor, es heute noch nachzuholen.

»Versprich es mir!«

»Okay, okay. Ich verspreche es.«

»Gut.« Sarah nickt. »Ich will wirklich nicht, dass unser Kleeblatt auseinanderbricht.«

»Wird es nicht«, versichere ich ihr. Zumindest nicht, wenn es nach mir geht.

Ohne ein weiteres Wort zu verlieren, schließe ich mich ihr an und beuge mich zu meinen Zehenspitzen herunter. Ich habe kaum die erste Dehnübung hinter mich gebracht, als der Kurs offiziell beginnt. Peter tut zumindest so, als würde er sich um aktive Teilnahme bemühen, aber sonderlich Spaß scheint ihm die Sache immer noch nicht zu machen. Ganz im Gegensatz zu Sarah. Sie wird langsam richtig gut, und auch ich habe mittlerweile ein Level erreicht, bei dem der Muskelkater am Tag danach nicht mehr ganz so schlimm ist. Außer beim Krieger oder dem Schulterstand, wonach ich mich jedes Mal wie von einem Bus überrollt fühle.

Nach der Endentspannung und der Verabschiedung zücke ich mein

Handy und wähle noch im Beisein von Sarah und Peter Jacks Nummer. Ich lausche dem Freizeichen, aber nach dem zehnten Mal meldet nicht er sich, sondern seine Mailbox. Ohne ihm eine Nachricht zu hinterlassen, lege ich wieder auf.

»Ich probiere es später noch einmal«, versichere ich Sarah, als wir gemeinsam den Raum verlassen. »Wer weiß, warum er nicht rangeht.« Allzu viele Gedanken mache ich mir deshalb nicht. Ich bin zu lange mit Jack befreundet, als dass ich mir Sorgen machen müsste. Wenn er einen Anruf nicht entgegennimmt, hat er im Normalfall einen triftigen Grund dafür.

Trotz Mittagsschlaf brennen meine Augen immer noch, als ich Sarah und Peter aus dem Gebäude folge. Erneut gähne ich mehrmals hintereinander, was meiner besten Freundin nicht verborgen bleibt.

»Schlecht geschlafen?«, fragt sie und sieht mich mitleidig an. Ihr Verdacht ist nicht unbegründet, denn die Prüfungsphase steht bevor, und sie weiß, dass ich viel lerne. Es wäre einfach, sie in dem Glauben zu lassen, dass das der einzige Grund für meine Müdigkeit ist, doch ich will sie nicht anlügen. Es gibt keinen Anlass dafür.

»Eher gar nicht geschlafen«, murmle ich und schlage den Weg nach rechts ein.

»Warum?«

»Ich war bei Nathan.«

»Was?« Sarah reißt die Augen auf. »Über Nacht?«

»Seine Großmutter ist krank, und er wusste nicht, was er tun sollte. Peters Dad hat ihr geholfen.«

»Dein Dad hat was?« Sie wirbelt zu ihrem Freund herum. »Wovon redet sie da?«

»Es stimmt.« Peter zuckt mit den Schultern. »Sie haben dringend einen Arzt gebraucht.«

»Und sein Dad war der Erste, der mir eingefallen ist«, ergänze ich.

Bei meinen Worten schnellt Sarahs Blick wieder in meine Richtung. »Nate hat mich gestern Abend angerufen, weil es Catherine nicht gut ging. Ich sollte ein paar Medikamente für sie besorgen.« Mit wenigen Sätzen erzähle ich von meinem Besuch bei ihm und seiner Gran.

»Geht es ihr besser?«

»Das hoffe ich.« Ich sehe auf mein Handy. »Er hat sich noch nicht gemeldet.«

Erstaunlicherweise erspart mir Sarah eine Analyse der Situation. Oder es brennt ihr unter den Nägeln, ihren Senf dazuzugeben, und sie schweigt nur deshalb, weil Peter dabei ist. Woran auch immer es liegt, dass sie sich derart neutral verhält, es erleichtert mich ungemein. Ihre Reaktion gibt mir Hoffnung. Wenn sie es schafft, damit klarzukommen, dass ich Kontakt zu Nathan habe, dann gelingt es vielleicht auch irgendwann Jack.

Als wir die Ecke erreichen, wo sich unsere Wege trennen, bleibt Sarah stehen. »Du musst die Sache mit Jack wirklich klären«, sagt sie eindringlich. »Je schneller, desto besser. Für uns alle.«

Ich nicke.

»Und ich will Nathan immer noch kennenlernen.« Der Ausdruck auf ihrem Gesicht lässt keine Widerrede zu. Also verspreche ich ihr, ihn nach einem Treffen zu fragen, sobald es seiner Großmutter wieder besser geht. Damit gibt sie sich zufrieden, und wir verabschieden uns voneinander.

Noch im Gehen versuche ich erneut, Jack zu erreichen, doch auch dieses Mal lande ich nur auf der Mailbox. Genau wie beim dritten Versuch, als ich die Tür zu meiner Wohnung aufschließe und freudig von Luna begrüßt werde. Ich schnappe mir ihre Leine, und gemeinsam machen wir uns auf den Weg. Es ist nur ein kurzer Abendspaziergang, doch die frische Luft tut nicht nur meiner Hündin gut. Nach einer halben, flott gelaufenen Stunde bin ich immerhin wieder so weit wach, dass ich mir einen Salat machen und ihn essen kann, ohne dabei im Sitzen einzuschlafen.

Ich will gerade unter die Dusche gehen, als mein Handy einen Anruf von Jack signalisiert.

»Hey.« Ich nehme ab und presse mir das kleine Gerät ans Ohr.

»Hey«, gibt er zurück. Er klingt unsicher. »Sorry, dass ich dich verpasst habe. Ich war mit meiner Mom unterwegs, und du kennst sie ja. An solchen Tagen habe ich Handyverbot.«

»Hast du ihr gesagt, dass du kein Kind mehr bist?« Lächelnd setze ich mich auf den Klodeckel und lausche seiner Stimme. Nichts darin lässt mich vermuten, dass er noch einen Groll gegen mich hegt.

»Das interessiert sie nicht«, erwidert er nur. »Kannst du glauben, dass ich mich gerade auf der Restauranttoilette verstecke?«

»Du tust was? Meinetwegen?«

»Wir haben seit Tagen nicht miteinander gesprochen, und dann verpasse ich auch noch deine Anrufe. Natürlich mache ich das nur deinetwegen.«

»Seid ihr noch essen?«

»Ja.«

»Dann solltest du deine Mom nicht zu lange warten lassen.«

»Werde ich nicht, aber ... Wir müssen reden, Mia.«

»Ich weiß.« Ich lehne den Kopf an die Wand hinter mir und schließe die Augen. »Nur tun wir das am besten nicht am Telefon.« Ich möchte ein solches Gespräch ungern führen, wenn ich ihn dabei nicht ansehen kann.

»Freitagabend? Hast du Zeit?«

Eigentlich sollte ich lernen, doch ich weiß auch, wie wichtig es ist, meinen Streit mit Jack aus der Welt zu schaffen.

»Ich muss nachmittags arbeiten, aber wir könnten uns danach treffen?«

»Super. Willst du etwas essen gehen? Oder ins *Joe's*? Ich kann auch zu dir kommen, oder ...«

»Jack!« Grinsend unterbreche ich ihn in seinem Übereifer. »Lass uns einfach Pizza essen gehen. Holst du mich ab?«

»Mach ich. Wann?«

»Um sieben?« Das lässt mir genug Zeit, um nach meiner Schicht noch zu duschen und mich umzuziehen.

»Ich werde da sein.«

»Super.« Ich öffne die Augen wieder und setze mich aufrecht hin. »Und jetzt los, lass deine Mom nicht länger warten. Sie ist immerhin die Bürgermeisterin.«

Ich lache leise, als ich ihn etwas Unverständliches grummeln höre. »Grüß sie von mir. Bis übermorgen, Jack.«

Nachdem auch er sich verabschiedet hat, lege ich auf und ziehe meine Klamotten aus. Die warme Dusche ist eine Wohltat und vermittelt mir zumindest die Illusion, dass es eine gute Idee ist, die Nase jetzt noch in ein paar Bücher zu stecken. Mit nassen, hochgesteckten Haaren setze ich mich im Schneidersitz auf die Couch und nehme mir einen meiner Wälzer vor. Luna beobachtet mich eine Weile beim Lesen, bevor ihr langweilig wird und sie sich in ihr Körbchen verzieht.

Ein halbes Kapitel lang ist es kein Problem, mich auf den Stoff zu konzentrieren und mir Notizen zu machen. Doch je länger ich lese, umso stärker kommt die Erschöpfung zurück. Als ich einen Satz zum fünften Mal anfange und immer noch nicht verstehe, gebe ich mich geschlagen. In meinem übernächtigten Zustand hat es keinen Zweck, mich weiter zu quälen. Gefühlt im Halbschlaf klappe ich das Buch zu und lege es zusammen mit meinem Notizblock auf den Tisch. Meine Haare sind immer noch feucht, aber das ist mir egal. Ich bin müde und kaputt und kann nicht mehr. Mit fast schon schlurfenden Schritten schleiche ich in mein Schlafzimmer und falle wie ein Sandsack auf die Matratze. Mein Kopf hat das Kissen noch nicht einmal richtig berührt, als ich auch schon einschlafe.

Einzig und allein Luna ist es zu verdanken, dass ich am nächsten Morgen nicht verschlafe. Und auch am Freitag ist sie diejenige, die mich kurz nach sieben Uhr mit ihrer Schnauze anstößt und weckt. Gähnend folge ich ihr aus dem Zimmer, hülle mich in meinen Bademantel und gehe mit ihr nach draußen hinter das Haus. Während Luna ihr Geschäft erledigt, beobachte ich, wie die Sonne als glühender Feuerball am wolkenlosen Himmel steht. Auf dem Rasen schimmern letzte Frostperlen an den Gräsern, und ich kann meinen eigenen Atem vor meinem Gesicht sehen. Meine Zehen werden sekündlich kälter, und ich feuere Luna ungeduldig an, sich zu beeilen. Ich will zurück in meine warme Wohnung und wenigstens eine Tasse Tee trinken und eine Scheibe Toast essen, bevor ich losmuss. Der einzige Lichtblick an diesem Morgen ist die Aussicht auf eine vorlesungsfreie Woche, sobald ich diesen Tag überstanden habe.

»Komm, Luni.« Ich locke sie nach oben, und während sie geräuschvoll ihr Frühstück verputzt, kümmere ich mich um das Chaos auf meinem Kopf. Dank Glätteisen und Bürste schaffe ich es, zwanzig Minuten später wieder wie ein Mensch auszusehen, und habe sogar noch Zeit für meinen Toast. Kurz nach halb neun fällt die Wohnungstür hinter mir ins Schloss.

Freitags fahre ich immer dann mit dem Auto zur Uni, wenn ich direkt nach den Vorlesungen ins *Wild Lily's* muss. Meine letzte Schicht vor der Woche Lernurlaub, die Alice mir bewilligt hat, beginnt um dreizehn Uhr, und das schaffe ich zu Fuß nicht rechtzeitig.

Ich packe gerade meinen Laptop aus und lege ihn auf den Tisch vor mir, als mein Handy in der Hosentasche vibriert. Eine Nachricht von Nathan, dass es Catherine besser geht. Erleichtert schicke ich ihm eine kurze Antwort, lege das Handy beiseite und klappe meinen Laptop auf. Ich überfliege noch einmal die Inhalte der bisherigen Stunden, bis sich Cassie und Lucy, kurz bevor Professor Fletcher mit der letzten Vorlesung vor den Zwischenprüfungen beginnt, neben mich fallen lassen. Wie so oft schieben sie mir Tee und Gummibärchen entgegen. Nervennahrung für den Endspurt.

Nach Fletcher wartet Hyland auf uns, gefolgt von einem Tutorium. Im Nu ist es halb eins, und die Ferien sind offiziell eingeläutet. Leichte Panik überkommt mich bei dem Gedanken an all den Stoff, den ich mir ab morgen in nur einer kurzen Woche in den Kopf hämmern muss. Doch für den Moment kann ich mir darüber noch keine Sorgen machen. Ich muss dringend los.

»Schreibt mir, wann wir uns zum Lernen treffen.« Ich umarme erst Lucy, danach Cassie. Dann schnappe ich mir meinen ganzen Kram und stürze aus dem Vorlesungssaal.

»Sorry, sorry, sorry, sorry.« Mit fünfminütiger Verspätung rausche ich an Alice vorbei und verschwinde in den Personalraum, um meine Sachen abzulegen. Als ich wieder nach vorne komme, winkt sie lächelnd ab.

»Es ist nicht viel los«, sagt sie und sieht mir dabei zu, wie ich mir die Schürze umbinde und die Haare in einem wilden Dutt auf meinem Kopf zusammenraffe.

»Was kann ich tun?«, frage ich, als ich damit fertig bin.

»Du kannst das Gesteck für Mr und Mrs Holloway fertig machen, wenn du willst.«

»Wie immer?«

Alice nickt. »Wie immer. Nur anstatt zwei roter Rosen dieses Mal drei.«

Überrascht sehe ich sie an. »Wirklich?«

»Ja.« Sie grinst. »Es geschehen noch Zeichen und Wunder.«

»Okay.« Ich erwidere ihr Lächeln und mache mich an die Arbeit. »Alles klar. Drei Rosen.«

Einige Minuten arbeiten wir beide schweigend vor uns hin. Nur das Radio ist zu hören, das im Hintergrund ein furchtbar trauriges Lied spielt. Ich schlucke und versuche, mich nicht auf den Text zu konzentrieren, aber es ist unmöglich. Die Melodie zieht mich in ihren Bann, das Klavier weckt Melancholie in mir, und mit jedem Wort, das die Sängerin singt, spüre ich ihren Schmerz. Weil sie genauso gut über mich singen könnte. Sie hat wie ich ihren besten Freund viel zu früh verloren und wünscht sich, dass er einfach noch da wäre. Als die letzten Töne verklingen, bin ich sprachlos und berührt und froh, dass ich nichts sagen muss. Ein wenig fühle ich mich an Nathans Song erinnert. Er hat die gleichen Emotionen in mir geweckt wie dieses Lied. Nein, halt, das stimmt nicht. Bei ihm war es noch intensiver und von weitreichenderem Ausmaß, weil ich ihn beim Singen sehen konnte. Ich bin seiner Seele begegnet und habe in seine Augen geblickt und dabei seinen Duft nach Wald und Zitrone eingeatmet.

Gedankenverloren drapiere ich eine Blume nach der anderen in das Gesteck für die Holloways. Wann Nathan wohl seine Lieder schreibt? Im Schutz der Nacht, wenn er nicht schlafen kann? Im Garten seiner Großmutter bei Tageslicht? Schreibt er auch fröhlichere Texte? Ich würde ihn gern danach fragen, aber ich bin mir nicht sicher, ob er darüber sprechen würde. Dass er mir das Lied überhaupt vorgespielt hat, war ein großer Schritt für ihn und … Ein Lächeln breitet sich auf meinen Lippen aus, als mir klar wird, was das bedeutet: Nathan vertraut mir. Er ist mir ein großes Stück entgegengekommen, indem er mir seine Gedanken in Form eines Liedes anvertraut hat. Es war ein Geschenk.

Im Radio kommt mittlerweile ein Lied, das für gute Laune sorgen soll. Doch wenn ich Alice so ansehe, scheint es bei ihr nicht zu funktionieren.

»Du siehst blass aus«, bemerke ich. »Ist alles in Ordnung?«

»Ja.«

»Sicher?«

»Ja.« Sie sieht mich nicht an, macht unbeirrt mit ihrer Arbeit weiter. »Alles gut.«

Doch es vergehen keine fünf Minuten, bis sie die Gartenschere und die Blumen fallen lässt, sich eine Hand vor den Mund presst und nach hinten zu den Toiletten stürzt. Als sie wiederkommt, ist sie noch blasser als vorher, und ihre Augen sind leicht gerötet.

»Hast du etwas Falsches gegessen?« Besorgt mustere ich sie.

»Nein.«

»Magen-Darm?«

»Wahrscheinlich.« Sie zuckt mit den Schultern, und ich sehe ihr deutlich an, dass es sie anstrengt. »Hab mich wohl bei meiner Schwester angesteckt.«

»Vielleicht solltest du dich hinsetzen und einen Schluck Wasser trinken«, schlage ich vor, doch Alice schüttelt sofort den Kopf.

»Nein. Geht schon wieder.«

So sieht sie zwar nicht aus, aber Alice ist alt genug, um zu wissen, was sie braucht. Wenn sie sich nicht ausruhen will, kann ich sie nicht dazu zwingen. Schweigend macht sie sich wieder an die Arbeit. Das rhythmische Geräusch von Blumenstängeln, die durchtrennt werden und auf den Boden fallen, begleitet mich, als ich nach dem Besen greife und das abgeschnittene Grünzeug zusammenkehre.

Ich bin gerade fertig damit, einen Kunden zu bedienen, als ich höre, wie Alice die Pflanzen und die Schere wieder auf den Holztisch wirft und erneut zur Toilette rennt. Die Tür ist noch nicht richtig ins Schloss gefallen, als sie auch schon laute Würgegeräusche von sich gibt.

Ich drücke die Kasse zu, warte, bis der Kunde den Laden verlassen hat, und folge ihr anschließend nach hinten. Allmählich mache ich mir ernsthaft Sorgen um sie. Wenn sie sich denselben Virus eingefangen hat wie ihre Schwester, gehört sie in ein Bett und nicht in den Laden. Zaghaft klopfe ich an die angelehnte Tür.

»Alice?«

»Geh weg«, antwortet sie kraftlos. »Ich will dich nicht anstecken.«

»Ich bin hart im Nehmen«, versuche ich, ihre Befürchtung zu entkräften. »Aber vielleicht solltest du trotzdem besser nach Hause gehen.« Ich mache einen Schritt zurück, als sich die Tür der Toilette langsam öffnet. »Nichts für ungut, aber du siehst wirklich beschissen aus.«

Ihre Antwort ist ein grimmiger Blick, doch allein die Tatsache, dass sie nicht protestiert, verrät mir, wie mies es ihr geht.

»Ich schließe später ab. Es sind nur noch ein paar Stunden, und ich glaube nicht, dass die Bewohner von Sterling ausgerechnet heute auf die Idee kommen, alle auf einmal Blumen zu kaufen.« Ich lächle sie sanft an. »Und du brauchst Ruhe.« Mit genügend Abstand fasse ich sie an den Schultern und schiebe sie in Richtung Garderobe. »Gute Besserung, Ally.«

»Okay.« Ganz langsam nickt sie. »Okay. Tut mir leid, Mia. Ich ...«

»Hör auf«, unterbreche ich sie und schüttle den Kopf. »Du kannst doch nichts dafür, dass du krank bist. Der Scheiß geht rum.« Wie jedes Jahr am Ende des Winters. Als würden die Viren heimlich beschließen, kurz vor Frühlingsanfang noch einmal aus dem Hinterhalt zuzuschlagen.

Mehr an Überredungskünsten meinerseits braucht es nicht. Alice schlüpft im Schneckentempo in ihre Jacke und bittet mich, ihr Bescheid zu geben, falls ich Hilfe brauche. Ich verspreche es ihr mit der Gewissheit, sie garantiert nicht anzurufen. Meine Chefin gehört in ihr Bett und sonst nirgendwohin.

Als ich allein bin, drehe ich das Radio lauter und widme mich dem Blumenstrauß, den Alice angefangen hatte. Ich bin keine zwei Minuten damit fertig, als die kleine Glocke über der Ladentür einen neuen Kunden begrüßt.

# 27

»Hi.« Überrascht sehe ich den Neuankömmling an. »Was machst du denn hier? Holst du wieder Blumen für Catherine ab? Wie geht es ihr?« Ich weiß, dass ich wie ein Wasserfall plappere, aber ich kann nicht anders. Mit seinem Auftauchen habe ich nicht gerechnet. Seit seine Großmutter krank wurde, ist er ihr nicht von der Seite gewichen. Was nur einen Schluss zulassen kann. »Es geht ihr besser, oder?«

»Ja.« Nathan nickt und kommt näher. »Die Medikamente wirken. Heute hat sie sogar das Bett verlassen und ist auf die Couch gewandert. Ich soll dir für deine Suppe danken.«

»Gern geschehen.«

»Bist du allein?« Suchend sieht er sich um, ehe sein Blick wieder auf mir landet.

»Ja. Alice ist krank. Ich habe sie nach Hause geschickt.«

»Oh.« Er verzieht das Gesicht. »Auch die Grippe?«

»Nein. Magen-Darm. Oder im besten Fall hat sie einfach nur etwas Falsches gegessen und ist morgen wieder fit.« Mit der Handfläche schiebe ich die Pflanzenreste vom Tisch auf den Boden und greife nach dem Besen. Nathan sieht mir dabei zu, wie ich kehre. Warum er hier ist, hat er mir immer noch nicht verraten.

»Also …«, sage ich, nachdem ich den Besen weggestellt und einen

Handfeger inklusive Schaufel geholt habe. »Für wen sind die Blumen heute?« Ich gehe in die Hocke und kehre das Häufchen auf.

»Für niemanden.«

»Nicht?« Ich hebe den Blick.

»Nein.« Plötzlich wirkt er fast schon schüchtern. Seine Hände sind tief in seine Hosentaschen vergraben, und er schafft es nicht, mich anzusehen. »Ich wollte ...«

»Ja?«

»Ich wollte dich sehen.« Seine Augen sind auf den Boden gerichtet, während er die Worte ausspricht. So ehrlich zu sein, muss ihn Überwindung gekostet haben, und er hat nicht den Hauch einer Ahnung, wie sehr mich seine Aussage freut.

»Wirklich?« Lächelnd richte ich mich wieder auf und lege die Kehrschaufel beiseite.

»Aber ich will dich nicht stören. Wenn du beschäftigt bist, dann kann ich auch wieder gehen.«

»Nein.« Ich trete zu ihm und warte, bis er seinen Blick hebt. »Ehrlich gesagt, ist mir ziemlich langweilig so allein. Wenn du also nichts vorhast ...« Ich mache eine einladende Handbewegung durch den Laden.

»Okay.« Nathan nickt, und ich glaube zu hören, wie er erleichtert ausatmet. Er zieht seine Jacke aus und legt sie auf einen leeren Eimer in der Ecke. »Kann ich dir helfen?«

»Es reicht schon, wenn du dich mit mir unterhältst.« Ich schnappe mir einen Lappen und wische die Arbeitsfläche ab. Alice hat mir von Anfang an beigebracht, Unordnung, Schmutz und Chaos gar nicht erst entstehen zu lassen. Anfangs fand ich es seltsam, ständig irgendetwas abzuwischen oder zu putzen, aber inzwischen habe ich erkannt, wie klug dieses Vorgehen ist. Am Ende des Tages ist der Laden genauso sauber, wie er am nächsten Morgen zu sein hat, ohne dass von uns jemand länger bleiben und eine Putzparty veranstalten muss.

»Wann arbeitest du wieder im *Joe's*?«, beginne ich das Gespräch.

»Morgen. Er hat mir die letzten Tage freigegeben, aber für Samstagabend findet er keinen Ersatz, und da es Gran inzwischen besser geht …«

»Du solltest ihn wirklich fragen, ob du wieder einmal auftreten darfst. Du bist gut!« Gut ist das falsche Wort, aber ich weiß, dass jede andere Beschreibung ihm noch unangenehmer wäre.

»Ich kann immer noch nicht glauben, dass du meine Lieder magst.«

»Warum?« Ich lehne mich an den Verkaufstresen neben der Kasse und sehe ihn an.

»Sie sind nichts Besonderes.«

»Doch, Nate«, widerspreche ich ihm. »Für mich sind sie das.« Nicht zuletzt deshalb, weil sie eine Verbindung zu Brant herstellen. Aber hauptsächlich, weil sie mir den wahren Nathan zeigen. Den Mann, der gebrochen ist und seit Jahren nach Wiedergutmachung sucht.

Ganz langsam umrunde ich die Kasse, die uns voneinander trennt. Auf dem Weg schalte ich das Radio aus und nehme die Stille in mich auf, die sich wie eine Samtdecke zwischen uns ausbreitet. Nathan beobachtet jeden meiner Schritte genau, bis ich vor ihm zum Stehen komme.

»Kannst du *Let me sleep* noch einmal singen?«

Wortlos sieht er mich an.

»Bitte?«

»Ich habe meine Gitarre nicht hier.«

»Das macht nichts.« Vorsichtig nehme ich seine Hand in meine und verschränke unsere Finger miteinander. Meine andere Hand schiebe ich auf seinen unteren Rücken. Wie jedes Mal, wenn ich ihn berühre, steht er zunächst stocksteif da, bis die Anspannung in seinem Körper nachlässt. Heute geht es verblüffend schnell, und ich spüre, wie sich seine zweite Hand auf mein Schulterblatt legt. Das gibt mir den Mut, meinen Kopf an seine Brust zu lehnen. Genau wie vor drei Tagen. Nur ist es dieses Mal taghell. Nathans Rippenbögen heben und senken sich mit jedem Atemzug. Sein Herzschlag hallt in meinem Ohr wider. Und dann fängt er an zu singen. Leise und zart und doch mit einer Kraft, bei der mir eine Gänsehaut über den Rücken läuft.

Behutsam beginne ich, meinen Körper im Takt der Musik hin und her zu wiegen. Es sind sanfte Bewegungen, kaum spürbar, und trotzdem übernimmt er meinen Rhythmus. Ich schließe die Augen und lasse mich in den Moment fallen. Da sind nur noch wir beide. Meine Hand in seiner, seine goldene Stimme und das Gefühl, genau hierherzugehören.

Irgendwann verstummt Nathan. Das Lied ist zu Ende. Doch er lässt mich nicht los. Ich hebe den Blick und sehe direkt in seine Augen, und schlagartig ist da dieses Kribbeln. Als stünde meine Haut in Flammen, und die einzige Möglichkeit, das Feuer zu löschen, ist, ihn zu küssen. Aber bevor ich überhaupt darüber nachdenken kann, diesem Verlangen nachzugeben, ertönt die Glocke.

Hektisch schrecken wir auseinander. Nathan fährt sich ertappt durch die Haare, während ich mich in Richtung Tür drehe, um zu sehen, wer uns gestört hat. Oder mich vor einem Fehler bewahrt hat. Ich bin mir noch nicht ganz sicher.

Eine ältere Dame mit schneeweißem Haar und einem Gehstock läuft auf uns zu. Sie kommt mir vage bekannt vor, aber ich kann ihr Gesicht nicht einordnen.

»Hallo«, begrüße ich sie und reibe mir meine Hände an der Schürze ab. »Kann ich Ihnen helfen?«

»Das hoffe ich doch, Liebes.« Entgegen ihres zerbrechlichen Aussehens ist ihre Stimme erstaunlich fest. Als sie spricht, wirbelt Nathan neben mir herum und betrachtet nun ebenfalls die neue Kundin.

»Mrs Hastings?«, fragt er. Überrascht blicke ich zu ihm. Zurück zu der alten Frau. Und dann wieder zu ihm.

»Mein Junge!«, sagt sie entzückt, nachdem sie ihn erkannt hat.

Und dann fällt der Groschen.

»Der Supermarkt. Du warst mit ihr einkaufen«, sage ich an Nathan gewandt. Sein Blick ruht auf Mrs Hastings, als er nickt.

»Wollen Sie Blumen kaufen?«, fragt er. »Sie hätten mir doch Bescheid geben können. Dann hätte ich das für Sie erledigt.«

»Ach, papperlapapp.« Es ist fast schon niedlich, wie sie ihn entrüstet mustert. »Ich mag alt sein, aber solange mich meine Beine tragen, werde ich mir meinen Strauß Blumen selbst kaufen, wenn mir danach ist.«

Daraufhin sagt Nathan nichts mehr. Stattdessen wendet sich Mrs Hastings nun mir zu.

»Sie sind das Mädchen.«

»Uhm …« Hilfe suchend werfe ich Nathan einen schnellen Blick zu. Ich habe keine Ahnung, wovon sie spricht.

»Hast du sie endlich gefragt, mein Junge?« Die alte Dame scheint nichts von meiner Verwunderung zu bemerken. Ihre Augen glitzern, als sie Nathan strahlend ansieht. »Das wurde aber auch Zeit.«

»Nein, ich habe …«, will er einhaken, aber sie lässt ihn nicht zu Wort kommen.

»Unser Nathan hier ist einer von den Guten.« Liebevoll tätschelt sie seinen Arm, während ihr Blick fest auf mich gerichtet ist. »Sie sollten ihn behalten.« Mit ihrer anderen Hand greift sie nach meinen Fingern und drückt sie sanft. Als wolle sie mir Mut zusprechen.

»O-kay?« Ich sehe zwischen Mrs Hastings und unseren Händen hin und her. Was erwartet sie nun von mir? Verstohlen linse ich zu Nathan. Er steht peinlich berührt neben uns. Es ist nicht zu übersehen, dass er am liebsten unsichtbar wäre.

»Und jetzt brauche ich frische Blumen. Ich dachte an Lilien.«

»Sehr gern.« Erleichtert über den Themenwechsel trete ich vor die Schnittblumenauswahl. »Welche Farbe würde Ihnen denn gefallen?«

Mrs Hastings weiß genau, was sie will. Es dauert keine dreißig Sekunden, bis sie mir jedes einzelne Exemplar genannt hat, das ich in ihrem Strauß verarbeiten soll. Mit den Blumen in der Hand verschwinde ich nach hinten, um sie zusammenzubinden. Währenddessen höre ich immer wieder Nathan und die Stimme der alten Frau, doch sie sprechen zu leise, als dass ich sie verstehen könnte.

*Hast du sie endlich gefragt?*

Ich weiß nicht, was er mich fragen soll, aber ich werde es herausfinden, sobald wir wieder allein im *Wild Lily's* sind.

Nach ein paar Minuten kehre ich mit einem großen Strauß in den Verkaufsraum zurück.

»So in Ordnung?«

»Wunderbar, Schätzchen. Ganz wunderbar.« Mrs Hastings nickt und fängt an, in ihrer Handtasche nach ihrem Portemonnaie zu suchen.

Ich wickle ihre Blumen in viel Papier ein und kassiere ab.

»Soll ich Sie nach Hause begleiten?«, fragt Nathan plötzlich, und nicht nur ich, sondern auch Mrs Hastings sehen ihn verdutzt an. »Der Strauß ist groß und bestimmt schwer. Ich könnte …«

»Nathan.« Streng blickt sie ihn an. »Ich komme schon zurecht. Aber du hast noch etwas zu erledigen.«

Die Ähnlichkeit, die sie in diesem Moment mit einer alten Grundschullehrerin hat, ist beängstigend. Was auch immer Nathan als Gegenargument hervorbringen kann, an seiner Stelle würde ich mir gut überlegen, was ich nun sage. Nathan entscheidet sich dafür, zu schweigen. Kommentarlos macht er einen Schritt zur Seite und hebt abwehrend die Hände. Ein kaum sichtbares Schmunzeln legt sich auf seine Lippen.

»Vor nächster Woche möchte ich dich nicht mehr sehen.« Ihre Worte klingen wesentlich resoluter, als sie gemeint sind. Ich fange an zu grinsen, und sie fasst energisch nach ihren Blumen.

»Auf Wiedersehen, Liebes.« Sie marschiert los, und Nathan eilt ihr hinterher. Er lässt es sich nicht nehmen, ihr wenigstens die Tür zu öffnen.

»Wir sehen uns am Dienstag«, höre ich ihn sagen. Dann wartet er, bis Mrs Hastings den Laden verlassen hat, und kommt schließlich wieder zu mir zurück.

»Ich mag sie«, sage ich grinsend und lege den Tacker, mit dem ich das Schutzpapier um den Strauß zusammengeheftet habe, an seinen Platz.

»Sie dich auch«, gibt er zurück und seufzt. »Sorry. Sie ist manchmal etwas … eigensinnig.«

»Was hat sie vorhin gemeint? Von wegen, ob du mich gefragt hättest.«

»Das ist dir nicht entgangen, hm?« Nathan verzieht das Gesicht, bevor er mich wieder ansieht. Schweigend warte ich ab. »Natürlich nicht«, murmelt er und atmet tief durch. Er schindet Zeit, will mir am liebsten nicht antworten. Aber in diesem Fall bestehe ich auf einer Erklärung. Ich bin zu neugierig, als dass ich einfach darüber hinwegsehen könnte. Demonstrativ verschränke ich die Arme vor der Brust und hebe eine Augenbraue.

»Ein Date«, sagt er schließlich leise. »Sie wollte wissen, ob ich dich um ein Date gebeten habe.«

»Ein … *Was?*« Ich glaube, mein Herzschlag setzt für eine Sekunde aus.

Unbeholfen fährt Nathan sich durch die Haare, während sein Blick durch den ganzen Laden wandert. Nur nicht zu mir. »Vergiss einfach, was sie gesagt hat.«

»Also willst du mich nicht fragen?« Meine Stirn legt sich automatisch in Falten. Ich kann nichts dagegen tun. Und genauso wenig kann ich verhindern, dass mein Herz einen Trommelwirbel vollführt. Die Vorstellung einer echten, offiziellen Verabredung mit Nathan gefällt mir. Sie gefällt mir wahrscheinlich sogar mehr, als sie sollte. Doch allem Anschein nach bin ich allein damit. Er sieht nicht so aus, als würde ihm dieser Gedanke behagen. Auf seinem Gesicht spiegeln sich allerlei Emotionen. Zurückhaltung. Unschlüssigkeit. Angst. Und gleichzeitig auch so etwas wie Sehnsucht und Überraschung. Aber er schafft es nicht, sich auf ein Gefühl festzulegen.

Schließlich sieht er mich vorsichtig an. »Das … habe ich nicht gesagt.«

Nein. Hat er nicht. Aber er sagt damit etwas anderes aus.

»Du weißt nicht, was du willst«, stelle ich klar und habe Mühe, das Bedauern darüber in meiner Stimme zu verbergen.

»Doch.« Dieses Mal kommt seine Antwort prompt. Und sie klingt so bestimmt und fest, dass sie keinen Spielraum für irgendwelche Zweifel oder Spekulationen lässt. »Ich weiß, was ich will.«

»Aber?«

Er bleibt vage. »Aber ich kann … ich kann es nicht haben.«

»Warum nicht?«

»Weil es nicht richtig wäre.« Er reibt sich über die Stirn und wagt es wieder nicht, mich anzusehen. Und da begreife ich, was wirklich dahintersteckt.

»Du hast immer noch Angst davor, dir Glück zu erlauben.« Zwei Schritte vor, einen zurück. Es wundert mich nicht, aber ich kann es irgendwie verstehen. Vermutlich wird das auch noch eine lange Zeit so weitergehen. Es ist ein Kampf, den Nathan Tag für Tag aufs Neue bestreiten und gewinnen muss. Ich kann nur hoffen, dass ihm bewusst ist, wie unendlich viel jede einzelne Sekunde seiner Anstrengung wert ist.

Zu meiner puren Verwunderung nickt er langsam. »Ich weiß. Du hast recht. Aber ... Ich versuche es. Ich versuche es wirklich. Es ist nur manchmal ... Es ist einfach nicht so leicht.«

Wem sagt er das?

»Ich bin hier, wenn du ... üben willst.« Meine Wortwahl klingt bescheuert, und für einen Augenblick muss ich selber darüber lachen, aber es ist das Einzige, was mir einfällt, ohne das Gespräch noch unangenehmer zu machen.

Nathan dankt es mir, indem ebenfalls ein kurzes Lächeln über seine Züge huscht. Und damit ist die eingekehrte Anspannung zwischen uns durchbrochen. Ich schalte das Radio wieder an, drehe es aber leiser. Im selben Moment schlüpft Nathan in seine Jacke, bereit zum Aufbruch.

»Musst du los?«

»Ja.« Er zieht die Ärmel über seine Handgelenke. »Ich habe noch einen ... Termin.«

»Okay?« Ich löse meinen Zopf und binde meine Haare neu zusammen. »Das klingt mysteriös. Alles in Ordnung?«

»Ja. Mach dir keine Sorgen.«

Ich lege den Kopf schief und werfe ihm einen vielsagenden Blick zu. »Dafür ist es zu spät.«

Meine Worte lassen ihn innehalten. Fast schon betroffen sieht er mich an. »Es ist nur das monatliche Treffen mit meinem Bewährungshelfer«, murmelt er erklärend.

»Oh«, entfährt es mir. »Mir war nicht klar, dass du einen Bewährungshelfer hast.« Was dumm von mir ist. Er wurde vorzeitig entlassen. Natürlich geschieht das nicht ohne Auflagen.

»Woher auch?« Wieder huscht ein Lächeln so schnell über sein Gesicht, dass nur ein Blinzeln genügt hätte, um es zu verpassen. »Du musst dir wirklich keine Gedanken machen. Das Treffen ist Routine, findet alle vier Wochen statt und dauert meistens nicht einmal eine halbe Stunde. Harry ist in Ordnung. Außerdem ist jedes Mal meine Gran dabei, und ich glaube, er hat Angst vor ihr.«

Das lässt mich schmunzeln. Nathan hat zwar keine Mutter an seiner Seite, die ihm den Rücken stärkt, aber er hat Catherine, die diesen Job mit Sicherheit mindestens genauso gut macht. Es kostet mich nicht viel Vorstellungskraft, vor meinem inneren Auge zu sehen, wie sie Nathans Bewährungshelfer genauestens im Blick behält.

»Okay.« Ich nicke. »Dann los. Geh. Ich will nicht, dass du meinetwegen zu spät kommst und Ärger kriegst.«

»Bin schon weg.« Er macht zwei Schritte rückwärts, bevor er noch einmal stehen bleibt. »Und Mia?«

»Ja?« Gespannt sehe ich ihn an. Wie so oft scheint er mit sich selbst zu kämpfen, und ich bin mir nicht sicher, welche Seite in ihm gewinnen wird. Ich hoffe, dass es die ist, die weiß, dass er mir vertrauen kann.

»Ich werde dich fragen.«

»Okay.«

»Nicht heute. Und wahrscheinlich auch nicht morgen. Aber ... bald.«

Es sind nicht seine Worte, denen ich glaube, sondern der Entschlossenheit in seinem Blick. Er gibt mir in diesem Moment ein Versprechen, und ich kann es kaum erwarten, dass er es einlöst.

Ich pfeife immer noch gut gelaunt vor mich hin und wippe mit dem Fuß im Takt der Musik aus dem Radio mit, als mich eine Nachricht von Adam erreicht.

> Es ist Springbreak! Wo bist du?

Stirnrunzelnd rufe ich das Tastaturfeld auf und schreibe ihm zurück.

> Arbeiten? Es ist Freitagnachmittag.
> Wo soll ich sonst sein?

Adams Reaktion folgt sofort.

> Na, zu Hause! Ich stehe vor deiner Tür.
> Wann kommst du?

Bevor dieses Frage-Antwort-Spiel noch länger hin- und hergeht, beschließe ich kurzerhand, ihn anzurufen. Der Nachmittag war bis jetzt wieder einmal sehr ruhig. Seit ich Alice nach Hause geschickt habe, waren außer Mrs Hastings und Nathan nur noch eine Handvoll anderer Kunden da. Ich wähle Adams Nummer und warte, dass er abnimmt.

»Mimmie«, begrüßt er mich und klingt erstaunlich gut gelaunt. Was wahrscheinlich an der Woche Ferien liegt, die uns ausnahmsweise beiden gleichzeitig bevorsteht, auch wenn zumindest ich nicht viel von den freien Tagen haben werde. Ich bin fast schon so egoistisch, auf Regen zu hoffen. Dann macht es mir nicht so viel aus, in meiner Wohnung über den Büchern zu brüten.

»Hey«, entgegne ich, setze mich auf die Arbeitsfläche und lasse die Beine baumeln. »Ich dachte, du kommst erst morgen irgendwann.«

»Hab einen früheren Flug genommen. Also, Lieblingsschwester.« Er kommt direkt zum Punkt. »Wann hast du Feierabend?«

»Erst um halb sieben. Warum benutzt du nicht den Ersatzschlüssel? Du weißt doch, wo er liegt.«

»Unter dem Blumentopf neben deiner Tür. Ein Geschenk für jeden Einbrecher.«

»Wir sind hier in Sterling, Adam.«

»Und auch hier gibt es Verbrecher.«

»Benutz das Teil oder lass es bleiben, aber vor halb sieben werde ich nicht da sein. Alice geht es nicht gut. Ich habe sie nach Hause geschickt, und Meghan ist auch nicht da, also ...«

»Alice geht es nicht gut?«, unterbricht er mich und klingt auf einmal seltsam alarmiert. »Was ist mit ihr? Ist es schlimm?«

»Nein.« Seine Sorgen um Alice irritieren mich. Er kennt meine Chefin kaum. »Vermutlich eine Magen-Darm-Geschichte.«

»Bist du dir sicher?«, hakt er mit ungewöhnlich viel Bestimmtheit in der Stimme nach.

»Ich bin keine Ärztin, Adam. Keine Ahnung. Sie hat sich mehrmals übergeben und ...« Ich stocke.

Moment.

Alice hat sich übergeben.

Adams besorgte Nachfrage.

Alice ... Liz ... Lizzy!

O mein Gott!

»Es ist Alice, oder?«, hauche ich in mein Handy. »Sie ist die ältere Frau, mit der du ...«

Meinen Bruder und meine Chefin trennen genau zehn Jahre. Er ist fast fünfundzwanzig, sie ist vor Kurzem fünfunddreißig geworden.

Scheiße.

Alice hat sich keinen Virus eingefangen.

Sie ist schwanger. Von Adam.

»Mia ...«, murmelt er ertappt.

»Mensch, Adam! Das hättest du mir doch sagen können. Was dachtest du denn, tue ich, wenn ich von euch erfahre?«

»Es tut mir leid. Ich hatte es ihr versprochen.«

»Alice ... Lizzy. Dass ich das nicht früher geschnallt habe.« Ich kann nicht damit aufhören, den Kopf zu schütteln. »Mein Bruder und seine verdammten Spitznamen. Kannst du sie nicht einfach Ally nennen, wie wir alle?«

»Sorry«, murmelt er noch einmal, obwohl ich das gar nicht hören will. Es gibt nichts, wofür er sich entschuldigen muss. Abgesehen vielleicht von der Tatsache, dass er mir allem Anschein nach nicht vertraut. Doch darüber will ich jetzt nicht diskutieren.

»Fahr zu ihr«, sage ich stattdessen. »Es geht ihr wirklich nicht gut.« Wenn Adam nach ihr sieht, weiß ich wenigstens, dass sie in guten Händen ist.

»Mache ich«, sagt er sofort.

»Und am Sonntag erwarte ich euch beide zum Frühstück, wenn es ihr bis dahin besser geht. Verstanden?«

»Ja, okay«, verspricht Adam, während ich im Hintergrund schon seine Schritte höre, als er die Treppe in meinem Wohnkomplex nach unten eilt. »Danke, Mia. Bis dann.« Im nächsten Moment ist die Leitung unterbrochen, und ich kann nicht fassen, was ich da gerade erfahren habe.

Alice und Adam.

Wow.

# 28

Als ich in Jacks Wagen steige, kann ich immer noch nicht glauben, dass ich monatelang nicht realisiert habe, um wen es sich bei Adams geheimnisvoller Freundin handelt. Aber je länger ich darüber nachdenke, umso bewusster wird mir, wie gut die beiden zusammenpassen. Alice steht mit beiden Beinen fest im Leben und hilft Adam dabei, das Gleiche zu tun. Die Vorstellung eines kleinen Adams oder einer kleinen Alice lässt mich über das ganze Gesicht strahlen. Ich wäre gern Tante. Zwar ist noch nichts entschieden, aber ich hoffe um meines Bruders willen – und ein bisschen auch meinetwegen –, dass Alice sich dazu entschließt, das Baby zu behalten.

»Hey.« Jack hat eine Hand locker auf das Lenkrad gelegt, während er mir dabei zusieht, wie ich mich anschnalle.

»Hallo«, entgegne ich und drehe mich so, dass ich ihn ansehen kann. Er sieht in seinem hellen Hemd und den dunklen Jeans echt gut aus. Und trotzdem wird mir sofort aufs Neue klar, dass ich ihn optisch nicht interessant finde. Ganz im Gegensatz zu einem gewissen anderen Mann, der mir ein Date versprochen hat.

»Hunger?«, fragt Jack und startet den Motor.

»Und wie!« Seufzend lasse ich mich tiefer in den Sitz sinken. »Gehen wir zu Lorenzo?«

»Das war mein Plan«, erwidert er und fädelt den Wagen in den Verkehr ein. Während der Fahrt reden wir über Belanglosigkeiten, ein eindeutiges Zeichen dafür, wie überfällig dieses Gespräch ist. Jack und ich, wir sind keine Menschen für Small Talk. Das sind wir nie gewesen. Unsere Freundschaft besteht aus so viel mehr, als Floskeln über das Wetter oder den letzten Film, den wir gesehen haben, auszutauschen.

Jack hält mir die Tür zu Lorenzos Pizzeria auf, und ich husche hinein.

»Buon giorno, Signora Mia! Und Jack!« Der Lieblingsitaliener der ganzen Stadt kommt wild gestikulierend auf uns zu und umarmt erst mich mit zwei Küsschen auf die Wange, ehe er auch Jack an sich zieht. Lorenzo kennt jeden in Sterling, und jeder kennt ihn. Sobald man einmal bei ihm essen war, ist man sein bester Freund. Er führt uns zu einem für uns reservierten Tisch in einer ruhigen Ecke des Restaurants und zündet die Kerze an. »Nehmt Platz, nehmt Platz, ich komme sofort wieder.«

Lorenzo eilt davon und steht keine Minute später mit Block und Stift wieder vor uns. Mit schwungvollen Bewegungen notiert er unsere Bestellung und verspricht, unsere Pizzen mit besonders viel Liebe zuzubereiten. Lachend sehe ich ihm hinterher, wie er in der Küche verschwindet. Als ich meinen Kopf wieder in Jacks Richtung drehe, lacht er nicht. Stattdessen blickt er mich auf eine Art und Weise an, die mir unmissverständlich klarmacht, dass der Moment gekommen ist, die Karten auf den Tisch zu legen.

»Es tut mir leid, Mia«, beginnt er und sieht mir fest in die Augen. »Ich habe kein Recht, dir etwas vorzuschreiben. Und noch viel weniger steht es mir zu, dir Vorwürfe zu machen. Wenn du mir sagst, dass zwischen euch nichts läuft, dann glaube ich dir das.«

Seine Worte lassen mich schlucken. Es ist viel passiert, seit ich das letzte Mal mit Jack gesprochen habe. Und obwohl sich im Prinzip nichts an meiner Aussage geändert hat, würde ich lügen, wenn ich behaupten würde, diesen Umstand nicht zu bedauern.

»Jack …«

»Lass mich bitte ausreden, Mia.« Er schiebt seine Hand über den Tisch und berührt sanft meine Fingerspitzen. »Ich weiß, dass ich Mist gebaut habe. Was ich gesagt habe, war nicht in Ordnung. Das hattest du nicht verdient. Ich bin ein Idiot. Wenn es dir hilft, mir zu verzeihen, sage ich es gern auch noch einmal. Ich bin ein Idiot. Ein riesengroßer Idiot.«

»Dem habe ich nichts hinzuzufügen«, sage ich. Wenn er mich mit diesem Hundeblick ansieht, kann ich einfach nicht sauer auf ihn sein. Seine Worte waren nicht in Ordnung und haben mich verletzt, aber ich weiß auch, dass er sie nicht aus böser Absicht gesagt hat. Ich bin ihm wichtig. Wahrscheinlich sogar zu wichtig.

»Vergibst du mir trotzdem?«

Ich nicke.

»Gott sei Dank.« Die Erleichterung steht ihm ins Gesicht geschrieben. Eine kurze Sekunde lasse ich sie ihm, ehe ich meine Finger behutsam unter seinen hervorziehe und meine Hände in den Schoß lege.

»Aber vielleicht vergibst *du* mir gleich nicht.« Ich muss es ihm sagen, wenn unsere Freundschaft so echt ist, wie ich glaube.

»Was meinst du?« Verwundert ruht sein Blick auf mir. »Hast du Luna aus Versehen überfahren?«

»Nein.« Ich spüre meine Mundwinkel bei diesem absurden Einfall zucken, verkneife mir aber ein Schmunzeln. »Ich … ich will ehrlich zu dir sein, Jack.« Nur ist mir Ehrlichkeit noch nie so schwergefallen wie in diesem Moment. Meine Worte werden ihm wehtun, und das ist das Letzte, was ich will. Aber etwas zu verschweigen, nur um ihn zu schonen, erscheint mir genauso falsch. »Nate … Nathan wird mich fragen, ob ich mit ihm ausgehen will.«

»Wird?«

»Ja.« Ich nicke bestätigend. »Er hat noch nicht gefragt. Aber wenn ...« Ich hole tief Luft. »Aber wenn er das tut, werde ich Ja sagen.«

Der Blick, mit dem Jack mich nun ansieht, ist hart. Hart und undurchdringlich, und ich weiß mit absoluter Sicherheit, dass ihn meine Ankündigung getroffen hat. Er sagt keinen Ton, aber immerhin schaut er auch nicht weg.

»Was ich am Sonntag zu dir gesagt habe, gilt immer noch. Ich weiß nicht, was das zwischen ihm und mir ist. Aber ich möchte es herausfinden, sobald er bereit dazu ist«, erkläre ich ihm leise. Und ich hoffe, dass Jack versteht, was ich ihm damit sagen will, ohne es aussprechen zu müssen. Dass ich seine Gefühle nicht erwidere, sondern an einem anderen interessiert bin.

»Du wirst auf die Schnauze fallen«, prophezeit er mir.

»Kann sein.« Ich zucke mit den Schultern. »Aber das ist das Risiko, das ich eingehen muss.«

Jack nimmt seine Hände vom Tisch, als Lorenzos Tochter unsere Getränke bringt. Schweigend sehen wir ihr dabei zu, wie sie die beiden Gläser und die große Flasche Wasser vor uns abstellt. Erst, als sie wieder weg ist, spreche ich weiter.

»Ich erwarte nicht, dass du mich verstehst. Und ich wünschte, ich könnte dir sagen, was Nathan mir über die Nacht erzählt hat, in der Brant gestorben ist.«

»Aber du wirst es nicht tun.«

»Nein.« Bedauernd schüttle ich den Kopf. »Aber wenn du möchtest, stelle ich ihn dir vor.«

»Was?« Jack mustert mich, als hätte ich den Verstand verloren. »Wieso um alles in der Welt sollte ich das wollen?«

»Sarah möchte ihn treffen, und ich würde mich freuen, wenn du ihm ebenfalls eine Chance geben könntest.«

»Du weißt nicht, was du da von mir verlangst, Mia.«

»Doch, Jack. Ich weiß es. Es ist mir doch selbst nicht leichtgefallen. Aber ich glaube, dass es für euch beide wichtig wäre, euch kennenzulernen.«

»Warum?«

»Weil ich überzeugt davon bin, dass er mit dir über die Umstände von Brants Tod reden wird. Nathan weiß, was für ein Geschenk es ist, wenn ihm jemand zuhört. Mehr ist nicht nötig. Nur zuhören.« Ich lege meine Hände um das Wasserglas. »Wäre das wirklich so schlimm? Danach kannst du immer noch beschließen, dass du ihn lieber weiterhin hassen möchtest.« Auch wenn ich sehr darauf hoffe, dass das nicht der Fall sein wird.

Eine ganze Weile sagt Jack gar nichts. Er schweigt, und ich warte. Ich bin nicht gut darin, geduldig zu sein, aber ich möchte ihm die Möglichkeit geben, eine Entscheidung zu treffen, die richtig für ihn ist. Egal, ob sie mir schlussendlich gefallen wird oder nicht.

»Wann brauchst du meine Antwort?«, fragt er schließlich und faltet seine Serviette auseinander.

»Wann immer du sie mir geben kannst.« Ich werde ihm keinen Druck machen.

Wieder hüllt er sich in Schweigen, bis sich sein Kopf langsam in einem gleichmäßigen Rhythmus auf und ab bewegt. »Okay.«

»Okay?«

»Ich kann dir nicht versprechen, dass ich ihn mögen werde.« Er hebt abwehrend die Hände.

»Das musst du auch nicht«, beteure ich sofort. »Es reicht mir, wenn du bereit bist, ihn kennenzulernen.«

»Freu dich nicht zu früh. Ich werde es ihm nicht leicht machen.«

»Davon bin ich auch nicht ausgegangen.« Ich sehe auf, als Lorenzo zwei große Pizzen vor uns abstellt.

»Grazie«, sagt Jack.

»Prego! Buon appetito!« Lorenzo verbeugt sich halb, ehe er in schwindelerregendem Tempo wieder loszieht.

Seufzend betrachte ich meine Pizza und stelle fest, dass ich meinen Hunger eindeutig überschätzt habe. Wer bitte schön soll dieses Wagenrad essen, ohne zu platzen?

»Weiß ... Nathan von deinem Plan, uns einander vorzustellen?«, fragt Jack vorsichtig.

»Noch nicht«, gestehe ich und pikse das erste Stückchen Pizza auf meine Gabel. »Ich wollte das erst mit dir abklären, ehe ich ihm falsche Hoffnungen mache.«

»Hm«, murmelt er kauend. Jack sagt diesem Treffen nur mir zuliebe zu. Und wahrscheinlich tut er es auch aus den falschen Gründen. Aber ich weiß dieses Opfer zu schätzen und werde es als das annehmen, was es ist: eine Chance für Nathan, gehört zu werden.

Die Stimmung zwischen Jack und mir ist immer noch nicht wieder so gelöst wie vor unserem Streit. Aber die Tatsache, dass er nicht aufgestanden und gegangen ist, werte ich als gutes Zeichen. Sie gibt mir Hoffnung, dass es uns gelingen wird, unerwiderte Gefühle hinter uns zu lassen und trotzdem füreinander da zu sein.

Deswegen steige ich positiv gestimmt aus seinem Auto, nachdem er mich nach Hause gebracht hat. Und obwohl ich ihm sage, dass er das nicht muss, begleitet er mich bis zu meiner Tür. Wie immer natürlich nur, um Luna zu begrüßen.

»Endlich!« Gierig greift Cassie nach einem der Kaffeebecher aus der Papphalterung, die Lucy auf dem Tisch abgestellt hat, und setzt die kleine Deckelöffnung an ihre Lippen. Ich kann mir ein amüsiertes Grinsen nicht verkneifen, denn ich weiß ganz genau, was gleich passieren wird.

»Fuck!«, entweicht es Cassie nur den Bruchteil einer Sekunde später. »Heiß!«

»Du lernst es einfach nicht.« Kopfschüttelnd lässt Lucy sich auf den freien Stuhl neben mir fallen.

Die Bibliothek ist an diesem Samstagmorgen relativ leer, was einzig und allein der Tatsache geschuldet ist, dass niemand sonst auf die Idee kommen würde, am ersten Ferientag in aller Herrgottsfrühe eine Lernsession abzuhalten. Wenigstens ist auf Lucy und ihre Getränkelieferung Verlass. Kaffee für die Mädels, Tee für mich.

»Also, womit fangen wir an?« Sie blickt zwischen Cassie und mir hin und her. »Wirtschaftssoziologie? Oder Rechtssozi?«

»Ich würde sagen, Wirtschaft. Das ist mehr«, schlage ich vor.

»Okay.« Lucy packt ihr eigenes Exemplar des Buches aus, das bereits aufgeschlagen vor mir liegt. Während meines voller Markierungen und Randnotizen ist, sieht ihres aus wie neu. Ich kann mich nicht erinnern, dass sie jemals einen der Textmarker oder Klebezettel benutzt hat, die ich immer mitten auf dem Tisch vor uns platziere. Es ist mir ein Rätsel, wie man ohne diese Ausstattung den Überblick behalten soll, doch Lucy schafft es. Ihre Noten sind jedes Semester herausragend.

Eine Weile arbeiten wir schweigend nebeneinanderher. Ich versuche, meine Mitschriften noch kürzer zusammenzufassen, damit es mir leichter fällt, sie mir zu merken. Man hört nur das Rascheln von Papier, Stifte, die über die Zeilen fliegen, und hin und wieder nippt eine von uns an ihrem Getränk. Die leere Bibliothek ist die perfekte Lernumgebung, und trotzdem fällt es mir heute schwer, mich ausreichend zu konzentrieren. Ich habe Jack zwar nicht mit deutlichen Worten gesagt, dass ich keine Gefühle für ihn habe, aber ich habe ihm mein Interesse an Nathan gestanden. Ich empfinde Zuneigung für einen Mann, für den ich das nicht sollte und den ich trotzdem unbedingt meinen Freunden vorstellen will.

»Was soll das hier bedeuten?« Cassie reißt mich aus meinen Gedanken und zeigt auf ein Wort vor sich auf ihrem Blatt. »Ich kann meine eigene Schrift nicht mehr lesen.«

»Gib mal her.«

Mit der Fingerspitze schiebt sie mir den Block entgegen, und ich versuche, ihr Gekritzel zu entziffern, aber keine Chance.

»Sorry.« Wenig hilfreich reiche ich Cassies Notizen an Lucy weiter, doch auch sie hat keinen Erfolg.

»Mist.« Frustriert streicht Cassie mit ihrem Kuli alles so heftig durch, dass es bis auf die nächste Seite durchdruckt. »Wieso studiere ich diesen Käse überhaupt? Das braucht kein Mensch.«

Ich wechsle einen bedeutungsvollen Blick mit Lucy. Wow. Das ging dieses Mal echt schnell. Normalerweise dauert es bis zur Mittagszeit, bis Cassie anfängt, ihr komplettes Studium infrage zu stellen. Jetzt ist es erst kurz nach acht. Anstatt über die Vorzüge des Studiengangs zu argumentieren, winkt Lucy nur ab. Diesen Fehler haben wir schon einmal gemacht. Es bringt absolut nichts, mit Cassie zu diskutieren, wenn sie genervt ist.

»Hier«, entgegnet Lucy lediglich und reicht ihr einen Muffin. »Iss was. Das hebt die Laune.«

Grinsend widme ich mich wieder Kapitel fünf in meinem Buch und ergänze meine Notizen. Zumindest so lange, bis mein Handy in meiner Hosentasche vibriert. Das Display zeigt mir eine Nachricht von Nathan an.

»Bin gleich wieder da«, murmle ich, schiebe meinen Stuhl zurück und verschwinde in einen leeren Gang, sodass ich nicht mehr im Sichtfeld meiner Freundinnen bin. Dort öffne ich seine Nachricht, lese seine Worte wieder und wieder und kann trotzdem kaum fassen, was er mir geschrieben hat.

> Hast du Lust, nächsten Freitag mit mir auf das Poetry-Slam-Festival in Gaithersburg zu gehen?

Für einen kurzen Moment schließe ich die Augen und lasse die Bedeutung seiner Frage sinken. Dann fliegen meine Finger über das Display, und ich muss unweigerlich anfangen zu lächeln.

> Fragst du mich gerade nach einem Date, Mr Dawson? 😉

Seine Antwort lässt nicht lange auf sich warten und besteht nur aus einem einzigen Wort.

> Ja.

Ein unbändiges Glücksgefühl breitet sich in mir aus, und in diesem Moment begreife ich, wie sehr ich mir gewünscht habe, von ihm gefragt zu werden.

> Liebend gern.

Ich schicke ihm meine Antwort und erhalte keine zehn Sekunden, nachdem ich auf Senden gedrückt habe, wieder eine Nachricht von ihm.

> Dann hol ich dich um fünf ab. Ist das okay?

Ich muss nicht überlegen. *Das passt*, schreibe ich zurück. Und weil ich nicht anders kann und das irgendwie unser Ding ist, schicke ich ein *Ich freu mich* hinterher. Denn das tue ich. Ich freu mich wahnsinnig.

Als ich zu Cassie und Lucy zurückkomme, sehen mich beide mit einer Mischung aus vorwurfsvollen und neugierigen Blicken an.

»Was?« Ich setze mich wieder auf meinen Stuhl und greife nach meinem Bleistift. Es fällt mir verdammt schwer, nicht weiterhin breit zu grinsen.

»Keine Handys in der Bib.« Cassie runzelt die Stirn.

»Sorry.« Ich hebe eine Augenbraue. »Es war wichtig.«

»Ein Kerl?«, hakt Lucy nach. Interessiert beugt sie sich näher.

»Vielleicht?«

Nun sind beide ganz Ohr. Fast synchron stützen sie ihre Köpfe auf den Händen ab und blicken mich auffordernd an.

»Erzähl!«, sagt Lucy.

»Jack?«, fragt Cassie.

»Nein«, antworte ich.

»Nathan?«

Ich schweige.

»Oooooh!« Lucy grinst triumphierend. »Also Nathan. Spuck's aus.«

»Es gibt nichts zu erzählen. Wir sind Freunde.« Ich versuche, mein Buch vor mich zu ziehen, doch ehe ich michs versehe, schnappt Cassie es mir vor der Nase weg.

»Hey ...« Ich runzle die Stirn. »Was soll das?«

»Wenn ihr nur Freunde seid, hast du keinen Grund, hinter den Regalen zu verschwinden. Hattet ihr Telefonsex?«

»Lucy!« Was zum Teufel geht in ihrem Kopf vor?

»Was?« Sie grinst. »Alles im Bereich des Möglichen.«

»Ganz sicher nicht.« O mein Gott. Ich weiß nicht, ob ich über so viel Dreistigkeit lachen oder weinen soll. »Können wir jetzt weitermachen?«

»Nein. Ehrlich gesagt finde ich Nathan gerade wesentlich interessanter als Wirtschaftssoziologie.« Lucy zuckt mit den Schultern und sieht zu Cassie.

Die nickt zustimmend. »Sorry, Mia. Ich auch.«

»Aber ich nicht. Ernsthaft, Leute, wir sind keine fünfzehn mehr. Wenn es etwas zu erzählen gibt, werde ich euch Bescheid geben.«

»Versprochen?«

Ich verdrehe die Augen. »Ja.«

Wirklich genervt bin ich allerdings nicht. Es tut gut, unbeschwert mit ihnen reden zu können. Für die beiden ist Nathan einfach nur ein attraktiver Mann und kein Grund, weswegen sie sich Sorgen um mich machen müssten.

»Na gut.« Lucy nickt ein einziges Mal kräftig. »Wer kann mir sagen, womit sich Wirtschaftssozi beschäftigt?«

Einen Moment lang sehe ich sie irritiert an. Dass sie mich so einfach davonkommen lassen, ist neu. Doch beide stecken ihre Nasen tatsächlich wieder in die Bücher, und Nathan ist zumindest für den Moment kein Thema mehr.

»Wirtschaftssoziologie untersucht das Verhältnis von Wirtschaft und Gesellschaft.« Cassie wirft einen vergewissernden Blick in den Wälzer vor ihr. »Genau. Und analysiert immer in gesamtgesellschaftlichen Kontexten.«

»Richtig. Außerdem bedeutet das, dass ökonomisches Handeln nicht unabhängig betrachtet werden kann, sondern politische, rechtliche, soziale und …« Ich stocke. Was war das vierte?

»Kulturelle«, hilft Lucy mir auf die Sprünge.

»Stimmt. Also. Es müssen auch diese ganzen Bedingungen mit einbezogen werden.«

»Kannst du ein Beispiel dafür nennen?« Die Frage ist an mich gerichtet, doch es ist Cassie, die antwortet.

»Na ja, es geht beispielsweise darum, wie die Beziehungen von Organisationen und einzelnen Individuen miteinander verwoben sind.«

Das Zeug ist staubtrocken und definitiv nicht der Grund, weshalb ich mich für Soziologie als Hauptfach entschieden habe. Aber mit Lucys und Cassies Hilfe schaffe ich es, mir die wichtigsten Punkte in den Kopf zu hämmern und sogar Spaß dabei zu haben. Die Lerngruppe mit den beiden ist ein Segen für mein Studium. Trotzdem bin ich froh, als wir unsere Einheit für heute beenden und ich mich zumindest für den Rest des Tages nicht mehr mit irgendwelchen Unterformen der Soziologie beschäftigen muss.

Auf dem Nachhauseweg schicke ich Adam eine kurze Erinnerung an unser Frühstück morgen. Seine Antwort folgt prompt.

Wir werden da sein.

# 29

Luna steht sofort vor der Tür, nachdem es geklingelt hat, und wedelt aufgeregt mit dem Schwanz. Ganz eindeutig kann sie es kaum erwarten, bis unser Besuch oben ankommt.

»Mäuschen, mach mal Platz«, sage ich und vergrabe meine Finger energisch in ihrem Fell. Es ist gar nicht so leicht, sie beiseitezuschieben. Das gefällt ihr zwar ganz und gar nicht, aber schließlich gewinne ich und kann meinem Bruder und meiner Chefin endlich öffnen.

*Freundin, Mia. Heute ist sie Adams Freundin.*

Hand in Hand stehen sie vor meiner Tür. Adam lächelt, während auf Alice' Gesicht eher ein unsicherer Ausdruck liegt. Dennoch werte ich es als gutes Zeichen, dass sie überhaupt gemeinsam erschienen sind.

»Hi«, begrüße ich die beiden und mache einen Schritt zur Seite. »Kommt rein.« Mit einer Hand halte ich die Tür auf, mit der anderen umfasse ich Lunas Halsband. Sie wedelt immer noch heftig mit dem Schwanz.

Als Adam und Alice in der Wohnung stehen, lasse ich Luna los, und meine Hündin nutzt sofort die Gunst der Stunde, um hektisch um Alice' Beine zu streichen. Adam ist derjenige, der sie sich schließlich schnappt und ihr die Ohren krault, sodass Alice und ich in Ruhe in die Küche gehen können.

»Setz dich«, sage ich und mache mich an der Kaffeemaschine zu schaffen, die seit Ewigkeiten immer nur von Adam benutzt wird. »Kaffee? Oder lieber Tee?«

»Tee wäre super.« Sie lässt sich auf einem Stuhl nieder und blickt sich in meiner Wohnung um. Es ist das erste Mal, dass sie hier ist. »Schön hast du es.«

»Danke. Geht es dir wieder besser?«

»Ja.« Alice nickt, und ich sehe aus den Augenwinkeln, wie sie eine Hand auf ihren Bauch legt. Ganz instinktiv, und doch verrät diese kleine Geste unheimlich viel. Vielleicht hat sich ihr Kopf noch nicht entschieden, aber ihr Herz scheint ganz genau zu wissen, was es will.

»Hier.« Ich stelle eine Tasse mit dampfendem Wasser und eine kleine Box mit einem bunten Mix verschiedener Teesorten vor ihr ab.

»Danke.« Sie hat sich gerade ein Beutelchen ausgesucht, als Adam zu uns stößt und neben Alice Platz nimmt. Als hätte er nie etwas anderes getan, fasst er nach ihrer Hand – und Alice lässt es zu.

Grinsend setze ich mich den beiden gegenüber auf meinen Klappstuhl. »Alice und Adam also«, stelle ich fest und verschränke die Arme vor der Brust. »Das hättet ihr mir wirklich früher sagen können.«

»Sorry«, murmelt Adam, doch es ist Alice, die sich aufrechter hinsetzt und mich fest ansieht.

»Es ist meine Schuld, Mia. Ich habe Adam gebeten, es ... *uns* für sich zu behalten. Ich wollte ... ich wollte einfach nicht verurteilt werden. So war es einfacher.« Sie senkt beschämt den Blick. »Es tut mir leid.«

Adam drückt aufmunternd ihre Hand, während er mir einen auffordernden Blick zuwirft.

*Mach was. Lass sie nicht leiden,* scheinen seine Augen mir mitteilen zu wollen.

»A-Team«, sage ich.

»Was?« Alice sieht wieder auf.

»Ihr seid das A-Team.« Ich hebe eine Schulter an und lasse sie wieder fallen. »Das ist nichts, was man verstecken muss.«

»Gibt es nicht ein Lied, das so heißt?«

»Ein Lied, Filme, Serien …« Ich winke Adams Frage ab. »Ich finde, das passt zu euch. Und vielleicht wird euer Team ja bald noch größer.«

Bei meinen Worten blickt Alice zu Adam. »Willst du es ihr sagen?«

Das Strahlen auf dem Gesicht meines Bruders verrät alles, noch bevor er überhaupt ein Wort sagen kann. Mit vor Stolz geschwellter Brust verkündet er, worauf ich seit über einer Woche hoffe.

»Wir behalten das Baby.«

»Wirklich?«

Sie nicken synchron.

»Herzlichen Glückwunsch.« Ich springe auf und umarme die beiden gleichzeitig. »Das ist toll. Ich freue mich riesig für euch. Und für mich.« Als wir uns wieder voneinander lösen, grinse ich breit. »Tante Mia klingt gut, oder?«

»Patentante Mia würde noch besser klingen. Findest du nicht?«

»Was?« Mein Blick huscht von Alice zu Adam und wieder zurück zu ihr. »Ist das euer Ernst?«

Alice nickt, und endlich ist ein ehrliches, echtes Lächeln auf ihren Lippen zu sehen. »Wenn du diesen Job übernehmen möchtest, würde uns das sehr freuen.«

»Willst du, Mimmie?«, hakt nun auch mein Bruder nach.

»Was ist das denn für eine Frage? Ja. Ja!« Ich stehe wieder auf und falle den beiden noch einmal um den Hals. »Wisst ihr schon, was es wird? Ein Mädchen?« Eine niedliche Prinzessin auf dem Arm würde meinem Bruder hervorragend stehen. Andererseits kann ich ihn mir genauso gut mit einem kleinen Jungen beim Herumtoben vorstellen.

»Das wissen wir noch nicht«, unterbricht Alice mein Kopfkino. »Vielleicht beim nächsten Ultraschall.«

»Wir müssen uns Namen überlegen!« Ich freue mich so sehr, dass ich am liebsten einen Tanz vollführen würde. Ein Gefühl, das ich seit Jahren nicht mehr hatte. Ich will darin baden, so schön ist es, richtiges Glück zu spüren.

»*Wir?*« Adam kann sein belustigtes Schmunzeln nicht vor mir verbergen.

»Natürlich. Ich finde, als Patentante habe ich ein Mitspracherecht, wie das Baby heißen wird. Was haltet ihr von Amy? Das passt gut zu eurem A-Team.«

»Weil das ein Anagramm für Mia ist?«

»So habe ich das noch gar nicht gesehen, aber du hast vollkommen recht. Amy ist der perfekte Name für eure Tochter.«

»Und wenn es ein Junge wird?« Auch Alice ist von meinem Übereifer sichtlich amüsiert.

»Dann könnten wir ihn Aaron nennen. Oder Aidan?«

»Ach, Mimmie.« Adam schüttelt vergnügt den Kopf. »Erst einmal müssen wir Mom und Dad erzählen, dass sie Großeltern werden.«

»Und meinen Eltern.« Alice seufzt. »Und sobald man meinen Bauch sehen kann, wird es die ganze Stadt wissen.«

»Und sich riesig für euch freuen«, versichere ich ihr. »Und wer das nicht tut, ist nicht wichtig. Nur weil du ein paar Jahre älter bist als Adam, bedeutet das nicht, dass du ihn nicht lieben darfst. Das tust du doch, oder?«

»Mehr als alles andere«, beteuert sie und lehnt ihren Kopf gegen seinen Oberarm. Liebevoll haucht er ihr einen Kuss auf die Schläfe, und ich habe keinen Zweifel daran, dass die beiden gefunden haben, wonach so viele Menschen ein Leben lang suchen.

»Dann gibt es nichts, wovor du Angst haben musst.« Zufrieden deute ich auf das viele Essen vor uns, das ich vorbereitet habe. »Hunger?«

Die Lernwoche mit Cassie und Lucy vergeht wie im Flug, und ehe ich michs versehe, ist es Freitag. Und damit der Tag meines Dates mit Nathan. Er ist pünktlich. Um genau fünf Uhr hält er vor meiner Wohnung, und ich steige in seinen Wagen.

»Hey«, begrüßt er mich.

»Hey«, entgegne ich und versuche gar nicht erst, das Lächeln auf meinem Gesicht zu verbergen.

Ich schnalle mich an und drehe mich zu ihm. Er sieht gut aus, trägt dunkle Jeans, die ich noch nie an ihm gesehen habe, und ein schwarzes Shirt unter seiner geöffneten Lederjacke. Seine Haare wirken ordentlicher als sonst und wecken in mir den Wunsch, mit beiden Händen hindurchzufahren.

Es ist ihm deutlich anzusehen, dass ihm unendlich viel durch den Kopf geht. Er scheint etwas überwältigt von der Situation zu sein. Und vielleicht auch von mir. Vermutlich hat er bis zu dem Moment, als ich in den Pick-up gestiegen bin, insgeheim damit gerechnet, dass ich doch noch einen Rückzieher machen würde. Einfach, weil er Nathan ist und sich nicht vorstellen kann, dass ich tatsächlich mit ihm ausgehen werde. Aber genau das tue ich. Und ich bin aufgeregt und nervös und voller Vorfreude, weil mein letztes erstes Date schon ewig her ist. Aus einem Impuls heraus greife ich nach seinen Fingern und drücke einen schnellen Kuss auf seinen Handrücken. Die stumme Bestätigung dafür, dass ich wirklich hier sein will. Überrascht sieht er mich an. Ich sage nichts, zucke lediglich kurz mit den Schultern und grinse. Weil ich einfach nicht verstecken kann, wie sehr ich mich darüber freue, hier zu sein. Bei ihm.

»Also ...«, beginne ich, nachdem ich ihn wieder losgelassen habe. »Poetry Slam?«

Nathan startet den Motor und fädelt uns in den Feierabendverkehr ein. Auf seinem Gesicht liegt ein sanftes Lächeln. »Ja«, sagt er und nickt. »Und davor könnten wir noch etwas essen gehen, wenn du willst. Hast du Lust?«

»Klar. Tacos? Ich kenne einen guten Mexikaner in Gaithersburg.« Nach einer der letzten Trauergruppenstunden war ich mit ein paar Teilnehmern dort essen und habe mich in die vegetarischen Gerichte verliebt.

»Das klingt gut. Lotst du mich hin?«

»Mach ich«, verspreche ich und kuschle mich tiefer in den Sitz. Nathans Blick ist konzentriert auf die Straße gerichtet, das Lenkrad hält er fest umklammert. Die andere Hand ruht auf der Gangschaltung, und bevor mich der Mut verlässt, verschränke ich meine Finger mit seinen. Für einen kurzen Moment sieht er erstaunt zu mir. Dann blickt er wieder geradeaus, und ich spüre, wie er meine Hand kurz und fest drückt. Er lässt mich die ganze Strecke über nicht mehr los.

Erst als wir vor dem *La Palapa* parken, bin ich gezwungen, ihm meine Finger wieder zu entziehen. Doch als ich den Wagen umrundet habe und neben ihm stehe, überrascht Nathan mich. Fast schon auffordernd hält er mir seine ausgestreckte Hand entgegen. In der Öffentlichkeit. Ich zögere keine Sekunde und überbrücke die kleine Distanz zwischen uns.

Gemeinsam betreten wir das knallbunte Restaurant. Überall hängen große Sombreros an den Wänden, drumherum sind Kakteen und rote Felsen aufgemalt, und in einer Ecke befindet sich immer noch die kleine Strandbar mit unfassbar viel Alkohol.

»Wow«, entfährt es Nathan, und ich nicke grinsend. Ja, ich war auch ziemlich beeindruckt, als ich das erste Mal hier war. Ein Kellner steuert auf uns zu und führt uns an einen freien Tisch. Nathan wartet, bis ich sitze, ehe auch er Platz nimmt. Wir geben unsere Bestellung auf, dann sind wir wieder allein. Unser Tisch ist winzig, und ich muss die Füße nicht einmal ausstrecken, um Nathan berühren zu können. Mein Knie berührt seines, und dieser Umstand lässt mein Herz blitzartig schneller schlagen. Ich rechne damit, dass er sein Bein zurückziehen wird. Doch er tut es nicht. Stattdessen passiert etwas, was ich nicht erwartet habe: Nathan entspannt sich.

Er lacht sogar kurz, als ich ihm von meinem Tag erzähle. Er probiert von meinen Tacos, weil er sich nicht vorstellen kann, dass sie auch ohne Hackfleisch gut schmecken. Und er blockt nicht sofort ab, als ich ihn frage, ob er sich vorstellen könnte, meine Freunde zu treffen.

»Das ist dir wirklich wichtig, oder?«, fragt er nach einer Weile. Sein Blick liegt so intensiv auf mir, dass ich ihn in meinem ganzen Körper spüren kann.

Ich nicke, lächle und will näher zu ihm rutschen, aber wie so oft traue ich mich nicht. Weil er zwar weniger angespannt wirkt, aber wir eben immer noch Mia und Nate sind. Zwei Menschen, die sich kennen und doch kaum eine Ahnung haben, wer sie eigentlich sind.

»Denk einfach drüber nach«, bitte ich ihn, und er verspricht es mir. Und dann überrumple ich ihn mit meiner nächsten Frage gleich wieder.

»Was ist dein größter Traum?«

Stirnrunzelnd mustert er mich. »Wie meinst du das?« Er sieht mich an, als müsste ich die Antwort darauf bereits kennen. Und vielleicht tue ich das auch. Ich weiß, dass er sich nichts mehr wünscht als Vergebung. Aber das ist nicht das, worauf ich mit meiner Frage abziele.

»Wenn du … wenn du die letzten viereinhalb Jahre ausblenden könntest … Wenn es diese Party nie gegeben hätte … Was wäre dann dein größter Traum?« Ich lasse ihn nicht aus den Augen, sehe ihm dabei zu, wie er seine Gabel beiseitelegt und überlegt. Er sagt nichts, keinen Ton, bis sich plötzlich ein Schatten über sein Gesicht legt. Eine dunkle Traurigkeit, die eben noch nicht da war. Mit einem Mal wird mir bewusst, wie unsensibel meine Frage eigentlich ist.

»Es tut mir leid.« Ich strecke meine Hand nach seiner aus und will die Worte zurücknehmen, doch er lässt mich nicht.

»Nein.« Das Lächeln kehrt zurück auf seine Lippen. »Schon okay ... Es ist nur so, dass mich das noch nie jemand gefragt hat.« Sein Blick fällt auf meine Fingerspitzen, mit denen ich sanft seinen Unterarm berühre. »Und irgendwie habe ich alle Träume, die ich mal hatte, vergessen. Oder tief vergraben.«

Gebannt lausche ich seinen Worten. Weil es auf einmal so viele sind und ich vielleicht doch nicht die falsche, sondern genau die richtige Frage gestellt habe.

»Ich wollte immer die Welt sehen«, sagt er und hebt seinen Kopf wieder etwas an, sodass ich ihm in die Augen blicken kann.

Wie von selbst wandern meine Finger auf seinem Arm weiter, bis Nathan seine Hand dreht und ich mit meinem Zeigefinger kleine Kreise auf seine Haut zeichnen kann.

»Meine Liste war wirklich lang.« Das Lächeln auf seinem Gesicht wird noch sanfter. »Ich wollte auf den Machu Picchu und ans Nordkap und nach London und auf diese kleine Insel vor Australien, wo es Quokkas gibt. Kennst du die Tiere?«

Ich schüttle den Kopf, woraufhin er sein Handy hervorzieht und mit seiner freien Hand nach Bildern sucht. Als er eins gefunden hat, das ihm zusagt, schiebt er mir sein Telefon entgegen, und ich werfe einen Blick auf den Bildschirm. Eine Art lachendes Beuteltier blickt mich an, und ich kann nicht anders, als selbst zu grinsen.

»Süß«, kommentiere ich und sehe wieder in Nathans Gesicht. »Und die gibt es nur in Australien?«

»Zumindest in freier Wildbahn.« Er nickt und steckt sein Handy wieder ein. »Die gehören zu den Kängurus, und in manchen Zoos hier gibt es sie auch. Aber Zoos sind ...« Nate zuckt mit den Schultern und führt seinen Satz nicht zu Ende. Denn das muss er nicht. Ich habe auch so verstanden, was er mir sagen will. Zoos sind nichts anderes als Gefängnisse für Tiere, und von Gefängnissen hat er mehr als genug.

»Dann musst du wohl einmal um die Welt fliegen«, schlage ich vor. Und direkt danach, weil ich heute mutig bin: »Ich komme mit, wenn du willst.«

»Das geht nicht, Mia. Ich kann nicht ...«

»Im Moment kannst du nicht«, verbessere ich ihn sofort. »Aber eine Insel kann ja nicht weglaufen.«

»Nein, das kann sie wohl nicht.« Seine Stimme wird leiser, bis sie schließlich nur noch einem Murmeln gleicht.

»Hey.« Ich lege meine Gabel beiseite und nehme seine Hand nun richtig in meine. Er weicht meinem Blick aus, allerdings bin ich stur. Ich halte seine Finger so lange mit meinen fest, bis er mich ansieht. Und ich schaue nicht weg, als ich meine nächsten Worte ausspreche. »Du darfst träumen, Nate. Du darfst so viele Träume haben, wie in deinem Kopf Platz haben. Und je größer sie sind, umso besser.«

Nun rutsche ich doch ein bisschen näher, sodass ich die Wärme spüren kann, die von seinem Körper aus- und direkt auf meinen übergeht. Jedes Mal, wenn er ausatmet, streift sein Atem meine Haut. Das Braun seiner Augen bohrt sich fast in mein Gesicht. Und das gibt mir genug Vertrauen, um weiterzusprechen.

»Willst du wissen, was mein größter Traum ist?«

Er nickt so leicht mit dem Kopf, dass es fast zu übersehen ist.

»Ich will die Mitternachtssonne sehen. Und die Nordlichter. Ich will durch die Toskana fahren und die bunten Häuser in Barcelona bewundern. Ich will in Alaska campen und die alten Redwoodbäume in Kalifornien umarmen.« Er hört mir einfach zu, sagt keinen Ton. »Aber weißt du, was ich mir am meisten wünsche?« Ich gebe ihm gar nicht erst die Möglichkeit, zu antworten. »Dass du dir dasselbe erlaubst. Träum, Nate. Bunt und verrückt. So groß und so weit du nur kannst.« Weil er genau das nach all diesen verlorenen Jahren verdient hat.

Ich habe keine Ahnung, wie lange ich dasitze und ihn einfach nur ansehe. Doch plötzlich ist da wieder ein Lächeln. Es beginnt schleichend mit einem zuckenden Mundwinkel und breitet sich über seine Wangen und die Augen aus, bis es schließlich sein ganzes Gesicht einnimmt. Ich weiß nicht, was in ihm vorgeht, aber dass er sich dieses Gefühl erlaubt und es vor allem auch zeigt, das macht mich glücklich. So, so glücklich.

»Okay«, sagt er, beugt sich leicht vor und schiebt mir eine widerspenstige Haarsträhne hinters Ohr. Seine Hand bleibt auf meiner Schulter liegen.

Eine Gänsehaut breitet sich auf meinem ganzen Körper aus, und ich wage kaum zu atmen, will, dass er noch näherkommt, mir nicht nur die Haare aus dem Gesicht streicht, nicht nur meine Schulter berührt. Wie von selbst fällt mein Blick auf seine Lippen. So nah und gleichzeitig so fern.

»Okay«, wiederholt er noch einmal, aber dieses Mal klingt es anders. Tiefer. Rauer. Ich kann nicht aufhören, ihn anzusehen. Seine Lippen, seine Augen, die mindestens genauso sehr auf meinen Mund starren wie ich auf seinen.

*Tu es*, bitte ich stumm. *Tu es!* Ich weiß nicht, ob ich ihn anflehe oder mich selbst. Ob ich will, dass er sich traut oder ich mich. Da ist kein klarer Gedanken mehr in meinem Kopf. Nur noch *Tu es. Tu es. Tu es!*

Bis Nate mit kratziger Stimme zu reden beginnt und den Bann bricht. »Bungee-Jumping von der Golden Gate Bridge.« Er räuspert sich kurz und rückt kaum merklich ein Stück von mir ab. »Kanufahren in Kanada. Eistauchen. Ein Tattoo. Vielleicht. Hier.« Mit zwei Fingern deutet er auf sein Handgelenk unter dem Stoff seines Shirts. »Und ich will einen Hund haben.«

»Luna würde sich bestimmt über einen Spielkameraden freuen«, entgegne ich und atme tief durch. Okay. Es ist okay, dass er einen Rückzieher gemacht hat.

Nur langsam beruhigt sich mein Herzschlag wieder, während wir weiter über unsere Wünsche reden. Wir träumen, wir lachen, wir essen. Wir reden über so vieles, dass ich nicht bemerke, wie die Zeit vergeht. Irgendwann schiebe ich meinen Teller von mir, obwohl sich noch ein halber Taco darauf befindet. Aber ich bin satt.

»Weißt du, was wir bald mal machen sollten?« Bevor Nate etwas sagen kann, beantworte ich meine Frage selbst. »Ins Kino gehen.«

Vielleicht überfordere ich ihn damit, aber nach den vergangenen Minuten ... Ich will nicht, dass unser Besuch im *La Palapa* unser einziges Date bleibt.

»Ins ... Kino gehen?«, wiederholt er und runzelt die Stirn. Mein Themenwechsel überrascht ihn sichtlich.

»Ja.« Ich nicke. »Du warst doch bestimmt schon lange nicht mehr und, na ja ...« Meinen Worten folgt ein Schulterzucken. »Ich ehrlich gesagt auch nicht.« Ein paar Tage vor der Party, auf der Brant starb, waren wir zum letzten Mal zusammen im Kino. Danach ohne ihn hinzugehen, fühlte sich nicht richtig an. Einmal habe ich es versucht und bin, noch während die Trailer liefen, aus dem Saal geflüchtet. Aber wenn Nathan mitkäme ... Vielleicht schaffe ich es dann.

»Ich bin früher gern ins Kino gegangen.« Seine Stimme ist wieder leise, aber ich höre ihn trotzdem. »Mit sechzehn war ich fast jede Woche.«

Erstaunt begegne ich seinem Blick. »Warst du ein Filmjunkie?«

»Kann man so sagen.« Er lächelt und deutet auf meinen Teller. »Darf ich?«

»Klar.« Ich nicke und sehe ihm dabei zu, wie er sich den Rest meines Tacos schnappt. »Was ist dein Lieblingsfilm?«

»*Blade Runner.*« Seine Antwort kommt so schnell, dass ich grinsen muss.

»*Blade Runner*? Mit Ryan Gosling?«

»Nein.« Er schluckt seinen Bissen hinunter. »Teil eins. Nur mit Harrison Ford. Ohne Ryan.«

»Du meinst den aus den Achtzigern?«

Nathan nickt. »Genau. Mein Dad hat ihn geliebt und ich ... irgendwann auch.«

»Also erinnert er dich an deine Familie.« Es ist keine Frage, dennoch antwortet er mir.

»Ich weiß, es ist nicht gesund, aber manchmal ... manchmal sehe ich ihn mir an und dann ...« Er hält inne und lächelt wieder, aber dieses Mal erreicht es seine Augen nicht.

»Und dann tut es ein bisschen weniger weh. Es ist ein Stück heile Welt«, beende ich seinen Satz und greife über den Tisch hinweg erneut nach seiner Hand. Wenn es jemanden gibt, der die Sehnsucht danach versteht, dann bin ich das. »Willst du wissen, was mein Lieblingsfilm ist?«

Nathan nickt. Meine Finger liegen immer noch auf seinen.

»*Sabrina*. Mit Harrison.« Ich grinse und male mit einem Finger kleine Kreise auf seinen Handrücken. »Scheint so, als stünden wir beide auf die Meisterwerke des guten Mr Ford. Außer auf *Cowboys und Aliens*. Der Scheiß ist einfach nur furchtbar schlecht. Wehe, du widersprichst mir jetzt.«

»Keine Angst. Hatte ich nicht vor.« Nathan erwidert mein Grinsen, und endlich ist es wieder echt.

# 30

Das Poetry-Slam-Festival findet im Freien statt. Am Eingang der abgegrenzten Rasenfläche erhalten wir Decken und werden auf die Verkaufsstände hingewiesen, wo heiße Getränke angeboten werden. Ich lade Nathan auf einen Tee ein, bevor wir uns Plätze suchen. Etwa die Hälfte der Reihen ist bereits besetzt, aber wir finden noch ein freies Stückchen Wiese, das uns zusagt. In den Bäumen um uns herum hängen Lichterketten und Lampions und verwandeln die Anlage in den romantischsten Ort, den ich seit Ewigkeiten besucht habe. Und ich bin wirklich mit Nathan hier. Mit einem breiten Grinsen im Gesicht setze ich mich neben ihn und lege die Decke auf meinen Beinen ab. Noch brauche ich sie nicht.

»Schön ist es hier«, sagt er. Er lächelt, aber ich sehe ihm an, dass er nicht mehr so entspannt ist wie beim Mexikaner. Mit den Fingern umklammert er seine Tasse fester als nötig und lässt den Blick über die Menge schweifen. Er beobachtet seine Umgebung ganz genau. Ein Überbleibsel seiner Zeit aus dem Gefängnis. *Sei immer wachsam, stets auf der Hut. Du weißt nie, wem du begegnest oder wer dich erkennt.*

»Was ist los?«, frage ich und lege meine Hand behutsam auf seinen Unterarm.

»Nichts.« Er senkt den Kopf und starrt auf meine Finger, ehe er mich wieder ansieht. »Ich habe mir das nur einfacher vorgestellt.«

»Was meinst du? Auszugehen?« Sanft stoße ich mit dem Ellbogen gegen seinen. »Eigentlich finde ich, dass du das richtig gut machst.« Vielleicht braucht er einfach nur ein bisschen Zuspruch und Ablenkung in einem. »Du hast mich abgeholt, für mein Essen und die Tickets gezahlt. Und … da war doch noch was.« Ich tue so, als müsse ich kurz überlegen. »Ach ja. Meine Hand hast du auch schon gehalten. In der Öffentlichkeit. Skandal.«

Gespielt entsetzt sehe ich ihn an, dann beginne ich zu lachen und lasse es gern zu, dass er mich näher an seine Seite zieht. Nathan schüttelt belustigt den Kopf, beugt sich zu mir und haucht mir einen liebevollen Kuss auf die Schläfe. Augenblicklich entsteht wieder dieses Kribbeln auf meiner Haut, und ich schließe für einen Moment die Augen. Weil ich weiß, wie viel es ihn kostet, sich auf mich einzulassen. Auf das hier. Vor all diesen Menschen.

Eine ganze Weile sitze ich so an ihn gelehnt da. Obwohl es mittlerweile ziemlich dunkel geworden ist, ist mir immer noch nicht kalt. Was einzig und allein an dem Mann an meiner Seite liegt. Nathan weiß es vielleicht nicht mehr, aber da brennt ein Feuer in ihm, das ihn dazu bringt, kleine Schritte zurück ins Leben zu machen. Und ich werde dabei an seiner Seite sein.

Als ich die Augen wieder öffne, steht ein Mann auf der Bühne und erklärt den Ablauf des Abends. Er wirkt routiniert, scheint die Moderation nicht zum ersten Mal übernommen zu haben. Ich war noch nie auf einem Poetry-Slam-Festival, weshalb ich gespannt zuhöre. Jeder der Teilnehmenden erhält Punkte für seinen Slam, und am Ende gibt es ein Finale mit neuen Texten. Der Gewinner erhält Ruhm und Ehre und ein Jahresabo irgendeiner Zeitschrift, die ich nicht kenne.

Und dann geht es auch schon los.

Die erste Poetin ist jung, trägt blonde Rastas und wirkt endlos aufgeregt. Ihre Finger zittern, immer wieder verhaspelt sie sich. Doch niemand stört sich daran. Sie erhält tosenden Applaus und ordentlich Punkte für ihren wirklich guten Text. Mit einem kleinen Knicks bedankt sie sich dafür, ehe sie die Bühne verlässt und Platz für den nächsten Teilnehmer macht.

Immer wieder trinke ich kleine Schlucke meines Tees, während ich den Künstlerinnen und Künstlern zuhöre. Poet Zwei bringt mich so sehr zum Lachen, dass mein gesamter Körper bebt. Und Nummer Drei ist so gut, dass es mir die Sprache verschlägt. Aber es ist die vierte Teilnehmerin, die mit ihren Worten etwas ganz tief in mir berührt. Sie erzählt von ihren Ängsten, der Angst vor der Angst, wie sie eine Gefangene ihrer eigenen Gedanken war, immer auf der Suche nach Mut und Kraft, um ihre selbst angelegten Ketten zu sprengen. Ich bekomme eine Gänsehaut, aber nicht, weil ich friere, sondern weil sie so unglaublich treffend den Moment beschreibt, in dem man begreift, dass nichts auf dieser Welt nur schwarz oder weiß ist. Dass Fehler unvermeidbar, manche sogar wichtig sind.

Ich bin so auf ihre Worte konzentriert, dass ich nicht bemerke, wie Nathan seinen Arm um mich legt. Erst, als er mit den Fingerspitzen sanft über meinen Oberarm streicht, wende ich den Blick von der Poetin ab. All meine Sinne fokussieren sich auf Nates Berührung. Und mit einem Mal bildet sich ein Kloß in meinem Hals, den ich nicht hinunterschlucken kann. Ich hebe den Kopf, sehe zu Nate, in seine Augen, die auf mich gerichtet sind. So braun, so tief, so sehr er. Ich spüre, dass er genauso ergriffen ist wie ich, weil wir beide dieses Gefühl, von dem die junge Frau auf der Bühne spricht, nur zu gut kennen.

Auch als längst der nächste Teilnehmer dran ist, hallen ihre Worte immer noch in mir nach.

*Und wenn du fällst, stehst du einfach wieder auf*
*Denn nach dem Sturm ist alles leiser*
*Aber die Welt ist bunt und dreht sich weiter*

Die Zeit fliegt nur so dahin, und nach sechs Auftritten kündigt der Moderator zwanzig Minuten Pause an. Ich nehme die Decke von meinem Schoß und stehe auf.

»Kommst du mit?«, frage ich Nate. »Neuen Tee holen?« Streng genommen habe ich keinen Durst, aber inzwischen hat der späte Abend die Kälte mitgebracht. Ein warmes Getränk wird mir guttun.

Nate nickt, greift nach meiner Hand, die ich ihm hinhalte, lässt sich aufziehen und folgt mir in Richtung der Verkaufsstände. Doch bevor wir sie erreichen, ertönt eine Stimme hinter mir.

»Mia?«

Ich wirble herum und befinde mich keine Sekunde später Paige und Logan aus meiner Trauergruppe gegenüber.

»Oh. Hey«, begrüße ich die beiden. Im nächsten Moment fliegt mir Paige regelrecht um den Hals. So überschwänglich kenne ich sie gar nicht, obwohl sie erzählt hat, dass sie früher genauso gewesen ist. Erst der Amoklauf in dem Einkaufszentrum in Philadelphia hat sie zurückhaltender gemacht. Völlig überrumpelt erwidere ich ihre Umarmung.

»Was machst du denn hier?«, will sie wissen, nachdem sie mich wieder losgelassen hat. Aber ich komme nicht dazu, zu antworten. »Blöde Frage, vergiss es«, spricht sie sofort weiter. »Ich wusste gar nicht, dass du auf Poetry Slams stehst.«

*Kein Wunder*, rutscht es mir beinahe über die Lippen. Wenn wir uns normalerweise sehen, reden wir über Tod und Trauer und nicht darüber, was wir in unserer Freizeit gern machen.

Mein Blick fällt auf Logan, der sich gerade Nate vorstellt. Und weil

Nate keine Ahnung hat, wer die beiden sind und dass sie längst wissen, wer er ist, schüttelt er arglos Logans Hand.

»Hi. Ich bin Nathan.«

Für den Bruchteil einer Sekunde steht alles still. Nichts ist mehr zu hören, niemand bewegt sich, die Welt ist wie erstarrt. Und dann springt sie wieder an, als Logan Nate seine Hand ruckartig entzieht.

»*Nathan?*« Er spuckt den Namen fast schon aus. »Wie *Nathan Dawson?*«

Er nickt verunsichert. »Ja?«

»Ist das dein verfluchter Ernst, Mia?« Logan sieht mich fassungslos an. »Du bringst einen *Mörder* hierher? Und dann auch noch ausgerechnet den, der deinen eigenen Freund umgebracht hat?« Mit jedem Wort, das er von sich gibt, wird er lauter. »Willst du mich verarschen?«

»Logan …« Es ist Paige, die ihm beschwichtigend eine Hand auf den Arm legen will, doch er schüttelt sie sofort ab. Ich habe ihn noch nie so gesehen. Die Wut sprudelt aus ihm wie ein Wasserfall, und nicht einmal Paiges Stimme, die auf ihn einredet, kann zu ihm durchdringen.

»Hast du sie noch alle?«, fährt er mich so scharf an, dass ich unweigerlich zusammenzucke. »Das hier … Dieses Festival ist kein beschissenes Resozialisierungsprogramm für verurteilte Schwerverbrecher!«

»Du hast keine Ahnung, wovon du da redest.« Das Herz schlägt mir bis zum Hals, als ich nach Nates Hand greife.

»Ach nein?« In jedem einzelnen Wort, das Logan ausstößt, schwingen Abscheu, Ekel und Zorn mit. »Wer saß denn in der Gruppe heulend vor uns, weil sie nicht wusste, wie sie es ertragen soll, dass dieses Arschloch nicht mehr eingesperrt ist? Hast du vergessen, wie verzweifelt du warst? Er ist ein verdammter Verbrecher, Mia! Dieser Kerl hat hier nichts verloren. Bist du vollkommen durchgeknallt?«

Ehe ich reagieren kann, erklingt eine andere, leise Stimme direkt neben mir.

»Ich gehe.« Ruckartig macht Nathan sich von mir los, dreht sich um und läuft davon. Es passiert so schnell, dass ich nichts tun kann.

»Hau bloß ab!«, schreit Logan ihm hinterher. »Und wag es ja nicht, jemals wieder hier aufzutauchen.«

»Er ist kein Mörder!«, presse ich mit so viel Nachdruck hervor, wie ich aufbringen kann. »Du hast keine Ahnung, Logan.« Dann stürze ich Nathan hinterher.

Keiner der beiden versucht, mich aufzuhalten.

»Nate!«, rufe ich, obwohl er längst aus meinem Blickfeld verschwunden ist. »Nate, warte!« Ich sehe ihn nicht, aber er kann noch nicht weit sein. Hastig steuere ich auf den Ausgang zu, renne an der mittlerweile verlassenen Kasse vorbei hinaus auf die Straße.

»Nathan, bitte! Bleib stehen!«, rufe ich noch einmal, als ich ihn ein paar Sekunden später entdecke. Ich schließe zu ihm auf, fasse nach seinem Arm und zwinge ihn anzuhalten. »Hey!«

Als er zu mir herumwirbelt, stockt mir der Atem. Seine Augen. Die Rastlosigkeit ist zurück. Die Unruhe. Die Angst.

»Verstehst du nicht, Mia?« Grob macht er sich von mir los. »Das ist es. So wird es immer sein, wenn du irgendwo mit mir auftauchst, wo die Leute mich kennen.«

»Das ist doch genau das Problem! Sie kennen dich nicht. Sie wissen nur, was ich ihnen erzählt habe, und das war nicht einmal die halbe Wahrheit. Ihr letzter Stand ist, dass du entlassen wurdest, und ich war ... Ich war verzweifelt damals, weil ich dachte ... Ich dachte ...« Ich kann es nicht aussprechen.

»Sie wissen, wer ich bin. Brants Mörder. Das wird sich niemals ändern.«

»Das ist nicht wahr. Du bist kein Mörder, verdammt noch mal. Lass sie reden. Logan und Paige sind aus meiner Trauergruppe. Sie haben einen Amoklauf überlebt, und er projiziert seine Wut jetzt auf dich, obwohl sie eigentlich dem Amokläufer gilt. Nimm das nicht ernst. Bitte, Nate. Wir wissen beide, was ...«

Er unterbricht mich. »Die Menschen hassen mich, Mia. Und wenn du dich mit mir abgibst, werden sie dich dafür verurteilen.«

»Na und?«

»*Na und?*« Wenn ich vorhin gedacht habe, dass Logan fassungslos vor Entsetzen aussah, ist das nichts im Vergleich zu Nathan jetzt. Er schaut mich an, als hätte ich nicht nur den Verstand verloren, sondern wäre komplett durchgeknallt. Es ist offensichtlich, dass er nicht glauben kann, was ich zu ihm gesagt habe. Egal, wie sehr er sich bemüht, er begreift es nicht.

»Ja«, gebe ich zurück und recke das Kinn. »Na und?«, wiederhole ich und betone jedes Wort einzeln. »Was kümmert es mich, was irgendjemand denkt? Sie kennen die Wahrheit nicht. Und selbst, wenn sie das würden ...«

»Es ist dir nicht egal, was andere von dir denken, Mia.« Er schüttelt heftig den Kopf. »Glaub mir. Es ist dir nicht egal.«

»Doch.« Ich mache noch einen Schritt auf ihn zu und greife vorsichtig nach seiner Hand. Er zieht sie nicht weg. »Das ist es. Ich bin hier, oder?«, rede ich weiter. »Ich bin nicht dort drin bei ihnen geblieben. Ich bin bei dir.«

»Ich habe schon meine eigene Zukunft ruiniert. Das Letzte, was ich will, ist, auch deine zu zerstören.«

»Gott, Nathan.« Ich lasse seine Finger los und lege meine Hände stattdessen in seinen Nacken. Zuerst weicht er meinem Blick aus, doch schließlich treffen seine Augen auf meine. Der Ausdruck darin stößt einen Dolch mitten in mein Herz. Das sonst so warme Braun hat sein Strahlen verloren. Er wirkt so gebrochen wie seit Tagen nicht mehr.

»Du hast es immer noch nicht kapiert, oder?«, flüstere ich und ziehe seinen Kopf so weit zu mir nach unten, dass ich meine Stirn gegen seine lehnen kann. »Hör auf, mich von dir fernzuhalten, nur weil es gerade schwierig ist. Ich halte das aus.« Meine Daumen streichen sanft über seine Wangenknochen. »Ich werde nicht weglaufen.«

Vielleicht geht es auch schon lange nicht mehr um das, was uns fehlt, sondern darum, was wir immer noch haben. Und das ist einander. Nathan muss es bloß zulassen.

»Werde ich nicht«, beteuere ich noch einmal. Meine Worte sind kaum mehr als ein Lufthauch zwischen uns. Eine unsichtbare, sanfte Liebkosung.

Er schweigt.

»Ich erwarte nicht, dass du von Anfang an alles richtig machst. Das werde ich auch nicht tun.« Ich seufze leise. »Es wird immer wieder Momente geben, in denen ich dich verletze. Oder du mich. Und das ist okay, solange wir darüber sprechen.« Ich erhöhe meinen Druck auf seine Wangen. »Aber bitte schließ mich nicht aus. Hör auf, dir irgendwelche fadenscheinigen Gründe zu überlegen, warum wir nicht mehr miteinander ausgehen sollten.« Ich will weitere Verabredungen mit ihm, so sehr, dass es überall wehtut. In meinem Bauch, in meinem Herzen, in meinem ganzen Körper.

Die Worte, die schließlich seinen Mund verlassen, sind nicht das, was ich hören will.

»Du weißt nicht, was du da sagst, Mia.« Vorsichtig nimmt er meine Hände von seinem Gesicht und vergrößert den Abstand zwischen uns. Es ist das altbewährte Spiel, nur dass er heute nicht einen, sondern mindestens fünf Schritte zurückmacht. Und das macht mich wütend. So unendlich wütend.

»Herrgott, Nate! Was ist dein Problem? Das Geschwätz von Logan da drin?« Ich mache eine wegwerfende Armbewegung. Ich will Logans Gefühle nicht herunterspielen. Sein Ausbruch hatte Gründe, und die spreche ich ihm nicht ab. Aber ich weiß auch, dass sich seine Wut nicht gegen Nathan persönlich gerichtet hat, sondern dieser als Schild für den Mann herhalten musste, dem Logan nicht mehr ins Gesicht sagen kann, was ihm so kaltblütig und gewissenlos genommen wurde. »Es kümmert mich nicht, was er denkt!«

Ich weiß nicht, was ich noch sagen soll, um Nathan von der Ernsthaftigkeit meiner Worte zu überzeugen. Aber vielleicht habe ich inzwischen auch genug gesagt. Vielleicht braucht er keine Argumente mehr, sondern ein bisschen Zeit, um sich klarzumachen, dass ich ihn nicht aufgeben werde. Ich würde nur aufhören, um ihn zu kämpfen, wenn er mir sagt, dass er das nicht möchte.

Plötzlich habe ich keine Kraft mehr. Ich laufe ein paar Meter zu einer kleinen Steinmauer und lasse mich darauf nieder. Nathan bleibt, wo er ist.

»Was willst du?«, frage ich ihn. »Soll ich dich in Ruhe lassen?«

Mit einem Mal spüre ich, wie sich ein Strudel in mir zu drehen beginnt. Erdrückende, schwere Arme greifen nach mir und wollen mich in die Tiefe ziehen. Habe ich mir etwas vorgemacht? Mich verrannt? Hat er recht, und wir sind doch nicht gut füreinander? Macht es alles nur noch schlimmer, Zeit miteinander zu verbringen? Aber wie kann ich ihn jetzt noch gehen lassen? Er ist mir schon lange viel zu wichtig, nur scheint er mir das nicht zu glauben. Und wenn ich das für ihn nicht bin, wenn ich mir Dinge eingebildet habe, die da gar nicht sind, dann soll er es aussprechen. Laut, klar und deutlich, sodass ich es hören kann. Auch wenn es mir womöglich das Herz aus der Brust reißt.

Mit Tränen in den Augen springe ich von der Mauer. »Sag es mir.« Ich mache einen Schritt auf Nathan zu und drücke meine Handflächen energisch gegen seine Brust. Er stolpert ein paar Schritte nach hinten. »Sag mir, was du willst!«

Ich weiß nicht, ob es das Adrenalin ist, das plötzlich durch meine Adern rast, oder meine hilflosen Tränen, aber im einen Moment stehe ich verzweifelt mitten in Gaithersburg auf dem Gehweg und verlange Antworten. Und im nächsten legen sich zwei Hände auf meine Wangen, und Nathan drückt seine weichen Lippen auf meine.

Pure Freude durchströmt mich, ich kann keinen klaren Gedanken mehr fassen. Da ist nur noch die Wärme, die von ihm ausgeht. Seine Finger liegen hauchzart auf meiner Haut, kitzeln beinahe und geben mir das Gefühl, fliegen zu können. Alles um uns herum ist auf einmal bedeutungslos. Meine Augen schließen sich, meine Hände vergraben sich wie von selbst im Bund seines Shirts. Ich schiebe mich näher an ihn, so nah, bis ich sein Herz spüren kann. Es schlägt im selben Takt wie meins. Und ich begreife, dass ich ihn nicht mehr loslassen will. Nie wieder.

»Du bist …« Er stockt und unterbricht unseren Kuss. »Du bist …«

»Hm?«

»Glück«, murmelt er. »Du bist reines Glück. Und wenn es nur für ein paar Sekunden hält, dann …«

»Wird es nicht«, unterbreche ich ihn, stelle mich auf die Zehenspitzen und versuche, seine Lippen wieder zu erreichen. Er kommt mir entgegen, und auch dieser zweite Kuss erschüttert mich in allem, was ich geglaubt habe zu kennen und zu wissen. Und er bestätigt mich darin, was ich längst schon weiß: Wir werden nur gemeinsam damit klarkommen, was passiert ist.

Seine Hände wandern von meinen Wangen in meinen Nacken. Eine lässt er dort liegen, mit der anderen streicht er federleicht meinen Rücken entlang. Seine Lippen folgen der Linie meines Kiefers bis zu meinem Ohr.

»Deine Fähigkeit zu verzeihen ist nicht von dieser Welt«, raunt er heiser. »Ich kann nicht glauben, dass ich dich küsse. Wenn das ein Traum ist …«

»Nein.« Seine Worte lassen mich lächeln. Ich drehe meinen Kopf leicht, sodass ich ihm in die Augen sehen kann. »Ich fühle mich ziemlich wach.« Hellwach sogar.

Im nächsten Augenblick stehle ich mir einen weiteren Kuss. Ich kann nicht damit aufhören. Wahrscheinlich will mein Körper sichergehen, sich genügend davon zu holen, ehe Nathan es sich womöglich anders überlegt. Meine Hände halten sein Gesicht fest, fahren ihm behutsam über den Bart.

»Ich verdiene dich nicht«, sagt er und seufzt leise. Seine Worte stehen im Widerspruch zu seinem Mund, der sich erneut auf meinen presst. Ich gebe ihm keine Chance, noch mehr Mist zu erzählen. Meine Lippen öffnen sich, und ein leises Stöhnen entweicht mir, als er mit seiner Zunge über meine Unterlippe streicht. Zärtlich, liebevoll, fast so, als sei ich zerbrechlich. Dabei bin ich alles andere als das. Ich habe mich noch nie so unbesiegbar gefühlt wie in seiner Nähe.

Als er sich wieder von mir löst, lehnt er seine Stirn gegen meine. Wir atmen beide schwer. Ich schlinge meine Arme um seine Hüfte und vergrabe mein Gesicht in seinem Shirt. Nathan hält mich fest, und zum ersten Mal ist da eine Stärke in seiner Umarmung, die vorher nicht dagewesen ist. So, als hätte er sich für einen Moment fallen gelassen und sich selbst die Chance auf ein bisschen Glück gegeben. Und diese Erkenntnis treibt mir erneut Tränen in die Augen.

»Das kann ja wohl nicht wahr sein!«

Nathans Hände fallen sofort von meiner Hüfte, und er macht reflexartig einen Schritt von mir weg. Wir drehen unsere Köpfe beide in die Richtung, aus der die Stimme gekommen ist. Logan. Ich habe keine Ahnung, wo er plötzlich herkommt. Zornerfüllt funkelt er uns an. Doch dieses Mal richtet sich sein Hass nicht gegen Nathan, sondern gegen mich.

»Hast du überhaupt kein Schamgefühl?«, fragt er mit zusammengeballten Fäusten. »Was ist das für ein kranker Fetisch?«

*Er meint es nicht so. Er meint es nicht so. Er meint es nicht so.*

Seine Worte hängen schwer in der dunklen Nachtluft, als ich zu Nathan blicke. Und was ich dort sehe, im Schein der Straßenlaternen, lässt einen dicken Knoten in meinem Magen entstehen. Nate hat seine Mauer wieder hochgefahren. Mit starrem Blick steht er da, und ich kann regelrecht dabei zusehen, wie er die einzelnen Ziegelsteine zurück in ihre ursprüngliche Position schiebt. Einen nach dem anderen.

*Fahr zur Hölle, Logan!*

Irgendwo im Hintergrund höre ich Paige, die auf ihren Freund einredet und ihn von uns wegzieht. Ihre Stimmen werden immer leiser, doch das kümmert mich nicht. Meine volle Aufmerksamkeit gilt Nathan.

»Komm. Lass uns gehen.« Ich will seine Hand nehmen, doch er entzieht sie mir sofort und vergräbt sie tief in seiner Jackentasche.

»Ich nehme den Bus.«

»Den Teufel wirst du tun.« Ich trete auf ihn zu, aber er gibt mir direkt ein unmissverständliches Zeichen, stehen zu bleiben. In der nächsten Sekunde klimpern seine Autoschlüssel, und er wirft sie mir zu. Reflexartig fange ich sie.

»Nathan!« Hilflos sehe ich ihn an. Den Mann mit dem verlorenen Vertrauen und dem gebrochenen Herz. Den Mann, der sich schon wieder Schritt für Schritt von mir entfernt. Emotional wie räumlich.

»Nate!«

Den Mann, in den ich mich verliebt habe.

»Ich habe deine Vergangenheit zerstört und deine Gegenwart. Ich werde nicht auch noch deine Zukunft kaputt machen.« Er gibt mir keine Chance, zu reagieren, läuft immer schneller in die entgegengesetzte Richtung.

»Nate, bitte!« Ich versuche ein weiteres Mal, ihn aufzuhalten. Laufe ihm nach, spüre Tränen auf meinen Wangen, doch er ist zu schnell. Nathan dreht sich nicht einmal mehr um, ehe er zu rennen beginnt.

»Bleib hier«, flehe ich. Verzweifelt klammere ich mich an eine Straßenlaterne. Sehe ihm nach, wie er vor mir wegläuft. Die einzige Möglichkeit, wie er mir tatsächlich die Zukunft zerstört, ist, wenn er sich von mir fernhält. Weil er verdammt noch mal nicht versteht, dass er genau das ist.

Meine Zukunft.

# 31

Ich weiß nicht, wie lange ich an diese Laterne gelehnt dastehe. Ich weiß nur, dass Nathan nicht zurückkommt. Er kommt einfach nicht zurück. Irgendwann setze ich mich in sein Auto und fahre wie in Trance nach Sterling. Ständig linse ich auf mein Handy, das auf dem Beifahrersitz liegt, um einen möglichen Anruf von ihm nicht zu verpassen.

Doch es bleibt stumm. Genau wie das Radio. Nur das rhythmische Geräusch des Motors begleitet mich auf meinem Weg nach Hause. In meinem Inneren kämpfen Wut, Kummer und Hoffnungslosigkeit miteinander.

Er hat mich zurückgewiesen.

Halt. Nein.

Er hat mich geküsst, und dann hat er mich zurückgewiesen. Und das tut weh. Es tut mehr weh, als ich mir eingestehen will. Mir war immer klar, dass eine Beziehung mit ihm, egal welcher Art, nicht einfach sein würde. Aber dass es so verdammt schwer ist, für ihn da zu sein ... Damit habe ich nicht gerechnet. Wie kann ich ihm helfen, wenn er mich ständig von sich stößt?

*Ich werde nicht auch noch deine Zukunft kaputt machen.*

Seine Worte haben mir Angst gemacht. Sie klangen nach Abschied. Aber nicht nach der Art, die ein Wiedersehen verspricht.

Ich kann nicht anders, als mich zu fragen, ob es das war. Ob Nathan wirklich all das aufgibt, was wir uns wochenlang erarbeitet haben. Das Bedauern darüber ist so groß, dass es sich rasend schnell in Verzweiflung wandelt. Ich umklammere das Lenkrad mit einer Kraft, die mich selbst erstaunt. Meine Knöchel treten sichtbar hervor, und je länger ich in dieser Position verharre, umso mehr tun mir die Hände weh. Aber ich kann nicht loslassen.

Als ich aus dem Augenwinkel bemerke, wie mein Bildschirm aufleuchtet und eine neue Nachricht ankündigt, halte ich am Straßenrand und schnappe mir mein Handy.

> Bin in zehn Minuten mit Eis bei dir, Tante Mimmie.

Adam. Nicht Nathan. Ich schließe die Augen und erhöhe den Druck meines Griffs auf das Telefon. Ich will kein Eis. Oder einen Besuch von ihm. Seit die Katze aus dem Sack ist und ich erfahren habe, dass er mit Alice zusammen ist, war er Tag und Nacht bei ihr. Ich glaube, unsere Eltern wissen nicht einmal, dass er in der Stadt ist. Warum will er mich auf einmal sehen?

Ich schmeiße das Handy zurück auf den Beifahrersitz. Wenn ich die restliche Strecke etwas langsamer fahre, ist er hoffentlich wieder weg, bis ich ankomme.

Zurück in Sterling, stelle ich den Wagen vor Catherines Haus ab, werfe den Schlüssel in den Briefkasten und laufe nach Hause. Doch als ich die Tür zu meiner Wohnung aufschließe, ist Luna nicht allein. Mein Bruder lässt sie gerade seinen leeren Pappeisbecher auslecken.

»Wie bist du …« Ich unterbreche mich selbst, als ich den Ersatzschlüssel auf der kleinen Kommode neben der Garderobe entdecke.

»Vergiss es. Und hör auf, Luna mit Eis zu füttern. Du weißt genau, dass sie das nicht verträgt.«

Adam sieht mich stirnrunzelnd an. »Es ist doch nur ein kleiner Rest. Was ist los mit dir?«

»Nichts.« Ich wende mich von ihm ab und hänge meine Jacke auf.

»Das sieht aber nicht so aus«, erwidert er, und ich höre, wie er auf mich zukommt. »Du hast geweint.«

»Und?« Achtlos schiebe ich mich an ihm vorbei in die Küche und nehme mir ein Glas und eine gekühlte Wasserflasche.

»Warst du bei Brant?«

Natürlich ist das seine erste Vermutung. Brant. Immer nur Brant. Brant, der einfach gestorben ist. Brant, der seit über vier Jahren meine Gedanken beherrscht. Und der nun der Grund ist, warum Nathan sich von mir fernhalten will.

*Scheiße.*

Das Glas rutscht mir aus der Hand und fällt auf den Boden, doch es zerbricht glücklicherweise nicht.

»Mia!« Adam bückt sich, stellt es zurück auf die Arbeitsplatte und nimmt mir die Flasche ab. Er gießt mir Wasser ein und schiebt mir das gefüllte Glas entgegen. Dann wartet er, bis ich getrunken habe. Jeder Schluck verstärkt die Übelkeit in meinem Magen.

Wann ist es passiert, dass mir Nathan so unglaublich wichtig wurde? Ich will nicht, dass er mich in Ruhe lässt. Ich will mit ihm zusammen einen Weg für eine Beziehung finden. Diese plötzliche Gewissheit jagt mir eine Heidenangst ein. Und trotzdem kann ich sie nicht leugnen.

»Sprich mit mir, Mimmie.« Adams Stimme klingt erstaunlich sanft, als er nach meiner Hand greift und mich mit sich zum Sofa zieht. »Warum hast du geweint?« In dem Blick, mit dem er mich ansieht, liegt so viel mehr, als er mit Worten je sagen könnte. Er will nicht einfach nur wissen, was geschehen ist. Er verspricht mir damit auch, jedem wehzutun, der mir wehtut. Adam, mein Bruder, mein Beschützer.

Ehe er sichs versieht, falle ich ihm um den Hals. Für einen Moment ist er überrascht, doch dann spüre ich, wie er seine Hände auf meinen Rücken legt und meine Umarmung erwidert. Beruhigend streicht er mir über die Schulter und gibt mir die Zeit, die ich brauche, um mich zu sammeln.

Als ich mich von ihm losmache und mir stattdessen ein Kissen an die Brust drücke, lehnt er sich auf der Couch nach hinten und mustert mich abwartend.

»Sagt dir der Name Nathan Dawson noch was?«, fange ich schließlich an zu reden.

»Der Kerl, der Brant umge…«

Ich fahre dazwischen. »Ja. Genau der.«

»Sicher.« Adam nickt. »Was ist mit ihm?«

Seine Frage ist mein Startschuss, und die ganze Geschichte bricht nur so aus mir heraus. Ich erzähle ihm, wie ich Nathan im Januar auf dieser Bühne gesehen habe. Wie ich ein paar Tage später wieder ins *Joe's* gegangen bin, wie ich ihn angeschrien habe und wie er mir trotzdem nicht von der Seite gewichen ist, als ich meine Autopanne hatte. Ich erzähle von der Party und meiner Panikattacke, dass er verprügelt wurde, und ich ihm geholfen habe. Ich erzähle Adam alles, auch wenn ich kurz überlege, zu verschweigen, wie Brant wirklich gestorben ist. Aber ich kann Nathans Geheimnis nicht länger für mich behalten. Ich muss darüber sprechen, und Adam ist der Einzige, mit dem ich das kann. Dem ich so sehr vertraue, dass ich kein noch so schmerzhaftes Detail auslasse.

Irgendwann sind die Tränen zurück. Ich merke nicht einmal, wie sie mir über die Wangen laufen. Ich spreche einfach weiter, und Adam hört zu, und es tut unglaublich gut, mir endlich all das von der Seele zu reden, was sich so lange in mir angestaut hat. Meine Angst, meine Verwirrung. Meine Gefühle für Nathan.

Als ich ende, sieht Adam mich für einen Moment schweigend an.

»Du hast dich in Nathan Dawson verliebt?«, hakt er nach.

Ich nicke. Zum ersten Mal spricht jemand aus, was ich fühle. Das Herz in meiner Brust zieht sich schmerzhaft zusammen.

»Wow. Und ich dachte, *ich* muss Angst haben, wenn ich unseren Eltern von Lizzy und dem Baby erzähle. Aber im Vergleich zu dir ist das ja fast schon harmlos.«

»Mann, Adam.« Ich boxe ihn mit dem Ellbogen gegen den Oberarm und wische mir mit dem Handrücken über die nassen Wangen. Trotz aller Ernsthaftigkeit muss ich kurz grinsen. »Das ist nicht lustig.«

»Ich weiß. Sorry.« Er legt mir den Arm um die Schulter und zieht mich enger an sich. »Es tut mir leid.«

Dankbar lehne ich mich an meinen großen Bruder.

»Glaubst du wirklich, dass Brant sich verraten fühlen würde?«

»Ich weiß es nicht«, antworte ich ehrlich und seufze.

»Nach allem, was du mir gerade erzählt hast, scheint Nathan nichts dafürzukönnen. Oder glaubst du ihm nicht?«

»Nein, das ist es nicht.« Ich schüttle heftig den Kopf. »Ich glaube ihm. Als ich in dieser Küche saß und Brant beim Sterben zugesehen habe ... Nate stand die ganze Zeit neben uns, und er ... er sah genauso verzweifelt aus, wie ich mich gefühlt habe, Adam. Wenn ich eine Sache mit Sicherheit weiß, dann ist es die, dass er ihn nicht absichtlich umgebracht hat. Es war ein Unfall.«

»Dann hast du doch deine Antwort.« Ich höre das Lächeln in seiner Stimme, während er mir behutsam über den Arm streicht. Doch so einfach, wie Adam es zusammengefasst hat, ist es nicht. Er hat den Blick in Nathans Augen nicht gesehen, als er weggelaufen ist.

»Aber das reicht nicht. Nate ist ... Labil ist das falsche Wort, aber er ist noch lange nicht bereit dafür, den Menschen die Wahrheit zu erzählen. Und solange er das nicht tut, werden ihn alle weiterhin für ein Monster halten. Und selbst, wenn er irgendwann darüber spricht, ist es nicht gesagt, dass ihm jemand glaubt. Brants Eltern und Clara … Sie werden mich hassen, wenn sie erfahren, wie wichtig er mir ist.«

Es ist eine Sache, sich dafür einzusetzen, dass er freikommt. Aber selbst mir ist klar, dass es eine vollkommen andere Nummer ist, sich in ihn zu verlieben. Ich könnte es Helen und James nicht übel nehmen, wenn sie kein Wort mehr mit mir sprechen würden.

»Erinnerst du dich, was du vor ein paar Wochen zu mir gesagt hast?«, fragt Adam und setzt sich so hin, dass er mich besser ansehen kann.

»Nein.«

»Es spielt keine Rolle, was die anderen davon halten. Das Einzige, was zählt, ist hier drin.« Er deutet auf sein Herz. »Ich weiß, dass dir die Meinung von Brants Familie wichtig ist. Oder die von Mom und Dad. Das ist sie mir auch, aber … weißt du, was ich tun werde, wenn sie mit Alice und mir nicht einverstanden sind?«

Ich schüttle den Kopf.

Als Antwort zuckt er mit den Schultern. »Gar nichts. Denn dann ist es nicht mein Problem, sondern ihres. Ich liebe Alice, und ich werde für sie da sein, egal, was auf uns zukommt. Und du solltest dasselbe tun. Wenn Nathan dir wirklich, und ich meine wirklich, aus tiefstem Herzen und vollkommen aufrichtig und ehrlich wichtig ist, dann pfeif darauf, was irgendwelche andere Menschen sagen.« Das klingt so wunderbar einfach in seiner Welt. »Außer bei deinem Bruder. Seine Meinung solltest du natürlich in Betracht ziehen. Autsch!«

Adam lacht laut auf, als ich ihn in die Seite kneife. Ich möchte sauer auf ihn sein, wenigstens für einen kurzen Moment. Das hier ist wichtig für mich. Aber ich kann ihm nicht böse sein. Sein Lachen ist ansteckend, und wie so oft in meinem Leben hat er mir mit wenigen Sätzen dabei geholfen, die Dinge wieder in das richtige Licht zu rücken. Ein bisschen erinnert er mich an Dr. Sullivan, nur dass ich im Anschluss an ein Gespräch mit ihm keine Rechnung erhalte.

Ich werde es nicht laut zugeben, aber Adam hat recht. Und paradoxerweise ist es genau das, was ich selbst Nathan bereits tausendmal gepredigt habe. Ich darf mein Glück nicht von anderen Menschen abhängig machen. Wieso sollte ich mich davon abhalten lassen, mit demjenigen zusammen zu sein, der mir so unendlich wichtig ist, nur weil es jemand anderen stören könnte? Selbst wenn dieser Jemand Brants Familie ist. Oder meine eigene.

»Es ist immer einfacher, etwas tun zu wollen, als es auch tatsächlich durchzuziehen.« Als hätte Adam meine Gedanken gelesen, gibt er mir schon wieder eine Antwort auf meine unausgesprochene Frage. »Deshalb erfordert es ja auch Mut. Und Mut braucht man nur, wenn man vor etwas Angst hat.«

»Ich habe Angst, Adam«, flüstere ich und lasse mich erneut von ihm in den Arm nehmen. »Aber ich glaube, Nate hat noch viel mehr. Vor allem jetzt, nach Logans Angriff. Und ich weiß nicht, wie ich ihm diese Angst nehmen soll.«

»Mit deiner Stärke.« Adam rückt ein Stück von mir ab. Ich habe meinen Bruder noch nie so ernst gesehen. »Du bist der stärkste Mensch, den ich kenne, Mia. Es gibt nicht viele Leute, die mit so viel Vertrauen und … Güte durch das Leben gehen wie du, obwohl dir Brant genommen wurde.«

»Das war nicht von Anfang an so.« Im Gegenteil. Es war verdammt harte Arbeit, an diesen Punkt zu gelangen. Und die Therapie, Luna … Es war auch teuer. Ohne die Unterstützung meiner Eltern hätte ich es nicht geschafft.

»Ich weiß. Aber genau deswegen, weil du nicht aufgegeben hast, bewundere ich dich noch mehr.«

»Adam ...«

»Du bist niemand, der resigniert, Mia. Das warst du nie, und ich kann mir nicht vorstellen, dass du das jemals sein wirst. Also, wenn du meinen bescheidenen Rat hören willst ... Gib deinen Nathan nicht auf.«

*Meinen Nathan.* Eine schöne Vorstellung und doch ist sie vor ein paar Stunden in so weite Ferne gerückt, dass ich sie nicht mehr sehen kann. Sie ist gemeinsam mit Nathan verschwunden und nicht wieder aufgetaucht.

Seit diesem Moment auf der Straße in Gaithersburg habe ich nichts mehr von ihm gehört. Bereut er unseren Kuss? Glaubt er, was Logan mir vorgeworfen hat? Am liebsten würde ich all diese Fragen aus meinem Kopf schütteln, doch das geht nicht. Sie bleiben in mir und verlangen nach Antworten. Aber die einzige Möglichkeit, die ich habe, um sie zu erhalten, ist nicht, mit Adam darüber zu reden. Sondern Nathan direkt zu fragen.

Und genau das werde ich tun.

Am nächsten Morgen verschwindet mein Bruder wieder zu Alice, und ich mache mich auf den Weg zu Nathan. Es ist ein ungewöhnlich warmer Frühlingstag, als ich Catherines Haus erreiche. Ich habe den kleinen Kiesweg, der zu ihrem Eingang führt, noch nicht erreicht, als ich bereits die Musik höre. Jemand spielt auf einer Gitarre.

Intuitiv weiß ich, um wen es sich dabei handelt. Ich bleibe hinter der großen Hecke stehen, sodass er mich nicht sehen kann, und lausche.

*You are a lion, roaring for the both of us*
*I know of a thousand reasons to go*
*But you make me wanna stay*
*And if I did, if I stayed,*
*Would I ... would I be worth your while?*

Am liebsten würde ich direkt zu ihm gehen. Die Arme um ihn schlingen, ihm einfach nur nahe sein und ihn von jedem seiner Zweifel befreien. Diese Zeilen sind roh, neu, ungeschliffen. Sie sind voller Unsicherheit, Hoffnung und Angst. Sie sind Nathan.

Gebannt warte ich darauf, dass er weiterspielt. Wieder über die Saiten der Gitarre streift und sie zum Leben erweckt und jeden Ton der Melodie mit Buchstaben und Silben und Wörtern füllt, die er nur in einem Lied aussprechen kann.

> *I was never one to talk, never one to sing*
> *There is silence in my words*
> *But still you hear me, you hear me*
> *And I just want you to know*
> *This burning, freezing heart of mine*
> *It's longing ... It's longing to be with you*
> *I wanna be ... I wanna be with you*

Wieder hält er inne, und dieses Mal nutze ich die Gelegenheit, um meinen Platz hinter der Hecke zu verlassen. Ich habe genug gehört, um meine eigene Angst in ihre Schranken zu weisen und mich ihm und dem, was ich ihm zu sagen habe, zu stellen.

Nathan sieht auf, als er meine Schritte hört. Neben ihm liegen ein aufgeschlagenes Notizbuch und ein Bleistift. Wortlos setze ich mich zu ihm auf die kleine Treppe. Ich bin ihm so nah, dass ich seine Körperwärme spüren kann, obwohl wir uns nicht berühren. Nathans linke Hand ruht auf seiner Gitarre. Mit der rechten stützt er sich auf einer der Stufen ab.

Es steht so viel zwischen uns, und ich möchte alles davon ansprechen. Doch für den Moment will ich einfach nur seine Hand halten. Behutsam lege ich meine Finger auf seine und warte, was passiert. Ich brauche ein Zeichen, dass wir immer noch eine Chance haben und der Vorfall gestern nicht alles kaputt gemacht hat.

Die Bewegung ist so leicht, dass ich im ersten Moment befürchte, mich getäuscht zu haben. Doch dann wird sie deutlicher, kräftiger, lebendiger. Nathan schiebt seine Finger zwischen meine, sodass unsere Hände genau übereinanderliegen.

»Es tut mir leid«, murmelt er.

Ich rutsche ein winziges Stück näher. »Ich weiß.«

»Ich ... Ich wollte ...« Er schüttelt kaum merklich den Kopf, ehe er seine Schultern strafft. »Ich wollte ein Lied schreiben.« Er sieht mich immer noch nicht an. »Es ist noch nicht fertig, aber ... ich wollte ein Lied für dich schreiben.«

Mein Blick fällt auf das Notizbuch. Ich kann nicht lesen, was er geschrieben hat, aber ich sehe Wörter, die geändert wurden. Ganze Zeilen, die er durchgestrichen hat. Pfeile, die Sätze von oben mit welchen von weiter unten verbinden. Es ist ein heilloses Durcheinander. Genau wie in meinem Kopf. Und in Nates vielleicht auch.

Sanft drücke ich seine Hand.

»Es fehlt nicht mehr viel«, spricht er weiter. »Wenn du möchtest, dann spiele ich ...«

»Ja«, sage ich, bevor er es sich anders überlegen kann.

»Okay.« Sein Kopf dreht sich, und endlich sucht sein Blick meinen. Nicht mal mein Verstand kann begreifen, was ich in diesem Augenblick fühle. Das Einzige, worüber ich mir vollkommen im Klaren bin, ist, dass ich noch nie zuvor in meinem Leben so tiefe Zuneigung für jemanden empfunden habe wie für diesen Mann.

Ich überbrücke die kurze Distanz zwischen uns und lege meine Lippen auf Nathans. Nur kurz, ganz sanft, ein schneller Kuss, den er nicht unterbindet.

Behutsam löse ich unsere Finger voneinander, sodass er nach den

Saiten der Gitarre greifen kann. Dann streicht er ein paarmal probehalber über das Instrument, ehe er sich noch einmal räuspert.

»Okay, also ...« Seine Stimme klingt rau. »Wie gesagt, ich bin noch nicht fertig.«

Lächelnd nicke ich. Selbst wenn das Lied nur aus drei Zeilen bestehen würde, es wäre mir egal. Hauptsache, er spielt. Für mich.

Er beginnt mit einer der beiden Strophen, die ich schon gehört habe. Und wieder berühren mich seine Worte so tief in meinem Herzen, dass ich Mühe habe, nicht in Tränen auszubrechen. Doch es ist der Refrain, den Nathan mit so viel Hingabe singt, der mich dazu bringt, die Augen zu schließen und mich völlig in seiner Musik zu verlieren.

*You were there when I least expected it*
*You took my hand and you've been by my side*
*You said we might fall to the ground*
*But you showed me how to keep the light*
*You made me open up my eyes and see*
*That you calm, you calm the storm in me*

Er fährt mit der zweiten Strophe fort. Und mit jeder Zeile sagt er das, was er nicht ohne eine Melodie aussprechen kann.

Als er den Refrain zum zweiten Mal gesungen hat, endet er. Die letzten Töne verklingen, die letzte Zeile verhallt, und zurück bleiben er und ich und die Gewissheit, dass er mein Herz nicht brechen wird. Ich weiß nicht, woher diese Sicherheit kommt, aber sie ist da, und sie bleibt. Unsere Herzen sind untrennbar miteinander verbunden. Sie sprechen dieselbe Sprache, haben einen gemeinsamen Flüsterton gefunden. Und sein Lied hat dies einmal mehr auf intensive Art und Weise verdeutlicht.

Ich rutsche näher an Nathan heran, bis sich unsere Oberschenkel berühren. Dann drehe ich mich und schlinge meine Arme seitlich um seine Brust. Einen vorne, einen hinten. Meinen Kopf lege ich auf seine Schulter, und ich halte ihn, so fest ich nur kann. Und noch schöner als sein Lied ist die Tatsache, dass er sich nicht vor mir verschließt.

Irgendwann berührt seine Hand sanft meinen Arm. Minutenlang sitzen wir so da. Es spielt keine Rolle, was passiert ist. Wahrscheinlich wird es ähnliche Situationen immer wieder geben. Entweder macht Nathan einen Fehler. Oder ich. Aber ich weiß, dass wir immer wieder zueinander finden werden. Weil wir es beide wollen.

»Ich möchte wissen, wann du Geburtstag hast, Nate. Was du überhaupt nicht leiden kannst. Wer war dein erster Kuss? Wovor hast du am allermeisten Angst? Und wenn du … wenn du mich lässt, dann beweise ich dir, dass nicht alle Menschen so auf dich reagieren wie Logan.«

Es ist ein Risiko, das ich mit diesen Worten eingehe, aber ich habe einen Plan. Und im Gegensatz zu Logan habe ich über das, was ich Nathan noch einmal fragen möchte, lange und ausführlich nachgedacht. Ich nehme meinen Kopf von seiner Schulter, sodass ich ihn ansehen kann. »Hast du dir Gedanken über ein Treffen mit meinen Freunden gemacht?«

»Habe ich …«

»Und?« Gespannt mustere ich ihn.

»Ich weiß nicht, Mia.« Er fährt sich durch die Haare. »Brant war auch ihr Freund … Wieso sollten sie mir eine Chance geben?« Er verstummt und wendet den Blick von mir ab. Das heißt, er versucht es. Aber ich lasse ihn nicht.

Sanft, aber bestimmt, lege ich meine Hände auf seine Wangen und zwinge ihn, mich weiterhin anzusehen. »Okay«, sage ich mit fester Stimme und blicke in diese unheimlich tiefen, braunen Augen, die mir die Welt bedeuten. »Nehmen wir nur für eine Sekunde und rein hypothetisch an, dass es da doch etwas gibt, was sie dir vorwerfen könnten. Auch, wenn ich nicht weiß, was das sein soll … Aber Nate, du bist es wert, dass man dir vergibt. Du bist genug.«

Meinen letzten Satz hauche ich nur noch. Zärtlich streiche ich ihm über die Wange. Sein Bart kratzt in meiner Handfläche, während ich versuche, den Sturm in ihm zu beruhigen. »Du bist jede Mühe wert. Jede Sekunde an jedem einzelnen Tag.« Diese Frage aus seinem Lied stellt sich überhaupt nicht. Ich führe seine Hand an mein Herz. »Fühlst du das? Wie kräftig es schlägt?« Streng genommen rast es. »Das verdanke ich nur dir. Du hast mich wieder zum Leben erweckt.« Ich nehme seine Hand von meiner Brust und drücke einen Kuss in die Innenfläche. »Lass mich dasselbe für dich tun.«

»Das tust du doch schon.« Nathan legt seine Gitarre beiseite und kommt mir immer näher. »In jeder Sekunde an jedem einzelnen Tag. Gegen jede Vernunft.«

»Wann hat Vernunft jemals eine Rolle gespielt?« Meine Nasenspitze berührt seine. Sein Atem streift mein Gesicht. »Nicht bei uns.«

»Du bist hier«, murmelt er, als könnte er das immer noch nicht glauben.

»Ich bin hier«, bestätige ich. Und ich werde es immer sein, solange wir es beide wollen. Und ich will nichts mehr als das.

»Ich vermisse es, glücklich zu sein«, flüstert Nate und lehnt seine Stirn gegen meine. »Wirklich komplett frei und ehrlich sein zu können. Ohne Einschränkungen.«

»Und genau das hast du verdient. Du bist lang genug durch die Hölle gegangen.« Eine Hölle, die sich immer noch meiner Vorstellungskraft entzieht. »Wieso solltest du freiwillig dort bleiben?«

Ein Lächeln schleicht sich auf sein Gesicht, und es ist so ansteckend, dass sich auch meine Mundwinkel wie von selbst anheben.

Von irgendwoher höre ich Catherine rufen.

»Fünfzehnter September«, sagt er und greift nach seiner Gitarre und seinem Notizbuch.

»Was?« Nur widerwillig lasse ich ihn los.

»Fünfzehnter September«, wiederholt er und hält mir seine Hand entgegen. »Das ist mein Geburtstag.«

»Oh.« Lächelnd lasse ich mir aufhelfen. Er ist also ein Spätsommerkind.

»Kommst du mit rein?«, fragt Nate und nickt mit dem Kopf Richtung Tür. Unsere Finger sind fest ineinander verschränkt. »Ich glaube, Gran würde sich freuen, dich zu sehen.«

# 32

Sarah, Jack und Peter sind schon da, als Nathan und ich ein paar Tage später das kleine Café am Stadtrand erreichen. Er hält mir die Tür auf und lässt mich zuerst eintreten.

Ich habe lange überlegt, welcher Ort für ein Treffen mit ihm und meinen Freunden am besten wäre, und mich schließlich für neutralen Boden entschieden. In den meisten Kneipen, Bars und Cafés waren wir früher mit Brant, doch das *Rosie's Dream* ist eine der wenigen Lokalitäten, die erst nach seinem Tod eröffnet haben.

In dem Bewusstsein, dass sie nicht mich, sondern den Mann hinter mir eingehend mustern, steuere ich auf meine Freunde zu.

»Hey«, grüße ich in die Runde und bemühe mich um ein Lächeln. Es fällt mir schwer, die Nervosität sitzt in jeder Faser meines Körpers. Ich will, dass sie ihn mögen. Ich will es so sehr.

»Das ist Nate«, stelle ich ihn vor und blicke zwischen den dreien hin und her. Ihre Mienen sind schwer zu lesen.

Jack nickt einmal knapp, und Sarah versucht sich an einem Lächeln. Peter ist der Einzige, der Nathan wirklich in die Augen sieht.

»Hi, Nate«, sagt er und ich rechne ihm diese Begrüßung hoch an.

Wir lassen uns auf den zwei zusätzlichen Stühlen am Tisch nieder, ich neben Jack, Nathan zwischen Sarah und mir.

Und dann wird es still. Keiner sagt etwas, nur leise Musik ist im Hintergrund zu hören, und obwohl ich fest davon überzeugt bin, dass das hier richtig ist, fressen sich Zweifel ihren Weg in mein Bewusstsein. Dieses Treffen darf nicht schiefgehen. Nathan braucht ein Erfolgserlebnis, das nichts mit seiner Großmutter oder mir zu tun hat.

»Okay …« Ich sehe in die angespannten Gesichter meiner Freunde, und auch wenn sie sich zu diesem Treffen bereit erklärt haben, scheint keiner von ihnen hier sein zu wollen. Aber Sarah, Jack, Peter und ich wären nicht das Kleeblatt, wenn ich nicht genau diesen Umstand offen und ehrlich ansprechen könnte. »Ich weiß, dass das hier … seltsam ist«, beginne ich und streiche mir eine Haarsträhne aus dem Gesicht. »Danke, dass ihr trotzdem gekommen seid.«

Wieder erhalte ich nur wortlose Zustimmung. Mit jeder weiteren Sekunde, die verstreicht, befürchte ich mehr, dass mich ein Desaster erwartet. Ein anderes als in Gaithersburg, aber genauso eine Katastrophe für Nathans Selbstwertgefühl.

Schweigend sitzt er neben mir, und alle sind so still, dass ich das Ticken meiner Armbanduhr hören kann. Die Zeit ist noch nie langsamer vergangen. Ich habe mir so vieles zurechtgelegt, was ich sagen könnte, um das Eis zu brechen. Aber an nichts davon kann ich mich nun erinnern. Wir gehören nicht zu den Menschen, die das Wetter als Small-Talk-Thema nutzen, und ich bin nicht gewillt, jetzt damit anzufangen.

Hilflos blicke ich Sarah an. Dann Peter. Dann Jack. Einzig Nathan spare ich aus. Ich will ihm auf keinen Fall zeigen, dass ich befürchte, ihm zu viel versprochen zu haben.

»Wollt ihr Kaffee?«, platzt es schließlich aus mir heraus. Vielleicht sind sie alle auf Koffeinentzug und brauchen eine kleine Anlaufhilfe. »Die Runde geht auf mich.« Ich schiebe meinen Stuhl nach hinten und will aufstehen, als sich eine Hand auf meinen Arm legt.

»Bleib sitzen, Mia.« Es ist Jack. »Wir sind nicht hier, um Kaffee zu trinken.«

»Aber ...« Langsam lasse ich mich zurück auf meinen Platz sinken. Mein Herzschlag wird schneller. Wenn sie nicht einmal einen Kaffee trinken wollen ... Heißt das, dass sie nicht vorhaben, zu bleiben? Haben sie vorab beschlossen, dass sie Nathan doch nicht näher kennenlernen und ihm zuhören wollen? Aber warum sind sie dann hier? Die Gedanken rasen so schnell durch meinen Kopf, dass ich gar keine Chance haben, einen davon überhaupt näher zu greifen. Sobald einer zu Ende gedacht ist, flitzt er davon und macht Platz für den nächsten.

»Was sind deine Absichten, Dawson?« Jacks Stimme durchschneidet die Stille messerscharf, als er Nathan aus dem Nichts an den Pranger stellt.

»Jack!« Ich schnappe nach Luft. Hektisch drehe ich den Kopf in Nates Richtung. Er zeigt keinerlei Reaktion, sein Blick ruht fest auf Jack. Der wiederum mich ansieht.

»Du hast gesagt, dass ich ihn alles fragen darf.«

»Ja, aber ... Doch nicht so!« Mit derart viel Direktheit habe ich nicht gerechnet.

»Mia.« Jack schüttelt leicht den Kopf. »Ich habe dir versprochen, dass ich mir anhören werde, was er zu sagen hat. Aber das kann ich nur tun, wenn er mit uns spricht.«

»Jack ...« Nun ist Sarah diejenige, die sich einmischt. »Er ist hier. Das heißt, dass er bereit ist, mit uns zu reden. Du musst nicht gleich mit der Tür ins Haus fallen.« Sie hebt eine Augenbraue.

»Okay.« Abwehrend nimmt Jack die Hände nach oben und lehnt sich zurück. Dann verschränkt er die Arme vor der Brust und sagt nichts mehr. Falls er denkt, dass er mich damit beruhigt, hat er sich leider geirrt.

»Vielleicht ist es aber tatsächlich keine schlechte Idee, dir Fragen zu stellen, Nate.« Peter ist der Erste, der es schafft, Nathan ein ehrliches Lächeln zuzuwerfen.

Sarah nickt bekräftigend.

»Ich glaube, wir würden alle gern wissen, was damals wirklich passiert ist.«

»Würdest du uns von der Party erzählen?« Sarah greift nach Peters Hand, während sie das Wort an Nathan richtet.

Ich finde auch diese Frage nicht unbedingt passend, um das Eis zu brechen, aber ich kann verstehen, dass die Antwort darauf die drei genauso brennend interessiert wie mich damals.

Gespannt warte ich auf Nathans Entscheidung. Ich weiß, dass es ihm nicht leichtfällt, darüber zu reden, doch er tut es. Nach einem kurzen Nicken beginnt er zu sprechen. Und dann geschieht etwas, das ich nicht anders als ein kleines Wunder bezeichnen kann. Während Nathan erzählt, werde ich Zeugin des Moments, in dem sich das Bild, das meine Freunde von ihm haben, wandelt. Aus Jacks ablehnender Haltung lese ich so etwas wie Neugier, aus Sarahs skeptischer Miene Mitgefühl, und Peters neutraler Blick wandelt sich in einen voller ehrlichem Interesse. Es ist eindeutig: Nathan ist nicht mehr der personifizierte Teufel, das Monster, das Brant auf dem Gewissen hat. Mit jedem weiteren Wort, das über seine Lippen kommt, wird er für sie zu einem Menschen, dem genau wie uns etwas Schreckliches zugestoßen ist.

Wie oft waren wir auf Partys, auf denen jemand von uns eine Zitrone in Scheiben geschnitten hat. Und wie oft wurden wir angerempelt, weil jemand betrunken war und nicht richtig aufgepasst hat. Wäre die Situation nur ein klein wenig anders gewesen, hätte genauso gut einer von uns das Messer halten können, das Brant erwischt und ihn das Leben gekostet hat.

Als Nathan endet, sagt erneut niemand etwas. Doch dieses Mal ist es nicht dieses erdrückende, kalte Schweigen wie zu Beginn unseres

Treffens. Wie ich brauchen auch Sarah, Jack und Peter Zeit, um neu zu sortieren, was sie jahrelang geglaubt haben.

Auf einmal steht Jack abrupt auf und tritt an die Theke des Cafés. Ich sehe ihn mit der Bedienung reden, kann jedoch nicht verstehen, was er sagt. Kurz darauf kommt er zurück und setzt sich wieder.

»Das ist …« Er schüttelt den Kopf, sucht nach Worten. »Das ist …« Und findet keine.

»Die Wahrheit«, murmelt Sarah und lässt sich von Peter in seine Arme ziehen. Dass sie Nate intuitiv glaubt, erleichtert mich ungemein. Dankbar lächle ich sie an.

»Kann eine Obduktion das bestätigen?«

»Was?« Mein Blick schnellt in Jacks Richtung.

»Hat eine Obduktion bestätigt, was Nathan sagt?«, wiederholt er und reibt sich über die Stirn. »Die Stiche sind doch sicher unterschiedlich, wenn jemand zufällig von einem Messer getroffen oder wenn er gezielt abgestochen wird.«

»Jack!«

»Ich meine das nicht böse, Mia.« Er sieht mich ernst an. »Aber ich kenne Nathan nicht, und du kannst nicht erwarten, dass ich einfach so glaube, was er sagt. Wenn es so war, dann ist das furchtbar, und es tut mir leid, dass ihm das passiert ist, aber … Ich brauche Beweise.« Jack wendet seinen Blick von mir ab und konzentriert sich nun auf Nate.

»Nein.« Seine Antwort kommt schnell, aber leise. »Meine Fingerabdrücke waren überall auf dem Messer und sein Blut an meinen Händen … Es war nicht nötig, seinen Körper noch weiter zu untersuchen.«

»Hm«, murmelt Jack. Sein Blick ruht immer noch auf Nathan, während er über die Antwort nachdenkt.

Die Bedienung kommt mit einem Tablett und stellt Tassen mit dampfendem Kaffee und eine mit Tee vor uns ab. Letztere ziehe ich direkt zu mir und umklammere sie mit beiden Händen.

Erst, als die Kellnerin wieder weg ist, spricht Jack weiter. »Scheiße, Mann.« Seine Worte lassen mich erstaunt die Luft anhalten. Alle am Tisch sehen ihn an. »Ich möchte nicht mit dir tauschen.«

Seine Aussage ist unsensibel, und ich bemerke, wie Nathan sich neben mir versteift, aber ich kann Jack keinen Vorwurf machen. Er war schon immer ehrlich, und immerhin erkennt er damit an, dass Nate kein leichtes Los gezogen hat. Und er hat uns alle, auch Nathan, soeben mit einer Runde Getränke versorgt. Ich bin mir sicher, dass er das nicht nur anstandshalber getan hat.

Vorsichtig nippe ich an meinem heißen Tee, während ich darauf warte, dass Jack auch die letzten Zweifel ablegt. Ich habe auf mehr Akzeptanz gehofft, aber vielleicht muss es mir genügen, dass sie ihn fürs Erste nicht anschreien oder mit Vorwürfen überhäufen.

»Warum hast du der Polizei nicht erzählt, was wirklich passiert ist?« Jacks Frage ist berechtigt. Nathan setzt gerade zu einer Antwort an, als Peter ihm überraschend zuvorkommt.

»Hättest du ihm damals geglaubt?«, fragt er, und es klingt so, als würde er jedes seiner Worte mit besonders viel Bedacht wählen. »Auf den ersten Blick sah alles danach aus, als hätten sich zwei Kerle gestritten. Beide haben getrunken, eins kam zum anderen, dann folgte eine Kurzschlussreaktion, und einer stach zu.«

Diese nüchterne Darstellung der Dinge lässt mich zusammenzucken. Weil Peter mit wenigen Worten auf den Punkt bringt, was jahrelang eine ganze Stadt geglaubt hat.

»Und außerdem …« Ich sehe kurz zu Nate. Er nickt und gibt mir damit die Erlaubnis, zu erzählen, was meine Freunde noch nicht wissen. »Nate war wegen Diebstahls vorbestraft.« Ich fasse zusammen, was er mir vor ein paar Wochen erzählt hat, und habe damit die ungeteilte Aufmerksamkeit von allen.

»Es gab also den Guten und den Bösen, und der Gute war zudem der Sohn von Anwälten. Ein Sunnyboy, dem die Welt zu Füßen lag. Und jetzt stell dir vor, dass der Böse sich dann auch noch aus der Sache *herausreden* will.« Peter malt mit den Fingern Anführungszeichen in die Luft.

»Mangelnde Kooperation.« Jack nickt ganz langsam. »Das wäre das Nächste gewesen, was sie ihm ...«, er dreht sich zu Nathan um, »was sie *dir* vorgeworfen hätten.«

Mein Blick wandert ebenfalls zu Nate. Er sitzt wortlos da, und ich sehe ihm deutlich an, dass er nicht fassen kann, wie einfach es für Peter war, zusammenzufassen, was damals auch durch seinen Kopf geschwirrt ist. Und dass selbst Jack begreift, warum er geschwiegen hat ... Wenn die beiden nach Nates Erzählungen dazu in der Lage sind, die richtigen Schlussfolgerungen zu ziehen, dann muss das doch auch für Menschen möglich sein, die weniger in die Geschehnisse involviert sind als wir.

Unter dem Tisch greife ich nach Nathans Hand. Sofort verschränkt er seine Finger mit meinen. Ich glaube, er ist froh, diesem Treffen zugestimmt zu haben. So reserviert meine Freunde ihm gegenüber auch sind, sie sind immer noch hier. Und nur das zählt.

»Du magst Musik, oder?« Mit seiner Frage reißt Peter mich aus meinen Gedanken. Seine Augen sind auf Nathan gerichtet.

»Ja«, antwortet er. »Ich spiele Gitarre.«

»Welche Richtung magst du am liebsten?«

Auch Sarah schaut Nate nun offen an und hört ihm aufmerksam zu. Das gibt mir die Gelegenheit, mich kurz zu Jack zu beugen.

»Danke«, flüstere ich und lächle ihn sanft an.

»Wofür?«, gibt er genauso leise zurück.

»Du hast ihn nicht in Stücke gerissen.«

»Was nicht heißt, dass ich ihn leiden kann.«

»Ich weiß.« Mein Lächeln verwandelt sich in ein Grinsen. Ich kenne

Jack und weiß, was diese Antwort zu bedeuten hat. Er ist dabei, seine Meinung über Nathan zu revidieren, und das ist alles, was ich mir von dem heutigen Treffen erhofft habe. »Aber ernsthaft, Jack. Danke.«

Als Antwort erhalte ich nur ein zustimmendes Brummen. Ich lege meine Hand auf seinen Unterarm und drücke einmal kurz, ehe ich meine Aufmerksamkeit wieder dem Rest der Gruppe schenke. Sarah, Peter und Nate fachsimpeln über irgendwelche berühmten Gitarristen, von denen ich noch nie etwas gehört habe. Offenbar haben die drei mit ihrer Leidenschaft für Musik eine Gemeinsamkeit gefunden.

Ich lausche ihnen gespannt, und je länger sie sich unterhalten, umso mehr fällt die Anspannung von mir ab. Ich habe es geschafft. Ich habe Nathan bewiesen, dass nicht jeder so auf ihn reagiert wie Logan. Er braucht eine Chance, aber genauso muss er auch anderen Menschen eine Chance geben. Und wenn das funktioniert, dann wird es Nathan gelingen, wieder an das Gute in dieser Welt zu glauben.

Es ist kurz nach vier, als wir uns schließlich von Jack, Sarah und Peter verabschieden. Nathan begleitet mich noch ans College. Leider sind die Lernferien mittlerweile um, und die Prüfungsphase hat begonnen. Was bedeutet, dass ich bereits an den letzten Abschnitt meines Studiums denken muss. In einer knappen Stunde habe ich eine Informationsveranstaltung, die ich nicht verpassen darf, wenn ich meinen Abschluss im Sommer machen möchte. Und das will ich. Unbedingt.

»War das Treffen okay für dich?«

Nathan traut sich immer noch nicht, in der Öffentlichkeit meine Hand zu halten, aber ich bin für den Moment auch damit zufrieden, dass er keinen halben Meter Abstand zwischen uns lässt, während wir nebeneinanderher laufen.

»Wir haben Tickets für ein Konzert bestellt.« Der Unglaube in seiner

Stimme ist nicht zu überhören. »Für ein Konzert, das erst in fünf Monaten stattfindet. In fünf, Mia!«

»Das bedeutet, dass sie gern Zeit mit dir verbringen würden.« Ich stoppe ihn mit der Hand und warte, bis er ebenfalls stehen bleibt. Dann stelle ich mich auf meine Zehenspitzen und drücke ihm einen Kuss auf die Wange.

»Ich bin stolz auf dich«, wispere ich in sein Ohr, ehe ich zurück auf meine Fersen sinke. Verdutzt sieht er mich an. »Was?«, sage ich und lache. »Darf ich nicht ehrlich sein?«

»Doch, aber …« Er seufzt. Und dann streckt er seine Hand nach meiner aus, die ich nur zu gern ergreife.

Schweigend laufen wir weiter. Bis kurz vor dem College sagt keiner von uns ein Wort. Erst, als wir den Campus erreichen, läuft Nathan langsamer und steuert eine freie Bank an.

»Hast du noch ein paar Minuten?«

»Klar.« Ich setze mich neben ihn. »Alles in Ordnung?«

Er lässt sich Zeit, ehe er mir antwortet. Stattdessen sieht er auf unsere Hände, die ineinander verschränkt auf meinem Knie liegen.

»Meine Mom hat demnächst Geburtstag«, sagt er schließlich.

»Wie alt wird sie?«

»Dreiundfünfzig.«

»Möchtest du hinfahren?« Ich weiß, dass seine Eltern nicht mehr in Sterling wohnen, aber vielleicht ist dieser besondere Tag Anlass genug, dass Nathan all seinen Mut zusammennimmt. Sie müssen ihm sehr fehlen. Allein die Tatsache, dass er mir von seiner Mom erzählt, verrät mir, wie gern er sie wiedersehen würde.

»Ich glaube nicht, dass sie das wollen. Sie haben kein Interesse daran, mir zu vergeben.«

Ich runzle die Stirn. »Du hast ihnen doch die Wahrheit erzählt, oder?«

Er nickt.

»Dann gibt es nichts zu vergeben. Du bist ihr Fleisch und Blut.«

»Das interessiert sie seit Jahren nicht.«

»Aber mich interessiert es. Ich möchte sie kennenlernen. Und ich will ihnen sagen, was für einen unglaublichen Sohn sie haben und wie dumm sie sind, wenn sie das nicht erkennen. Warum fährst du nicht einfach zu ihnen und wartest ab, was passiert?« Das heutige Treffen mit meinen Freunden hat ihn positiv überrascht. Vielleicht passiert das Gleiche, wenn er sich traut und den Kontakt zu seinen Eltern sucht.

»Ich kann nicht.«

»Warum nicht? Was hält dich davon ab?«

»Das Gesetz«, erwidert er leise.

»Wie meinst du das?« Ich lasse meinen Blick von unseren Händen zu seinem Gesicht wandern.

»Bis September bin ich nur auf Bewährung entlassen. Selbst wenn ich meine Eltern besuchen wollen würde ... Ich kann nicht. Ich darf die Stadt nicht weiter als in einem Umkreis von fünfunddreißig Meilen verlassen. Und das reicht nicht, um zu ihnen zu fahren.«

Die Gedanken in meinem Kopf überschlagen sich. Wieso wohnen sie so weit weg? Und warum ist der Radius, in dem er sich bewegen darf, derart eingeschränkt?

»Aber ... Es gibt doch mit Sicherheit Ausnahmen? Du willst schließlich keinen Urlaub machen, sondern deine Eltern besuchen. Wie lange ist es her, dass du sie zum letzten Mal gesehen hast?«

Nate muss nicht einmal überlegen. »Viereinhalb Jahre.«

Ungläubig schüttle ich den Kopf. »Kannst du das mit ... Wie heißt er? Harry? ... Kannst du das nicht mit ihm klären? Es muss doch eine Möglichkeit geben.«

»Ich könnte ihn fragen ...« Nathan nickt bedächtig, als hätte er über diese Option nie zuvor nachgedacht.

»Mach das.« Wahrscheinlich ist es für den Geburtstag seiner Mom zu knapp, aber die Hauptsache ist, dass er es überhaupt versucht. »Wenn du … Wenn du willst, komme ich mit.«

»Zu Harry?«

»Nein. Zu deinen Eltern.« Ich lege meine andere Hand auf unsere verschränkten. »Ich habe es ernst gemeint, Nate. Ich will sie kennenlernen. Lass uns sie besuchen. Wenn es das ist, was dir fehlt, um wieder frei und tief atmen zu können, dann lass uns fahren.«

# 33

Zwei Wochen später sind alle Prüfungen geschrieben, die Referate gehalten, und Nathan erhält einen Anruf von Harry, der ihm mitteilt, dass seine Reise nach Wilmington für das kommende Wochenende genehmigt wurde.

Es ist ein sonniger Samstagmorgen kurz nach neun Uhr, als wir uns auf den Weg in die knapp zweieinhalb Stunden entfernte Kleinstadt in der Nähe von Philadelphia machen. Ich habe Nate angeboten zu fahren, doch er hat abgelehnt. Also habe ich es mir zur Aufgabe gemacht, ihm die Aufregung wenigstens etwas zu nehmen und die Fahrt zu versüßen. Im wahrsten Sinne des Wortes.

»Ich habe Oreos, Reese's, Twinkies, Tootsie Rolls und Whatchamacallits.« Ich wedle mit den vielen Schokoriegeln und Keksen in der Hand durch die Luft. »Worauf hast du Lust?«

»Wir haben gerade erst gefrühstückt«, erwidert Nate mit einem verständnislosen Blick auf die Süßigkeiten.

»Das macht nichts«, erkläre ich und entscheide mich für eine Tootsie Roll. »Das Zeug landet doch im Nachtischmagen. Und der ist noch leer.«

»Aha«, antwortet er und kann sich ein Grinsen nun nur schwer verkneifen.

»Hier.« Ich breche den Riegel durch und reiche ihm eine Hälfte davon. Er nimmt sie mir ab und schiebt sie sich auf einmal in den Mund, während ich selbst zwei Bissen brauche, um mein eigenes Stück zu essen.

»Was?«, nuschelt Nate, nachdem er mein Starren bemerkt hat, und schluckt runter. »Du hast selbst gesagt, dass im Nachtischmagen noch nichts drin ist. Gib mir die Oreos!«

»Aye, aye, Sir.« Grinsend öffne ich die kleine Packung und reiche ihm zwei der Kekse. Er stopft sie beide gleichzeitig in den Mund.

»Wenn du so weitermachst, hast du spätestens in einer halben Stunde einen Zuckerschock.«

»Das Risiko muss ich dann wohl auf mich nehmen.« Er zuckt mit den Schultern. »Hast du auch was mit Nüssen dabei?«

»Natürlich.« Nachdem wir auch einen Reese's-Riegel geteilt haben, suche ich einen Radiosender, der gute Musik spielt. Nathan verfällt in Schweigen, während ich *Don't look back in anger* von Oasis mitsinge. Es klingt nicht besonders schön, und textsicher bin ich auch nur beim Refrain, aber seltsamerweise stört es mich nicht, dass Nate mir dabei zuhört. Ich mag das Lied, und es ist ewig her, dass ich das Bedürfnis verspürt habe, tatsächlich mitzusingen.

»Wir hätten Luna mitnehmen sollen«, sagt er plötzlich und reibt sich über die Nasenwurzel.

»Warum?«

»Sie ist der perfekte Eisbrecher. Ihr kann niemand widerstehen. Und meine Mom mag Hunde.«

Bei seinen Worten muss ich auflachen. »Du brauchst keinen Eisbrecher, Nate«, versichere ich ihm und nehme seine Hand, die auf dem Schaltknüppel liegt, in meine. »Sie werden überrascht sein, ja, aber sie werden sich freuen, dich zu sehen. Glaub mir.«

»Dein Wort in Gottes Ohr«, murmelt er.

Im Gegensatz zu Nathan bin ich kaum nervös. Natürlich bin ich gespannt darauf, seine Familie kennenzulernen. Aber eigentlich überwiegt das Gefühl der Freude darüber, dass er seine Eltern und seinen Bruder endlich wiedersehen wird. Den kleinen Teil in mir, der befürchtet, dass dieser Besuch auch in einer Katastrophe enden könnte, ignoriere ich. Er ist ihr Sohn, und sie haben ihn über vier Jahre nicht gesehen. Das ist viel zu viel vergeudete Zeit. Wie auch immer sie auf unser Erscheinen reagieren werden, ich hoffe, dass es positiv ist.

Die Fahrt verläuft ereignislos. Nach einer Stunde biete ich Nathan an, zu übernehmen, doch er schüttelt kommentarlos den Kopf. Offensichtlich braucht er das Gefühl, wenigstens über das Auto die Kontrolle zu haben, wenn er schon nicht beeinflussen kann, wie dieser Besuch ablaufen wird. Je näher wir Wilmington kommen, umso angespannter wird er. Seit einer halben Stunde hat er schon nichts mehr gesagt, und wenn ich mich nicht täusche, weicht allmählich auch die Farbe aus seinem Gesicht.

Zeit ist relativ, und gerade dann, wenn man nervös ist, vergeht sie besonders schnell. Die heutige Fahrt bildet keine Ausnahme. Ehe wirs uns versehen, sind wir da, und Nathan stellt den Motor seines Wagens ab. Die Gegend ist nett. Die Einfamilienhäuser reihen sich aneinander, und ein paar Meter weiter entdecke ich sogar eins mit einem weißen Holzzaun. Wo auch immer wir hier gelandet sind, Nathans Eltern haben sich ein schönes neues Zuhause gesucht.

Als ich zu ihm sehe, hat er den Kopf in den Nacken gelegt und reibt sich über das Gesicht.

»Bereit?«, frage ich, als er sich etwas nach vorn beugt und an mir vorbei durch das Beifahrerfenster nach draußen schaut.

Sein Blick schnellt zu mir. Ein unbeholfenes Lächeln liegt auf seinen Lippen und verrät mir ebenso sehr, wie Worte es getan hätten, dass er alles andere als bereit ist. Und trotzdem nickt er. Er legt seine Hand auf den Türgriff, und genau das ist der Moment, in dem die Nervosität auch mich überfällt. Heimtückisch und ohne jegliche Ankündigung bahnt sie sich ihren Weg durch meinen Körper und lässt meine Finger eiskalt werden. Doch es ist zu spät, um jetzt noch einen Rückzieher zu machen. Immerhin habe ich selbst entschieden, dass ich mitkommen möchte. Nathan hat mich nicht gefragt oder darum gebeten. Es war mein eigener Wunsch, ihn hierher zu begleiten und seine Familie zu treffen. Und dass er mich wirklich mitgenommen hat, ist wichtig für uns beide und unsere Beziehung, der wir immer noch keinen Namen gegeben haben. Und dennoch fühlt sie sich echter an als alles andere, was ich bisher erlebt habe. Was ehrlich gesagt nicht viel ist und absolut keinen Vergleich zu Nathan darstellt.

Ich steige aus, nachdem er mir die Tür geöffnet hat, und nehme wie selbstverständlich seine Hand, als wir uns auf das Haus zubewegen, in dem seine Familie wohnt. Das Haus, das er noch nie gesehen hat, weil er noch nie hier war. Und die Menschen, die nicht wissen, dass wir kommen. Vielleicht sind sie auch gar nicht da. Nate hat diese Möglichkeit in Kauf genommen und sich ganz bewusst dagegen entschieden, vorher anzurufen und unseren Besuch anzukündigen.

Seine Finger sind genauso kalt wie meine, als wir die drei Stufen zur verschlossenen Tür erklimmen und davor zum Stehen kommen. Sein Daumen schwebt über der Klingel, unsicher, ob er wirklich drücken soll. In seinem Gesicht zeichnet sich deutlich die Erschöpfung ab. Die vergangenen Jahre haben ihn müde gemacht, und vor allem die letzten Wochen waren sehr intensiv. Es wird Zeit, dass er endlich wieder zu Atem kommen kann. Aufmunternd nicke ich ihm zu. Jetzt oder nie.

Ich sehe, wie sich sein Brustkorb mit Luft füllt, als er tief einatmet. Und als ihm die Luft wieder entweicht, drückt er auf den Knopf neben der Tür. Er hat es getan.

Wir hören das gedämpfte Geräusch der Klingel durch das Haus hallen und warten. Auf seine Mom, seinen Dad oder auf seinen Bruder. In meiner Vorstellung ist es seine Mutter, die uns aufmacht. In der Realität ist es sein Bruder, der uns auf der Türschwelle plötzlich gegenübersteht.

Sofern das überhaupt möglich ist, wird Nathan noch blasser, als er in das Gesicht des fünfzehnjährigen Jungen vor uns blickt. Daniel trägt ein Basecap falsch herum, in seinem T-Shirt befinden sich Löcher, die stylisch aussehen sollen, und die Jeans enden über seinen Knöcheln. Er ist barfuß und im Prinzip eine jüngere Version von Nathan. Die beiden sehen sich unglaublich ähnlich, auch wenn ihr Kleidungsstil nicht unterschiedlicher sein könnte. Was mich allerdings am meisten verblüfft, sind Daniels Augen. Sie sind genauso braun und ruhelos, wie Nates es oft sind.

Keiner der Brüder sagt ein Wort. Sie starren sich einfach nur an, und ich erkenne genau den Augenblick, in dem Daniel begreift, wen er da vor sich hat. Er reißt die Augen auf und macht einen Schritt von Nathan und mir weg. Er sieht aus, als wolle er die Tür jeden Moment wieder zuschlagen. Und das kann ich nicht zulassen.

»Hallo«, sage ich daher und mache mit ausgestreckter Hand einen Schritt auf ihn zu. »Du musst Daniel sein. Ich bin Mia.«

Überfordert sieht er zwischen mir und meiner Hand hin und her.

»Dan«, entgegnet er schließlich, ohne sie zu schütteln. Langsam lasse ich meine Hand sinken und beginne zu verstehen, dass das hier wohl nicht so laufen wird, wie ich mir das gewünscht habe. Mit klopfendem Herzen drehe ich mich zu Nathan um. Er hat immer noch keinen Ton gesagt, und er sieht nicht so aus, als würde sich das ändern. Sein Blick ruht nach wie vor auf seinem kleinen Bruder. Es ist ein stummes Duell, das die beiden nur mit ihren Augen austragen.

»Sind deine Eltern auch da?«, frage ich, als Daniel keine Anstalten macht, uns ins Haus zu bitten. Meine Hoffnung auf einen guten Ausgang dieses Tages schwindet weiter.

Seine Antwort kommt verzögert, doch dann ist es ein ausdrucksloses »Ja«, das er von sich gibt. Im nächsten Moment schließt er die Tür vor unserer Nase und lässt uns auf der kleinen Veranda stehen, vermutlich, um seine Eltern zu holen.

»Wow«, entfährt es mir.

Nathan sagt nichts, er guckt weiterhin geradeaus auf die Tür. Seine Miene ist verschlossen, und ich habe keine Ahnung, was ihm durch den Kopf geht. Fühlt er sich in seiner Meinung, nicht gut genug zu sein, bestätigt?

*Blöde Frage, Mia.* Natürlich fühlt er sich bestätigt. Wie könnte er das nicht, wenn ihm so deutlich klargemacht wird, dass er nicht willkommen ist? Und die beiden Menschen, die ihm das Leben geschenkt haben, hat er noch nicht einmal gesehen.

Wir warten. Minute um Minute verstreicht, und es ist mir ein Rätsel, wieso das nicht schneller geht.

Als sich die Tür nach einer Ewigkeit wieder öffnet, ist es nicht Daniel, der zurückkommt. Es sind Mr und Mrs Dawson, die uns beide mit versteinerten Gesichtsausdrücken ansehen.

»Geh, Nathan.« Das ist das Erste, was sein Vater nach viereinhalb Jahren zu ihm sagt.

Erschrocken klappt mir die Kinnlade nach unten, und ich spüre, dass auch Nathan neben mir um Fassung ringt. Ich bin mir nicht sicher, wie er sich dieses Aufeinandertreffen vorgestellt hat. Er hat nicht darüber gesprochen. Aber dass ihm seine Eltern mit derart viel Kälte und Härte begegnen würden ... Das macht mich wütend.

Nates Mutter sagt gar nichts. Sie ist eine zierliche Frau mit langen blonden Haaren, die sie zu einem Zopf zusammengebunden hat. Die Frisur lässt sie jünger aussehen, als sie eigentlich ist, und gleichzeitig ist ihr Gesicht von dem Kummer gezeichnet, der seit Jahren Teil ihres Lebens ist.

»Wir haben dir nichts zu sagen.« Mit diesen Worten will sein Vater die Tür schließen, doch ich schiebe meinen Fuß dazwischen.

Ist das sein Ernst? Das ist alles, was er seinem Sohn nach all den Jahren entgegenbringt? Dass er verschwinden soll? Das kann nicht wahr sein. Das *darf* nicht wahr sein. Nathan hat all seinen Mut zusammengenommen und ist hergekommen, und sie wollen ihm nicht einmal ein paar Minuten ihrer Zeit geben? Nein. Das ist nicht richtig. Diese Art von Ablehnung hat Nate nicht verdient. Nun ist mir sonnenklar, wieso er sie nicht vorher angerufen hat. Er wollte sich die Blöße der Zurückweisung zu einem früheren Zeitpunkt ersparen.

Mein Fuß steckt immer noch zwischen Tür und Rahmen. Ich lasse nicht zu, dass Mr Dawson sie schließt.

»Er ist Ihr Sohn«, presse ich hervor. »Und Sie haben ihn im Stich gelassen. Wie konnten Sie ihm das antun?«

»Bitte?« Nathans Vater öffnet die Tür ein Stück weit. »Was fällt Ihnen ein?«

»Sie wissen nicht, wer ich bin, oder?« Ich straffe meine Schultern genau in dem Moment, als Nathan mich sacht berührt.

»Lass gut sein, Mia«, sagt er leise. »Sie wollen nicht ...«

»Den Teufel werde ich tun«, fahre ich ihn an. Er hat meine Wut nicht verdient, aber ich kann im Augenblick nicht kontrollieren, gegen wen ich sie richte. »Sie sind deine Eltern, und sie werden sich anhören, was ich zu sagen habe. Ob sie wollen oder nicht.« Damit drehe ich mich zurück zu Mr und Mrs Dawson.

»Ich bin Emilia Turner. Ich bin ... ich *war* die beste Freundin von Brant Cooper.« Dieser Name lässt die beiden zusammenzucken. Sie wissen genau, von wem ich spreche. Nathans Mom schlägt sich die Hände vor den Mund und sieht mich aus großen Augen betroffen an.

»Damals war es ... Es war meine Pflicht, mich gegen Nate zu stellen. Aber Sie ... Sie sind seine Familie.« Ich entdecke Daniel in einigem Abstand hinter seinen Eltern im Flur stehen. »Wie konnten Sie ihn damit alleinlassen? Es war Ihre Aufgabe, ihm wieder auf die Beine zu helfen. Sie wissen doch, dass er nicht das Monster ist, für das ihn die Menschen halten. Er hat Ihnen erzählt, was passiert ist, und trotzdem haben Sie sich von ihm abgewandt.«

»Mia, bitte«, nehme ich Nathans flehende Stimme hinter mir wahr. Ich spüre seine Hand auf meiner Schulter. Er will nicht, dass ich seinen Eltern all das an den Kopf werfe, aber ich kann ihm diesen Gefallen nicht tun. Wenn ich ihnen nicht klar und deutlich ins Gesicht sage, was sie getan haben, werde ich es für den Rest meines Lebens bereuen.

»Nathan ist kein schlechter Mensch. Herrgott, er hat jahrelang für etwas bezahlt, das nichts weiter war als ein furchtbarer Unfall. Und er bezahlt immer noch jeden Tag dafür. Wie soll er diese ... diese Tragödie jemals hinter sich lassen, wenn sie ihn seine Familie gekostet hat? Wenn er an Sterling gefesselt ist? Wenn Sie nicht mehr mit ihm sprechen wollen?«

Ich sehe der Reihe nach in ihre Gesichter. In das seines Vaters. In Daniels. In das seiner Mom. Tränen laufen über ihre Wangen. Und dennoch sagt sie nichts. Sie macht keine Anstalten, irgendetwas zu tun, das es Nathan leichter machen würde. Genauso wenig wie sein Vater und sein Bruder. Diese Gleichgültigkeit macht mich rasend.

»Sie tun so, als wäre er tot. Dabei ist er alles andere als das. Er ist lebendig. Nate lebt, und anstatt dankbar dafür zu sein, schließen Sie ihn aus Ihrem Leben aus.« Fassungslos schüttle ich den Kopf. »Warum tun Sie ihm das an?«

Ich bekomme keine Antwort auf meine Fragen. Stattdessen zieht Mr Dawson seine weinende Frau in seine Arme. Dass auch Daniel jedes meiner Worte gehört hat, wissen sie nicht.

Nathans Vater entweicht ein knurrendes Grollen. »Wie können Sie es wagen? Sie wissen nichts, junge Dame. Gar nichts.«

»Ich weiß, dass Nathan leidet.«

»Und wir tun das nicht?« Er schüttelt heftig den Kopf. »Sie haben keine Ahnung, wie unser Leben seit jener Nacht ist. Wir mussten wegziehen, verdammt noch mal. Seinetwegen. Und jetzt tauchen Sie hier auf und wollen uns erzählen, wie wir uns fühlen sollen? Verschwinden Sie! Auf der Stelle!« Er schiebt Mrs Dawson ins Haus und wirft die Tür mit einem lauten Krach ins Schloss.

Wie erschlagen starre ich zum zweiten Mal innerhalb kurzer Zeit auf die geschlossene Tür. Dieses Mal weiß ich jedoch mit absoluter Sicherheit, dass sie sich nicht mehr öffnen wird.

»Komm.« Nathan fasst meinen Ellbogen. »Lass uns gehen.«

»Aber …« Ich bin sprachlos. Ich bin wirklich komplett und aufrichtig sprachlos und kann nicht glauben, dass die vergangenen Minuten tatsächlich stattgefunden haben. Wie können Eltern zu ihrem eigenen Sohn so kaltherzig sein? *Wie?* Es will nicht in meinen Kopf. Indem sie mit ihm brechen, bestrafen sie doch nicht nur Nathan, sondern auch sich selbst.

Wie in Trance lasse ich mich von ihm die Stufen nach unten führen. Ich bin geschockter als er. Vermutlich, weil er im Gegensatz zu mir mit dieser Reaktion gerechnet hat. Und trotzdem hat er es versucht und … Ich bleibe so ruckartig stehen, dass auch Nathan anhalten muss.

»Du wusstest es, oder? Du wusstest, dass sie dir keine Chance geben würden.«

Ganz langsam nickt er und lässt meinen Arm los.

»Wieso bist du dann hergekommen? Meinetwegen?« Das letzte Wort hauche ich nur noch. Habe ich ihn zu sehr gedrängt?

»Nein.« Nate tritt auf mich zu. »Oder nicht nur.« Für einen kurzen Moment blickt er auf den Boden, ehe er mich wieder ansieht. »Ich kann nicht leugnen, dass es mich glücklich gemacht hat, dass du meine Familie kennenlernen wolltest. Du bist der erste Mensch, der mich je darum gebeten hat, und ich dachte … ich dachte …« Er seufzt. »Ich weiß nicht, was ich gedacht habe. Vielleicht habe ich gehofft, dass sie ihre Meinung ändern, wenn sie sehen, dass es auf dieser Welt tatsächlich jemanden gibt, der mich so nimmt, wie ich bin. Mit all meinen Fehlern.«

Das ergibt Sinn. Ich kann verstehen, warum Nathan dachte, dass es so vielleicht funktionieren würde.

Voller Bewunderung für ihn und seinen Mut stelle ich mich auf die Zehenspitzen und ziehe seinen Kopf zu mir. »Ich bin da, Nate«, flüstere ich. *Für dich. Für uns.* »Ich werde immer da sein.« Dann drücke ich meine Lippen so schnell und so fest auf seine, dass er keine Möglichkeit hat, irgendetwas darauf zu erwidern. Er ist wie erstarrt unter meinem Griff, aber ich lasse ihn nicht los. Stattdessen erhöhe ich den Druck meines Kusses noch etwas mehr.

*Ich bin da, ich bin da, ich bin da.*

Und während ich meine Lippen auf seine presse, erkenne ich, dass ich mich getäuscht habe. Ich bin immer davon ausgegangen, dass nichts das Loch in meinem Herzen, das Brants Tod dort hinterlassen hat, füllen kann. Aber das war falsch.

*Nathan* ist derjenige, der mein Herz wieder ganz macht. Er hat mir die Wahrheit gesagt, obwohl er es nicht musste. Er hat mir das Puzzlestück gegeben, das mir über vier Jahre lang gefehlt hat. Dank ihm habe ich Gewissheit, und dieses Wissen erlaubt mir, mit der Vergangenheit abzuschließen. Oder immerhin einen Punkt zu erreichen, an dem ich damit leben kann, dass es meinen besten Freund in dieser Welt nicht mehr gibt. Er wird mir immer fehlen. An jedem einzelnen Tag. Doch ich bin nicht mehr allein damit. Nate ist an meiner Seite.

»Mia …«, murmelt er, und ich spüre seinen warmen Atem auf meiner Haut.

Langsam sinke ich zurück auf meine Füße. Meine Hände liegen noch immer in seinem Nacken. Er sieht mir fest in die Augen.

»Du musst nichts sagen«, gebe ich leise zurück.

»Ich weiß.« Seine Finger streichen mir eine Strähne, die sich aus meiner Frisur gelöst hat, hinter das Ohr. Ein sanftes Lächeln hat sich auf sein Gesicht geschlichen, obwohl er gerade die schlimmste Abweisung erhalten hat, die ein Mensch überhaupt kriegen kann.

»Du bist unglaublich«, sage ich und lehne mich an ihn. Seine Arme umschlingen meinen gesamten Oberkörper. »Und es tut mir so unendlich leid, dass deine Familie das nicht sehen kann.«

»Mia.« Der Klang seiner Stimme lässt mich aufblicken. Der Ausdruck auf seinem Gesicht ist so voller Liebe, dass ich nichts von all dem, was passiert ist, bereuen kann. »Ich bin auch da. Immer.«

Das ist unser Moment. Der Augenblick, der sich für den Rest meines Lebens in mein Gedächtnis einbrennen wird. Wie wir im Vorgarten seiner Eltern stehen und nichts perfekt ist. Unsere Leben sind gigantische Scherbenhaufen, aber auch, wenn so vieles in Schutt und Asche liegt, wir beide tun es nicht. Wir sind immer noch da.

Ich schlinge meine Arme noch fester um seine Hüfte und lasse mich von ihm halten. Diese Sekunden werde ich auskosten. Obwohl oder gerade weil wir auf dem Grund und Boden zweier Menschen stehen, die ihr Kind soeben ein weiteres Mal verstoßen haben. Sollen sie doch sehen, was sie aufgeben. Ich werde nicht so dumm sein.

Wir lösen uns erst voneinander, als hinter uns eine Tür ins Schloss fällt. Nur unsere Hände sind weiterhin ineinander verschränkt, und ich weigere mich, diesen Zustand zu ändern.

Als ich an Nathans Schulter vorbeiblicke, sehe ich Daniel auf uns zukommen. Mit einem Kopfnicken in seine Richtung bedeute ich Nathan, sich umzudrehen. Bis er das tut, hat Daniel uns schon erreicht. Schweigend sehe ich seinen Bruder an.

»Schicken Mom und Dad dich? Wir sind schon weg, keine Sorge.«
Nathan macht Anstalten zu gehen, doch Daniels nächste Worte lassen ihn innehalten.

»Nein, sie … sie wissen nicht, dass ihr noch da seid.«

»Was?« Nate runzelt die Stirn.

»Ich …« Er ringt nach Worten, ehe sein Blick auf mich fällt. »Ist es wahr, was du gesagt hast, Mia? Es war wirklich ein Unfall?«

»Ja.« Ich nicke bekräftigend.

»Nathan ist kein …«

Ich lasse ihn nicht zu Ende sprechen. »Nein. Das ist er nie gewesen.«

»Okay.«

Und dann werden Nate und ich Zeugen davon, wie ein gewaltiger Stein von Daniels Herz fällt, auf den Boden kracht und in tausend Teile zersplittert. Sein Kiefer ist mit einem Mal nicht mehr so verkrampft, und in seinen Augen erkenne ich, worauf er gewartet hat. Auf das hier. Auf die Bestätigung, dass Nate kein Verbrecher ist.

»Gott sei Dank«, sagt er und nickt unaufhörlich. »Gott sei Dank.«

Was auch immer in Daniel vorgeht, scheint einige Dinge geradezurücken. Nathan wirft mir einen Hilfe suchenden Blick zu und hat offenbar keine Ahnung, wie er reagieren soll.

*Gib ihm einen Moment*, forme ich tonlos mit den Lippen.

Gemeinsam warten wir darauf, was Daniel als Nächstes tun wird. Als er aufsieht, ist eine Entschlossenheit in seinen Augen, die zuvor nicht da war. Die Ähnlichkeit mit Nathan ist immer noch erstaunlich.

»Müsst ihr los?«, fragt er. »Oder habt ihr Zeit? Ich würde gern mit dir reden«, sagt er an Nate gewandt.

»Ja. Sicher.« Nathan überlegt keine Sekunde. »Wir haben Zeit.«

»Am Ende der Straße ist ein Diner. Wollt ihr dort auf mich warten?«

»Gern«, stimmt Nate zu.

»In zehn Minuten?«

»Okay.«

Mit einem kurzen Nicken macht Daniel kehrt und eilt zurück ins Haus. Wir sehen ihm schweigend nach, und mir fällt auf, dass er immer noch barfuß ist.

Lächelnd drücke ich Nates Hand.

»Fahren wir?«, frage ich, als er immer noch keine Anstalten macht, sich zu rühren. Meine Worte reißen ihn aus seiner Starre.

»Ja«, sagt er, und wir gehen zurück zu seinem Wagen.

Ich versuche, nicht zu viel zu erwarten, doch die Tatsache, dass Daniel bereit ist, sich mit uns zu treffen und mit seinem Bruder zu reden, macht mir Hoffnung. Wenn er es schafft, dann vielleicht auch irgendwann ihre Eltern.

Ich werde nicht aufhören, daran zu glauben.

# 34

»Kommst du noch mit hoch?« Ich schnalle mich ab und sehe Nathan erwartungsvoll an. Eigentlich rechne ich damit, dass er ablehnt, doch dieses Mal überrascht er mich. Ich höre das leise Klicken seines Gurtes, dann nickt er. Und wenn mich nicht alles täuscht, ist da sogar ein angedeutetes Lächeln auf seinem Gesicht.

»Cool.« Ich strahle ihn an und steige aus. Als er neben mir steht, fasse ich nach seiner Hand und ziehe ihn mit mir durch das Tor und dann die Stufen nach oben. Es ist seltsam, nicht von Luna begrüßt zu werden, nachdem ich die Wohnungstür aufgeschlossen habe. Weil ich nicht wusste, wann wir zurück sein werden, übernachtet sie heute bei meinen Eltern.

»Kaffee? Tee? Wasser?« Ich liste alle Optionen auf, die ich bieten kann, während ich mich aus meiner Jacke schäle und gleichzeitig die Schuhe abstreife.

Nathan sieht ein bisschen verloren aus, dabei lief das Gespräch mit seinem Bruder ganz gut. Daniel hat sich jedes Wort darüber, was im September vor viereinhalb Jahren passiert ist, angehört. Er hat immer wieder Nachfragen gestellt, die Nathan bereitwillig beantwortet hat. Und am Ende hat Daniel ihm das Versprechen abgenommen, sich wieder mit ihm zu treffen. Sie haben ihre Nummern getauscht, und erst, nachdem wir im Auto saßen, hat Nathan seinen Gefühlen freien Lauf gelassen. Daniel war längst verschwunden, als sein Bruder immer noch in meinen Armen geweint hat. Vor Erleichterung. Weil die Anspannung von ihm abfiel. Aber am allermeisten vor Dankbarkeit.

»Also?« Ich bin schon halb in der Küche und warte immer noch auf seine Antwort. »Was willst du trinken?«

»Tee wäre toll.« Nathan lehnt sich an den Türrahmen und sieht mir dabei zu, wie ich das Wasser aufsetze und nach meiner Kräuterteesammlung angle. Ein paar Minuten später drücke ich ihm seine Tasse in die Hand, und wir setzen uns gemeinsam auf das Sofa.

Und dann sagt keiner von uns ein Wort. Stille umgibt uns, während ich lautlos auf mein dampfendes Getränk puste. Doch es hilft nichts, der Tee ist noch zu heiß. Mit einem leisen Seufzen stelle ich ihn auf dem Tisch ab und drehe mich zu Nathan um. Obwohl ich mir sicher bin, dass er meinen Blick auf sich spürt, betrachtet er noch immer gedankenverloren die Tasse in seinen Händen.

»Alles okay?«

Meine Stimme bringt ihn dazu, zu mir zu sehen. Nachdenklich nickt er ein paarmal. »Ja. Ich kann nur immer noch nicht fassen, dass Dan … dass er wirklich …« Nate bricht, von seinen Gefühlen überwältigt, ab und schüttelt den Kopf. »Ich habe meinen Bruder wieder, Mia. Ich habe ihn wirklich wieder.«

»Hast du.« Lächelnd nicke ich und rutsche näher zu ihm. Ich nehme ihm seine dampfende Tasse vorsichtig aus der Hand und stelle sie zu meiner auf den Tisch. Verwunderung liegt in seinem Blick, als ich mich zurück zu ihm drehe.

»Warum klaust du mir meinen Tee?« Er runzelt die Stirn, doch ich ignoriere seine Frage. Stattdessen lege ich meine Fingerspitzen auf sein Gesicht und streiche ganz sanft über seine Haut.

»Weißt du eigentlich, wie mutig du bist?« Ich küsse die Stelle über seinem linken Wangenknochen. »Wie stark?« Es folgt ein Kuss auf die Haut über der rechten Seite. »Und wie schön?« Ich beuge mich ein Stück von ihm weg, halte seinen Blick und will nichts lieber, als in seinen Augen zu ertrinken. In diesem dunklen Braun, aus dem die Rastlosigkeit endlich wieder verschwunden und das Licht zurückgekehrt ist.

Ich weiß nicht, wie lange wir uns ansehen. Wie viele Sekunden oder Minuten wir keinen Ton von uns geben, sondern einfach nur dasitzen, und mein Herz vor Gefühlen für diesen Mann überquillt. Und ich weiß mit absoluter Sicherheit, dass es an der Zeit ist, ihm genau das zu sagen.

Ich schiebe meine Hände weiter in seinen Nacken und rücke noch ein Stück näher an ihn, bis sich unsere Nasenspitzen beinahe berühren. Mit einem Mal spüre ich seine Hände an meinen Beinen, und er hat keine Ahnung, was das mit mir macht. Fast schon quälend langsam fährt er Stück für Stück meine Oberschenkel entlang, bis er meine Hüfte erreicht. Dort bleiben seine Finger liegen. Ich beiße mir kurz auf die Unterlippe, bevor ich meine Stirn gegen seine lehne. Und ausspreche, was ich schon seit Wochen nicht mehr leugnen kann.

»Ich liebe dich.« Mit allem, was ich bin. Mit allem, was ich habe. Mit allem, was ich jemals sein werde. Ich liebe ihn, und ich will es nicht länger für mich behalten.

Der Druck seiner Hände auf meiner Hüfte erhöht sich. Nate schließt die Augen, und warme Luft streift meine Haut jedes Mal, wenn er ausatmet. Ich weiß nicht, was in ihm vorgeht. Ob mein Geständnis zu viel für ihn ist, ihn überfordert. Ob es vielleicht sogar kaputt macht, was da gerade zwischen uns wächst, weil es zu früh ist. Doch wie kann etwas zu früh sein, das sich so richtig anfühlt? Nathan zu lieben ist ein Geschenk. Es ist leicht und groß und einzigartig.

»Du bist ...« Seine Stimme klingt kratzig, als er zu sprechen anfängt. »Du bist das Beste, was mir je passiert ist.«

Die Wärme, die seine Worte in mir auslösen, ist mächtig und allumfassend und besteht aus richtigem, wahrem Glück. Und ich halte es fest, so gut ich kann. Halte *ihn*. Nathan – und den Flüsterton, der mir sagt, dass ich genau hier sein soll.

Meine Lippen finden seine, und die Hitze intensiviert sich, falls das überhaupt noch möglich ist. Ich klettere auf seinen Schoß, ohne dass sich unsere Lippen voneinander lösen. Seine Hände wandern auf meinen Rücken, seine Fingerspitzen streichen zart wie Federn über meine Wirbelsäule. Zaghaft, ganz so, als befürchte er, ich würde mich jeden Moment wieder zurückziehen. Dabei ist das das Letzte, was ich vorhabe. Ich will Nathan. Ganz und gar, auf jegliche Art und Weise, die er mir erlaubt.

Seine Berührungen sind vorsichtig, unsicher und doch genau richtig. Ich recke mich ihm entgegen, als er seine Finger in meinen Haaren vergräbt und unseren Kuss vertieft. Ein Zeichen, dass er genauso sehr hier sein will wie ich. Es lässt mich mutiger werden. Ich löse mich von ihm, nehme meine Hände von seinem Gesicht und greife an den Bund meines Shirts. Ich sehe ihm unentwegt in die Augen, als ich das Oberteil über meinen Kopf ziehe und es achtlos auf den Boden hinter mir gleiten lasse. Nur wenige Augenblicke später folgt das Trägertop, das ich darunter getragen habe. Nathans Blick liegt mit einer Intensität auf mir, bei der mir beinahe schwindelig wird. Das Herz in meiner Brust schlägt und schlägt und schlägt. Lebendig, kraftvoll und so stark, wie ich mich seit Jahren nicht mehr gefühlt habe. Und das verdanke ich einzig und allein dem Mann vor mir. Ich streiche ihm eine Haarsträhne aus der Stirn und lächle, als er kaum sichtbar den Kopf schüttelt. Ich weiß genau, was er denkt.

»Du träumst nicht«, flüstere ich und hauche einen Kuss auf seinen linken Mundwinkel. »Das hier ist die Realität.« Und sie ist viel schöner als jeder Traum es sein könnte.

Als Nathan eine Hand an meine Wange legt, lehne ich mich ihm entgegen, drehe meinen Kopf und hauche ihm einen Kuss in die Handinnenfläche. Das Lächeln liegt immer noch auf meinen Lippen, und dort bleibt es, bis ich die Finger seiner anderen Hand an meiner Taille spüre. Dann halte ich die Luft an, während er Stück für Stück meinen Rippenbogen entlangfährt. Seine Fingerspitzen tanzen über meine Haut, lassen mich wieder ausatmen, ehe ich die Augen schließe und mich seinen sachten Berührungen hingebe. Er streicht über mein Schlüsselbein, und plötzlich sind es nicht mehr seine Finger, die ich auf mir spüre, sondern seine Lippen. Nathan haucht unzählige kleine Küsse auf meinen Hals und meine Schulter und stoppt erst, als er auf den Träger meines BHs stößt. Er hält inne und zögert kurz. Und ich bete, dass er weitermacht. Dass er sich traut. Ich weiß genau, was wir hier tun, und hoffe, hoffe, hoffe, dass er es genauso sehr will wie ich.

Quälend lange Sekunden lässt er mich warten. Inzwischen habe ich verstanden, dass er manchmal einfach so ist. Sein Leben war so lange ein Albtraum, voller Dunkelheit und Kälte. Hin und wieder braucht er einfach einen Augenblick, um zu blinzeln und sich an das Licht zu gewöhnen. Und dann ist er wieder zurück bei mir.

Behutsam fährt er mit zwei Fingern unter den Träger und streift den BH von meiner Schulter. Auf die frei gewordene Stelle gibt er mir einen Kuss. Dann noch einen. Und noch einen. Und ehe ich michs versehe, ist die andere Seite dran, und er befreit auch meine linke Schulter von meinem BH. Wieder folgen die Küsse, und dieses Mal kann ich nicht anders. Ich lege den Kopf in den Nacken, um ihm besseren Zugang zu gewähren. Die Spur seiner Küsse wandert weiter, er lässt keinen Zentimeter aus, streicht mit seinen Lippen über mein Schlüsselbein, wandert tiefer und tiefer, bis er meine Brüste erreicht.

Dieses Mal zögert er nicht. Seine Finger lösen den Verschluss, und der schwarze Stoff fällt zwischen uns. Ich streife meinen BH achtlos beiseite, rutsche noch näher an Nathan heran und schlinge meine Arme um ihn. Er sieht mich an, und das pure Verlangen in seinen Augen raubt mir den Atem. Unsere Köpfe bewegen sich gleichzeitig, unsere Lippen pressen sich aufeinander, und ich will nie wieder etwas anderes tun als das. Auch seine Hände schließen sich um mich, liegen auf meinem nackten Rücken und halten mich an Ort und Stelle, während wir nicht damit aufhören, uns zu küssen. Es ist, als müssten wir ein ganzes Leben nachholen. Und vielleicht tun wir das auch. So viele verlorene Jahre. Er im Gefängnis, ich eingesperrt in meiner Trauer.

Ich schlucke den Kloß, der sich in meinem Hals bildet, hinunter. Nun ist keine Zeit für Nostalgie. Wir leben im Hier und Jetzt, bereit, unsere Träume zu verwirklichen, und wir sind beide genau dort, wo wir hingehören. Beieinander. Weil ohneeinander zu sein absolut keine Option mehr ist.

Sanft streicht Nathan mir mit den Fingerspitzen über die Wange und lächelt, wie nur er es kann. »Willst du aufhören?« Obwohl ich keinen Ton gesagt habe, hat er gespürt, dass ich von meinen Gefühlen beinahe übermannt wurde.

Heftig schüttle ich den Kopf. »Nein.« Niemals. Nicht heute. Nicht morgen. Und auch nicht übermorgen. »Ich will genau das hier.« Mit einem Finger deute ich zwischen ihm und mir hin und her. »Ich will *uns*.«

»Okay.« Und dann küsst er mich wieder und wieder, und ich kann regelrecht spüren, wie sein schweres Herz mit jeder Sekunde, die vergeht, leichter wird.

Ich vergrabe meine Hände im Stoff seines Shirts, zupfe daran, will, dass auch er sich auszieht. Doch Nathan lässt sich Zeit. Er grinst in unseren Kuss hinein, streicht mit seiner Zunge ganz sanft über meine Lippe. Ich liebe es, dass er den Mut dazu hat. Dass er mich nicht mehr so ehrfürchtig ansieht, als wäre ich aus Glas und zerbrechlich. Denn das bin ich nicht. Ich drücke mich auf meinen Knien mehr in das Sofa, richte mich auf und kann ihm damit noch näher sein, als ich es sowieso schon bin.

»Mia …«, murmelt er zwischen unseren Küssen. »Mia …« Und noch einmal. »Mia.« Seine Hände liegen wieder auf meinem Rücken. Er berührt mich auf eine Art und Weise, wie das noch kein Mann vor ihm getan hat. Haut trifft nicht nur auf Haut, nein, unsere Verbindung geht tiefer. Seine Seele liebkost meine und kommt nach langer Reise endlich zur Ruhe. Genau wie ich in seinen Armen.

Ich habe keine Ahnung, wie lange ich auf ihm sitze und wir uns einfach nur küssen. Doch es ist nicht genug. Ich kann nicht damit aufhören, ich will nicht damit aufhören. Seine Finger streichen unablässig über meinen Körper, über jede Stelle, die er erreichen kann. Und ich tue das Gleiche. Ich male Formen und Muster auf seine Haut, küsse seine Handgelenke mit den Narben, bitte ihn noch einmal, so etwas nie, nie, nie wieder zu tun. Und er verspricht es mir. Mit Worten. Mit Küssen. Mit seinem Herzen. Und ich glaube ihm.

Ganz langsam rutsche ich von seinen Beinen, bis ich vor ihm auf dem Boden stehe. Er sieht mich verwundert an, doch ich sage nichts und strecke stattdessen einfach meine Hand nach ihm aus. Er lässt sich von mir auf die Füße ziehen, und ich mache zwei Schritte rückwärts, ohne ihn loszulassen. Mein Blick hält seinen fest, als ich ihn an meiner Couch vorbei und in Richtung meines Schlafzimmers lotse. Mit der Hand taste ich nach der Tür in meinem Rücken und stoße sie auf.

Keine einzige Sekunde lang bricht mein Blickkontakt mit Nathan ab. Er sieht mir so tief in die Augen, dass sich das Kribbeln auf meiner Haut wie von selbst steigert. Ich sinke auf meine Matratze, ziehe ihn mit mir und krabble ein Stück nach hinten. Nathan folgt mir, beugt sich über mich, und ich stehle mir einen Kuss. Dann noch einen und noch einen, bis ich am Kopfende meines Bettes ankomme und am Saum seines Shirts zupfen kann. Ich schiebe es ihm hoch bis zu den Achseln, und endlich streift er es sich über den Kopf und wirft es zur Seite. Er atmet scharf ein, als ich meine Hände auf seinen Bauch lege, seine Muskeln spüre und nicht fassen kann, dass es tatsächlich Nathan ist, dessen Körper ich hier entdecke. Entdecken *darf.* Ich hauche unzählige Küsse auf seine Brust, auf jeden Zentimeter Haut, den ich erreichen kann, und seufze leise, als er sein Gewicht etwas auf mich sinken lässt. Trotz der Klamotten zwischen uns spüre ich alles und schlinge im nächsten Moment meine Beine um ihn. Nathan bewegt sich kaum, doch es genügt, um mich die Augen schließen zu lassen. Sofort umgibt mich Dunkelheit und macht damit alles noch intensiver. Ich beiße sacht in seine Unterlippe, was ihm ein kleines Stöhnen entlockt. Und mich anstachelt. Ich will mehr davon. Viel mehr. Aber bevor ich mich ihm noch einmal nähern kann, bringt er etwas Distanz zwischen uns. Ich öffne meine Augen wieder und sehe, wie er seine Hände an meine Wangen legt. Er streicht mir derart zärtlich mit den Daumen über das Gesicht, dass mir beinahe die Tränen kommen. Der Blick in seinen Augen ist so voller Zuneigung, so voller Bewunderung ... Am liebsten würde ich die Zeit anhalten und für immer in diesem Moment verweilen.

»Mia, ich ...«, flüstert er, unterbricht sich und holt tief Luft. Mein Herz rast, und ich glaube fast, dass er hören oder sehen oder spüren kann, wie schnell es für ihn schlägt.

Ich lächle ihn an und warte, gebe ihm Zeit, nach den Worten zu suchen, die ihm so offensichtlich fehlen. Ich weiß nicht genau, worauf ich hoffen soll, doch als er schließlich weiterspricht, brauche ich einen Augenblick, um zu begreifen, was er gesagt hat.

»Ich liebe dich auch.«

Mein Lächeln verschwindet, ehe ich die Arme um ihn schlinge

und ihn an mich ziehe. Ich vergrabe mein Gesicht in seinem Nacken, presse die Augenlider zusammen und halte ihn einfach nur fest. Ich kann nicht reden, weil es nichts gibt, was der Bedeutung dieser Worte auch nur annähernd gerecht werden würde. Erst jetzt, da ich sie gehört habe, wird mir klar, wie sehr ich mich danach gesehnt habe. Wie sehr ich mir gewünscht habe, dass er sie zu mir sagt.

»Danke«, sage ich an seinem Ohr. Meine Stimme bricht, ist so leise, dass ich mir nicht sicher bin, ob er mich gehört hat. Doch dann erhöht er den Druck seiner Arme um mich, umschließt mich, hält mich, liebt mich. Und ich bin angekommen, bin genau da, wo ich sein soll.

Es dauert eine gefühlte Ewigkeit, bis ich ihn wieder loslasse und zurück in die Kissen sinke.

»Danke«, wiederhole ich und meine damit so viel mehr, als er vermutlich ahnt. Obwohl er immer noch denkt, dass ich diejenige bin, die ihm eine Chance gibt, stimmt das nicht. Er gibt genauso mir eine, hat mir erlaubt, die Schutzhülle um sein Herz zu durchbrechen. Und das werde ich niemals als selbstverständlich ansehen. Mir ist bewusst, was für ein unglaubliches Geschenk er mir damit gemacht hat.

Ich recke mich ihm entgegen, Nathan küsst mich und verschränkt unsere Finger miteinander. Und mein Herz tanzt, als er anfängt, meinen Hals zu küssen. Meine Brust. Meinen Bauch. Tiefer und tiefer, bis er am Bund meiner Jeans innehält. Ich entziehe ihm meine Hände, und Nathan versteht. Er stützt sich mit den Ellbogen neben meiner Hüfte ab, macht sich am Knopf meiner Hose zu schaffen – und scheitert.

»Brauchst du Hilfe?« Ich kann mir das Grinsen nicht verkneifen.

»Geht schon.« Er pustet sich ein paar wirre Haare aus der Stirn, und verdammt, er hat noch nie so sexy ausgesehen wie in diesem Moment. Fast schon verzweifelt versucht er, den Knopf zu öffnen, doch seine Finger zittern zu sehr. »Das letzte Mal ist schon ein paar Jahre her und …«

»Hey.« Ich lege meine Hand auf seine. Nathan stoppt in seiner Bewegung und blickt zu mir auf. »Bei mir doch auch«, sage ich. Behutsam schiebe ich seine Finger beiseite, öffne den Knopf selbst und streife mir die Jeans von den Beinen. Erstaunt sieht er mir dabei zu.

»Du hattest keinen Freund?«, hakt er nach.

»Nein.« Ich schüttle den Kopf und rücke wieder zu ihm heran. »Niemand will eine Freundin, die trauert. Darf ich?« Mit dem Zeigefinger deute ich auf seinen Gürtel. Nathan nickt, und ich fasse nach seiner Schnalle. Keine drei Sekunden später trägt er nur noch seine Boxershorts, und mein Blick folgt der feinen Haarlinie, die in seiner Unterwäsche verschwindet. Ich starre sie immer noch an, als ich Nates Stimme höre.

»Du liegst falsch.«

»Hm?« Fragend sehe ich auf.

Liebevoll streicht er mir eine Haarsträhne hinters Ohr. Auf seinen Lippen liegt ein sanftes Lächeln. »*Ich* will eine Freundin, die trauert.« Seine Hand wandert auf meinen Rücken, und er zieht mich so nah zu sich, dass sich unsere Nasenspitzen beinahe berühren. »Weil ich *dich* will. So wie du bist.«

In der nächsten Sekunde küsse ich ihn so stürmisch wie nie zuvor. Weil er mich so glücklich macht wie nie zuvor. Ich lege die Arme um ihn, ziehe ihn auf mich, schlinge ein Bein um seine Hüfte und verliere mich in allem, was er ist. Was ich bin. Was wir gemeinsam sind.

Unsere Küsse werden hektischer, unsere Berührungen fahriger, meine Finger zerren an meinem Slip, an seinen Shorts.

Und dann fliege ich. Ohne Flügel. Ohne Fallschirm. Weil ich weiß, dass Nathan mich nicht loslassen wird. In seinen Armen bin ich sicher. Jetzt. Immer.

Sein Blick findet meinen, die Liebe darin überwältigt mich, und alles, was ich fühle, ist Glück, Glück, Glück.

# Epilog

## FÜNF MONATE SPÄTER

# Nate

Ein einziger Moment kann das ganze Leben verändern. In jeder Sekunde, an jedem Tag. Und es ist am Ende die Summe all dieser Momente, die entscheidet, wie gut oder wie schlecht ein Leben war.

Mein lebensverändernder Moment fand vor fünf Jahren statt. Und vor neun Monaten, als ich Mia wiederbegegnet bin. Wie von selbst fällt mein Blick auf sie. Auf diese junge, wunderschöne Frau an meiner Seite. Sie strahlt über das ganze Gesicht, lacht über irgendetwas, das Jack gesagt hat. Und gleichzeitig hält sie meine Hand. In ihr steckt so viel Kraft und Energie und Freude, dass mir beinahe schwindelig wird. Mia ist bei mir geblieben. An guten Tagen setzt sie mir Flausen in den Kopf und Sonne ins Herz. Und an den schlechten, wenn mich die Vergangenheit überrollt und die dunklen Gedanken übermächtig werden, sitzt sie neben mir, und wir schweigen gemeinsam.

Ihre Stärke hilft mir, weiterzuatmen. Jeder Moment mit ihr ist ein Stück vom Glück. Und schenkt mir Hoffnung. Nicht, dass alles gut wird. Aber das Vertrauen darauf, dass es einen Grund gibt, warum das alles geschehen ist.

»Grübelst du?« Mias Stimme reißt mich aus meinen Gedanken. Sie hat sich zu mir gebeugt und sieht mir in die Augen. Ich erkenne nichts als Zuneigung auf ihrem Gesicht. Zuneigung für mich, und das ist etwas, das ich immer noch nicht fassen kann. Auch nach all den Monaten nicht. Mia liebt mich, und ich liebe sie, und zusammen können wir weinen und lachen und singen. Jedes meiner Lieder, das ich schreibe, ist für sie.

»Nein. Ich bin nur dankbar.« Ich konzentriere mich auf sie und lächle, als sie mir einen kurzen Kuss gibt. Vor all ihren Freunden, die in den vergangenen Monaten auch zu meinen wurden.

Jack mit seiner uralten Polaroidkamera. Er hält all die Momente fest, an die ich nie gewagt habe zu glauben. Sarah und Peter, die beide genau wie Mia und Jack im Sommer ihren Collegeabschluss gemacht haben. Adam, der mittlerweile Vater der kleinen Ava ist und gerade versucht, seine Tochter zum Einschlafen zu bewegen.

Er wandert mit ihr auf dem Arm durch den Garten seiner Eltern, in dem wir um das Lagerfeuer sitzen und Marshmallows rösten. Auch Alice ist da und beobachtet ihren Freund und ihr Baby mit so viel Liebe, dass ich mit absoluter Sicherheit weiß: Das zwischen den beiden ist für immer. Nur Lucy und Cassie haben abgesagt, sie sind auf einer mehrwöchigen Rundreise durch Südafrika, bevor sie nach ihrem Abschluss ins Berufsleben starten.

Mittlerweile ist die Dunkelheit hereingebrochen, Mias Dad hat nach dem Essen angeboten, den Abwasch zu übernehmen, während ihre Mom meine Grandma nach Hause fährt.

All diese Menschen haben mich in ihren Kreis aufgenommen. Nicht sofort, aber Stück für Stück. Ich gehöre nun dazu. Und zwar so sehr, dass sie eine kleine Überraschungsparty für mich organisiert haben. Sie sind heute alle meinetwegen hier. Weil ich dreiundzwanzig werde und meinen Geburtstag zum ersten Mal seit Jahren nicht im Gefängnis verbringen muss.

»Nate?« Wieder ist es Mias sanfte Stimme, die mich aus meinen Gedanken reißt. Okay, vielleicht grüble ich doch. Ihre Augen funkeln, und sie strahlt über das ganze Gesicht. »Ich hab noch eine Überraschung für dich.«

»Hast du?«

Sie nickt und steht auf, ihr Handy in der Hand. »Komm mit.«

»Wohin?«

»Das wirst du gleich sehen.« Mia zieht mich unter den Blicken der anderen mit sich. Weg vom Feuer, am Haus vorbei, nach vorne in Richtung Einfahrt.

»Hast du mir ein Auto gekauft?« Es ist nur ein Witz, wir wissen beide, dass sie das nicht getan hat. Die neue Gitarre, die sie mir geschenkt hat, war schon viel zu teuer, aber ich konnte es ihr einfach nicht ausreden.

»Viel besser«, behauptet sie und läuft schneller. Ich stolpere beinahe, als sie um die Ecke biegt und dann ruckartig stehen bleibt. Breit grinsend dreht sie sich zu mir um. Und mir verschlägt es die Sprache. Ich sehe nicht Mia an, sondern meinen Bruder. Daniel steht vor einem Wagen – und er ist nicht allein. Ein kleines Stückchen hinter ihm entdecke ich Mom und Dad. Fassungslos starre ich sie an, bin unfähig, mich zu bewegen, kann es nicht glauben.

»Hey, Nate.« Daniel ist derjenige, der schließlich auf Mia und mich zukommt. In den Händen hält er ein bunt verpacktes Geschenk. »Happy Birthday.«

Bevor ich mich bedanken kann, drückt er Mia das Geschenk in die Hand, fällt mir um den Hals und schlingt die Arme um mich. Ich weiß nicht, wie lange wir so dastehen, aber Daniel lässt mich nicht los. Es ist keine Umarmung aus einem Pflichtgefühl heraus. Weil man das einfach so macht, wenn jemand Geburtstag hat. Nein, er umarmt mich, weil er es will. Diese Erkenntnis treibt mir die Tränen in die Augen. Ich presse meine Lider fest zusammen und schaffe es endlich, die Umarmung meines Bruders zu erwidern.

»Danke«, flüstere ich und kann nur hoffen, dass er begreift, was ich meine. Nicht nur das Geschenk oder dass er da ist. Sondern vor allem seinen Mut, mir eine Chance zu geben.

Als er mich wieder loslässt, bemerke ich, dass auch seine Augen nicht trocken geblieben sind. Er versucht zu lächeln, ehe er auch Mia zur Begrüßung in seine Arme zieht. Über seine Schulter hinweg grinst sie mich an. Dann schlägt sie Daniel vor, schon einmal mit ihr nach hinten zu gehen. Dan nickt, und in der nächsten Sekunde stehe ich meinen Eltern allein gegenüber. Sie sind immer noch ein paar Meter von mir weg, aber das macht nichts. Sie sind da.

»Wir bleiben nicht.« Dad hat die Hände tief in den Hosentaschen vergraben. »Wir haben nur Dan vorbeigebracht.«

»Okay.« Ich nicke, auch wenn ich nicht verstehe, warum das ihre Begründung ist. Daniel ist inzwischen sechzehn, er hat den Führerschein und könnte selber fahren. Sie müssten überhaupt nicht hier sein. Insgeheim warte ich nur darauf, dass sie sich umdrehen und wortlos in den Wagen steigen, doch sie tun es nicht. Dad starrt mich an, genau wie Mom. Keiner sagt ein Wort.

»Soll ich Dan später fahren? Ich trinke nicht und …«

»Er ruft an, wenn wir ihn holen sollen.«

»Okay«, wiederhole ich, verlagere mein Gewicht auf die Fußballen und weiß plötzlich nicht mehr, wohin mit meinen Händen. Ich bin kurz davor, mich umzudrehen und zurück zu den anderen zu gehen, als mir fünf leise Worte die Luft aus der Lunge pressen.

»Alles Gute zum Geburtstag, Nate.«

Mit weit aufgerissenen Augen sehe ich meine Mom an, unfähig, mich zu rühren. Für einen Augenblick glaube ich, mich verhört zu haben. Doch dann tut sie etwas, was sie seit über fünf Jahren nicht mehr getan hat. Meine Mom lächelt mich an.

»Wenn du möchtest …« Ehe sie weiterspricht, wirft sie Dad einen kurzen Blick zu. Er nickt einmal fest. Fast so, als müsste er nicht sie, sondern sich selbst überzeugen. »Wenn du möchtest, dann würden wir uns freuen, wenn du am Sonntag zum Kaffee kommst.«

»Was?« Meine Beine drohen nachzugeben.

»Am Sonntag.« Mom lächelt noch immer. »Kaffee. Du und wir und Mia, falls sie Lust hat.«

Ihre Worte hallen in meinem Kopf nach, aber es dauert, bis ich ihren Inhalt wirklich begreife. »Ihr wollt, dass ich …«

»Ja.« Dad legt Mom einen Arm um die Schulter. »Ja, das wollen wir.«

Mir bleibt nichts weiter übrig, als zu nicken. Mein Herz rast, der Knoten in meinem Magen ist riesig, aber da ist auch grenzenlose Erleichterung, weil sie nach so langer Zeit endlich dazu bereit sind, mich anzuhören.

»Bis später. Sag Dan, er soll anrufen, wenn er abgeholt werden will.« Meine Eltern verabschieden sich und fahren davon. Und ich bleibe stehen und starre auf die Stelle, an der sich eben noch ihr Auto befand. So lange, bis Jack auftaucht.

»Hey, Mann. Mia schickt mich. Das Baby ist endlich eingeschlafen, aber halt in ihren Armen und …« Er verstummt, als ich mich zu ihm umdrehe. »Wow. Alles okay? Du siehst aus, als hättest du einen Geist gesehen.«

»Keinen Geist.« Ich schüttle den Kopf, habe immer noch nicht begriffen, was gerade passiert ist. »Nur meine Eltern. Sie wollen, dass ich am Sonntag zu ihnen komme.«

»Aber das ist doch super.« Jack schlägt mir einmal kräftig auf die Schulter. »Mach dir keine Sorgen. Alles wird gut.«

*Alles wird gut.*

Dieselben Worte, die Mia zu Brant in dieser Küche gesagt hat. Dieselben Worte, die ich mir im Gefängnis immer wieder in Erinnerung gerufen habe. Ich kann nur hoffen, dass Jack recht hat. Und dieses Mal wirklich alles gut wird.

»Kommst du mit? Ich hab gehört, es warten noch ein paar Geschenke auf dich.«

»Ihr müsst mir nichts schenken.« *Es ist genug, dass ihr alle da seid.* Das will ich eigentlich sagen, aber ich spreche die Worte nicht aus. Stattdessen setze ich mich in Bewegung und folge Jack zurück in den Garten. Der Kies knirscht laut unter meinen Füßen, und das Geräusch hallt durch die dunkle Nacht. Ich bilde mir ein, dass der Mond heute heller leuchtet als sonst.

»Deine Bescheidenheit in allen Ehren, Nate, aber zu einem Geburtstag gehören Geschenke. Besonders, wenn man so lange ...« Jack muss seinen Satz nicht beenden. »Freu dich einfach, ja?«

»Okay.«

Das Lagerfeuer brennt größer als vorhin. Daniel sitzt neben Peter und Sarah, Alice lehnt an Adam, Mia wiegt die kleine Ava hin und her. Sie blickt auf, als Jack und ich zu ihnen stoßen, und bedeutet mir mit einem Kopfnicken, sich neben sie zu setzen. Ich folge ihrer Aufforderung und lächle, als sie mich stumm fragt, ob alles in Ordnung ist.

»Wir sind am Sonntag eingeladen.«

»Bei deinen Eltern?«

»Ja.«

»Oh, Nate. Das ist großartig.« Sie freut sich selbstlos für mich, während sie ihr Patenkind im Arm hält. Und verspricht mir, natürlich mitzukommen, wenn ich das möchte. Weil sie Mia ist und ich mich blind auf sie verlassen kann.

Eine Weile sitzen wir schweigend da. Meine Augen sind auf die Flammen gerichtet. Kleine Funken steigen in den Nachthimmel. Wie Glühwürmchen, die vor uns in der Luft tanzen und sich schließlich auflösen. Ich höre erst auf, die fliegenden Funken zu beobachten, als mir ein Geschenk in den Schoß gelegt wird. Es ist das von Daniel.

»Mach es auf«, sagt er, und unter den Blicken aller Anwesenden tue ich genau das. Vorsichtig wickle ich das Band ab und öffne das bunte Papier. Zum Vorschein kommt ein dickes Notizbuch, das von einem breiten Gummi zusammengehalten wird.

*Für Nate*, steht vorne drauf. *Alles, was du verpasst hast.*

Behutsam schlage ich die erste Seite auf und beginne zu lesen. Ich komme nicht weit. Als mir klar wird, was mein Bruder da für mich gemacht hat, lasse ich das Buch sinken und kneife die Augen zusammen. Wenn ich das nicht tue, heule ich jeden Moment wie ein Schlosshund los.

Es dauert, bis ich es schaffe, die Lider wieder zu öffnen und weiterzublättern. In einer Art Tagebuch hat Daniel Seite für Seite notiert, wie es ihm ergangen ist. Ohne mich. An vielen Stellen hat er Fotos dazugeklebt, aber was mich am meisten berührt, sind die kleinen Strichmännchen, die er von sich gemalt hat. Über ihren Köpfen schweben Sprechblasen mit Gedanken an mich. Dinge, die er mir in diesen Momenten gern gesagt hätte, aber nicht konnte. Und Dinge, die er in der Zukunft zu mir sagen will.

»Gefällt es dir?«, fragt er zaghaft und sieht mich über das Feuer hinweg an. Unsicherheit spiegelt sich auf seinem Gesicht. Unsicherheit, die völlig unnötig ist. Ich stehe auf und ziehe Dan in eine lange Umarmung. Weil ich jetzt nicht reden kann. Und weil ich in diesem Moment noch einmal mit aller Deutlichkeit verstehe, dass ich meinen Bruder wirklich und komplett und vollständig zurückhabe.

Als wir uns voneinander lösen, setzt er sich zu mir, Adam sorgt für neue Getränke, und Jack macht das seit Jahren erste Foto von Dan und mir. Es ist dunkel und unscharf, aber es bedeutet mir die Welt. Mia legt es in die kleine Box, in der sich bereits unzählige weitere Polaroids befinden, die Jack heute von uns geschossen hat. Neue Erinnerungen, hat er gesagt und sie mir mitsamt einem Fotoalbum überreicht, in das ich sie einkleben kann.

Neue Erinnerungen. Nicht, um die alten zu vergessen. Sondern, um die neuen festzuhalten, damit es im Laufe der Zeit immer mehr werden und ich sie mir jedes Mal ansehen kann, wenn die guten Tage eine Pause machen.

Es ist kurz vor Mitternacht, als Ava wach wird und Alice und Adam beschließen, zu gehen. Sarah und Peter folgen ihnen, Mias Eltern sind längst im Bett. Und dann sind es nur noch Dan, Jack, Mia und ich. Wir lauschen dem Knistern der brennenden Holzscheite, und plötzlich spüre ich Mias Finger, die sich mit meinen verweben.

»Bist du glücklich?«, fragt sie leise und lehnt sich an mich. Mein Kinn ruht auf ihrem Scheitel, während ich auf die Flammen blicke und mir ihre Frage durch den Kopf gehen lasse.

Ich weiß nicht, was die Zukunft für mich bereithält. Ob ich mein Studium für Sozialpädagogik, das ich gerade begonnen habe, abschließen und einen Job finden werde. Ob ich irgendwann nicht mehr von dieser einen Nacht vor fünf Jahren träumen werde. Ob meine Eltern mir wirklich vergeben.

Aber in diesem einen Moment, mit diesen Menschen vor diesem Lagerfeuer, weiß ich, dass es nur eine Antwort auf Mias Frage gibt.

»Ja.« Ich gebe ihr einen Kuss auf die Haare. »Bin ich.«

»Gut«, antwortet sie, und ich höre das Lächeln in ihrer Stimme. »Ich bin es auch.«

# TRIGGERWARNUNG
(Achtung: Spoiler!)

Liebe*r Leser*in,

es freut mich sehr, dass du zu meinem Buch gegriffen hast. Damit du ein möglichst tolles Leseerlebnis hast, möchte ich dich jedoch auf ein paar Inhalte hinweisen, die potenziell triggernd sein können.

In meiner Geschichte spreche ich Themen wie Tod, Suizidversuch sowie Trauer und damit verbundene Depressionen und Panikattacken an.
Für einige von euch mögen die Gedanken und Empfindungen von Mia und Nate deshalb nicht leicht zu lesen sein. Die beiden sind zwar frei erfunden, aber ihre Gefühle sind es nicht.
Wenn du ähnliche Gedanken hast, dann gibt es die Möglichkeit, dir Hilfe zu holen. Denn genau wie Mia und Nate musst du damit nicht alleine bleiben. Denk immer daran: Es ist nicht schwach, nach Unterstützung zu fragen. Ganz im Gegenteil. Kaum etwas erfordert so viel Mut.
Hilfe findest du unter anderem auf www.deutsche-depressionshilfe.de oder bei der Telefonseelsorge unter 0800-1110111.

Und falls dir noch ein bisschen Mut dafür fehlt, hoffe ich sehr, dass meine Geschichte ihn dir geben kann.

Alles Liebe
Rebekka

# Danksagung

»*The Moment I Lost You*« bedeutet mir alles. Ich habe lange überlegt, warum das so ist, und inzwischen weiß ich es: Die Geschichte von Mia und Nate ist meine mit Abstand persönlichste, denn ihre Gefühle sind meine Gefühle. Ich habe die ersten Kapitel geschrieben, als ich selbst in tiefster Trauer gesteckt habe. 2016 ist meine Mama viel zu jung gestorben. Diese Erfahrung hat mich geprägt und verändert und an meine Grenzen gebracht.

Die Wahrheit ist, dass Trauer kein Verfallsdatum hat. Es gibt nicht den einen Punkt, an dem man den Verlust eines geliebten Menschen überwunden hat. Man braucht Zeit. Viel Zeit. Und dann kommen die Trauergefühle in Wellen, und auf einen guten Tag folgen fünf schlechte. Ich weiß noch, wie ich – genau wie Mia – geglaubt habe, nie wieder glücklich zu werden. Aber irgendwann habe ich einen Weg gefunden, mit Mamas Tod klarzukommen. Es ist immer noch scheiße, auch nach fast sechs Jahren. Doch das Leben ist für die Lebenden, und im Laufe der Zeit habe ich es geschafft, wieder lachen zu können und mich nicht mehr so verloren zu fühlen. Und ich glaube, das ist mir nur deshalb gelungen, weil Mia und Nate plötzlich in meinem Kopf aufgetaucht sind. Mit den beiden habe ich mich wieder zurück ins Leben geschrieben. Sie sind meine absolute Herzensgeschichte, und ich hoffe sehr, dass sie auch euch Leser*innen berühren können.

Obwohl ich die Autorin dieses Buches bin, gäbe es diesen Roman in seiner heutigen Form nicht ohne einige ganz besondere Menschen.

Allen voran Nadja Korthals von Ravensburger, die meine Geschichte in Windeseile eingekauft hat, aber die sie vor allem genau so verstanden hat, wie ich sie erzählen wollte. Ich danke dir so sehr für dein Vertrauen, Nadja. Du lässt meinen Traum wahr werden.

Auch dir danke ich von Herzen, Paula. Du hast dich mit deinen Anmerkungen genauso sehr in meinem Text verloren wie ich mich beim Schreiben, und ich bin einfach nur glücklich darüber, mit dir eine so wunderbare Lektorin an meiner Seite zu haben. Danke, für alles! Ich will für immer Bücher mit dir machen, okay?

Micha, das alles ist nur möglich, weil du im Februar 2020 gesagt hast: Jups, in dem Mädel und in dieser Geschichte sehe ich Potenzial. Ein riesiges Dankeschön geht daher an dich, weil du mich so herzlich in eure Agentur erzähl:perspektive aufgenommen hast. Auf alles, was wir noch zusammen aushecken werden!

Kein Buch ohne dich, Nadine. Du hast besonders während des Lektorats darauf geachtet, dass ich keinen Mist baue. Danke für die unzähligen Late Night Talks über unsere Protagonist*innen, als wären sie real. Es gibt nicht viele Menschen, die das so gut verstehen wie du.

Wie immer danke an meine »Writing Mafia«: Nadine, Nina, Caro. Ich glaube, es gibt keinen Tag, an dem in unserer Gruppe nicht geschrieben wird. Schön, diesen Wahnsinn seit so vielen Jahren mit euch teilen zu dürfen.

Sarah, dir danke ich dieses Mal ganz besonders, weil du immer ein offenes Ohr hast, aber vor allem deshalb, weil du einen ganz zauberhaften Blurb für mein Buch geschrieben hast. Ich hab mich so über deine Worte gefreut, danke!

Danke auch an all die Menschen, die im Hintergrund für mich wichtig sind: Freunde und Freundinnen, meine Kolleginnen (in der Schule und unter den Autorinnen) und die vielen Buchliebhaberinnen, die ich im Laufe der Zeit kennenlernen durfte. Ihr inspiriert und motiviert mich, danke dafür von Herzen.

Ein dickes Dankeschön geht wieder an meine Testleserinnen. Bei diesem Buch waren das Verena, Laura und Tabea. Danke für eure Erfahrungen, euren gründlich-kritischen Blick und all eure Tipps, besonders in Bezug auf Mia. Eure Expertise ist Gold wert.

Ebenfalls testgelesen hat Angi – zum letzten Mal. Von Herzen danke, dass du mir auch diese Geschichte so rasend schnell abgesegnet hast. Wo immer du jetzt bist, ich wünsche dir dort oben Frieden und die schönste aller Wolken.

Meine Brüder haben auch ihren Teil zu dieser Geschichte beigetragen, ohne es zu wissen. Mario, dank dir durfte ich Cora kennenlernen – und damit war meine Buch-Luna geboren. Nick, du hast mit mir Mias Autopanne geplant und warst mein Ansprechpartner in allen Autofragen. Vielen Dank dafür!

Lotte und Papa, danke, dass auch ihr immer für mich da seid und mich in allem, was ich tue, unterstützt. Wir sind schon eine krasse Herde. Ich liebe euch!

Mama. Du bist in jeder Zeile dieses Buches. Dank dir weiß ich, was es bedeutet, zu trauern und einen Menschen so sehr zu vermissen, dass es körperlich wehtut. Und gleichzeitig lebst du in mir weiter. Also lebe ich quasi doppelt. Du bist mein forever friend, und ich liebe dich.

Last but not least … Danke an jede*n alte*n und neue*n Leser *in. Ich bin so, so, so unendlich dankbar, dass es da draußen wirklich Menschen gibt, die meine Bücher lesen – manche sogar seit Tag eins. Das wird niemals selbstverständlich für mich sein. Vielen Dank deshalb, dass du zu »*The Moment I Lost You*« gegriffen hast. Ich hoffe sehr, dass dir die Geschichte gefallen hat und wir uns auch bei Band zwei, »*The Moment You Found Me*«, wiedersehen.

Bis dahin findest du alle Informationen rund um mich und meine Bücher auf Instagram unter @rebekka.weiler. Schreib mir gerne, ich freue mich, von dir zu hören.

Alles Liebe
Rebekka

# Die Lost-Moments-Reihe geht weiter!

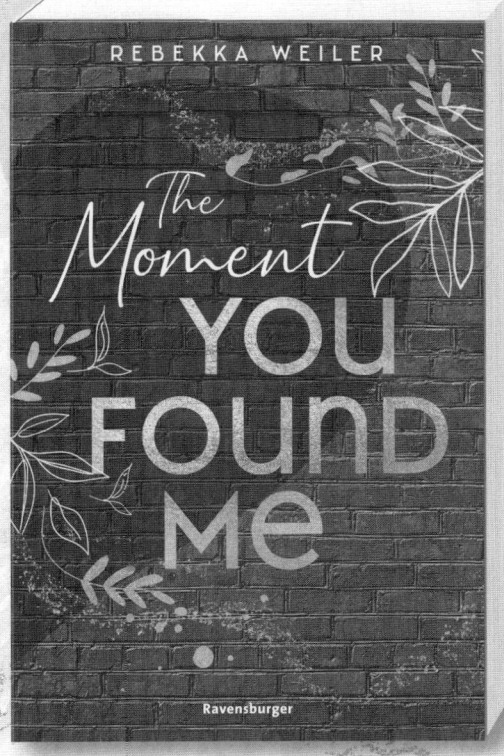

Rebekka Weiler
„The Moment You Found Me"
Lost-Moments-Reihe, Band 2
ISBN 978-3-473-58624-0

Ravensburger

# Folge uns auf Instagram und entdecke dein nächstes Lieblingsbuch!

 ravensburgerbuecher

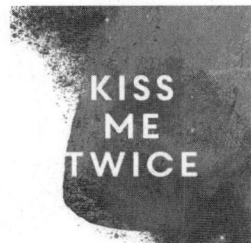

**Der Ravensburger Verlag auf Instagram:**

Tauche ein in unsere traumhaft schönen Bücherwelten, knisternden Lovestories und fantastischen Abenteuer.

Exklusive Insiderinformationen zu unseren neuen Büchern, Cover-Reveals, E-Book-Deals, Q&As mit unseren AutorInnen und zahlreiche Gewinnspiele erwarten dich.

**Wir freuen uns auf dich!**

#ravensburgerbuecher #readravensburger